中国历代传记精选读本

王清淮　编注

图书在版编目（CIP）数据

中国历代传记精选读本 / 王清淮编注．— 北京：中国书籍出版社，2010.3
（美丽中文悦读书系 / 乔继堂主编）
ISBN 978-7-5068-2058-5

Ⅰ．①中…Ⅱ．①王…Ⅲ．①传记文学—文学欣赏—中国
Ⅳ．① I207.5

中国版本图书馆 CIP 数据核字（2010）第 002192 号

中国历代传记精选读本

王清淮　编注

责任编辑　牛　超　武　斌
责任印制　孙马飞　马　芝
出版发行　中国书籍出版社
地　　址　北京市丰台区三路居路 97 号（邮编：100073）
电　　话　（010）52257143（总编室）　　（010）52257140（发行部）
电子邮箱　chinabp@vip.sina.com
经　　销　全国新华书店
印　　刷　三河市华东印刷有限公司
开　　本　700 毫米 ×1000 毫米　1/16
字　　数　427 千字
印　　张　25
版　　次　2014 年 1 月第 2 版　　2019 年 8 月第 3 次印刷
书　　号　ISBN 978-7-5068-2058-5
定　　价　68.00 元

前　言

任何一种语言的美丽都有其载体，那就是它千古流传的华章；与此相应，我们要领略一种语言的美丽，乃至感受一个民族的精神气质和生活趣味，也必然要通过它那些千古流传的华章。

当然，一种美丽的语言肯定不会是单调平板的，它的美丽自有其丰富性和灵动性。而各体文章则从不同的角度全面体现着这种美丽语言的丰富和灵动。诸如诗歌体现的结构美和音乐美，论说文体现的严密性和规范性，戏剧、小说体现的丰富表现力和感染力，乃至于日常书牍体现的周详礼貌、曲尽人情……

在人类语言的百花园中，中文是一朵绚烂夺目的奇葩。为了与广大读者一起领略中文之美，品赏中文之精妙，我们专门编写了这套“美丽中文悦读”书系。书系按体裁分册，计有《中国历代诗词精选读本》《中国历代散文精选读本》《中国历代白话小说精选读本》《中国历代文言小说精选读本》《中国历代传记精选读本》《中国历代戏剧精选读本》六种，基本上涵盖了中国古典文学的重要作品和经典篇章。

《中国历代诗词精选读本》选录从先秦至近代的诗词佳作。其中既有民众的集体创作，更多的是文人的作品，也有无名氏的篇什。选目突出一个“美”字，所以那些时代印迹突出而文采不彰的作品未予收录。同时，基于诗词自身发展的特点，更多地选取了古典诗词最为辉煌的唐宋时代的作品。

《中国历代散文精选读本》选录从先秦至近代的散文。体裁上涉及各种文体，只是传记作品留给了书系中专门的一种。选录的标准仍旧是名家名篇，尤其注重作品的抒情、叙事、说理之美，而不以存史料、明学术为尚。《中国历代白话小说精选读本》主要选收宋代的话本和明代的拟话本。选收时除注重文字之美外，特别考虑了三个方面，一是反映我国古代白话短篇小说的总体发展脉络；二是兼顾各种题材；三是考虑作品的知名度及其与姊妹艺术的关系。

《中国历代文言小说精选读本》主要选录魏晋以来直到晚清的作品。文言短篇小说是中国叙事文学的宝藏，如今人们耳熟能详的各类故事（表现为小说、戏曲、曲艺）有许多本于文言短篇小说。这也正是本书选目所依据的一个主要因素。与此同时，选目还考虑了题材因素，较多地选取了虚构作品而少选依托真实历史人物的作品，以充分体现"小说"的本色。

《中国历代传记精选读本》选收从先秦至近代的传记作品。之所以单列传记为一册，缘于我国自古以来书史不分的传统，缘于千百年来脍炙人口的华章美文有相当一部分是传记作品的状况。本书所录，正史中的著名列传占了相当的比例，此外则是其他散见的精彩篇什。体裁上除了史传外，还有叙、记、状等；篇幅上，有《项羽本纪》那样的"长篇"，也有《芋老人传》那样的"短幅"。

《中国历代戏剧精选读本》选录自元至清的作品。由于篇幅所限，多为节选。且由于是文学选本，晚近的演出本未能入选。尽管如此，中国古典戏剧的精美之处已尽在其中。戏剧作为一门综合艺术，兼有诗、文、小说的特点，或许更能体现中文的美丽和精妙。

美丽的中文也要"悦读"才好。为此，编写这套丛书时，我们除着意选取美文外，还在编排上作了适应时代的人性化设计：作者简介，侧重文采而非功行；题解导读，三言两语，留不尽余味请读者细品；注释注音，则尽可能全面详尽，扫清通向美的路障。特别值得一提的是，本套书的注释随文侧排，与正文一一对应，极大地免除了读者的翻检之劳，可以最大限度地方便读者阅读，使读者轻松享受探美历程的娱悦。与坊间流行的各种古典文学注释本相比，这样的编排方式是一种新颖的创造，它的诸种优点读者在使用后一定能切实体会到。

那么好吧，现在就让我们捧起这套书，满心喜悦地出发，踏上品赏中文之美的浪漫、快乐旅程。

编　者

2010 年 1 月

目 录

《战国策》

《战国策》是记载战国时代纵横家奔走于诸侯间进行游说的纵横捭阖之术的一部史著，由西汉刘向编定。它记录战国策士、侠士等的主张和行为，从一个侧面反映了当时的政治斗争和社会生活。同时，它也是一部文学性很强的历史散文作品，许多段落都可以单独成篇。

荆轲刺秦王

【题解】荆轲刺秦几乎是国人家喻户晓的故事，别的史传文字也有记载（比如《史记》）。《战国策》所写的这段故事以荆轲为主角，具有完整的故事情节，全面塑造了荆轲不畏强暴、英勇赴义的形象，历来被视作先秦史传文学中较为突出的人物传记。全篇布局精妙，叙述生动，注重氛围的烘托和人物心理的刻画，场面描写尤其传神。《史记·刺客列传》中写荆轲的部分，几乎全部采用了本篇。

燕太子丹质于秦，亡归①。见秦且灭六国，兵以临易水②，恐其祸至，太子丹患之。谓其太傅鞫武曰③：“燕、秦不两立，愿太傅幸而图之④。”武对曰：“秦地遍天下，威胁韩、魏、赵氏，则易水以北，未有所定也。奈何以见陵之怨，欲批其逆鳞哉⑤？”太子曰：“然则何由？”太傅曰：“请入图之⑥。”

居之有间⑦，樊将军亡秦之燕⑧，太子容之。太傅鞫武谏曰：“不可。夫秦王之暴，而积怨于燕⑨，足为寒心⑩，又况闻樊将军之在乎？是以委肉当饿虎之蹊，祸必不振矣⑪！虽有管、晏⑫，不能为谋。愿太子急遣樊将军入匈奴以灭口。请西约三

①质：古代侯国结盟或弱国降服于强国，往往派国王之子到对方去作抵押，称质子。亡：逃跑。

②且：将要。以：已经。易水：位于河北易县境内。

③鞫（jū）武：燕太子丹的老师。

④图：谋划。

⑤见陵：被欺凌。陵，同“凌”。批：推，劈。逆鳞：龙喉下倒生的鳞，触之则怒而食人，这里比喻秦王。

⑥入图之：深入考虑。

⑦有间：不久。

⑧樊将军：秦将樊于期，因得罪于秦王而逃往燕。之：至。

⑨积怨于燕：太子丹因自秦逃归燕国而结怨于秦，使秦怒燕。

⑩寒心：比喻战栗、恐惧。

⑪委：抛弃。蹊：小路。振：救。

⑫管、晏：指管仲、晏婴。

晋[①]，南连齐、楚，北讲于单于[②]，然后乃可图也。”太子丹曰：“太傅之计，旷日弥久，心惛然[③]，恐不能须臾[④]。且非独于此也。夫樊将军困穷于天下，归身于丹[⑤]，丹终不迫于强秦，而弃所哀怜之交置之匈奴，是丹命固卒之时也[⑥]。愿太傅更虑之[⑦]。”鞫武曰：“燕有田光先生者，其智深，其勇沉[⑧]，可与之谋也。”太子曰：“愿因太傅交于田先生，可乎？”鞫武曰：“敬诺。”出见田光，道太子曰：“愿图国事于先生。”田光曰：“敬奉教。”乃造焉[⑨]。太子跪而逢迎，却行为道，跪地拂席[⑩]。田先生坐定，左右无人，太子避席而请曰[⑪]：“燕、秦不两立，愿先生留意也。”田光曰：“臣闻骐骥盛壮之时，一日而驰千里。至其衰也，驽马先之[⑫]。今太子闻光壮盛之时，不知吾精已消亡矣。虽然，光不敢以乏国事也[⑬]。所善荆轲，可使也。”太子曰：“愿因先生得交于荆轲[⑭]，可乎？”田光曰：“敬诺。”即起，趋出。太子送之至门，曰：“丹所报，先生所言者[⑮]，国大事也，愿先生勿泄也。”田光俯而笑曰：“诺。”

偻行见荆轲[⑯]，曰：“光与子相善，燕国莫不知。今太子闻光壮盛之时，不知吾形已不逮也[⑰]，幸而教之曰：‘燕、秦不两立，愿先生留意也。’光窃不自外[⑱]，言足下于太子，愿足下过太子于宫[⑲]。”荆轲曰：“谨

①约：盟约。三晋：韩、赵、魏本为晋国的卿，后三家分晋，故称“三晋”。

②讲：和解。单（chán）于：古代匈奴君王的称号。

③心惛（hūn）然：心情烦乱。

④须臾：指时间极短。

⑤归身于丹：投靠于我。

⑥是丹命固卒之时也：这样做等到我生命结束的时候吧。

⑦更虑之：重新考虑它。

⑧勇沉：勇敢沉着。勇，指勇气、胆略。

⑨乃造焉：于是来到太子宫中。造，至。焉，这里。

⑩却行为道：后退着走，在前引导。却，退。拂席：掸去座席上的灰尘。意为整理座席，一种表示尊敬的礼节。

⑪避席：离开自己原来的座位，表示对对方的尊重。

⑫骐（qí）骥：千里马。驽（nú）马：劣马。先之：在之前，超过它。

⑬乏：荒废。

⑭得交：得以结交。

⑮丹所报，先生所言者：我所告知你和你所讲给我的。报，告知。

⑯偻（lóu）行：曲背而走。

⑰形：身体。不逮：不及，比不上。

⑱不自外：没有见外，不客气。

⑲过太子：拜访太子。

奉教。”田光曰：“光闻长者之行①，不使人疑之，今太子约光曰‘所言者，国之大事也，愿先生勿泄也’，是太子疑光也。夫为行使人疑之，非节侠士也②。”欲自杀以激荆轲，曰：“愿足下急过太子，言光已死，明不言也③。”遂自刭而死。

轲见太子，言田光已死，明不言也。太子再拜而跪，膝下行④，流涕。有顷而后言曰：“丹所请田先生无言者，欲以成大事之谋。今田先生以死明不泄言，岂丹之心哉？”荆轲坐定，太子避席顿首曰⑤：“田先生不知丹不肖⑥，使得至前，愿有所道，此天所以哀燕不弃其孤也⑦。今秦有贪饕之心⑧，而欲不可足也，非尽天下之地，臣海内之王者，其意不餍。今秦已虏韩王⑨，尽纳其地，又举兵南伐楚，北临赵。王翦将数十万之众临漳、邺⑩，而李信出太原、云中⑪。赵不能支秦，必入臣⑫。入臣，则祸至燕。燕小弱，数困于兵，今计举国不足以当秦。诸侯服秦，莫敢合从⑬。丹之私计⑭，愚以为诚得天下之勇士，使于秦，窥以重利⑮，秦王贪其贽⑯，必得所愿矣。诚得劫秦王，使悉反诸侯之侵地⑰，若曹沫之与齐桓公⑱，则大善矣；则不可⑲，因而刺杀之。彼大将擅兵于外⑳，而内有大乱，则君臣相疑。以其间诸侯㉑，诸侯得合从，其偿破秦必矣。此丹之上愿，而不知所以

①长者：豪侠。

②节侠士：有节操的侠义之士。

③明不言：申明不会泄其所闻所言。

④膝下行：跪着行进，以表示愧疚和敬服。

⑤顿首：叩头至地拜见。

⑥不肖：本指儿子不像父亲，后引申为不贤良。这里用作谦词。

⑦孤：孤弱。

⑧饕（tāo）：贪得无厌。

⑨今秦已虏韩王：秦王政十七年（前230）灭韩，虏韩王。

⑩王翦：秦国将领。漳：漳河，源出山西。邺：古地名，在今河北临漳。漳、邺指今河北临漳和河南安阳之间的一带地方，当时属于赵国。

⑪李信：秦国将领。云中：在今山西大同西北部。

⑫支：拒，抵抗。入臣：归顺称臣。

⑬合从：即合纵，联合对付秦国。

⑭私计：个人的谋划。

⑮窥以重利：使秦看到重利，即拿重利去引诱秦。

⑯贽（zhì）：古时初次拜见尊长所送的礼物。

⑰反：退回。

⑱曹沫：春秋时鲁国武将，随鲁庄公至柯（今山东阳谷东）与齐桓公盟会，持匕首挟持齐桓公订立盟约，收回失地。

⑲则不可：如果不退回。

⑳擅兵：拥有兵权。

㉑间诸侯：指离间已经降服于秦的诸侯，当时韩、魏已无国。

委命[①]，惟荆卿留意焉。”久之，荆轲曰：“此国之大事，臣驽下[②]，恐不足任使。”太子前顿首，固请无让[③]。然后许诺。于是尊荆轲为上卿[④]，舍上舍[⑤]，太子日日造问[⑥]，供太牢异物[⑦]，间进车骑美女，恣荆轲所欲，以顺适其意。

久之，荆轲未有行意。秦将王翦破赵，虏赵王[⑧]，尽收其地，进兵北略地，至燕南界。太子丹恐惧，乃请荆卿曰：“秦兵旦暮渡易水[⑨]，则虽欲长侍足下，岂可得哉？”荆卿曰：“微太子言，臣愿得谒之[⑩]。今行而无信，则秦未可亲也[⑪]。夫今樊将军，秦王购之金千斤、邑万家。诚能得樊将军首，与燕督亢之地图[⑫]，献秦王，秦王必说见臣[⑬]，臣乃得有以报太子。”太子曰：“樊将军以穷困来归丹，丹不忍以己之私，而伤长者之意[⑭]，愿足下更虑之[⑮]。”

荆轲知太子不忍，乃遂私见樊于期曰：“秦之遇将军，可谓深矣[⑯]。父母宗族，皆为戮没[⑰]。今闻购将军之首，金千斤、邑万家，将奈何[⑱]？”樊将军仰天太息流涕[⑲]，曰：“吾每念，常痛于骨髓，顾计不知所出耳[⑳]。”

轲曰：“今有一言，可以解燕国之患，而报将军之仇者，何如？”樊于期乃前曰：“为之奈何？”荆轲曰：“愿得将军之首以献秦，秦王必喜而善见臣[㉑]，臣左手把其袖，而

①委命：委托使命。

②驽下：能力低下。

③固请无让：坚持请求他不要退让。

④上卿：古时在国君之下有卿、大夫、士三级。卿又分为上卿、中卿和下卿三级。

⑤舍：居住。上舍：最高一级的房间。

⑥造问：到荆柯住所问候。

⑦太牢：本指祭祀时三牲具备，这里指丰盛的筵席。异物：指罕见的珍馐美味。

⑧秦王政十九年（前 228）打败赵国，俘虏了赵王迁。

⑨旦暮：即早晚、迟早。

⑩微：没有。谒：请见。

⑪无信：没有可以使对方信任的觐见之物。亲：接近。

⑫督亢：位于今河北涿州东南，为燕国最肥沃的土地。

⑬说：同“悦”。

⑭长者：德高望重的人。

⑮更（gēng）虑之：另想办法。

⑯遇：对待。深：过分。

⑰戮没：杀戮或没收做奴役。

⑱将奈何：将有什么打算。

⑲太息：长叹息。涕：眼泪。

⑳顾：不过。

㉑善见臣：意同上文的“悦见臣”。

右手揕其胸[1]，然则将军之仇报，而燕国见陵之耻除矣。将军岂有意乎？”樊于期偏袒扼腕而进曰[2]：“此臣日夜切齿拊心也[3]，乃今得闻教[4]。”遂自刎。太子闻之，驰往，伏尸而哭，极哀。既已，无可奈何，乃遂收盛樊于期之首，函封之[5]。

于是，太子预求天下之利匕首，得赵人徐夫人之匕首[6]，取之百金，使工以药淬之[7]，以试人，血濡缕，人无不立死者[8]。乃为装[9]，遣荆轲。燕国有勇士秦武阳，年十二，杀人，人不敢与忤视[10]。乃令秦武阳为副。荆轲有所待，欲与俱[11]，其人居远未来，而为留待。顷之未发。太子迟之[12]，疑其有改悔，乃复请之曰：“日以尽矣[13]，荆卿岂无意哉？丹请先遣秦武阳。”荆轲怒，叱太子曰[14]：“今日往而不反者，竖子也[15]！今提一匕首入不测之强秦，仆所以留者，待吾客与俱。今太子迟之，请辞决矣[16]。”遂发。

太子及宾客知其事者，皆白衣冠以送之。至易水上，既祖，取道[17]。高渐离击筑[18]，荆轲和而歌，为变徵之声[19]，士皆垂泪涕泣。又前而为歌曰：“风萧萧兮易水寒，壮士一去兮不复还。”复为忼慨羽声[20]，士皆瞋目[21]，发尽上指冠[22]。于是荆轲遂就车而去[23]，终已不顾[24]。

既至秦，持千金之资币物，厚

①揕（zhèn）：用刀剑等刺。

②偏袒：脱下一边衣袖，裸露一臂。扼腕：用一只手握住另一只手腕。

③切齿拊心：咬牙切齿，拍胸击心。表示极度愤恨。

④今得闻教：如今得到开导。

⑤收盛（chéng）：收拾并装起来。函封：用匣子封藏起来。

⑥徐夫人：收藏锋利匕首的人，姓徐，名夫人。

⑦以药淬之：把匕首烧红，用毒药淬火，以使毒药浸入锋刃。

⑧血濡（rú）缕：只要一缕血浸出。

⑨为装：为荆轲打理行装。

⑩忤视：逆视。

⑪有所待，欲与俱：另有约定等待的人，打算和那人一起去。

⑫迟之：嫌荆轲拖延。

⑬以：已经。

⑭叱：怒斥。

⑮竖子：小孩子。

⑯辞决：辞别。

⑰祖：古代出行时先祭路神，祈求平安，叫作“祖”。取道：上路。

⑱高渐离：荆轲的朋友。筑：古代一种竹制的乐器。

⑲变徵（zhǐ）之声：古代音乐中声调悲哀凄凉的音调。

⑳忼慨：同“慷慨”。羽声：激愤的声音。

㉑瞋目：瞪大眼睛，表示愤激。

㉒发尽上指冠：头发都直立起来顶到了帽子。

㉓就车：登上车。

㉔终已不顾：始终不回头看。

遗秦王宠臣中庶子蒙嘉[①]。嘉为先言于秦王曰[②]："燕王诚振畏慕大王之威[③]，不敢兴兵以拒大王，愿举国为内臣，比诸侯之列[④]，给贡职如郡县[⑤]，而得奉守先王之宗庙[⑥]。恐惧不敢自陈[⑦]，谨斩樊于期头，及献燕之督亢之地图，函封，燕王拜送于庭，使使以闻大王[⑧]。唯大王命之。"

秦王闻之，大喜。乃朝服，设九宾[⑨]，见燕使者咸阳宫[⑩]。荆轲奉樊于期头函，而秦武阳奉地图匣，以次进[⑪]。至陛下[⑫]。秦武阳色变振恐，群臣怪之，荆轲顾笑武阳[⑬]，前为谢曰："北蛮夷之鄙人，未尝见天子，故振慴[⑭]，愿大王少假借之，使毕使于前[⑮]。"秦王谓轲曰："起，取武阳所持图。"轲既取图奉之，发图，图穷而匕首见[⑯]。因左手把秦王之袖[⑰]，而右手持匕首揕之。未至身，秦王惊，自引而起，绝袖[⑱]。拔剑，剑长，操其室[⑲]。时恐急，剑坚[⑳]，故不可立拔。荆轲逐秦王，秦王还柱而走[㉑]。群臣惊愕，卒起不意，尽失其度[㉒]。而秦法，群臣侍殿上者，不得持尺兵[㉓]。诸郎中执兵，皆陈殿下，非有诏，不得上。方急时，不及召下兵，以故荆轲逐秦王，而卒惶急无以击轲，而乃以手共搏之。是时，侍医夏无且以其所奉药囊提轲[㉔]。秦王之方还柱走，卒惶急不知所为，左右乃曰："王负剑！王

①遗（wèi）：赠送。中庶子：管理君王车马之类的官。蒙嘉：人名。
②为：替。
③诚振畏慕大王之威：确实敬畏大王的威势。
④比：等同。
⑤给贡职如郡县：纳贡应差如同属下的郡县。
⑥奉守先王之宗庙：意为保留燕国的宗庙祭祀。
⑦自陈：自己陈说。
⑧使使：派使者。闻：报知。
⑨九宾：古代最隆重的外交礼节，行礼时设迎宾赞礼官九人。
⑩咸阳宫：秦国的宫廷。
⑪以次进：依次序觐见。
⑫陛：皇宫的台阶。
⑬顾：回头看。
⑭振慴（shè）：恐惧。
⑮少假借之：稍微迁就宽容他。使毕使于前：让他在大王面前完成他的使命。
⑯发：打开。见：同"现"。
⑰因：于是。把：抓。
⑱自引而起：自己抽身起立。绝袖：扯断了衣袖。
⑲操其室：握住了剑鞘。室，剑鞘。
⑳剑坚：剑插得很紧。
㉑还：通"环"，绕。
㉒卒起不意：事起仓促，意料不及。卒，同"猝"。尽失其度：完全乱了阵脚。度，常态。
㉓尺兵：短小的兵器。
㉔提：投掷。

负剑[①]！”遂拔以击荆轲，断其左股。荆轲废[②]，乃引其匕首提秦王[③]，不中，中柱。秦王复击轲，被八创[④]。轲自知事不就[⑤]，倚柱而笑，箕踞以骂曰[⑥]：“事所以不成者，乃欲以生劫之，必得约契以报太子也。”左右既前斩荆轲。秦王目眩良久[⑦]。已而论功赏群臣及当坐者[⑧]，各有差；而赐夏无且黄金二百镒[⑨]，曰：“无且爱我，乃以药囊提轲也。”

于是，秦大怒燕，益发兵诣赵[⑩]，诏王翦军以伐燕。十月而拔燕蓟城[⑪]。燕王喜、太子丹等，皆率其精兵东保于辽东[⑫]。秦将李信追击燕王，王急，用代王嘉计[⑬]，杀太子丹，欲献之秦。秦复进兵攻之。五岁而卒灭燕国，而虏燕王喜[⑭]，秦兼天下[⑮]。

其后，荆轲客高渐离以击筑见秦皇帝[⑯]，而以筑击秦皇帝，为燕报仇，不中而死。

①负剑：把剑推于背后（以便拔出）。

②废：倒下。

③引：持。提：投刺。

④被八创：八处受伤。创，伤。

⑤就：成功。

⑥箕踞：伸开两腿坐在地上，状如簸箕，荆轲受伤不能站立，故“箕踞”。

⑦目眩良久：眼花了很久。

⑧当坐者：应当定罪的人。

⑨镒（yì）：古代重量单位，二十两或二十四两为一镒。

⑩诣：前往。

⑪蓟城：燕国都城，在今北京附近。

⑫辽东：燕置郡，辖境相当今辽宁东南辽河以东一带。

⑬代王嘉：赵国被灭以后，公子嘉自立于代（今河北蔚县）。

⑭虏燕王喜：秦王政二十五年（前222）燕王喜被秦将王贲所俘。

⑮兼：兼并。此句意为秦统一天下。

⑯筑：古代的一种弦乐器，用竹尺敲弦发声。

司马迁

司马迁（前 145～约前 90），汉代史学家、文学家。字子长，夏阳龙门（今陕西韩城）人。父亲司马谈为当时太史令，有志修史。司马迁继父之志，在身遭屈辱的境况下，坚持完成了《史记》。

《史记》是我国第一部通史，全书一百三十篇，包括十二本纪、十表、八书、十世家、七十列传，开创了纪传体史书的先例。同时《史记》也是一部杰出的文学巨著，对后世散文影响深远。因而，鲁迅先生称《史记》为“史家之绝唱，无韵之离骚”。

项羽本纪

【题解】《项羽本纪》是《史记》乃至整个中国历史传记中最出色的篇章之一。在这篇传记中，司马迁记叙了项羽、刘邦如何从联合反秦到楚汉相争、直至项败刘胜的斗争历史，塑造了生动丰满的西楚霸王形象。作者善于在叙述重要历史事件和紧张斗争场面中描写项羽的言行举止，突出表现其粗犷勇猛、磊落豪爽、临危不惧的英雄本色，也展现其残暴刚愎、狂妄轻敌、目光短浅的悲剧性格。此外，刘邦、樊哙、范增的形象也栩栩如生。篇中的“钜鹿之战”“鸿门宴”“垓下之围”，写得尤其精彩，千百年来，脍炙人口。

项籍者，下相人也①，字羽。初起时②，年二十四。其季父项梁③，梁父即楚将项燕，为秦将王翦所戮者也④。项氏世世为楚将，封于项⑤，故姓项氏。

项籍少时，学书不成，去⑥；学剑，又不成⑦。项梁怒之。籍曰：“书足以记名姓而已。剑一人敌⑧，不足学，学万人敌。”于是项梁乃教籍兵法⑨，籍大喜；略知其意，又不肯竟学⑩。项梁尝有栎阳逮⑪，乃请

①下相：秦置县，在今江苏宿迁西。

②初起时：开始起兵的时候。

③季父：叔父。

④戮（lù）：杀。

⑤项：即古项国，在今河南项城东北。

⑥学书：泛指读书写字。去：放弃。

⑦学剑：泛指练习武艺。

⑧一人敌：敌一人。

⑨兵法：治兵作战的法则，类于现代的军事学。

⑩竟学：穷究其学。竟，完毕。

⑪尝：曾经。栎（yuè）阳：秦置县，在今陕西临潼东北。栎阳逮，受栎阳县收捕之事。

蕲狱掾曹咎书抵栎阳狱掾司马欣[①]，以故，事得已。项梁杀人，与籍避仇于吴中[②]。吴中贤士大夫皆出项梁下[③]。每吴中有大徭役及丧，项梁常为主办，阴以兵法部勒宾客及子弟[④]，以是知其能。秦始皇帝游会稽，渡浙江[⑤]，梁与籍俱观。籍曰："彼可取而代也。"梁掩其口，曰："毋妄言，族矣[⑥]！"梁以此奇籍[⑦]。籍长八尺余，力能扛鼎，才气过人，虽吴中子弟皆已惮籍矣[⑧]。

秦二世元年七月[⑨]，陈涉等起大泽中[⑩]。其九月，会稽守通谓梁曰[⑪]："江西皆反[⑫]，此亦天亡秦之时也。吾闻先即制人，后则为人所制。吾欲发兵，使公及桓楚将[⑬]。"是时桓楚亡在泽中[⑭]。梁曰："桓楚亡，人莫知其处，独籍知之耳。"梁乃出，诫籍持剑居外待[⑮]。梁复入，与守坐，曰："请召籍，使受命召桓楚。"守曰："诺。"梁召籍入。须臾，梁眴籍曰[⑯]："可行矣！"于是籍遂拔剑斩守头。项梁持守头，佩其印绶[⑰]。门下大惊[⑱]，扰乱，籍所击杀数十百人。一府中皆慴伏[⑲]，莫敢起。梁乃召故所知豪吏，谕以所为起大事[⑳]，遂举吴中兵[㉑]。使人收下县[㉒]，得精兵八千人。梁部署吴中豪杰为校尉、侯、司马[㉓]。有一人不得用，自言于梁。梁曰："前时某丧使公主某事，不能办[㉔]，以此不任用

①蕲（qí）：秦置县，在今安徽宿县南。狱掾（yuàn）：掌管刑狱的官吏。书：写信。抵：送到。

②吴中：吴地。今苏南浙北一带。

③皆出项梁下：都不及项梁。

④阴：暗中。部勒：组织。宾客：流寓在当地的外乡人。子弟：本地的青壮年。这句是说利用徭役和丧葬人多的场合，暗中按照兵法组织训练壮丁。

⑤会稽：山名，在今绍兴东南。浙江：指钱塘江。

⑥毋妄言：不要乱讲话。族：灭族。

⑦奇：看重、赏识。

⑧惮（dàn）：畏惧，这里有敬畏的意思。

⑨秦二世元年：公元前209年。

⑩大泽：即大泽乡，在今安徽宿县西南。

⑪会稽守：会稽郡守。通，即殷通。

⑫江西，指安徽、江苏一带的江北地区，陈涉起兵之大泽乡属于该地区。

⑬将：率领，统率。

⑭亡在泽中：流亡在山林江湖之中。

⑮诫：吩咐、叮嘱。

⑯眴（shùn）：使眼色。

⑰绶：系印钮的丝带。

⑱门下：指会稽守的侍卫人员等。

⑲慴（zhé）伏：骇倒。

⑳故所知：旧日相知。豪吏：有势力、有声望的吏士。谕：告诉。起：起兵。

㉑举：集合，发动。

㉒收：征取。下县：会稽郡所属各县（壮丁）。

㉓校尉、侯、司马：当时军中官员。

㉔某丧：某次丧事。主某事：主持某件事。办：办理。

公。”众乃皆伏[①]。于是梁为会稽守，籍为裨将，徇下县[②]。

广陵人召平于是为陈王徇广陵，未能下[③]。闻陈王败走，秦兵又且至，乃渡江矫陈王命[④]，拜梁为楚王上柱国[⑤]。曰：“江东已定，急引兵西击秦[⑥]。”项梁乃以八千人渡江而西。闻陈婴已下东阳[⑦]，使使欲与连和俱西[⑧]。陈婴者，故东阳令史[⑨]，居县中，素信谨，称为长者[⑩]。东阳少年杀其令，相聚数千人，欲置长，无适用[⑪]，乃请陈婴。婴谢不能[⑫]，遂强立婴为长，县中从者得二万人。少年欲立婴便为王，异军苍头特起[⑬]。陈婴母谓婴曰：“自我为汝家妇，未尝闻汝先古之有贵者。今暴得大名[⑭]，不祥。不如有所属[⑮]，事成犹得封侯，事败易以亡[⑯]，非世所指名也[⑰]。”婴乃不敢为王。谓其军吏曰：“项氏世世将家，有名于楚。今欲举大事，将非其人，不可。我倚名族，亡秦必矣。”于是众从其言，以兵属项梁。项梁渡淮，黥布、蒲将军亦以兵属焉[⑱]。凡六七万人，军下邳[⑲]。

当是时，秦嘉已立景驹为楚王，军彭城东，欲距项梁[⑳]。项梁谓军吏曰：“陈王先首事[㉑]，战不利，未闻所在。今秦嘉倍陈王而立景驹[㉒]，逆无道。”乃进兵击秦嘉。秦嘉军败走，追之至胡陵[㉓]。嘉还战一日，嘉死，军降。景驹走死梁地[㉔]。项梁已并秦嘉军，军胡陵，将引军而西。

①伏：通“服”。

②徇（xùn）：攻取。

③广陵：在今江苏扬州东北。召平：人名。于是：当时。陈王：陈涉。

④矫陈王命：假传陈涉的命令。矫，假传。

⑤拜：授予官职。上柱国：战国时楚国官职名，相当于后世的相国。

⑥江东：大致指安徽、江苏一带的江南地区。

⑦东阳：秦置县，在今安徽天长西北。

⑧使使：派遣使者。连和：联合。

⑨令史：县令属下的书吏。

⑩信谨：老实、谨慎。长者：忠厚老成之人。

⑪置长：推出首领。无适用：没有适当的人。

⑫谢：推辞。

⑬便：即刻。苍头：用玄青色头巾裹头。特起：独起。

⑭暴得大名：突然声名显赫。

⑮有所属：有所从属、依附。

⑯亡：逃离。

⑰指名：注目、关注。

⑱黥布：本姓英，因罪被黥面，改姓黥。初起于江湖之间，称当阳君，项羽封他为九江王。后降汉，封淮南王，卒被汉所杀。蒲将军：生平不详。

⑲军：驻扎。下邳：秦置县，在今江苏邳县东南。

⑳彭城：秦置县，在今江苏徐州。距：通“拒”。

㉑先首事：带头起事。

㉒倍：通“背”，背叛。

㉓胡陵：秦置县，在今山东鱼台东南。

㉔走死梁地：败走，死于梁地。梁地，泛指战国时魏国境地。

章邯军至栗[1]，项梁使别将朱鸡石、馀樊君与战。馀樊君死。朱鸡石军败，亡走胡陵。项梁乃引兵入薛[2]，诛鸡石。项梁前使项羽别攻襄城[3]，襄城坚守不下。已拔，皆阬之[4]。还报项梁。项梁闻陈王定死[5]，召诸别将会薛计事。此时，沛公亦起沛[6]，往焉。

居鄛人范增[7]，年七十，素居家，好奇计[8]，往说项梁曰："陈胜败固当[9]。夫秦灭六国，楚最无罪。自怀王入秦不反[10]，楚人怜之至今，故楚南公曰'楚虽三户，亡秦必楚'也[11]。今陈胜首事，不立楚后而自立，其势不长。今君起江东，楚蜂午之将皆争附君者[12]，以君世世楚将，为能复立楚之后也。"于是项梁然其言，乃求楚怀王孙心民间[13]，为人牧羊，立以为楚怀王，从民所望也。陈婴为楚上柱国，封五县，与怀王都盱台[14]。项梁自号为武信君。

居数月，引兵攻亢父[15]，与齐田荣、司马龙且军救东阿[16]，大破秦军于东阿。田荣即引兵归，逐其王假[17]。假亡走楚[18]。假相田角亡走赵。角弟田间故齐将，居赵不敢归。田荣立田儋子市为齐王。项梁已破东阿下军，遂追秦军。数使使趣齐兵[19]，欲与俱西。田荣曰："楚杀田假，赵杀田角、田间，乃发兵。"项梁曰："田假为与国之王[20]，穷来从我，不忍杀之。"赵亦不杀田角、田

①章邯：秦将。栗：秦置县，在今河南夏邑。

②薛：秦置县，在今山东滕县东南。

③襄城：秦置县，在今河南襄城。

④拔：攻克。阬：坑杀，活埋。阬，同"坑"。

⑤定死：确定死亡。

⑥沛：秦置县，在今江苏沛县东。

⑦居鄛（cháo）：秦置县，在今安徽巢县东北。

⑧素：一向。好奇计：擅长计谋。

⑨固当：本是应该的。

⑩怀王入秦不反：指楚怀王为秦王所诱，被扣留并死于秦。反，同"返"。

⑪楚南公：楚南方老人，善言阴阳。

⑫蜂午：纵横交错如蜂阵。午，纵横交错。争附：争相归附。

⑬求楚怀王孙心民间：在民间求访到楚怀王名叫心的孙子。

⑭盱台（xū tái）：秦置县，在今安徽盱眙东北。

⑮亢父（gāng fǔ）：秦置县，在今山东济宁南。

⑯田荣：故齐王族。龙且（jū）：楚国猛将，时任司马。东阿：古地名，在今山东阳谷东北。

⑰假：齐王田假。逐：驱逐。

⑱亡走楚：逃亡至楚。

⑲数使使趣齐兵：屡次派人催促齐发兵。数（shuò），屡次。趣，通"促"，催促。

⑳与国：盟国。

间以市于齐[①]。齐遂不肯发兵助楚。项梁使沛公及项羽别攻城阳，屠之[②]。西破秦军濮阳东[③]，秦兵收入濮阳。沛公、项羽乃攻定陶[④]。定陶未下，去，西略地至雍丘[⑤]，大破秦军，斩李由。还攻外黄[⑥]，外黄未下。

项梁起东阿，西，比至定陶，再破秦军，项羽等又斩李由，益轻秦，有骄色。宋义乃谏项梁曰："战胜而将骄卒惰者败[⑦]。今卒少惰矣，秦兵日益[⑧]，臣为君畏之[⑨]。"项梁弗听。乃使宋义使于齐。道遇齐使者高陵君显[⑩]，曰："公将见武信君乎[⑪]？"曰："然。"曰："臣论武信君军必败[⑫]。公徐行即免死，疾行则及祸。"秦果悉起兵益章邯[⑬]，击楚军，大破之定陶，项梁死。沛公、项羽去外黄攻陈留[⑭]，陈留坚守不能下。沛公、项羽相与谋曰："今项梁军破，士卒恐。"乃与吕臣军俱引兵而东[⑮]。吕臣军彭城东，项羽军彭城西，沛公军砀[⑯]。

章邯已破项梁军，则以为楚地兵不足忧，乃渡河击赵[⑰]，大破之。当此时，赵歇为王，陈馀为将，张耳为相，皆走入钜鹿城[⑱]。章邯令王离、涉间围钜鹿，章邯军其南，筑甬道而输之粟[⑲]。陈馀为将，将卒数万人而军钜鹿之北[⑳]，此所谓河北之军也。

楚兵已破于定陶，怀王恐，从盱台之彭城，并项羽、吕臣军自将

①市于齐：讨好齐国。市，买。

②城阳：古地名，在今山东荷泽东北。屠：屠城。

③濮阳：古地名，在今河南濮阳南。

④定陶：秦置县，在今山东定陶西北。

⑤去：放弃。西略地：向西攻取城邑。略，攻占。雍丘：古地名，在今河南杞县。

⑥外黄：古地名，在今河南杞县东北。

⑦将骄卒惰：将领骄傲，士卒松懈。

⑧少：同"稍"，渐渐。益：增加。

⑨为君畏之：替您担忧。

⑩高陵君显：封于高陵的贵臣，名显。

⑪武信君：即项梁。

⑫论：预测、推断。

⑬果：果然。悉：全部。益章邯：增援章邯。

⑭陈留：秦置县，在今河南陈留。

⑮吕臣：初为陈涉将军，陈涉败后，继续组兵反秦，汉时封宁陵侯。

⑯砀（dàng）：秦置县，在今安徽砀山南。

⑰渡河击赵：渡过黄河去攻击赵国。

⑱钜鹿：秦置县，在今河北平乡西南。

⑲甬道：临时修筑的便捷通道。输之粟：给（王离、涉间的部队）运送粮食。

⑳将：带领。

之。以吕臣为司徒，以其父吕青为令尹。以沛公为砀郡长，封为武安侯，将砀郡兵。

初，宋义所遇齐使者高陵君显在楚军，见楚王曰："宋义论武信君之军必败，居数日，军果败。兵未战而先见败征，此可谓知兵矣[①]。"王召宋义与计事而大说之[②]，因置以为上将军[③]；项羽为鲁公、为次将，范增为末将，救赵。诸别将皆属宋义，号为卿子冠军[④]。行至安阳[⑤]，留四十六日不进。项羽曰："吾闻秦军围赵王钜鹿，疾引兵渡河，楚击其外，赵应其内，破秦军必矣。"宋义曰："不然。夫搏牛之虻不可以破虮虱[⑥]。今秦攻赵，战胜则兵罢，我承其敝[⑦]；不胜，则我引兵鼓行而西，必举秦矣[⑧]。故不如先斗秦赵[⑨]。夫被坚执锐[⑩]，义不如公；坐而运策[⑪]，公不如义。"因下令军中曰："猛如虎，很如羊[⑫]，贪如狼，强不可使者[⑬]，皆斩之。"乃遣其子宋襄相齐，身送之至无盐，饮酒高会[⑭]。天寒大雨，士卒冻饥。项羽曰："将戮力而攻秦[⑮]，久留不行。今岁饥民贫，士卒食芋菽，军无见粮[⑯]，乃饮酒高会，不引兵渡河因赵食[⑰]，与赵并力攻秦，乃曰'承其敝'。夫以秦之强，攻新造之赵[⑱]，其势必举赵。赵举而秦强，何敝之承！且国兵新破[⑲]，王

①知兵：懂得兵事。

②说：同"悦"。

③置：任用。上将军：即主帅。

④卿子冠军：宋义是上将军，为军中之冠，故称之为"卿子冠军"。卿子，当时的敬词。

⑤安阳：古地名，在今山东曹县东南。

⑥虻（méng）：牛虻。虮虱：虱子的总称。比喻楚军的目标在灭秦而不在救赵。

⑦罢（pí）：通"疲"。承：通"乘"，趁着。敝：疲惫。

⑧鼓行而西：大张旗鼓向西进军。举：攻取，占领。

⑨先斗秦赵：让秦赵先争斗。

⑩被坚执锐：披坚甲，执利器。被，同"披"。

⑪坐而运策：在军中筹划。

⑫很：同"狠"。

⑬强不可使者：倔强而不听指挥的人。

⑭身：亲自。无盐：古地名，在今山东东平东。饮酒高会：置备酒宴，大会宾客。

⑮戮力：并力，协力。

⑯芋菽：芋头和豆类。见粮：存粮。见，同"现"。

⑰因赵食：利用赵国的粮食作军粮。因，依靠、利用。

⑱新造之赵：赵国刚刚建立。造，成立。

⑲国兵新破：指楚国的军队刚被秦军打败。

坐不安席，扫境内而专属于将军[①]，国家安危，在此一举。今不恤士卒而徇其私，非社稷之臣[②]。”项羽晨朝上将军宋义[③]，即其帐中斩宋义头，出令军中曰：“宋义与齐谋反楚，楚王阴令羽诛之[④]。”当是时，诸将皆慴服，莫敢枝梧[⑤]，皆曰：“首立楚者，将军家也。今将军诛乱。”乃相与共立羽为假上将军[⑥]。使人追宋义子，及之齐，杀之。使桓楚报命于怀王[⑦]。怀王因使项羽为上将军，当阳君、蒲将军皆属项羽。

项羽已杀卿子冠军，威震楚国，名闻诸侯。乃遣当阳君、蒲将军将卒二万渡河，救钜鹿。战少利，陈馀复请兵。项羽乃悉引兵渡河，皆沉船，破釜甑[⑧]，烧庐舍，持三日粮，以示士卒必死，无一还心[⑨]。于是至则围王离，与秦军遇，九战，绝其甬道，大破之，杀苏角，虏王离。涉间不降楚，自烧杀。当是时，楚兵冠诸侯[⑩]。诸侯军救钜鹿下者十余壁，莫敢纵兵[⑪]。及楚击秦，诸将皆从壁上观[⑫]。楚战士无不一以当十，楚兵呼声动天，诸侯军无不人人惴恐。于是已破秦军，项羽召见诸侯将，入辕门[⑬]，无不膝行而前[⑭]，莫敢仰视。项羽由是始为诸侯上将军[⑮]，诸侯皆属焉。

章邯军棘原，项羽军漳南[⑯]，相持未战。秦军数却[⑰]，二世使人

①扫境内而专属于将军：把境内的人力、财力悉数交给了你。扫，悉数的意思。

②社稷：土神和谷神，后引申为国家的代称。

③朝（cháo）：谒见。古时臣子谒见君王，僚属参见长官，都可叫作“朝”。

④阴令：暗中命令。诛：杀。

⑤慴服：慑伏。枝梧：抗拒。

⑥假：代理。

⑦报命：报告。

⑧釜：饭锅。甑（zèng）：蒸饭的陶器。

⑨无一还心：没有一点后退的心思。

⑩楚兵冠诸侯：楚军是诸侯中最强大的。

⑪壁：军营的围墙，引申为营垒。十余壁，十多座营垒。纵兵：发兵出战。

⑫从壁上观：凭着营垒观望。

⑬辕门：营门。古代行军扎营，以车辕对立为门，故名辕门。

⑭膝行而前：跪在地上，用膝向前行进。

⑮诸侯上将军：各国联军的最高统帅。

⑯棘原：古地名，在今河北平乡南。漳南：漳水之南。

⑰数却：屡次退却。

让章邯[①]。章邯恐，使长史欣请事[②]。至咸阳，留司马门三日[③]，赵高不见[④]，有不信之心。长史欣恐，还走其军，不敢出故道[⑤]。赵高果使人追之，不及。欣至军，报曰："赵高用事于中，下无可为者[⑥]。今战能胜，高必疾妒吾功[⑦]；战不能胜，不免于死。愿将军孰计之[⑧]。"陈馀亦遗章邯书曰[⑨]："白起为秦将，南征鄢郢，北坑马服[⑩]，攻城略地，不可胜计，而竟赐死[⑪]。蒙恬为秦将，北逐戎人，开榆中地数千里[⑫]，竟斩阳周[⑬]。何者？功多，秦不能尽封，因以法诛之。今将军为秦将三岁矣，所亡失以十万数，而诸侯并起滋益多。彼赵高素谀日久[⑭]，今事急，亦恐二世诛之，故欲以法诛将军以塞责，使人更代将军以脱其祸。夫将军居外久，多内郤[⑮]，有功亦诛，无功亦诛。且天之亡秦，无愚智皆知之。今将军内不能直谏，外为亡国将，孤特独立而欲常存[⑯]，岂不哀哉！将军何不还兵与诸侯为从[⑰]，约共攻秦，分王其地，南面称孤[⑱]；此孰与身伏铁质，妻子为僇乎[⑲]？"章邯狐疑，阴使候始成使项羽，欲约[⑳]。约未成，项羽使蒲将军日夜引兵度三户[㉑]，军漳南，与秦战，再破之。项羽悉引兵击秦军汙水上[㉒]，大破之。

章邯使人见项羽，欲约。项羽召军吏谋曰："粮少，欲听其约。"军

①让：责备。
②长史：官名，此处略同副官。欣：司马欣。请事：请示。
③咸阳：秦都城，在今陕西西安东。司马门：宫廷的外门。
④赵高：秦二世时的丞相。
⑤还走：回头逃跑。出故道：走原路。
⑥赵高用事于中，下无可为者：赵高在朝中操纵朝事，他下面的人不可能办好事。
⑦疾妒：即嫉妒。
⑧孰计之：仔细地考虑这个问题。孰，同"熟"。
⑨遗（wèi）：送。书：信。
⑩鄢：今湖北宜城。郢：今湖北江陵。马服：赵括的封号，这里代指赵国降卒。
⑪竟赐死：最终被赐死。
⑫榆中：内蒙古河套一带。
⑬阳周：秦置县，在今陕西子长北。
⑭素谀：一向蒙蔽。
⑮郤：通"隙"，裂痕。
⑯孤特独立：即孤立。前三字同义，叠用表示强调。
⑰从：即"纵"。为从，联合。
⑱王（wàng）：用作动词，称王。孤：帝王自称谦词。
⑲铁：同"斧"。质：砧板。僇：同"戮"。妻子：泛指亲属。
⑳候：军候。欲约：想签定投降的条约。
㉑度：通"渡"。三户：渡口名，在今河北临漳西。
㉒汙水：漳水的支流。

吏皆曰："善。"项羽乃与期洹水南殷虚上①。已盟，章邯见项羽而流涕，为言赵高。项羽乃立章邯为雍王，置楚军中。使长史欣为上将军，将秦军为前行②。到新安③。诸侯吏卒异时故徭使屯戍过秦中④，秦中吏卒遇之多无状⑤。及秦军降诸侯，诸侯吏卒乘胜多奴虏使之，轻折辱秦吏卒⑥。秦吏卒多窃言曰⑦："章将军等诈吾属降诸侯⑧，今能入关破秦，大善；即不能⑨，诸侯虏吾属而东，秦必尽诛吾父母妻子。"诸侯微闻其计⑩，以告项羽。项羽乃召黥布、蒲将军计曰："秦吏卒尚众，其心不服，至关中不听，事必危。不如击杀之，而独与章邯、长史欣、都尉翳入秦。"于是楚军夜击阬秦卒二十余万人新安城南。

行略定秦地⑪。函谷关有兵守关⑫，不得入。又闻沛公已破咸阳，项羽大怒，使当阳君等击关。项羽遂入，至于戏西⑬。沛公军霸上⑭，未得与项羽相见。沛公左司马曹无伤使人言于项羽曰："沛公欲王关中，使子婴为相⑮，珍宝尽有之。"项羽大怒，曰："旦日飨士卒⑯，为击破沛公军！"当是时，项羽兵四十万，在新丰鸿门⑰；沛公兵十万，在霸上。范增说项羽曰："沛公居山东时⑱，贪于财货，好美姬。今入关，财物无所取，妇女无所幸⑲，此其志

①与期：相与约定会期。洹（huán）水：在今安阳北。殷虚：即殷墟。

②将秦军为前行：率领投降的秦军为先头部队。

③新安：在今河南渑池东。

④异时：从前。故：曾经。徭使屯戍：泛指各种公差兵役劳役。秦中：指秦国故地。

⑤无状：没有礼貌。

⑥奴虏使之：把秦吏卒当奴隶或俘虏使唤。轻折辱：随便侮辱。轻，随便，动不动就。

⑦窃言：私下说，偷偷说。

⑧诈吾属：欺骗我们。

⑨即：如果。

⑩微闻：暗地听到。

⑪行略定秦地：将要攻取秦之关中。行，将要。

⑫函谷关：在今河南灵宝市北三十里。

⑬戏西：戏水之西，在今陕西临潼东。

⑭霸上：也作"灞上"，在今陕西西安东，即灞水之西的白鹿原。

⑮子婴：秦二世之侄，赵高杀二世后，立子婴为秦王，在位四十六天。刘邦破咸阳，子婴降。

⑯旦日：明天。飨（xiǎng）：用酒食犒赏。

⑰新丰：秦之骊邑，在今陕西临潼东。鸿门：山坡名，在临潼东。

⑱山东：指崤山以东地区，战国时泛称六国之地为山东。

⑲幸：亲近。

不在小。吾令人望其气[①]，皆为龙虎，成五采，此天子气也。急击勿失。”

楚左尹项伯者，项羽季父也，素善留侯张良[②]。张良是时从沛公，项伯乃夜驰之沛公军，私见张良，具告以事，欲呼张良与俱去。曰：“毋从俱死也。”张良曰：“臣为韩王送沛公[③]，沛公今事有急，亡去不义[④]，不可不语。”良乃入，具告沛公。沛公大惊，曰：“为之奈何？”张良曰：“谁为大王为此计者？”曰：“鲰生说我曰‘距关，毋内诸侯[⑤]，秦地可尽王也’，故听之。”良曰：“料大王士卒足以当项王乎[⑥]？”沛公默然，曰：“固不如也[⑦]，且为之奈何？”张良曰：“请往谓项伯，言沛公不敢背项王也[⑧]。”沛公曰：“君安与项伯有故[⑨]？”张良曰：“秦时与臣游，项伯杀人，臣活之[⑩]。今事有急，故幸来告良[⑪]。”沛公曰“孰与君少长[⑫]？”良曰：“长于臣。”沛公曰：“君为我呼入，吾得兄事之[⑬]。”张良出，要项伯[⑭]。项伯即入见沛公。沛公奉卮酒为寿，约为婚姻[⑮]，曰：“吾入关，秋毫不敢有所近，籍吏民[⑯]，封府库，而待将军。所以遣将守关者，备他盗之出入与非常也[⑰]。日夜望将军至，岂敢反乎！愿伯具言臣之不敢倍德也[⑱]。”项伯许诺，谓沛公曰：“旦日不可不蚤自来谢项王[⑲]。”沛公曰：“诺。”于是项伯复夜去，至军中，具以沛公言报项王。

①望气：古代方术之士以望人头上的云气判断凶吉贵贱。龙虎、五采即所谓“天子之气”，意指刘邦是贵人，将为天子。

②左尹：楚国官名，令尹的副手。素善：一向交好。

③为韩王送沛公：张良是韩王广的谋臣，受韩王委派帮助沛公击秦。

④亡去：逃离，溜走。

⑤鲰（zōu）生：浅薄愚陋的人。距关毋内诸侯：拒守函谷关，不让项羽等入关。距，通“拒”。内，通“纳”。

⑥当：挡住，抵挡。

⑦固：本来，当然。

⑧背：违背。

⑨安：何以。有故：有交情。

⑩游：交往。活之：保护他免于刑罚。

⑪幸：幸亏。

⑫孰与君少长：他和你年纪谁大谁小。

⑬兄事之：像兄弟一样待他。

⑭要：通“邀”。

⑮卮（zhī）：酒具。为寿：向尊长敬酒祝福。约为婚姻：约定联姻。

⑯籍吏民：登记官吏民众，造户籍。籍，记录。

⑰非常：意外事变。

⑱倍德：背信弃义。倍，通“背”。

⑲蚤：同“早”。谢：道歉。

因言曰："沛公不先破关中，公岂敢入乎？今人有大功而击之，不义也，不如因善遇之①。"项王许诺。

沛公旦日从百余骑来见项王，至鸿门，谢曰②："臣与将军戮力而攻秦，将军战河北，臣战河南③，然不自意能先入关破秦④，得复见将军于此。今者有小人之言，令将军与臣有郤⑤。"项王曰："此沛公左司马曹无伤言之；不然，籍何以至此。"项王即日因留沛公与饮。项王、项伯东乡坐，亚父南乡坐⑥。亚父者，范增也。沛公北乡坐，张良西乡侍。范增数目项王⑦，举所佩玉玦以示之者三⑧，项王默然不应。范增起，出召项庄⑨，谓曰："君王为人不忍，若入前为寿⑩，寿毕，请以剑舞，因击沛公于坐⑪，杀之。不者⑫，若属皆且为所虏⑬。"庄则入为寿⑭，寿毕，曰："君王与沛公饮，军中无以为乐，请以剑舞。"项王曰："诺。"项庄拔剑起舞，项伯亦拔剑起舞，常以身翼蔽沛公⑮，庄不得击。于是张良至军门，见樊哙⑯。樊哙曰："今日之事何如?"良曰："甚急。今者项庄拔剑舞，其意常在沛公也。"哙曰："此迫矣，臣请入，与之同命⑰。"哙即带剑拥盾入军门⑱。交戟之卫士欲止不内⑲，樊哙侧其盾以撞，卫士仆地，哙遂入，披帷西乡立⑳，瞋目视项王㉑，头发上指，目眦尽裂㉒。项王

①因：顺势，趁机。善遇之：好好对待他。
②谢：道歉、告罪。
③河北、河南：黄河以北、以南的泛称。
④不自意：自己没有料到。
⑤郤：同"隙"。
⑥东乡坐：面向东坐。亚父：项羽对范增的尊称。
⑦数目：频频使眼色。
⑧玦（jué）：环形而有缺口的佩玉。玦，谐音"决"，示意项王决断在席上处置沛公。示之者三：多次示意。
⑨项庄：项羽的堂弟。
⑩忍：狠，绝决。若：你。
⑪坐：同"座"。
⑫不（fǒu）者：否则，不然的话。
⑬若属：你等，你们这班人。
⑭则：随即。
⑮翼蔽：保护遮挡。
⑯樊哙：原是屠夫，后随刘邦，入汉封舞阳侯。
⑰与之同命：与沛公同生死。
⑱带剑拥盾：武士进帐中须解除武装，现在樊哙全副武装进帐，所以门士阻挡。
⑲交戟：营帐门口两侧各有一卫士持戟守卫。内：同"纳"。
⑳披帷：扯开帷帐。
㉑瞋（chēn）目：瞪大眼睛。
㉒眦（zì）：眼眶。

按剑而跽曰[①]："客何为者[②]？"张良曰："沛公之参乘樊哙者也[③]。"项王曰："壮士，赐之卮酒。"则与斗卮酒[④]。哙拜谢，起，立而饮之。项王曰："赐之彘肩[⑤]。"则与一生彘肩。樊哙覆其盾于地，加彘肩上，拔剑切而啖之[⑥]。项王曰："壮士，能复饮乎？"樊哙曰："臣死且不避，卮酒安足辞[⑦]！夫秦王有虎狼之心，杀人如不能举，刑人如恐不胜[⑧]，天下皆叛之。怀王与诸将约曰'先破秦入咸阳者王之'。今沛公先破秦入咸阳，毫毛不敢有所近，封闭宫室，还军霸上，以待大王来。故遣将守关者，备他盗出入与非常也。劳苦而功高如此，未有封侯之赏，而听细说[⑨]，欲诛有功之人。此亡秦之续耳，窃为大王不取也[⑩]。"项王未有以应，曰："坐。"樊哙从良坐[⑪]。坐须臾，沛公起如厕[⑫]，因招樊哙出。

沛公已出，项王使都尉陈平召沛公。沛公曰："今者出，未辞也，为之奈何？"樊哙曰："大行不顾细谨，大礼不辞小让[⑬]。如今人方为刀俎[⑭]，我为鱼肉，何辞为！"于是遂去。乃令张良留谢。良问曰："大王来何操[⑮]？"曰："我持白璧一双，欲献项王；玉斗一双，欲与亚父。会其怒[⑯]，不敢献。公为我献之"张良曰："谨诺。"当是时，项王军在鸿门下，沛公军在霸上，相去四十里。沛

①跽（jì）：半跪，挺直上身跪起来。
②客何为者：你是什么人？
③参乘：在主将战车上居于右侧担任警卫的武士，也称"陪乘""车右"。
④斗卮：大酒具。
⑤彘肩：猪前腿。
⑥啖（dàn）：吃。
⑦卮酒安足辞：杯酒怎么值得推辞呢。
⑧杀人如不能举，刑人如恐不胜：杀人唯恐不尽，用刑唯恐不重。举，枚举，细数。
⑨细说：小人谗言。
⑩窃为：我认为。窃，自谦之词。
⑪从良坐：挨着张良坐下。
⑫如厕：上厕所。如，往。
⑬大行：大事。细谨：细微末节，琐屑事务。辞：回避。小让：小的失误。
⑭刀俎（zǔ）：刀和砧板。
⑮来何操：来的时候带了什么。
⑯会：适逢，碰上。

公则置车骑[①]，脱身独骑，与樊哙、夏侯婴、靳强、纪信等四人持剑盾步走[②]，从郦山下，道芷阳间行[③]。沛公谓张良曰："从此道至吾军，不过二十里耳。度我至军中[④]，公乃入。"沛公已去，间至军中[⑤]，张良入谢[⑥]，曰："沛公不胜桮杓[⑦]，不能辞。谨使臣良奉白璧一双，再拜献大王足下[⑧]；玉斗一双，再拜奉大将军足下[⑨]。"项王曰："沛公安在?"良曰："闻大王有意督过之[⑩]，脱身独去，已至军矣。"项王则受璧，置之坐上。亚父受玉斗，置之地，拔剑撞而破之，曰："唉！竖子不足与谋[⑪]。夺项王天下者，必沛公也。吾属今为之虏矣。"沛公至军，立诛杀曹无伤。

居数日[⑫]，项羽引兵西屠咸阳[⑬]，杀秦降王子婴，烧秦宫室，火三月不灭；收其货宝妇女而东。人或说项王曰[⑭]："关中阻山河四塞，地肥饶，可都以霸[⑮]。"项王见秦宫皆以烧残破，又心怀思欲东归，曰："富贵不归故乡，如衣绣夜行，谁知之者！"说者曰："人言楚人沐猴而冠耳，果然[⑯]。"项王闻之，烹说者。

项王使人致命怀王[⑰]。怀王曰："如约[⑱]。"乃尊怀王为义帝[⑲]。项王欲自王，先王诸将相[⑳]。谓曰："天下初发难时，假立诸侯后以伐秦[㉑]。然身被坚执锐首事，暴露于野三年[㉒]，灭秦定天下者，皆将相诸君与籍之力也。义帝虽无功，故当分

①置车骑（jì）：留下随从的车骑。置，留下，丢弃。

②步走：徒步快行。

③郦山：即骊山。道：经过。芷阳：秦置县，在今陕西长安东。间（jiàn）行：抄小道行走。

④度（duó）：估计。

⑤间至军中：张良推度之意。

⑥入谢：进来道歉。

⑦不胜（shēng）桮杓：不能多饮酒了，已经醉了。桮，同"杯"。杓，同"勺"。胜，承受。

⑧足下：对人的尊称。

⑨大将军：这里指范增。

⑩督过：责罪。

⑪竖子：对人的蔑称，相当于"小子"。这里明骂项庄，暗指项羽。

⑫居数日：过了几天。

⑬屠咸阳：对咸阳进行屠城。

⑭人或说：有人曾游说。

⑮阻：凭借，倚仗。四塞：四面险要的地形。可都以霸：可以建都来奠定霸业。

⑯沐猴而冠：猴子带上人的帽子。比喻项羽徒具人形，不悟人事。果然：果如人言。

⑰致命：报告请示。

⑱如约：按原来所约定的办。楚怀王曾与反秦将领约定"先入关中者王之"。

⑲义帝：名义上的皇帝。

⑳自王：自封为王。先王诸将相：先封诸将相为王。

㉑假立诸侯后：暂时封六国诸侯的后代为王。

㉒披坚执锐：身着甲胄，手执利器。首事：首先起兵攻秦。暴（pù）：同"曝"。

其地而王之。”诸将皆曰：“善。”乃分天下，立诸将为侯王。项王、范增疑沛公之有天下[1]，业已讲解[2]，又恶负约[3]，恐诸侯叛之，乃阴谋曰[4]：“巴、蜀道险，秦之迁人皆居蜀[5]。”乃曰：“巴、蜀亦关中地也[6]。”故立沛公为汉王，王巴、蜀、汉中，都南郑[7]。而三分关中，王秦降将以距塞汉王[8]。项王乃立章邯为雍王，王咸阳以西，都废丘[9]。长史欣者，故为栎阳狱掾，尝有德于项梁；都尉董翳者，本劝章邯降楚。故立司马欣为塞王，王咸阳以东至河，都栎阳；立董翳为翟王，王上郡，都高奴[10]。徙魏王豹为西魏王，王河东，都平阳[11]。瑕丘申阳者，张耳嬖臣也[12]，先下河南，迎楚河上[13]，故立申阳为河南王，都雒阳。韩王成因故都，都阳翟[14]。赵将司马卬定河内，数有功，故立卬为殷王，王河内，都朝歌[15]。徙赵王歇为代王[16]。赵相张耳素贤，又从入关，故立耳为常山王，王赵地，都襄国[17]。当阳君黥布为楚将，常冠军，故立布为九江王，都六[18]。鄱君吴芮率百越佐诸侯，又从入关，故立芮为衡山王，都邾[19]。义帝柱国共敖将兵击南郡，功多，因立敖为临江王，都江陵[20]。徙燕王韩广为辽东王。燕将臧荼从楚救赵，因从入关，故立荼为燕王，都蓟[21]。徙齐王田市为胶东王。齐将田都从共救赵，因从入关，

①有天下：有统一天下的野心。

②讲解：讲和，和解。

③恶（wù）负约：忌讳背约之名。

④阴谋：背地里谋划。

⑤迁人：因罪被流放的人。

⑥巴蜀亦关中：怀王曾与项王、沛公有约，先入关中者为主，现在封沛公为汉中王，也算是“关”中地区。

⑦南郑：今陕西南郑。

⑧距塞汉王：堵塞刘邦向东扩展的路。距塞，隔断，堵住。

⑨废丘：在今陕西兴平东南。

⑩高奴：在今陕西延安东北。

⑪平阳：在今山西临汾西南。

⑫瑕丘：在今山东兖州西。申阳：人名。嬖（bì）臣：宠幸之臣。

⑬迎楚河上：迎降楚军于河南郡境的河北岸。

⑭因故都：仍居旧都。阳翟：在今河南禹州。

⑮河内：黄河以北山西东南部、河北南部及河南北部地区。朝歌：殷都，在今河南淇县东北。

⑯代：今山西东北部与河北西北一部分，今河北蔚县东有代王城。

⑰襄国：在今河北邢台西南。

⑱常冠军：常为诸军之冠。六（lù）：古地名，在今安徽六安北。

⑲邾：在今湖北黄冈西北。

⑳江陵：即今湖北江陵。

㉑蓟：在今北京西南。

故立都为齐王，都临菑[①]。故秦所灭齐王建孙田安，项羽方渡河救赵，田安下济北数城，引其兵降项羽，故立安为济北王，都博阳[②]。田荣者，数负项梁[③]，又不肯将兵从楚击秦，以故不封。成安君陈馀弃将印去，不从入关，然素闻其贤，有功于赵，闻其在南皮，故因环封三县[④]。番君将梅铜功多，故封十万户侯。项王自立为西楚霸王，王九郡，都彭城[⑤]。

汉之元年四月[⑥]，诸侯罢戏下，各就国[⑦]。项王出之国，使人徙义帝[⑧]，曰："古之帝者地方千里，必居上游。"乃使使徙义帝长沙郴县[⑨]。趣义帝行[⑩]，其群臣稍稍背叛之[⑪]，乃阴令衡山、临江王击杀之江中[⑫]。韩王成无军功，项王不使之国，与俱至彭城，废以为侯，已又杀之[⑬]。臧荼之国，因逐韩广之辽东[⑭]，广弗听，荼击杀广无终，并王其地[⑮]。

田荣闻项羽徙齐王市胶东，而立齐将田都为齐王，乃大怒，不肯遣齐王之胶东，因以齐反[⑯]，迎击田都。田都走楚。齐王市畏项王，乃亡之胶东就国[⑰]。田荣怒，追击杀之即墨。荣因自立为齐王，而西杀击济北王田安，并王三齐[⑱]。荣与彭越将军印，令反梁地。陈馀阴使张同、夏说说齐王田荣曰："项羽为天下宰，不平[⑲]。今尽王故王于丑地[⑳]，而王其群臣诸将善地，逐其故主赵王，乃北居代，余以为不可。闻大

①临菑：即今山东临淄。
②博阳：约在今山东在平博平一带。
③负：背叛。
④南皮：今河北南皮县东北。环封三县：封给环绕南皮的三县。
⑤彭城：今徐州。
⑥汉之元年：即公元前206年。这一年二月刘邦称汉王。
⑦罢：罢兵。戏：戏水。就国：回到封国。
⑧之国：回到封国。之，到。徙义帝：逼迫义帝迁离彭城。
⑨长沙：秦郡名。郴县：今湖南郴州。
⑩趣（cù）：催迫。
⑪"其群臣"句：义帝被迁往远方，他的大臣渐渐离开不肯随行。
⑫"阴令"句：项王暗地指令两王在迁徙途中，把义帝杀死在长江中。
⑬已：不久，很快。
⑭"因逐韩广"句：韩广据有燕，被徙封辽东。
⑮击杀广无终：在无终击杀韩广。无终，今天津蓟县。王其地：把其地纳入自己的王国。
⑯因以齐反：因而带领齐国反叛。
⑰乃亡之胶东就国：逃到胶东自己的封国。
⑱三齐：指齐、胶东、济北三国。
⑲为天下宰：主宰天下之事，指分封诸侯。不平：不公平，有私心。
⑳丑地：不好的地方。

王起兵，且不听不义[①]，愿大王资馀兵[②]，请以击常山，以复赵王，请以国为扞蔽[③]。”齐王许之，因遣兵之赵。陈馀悉发三县兵，与齐并力击常山，大破之。张耳走归汉。陈馀迎故赵王歇于代，反之赵。赵王因立陈馀为代王。

是时，汉还定三秦[④]。项羽闻汉王皆已并关中，且东[⑤]，齐、赵叛之，大怒。乃以故吴令郑昌为韩王，以距汉。令萧公角等击彭越。彭越败萧公角等。汉使张良徇韩，乃遗项王书曰：“汉王失职[⑥]，欲得关中，如约即止，不敢东[⑦]。”又以齐、梁反书遗项王曰[⑧]：“齐欲与赵并灭楚。”楚以此故无西意，而北击齐。征兵九江王布[⑨]。布称疾不往[⑩]，使将将数千人行。项王由此怨布也。汉之二年冬，项羽遂北至城阳，田荣亦将兵会战。田荣不胜，走至平原[⑪]，平原民杀之。遂北烧夷齐城郭室屋，皆阬田荣降卒，系虏其老弱妇女[⑫]。徇齐至北海，多所残灭[⑬]。齐人相聚而叛之。于是田荣弟田横收齐亡卒得数万人，反城阳。项王因留，连战未能下。

春，汉王部五诸侯兵[⑭]，凡五十六万人，东伐楚。项王闻之，即令诸将击齐，而自以精兵三万人南从鲁出胡陵[⑮]。四月，汉皆已入彭城，收其货宝美人，日置酒高会[⑯]。项王乃西从萧，晨击汉军而东，至彭城，

①不听不义：不听从不合道义的命令。

②资馀兵：资助我陈馀兵力。

③请以国为扞（hàn）蔽：请允许我举国作为齐的外围屏障。扞蔽，外围屏障。

④汉还定三秦：汉王从汉中回到关中，攻灭关中之王。

⑤且东：将要向东进兵。

⑥汉王失职：按照原来义帝之约“先入关者王之”，刘邦先入关应在秦地称王，后来却到巴蜀、汉中，刘邦认为这是失其职守。

⑦如约即止，不敢东：按照约定得到关中之地即停止前进，不敢继续向东。

⑧以齐、梁反书遗项王：把齐、梁两国联络谋反叛楚的情报给项王。

⑨九江王布：即英布，也名“黥布”。

⑩称疾：声称有病。

⑪平原：古地名，在今山东平原县。

⑫烧夷：烧平。系虏：俘虏。系，用绳索捆绑。

⑬徇：征讨。残灭：摧残毁灭。

⑭部：部署、率领。

⑮鲁：今山东曲阜。

⑯日置酒高会：每天都举行盛大宴会。

日中，大破汉军。汉军皆走，相随入谷、泗水[①]，杀汉卒十余万人。汉卒皆南走山，楚又追击至灵壁东睢水上[②]。汉军却，为楚所挤，多杀，汉卒十余万人皆入睢水，睢水为之不流。围汉王三匝[③]。于是大风从西北而起，折木发屋[④]，扬沙石，窈冥昼晦[⑤]，逢迎楚军。楚军大乱，坏散，而汉王乃得与数十骑遁去[⑥]。欲过沛，收家室而西[⑦]；楚亦使人追之沛，取汉王家，家皆亡[⑧]，不与汉王相见。汉王道逢得孝惠、鲁元，乃载行。楚骑追汉王，汉王急，推堕孝惠、鲁元车下[⑨]，滕公常下收载之[⑩]。如是者三。曰："虽急不可以驱，奈何弃之?"于是遂得脱。求太公、吕后不相遇[⑪]。审食其从太公、吕后间行[⑫]，求汉王，反遇楚军。楚军遂与归，报项王，项王常置军中[⑬]。

是时吕后兄周吕侯为汉将兵居下邑[⑭]，汉王间往从之[⑮]，稍稍收其士卒[⑯]。至荥阳，诸败军皆会[⑰]，萧何亦发关中老弱未傅悉诣荥阳[⑱]，复大振。楚起于彭城，常乘胜逐北[⑲]，与汉战荥阳南京、索间[⑳]，汉败楚，楚以故不能过荥阳而西。

项王之救彭城，追汉王至荥阳，田横亦得收齐[㉑]，立田荣子广为齐王。汉王之败彭城，诸侯皆复与楚而背汉[㉒]。汉军荥阳，筑甬道属之河，以取敖仓粟[㉓]。汉之三年，项王数侵夺汉甬道，汉王食乏，恐，请和，

①入谷、泗水：被逼进谷水、泗水。
②灵壁：在今安徽宿县西北。
③围：包围。三匝：三重。
④折木发屋：吹断树木，掀去屋顶。
⑤窈冥昼晦：白昼如同黑夜一般。
⑥坏散：崩溃。遁去：逃走。
⑦收家室而西：带着家人向西撤退。
⑧家皆亡：家人都走散了。
⑨孝惠：刘邦的儿子刘盈，嗣位为汉孝惠帝。鲁元：刘邦的女儿。载行：安置到车上走。
⑩滕公：夏侯婴，曾任滕县令。
⑪太公：刘邦的父亲。吕后：吕雉，刘邦的妻子。
⑫审食其：吕后幸臣，后封辟阳侯。间行：隐蔽行进。
⑬常置军中：长久留在军营中（作人质）。
⑭下邑：在今安徽砀山东。
⑮间往从之：悄悄地向周吕侯的阵地靠拢。
⑯稍稍收其士卒：渐渐地把战场被冲散的士卒聚拢起来。
⑰诸败军皆会：各路战败的军队都聚起来。
⑱未傅：指不符合服役年龄，尚未登记入名册的人。诣：前往。
⑲逐北：追逐败逃的敌人。北，败走。
⑳京、索间：京邑（今河南荥阳东南）和索亭（今河南荥阳）之间。
㉑田横亦得收齐：项王回救彭城，齐国田横趁机把被项王打败的军队收拢在一起。
㉒复与楚而背汉：再次归附楚而背叛汉。
㉓军荥阳：驻扎在荥阳。属之河；连接到黄河边。属，连接。敖：山名，在荥阳西北，秦时在其中修仓储粮。

割荥阳以西为汉[①]。

项王欲听之。历阳侯范增曰："汉易与耳，今释弗取，后必悔之[②]。"项王乃与范增急围荥阳。汉王患之，乃用陈平计间项王[③]。项王使者来，为太牢具[④]，举欲进之。见使者，详惊愕曰[⑤]："吾以为亚父使者，乃反项王使者。"更持去，以恶食食项王使者[⑥]。使者归报项王，项王乃疑范增与汉有私，稍夺之权[⑦]。范增大怒，曰："天下事大定矣[⑧]，君王自为之。愿赐骸骨归卒伍[⑨]。"项王许之。行未至彭城，疽发背而死[⑩]。

汉将纪信说汉王曰："事已急矣，请为王诳楚为王，王可以间出[⑪]。"于是汉王夜出女子荥阳东门被甲二千人，楚兵四面击之。纪信乘黄屋车，傅左纛[⑫]，曰："城中食尽，汉王降。"楚军皆呼万岁。汉王亦与数十骑从城西门出，走成皋[⑬]。项王见纪信，问："汉王安在？"曰："汉王已出矣。"项王烧杀纪信。

汉王使御史大夫周苛、枞公、魏豹守荥阳。周苛、枞公谋曰："反国之王，难与守城。"乃共杀魏豹。楚下荥阳城，生得周苛[⑭]。项王谓周苛曰："为我将[⑮]，我以公为上将军，封三万户。"周苛骂曰："若不趣降汉，汉今虏若，若非汉敌也[⑯]。"项王怒，烹周苛，并杀枞公。

汉王之出荥阳，南走宛、叶[⑰]，

①割荥阳以西为汉：以荥阳为界，西为汉，东为楚。即所谓"楚汉之界"。

②易与：容易对付。

③间项王：离间项王（与范增的关系）。

④太牢：全只的猪、牛、羊。在此借指丰盛的筵席。

⑤详：同"佯"，假装。

⑥以恶食食项王使者：拿粗劣的食物给项王的使者吃。

⑦乃疑范增与汉有私：怀疑范增与汉王有私密交易。稍：逐渐。

⑧天下大定：国家大事都已经安排妥当了。

⑨愿赐骸骨归卒伍：请求免职引退回乡做平民。卒、伍，均为乡里编制的名称。

⑩疽（jū）：毒疮。

⑪诳楚为王：假装成汉王来蒙骗楚兵。间出：乘机逃出。

⑫黄屋车：古代皇帝乘用的车，车盖的里子用黄缯制成。傅左纛（dú）：把毛羽组成的大旗插在车衡左。纛，古代军队里的大旗。

⑬成皋：在今河南荥阳西北。

⑭生得：活捉。

⑮为我将：为我带兵打仗。

⑯趣降：赶快投降。趣，同"促"，立刻。若：你。指项王。若非汉敌：你不是汉军的对手。

⑰宛、叶：宛，今河南南阳市。叶，今河南叶县南三十里。

得九江王布[①]，行收兵[②]，复入保成皋。汉之四年，项王进兵围成皋。汉王逃，独与滕公出成皋北门，渡河走修武[③]，从张耳、韩信军。诸将稍稍得出成皋，从汉王。楚遂拔成皋，欲西。汉使兵距之巩[④]，令其不得西。

是时，彭越渡河击楚东阿，杀楚将军薛公。项王乃自东击彭越。汉王得淮阴侯兵，欲渡河南[⑤]。郑忠说汉王，乃止壁河内[⑥]。使刘贾将兵佐彭越，烧楚积聚[⑦]。项王东击破之，走彭越[⑧]。汉王则引兵渡河，复取成皋，军广武[⑨]，就敖仓食。项王已定东海来，西，与汉俱临广武而军，相守数月。

当此时，彭越数反梁地，绝楚粮食，项王患之。为高俎[⑩]，置太公其上，告汉王曰："今不急下[⑪]，吾烹太公。"汉王曰："吾与项羽俱北面受命怀王，曰'约为兄弟'[⑫]，吾翁即若翁，必欲烹而翁，则幸分我一杯羹[⑬]。"项王怒，欲杀之。项伯曰："天下事未可知，且为天下者不顾家，虽杀之无益，只益祸耳[⑭]。"项王从之。

楚汉久相持未决，丁壮苦军旅，老弱罢转漕[⑮]。项王谓汉王曰："天下匈匈数岁者，徒以吾两人耳[⑯]。原与汉王挑战决雌雄，毋徒苦天下之民父子为也[⑰]。"汉王笑谢曰[⑱]："吾宁斗智，不能斗力。"项王令壮士出

①九江王布：英布，后封九江王。
②行收兵：一路收集散兵。
③修武：在今河南获嘉境内。
④巩：在今河南巩义西南。
⑤欲渡河南：意欲渡过黄河向南。
⑥止壁河内：在黄河北面囤兵扎营。
⑦积聚：指军用粮草辎重。
⑧走彭越：击溃彭越。
⑨广武：在今河南荥阳。
⑩高俎：高大案板。
⑪急下：马上降服。
⑫北面受命怀王：指做大臣接受怀王的诏命。约为兄弟：结盟作兄弟。约，立誓约。
⑬吾翁即若翁：我的父亲就是你的父亲。若，你。而翁：你的父亲。而，同"尔"。幸分我一杯羹：希望分给我一杯羹汤。
⑭只益祸耳：只增加祸患罢了。
⑮罢：通"疲"。罢转漕，疲于水陆运输军需的苦役。
⑯匈匈：同"洶洶"，不安宁。徒以吾两人：只是因为有我们两个人在争斗。
⑰毋徒苦天下之民：不要让天下人民白白受苦。
⑱笑谢：笑着拒绝。

挑战。汉有善骑射者楼烦[1]，楚挑战三合，楼烦辄射杀之[2]。项王大怒，乃自被甲持戟挑战。楼烦欲射之，项王瞋目叱之，楼烦目不敢视，手不敢发，遂走还入壁[3]，不敢复出。汉王使人间问之[4]，乃项王也。汉王大惊。于是项王乃即汉王相与临广武间而语[5]。汉王数之[6]，项王怒，欲一战。汉王不听，项王伏弩射中汉王[7]。汉王伤，走入成皋。

项王闻淮阴侯已举河北[8]，破齐、赵，且欲击楚，乃使龙且往击之。淮阴侯与战，骑将灌婴击之，大破楚军，杀龙且。韩信因自立为齐王。项王闻龙且军破，则恐，使盱台人武涉往说淮阴侯[9]。淮阴侯弗听[10]。是时，彭越复反，下梁地，绝楚粮[11]。项王乃谓海春侯大司马曹咎等曰："谨守成皋[12]，则汉欲挑战，慎勿与战，毋令得东而已[13]。我十五日必诛彭越，定梁地，复从将军[14]。"乃东，行击陈留、外黄。

外黄不下。数日，已降，项王怒，悉令男子年十五已上诣城东，欲阬之[15]。外黄令舍人儿年十三[16]，往说项王曰："彭越强劫外黄[17]，外黄恐，故且降，待大王[18]。大王至，又皆阬之，百姓岂有归心？从此以东，梁地十余城皆恐，莫肯下矣。"项王然其言[19]，乃赦外黄当阬者。东至睢阳，闻之皆争下项王[20]。

①楼烦：本为北方少数民族，善骑射。这里指善骑射的士卒。

②辄：竟。

③走还入壁：逃回军营中。

④间问：打听。

⑤即：靠近。广武间：即"广武涧"。广武山有东西二城，东城为楚所筑，西城为汉所筑，两城为广武涧分隔。

⑥数（shǔ）之：一一列举项羽的罪状。

⑦伏弩：埋伏的弓箭手。

⑧举：攻下。

⑨武涉往说淮阴侯：武涉说淮阴侯的内容，是劝其背汉联楚，三分天下。

⑩弗听：不听从。

⑪绝楚粮：断绝楚军的粮食供给。

⑫谨守：小心守卫。

⑬毋令得东而已：使它不能东进，就是成功。

⑭复从将军：再来跟你汇合。

⑮诣：往。阬：同"坑"，活埋。

⑯外黄令舍人儿：外黄县令的门客的儿子。

⑰强劫：胁迫。

⑱且降：暂且投降。待大王：等待大王来救助。

⑲然其言：认为他说得对。

⑳睢阳：今河南商丘。争下项王：为项王而下，即举城投降。

汉果数挑楚军战[①]，楚军不出。使人辱之，五六日，大司马怒，渡兵汜水[②]。士卒半渡，汉击之，大破楚军，尽得楚国货赂[③]。大司马咎、长史翳、塞王欣皆自刭汜水上。大司马咎者，故蕲狱掾，长史欣亦故栎阳狱吏，两人尝有德于项梁，是以项王信任之。当是时，项王在睢阳，闻海春侯军败，则引兵还。汉军方围钟离眛于荥阳东，项王至，汉军畏楚，尽走险阻[④]。

是时，汉兵盛食多，项王兵罢食绝[⑤]。汉遣陆贾说项王，请太公[⑥]，项王弗听。汉王复使侯公往说项王，项王乃与汉约，中分天下[⑦]，割鸿沟以西者为汉[⑧]，鸿沟而东者为楚。项王许之，即归汉王父母妻子。军皆呼万岁。汉王乃封侯公为平国君，匿弗肯复见[⑨]。曰："此天下辩士，所居倾国[⑩]，故号为平国君。"项王已约，乃引兵解而东归[⑪]。

汉欲西归。张良、陈平说曰："汉有天下太半[⑫]，而诸侯皆附之。楚兵罢食尽。此天亡楚之时也，不如因其机而遂取之[⑬]。今释弗击[⑭]，此所谓'养虎自遗患'也[⑮]。"汉王听之。汉五年，汉王乃追项王至阳夏南[⑯]，止军，与淮阴侯韩信、建成侯彭越期会而击楚军[⑰]。至固陵[⑱]，而信、越之兵不会。楚击汉军，大破之。汉王复入壁，深堑而自守[⑲]。谓

①数挑楚军：多次向楚军挑战。
②汜水：黄河支流。在荥阳县境内。
③货赂：财物。
④走险阻：逃到险要的地方防守。
⑤兵罢食绝：士兵疲惫，粮食断绝。
⑥请太公：请求释放刘太公。
⑦中分天下：把天下（中国）一分为二。
⑧鸿沟：河名。在河南中牟县境内，今已湮没。
⑨匿：躲藏。弗肯复见：不肯再相见。
⑩所居倾国：会把所居住的国家倾覆。
⑪解：通"懈"，指不再戒备。
⑫太半：大半。
⑬因：趁着。
⑭今释弗击：现在放走他不攻击。
⑮养虎自遗患：当时成语，比喻姑息敌人必留祸患。
⑯阳夏：在今河南太康。
⑰期会：约好日期会合。
⑱固陵：在今河南太康西。
⑲深堑：挖深壕沟。

张子房曰："诸侯不从约[①]，为之奈何？"对曰："楚兵且破，信、越未有分地，其不至固宜[②]。君王能与共分天下，今可立致也[③]。即不能[④]，事未可知也。君王能自陈以东傅海[⑤]，尽与韩信；睢阳以北至谷城[⑥]，以与彭越：使各自为战，则楚易败也。"汉王曰："善。"于是乃发使者告韩信、彭越曰："并力击楚。楚破，自陈以东傅海与齐王，睢阳以北至谷城与彭相国。"使者至，韩信、彭越皆报曰[⑦]："请今进兵。"韩信乃从齐往，刘贾军从寿春并行，屠城父，至垓下[⑧]。大司马周殷叛楚，以舒屠六[⑨]，举九江兵[⑩]，随刘贾、彭越皆会垓下，诣项王[⑪]。

项王军壁垓下，兵少食尽，汉军及诸侯兵围之数重。夜闻汉军四面皆楚歌[⑫]，项王乃大惊曰："汉皆已得楚乎？是何楚人之多也[⑬]！"项王则夜起，饮帐中。有美人名虞，常幸从[⑭]；骏马名骓[⑮]，常骑之。于是项王乃悲歌慷慨，自为诗曰："力拔山兮气盖世，时不利兮骓不逝[⑯]。骓不逝兮可奈何，虞兮虞兮奈若何[⑰]！"歌数阕，美人和之[⑱]。项王泣数行下，左右皆泣，莫能仰视。

于是项王乃上马骑，麾下壮士骑从者八百余人，直夜溃围南出[⑲]，驰走。平明[⑳]，汉军乃觉之，令骑将灌婴以五千骑追之。项王渡淮，骑能

①诸侯不从约：诸侯们不遵守约定。诸侯，指韩信、彭越等，他们当时已封王。

②信、越未有分地：韩信、彭越还没有封地。当时他们的封号只是名义上的，并没有实际封地。固宜：实在是情有可原。

③立致：立刻就能让他到来。

④即不能：如果不能（即分封）的话。

⑤陈：陈国。傅海：直到大海。傅，到达。

⑥谷城：今山东东阿县南。

⑦报：回信报告。

⑧从寿春并行：从寿春出发，与韩信并行南下。寿春，在今安徽。城父：在今安徽亳州东南。垓下：在今安徽灵壁东南。

⑨以舒屠六：在舒发兵屠灭六。舒，今安徽舒城，六，今安徽六安。

⑩九江兵：黥布的军队。

⑪诣项王：与项王会战。

⑫楚歌：楚地歌曲。

⑬何楚人多之也：为什么楚人这么多啊。

⑭幸从：宠爱，亲近。

⑮骓（zhuī）：良马名。

⑯逝：奔驰。

⑰奈若何：对你怎么办？将你怎样安排？

⑱歌数阕（què）：唱了几遍。和：接着唱。

⑲直：同"值"，当，趁。溃围：突破包围。

⑳平明：天刚亮。

属者百余人耳①。项王至阴陵②，迷失道，问一田父③，田父绐曰④："左。"左，乃陷大泽中。以故汉追及之。项王乃复引兵而东，至东城⑤，乃有二十八骑。汉骑追者数千人。项王自度不得脱。谓其骑曰："吾起兵至今八岁矣，身七十余战⑥，所当者破，所击者服，未尝败北，遂霸有天下。然今卒困于此，此天之亡我，非战之罪也⑦。今日固决死，原为诸君快战⑧，必三胜之，为诸君溃围，斩将，刈旗⑨，令诸君知天亡我，非战之罪也。"乃分其骑以为四队，四乡⑩。汉军围之数重。项王谓其骑曰："吾为公取彼一将。"令四面骑驰下，期山东为三处⑪。于是项王大呼驰下，汉军皆披靡⑫，遂斩汉一将。是时，赤泉侯为骑将⑬，追项王，项王瞋目而叱之，赤泉侯人马俱惊，辟易数里⑭。与其骑会为三处。汉军不知项王所在，乃分军为三，复围之。项王乃驰⑮，复斩汉一都尉，杀数十百人，复聚其骑，亡其两骑耳⑯。乃谓其骑曰："何如?"骑皆伏曰："如大王言。"

于是项王乃欲东渡乌江⑰。乌江亭长舣船待⑱，谓项王曰："江东虽小，地方千里，众数十万人，亦足王也⑲。愿大王急渡。今独臣有船，汉军至，无以渡。"项王笑曰："天之亡我，我何渡为⑳！且籍与江东子

①属（zhǔ）：跟随。
②阴陵：秦县名，在今安徽定远西北。
③田父（fǔ）：农夫。
④绐（dài）：欺骗。
⑤东城：秦县名，在今安徽定远东南。
⑥身：亲历、身经。
⑦天之亡我，非我之罪：是上天要使我灭亡，并非我的战略战术有什么错误。
⑧快战：痛痛快快地打一仗。
⑨刈旗：夺取或砍倒汉军旗帜。
⑩四乡：朝向四个方向。
⑪期山东为三处：约定在山的东面分三处集合。
⑫披靡：形容汉军惊惶溃散，如草木随风倒。
⑬赤泉侯：汉将杨喜，后因破项羽有功，封赤泉侯。
⑭辟易：惊惧倒退。
⑮驰：在包围圈中奔驰。
⑯复聚其骑：又把他的骑兵聚拢在一起。亡其两骑：损失了两个骑兵。
⑰乌江：今安徽和县东北的乌江浦。
⑱亭长：秦汉时制度，十里一亭，亭设亭长。舣（yǐ）船：停船靠岸。
⑲亦足王：足以建成霸业。
⑳天之亡我，我何渡为：上天要灭亡我，我还过江干什么呢？

弟八千人渡江而西，今无一人还，纵江东父兄怜而王我[①]，我何面目见之？纵彼不言[②]，籍独不愧于心乎？”乃谓亭长曰：“吾知公长者。吾骑此马五岁，所当无敌，尝一日行千里，不忍杀之，以赐公。”乃令骑皆下马步行，持短兵接战[③]。独籍所杀汉军数百人。项王身亦被十余创[④]。顾见汉骑司马吕马童[⑤]，曰：“若非吾故人乎？”马童面之[⑥]，指王翳曰：“此项王也。”项王乃曰：“吾闻汉购我头千金[⑦]，邑万户，吾为若德[⑧]。”乃自刎而死。王翳取其头，余骑相蹂践争项王[⑨]，相杀者数十人。最其后[⑩]，郎中骑杨喜，骑司马吕马童，郎中吕胜、杨武，各得其一体。五人共会其体，皆是。故分其地为五：封吕马童为中水侯，封王翳为杜衍侯，封杨喜为赤泉侯，封杨武为吴防侯，封吕胜为涅阳侯。

项王已死，楚地皆降汉，独鲁不下。汉乃引天下兵欲屠之，为其守礼义，为主死节[⑪]，乃持项王头视鲁[⑫]，鲁父兄乃降。始，楚怀王初封项籍为鲁公，及其死，鲁最后下[⑬]，故以鲁公礼葬项王谷城[⑭]。汉王为发哀[⑮]，泣之而去。

诸项氏枝属[⑯]，汉王皆不诛。乃封项伯为射阳侯。桃侯、平皋侯、玄武侯皆项氏，赐姓刘。

太史公曰：吾闻之周生曰“舜目

①纵：即使。怜而王我：怜惜我而拥护我为王。

②纵彼不言：即使他们不责备我。

③短兵：短小轻便的兵器。

④被十余创：受伤十余处。

⑤顾见：回头看见。吕马童：曾为项羽旧部，反楚投汉。

⑥面之；面对着他（项羽）。

⑦购：悬赏。

⑧吾为若德：我送你个人情。

⑨相蹂践：互相践踏。

⑩最其后：争夺到最后。

⑪死节：誓死坚守节操。

⑫视：给……看。同“示”。

⑬最后下：最后归顺投降。

⑭鲁公礼：项王安葬时依照鲁公的礼仪规格。

⑮发哀：发丧。

⑯枝属：宗族。

盖重瞳子”[①]，又闻项羽亦重瞳子。羽岂其苗裔邪[②]？何兴之暴也[③]！夫秦失其政，陈涉首难，豪杰蜂起，相与并争，不可胜数。然羽非有尺寸[④]，乘執起陇亩之中[⑤]，三年，遂将五诸侯灭秦[⑥]，分裂天下，而封王侯，政由羽出，号为“霸王”，位虽不终，近古以来未尝有也。及羽背关怀楚[⑦]，放逐义帝而自立，怨王侯叛己，难矣。自矜功伐[⑧]，奋其私智而不师古[⑨]，谓霸王之业，欲以力征经营天下[⑩]，五年卒亡其国，身死东城，尚不觉寤而不自责[⑪]，过矣。乃引“天亡我，非用兵之罪也”，岂不谬哉！

①周生：汉代学者。盖：大概。重瞳子：一只眼睛有两个眸子。
②苗裔：后代子孙。
③暴：突然，迅速。
④非有尺寸：没有一点权势可以依凭。
⑤執：同“势”。陇亩：田野，比作民间。
⑥五诸侯：指齐、赵、韩、魏、燕五个诸侯国。
⑦背关怀楚：背弃关中，怀念楚地。
⑧自矜（jīn）功伐：因功自负，自夸战功。
⑨奋其私智而不师古：仗恃个人的聪明才智，而不肯效法古人。
⑩力征：武力征伐。
⑪觉寤：觉悟，觉醒。

越王勾践世家

【题解】本篇节选自《史记》卷四十一。在这篇作品中，司马迁较为详尽地记载了吴、越两国的强弱转化过程，塑造了越王勾践和吴王夫差两个主要人物形象，同时还刻画了范蠡、文种、伍子胥以及伯嚭等人物。尤其是越王勾践卧薪尝胆、发愤图强的精神以及吴王夫差骄傲自满、刚愎自用而最终身败名裂的经历，具有突出的警示意义。

越王勾践，其先禹之苗裔，而夏后帝少康之庶子也[①]。封于会稽，以奉守禹之祀[②]。文身断发，披草莱而邑焉[③]。后二十余世，至于允常[④]。云：“于，语发声也。”允常之时，与吴王阖庐战而相怨伐。允常卒，子勾践立，是为越王。

元年[⑤]，吴王阖庐闻允常死，乃

①禹：夏朝开国君主。苗裔：后代子孙。少康：夏朝第六代君主。庶子：庶出的儿子。
②会稽：今浙江绍兴。奉守禹之祀：守护夏禹的宗庙并进行祭祀。
③文身断发：在身上刺花纹，把头发剪短。披：拔除。草莱：丛生的杂草。邑：聚居为城。
④允常：春秋时越侯夫谭的儿子。
⑤元年：指勾践元年，公元前496年。

兴师伐越。越王勾践使死士挑战，三行，至吴陈，呼而自刭[①]。吴师观之[②]，越因袭击吴师，吴师败于槜李[③]，射伤吴王阖庐。阖庐且死[④]，告其子夫差曰："必毋忘越[⑤]。"

三年，勾践闻吴王夫差日夜勒兵，且以报越，越欲先吴未发往伐之[⑥]。范蠡谏曰[⑦]："不可。臣闻兵者凶器也，战者逆德也，争者事之末也。阴谋逆德，好用凶器，试身于所末，上帝禁之[⑧]，行者不利。"越王曰："吾已决之矣。"遂兴师。吴王闻之，悉发精兵击越，败之夫椒[⑨]。越王乃以余兵五千人保栖于会稽[⑩]。吴王追而围之。

越王谓范蠡曰："以不听子故至于此，为之奈何？"蠡对曰："持满者与天，定倾者与人，节事者以地。卑辞厚礼以遗之，不许，而身与之市[⑪]。"勾践曰："诺。"乃令大夫种行成于吴[⑫]，膝行顿首曰[⑬]："君王亡臣勾践使陪臣种敢告下执事[⑭]，勾践请为臣，妻为妾。"吴王将许之。子胥言于吴王曰[⑮]："天以越赐吴，勿许也。"种还，以报勾践[⑯]。勾践欲杀妻子，燔宝器，触战以死[⑰]。种止勾践曰："夫吴太宰嚭贪[⑱]，可诱以利，请间行言之[⑲]。"于是勾践以美女宝器令种间献吴太宰嚭。嚭受，乃见大夫种于吴王[⑳]。种顿首言曰："愿大王赦勾践之罪，尽入其宝器[㉑]。

①死士：敢死之士。三行（háng）：排成三行。陈：同"阵"。呼而自刭：呼叫着用剑割颈自杀。

②吴师观之：吴军的将士只顾看。

③槜（zuì）李：在今浙江嘉兴一带。

④且：将要。

⑤必毋忘越：千万不要忘记与越国的冤仇。

⑥勒兵：整饬训练军队。报：报复。先吴未发往伐之：在吴军没有来攻打之前先发兵攻吴。

⑦范蠡（lí）：春秋楚国人，后辅佐勾践，为越国大夫。

⑧试身：投身。上帝：天帝。

⑨夫椒：即夫椒山，在今江苏苏州附近。

⑩保栖：在山上据守。保，同"堡"。

⑪"持满……身与之市"：做到最好靠上天，少些错误在于自己，调节事物在于地。我们低声下气拿厚礼送给他们，如果还不行，就得把大王自己豁出去了。

⑫大夫种：即文种，楚国谋士，范蠡的朋友。行成：议和。

⑬膝行顿首：跪在地上边向前边叩头。

⑭君王。指吴王。亡臣：逃亡的臣子。陪臣：臣子的臣子。敢：冒昧。告：请求。下：投降。执事：指吴王。

⑮子胥：伍员（yún）字子胥，为吴国大夫。

⑯以报：以此报告。

⑰燔（fán）：焚烧。触战以死：即拼死决战。

⑱太宰：相当于总管。嚭（pǐ）：伯嚭。

⑲间（jiàn）行：暗地里前去。

⑳见大夫种于吴王：把文种大夫引见给吴王。

㉑入：收纳。

不幸不赦[①]，勾践将尽杀其妻子，燔其宝器，悉五千人触战，必有当也[②]。”嚭因说吴王曰：“越以服为臣，若将赦之，此国之利也。”吴王将许之。子胥进谏曰：“今不灭越，后必悔之。勾践贤君，种、蠡良臣，若反国[③]，将为乱。”吴王弗听，卒赦越，罢兵而归。

勾践之困会稽也，喟然叹曰[④]：“吾终于此乎？”种曰：“汤系夏台[⑤]，文王囚羑里[⑥]，晋重耳犇翟[⑦]，齐小白犇莒[⑧]，其卒王霸[⑨]。由是观之，何遽不为福乎[⑩]？”

吴既赦越，越王勾践反国，乃苦身焦思[⑪]，置胆于坐，坐卧即仰胆，饮食亦尝胆也[⑫]。曰：“女忘会稽之耻邪[⑬]？”身自耕作，夫人自织，食不加肉，衣不重采[⑭]，折节下贤人，厚遇宾客，振贫吊死[⑮]，与百姓同其劳。欲使范蠡治国政，蠡对曰：“兵甲之事，种不如蠡；填抚国家，亲附百姓，蠡不如种。”于是举国政属大夫种[⑯]，而使范蠡与大夫柘稽行成，为质于吴。二岁而吴归蠡。

勾践自会稽归七年，拊循其士民，欲用以报吴[⑰]。大夫逢同谏曰：“国新流亡，今乃复殷给[⑱]，缮饰备利，吴必惧，惧则难必至[⑲]。且鸷鸟之击也，必匿其形[⑳]。今夫吴兵加齐、晋，怨深于楚、越，名高天下，实害周室[㉑]，德少而功多，必淫自矜[㉒]。为越计，

①“不幸”句：是假设之语。
②必有当也：指吴国必然也会有相当损失。
③反：同“返”。
④喟然：长声叹息的样子。
⑤汤：商朝的建立者。夏台：夏王桀的监狱。
⑥文王：周文王昌。羑（yǒu）里：古城名，故址在今河南汤阴北。
⑦重耳：春秋时晋文公的名字。犇：同“奔”。翟（dí）：周代北方民族狄人所建之国。
⑧小白：齐桓公的名字。莒（jǔ）：春秋时的一个小国，即今山东莒县一带。
⑨其卒王霸：这几个人后来不是称王，就是为霸。
⑩何遽：怎么就，如何就。
⑪苦身：劳苦躯体。焦思：焦苦思虑。
⑫坐卧即仰胆：坐卧时总是仰望着苦胆。饮食亦尝胆：饮食时总舔尝胆的苦味。
⑬女：同“汝”，勾践自问。
⑭不重采：指没有多种颜色。采，同“彩”。
⑮折节：屈己下人。遇：对待。振：同“赈”。
⑯举：全部。属：委托，交付。
⑰拊循：安抚。报吴：向吴国报仇。
⑱流亡：危亡。殷给（jǐ）：富足。
⑲缮饰备利：修整武器装备。难（nàn）：灾难。
⑳鸷（zhì）鸟：凶猛的鸟。匿：隐藏。
㉑兵加齐、晋：进攻齐国、晋国。怨深于楚、越：和楚国、越国结下深仇大恨。
㉒淫：陷入。自矜：自满。

莫若结齐，亲楚，附晋，以厚吴[①]。吴之志广，必轻战[②]。是我连其权，三国伐之，越承其弊[③]，可克也。”勾践曰：“善。”

居二年，吴王将伐齐。子胥谏曰：“未可。臣闻勾践食不重味[④]，与百姓同苦乐。此人不死，必为国患。吴有越，腹心之疾；齐与吴，疥癣也[⑤]。愿王释齐先越[⑥]。”吴王弗听，遂伐齐，败之艾陵[⑦]，虏齐高、国以归[⑧]。让子胥[⑨]。子胥曰：“王毋喜！”王怒，子胥欲自杀，王闻而止之。越大夫种曰：“臣观吴王政骄矣，请试尝之贷粟，以卜其事[⑩]。”请贷，吴王欲与，子胥谏勿与，王遂与之，越乃私喜[⑪]。子胥言曰：“王不听谏，后三年吴其墟乎[⑫]！”太宰嚭闻之，乃数与子胥争越议[⑬]，因谗子胥曰[⑭]：“伍员貌忠而实忍人[⑮]，其父兄不顾[⑯]，安能顾王？王前欲伐齐，员强谏，已而有功，用是反怨王[⑰]。王不备伍员，员必为乱[⑱]。”与逢同共谋[⑲]，谗之王。王始不从，乃使子胥于齐，闻其托子于鲍氏[⑳]，王乃大怒，曰：“伍员果欺寡人！”役反[㉑]，使人赐子胥属镂剑以自杀。子胥大笑曰：“我令而父霸，我又立若[㉒]，若初欲分吴国半予我，我不受，已，今若反以谗诛我。嗟乎，嗟乎，一人固不能独立[㉓]！”报使者曰：“必取吾眼置吴东门，以观越兵入也[㉔]！”于是吴任嚭政[㉕]。

居三年，勾践召范蠡曰：“吴已

①厚吴：厚交于吴。意在麻痹吴国。

②志广：志大。轻战：轻率发动战争。

③连其权：联合齐、楚、晋三国的威势。承：通“乘”，趁着。弊：困乏，疲惫。

④食不重味：不吃两样饭菜。

⑤腹心之疾：比喻危害严重。疥癣：比喻危害轻。

⑥释齐先越：先放下齐而对付越。

⑦艾陵：在今山东莱芜。

⑧高、国：指齐国大臣高昭子和国惠子。

⑨让：责备。

⑩贷粟：借粮。以卜其事：用以试探吴国态度。

⑪私喜：暗里高兴。

⑫其：语气助词。墟：变成废墟。

⑬数（shuò）：屡次。争越议：在关于越国的问题上发生争执。

⑭谗：说人坏话。

⑮忍人：残忍的人。忍，狠心。

⑯其父兄不顾：伍子胥父兄被杀，他逃来吴国。

⑰用是：因此。

⑱备：防备。为乱：作乱。

⑲逢（páng）同：人名。

⑳鲍氏：齐国人。

㉑役反：完成任务后返回。

㉒而、若：你，指吴王夫差。

㉓一人：古代称天子为一人，在这里指夫差。固：愚陋。独立：不群于俗。

㉔“必取”二句：越兵进攻当由东来，所以说置眼吴东门，以观越兵入。

㉕政：主管政事。

杀子胥，导谀者众[①]，可乎？”对曰：“未可。”

至明年春，吴王北会诸侯于黄池[②]，吴国精兵从王，惟独老弱与太子留守。勾践复问范蠡，蠡曰“可矣”。乃发习流二千人，教士四万人，君子六千人，诸御千人[③]，伐吴。吴师败，遂杀吴太子。吴告急于王，王方会诸侯于黄池，惧天下闻之，乃秘之。吴王已盟黄池，乃使人厚礼以请成越[④]。越自度亦未能灭吴，乃与吴平[⑤]。

其后四年，越复伐吴。吴士民罢弊[⑥]，轻锐尽死于齐、晋[⑦]。而越大破吴，因而留围之三年，吴师败，越遂复栖吴王于姑苏之山。吴王使公孙雄肉袒膝行而前[⑧]，请成越王曰：“孤臣夫差敢布腹心，异日尝得罪于会稽，夫差不敢逆命，得与君王成以归。今君王举玉趾而诛孤臣[⑨]，孤臣惟命是听，意者亦欲如会稽之赦孤臣之罪乎[⑩]？”勾践不忍，欲许之。范蠡曰：“会稽之事，天以越赐吴，吴不取。今天以吴赐越，越其可逆天乎？且夫君王蚤朝晏罢[⑪]，非为吴邪？谋之二十二年，一旦而弃之，可乎？且夫天与弗取，反受其咎[⑫]。‘伐柯者其则不远’，君忘会稽之厄乎[⑬]？”勾践曰：“吾欲听子言，吾不忍其使者[⑭]。”范蠡乃鼓进兵[⑮]，曰：“王已属政于执事[⑯]，

①导：表达。谀：奉承。

②黄池：在今河南封丘。公元前482年，吴王夫差率军于黄池大会诸侯，与晋争做盟主。

③习流：水师。教士：受过训练的士兵。君子：即君子军，越王勾践以心腹组成的部队。诸御：担任各种职务的军官。

④请成：请和，求和。

⑤与吴平：与吴国讲和。

⑥罢（pí）弊：困苦穷乏。

⑦轻锐尽死于齐、晋：精锐部队都在与齐、晋的战争中消耗尽了。

⑧公孙雄：吴国大夫。

⑨敢布腹心：冒昧陈述心里的话。得罪于会稽：在会稽冒犯了您。不敢逆命：不敢违背您的意愿。得与君王成以归：允许您求和返回越国。举玉趾：高举贵步。意谓亲自到来。

⑩“意者”句：您是否有意像会稽时那样赦免我的罪呢？

⑪蚤朝晏罢：犹起早贪黑。蚤，同早；晏，晚。

⑫天与弗取，反受其咎：上天赐予的东西如果不接受，反而会受到责罚的。

⑬柯：斧柄。则：尺度。厄：灾难。用斧伐木做斧柄，榜样就在跟前。意思是别学吴国释放越王的做法。

⑭不忍其使者：不忍心公孙雄肉袒膝行的样子。

⑮鼓进兵：击鼓进军。

⑯执事：办事的人，范蠡自称。

使者去，不者且得罪[①]。”吴使者泣而去。勾践怜之，乃使人谓吴王曰：“吾置王甬东，君百家[②]。”吴王谢曰[③]：“吾老矣，不能事君王！”遂自杀。乃蔽其面，曰：“吾无面以见子胥也！”越王乃葬吴王而诛太宰嚭。

勾践已平吴，乃以兵北渡淮，与齐、晋诸侯会于徐州[④]，致贡于周[⑤]。周元王使人赐勾践胙，命为伯[⑥]。勾践已去，渡淮南，以淮上地与楚，归吴所侵宋地于宋，与鲁泗东方百里[⑦]。当是时，越兵横行于江、淮东，诸侯毕贺[⑧]，号称霸王。

范蠡遂去，自齐遗大夫种书曰：“蜚鸟尽[⑨]，良弓藏；狡兔死，走狗烹。越王为人长颈鸟喙[⑩]，可与共患难，不可与共乐。子何不去？”种见书，称病不朝。人或谗种且作乱，越王乃赐种剑曰：“子教寡人伐吴七术，寡人用其三而败吴，其四在子，子为我从先王试之[⑪]。”种遂自杀。

①不者且得罪：不然的话，就要得罪了。

②甬东：在今浙江舟山。君百家：让你管理一百户人家，即食邑百户。

③谢：回绝。

④徐州：在今山东郯城西南。

⑤致贡于周：向周王进贡。

⑥胙：祭祀所用的肉。古代祭祀完毕，把肉分送有关的人，叫作“分胙”，表示同享幸福。伯（bà）：通“霸”，诸侯的盟主。

⑦与鲁泗东方百里：把泗水以东方圆百里的地方还给鲁国。

⑧毕贺：全都祝贺。

⑨蜚：同“飞”。

⑩长颈鸟喙：长脖子鸟。喙，嘴，指嘴突出。

⑪子为我从先王试之：您替我到先王那里试试另外四项计谋。

孙子吴起列传

【题解】本篇选自《史记》卷六十五，是一篇三位军事家的合传。先写孙武，通过“吴宫教战”一个很小的侧面，反映其治军之严明，直到末尾才讲吴王阖庐“显名诸侯，孙子与有力焉”，画龙点睛地揭示出孙子兵法的实践意义。对孙膑、吴起，同样以田忌赛马、围魏救赵、孙庞斗智和杀妻求将、亲裹赢粮等故事来刻画人物。三人合传，篇幅不长，但作者布置巧妙，浑然一体，生动有趣。

孙子武者[①]，齐人也[②]。以兵法见于吴王阖庐[③]。阖庐曰："子之十三篇[④]，吾尽观之矣，可以小试勒兵乎[⑤]？"对曰："可。"阖庐曰："可试以妇人乎？"曰："可。"于是许之，出宫中美女，得百八十人。孙子分为二队，以王之宠姬二人各为队长，皆令持戟。令之曰："汝知而心与左右手背乎[⑥]？"妇人曰："知之。"孙子曰："前，则视心；左，视左手；右，视右手；后，即视背。"妇人曰："诺。"约束既布[⑦]，乃设铁钺[⑧]，即三令五申之。于是鼓之右[⑨]，妇人大笑。孙子曰："约束不明，申令不熟[⑩]，将之罪也。"复三令五申而鼓之左，妇人复大笑。孙子曰："约束不明，申令不熟，将之罪也；既已明而不如法者，吏士之罪也[⑪]。"乃欲斩左右队长。吴王从台上观，见且斩爱姬[⑫]，大骇。趣使使下令曰[⑬]："寡人已知将军能用兵矣。寡人非此二姬，食不甘味，愿勿斩也。"孙子曰："臣既已受命为将，将在军，君命有所不受。"遂斩队长二人以徇[⑭]。用其次为队长[⑮]，于是复鼓之。妇人左右前后跪起皆中规矩绳墨[⑯]，无敢出声。于是孙子使使报王曰："兵既整齐，王可试下观之，唯王所欲用之[⑰]，虽赴水火犹可也。"吴王曰："将军罢休就舍[⑱]，寡人不愿下观。"孙子曰："王徒好其言[⑲]，不能用其实。"于是阖庐知孙子能用兵，卒以

①子：古代对有道德、有学识的人的尊称。孙子武即孙武，后世通称孙子，民间称为孙武子。

②齐：西周姜姓封国，包括今山东泰山以北全部和河北东南一部分。

③吴：西周姬姓封国，包括今江苏全部及安徽、浙江部分地区。阖庐：吴王的名字，公元前514～前496年在位。

④十三篇：即《孙子》十三篇，与今本《孙子》不尽同。

⑤勒兵：用兵法部署指挥军队。勒，约束，统率。

⑥而：你的，你们的。

⑦约束：法令，纪律。布：公布，宣告。

⑧铁钺：斫刀和大斧，腰斩和砍头的刑具。

⑨鼓之右：击鼓传令使队列向右。

⑩明、熟：使之清楚、使之熟悉的意思。

⑪不如法：不依照号令而行。吏士：官和兵。

⑫且：将要。

⑬趣（cù）：赶快，急忙。使使：前一个"使"是动词，后一个"使"是名词。

⑭徇（xùn）：示众。

⑮用其次：依次任用。

⑯中（zhòng）：符合。规矩绳墨：木工校正方圆等所用的工具，在这里比喻军令、纪律。

⑰唯：听任，任随。

⑱罢休：休息。就舍：回到住处。

⑲徒：仅仅，只是。

为将。西破强楚[①]，入郢[②]，北威齐晋[③]，显名诸侯，孙子与有力焉。

孙武既死，后百余岁有孙膑[④]。膑生阿鄄之间[⑤]，膑亦孙武之后世子孙也。孙膑尝与庞涓俱学兵法。庞涓既事魏，得为惠王将军，而自以为能不及孙膑，乃阴使召孙膑[⑥]。膑至，庞涓恐其贤于己，疾之[⑦]，则以法刑断其两足而黥之，欲隐勿见[⑧]。

齐使者如梁，孙膑以刑徒阴见[⑨]，说齐使。齐使以为奇，窃载与之齐[⑩]。齐将田忌善而客待之[⑪]。忌数与齐诸公子驰逐重射[⑫]。孙子见其马足不甚相远，马有上、中、下辈[⑬]。于是孙子谓田忌曰："君弟重射[⑭]，臣能令君胜。"田忌信然之，与王及诸公子逐射千金。及临质[⑮]，孙子曰："今以君之下驷与彼上驷，取君上驷与彼中驷，取君中驷与彼下驷。"既驰三辈毕，而田忌一不胜而再胜，卒得王千金。于是忌进孙子于威王。威王问兵法，遂以为师。

其后魏伐赵，赵急，请救于齐。齐威王欲将孙膑[⑯]，膑辞谢曰："刑余之人不可[⑰]。"于是乃以田忌为将，而孙子为师，居辎车中[⑱]，坐为计谋。田忌欲引兵之赵，孙子曰："夫解杂乱纷纠者不控卷[⑲]，救斗者不搏撠[⑳]，批亢捣虚，形格势禁[㉑]，则自为解耳。今梁赵相攻，轻兵锐卒必

①楚：西周芈姓封国，包括今湖北全部和湖南、河南、安徽等省的一部分。

②郢：楚国都城，在今湖北江陵。

③晋：西周姬姓封国，包括今山西、河北、陕西、河南等省的一部分。

④膑：膝盖骨，特指剔掉膝盖骨的酷刑。孙膑真名不传，时人以其所受之刑称之。

⑤阿（wō）：地名，在今山东阳谷东北。鄄（juàn）：地名，在今山东鄄城。

⑥阴：暗中。

⑦疾：嫉妒。

⑧黥：在人脸上刺字。欲隐勿见：想使孙膑隐而不现。见，同"现"。

⑨如：到。梁：因魏国迁都大梁（河南开封），故时人常称其为梁。以刑徒阴见：以刑徒身份暗中拜见。

⑩窃载与之齐：偷偷地把他带上车前往齐国。

⑪客待：以宾客之礼对待。

⑫驰逐：赛马。重射：指押重金赌输赢。射，赌博。

⑬马足：马的脚力。辈：等级。

⑭弟：同"第"，只。

⑮临质：临场比赛。

⑯将：使之为将。

⑰刑余之人：受过刑戮的人。

⑱师：军师。辎（zī）车：有帷盖的车子。

⑲杂乱纷纠：缠绕不清的乱丝。控卷（juàn）：用劲拉扯。

⑳救斗者不搏撠：劝解斗殴不能插手帮打。撠，同"击"。

㉑批亢捣虚：攻击要害和薄弱的地方。批：击。亢（gāng）：咽喉。形格势禁：形势得到遏制。

竭于外，老弱罢于内[①]。君不若引兵疾走大梁，据其街路，冲其方虚[②]，彼必释赵而自救。是我一举解赵之围而收弊于魏也[③]。”田忌从之，魏果去邯郸[④]，与齐战于桂陵[⑤]，大破梁军。

后十三岁，魏与赵攻韩，韩告急于齐。齐使田忌将而往，直走大梁。魏将庞涓闻之，去韩而归，齐军既已过而西矣。孙子谓田忌曰：“彼三晋之兵[⑥]，素悍勇而轻齐，齐号为怯[⑦]，善战者因其势而利导之[⑧]。兵法，百里而趣利者蹶上将，五十里而趣利者军半至[⑨]。使齐军入魏地为十万灶[⑩]，明日为五万灶，又明日为三万灶。”庞涓行三日，大喜，曰：“我固知齐军怯[⑪]，入吾地三日，士卒亡者过半矣[⑫]。”乃弃其步军，与其轻锐倍日并行逐之[⑬]。孙子度其行，暮当至马陵[⑭]。马陵道狭，而旁多阻隘，可伏兵，乃斫大树白而书之曰：“庞涓死于此树之下。”[⑮]于是令齐军善射者万弩，夹道而伏，期曰“暮见火举而俱发”[⑯]。庞涓果夜至斫木下，见白书，乃钻火烛之[⑰]。读其书未毕，齐军万弩俱发，魏军大乱相失。庞涓自知智穷兵败，乃自刭，曰：“遂成竖子之名[⑱]！”齐因乘胜尽破其军，虏魏太子申以归[⑲]。孙膑以此名显天下，世传其兵法。

①竭：尽。罢：同“疲”。

②冲其方虚：冲击敌军虚弱的部分。

③是：这样。收弊于魏：收魏于弊。收，控制。弊，疲惫。

④去：离开。邯郸：赵国国都。

⑤桂陵：在今河南长垣一带。

⑥三晋：春秋末年，韩、赵、魏三家瓜分晋国，所以历史上称韩、赵、魏为三晋。

⑦齐号为怯：齐国军队有怯懦的名声。

⑧因其势而利导之：利用形势，使之有利于自己。

⑨百里而趣利者蹶上将，五十里而趣利者军半至：日夜急行百里追赶敌人，上将有挫跌的危险；日夜急行五十里追赶敌人，部队会前后脱节，只有一半能赶到。趣，同“趋”。蹶，挫跌。

⑩十万灶：为十万人做饭的灶。

⑪固：本来，早就。

⑫亡：逃跑。

⑬倍日并行：两天的路并作一天走。

⑭马陵：古地名，在今河南范县西南。

⑮斫大树白而书：削去大树的外皮，露出白木，在上面写字。

⑯期：约定。

⑰钻火：古人钻木取火，此处指取火。烛：照亮。

⑱竖子：小子，含轻蔑的意思。这里指孙膑。

⑲太子申：魏惠王的太子。

吴起者，卫人也[①]，好用兵。尝学于曾子[②]，事鲁君[③]。齐人攻鲁，鲁欲将吴起，吴起取齐女为妻，而鲁疑之。吴起于是欲就名[④]，遂杀其妻，以明不与齐也[⑤]。鲁卒以为将[⑥]。将而攻齐，大破之。

鲁人或恶吴起曰："起之为人，猜忍人也[⑦]。其少时，家累千金，游仕不遂，遂破其家[⑧]。乡党笑之，吴起杀其谤己者三十余人[⑨]，而东出卫郭门。与其母诀，啮臂而盟曰[⑩]：'起不为卿相，不复入卫。'遂事曾子。居顷之，其母死，起终不归。曾子薄之，而与起绝[⑪]。起乃之鲁，学兵法以事鲁君。鲁君疑之，起杀妻以求将。夫鲁小国，而有战胜之名，则诸侯图鲁矣[⑫]。且鲁卫兄弟之国也[⑬]，而君用起，则是弃卫。"鲁君疑之，谢吴起[⑭]。

吴起于是闻魏文侯贤[⑮]，欲事之。文侯问李克曰[⑯]："吴起何如人哉？"李克曰："起贪而好色，然用兵司马穰苴不能过也[⑰]。"于是魏文侯以为将，击秦，拔五城[⑱]。

起之为将，与士卒最下者同衣食。卧不设席，行不骑乘，亲裹赢粮[⑲]，与士卒分劳苦。卒有病疽者，起为吮之[⑳]。卒母闻而哭之。人曰："子卒也，而将军自吮其疽，何哭为？"母曰："非然也[㉑]。往年吴公吮其父，其父战不旋踵[㉒]，遂死于敌。

①卫：国名，包括今河北南部、河南北部、山东西部的各一部分及山西东南一角。战国时沦为魏国的附庸，疆土渐小。

②曾子：曾参，孔子的学生。

③鲁：西周姬姓封国，包括今山东南部和江苏北部一小部分。

④就名：成就功名。

⑤与：亲附。

⑥卒：最终。

⑦猜忍：疑忌、残忍。

⑧游仕不遂，遂破其家：游说求仕不顺利，因此而使家产破败。

⑨乡党：乡亲。谤己者：嘲笑自己的人。

⑩诀：告别。啮（niè）臂而盟：咬胳膊发誓。

⑪薄：轻视，看不起。绝：断绝关系。

⑫图鲁：算计鲁国，打鲁国的主意。

⑬鲁卫兄弟之国：鲁、卫两国均为姬姓，所以说是兄弟之国。

⑭谢：辞谢。

⑮魏文侯：魏国的国君，前445～前396年在位。

⑯李克：即李悝，魏国大臣。

⑰司马穰苴：春秋时期齐国大夫，精通兵法。

⑱秦：西周嬴姓封国，至嬴政统一中国。拔：攻取。

⑲亲裹赢粮：亲自包裹和背负军粮。赢，背，担。

⑳病疽（jū）：生毒疮。吮：用嘴吸。

㉑非然也：不是你说的那个意思。

㉒旋踵：以脚跟支撑着旋转脚，意思是不向后转退却。

吴公今又吮其子，妾不知其死所矣[①]。是以哭之。”

文侯以吴起善用兵，廉平[②]，尽能得士心，乃以为西河守[③]，以拒秦、韩。

魏文侯既卒，起事其子武侯。武侯浮西河而下[④]，中流[⑤]，顾而谓吴起曰：“美哉乎山河之固，此魏国之宝也！”起对曰：“在德不在险[⑥]。昔三苗氏左洞庭，右彭蠡[⑦]，德义不修，禹灭之。夏桀之居，左河济，右泰华，伊阙在其南，羊肠在其北，修政不仁，汤放之[⑧]。殷纣之国，左孟门，右太行，常山在其北，大河经其南[⑨]，修政不德，武王杀之。由此观之，在德不在险。若君不修德，舟中之人尽为敌国也。”武侯曰：“善。”

吴起为西河守，甚有声名。魏置相，相田文[⑩]。吴起不悦，谓田文曰：“请与子论功，可乎？”田文曰：“可。”起曰：“将三军，使士卒乐死，敌国不敢谋，子孰与起[⑪]？”文曰：“不如子。”起曰：“治百官，亲万民，实府库，子孰与起？”文曰：“不如子。”起曰：“守西河而秦兵不敢东乡，韩赵宾从[⑫]，子孰与起？”文曰：“不如子。”起曰：“此三者，子皆出吾下，而位加吾上，何也？”文曰：“主少国疑[⑬]，大臣未附，百姓不信，方是之时，属之于子乎？属之于我乎？”起默然良久，曰：“属之子矣。”文曰：“此乃吾所以居子

①死所：死的地方。即意识到其子必死。

②廉平：自身廉洁，待人公平。

③西河：当时魏国黄河西岸一带地区。

④浮西河而下：这里的西河指山西和陕西之间的一段黄河。浮，行船。

⑤中流：行船在中途。

⑥在德不在险：意思是说国家的富庶安全在于国君的仁德而不在于山河的险固。

⑦三苗：舜时南方的部落。洞庭：洞庭湖。彭蠡：鄱阳湖。

⑧夏桀：夏朝最后一个国君，以残暴著称。河济：黄河和济水。泰华：华山。伊阙：伊水从两山之间流过，故名伊阙。在今河南洛阳西南。羊肠：羊肠坂，在今山西壶关东南。放：驱逐。

⑨殷纣：商朝最后一个国君，亦为暴君。孟门：地名，当在朝歌（今河南淇县）之东。常山：恒山，在河北曲阳西。大河：黄河。

⑩田文：即孟尝君，战国时齐国贵族，后出奔魏，任魏相。

⑪子孰与起：您跟我比谁更好。

⑫乡：同“向”。宾从：服从，归附。

⑬主少国疑：国君年纪轻，国人对此不放心。

之上也。”吴起乃自知弗如田文。

田文既死，公叔为相[①]，尚魏公主，而害吴起[②]。公叔之仆曰：“起易去也[③]。”公叔曰：“奈何?”其仆曰：“吴起为人节廉而自喜名也[④]。君因先与武侯言曰[⑤]：‘夫吴起贤人也，而侯之国小，又与强秦壤界[⑥]，臣窃恐起之无留心也。’武侯即曰：‘奈何?’君因谓武侯曰：‘试延以公主[⑦]，起有留心则必受之。无留心则必辞矣。以此卜之[⑧]。’君因召吴起而与归，即令公主怒而轻君[⑨]。吴起见公主之贱君也，则必辞。”于是吴起见公主之贱魏相，果辞魏武侯。武侯疑之而弗信也。吴起惧得罪，遂去，即之楚。

楚悼王素闻起贤[⑩]，至则相楚。明法审令[⑪]，捐不急之官[⑫]，废公族疏远者[⑬]，以抚养战斗之士。要在强兵[⑭]，破驰说之言从横者[⑮]。于是南平百越[⑯]；北并陈蔡[⑰]，却三晋[⑱]；西伐秦。诸侯患楚之强。故楚之贵戚尽欲害吴起[⑲]。及悼王死，宗室大臣作乱而攻吴起，吴起走之王尸而伏之[⑳]。击起之徒因射刺吴起，并中悼王。悼王既葬，太子立，乃使令尹尽诛射吴起而并中王尸者。坐射起而夷宗死者七十余家[㉑]。

太史公曰：世俗所称师旅[㉒]，皆道孙子十三篇，吴起兵法，世多有，

①公叔：韩国的公族，在魏国做官。

②尚：臣子娶国君的女儿。害：忌妒。

③去：除掉。

④节廉而自喜名：有骨气而又好面子。

⑤因：趁机。

⑥壤界：国土接壤。

⑦试延以公主：以一位公主下嫁来试试留着他。延，留。

⑧卜：判断，推断。

⑨与归：一起回公叔家。令公主怒而轻君：（事先安排）让公主当众呵斥公叔。轻，轻贱，不尊重。

⑩楚悼王：楚国国君，公元前401～前381年在位。

⑪明法：依法办事。审令：令行禁止。

⑫捐：弃置，裁汰。不急之官：无关紧要的官员。

⑬废公族疏远者：停止关系疏远的王族的供养。

⑭要：致力于。

⑮破：批驳。驰说：奔走游说。从横：即纵横。

⑯百越：散居南方各地越族的总称。

⑰陈：陈国，建都宛丘（今河南淮阳），公元前479年为楚所灭。蔡：蔡国，建都上蔡（今河南上蔡西南），公元前447年为楚所灭。楚灭陈、蔡都发生在吴起到楚国之前，司马迁在这里只是笼统概括。

⑱却三晋：打退韩、赵、魏三国的进攻。

⑲故楚之贵戚：指已被吴起停止供养的疏远贵族。

⑳走之王尸而伏之：逃跑到楚悼王尸体那里藏起来。

㉑坐：因……获罪。夷宗：灭族。

㉒师旅：有关军事和战争的事。

故弗论，论其行事所施设者[①]。语曰："能行之者未必能言，能言之者未必能行。"孙子筹策庞涓明矣，然不能蚤救患于被刑[②]。吴起说武侯以形势不如德，然行之于楚，以刻暴少恩亡其躯[③]。悲夫！

①施设：施行。

②"孙子筹策"句：孙膑谋划杀灭庞涓说明其能行，但他却没有及早逃脱被处刑的灾祸。蚤，同"早"。

③"吴起说武侯"句：吴起向魏武侯指出山川形势不如仁德，但在楚国却因待人刻薄少恩而丢了性命。

廉颇蔺相如列传

【题解】《廉颇蔺相如列传》主要叙述廉颇、蔺相如的经历和业绩，还附带写了赵奢、赵括父子和李牧的一些事迹。文章前半部分着重写君臣团结、将相和睦，一致对外，使弱赵能够抗御强秦；后半部分写赵王听信谗言，不用廉颇，枉杀李牧，自毁长城，终于导致亡国。两相对照，凸显了国家的盛衰之理。作品把几个人的事迹有机连贯在一起，通过对典型事件和矛盾冲突的描写，生动展示出人物活动的具体环境和各自的性格特征。其中一些情节为许多艺术形式所取材，至今脍炙人口。

廉颇者，赵之良将也。赵惠文王十六年[①]，廉颇为赵将伐齐，大破之，取阳晋，拜为上卿[②]，以勇气闻于诸侯。蔺相如者，赵人也，为赵宦者令缪贤舍人[③]。

赵惠文王时，得楚和氏璧。秦昭王闻之，使人遗赵王书[④]，愿以十五城请易璧[⑤]。赵王与大将军廉颇诸大臣谋：欲予秦，秦城恐不可得，徒见欺[⑥]；欲勿予，即患秦兵之来[⑦]。计未定，求人可使报秦者[⑧]，未得。宦者令缪贤曰："臣舍人蔺相如可使。"王问："何以知之？"对曰："臣尝有罪，窃计欲亡走燕[⑨]，

①赵惠文王十六年：即公元前283年。赵惠文王，名何，赵武灵王之子，赵国的第七个君主。

②阳晋：在今山东菏泽东北。上卿：春秋以来诸侯国的最高官阶。

③宦者令：宦官首领。舍人：门下任职的食客。

④遗（wèi）赵王书：写信给赵王。遗，送给。

⑤愿以十五城请易璧：愿意拿十五座城池来换和氏璧。

⑥徒见欺：白白地受欺骗。

⑦即：则。患秦兵之来：顾虑秦国出兵攻赵。

⑧可使报秦者：指可以作为使臣去秦国回复的人。

⑨窃计：偷偷计划。亡走燕：逃往燕国。

臣舍人相如止臣[①]，曰：'君何以知燕王?'臣语曰：'臣尝从大王与燕王会境上[②]，燕王私握臣手，曰'愿结友'。以此知之，故欲往。'相如谓臣曰：'夫赵强而燕弱，而君幸于赵王[③]，故燕王欲结于君。今君乃亡赵走燕，燕畏赵，其势必不敢留君，而束君归赵矣[④]。君不如肉袒伏斧质请罪，则幸得脱矣[⑤]。'臣从其计，大王亦幸赦臣。臣窃以为其人勇士，有智谋，宜可使[⑥]。"于是王召见，问蔺相如曰："秦王以十五城请易寡人之璧，可予不?"相如曰："秦强而赵弱，不可不许。"王曰："取吾璧，不予我城，奈何?"相如曰："秦以城求璧而赵不许，曲在赵[⑦]。赵予璧而秦不予赵城，曲在秦。均之二策，宁许以负秦曲[⑧]。"王曰："谁可使者?"相如曰："王必无人，臣愿奉璧往使[⑨]。城入赵而璧留秦；城不入，臣请完璧归赵[⑩]。"赵王于是遂遣相如奉璧西入秦。

秦王坐章台见相如[⑪]，相如奉璧奏秦王[⑫]。秦王大喜，传以示美人及左右，左右皆呼万岁。相如视秦王无意偿赵城，乃前曰："璧有瑕[⑬]，请指示王。"王授璧，相如因持璧却立，倚柱，怒发上冲冠[⑭]，谓秦王曰："大王欲得璧，使人发书至赵王，赵王悉召群臣议，皆曰'秦贪，负其强[⑮]，以空言求璧，偿城恐不可得'。议不欲予秦璧。臣以为布衣之

①止臣：劝我不要那样做。

②境上：指燕、赵两国交界的边境上。

③幸于赵王：得到赵王的信任。

④束：捆绑。归赵：遣送回赵国。

⑤肉袒：裸着上身。伏斧质：伏在腰斩人的刑具上。幸：侥幸。

⑥宜可使：应该能够担当使者之任。

⑦曲：不直，理亏。

⑧均：衡量，比较。宁：宁可。负秦曲：使秦负曲，背上理亏的名声。

⑨王必无人：王如果实在没适当的人。奉璧往使：带着玉璧出使秦国。

⑩完璧归赵：把玉璧原封不动地带回赵国。

⑪章台：秦王离宫中台观名，不是正式接待使臣的地方。

⑫奉：同"捧"。奏：进献。

⑬瑕（xiá）：赤色斑点。

⑭却立：退后几步站住。怒发上冲冠：头发因发怒把帽子都顶了起来。

⑮负：仗恃。

交尚不相欺，况大国乎！且以一璧之故逆强秦之欢[①]，不可。于是赵王乃斋戒五日[②]，使臣奉璧，拜送书于庭[③]。何者？严大国之威以修敬也[④]。今臣至，大王见臣列观[⑤]，礼节甚倨[⑥]；得璧，传之美人，以戏弄臣。臣观大王无意偿赵王城邑，故臣复取璧。大王必欲急臣[⑦]，臣头今与璧俱碎于柱矣！”相如持其璧睨柱[⑧]，欲以击柱。秦王恐其破璧，乃辞谢固请[⑨]，召有司案图[⑩]，指从此以往十五都予赵[⑪]。相如度秦王特以诈详为予赵城[⑫]，实不可得，乃谓秦王曰：“和氏璧，天下所共传宝也[⑬]，赵王恐，不敢不献。赵王送璧时，斋戒五日，今大王亦宜斋戒五日，设九宾于廷[⑭]，臣乃敢上璧。”秦王度之，终不可强夺，遂许斋五日，舍相如广成传[⑮]。相如度秦王虽斋，决负约不偿城[⑯]，乃使其从者衣褐，怀其璧，从径道亡，归璧于赵[⑰]。

秦王斋五日后，乃设九宾礼于廷，引赵使者蔺相如。相如至，谓秦王曰：“秦自缪公以来二十余君[⑱]，未尝有坚明约束者也[⑲]。臣诚恐见欺于王而负赵[⑳]，故令人持璧归，间至赵矣[㉑]。且秦强而赵弱，大王遣一介之使至赵[㉒]，赵立奉璧来。今以秦之强而先割十五都予赵，赵岂敢留璧而得罪于大王乎？臣知欺大王之罪

①逆：触犯。欢：交好之意。

②斋戒：古时候在行大礼前，先要沐浴、更衣、独宿、戒荤酒，称为斋戒。

③庭：国君正式听政的地方。

④严：尊重。大国：这里指秦国。威：威严。修敬：表示敬意。

⑤列观（guàn）：普通的台观，指会见的地方不正式。

⑥倨：傲慢无礼。

⑦必欲：一定要。急：逼迫。

⑧睨（nì）：斜视。

⑨辞谢：婉言道歉。固请：再三劝说（不要摔碎和氏璧）。

⑩有司：此指主管地图的官吏。案：查看。图：地图。

⑪从此以往：由这里到那里。都：城池。

⑫度（duó）：揣测。特：不过。诈：诡计。详：同“佯”，假装。

⑬共传：公认。

⑭九宾：古代最隆重的外交礼节，由九名迎宾典礼人员依次传呼接引宾客上殿。

⑮舍：安置。传（zhuàn）：传舍，宾馆。

⑯决：必定。

⑰从者：随员。衣褐：穿上粗布衣服，指化装成平民。怀：怀揣，藏在怀中。径道：小路。亡：逃走。

⑱缪公：即秦穆公，春秋五霸之一。

⑲坚明约束：严格遵守信约。

⑳见欺于王：受王的欺骗。负赵：辜负赵国。

㉑间（jiàn）至赵矣：秘密地回赵国了。

㉒一介：一个。

当诛，臣请就汤镬[①]，唯大王与群臣孰计议之[②]。”秦王与群臣相视而嘻[③]。左右或欲引相如去[④]，秦王因曰：“今杀相如，终不能得璧也，而绝秦赵之欢。不如因而厚遇之，使归赵，赵王岂以一璧之故欺秦邪[⑤]！”卒廷见相如，毕礼而归之[⑥]。

相如既归，赵王以为贤大夫，使不辱于诸侯，拜相如为上大夫[⑦]。秦亦不以城予赵，赵亦终不予秦璧。

其后秦伐赵，拔石城[⑧]。明年，复攻赵，杀二万人。

秦王使使者告赵王，欲与王为好会于西河外渑池[⑨]。赵王畏秦，欲毋行[⑩]。廉颇、蔺相如计曰：“王不行，示赵弱且怯也。”赵王遂行，相如从。廉颇送至境，与王诀曰[⑪]：“王行，度道里会遇之礼毕[⑫]，还，不过三十日。三十日不还，则请立太子为王，以绝秦望[⑬]。”王许之，遂与秦王会渑池。秦王饮酒酣，曰：“寡人窃闻赵王好音，请奏瑟[⑭]。”赵王鼓瑟。秦御史前书曰“某年月日，秦王与赵王会饮，令赵王鼓瑟”[⑮]。蔺相如前曰：“赵王窃闻秦王善为秦声[⑯]，请奉盆缶秦王[⑰]，以相娱乐。”秦王怒，不许。于是相如前进缶，因跪请秦王。秦王不肯击缶。相如曰：“五步之内，相如请得

①汤镬（huò）：煮着开水的锅。古代常被用为刑具，其刑即烹刑。就：受。

②唯：希望。孰：同“熟”，仔细。

③嘻：惊讶、恼怒的声音。

④引：拉走。

⑤因：趁此。厚遇之：优厚地款待他。

⑥卒：终于。廷见：在朝堂上正式接见。毕礼而归之：完成了正式的外交礼节，然后送蔺相如回赵国。

⑦使：受命为使臣。上大夫：大夫中的最高一级。

⑧拔：攻取。石城：赵地，在今河南林县西南。

⑨好会：友好的会见。西河：古称黄河南北流向的一段为西河。渑（miǎn）池：地名，在今河南渑池县。

⑩欲毋行：打算不去。

⑪诀：将远行而互相告别。

⑫度（duó）道里会遇之礼毕：估计行程和相会完成的时间。

⑬绝秦望：断绝秦国的非分之想，即扣留赵王来要挟赵国。

⑭好（hào）音：爱好音乐。奏瑟：演奏瑟。

⑮御史：战国时掌管图书、记录国家大事的史官。前：走上前来。

⑯善为秦声：善于演奏秦地的音乐。

⑰盆缶（fǒu）：本是盛酒的瓦器，秦人把它当作一种打击乐器，用来打拍子。

以颈血溅大王矣[①]！”左右欲刃相如[②]，相如张目叱之，左右皆靡[③]。于是秦王不怿[④]，为一击缶。相如顾召赵御史书曰“某年月日，秦王为赵王击缶”[⑤]。秦之群臣曰：“请以赵十五城为秦王寿”[⑥]。蔺相如亦曰：“请以秦之咸阳为赵王寿。”秦王竟酒，终不能加胜于赵[⑦]。赵亦盛设兵以待秦[⑧]，秦不敢动。

既罢归国，以相如功大，拜为上卿，位在廉颇之右[⑨]。廉颇曰：“我为赵将，有攻城野战之大功，而蔺相如徒以口舌为劳，而位居我上，且相如素贱人[⑩]，吾羞，不忍为之下[⑪]。”宣言曰[⑫]：“我见相如，必辱之。”相如闻，不肯与会。相如每朝时，常称病，不欲与廉颇争列[⑬]。已而相如出[⑭]，望见廉颇，相如引车避匿[⑮]。于是舍人相与谏曰[⑯]：“臣所以去亲戚而事君者，徒慕君之高义也[⑰]。今君与廉颇同列，廉君宣恶言而君畏匿之，恐惧殊甚[⑱]，且庸人尚羞之[⑲]，况于将相乎！臣等不肖[⑳]，请辞去。”蔺相如固止之[㉑]，曰：“公之视廉将军孰与秦王[㉒]？”曰：“不若也。”相如曰：“夫以秦王之威，而相如廷叱之[㉓]，辱其群臣，相如虽驽，独畏廉将军哉[㉔]？顾吾念之[㉕]，强秦之所以不敢加兵于赵者，徒以吾两人在也。今两虎共斗，其势不俱生。吾所以

①以颈血溅大王：把头颈上的血溅洒在秦王身上，意即要和秦王拼命。

②刃：这里用作动词，指用刀砍。

③靡（mǐ）：倒下。

④不怿（yì）：不高兴。

⑤顾：回过头去。召：招呼。

⑥寿：献礼。

⑦竟酒：酒宴结束。不能加胜于赵：不能占赵国的上风。

⑧盛设兵以待秦：在边境布置大量兵力以防备秦国进攻。

⑨既罢：指渑池之会结束。位：朝会时的位次。右：先秦以右为尊。

⑩素：本来。贱人：出身卑微的人。

⑪不忍为之下：不能忍受位居相如之下。

⑫宣言：扬言。

⑬朝：朝会。争列：争执位次的先后。

⑭已而：后来。

⑮引车避匿：掉转车子，避免相遇。

⑯相与：一齐，共同。谏：抗议。

⑰去亲戚事君：离开亲人效力于你。徒慕君之高义：只是仰慕你的崇高精神。

⑱恐惧殊甚：害怕得太厉害。

⑲且：即使。庸人：普通人。

⑳不肖：在此为谦词，指没有本事。

㉑固止之：坚决挽留他们。

㉒公之视廉将军孰与秦王：诸位看廉将军与秦王谁更厉害。

㉓廷叱之：在朝廷上喝叱他。

㉔驽：才能低下。独：难道。

㉕顾：但。念：想到。

为此者，以先国家之急而后私仇也[①]。”廉颇闻之，肉袒负荆[②]，因宾客至蔺相如门谢罪[③]。曰：“鄙贱之人，不知将军宽之至此也。”卒相与欢，为刎颈之交[④]。

是岁[⑤]，廉颇东攻齐，破其一军。居二年，廉颇复伐齐几[⑥]，拔之。后三年，廉颇攻魏之防陵、安阳[⑦]，拔之。后四年，蔺相如将而攻齐，至平邑而罢[⑧]。其明年，赵奢破秦军阏与下[⑨]。

赵奢者，赵之田部吏也[⑩]。收租税而平原君家不肯出租，奢以法治之，杀平原君用事者九人[⑪]。平原君怒，将杀奢。奢因说曰[⑫]：“君于赵为贵公子，今纵君家而不奉公则法削[⑬]，法削则国弱，国弱则诸侯加兵[⑭]，诸侯加兵是无赵也，君安得有此富乎？以君之贵，奉公如法则上下平，上下平则国强，国强则赵固，而君为贵戚，岂轻于天下邪[⑮]？”平原君以为贤，言之于王。王用之治国赋，国赋大平[⑯]，民富而府库实。

秦伐韩，军于阏与。王召廉颇而问曰：“可救不?”对曰：“道远险狭，难救。”又召乐乘而问焉[⑰]，乐乘对如廉颇言。又召问赵奢，奢对曰：“其道远险狭，譬之犹两鼠斗于穴中[⑱]，将勇者胜。”王乃令赵奢将，救之。

兵去邯郸三十里[⑲]，而令军中曰：“有以军事谏者死[⑳]。”秦军军

①先国家之急而后私仇：先顾及国家的安危，再计较个人的恩怨。

②肉袒负荆：袒露胳膊，背着荆条。荆，荆条做的刑杖。

③因宾客：由宾客领着。如，到。

④卒相与欢：终于相互和好。刎颈之交：誓同生共死的至交。

⑤是岁：当年，指渑池之会的同年。

⑥居二年：过了两年。几（qí）：古地名，在今河北大名东南。

⑦防陵：地名，在今河南安阳市南。安阳：地名，在今安阳市东南。

⑧平邑：地名，在今河南南乐东北。罢：止。

⑨阏（yān）与：地名，在今山西和顺西北。破……下：攻克。

⑩田部吏：征收田租的官吏。

⑪用事者：主管此事的人。

⑫因说（shuì）：趁辩解的时候向平原君陈说。

⑬纵君家而不奉公则法削：放纵你家而不遵从公共制度，那国家的法度就会被削弱。

⑭加兵：用兵。

⑮岂轻于天下邪：哪会被天下人轻视呢。

⑯治国赋：管理国家税收。大平：指赋税非常合理。

⑰乐乘：燕将乐毅的族人，后来赵封他为武襄君。

⑱譬之犹：这打个比方说就像。

⑲去：离开。

⑳有以军事谏者死：敢有为军事问题进言的处死。

武安西[①]，秦军鼓噪勒兵，武安屋瓦尽振[②]。军中候有一人言急救武安[③]，赵奢立斩之。坚壁，留二十八日不行，复益增垒[④]。秦间来入，赵奢善食而遣之[⑤]。间以报秦将，秦将大喜曰："夫去国三十里而军不行[⑥]，乃增垒，阏与非赵地也。"赵奢既已遣秦间，卷甲而趋之[⑦]，二日一夜至，令善射者去阏与五十里而军。军垒成，秦人闻之，悉甲而至[⑧]。军士许历请以军事谏，赵奢曰："内之[⑨]。"许历曰："秦人不意赵师至此，其来气盛，将军必厚集其阵以待之[⑩]。不然，必败。"赵奢曰："请受令[⑪]。"许历曰："请就铁质之诛[⑫]。"赵奢曰："胥后令邯郸[⑬]。"许历复请谏，曰："先据北山上者胜，后至者败。"赵奢许诺，即发万人趋之[⑭]。秦兵后至，争山不得上，赵奢纵兵击之，大破秦军。秦军解而走[⑮]，遂解阏与之围而归。

赵惠文王赐奢号为马服君[⑯]，以许历为国尉[⑰]。赵奢于是与廉颇、蔺相如同位。

后四年，赵惠文王卒，子孝成王立。七年，秦与赵兵相距长平[⑱]，时赵奢已死，而蔺相如病笃[⑲]，赵使廉颇将攻秦，秦数败赵军，赵军固壁不战[⑳]。秦数挑战，廉颇不肯。赵王信秦之间[㉑]。秦之间言曰："秦之所恶[㉒]，独畏马服君赵奢之子赵括为将耳。"赵王因以括为将，代廉颇。

①军：驻军，扎营。武安：古地名，在今河北武安。

②鼓噪勒兵：击鼓呐喊，操练演习。屋瓦尽振：屋瓦为之震动，言秦军声势盛大。

③候：军候，侦察兵。

④坚壁：坚守营垒。复益增垒：又继续加筑营垒。

⑤秦间（jiàn）来入：秦军的间谍混入赵军营内。善食而遣之：用好饭菜款待后放他回去。

⑥国：国都，指邯郸。

⑦卷甲而趋之：卸去盔甲，轻装快速行进。

⑧悉甲而至：全部军队赶来。

⑨内之：让他进来。

⑩厚集其阵：集中优势兵力布兵排阵。

⑪请受令：接受指教。

⑫请就铁质之诛：请依照以前的军令处斩。

⑬胥后令邯郸：等回到邯郸后再做决定。胥，等待。

⑭即发万人趋之：立即发兵万人迅速占据北山头。

⑮解而走：溃散而逃。

⑯马服：山名，在邯郸西北。

⑰国尉：官名，职位仅次于将军。

⑱相距：对峙。长平：古地名，在今山西高平西北。

⑲病笃：病重。

⑳固壁不战：坚守营垒不出战。

㉑信秦之间：听信了秦国间谍的挑唆。间（jiàn），离间。

㉒恶（wù）：憎恨，畏忌。

蔺相如曰："王以名使括，若胶柱而鼓瑟耳[①]。括徒能读其父书传，不知合变也[②]。"赵王不听，遂将之[③]。

赵括自少时学兵法，言兵事，以天下莫能当[④]。尝与其父奢言兵事，奢不能难，然不谓善[⑤]。括母问奢其故，奢曰："兵，死地也[⑥]，而括易言之[⑦]。使赵不将括即已[⑧]，若必将之，破赵军者必括也。"及括将行，其母上书言于王曰："括不可使将。"王曰："何以？"对曰："始妾事其父，时为将，身所奉饭饮而进食者以十数[⑨]，所友者以百数，大王及宗室所赏赐者尽以予军吏士大夫[⑩]，受命之日，不问家事。今括一旦为将，东向而朝[⑪]，军吏无敢仰视之者；王所赐金帛，归藏于家，而日视便利田宅可买者买之[⑫]。王以为何如其父[⑬]？父子异心，愿王勿遣。"王曰："母置之，吾已决矣[⑭]。"括母因曰："王终遣之，即有如不称，妾得无随坐乎[⑮]？"王许诺。

赵括既代廉颇，悉更约束，易置军吏[⑯]。秦将白起闻之，纵奇兵，详败走[⑰]，而绝其粮道，分断其军为二，士卒离心。四十余日，军饿，赵括出锐卒自搏战[⑱]，秦军射杀赵括。括军败，数十万之众遂降秦，秦悉阬之[⑲]。赵前后所亡凡四十五万。明年，秦兵遂围邯郸，岁余，几不得脱[⑳]。赖楚、魏诸侯来救，乃得解邯郸之围。赵王亦以括母先言，

①以名使括：仅凭名气任命赵括。胶柱鼓瑟：比喻做事死板。柱，琴瑟上调节弦线松紧的短柱。

②不知合变：不会灵活应变。

③遂将之：于是用赵括为将。

④以天下莫能当：认为天下没有人能赶得上他。

⑤奢不能难（nàn），然不谓善：赵奢无法驳倒，但并不认可赵括的才能。

⑥死地：存在着死亡危险的场合。

⑦易言之：轻松地谈论用兵打仗。

⑧将括：以赵括为将。即已：就算了。

⑨时为将：当时正好任职将军。"身所奉"句：是说赵奢亲自伺候饮食的长者有几十人。数（shǔ），计算。

⑩军吏士大夫：指军中的军官和幕僚。

⑪东向而朝：坐西向东接受僚属的朝见。古时公侯将相以东向为尊。

⑫日视：天天打探。便利田宅：便宜合适的田地房产。

⑬何如其父：哪一点像他父亲。

⑭母：赵王对赵括母亲的敬称。置：放弃。这两句的意思是：你不要管了，我已决定了。

⑮称（chèn）：称职。随坐：受牵连而获罪。

⑯悉更约束：全部改变了廉颇所定的规章号令。易置军吏：撤换了各级军官。

⑰详：佯装。

⑱自搏战，亲自率军参加战斗。

⑲悉阬之：全部坑杀了赵国降兵。

⑳几不得脱：差点难脱亡国之险。

竟不诛也。

自邯郸围解五年，而燕用栗腹之谋[①]，曰“赵壮者尽于长平，其孤未壮”[②]，举兵击赵。赵使廉颇将，击，大破燕军于鄗[③]，杀栗腹，遂围燕。燕割五城请和，乃听之。赵以尉文封廉颇为信平君，为假相国[④]。

廉颇之免长平归也，失势之时，故客尽去[⑤]。及复用为将，客又复至。廉颇曰：“客退矣[⑥]！”客曰：“吁！君何见之晚也[⑦]？夫天下以市道交[⑧]，君有势，我则从君，君无势则去，此固其理也，有何怨乎？”居六年，赵使廉颇伐魏之繁阳[⑨]，拔之。

赵孝成王卒，子悼襄王立，使乐乘代廉颇。廉颇怒，攻乐乘，乐乘走。廉颇遂奔魏之大梁[⑩]。其明年，赵乃以李牧为将而攻燕，拔武遂、方城[⑪]。

廉颇居梁久之，魏不能信用。赵以数困于秦兵，赵王思复得廉颇，廉颇亦思复用于赵。赵王使使者视廉颇尚可用否。廉颇之仇郭开多与使者金，令毁之[⑫]。赵使者既见廉颇，廉颇为之一饭斗米，肉十斤[⑬]，被甲上马，以示尚可用[⑭]。赵使还报王曰：“廉将军虽老，尚善饭；然与臣坐，顷之三遗矢矣[⑮]。”赵王以为老，遂不召。

楚闻廉颇在魏，阴使人迎之。廉颇一为楚将[⑯]，无功，曰：“我思

①栗腹：燕国国相。

②孤：指遗留下来的孤儿。

③鄗（hào）：古地名，在今河北省柏乡北。

④尉文：地名，所在不详。信平君：封号。假相国：代理相国。

⑤免长平：指廉颇被撤换长平主帅之事。故客：门下原有的宾客。

⑥客退矣：你们请回吧。

⑦君何见之晚也：你的见识怎么这么落后啊。

⑧以市道交：用市场上做买卖的规则交往，有利则来，无利则去。

⑨居六年：过了六年。繁阳：在今河南内黄东北。

⑩奔：逃奔。大梁：魏国的首都，今河南开封。

⑪武遂：地名，今河北徐水西。方城：地名，在今河北固安南。

⑫令毁之：叫使者在赵王面前说廉颇的坏话。

⑬为之一饭斗米，肉十斤：为使者展示一顿吃一斗米、十斤肉的饭量。

⑭被：同“披”。示：显示。

⑮顷之三遗矢：一会儿工夫就大便了三次。矢，同“屎”。

⑯一为楚将：在楚将任上。

用赵人[①]。”廉颇卒死于寿春[②]。

李牧者，赵之北边良将也。常居代雁门，备匈奴[③]。以便宜置吏[④]，市租皆输入莫府，为士卒费[⑤]。日击数牛飨士[⑥]，习射骑，谨烽火，多间谍[⑦]，厚遇战士。为约曰[⑧]：“匈奴即入盗，急入收保[⑨]，有敢捕虏者斩。”匈奴每入，烽火谨，辄入收保，不敢战。如是数岁，亦不亡失[⑩]。然匈奴以李牧为怯，虽赵边兵亦以为吾将怯[⑪]。赵王让李牧[⑫]，李牧如故。赵王怒，召之，使他人代将。

岁余，匈奴每来，出战。出战，数不利，失亡多，边不得田畜[⑬]。复请李牧。牧杜门不出，固称疾[⑭]。赵王乃复强起使将兵[⑮]。牧曰：“王必用臣，臣如前，乃敢奉令。”王许之。

李牧至，如故约。匈奴数岁无所得。终以为怯。边士日得赏赐而不用，皆愿一战。于是乃具选车得千三百乘[⑯]，选骑得万三千匹，百金之士五万人，彀者十万人[⑰]，悉勒习战[⑱]。大纵畜牧，人民满野[⑲]。匈奴小入，详北不胜，以数千人委之[⑳]。单于闻之[㉑]，大率众来入。李牧多为奇阵，张左右翼击之，大破杀匈奴十余万骑。灭襜褴，破东胡，降林胡[㉒]，单于奔走。其后十余岁，匈奴不敢近赵边城。

赵悼襄王元年[㉓]，廉颇既亡入魏，

①我思用赵人：我想统帅赵国军队。

②寿春：楚国国都，在今安徽寿县。

③代雁门：战国时赵国在代地设置的雁门郡，在今山西宁武以北一带。

④以便宜置吏：根据实际需要自行委任官吏。

⑤市租：指雁门郡市场交易的税收。莫府：即幕府，将帅出征时随地驻屯的营帐。为士卒费：作为养兵的费用。

⑥击：宰杀。飨（xiǎng）：犒劳。

⑦谨烽火：小心把守烽火台。多间谍：增加侦察敌情的间谍。

⑧为约：发布军规。

⑨即入盗：如果敌人入侵掠夺。急入收堡：迅速收拢各类物资，撤入营垒。保，即“堡”，营垒。

⑩亡失：损失。

⑪虽：即使。

⑫让：责备。

⑬边不得田畜：边地百姓因受匈奴骚扰无法耕种和放牧。

⑭杜门：闭门。固：坚持。

⑮乃复：再三。强起：强行起用。

⑯具：备办。选：挑选。

⑰百金之士：指能冲锋陷阵的勇士。《管子·轻重乙》：“谁能陷阵破众者赐之百金。”彀（gòu）者：能拉满强弓的射手。

⑱悉勒习战：全部组织起来操练实战。

⑲大纵畜牧，人民满野：使人们大量放牧，放牧的人遍及田野。

⑳小入：小股入侵。佯北不胜：假装败退。北，败退。委之：舍弃给匈奴。

㉑单（chán）于：匈奴君主的称号。

㉒襜褴（chān lán）：匈奴的一支，在代之北。东胡、林胡：均为胡人分支。

㉓赵悼襄王元年：即公元前 244 年。

赵使李牧攻燕，拔武遂、方城。居二年，庞暖破燕军，杀剧辛[①]。后七年，秦破杀赵将扈辄于武遂[②]，斩首十万。赵乃以李牧为大将军，击秦军于宜安[③]，大破秦军，走秦将桓齮[④]。封李牧为武安君[⑤]。居三年，秦攻番吾[⑥]，李牧击破秦军，南距韩、魏[⑦]。

赵王迁七年[⑧]，秦使王翦攻赵，赵使李牧、司马尚御之。秦多与赵王宠臣郭开金，为反间，言李牧、司马尚欲反。赵王乃使赵葱及齐将颜聚代李牧[⑨]。李牧不受命，赵使人微捕得李牧[⑩]，斩之。废司马尚。后三月，王翦因急击赵，大破杀赵葱，虏赵王迁及其将颜聚，遂灭赵。

太史公曰：知死必勇[⑪]，非死者难也，处死者难[⑫]。方蔺相如引璧睨柱，及叱秦王左右，势不过诛[⑬]，然士或怯懦而不敢发[⑭]。相如一奋其气，威信敌国[⑮]，退而让颇，名重太山，其处智勇，可谓兼之矣！

①庞暖（xuān）：赵将。剧辛：本赵人，素与庞暖交好，后为燕将，伐赵，被庞暖打败杀死。

②扈（hù）辄：赵将，被秦将桓齮（yǐ）打败杀死。

③宜安：地名，在今河北藁城西南。

④走：赶走。

⑤武安：地名，在今河北武安西。

⑥番（pó）吾：地名，在今河北平山南。

⑦距：同“拒”。

⑧赵王迁七年：公元前229年。

⑨赵葱：赵王的同族人。

⑩微捕：暗中抓捕。

⑪知死必勇：知道处于必死之地，定会变得勇敢。

⑫非死者难也，处死者难：死并不是难事，置自己于死地才是难事。

⑬方：当……时。势不过诛：情势不过杀头罢了。

⑭然士或怯懦而不敢发：但一般的士人往往因为怯懦而不敢铤而走险。

⑮奋其气：奋发振作。威信（shēn）敌国：声威在敌国伸张。信，同“伸”，伸张。

淮阴侯列传

【题解】本篇选自《史记》卷九十二。韩信是楚汉相争中举足轻重的人物，具有超人的政治眼光和卓越的军事才能。司马迁在这篇传记中，生动描述了韩信由穷困潦倒到声势煊赫再到悲凉收场的一生，对其过人才能、悲剧性格做了细致刻画。作者不仅正面塑造韩信，还通过写漂母、萧何、项羽、刘邦以及赵相陈余、楚将龙且、谋士左车、辩士蒯通等，从不同的侧面加以烘托，使这个人物形象丰满鲜活、有血有肉，至今使人读之无不击节、叹惋。

淮阴侯韩信者，淮阴人也[①]。始为布衣时，贫无行，不得推择为吏，又不能治生商贾[②]。常从人寄食饮[③]，人多厌之者。常数从其下乡南昌亭长寄食[④]，数月，亭长妻患之，乃晨炊蓐食[⑤]。食时信往，不为具食[⑥]。信亦知其意，怒，竟绝去[⑦]。

信钓于城下，诸母漂，有一母见信饥，饭信[⑧]，竟漂数十日。信喜，谓漂母曰："吾必有以重报母。"母怒曰："大丈夫不能自食，吾哀王孙而进食[⑨]，岂望报乎！"

淮阴屠中少年有侮信者[⑩]，曰："若虽长大，好带刀剑，中情怯耳[⑪]。"众辱之曰："信能死，刺我；不能死，出我袴下[⑫]。"于是信孰视之，俛出袴下，蒲伏[⑬]。一市人皆笑信，以为怯。

及项梁渡淮[⑭]，信杖剑从之，居戏下[⑮]，无所知名。项梁败，又属项羽，羽以为郎中[⑯]。数以策干项羽[⑰]，羽不用。汉王之入蜀，信亡楚归汉，未得知名，为连敖[⑱]。坐法当斩，其辈十三人皆已斩，次至信[⑲]，信乃仰视，适见滕公[⑳]，曰："上不欲就天下乎[㉑]？何为斩壮士！"滕公奇其言，壮其貌，释而不斩。与语，大说之[㉒]。言于上，上拜以为治粟都尉，上未之奇也[㉓]。

①淮阴：县名，在今江苏淮安西北。

②推择为吏：被推举为官吏。治生商贾：以做买卖谋生。

③从人寄食饮：饮食依附于别人。

④常：同"尝"，曾经。数（shuò）：多次。下乡：淮阴的属乡。南昌：下乡的亭名。亭长：乡官。

⑤患：憎恶。晨炊蓐食：一早把饭做好，端到床上吃了。蓐，同"褥"。

⑥具食：准备饭食。

⑦绝去：一去不回。

⑧母：妇女。漂：在水中洗衣。饭信：给韩信饭吃。

⑨王孙：当时对年轻人的通称。

⑩屠中：屠宰市。

⑪若：你。中情：心底。

⑫信：果真。能死：能做到拼死。袴（kuà）：裤子。这里代指胯。

⑬孰视之：仔细地看了看。孰，同"熟"。俛：同"俯"。蒲伏：同"匍匐"。

⑭项梁：项羽的叔父。

⑮戏（huī）下：即麾下。

⑯郎中：近侍武官。

⑰数以策干项羽：多次向项羽献策，以求重用。干，求取。

⑱汉王：即刘邦。亡楚归汉：逃离项羽，归附刘邦。连敖：接待宾客的人员。

⑲次：按顺序排列。

⑳滕公：即夏侯婴，沛人，少时与刘邦友善。

㉑上：指刘邦。就天下：得到天下。

㉒说：同"悦"，这里有欣赏的意思。

㉓治粟都尉：管理粮饷的官吏。未之奇：不觉得韩信有过人之处。

信数与萧何语[①]，何奇之。至南郑[②]，诸将行道亡者数十人[③]。信度何等已数言上[④]，上不我用[⑤]，即亡。何闻信亡，不及以闻[⑥]，自追之。人有言上曰："丞相何亡。"上大怒，如失左右手。居一二日，何来谒上。上且怒且喜，骂何曰："若亡，何也？"何曰："臣不敢亡也，臣追亡者。"上曰："若所追者谁何？"曰："韩信也。"上复骂曰："诸将亡者以十数，公无所追；追信，诈也。"何曰："诸将易得耳。至如信者，国士无双。王必欲长王汉中，无所事信[⑦]；必欲争天下，非信无所与计事者。顾王策安所决耳[⑧]。"王曰："吾亦欲东耳，安能郁郁久居此乎[⑨]？"何曰："王计必欲东，能用信，信即留；不能用，信终亡耳。"王曰："吾为公以为将[⑩]。"何曰："虽为将，信必不留。"王曰："以为大将。"何曰："幸甚。"于是王欲召信拜之[⑪]。何曰："王素慢无礼[⑫]，今拜大将如呼小儿耳，此乃信所以去也。王必欲拜之，择良日，斋戒，设坛场，具礼，乃可耳[⑬]。"王许之。诸将皆喜，人人各自以为得大将[⑭]。至拜大将，乃韩信也，一军皆惊。

信拜礼毕，上坐。王曰："丞相数言将军[⑮]，将军何以教寡人计策？"信谢，因问王曰："今东乡争权天下[⑯]，岂非项王邪？"汉王曰："然。"曰："大王自料勇悍仁强孰与项王？"

①萧何：沛县人，曾为沛县吏，秦末辅助刘邦起兵，在建立汉朝过程中发挥了重要作用，后封酇侯。

②南郑：刘邦为汉王时的都城，在今陕西南郑。

③诸将行（háng）：各类将领。道亡：半道逃跑。亡，逃跑。

④度（duó）：估计，揣测。

⑤不我用：不用我。

⑥不及以闻：来不及把韩信逃离的事告知汉王。

⑦王（wàng）：统领。无所事信：没有韩信的用武之地。

⑧顾王策安所决耳：就看大王怎样决策了。

⑨郁郁：闷闷不乐。

⑩吾为公以为将：我因为你的荐举，任命他做个将军。

⑪召信拜之：把韩信叫过来任命。

⑫素：向来。慢：傲慢，怠慢。

⑬良日：好日子。斋戒：古人在祭祀或举行典礼前所进行一些仪式，表示虔诚庄重。坛：土筑的高台，用于祭祀、典礼等重要活动。具礼：完备拜将的礼节。

⑭人人各自以为得大将：每个人都以为自己会被任命为大将。

⑮丞相：指萧何。数言：一再谈起。

⑯东乡：向东。

汉王默然良久，曰："不如也。"信再拜贺曰[①]："惟信亦为大王不如也[②]。然臣尝事之，请言项王之为人也。项王喑恶叱咤，千人皆废[③]，然不能任属贤将，此特匹夫之勇耳[④]。项王见人恭敬慈爱，言语呕呕[⑤]，人有疾病，涕泣分食饮，至使人有功当封爵者，印刓敝，忍不能予[⑥]，此所谓妇人之仁也。项王虽霸天下而臣诸侯[⑦]，不居关中而都彭城[⑧]。有背义帝之约，而以亲爱王[⑨]，诸侯不平。诸侯之见项王迁逐义帝置江南，亦皆归逐其主而自王善地。项王所过无不残灭者，天下多怨，百姓不亲附，特劫于威强耳[⑩]。名虽为霸，实失天下心。故曰其强易弱。今大王诚能反其道[⑪]：任天下武勇，何所不诛！以天下城邑封功臣，何所不服！以义兵从思东归之士，何所不散[⑫]！且三秦王为秦将[⑬]，将秦子弟数岁矣，所杀亡不可胜计，又欺其众降诸侯[⑭]，至新安，项王诈阬秦降卒二十余万，唯独邯、欣、翳得脱，秦父兄怨此三人，痛入骨髓。今楚强以威王此三人[⑮]，秦民莫爱也。大王之入武关[⑯]，秋豪无所害，除秦苛法，与秦民约，法三章耳[⑰]，秦民无不欲得大王王秦者。于诸侯之约，大王当王关中，关中民咸知之。大王失职入汉中[⑱]，秦民无不恨者。今大王举而东，三秦可传檄而定也[⑲]。"于是汉王大喜，自以为得信晚。遂听信计，部署诸将所击。

①贺：通"嘉"，在这里作赞同的意思。

②为：认为。

③喑恶（yìn wù）：发怒声。叱咤：怒喝声。废：伏偃。

④任属（zhǔ）：信任托付。特：只不过。

⑤呕呕：温和的样子。

⑥使人：所使用的人。印刓（wán）敝：刻好的封印摩弄得都没了棱角。忍不能予：舍不得给受封的人。

⑦臣诸侯：使各诸侯臣服。

⑧彭城：今江苏徐州。这是说项羽放弃关中优越地势。

⑨义帝：秦末，项梁立楚怀王之孙心为王；秦亡后，项羽自立为西楚霸王，尊心为义帝。诸将入关前，怀王曾与之约定"先入关中者王之"，后来刘邦先破咸阳，而项羽封其为汉王，背当初之约。以亲爱王：把他的亲信和偏爱的人分封为王。

⑩亲附：亲近归附。劫：胁迫。

⑪反其道：即不同于项羽的匹夫之勇和妇人之仁。

⑫思东归：刘邦部下士兵多是东方人，故"思东归"。散：使之散败。

⑬三秦王：指雍王章邯、塞王司马欣、翟王董翳。

⑭欺其众降诸侯：欺瞒士众投降项羽。

⑮强以威王此三人：以威势强行立三人为王。

⑯武关：在今陕西丹凤东南。

⑰法三章：刘邦占领关中后，与当地民众约法三章：杀人者死，伤人及盗抵罪。

⑱失职：失去应得的关中王的职衔。

⑲传檄而定：发一道布告就可以平定。檄：古代用来征召、声讨的文书。

八月，汉王举兵东出陈仓[①]，定三秦。汉二年，出关，收魏、河南，韩、殷王皆降[②]。合齐、赵共击楚[③]。四月，至彭城，汉兵败散而还。信复收兵与汉王会荥阳，复击破楚京、索之间[④]，以故楚兵卒不能西。

汉之败却彭城，塞王欣、翟王翳亡汉降楚，齐、赵亦反汉与楚和。六月，魏王豹谒归视亲疾[⑤]，至国，即绝河关反汉，与楚约和[⑥]。汉王使郦生说豹[⑦]，不下。其八月，以信为左丞相，击魏。魏王盛兵蒲坂[⑧]，塞临晋，信乃益为疑兵，陈船欲度临晋，而伏兵从夏阳以木罂缶渡军[⑨]，袭安邑[⑩]。魏王豹惊，引兵迎信，信遂虏豹，定魏为河东郡。汉王遣张耳与信俱，引兵东，北击赵、代。后九月，破代兵，禽夏说阏与[⑪]。信之下魏破代，汉辄使人收其精兵，诣荥阳以距楚[⑫]。

信与张耳以兵数万，欲东下井陉击赵[⑬]。赵王、成安君陈馀闻汉且袭之也，聚兵井陉口，号称二十万。广武君李左车说成安君曰[⑭]：“闻汉将韩信涉西河，虏魏王，禽夏说，新喋血阏与[⑮]，今乃辅以张耳，议欲下赵[⑯]，此乘胜而去国远斗，其锋不可当。臣闻千里馈粮[⑰]，士有饥色；樵苏后爨，师不宿饱[⑱]。今井陉之道，车不得方轨[⑲]，骑不得成列，行数百里，其势粮食必在其后。愿足

①陈仓：在今陕西宝鸡东。

②魏、河南、韩、殷：都是项羽封的王国。

③合齐、赵共击楚：齐、赵这时已叛楚归汉。

④京：邑名，故址在今河南荥阳东南。索：城名，古址在今河南荥阳。

⑤谒归：谒见汉王归来。视亲疾：探望病中的家人。

⑥绝河关：断绝黄河的交通。河关：又名临晋关、蒲津关，黄河渡口，在今山西永济西。

⑦郦生：即郦食其（yì jī），刘邦的谋士。

⑧盛兵：重兵屯扎。蒲坂：县名，故城在今山西永济西。

⑨夏阳：县名，故城在今陕西韩城南。木罂缶：木制的桶瓮。

⑩安邑：在今山西夏县西北。

⑪禽：同“擒”。夏说（yuè）：人名，代国的相国。阏与：地名，在今山西和顺西北。

⑫距：同“拒”。

⑬井陉：太行八隘之一，在今河北井陉。

⑭李左车：秦汉之际谋士，在赵被封为广武君。

⑮喋血：血流满地。

⑯下：攻克。

⑰千里馈粮：远距离运送粮食。

⑱樵苏后爨（cuàn），师不宿饱：临时打柴烧饭，军士很难经常吃饱。樵苏，砍柴刈草。爨，烧火做饭。

⑲方：两车并行。

下假臣奇兵三万人[①]，从间道绝其辎重[②]；足下深沟高垒，坚营勿与战[③]。彼前不得斗，退不得还，吾奇兵绝其后，使野无所掠[④]，不至十日，而两将之头可致于戏下。愿君留意臣之计[⑤]。否，必为二子所禽矣。”成安君，儒者也[⑥]，常称义兵不用诈谋奇计，曰：“吾闻兵法十则围之，倍则战[⑦]。今韩信兵号数万，其实不过数千。能千里而袭我，亦已罢极[⑧]。今如此避而不击，后有大者，何以加之[⑨]！则诸侯谓吾怯，而轻来伐我[⑩]。”不听广武君策，广武君策不用。

韩信使人间视[⑪]，知其不用，还报，则大喜，乃敢引兵遂下[⑫]。未至井陉口三十里，止舍。夜半传发[⑬]，选轻骑二千人，人持一赤帜，从间道萆山而望赵军[⑭]，诫曰：“赵见我走，必空壁逐我[⑮]。若疾入赵壁，拔赵帜，立汉赤帜。”令其裨将传飧[⑯]，曰：“今日破赵会食!”诸将皆莫信，详应曰[⑰]：“诺。”谓军吏曰[⑱]：“赵已先据便地为壁[⑲]，且彼未见吾大将旗鼓，未肯击前行，恐吾至阻险而还。”信乃使万人先行，出，背水陈[⑳]。赵军望见而大笑。平旦[㉑]，信建大将之旗鼓，鼓行出井陉口[㉒]，赵开壁击之，大战良久。于是信、张耳详弃鼓旗，走水上军。水上军开入之，复疾战。赵果空壁争汉鼓旗，逐韩信、张耳。韩信、张耳已入水上军，

①假：给予，授。

②间（jiàn）道：偏僻小路。

③深沟：深掘护营壕沟。高垒：高筑军营围垣。坚营：坚守营中。

④野无所掠：从田野里什么也得不到。

⑤留意：考虑采纳。

⑥儒者：书生，在这里有迂腐不知变通的意思。

⑦十则围之，倍则战：语出《孙子·谋攻篇》，意思是，有十倍于敌的兵力即可以包围它，有一倍于敌的兵力就可以和它对阵。

⑧罢（pí）：同“疲”。

⑨加：胜过。

⑩轻：随便。

⑪间（jiàn）视：探听。

⑫遂下：径直而行。

⑬传发：传令出发。

⑭萆山：依靠山势做掩护。萆，同“蔽”。

⑮空壁：倾巢出动。

⑯传飧（sūn）：分发小食。相对于下文的“会食”（正式会餐）而言。

⑰详：通“佯”。

⑱军吏：执事军官。

⑲便地：有利地形。

⑳背水阵：背靠河水摆开阵势。

㉑平旦：太阳刚出地面。

㉒鼓行：击鼓行进。

军皆殊死战，不可败。信所出奇兵二千骑，共候赵空壁逐利，则驰入赵壁，皆拔赵旗，立汉赤帜二千。赵军已不胜[①]，不能得信等，欲还归壁，壁皆汉赤帜，而大惊，以为汉皆已得赵王将矣，兵遂乱，遁走，赵将虽斩之，不能禁也。于是汉兵夹击，大破虏赵军，斩成安君泜水上[②]，禽赵王歇。

信乃令军中毋杀广武君，有能生得者购千金[③]。于是有缚广武君而致戏下者，信乃解其缚，东乡坐，西乡对，师事之[④]。

诸将效首虏休，毕贺[⑤]，因问信曰："兵法：右倍山陵，前左水泽[⑥]。今者将军令臣等反背水陈，曰破赵会食，臣等不服。然竟以胜[⑦]，此何术也?"信曰："此在兵法，顾诸君不察耳[⑧]。兵法不曰'陷之死地而后生，置之亡地而后存'？且信非得素拊循士大夫也[⑨]，此所谓'驱市人而战之'[⑩]，其势非置之死地，使人人自为战[⑪]；今予之生地[⑫]，皆走，宁尚可得而用之乎[⑬]！"诸将皆服曰："善。非臣所及也。"

于是信问广武君曰："仆欲北攻燕[⑭]，东伐齐，何若而有功[⑮]？"广武君辞谢曰[⑯]："臣闻败军之将，不可以言勇；亡国之大夫，不可以图存。今臣败亡之虏，何足以权大事乎[⑰]！"信曰："仆闻之，百里奚居虞而虞亡[⑱]，在秦而秦霸，非愚于虞而智于秦也，

①已：已尔，不久。
②泜（zhī）水：河名，在河北。
③购：赏。
④东乡坐，西乡对：当时礼节以东向为尊。师事之：把他当老师对待。
⑤效首虏：呈献首级、俘虏。休：完毕。毕贺：都向韩信祝贺。
⑥右倍山陵，前左水泽：右边和背后要靠山，前面和左边要临水。
⑦竟以胜：最终胜利了。竟，最终，完结。
⑧顾：不过。不察：没有注意到。
⑨素：一向，平素。拊循：训练，调度。士大夫：在这里指将士。
⑩市人：平民，市肆中人。
⑪自为战：为了自己的生存而战。
⑫生地：有退路的地方。
⑬宁（nìng）：岂。
⑭仆：古人自称时的谦词。
⑮何若而有功：怎么样做才能有所成功。
⑯谢：推辞。
⑰权：计量，策划。
⑱百里奚：春秋时秦国大夫。原本是虞大夫，虞亡时被晋俘虏，作为陪臣送入秦国。后来出走楚，被楚人捉拿，秦穆公以五张黑牡羊皮赎回，任用为相，称为五羖大夫。后帮助秦穆公建立霸业。

用与不用、听与不听也。诚令成安君听足下计，若信者亦已为禽矣①。以不用足下，故信得侍耳②。”因固问曰③：“仆委心归计④，愿足下勿辞。”广武君曰：“臣闻智者千虑，必有一失；愚者千虑，必有一得。故曰‘狂夫之言，圣人择焉’。顾恐臣计未必足用⑤，愿效愚忠。夫成安君有百战百胜之计，一旦而失之，军败鄗下⑥，身死泜上。今将军涉西河，虏魏王，禽夏说阏与，一举而下井陉，不终朝破赵二十万众⑦，诛成安君。名闻海内，威震天下，农夫莫不辍耕释耒，褕衣甘食，倾耳以待命者⑧。若此，将军之所长也。然而众劳卒罢⑨，其实难用。今将军欲举倦獘之兵，顿之燕坚城之下⑩，欲战恐久⑪，力不能拔，情见势屈⑫，旷日粮竭，而弱燕不服，齐必距境以自强也⑬。燕齐相持而不下，则刘项之权未有所分也⑭。若此者，将军所短也。臣愚，窃以为亦过矣⑮。故善用兵者不以短击长，而以长击短。”韩信曰：“然则何由？”广武君对曰：“方今为将军计，莫如案甲休兵⑯，镇赵抚其孤，百里之内，牛酒日至，以飨士大夫醳兵⑰，北首燕路⑱，而后遣辩士奉咫尺之书，暴其所长于燕⑲，燕必不敢不听从。燕已从，使喧言者东告齐⑳，齐必从风而服，虽有智者，亦不知为齐计矣㉑。如是，则天下事皆可图

①“若信者”句：像我这样的人也已被俘虏。信，韩信自称。
②侍：即侍奉。
③固：坚持。
④委心归计：倾心听从你的计策。
⑤顾：但。
⑥鄗（hào）：在今河北柏乡北。
⑦不终朝（zhāo）：不用一个早晨的时间。
⑧辍耕释耒：放下农具，停止耕作。褕（yú）衣甘食：意思是只图眼前穿得好、吃得好。褕衣，美衣。倾耳以待命：静等进兵打仗的消息。
⑨众劳卒罢：百姓劳苦，士卒疲惫。
⑩倦獘（bì）：极为疲惫。獘，同“毙”。顿：屯聚，驻扎。
⑪欲战恐久：倦獘之兵害怕持久之战。
⑫情见势屈：真实情况显现出来，气势就削弱了。见，同“现”。
⑬距境：据守边境。
⑭权：秤锤，用以知轻重。在这里指胜负的比重。
⑮窃以为亦过矣：私下以为有点失策。
⑯案甲休兵：按兵不动，进行休整。
⑰醳（yì）：赏赐酒食。
⑱北首燕路：做出向北进攻燕国的架势。
⑲暴（pù）其所长于燕：以自己的长处向燕国示威。
⑳喧言者：能言善辩的人，即辩士。
㉑不知为齐：不知怎样给齐出谋划策。

也。兵固有先声而后实者[①]，此之谓也。”韩信曰：“善。”从其策，发使使燕，燕从风而靡[②]。乃遣使报汉[③]，因请立张耳为赵王，以镇抚其国。汉王许之，乃立张耳为赵王。

楚数使奇兵渡河击赵，赵王耳、韩信往来救赵，因行定赵城邑[④]，发兵诣汉[⑤]。楚方急围汉王于荥阳，汉王南出，之宛、叶间[⑥]，得黥布[⑦]，走入成皋[⑧]，楚又复急围之。六月，汉王出成皋，东渡河，独与滕公俱，从张耳军修武。至，宿传舍[⑨]。晨自称汉使[⑩]，驰入赵壁。张耳、韩信未起，即其卧内，上夺其印符，以麾召诸将，易置之[⑪]。信、耳起，乃知汉王来，大惊。汉王夺两人军，即令张耳备守赵地。拜韩信为相国，收赵兵未发者击齐。

信引兵东，未渡平原[⑫]，闻汉王使郦食其已说下齐，韩信欲止。范阳辩士蒯通说信曰[⑬]：“将军受诏击齐，而汉独发间使下齐[⑭]，宁有诏止将军乎[⑮]？何以得毋行也！且郦生一士，伏轼掉三寸之舌[⑯]，下齐七十余城，将军将数万众，岁余乃下赵五十余[⑰]，为将数岁，反不如一竖儒之功乎[⑱]？”于是信然之，从其计，遂渡河。齐已听郦生，即留纵酒，罢备汉守御[⑲]，信因袭齐历下军[⑳]，遂至临菑[㉑]。齐王田广以郦生卖己，乃亨之[㉒]，而走

①先声而后实：先做大声势，后实际用兵。

②从风而靡：顺风而倒。

③遣使报汉：派人向汉王报告。

④因行定赵城邑：因往来救赵，把所经赵国各地的城邑稳定下来。

⑤发兵诣汉：派兵前往汉王那里增援。

⑥宛（yuàn）：南阳郡治，在今河南南阳。叶：县名，在今河南叶县。

⑦黥布：名英布，因犯法黥面，所以又称黥布。初属项羽，后归汉。

⑧成皋：在今河南荥阳西北。

⑨传（zhuàn）舍：客馆。

⑩自称汉使：汉王为迷惑韩信等，自称是汉王的使者。

⑪易置：将韩信、张耳军重新编制。

⑫平原：县名，故城在今山东平原西南，当时黄河流经其地。

⑬范阳：地名，在今河北定兴西南。蒯通：名蒯彻，因避汉武帝讳改名通，楚汉之际著名辩士。

⑭间使：秘密使者。

⑮宁：难道。

⑯伏轼：站在车上。

⑰乃：只，仅仅。

⑱竖儒：对儒生的鄙称。竖，童仆。

⑲罢备汉守御：撤除防御汉军的兵力。

⑳历下：今山东济南。

㉑临菑：当时齐国的都城，在今山东淄博东北。

㉒亨：同“烹”。

高密[①]，使使之楚请救。韩信已定临菑，遂东追广至高密西。楚亦使龙且将，号称二十万，救齐。

齐王广、龙且并军与信战，未合[②]。人或说龙且曰："汉兵远斗穷战[③]，其锋不可当。齐、楚自居其地战，兵易败散。不如深壁[④]，令齐王使其信臣招所亡城[⑤]，亡城闻其王在[⑥]，楚来救，必反汉。汉兵二千里客居，齐城皆反之，其势无所得食，可无战而降也。"龙且曰："吾平生知韩信为人，易与耳[⑦]。且夫救齐不战而降之，吾何功？今战而胜之，齐之半可得[⑧]，何为止！"遂战，与信夹潍水陈[⑨]。韩信乃夜令人为万余囊[⑩]，满盛沙，壅水上流[⑪]，引军半渡，击龙且，详不胜，还走[⑫]。龙且果喜曰："固知信怯也。"遂追信渡水。信使人决壅囊，水大至，龙且军大半不得渡，即急击，杀龙且。龙且水东军散走，齐王广亡去。信遂追北至城阳[⑬]，皆虏楚卒。

汉四年，遂皆降平齐[⑭]。使人言汉王曰："齐伪诈多变，反覆之国也，南边楚[⑮]，不为假王以镇之[⑯]，其势不定。愿为假王便。"当是时，楚方急围汉王于荥阳，韩信使者至，发书[⑰]，汉王大怒，骂曰："吾困于此，旦暮望若来佐我[⑱]，乃欲自立为王！"张良、陈平蹑汉王足[⑲]，因附耳语曰："汉方不利[⑳]，宁能禁信之王乎？不如因而立，善遇之[㉑]，使自

①高密：秦置县名，在今山东安丘东南。

②合：交战。

③穷战：尽力战斗。

④深壁：构筑牢固的工事以自守。

⑤信臣：心腹大臣。

⑥亡城：沦陷丢失的城邑。

⑦易与：容易对付。

⑧齐之半可得：可以夺取齐国一半的疆土。

⑨夹潍水陈：在潍水两旁摆开阵势。

⑩囊：布袋或草袋。

⑪壅：堵塞。

⑫引军半渡：率领一半军队过河。详：通"佯"。还走：顺原路退回。

⑬北：败军。城阳：在今山东鄄城东南。

⑭降平：收服平定。

⑮边：接壤，靠近。

⑯假：非正式的，代理。

⑰发书：打开来信。

⑱旦暮：从早到晚。佐：助。

⑲张良：刘邦的重要谋士，汉朝建立后封为留侯。陈平：刘邦的重要谋士，汉朝建立后封曲逆侯。蹑（niè）：踩。

⑳汉方不利：汉现在处在不利局面。

㉑因而立：顺势立他为王，优待他。

为守。不然，变生。”汉王亦悟，因复骂曰：“大丈夫定诸侯，即为真王耳，何以假为[①]！”乃遣张良往立信为齐王，征其兵击楚。

楚已亡龙且，项王恐，使盱眙人武涉往说齐王信曰：“天下共苦秦久矣，相与戮力击秦[②]。秦已破，计功割地[③]，分土而王之，以休士卒。今汉王复兴兵而东，侵人之分，夺人之地[④]，已破三秦，引兵出关，收诸侯之兵以东击楚，其意非尽吞天下者不休，其不知厌足如是甚也[⑤]。且汉王不可必[⑥]，身居项王掌握中数矣，项王怜而活之，然得脱，辄倍约[⑦]，复击项王，其不可亲信如此。今足下虽自以与汉王为厚交[⑧]，为之尽力用兵，终为之所禽矣。足下所以得须臾至今者[⑨]，以项王尚存也。当今二王之事，权在足下[⑩]。足下右投则汉王胜，左投则项王胜[⑪]。项王今日亡，则次取足下。足下与项王有故[⑫]，何不反汉与楚连和[⑬]，参分天下王之[⑭]？今释此时，而自必与汉以击楚[⑮]，且为智者固若此乎？”韩信谢曰：“臣事项王，官不过郎中，位不过执戟，言不听，画不用[⑯]，故倍楚而归汉。汉王授我上将军印，予我数万众，解衣衣我，推食食我[⑰]，言听计用，故吾得以至于此。夫人深亲信我，我倍之不祥，虽死不易。幸为信谢项王！”

武涉已去，齐人蒯通知天下权

①何以假为：为什么要做假王。

②戮力：合力。

③计功割地：根据功绩分封土地。

④侵人之分，夺人之地：损害他人的职守，夺取他人的封地。

⑤厌足：满足。

⑥必：信赖。

⑦倍约：违背约定。倍，同“背”。

⑧厚交：交情深厚。

⑨须臾：从容，苟延。

⑩权：在这里指决定胜负的力量。

⑪右、左：汉王在西，项王在东，故分称左、右。

⑫故：旧交情。

⑬连和：联合。

⑭参分：三分。王（wàng）：为王。

⑮释此时：放弃这个好时机。必与汉：坚定地亲附于汉。

⑯画：计谋，策划。

⑰“解衣”二句：汉王把自己的衣服脱下来给我穿，把自己的饭让给我吃。比喻十分亲近、信任。衣（yì）我、食（sì）我的衣、食，都作动词用。

在韩信，欲为奇策而感动之，以相人说韩信曰[①]：“仆尝受相人之术。”韩信曰：“先生相人何如?”对曰：“贵贱在于骨法，忧喜在于容色，成败在于决断[②]。以此参之[③]，万不失一。”韩信曰：“善。先生相寡人何如?”对曰：“愿少间[④]。”信曰：“左右去矣。”通曰：“相君之面，不过封侯，又危不安。相君之背[⑤]，贵乃不可言。”韩信曰：“何谓也?”蒯通曰：“天下初发难也，俊雄豪桀建号一呼，天下之士云合雾集，鱼鳞襍鹓[⑥]，熛至风起[⑦]。当此之时，忧在亡秦而已[⑧]。今楚汉分争，使天下无罪之人肝胆涂地，父子暴骸骨于中野，不可胜数。楚人起彭城，转斗逐北，至于荥阳，乘利席卷，威震天下。然兵困于京、索之间，迫西山而不能进者[⑨]，三年于此矣。汉王将数十万之众，距巩、雒，阻山河之险[⑩]，一日数战，无尺寸之功，折北不救[⑪]，败荥阳，伤成皋，遂走宛、叶之间，此所谓智勇俱困者也[⑫]。夫锐气挫于险塞，而粮食竭于内府，百姓罢极怨望[⑬]，容容无所倚[⑭]。以臣料之，其势非天下之贤圣固不能息天下之祸。当今两主之命县于足下[⑮]。足下为汉则汉胜，与楚则楚胜。臣愿披腹心，输肝胆，效愚计，恐足下不能用也。诚能听臣之计，莫若两利而俱存之[⑯]，参分天下，鼎足而居，其势莫敢先动[⑰]。夫以足下之贤圣，有甲兵之众，据强

①相人：给人看相。
②骨法：骨相特征。容色：容貌气色。决断：性情是否果决。
③参（sān）：配合。
④少间：稍微避开一下众人。
⑤相君之背：喻指“背汉”。背：背叛。
⑥鱼鳞襍鹓（gāo yuān）：指各类人物。
⑦熛至风起：风助火势。形容迅猛。
⑧忧：关切。
⑨西山：成皋以西的山丘地带。
⑩距巩、雒：据守巩县、洛阳一带。阻：倚仗。
⑪折：挫败，损失。北：战败而逃。不救：不能自救。
⑫智勇俱困：指刘邦、项羽都陷入困境。
⑬罢极怨望：因极度疲惫而生怨恨。
⑭容容：纷乱动荡。
⑮两主：指项羽刘邦两位诸侯王。县：同“悬”。
⑯两利而俱存之：指不损害刘、项任何一方，使他们都存在下去。
⑰其势莫敢先动：指刘邦、项羽都不敢对韩信用兵。

齐，从燕、赵，出空虚之地而制其后[①]，因民之欲，西乡为百姓请命[②]，则天下风走而响应矣[③]，孰敢不听！割大弱强[④]，以立诸侯；诸侯已立，天下服听而归德于齐[⑤]。案齐之故[⑥]，有胶、泗之地[⑦]，怀诸侯以德，深拱揖让[⑧]，则天下之君王相率而朝于齐矣。盖闻天与弗取，反受其咎；时至不行，反受其殃。愿足下孰虑之[⑨]。”

韩信曰：“汉王遇我甚厚，载我以其车，衣我以其衣，食我以其食。吾闻之，乘人之车者载人之患，衣人之衣者怀人之忧，食人之食者死人之事，吾岂可以乡利倍义乎[⑩]！”蒯生曰：“足下自以为善汉王[⑪]，欲建万世之业[⑫]，臣窃以为误矣。始常山王、成安君为布衣时[⑬]，相与为刎颈之交，后争张黡、陈泽之事[⑭]，二人相怨。常山王背项王，奉项婴头而窜[⑮]，逃归于汉王。汉王借兵而东下，杀成安君泜水之南，头足异处，卒为天下笑。此二人相与，天下至欢也[⑯]。然而卒相禽者[⑰]，何也？患生于多欲而人心难测也。今足下欲行忠信以交于汉王，必不能固于二君之相与也[⑱]，而事多大于张黡、陈泽。故臣以为足下必汉王之不危己，亦误矣。大夫种、范蠡存亡越[⑲]，霸勾践，立功成名而身死亡。野兽已尽而猎狗亨。夫以交友言之，则不如张耳之与成安君者也；以忠信言

①从：率领。空虚之地：刘、项顾及不到的地方。

②西乡：齐在东方，所以说西向。阻止刘、项争斗，以免除百姓困苦，所以说为百姓请命。

③风走：比喻迅速。

④割大弱强：分割大的，弱化强的。

⑤归德于齐：齐国使天下免除灾难，得到各国的拥戴。当时韩信是齐王。

⑥案：通“安”，安抚。故：故土。

⑦胶、泗皆河名，都在山东。

⑧怀：安抚。深拱揖让：指礼节周到。

⑨孰：同“熟”，仔细，周详。

⑩乡利倍义：为了利益违背信义。乡，同“向”。倍，同“背”。

⑪善：友善，亲善。

⑫万世之业：即世代为王。

⑬常山王：即张耳。成安君：即陈馀。张、陈本为好友。

⑭张黡、陈泽之事：指张耳被秦军围困向陈馀求援，陈馀因为兵力薄弱，不敢进兵。张耳派张黡、陈泽前去责备陈馀。陈馀不得已，拨给张黡、陈泽五千人，结果被秦军全歼。

⑮项婴：项羽派到赵的使臣。窜：逃奔。

⑯相与：相交。至欢：最友好。

⑰相禽：相互仇杀。

⑱固于二君之相与：比张耳、陈馀的交情更牢固。

⑲大夫种：越国大夫文种。曾辅佐越王勾践兴越灭吴，后来勾践听信谗言，迫令文种自杀。范蠡：越国大夫，与文种共佐勾践称霸，后离越游齐，以经商致富。

之，则不过大夫种、范蠡之于勾践也。此二人者，足以观矣[①]。愿足下深虑之。且臣闻勇略震主者身危[②]，而功盖天下者不赏。臣请言大王功略：足下涉西河，虏魏王，禽夏说，引兵下井陉，诛成安君，徇赵，胁燕，定齐，南摧楚人之兵二十万，东杀龙且，西乡以报[③]，此所谓功无二于天下，而略不世出者也[④]。今足下戴震主之威，挟不赏之功[⑤]，归楚，楚人不信；归汉，汉人震恐：足下欲持是安归乎[⑥]？夫势在人臣之位而有震主之威，名高天下，窃为足下危之。”韩信谢曰：“先生且休矣，吾将念之[⑦]。”

后数日，蒯通复说曰：“夫听者事之候也，计者事之机也[⑧]，听过计失而能久安者，鲜矣。听不失一二者，不可乱以言；计不失本末者，不可纷以辞[⑨]。夫随厮养之役者，失万乘之权[⑩]；守儋石之禄者，阙卿相之位[⑪]。故知者决之断也，疑者事之害也[⑫]，审毫厘之小计，遗天下之大数[⑬]，智诚知之，决弗敢行者[⑭]，百事之祸也。故曰‘猛虎之犹豫，不若蜂虿之致螫[⑮]；骐骥之局躅，不如驽马之安步[⑯]；孟贲之狐疑，不如庸夫之必至也[⑰]；虽有舜禹之智，吟而不言，不如瘖聋之指麾也[⑱]’。此言贵能行之。夫功者难成而易败，时者难得而易失也。时乎时，不再来。愿足下详察之。”韩信犹豫不忍倍

①足以观：足以作为参照。

②勇略震主：勇武谋略使君主惊恐。

③西乡以报：向西报告汉王。当时汉王主力在西部。

④略：谋略。不世出：一世不会出现两次。

⑤戴、挟：都是拥有的意思。不赏：指功劳高到无法再赏赐。

⑥欲持是安归：想要带着这样的东西依附谁呢？是，指震主之威、不赏之功。

⑦且休：暂且不要说了。念：考虑。

⑧听者事之候，计者事之机：倾听是事情的征兆，计划是事情的关键。

⑨一二：犹主次。乱以言、纷以辞：被言辞所扰乱迷惑。

⑩随厮养之役：安心于劈柴养马的差事。万乘（shèng）：这里指国君。乘，四马一车叫作乘。

⑪儋石之禄：限额的俸禄。儋：同“担”。阙：同“缺”。

⑫知者决之断：了解是抉择的关键。疑者事之害：犹豫是做事的祸害。

⑬审毫厘之小计：在细微小利上精打细算。大数：指大的算计。

⑭智诚知之：才智上能知道事情应该怎样做。决：同“抉”，抉择。

⑮虿（chài）：蝎子一类的毒虫。致螫：用毒刺刺。

⑯局躅（zhú）：犹局促。安步：稳步前进。

⑰孟贲：古代著名的勇士。庸夫：普通人。必至：志在必得。

⑱瘖：哑。指麾：用手指比画。

汉，又自以为功多，汉终不夺我齐，遂谢蒯通①。蒯通说不听，已详狂为巫②。

汉王之困固陵③，用张良计，召齐王信，遂将兵会垓下④。项羽已破，高祖袭夺齐王军⑤。汉五年正月，徙齐王信为楚王⑥，都下邳⑦。

信至国⑧，召所从食漂母，赐千金。及下乡南昌亭长，赐百钱，曰："公，小人也，为德不卒⑨。"召辱己之少年令出胯下者以为楚中尉⑩。告诸将相曰："此壮士也。方辱我时，我宁不能杀之邪？杀之无名，故忍而就于此。"

项王亡将钟离眛家在伊庐⑪，素与信善。项王死后，亡归信⑫。汉王怨眛，闻其在楚，诏楚捕眛。信初之国，行县邑⑬，陈兵出入⑭。汉六年，人有上书告楚王信反。高帝以陈平计，天子巡狩会诸侯⑮，南方有云梦⑯，发使告诸侯会陈："吾将游云梦。"实欲袭信，信弗知。高祖且至楚⑰，信欲发兵反，自度无罪⑱，欲谒上，恐见禽。人或说信曰："斩眛谒上，上必喜，无患。"信见眛计事。眛曰："汉所以不击取楚，以眛在公所。若欲捕我以自媚于汉⑲，吾今日死，公亦随手亡矣。"乃骂信曰："公非长者⑳！"卒自刭。信持其首，谒高祖于陈。上令武士缚信，载后车㉑。信曰："果若人言，'狡兔死，良狗亨；高鸟尽，良弓藏；敌国

①谢：拒绝，谢绝。

②已：已而，不久。详狂：装疯。

③固陵：县名，故城在今河南太康南。

④将兵会垓下：带着军队与汉王在垓下会合，共同与项王作战。

⑤袭夺：出其不意地夺取。

⑥徙：改封。当时楚小齐大，徙楚王实际上等于夺封。

⑦下邳：县名，故城在今江苏邳州西南。

⑧至国：迁到楚国。

⑨为德不卒：做好事不彻底。

⑩中尉：秦汉时主管京师治安及卫戍部队的官。

⑪钟离眛（mèi）：项羽部下猛将。伊庐：在今江苏灌云东南。

⑫亡归信：逃亡投奔韩信。

⑬行县邑：在国内履行政务。

⑭陈兵出入：出入都带着武装卫队。

⑮巡狩：巡视。会诸侯：召集诸侯集会。

⑯云梦：泽名，在今湖北南部。

⑰且：将要。

⑱自度：自己思量、自行反省。

⑲媚：讨好。

⑳长者：忠厚的人。

㉑后车：随行的副车。

破，谋臣亡’。天下已定，我固当亨[①]！”上曰：“人告公反。”遂械系信[②]。至雒阳，赦信罪，以为淮阴侯。

信知汉王畏恶其能，常称病不朝从[③]。信由此日夜怨望，居常鞅鞅[④]，羞与绛、灌等列[⑤]。信尝过樊将军哙[⑥]，哙跪拜送迎，言称臣，曰：“大王乃肯临臣[⑦]！”信出门，笑曰：“生乃与哙等为伍！”上常从容与信言诸将能不，各有差[⑧]。上问曰：“如我能将几何[⑨]？”信曰：“陛下不过能将十万。”上曰：“于君何如？”曰：“臣多多而益善耳。”上笑曰：“多多益善，何为为我禽[⑩]？”信曰：“陛下不能将兵，而善将将[⑪]，此乃信之所以为陛下禽也。且陛下所谓天授，非人力也。”

陈豨拜为钜鹿守[⑫]，辞于淮阴侯。淮阴侯挈其手[⑬]，辟左右与之步于庭[⑭]，仰天叹曰：“子可与言乎[⑮]？欲与子有言也。”豨曰：“唯将军令之[⑯]。”淮阴侯曰：“公之所居，天下精兵处也[⑰]；而公，陛下之信幸臣也[⑱]。人言公之畔[⑲]，陛下必不信；再至，陛下乃疑矣；三至，必怒而自将[⑳]。吾为公从中起，天下可图也[㉑]。”陈豨素知其能也，信之，曰：“谨奉教[㉒]！”汉十年，陈豨果反。上自将而往，信病不从。阴使人至豨所，曰：“弟举兵，吾从此助公[㉓]。”信乃谋与家臣夜

①亨：通“烹”。

②械系：用刑具锁缚。

③畏恶：忌恨，憎恶。称病：托病。朝从：朝见和侍从。

④鞅鞅：同“怏怏”，闷闷不乐。

⑤绛：绛侯周勃。灌：颍阴侯灌婴。二人功绩和声望都远不及韩信。等列：同位次。

⑥樊哙：沛人，刘邦部将，以军功封贤成君，后封舞阳侯。

⑦临：屈尊来到。

⑧常：同“尝”，曾经。能不（fǒu）：长处和短处。差：差别。

⑨能将（jiāng）几何：能指挥多少军队。将，带兵。

⑩何为为我禽：为何被我驱使。禽，通“擒”，这里指掌握、驱使。

⑪将将（jiāng jiàng）：指挥将领。

⑫陈豨（xī）：宛朐人，曾封为阳下侯，后因谋反被杀。

⑬挈（qiè）：拉。

⑭辟左右：支开身边的人。

⑮子可与言乎：可以向你说我的想法吗？

⑯唯将军令之：任凭将军吩咐。

⑰天下精兵处：天下最精锐的兵力驻扎的地方。

⑱信幸：信任宠爱。

⑲畔：通“叛”。

⑳自将：亲自带兵出征。

㉑从中起：在京城起事作响应。天下可图：可以谋取天下。

㉒奉教：听从您的教导。

㉓弟：只管。从此：在这里。

诈诏赦诸官徒奴[①]，欲发以袭吕后、太子。部署已定，待豨报[②]。其舍人得罪于信[③]，信囚，欲杀之。舍人弟上变[④]，告信欲反状于吕后。吕后欲召，恐其党不就[⑤]，乃与萧相国谋，诈令人从上所来[⑥]，言豨已得死，列侯群臣皆贺。相国绐信曰[⑦]："虽疾，强入贺[⑧]。"信入，吕后使武士缚信，斩之长乐钟室[⑨]。信方斩[⑩]，曰："吾悔不用蒯通之计，乃为儿女子所诈[⑪]，岂非天哉！"遂夷信三族[⑫]。

高祖已从豨军来[⑬]，至，见信死，且喜且怜之[⑭]，问："信死亦何言？"吕后曰："信言恨不用蒯通计。"高祖曰："是齐辩士也。"乃诏齐捕蒯通。蒯通至，上曰："若教淮阴侯反乎[⑮]？"对曰："然，臣固教之。竖子不用臣之策，故令自夷于此[⑯]。如彼竖子用臣之计，陛下安得而夷之乎！"上怒曰："亨之。"通曰："嗟乎，冤哉亨也！"上曰："若教韩信反，何冤？"对曰："秦之纲绝而维弛，山东大扰，异姓并起[⑰]，英俊乌集。秦失其鹿[⑱]，天下共逐之，于是高材疾足者先得焉[⑲]。跖之狗吠尧[⑳]，尧非不仁，狗因吠非其主。当是时，臣唯独知韩信，非知陛下也。且天下锐精持锋欲为陛下所为者甚众，顾力不能耳[㉑]。又可尽亨之邪？"高帝曰："置之[㉒]。"乃释通之罪。

①诈诏：假传诏书。诸官徒奴：没收入官籍的罪人和奴隶。

②报：回复。

③舍人：指韩信的门客乐说（yuè）。

④上变：出首告密。

⑤觉：知晓。就：到。

⑥上所：刘邦处。

⑦绐（dài）：欺骗。

⑧虽疾，强入贺：虽然有病，还是勉强进宫祝贺吧。

⑨长乐钟室：长乐宫中悬挂钟的地方。

⑩方斩：被斩的时候。

⑪儿女子：妇人、孩子，指吕后和太子。

⑫夷：灭族。三族：父族、母族、妻族。

⑬从豨军来：从征讨陈豨的前线回来。

⑭且喜且怜：又高兴又怜悯。

⑮若：你。

⑯自夷：自取灭亡。

⑰纲绝维弛：指法度败坏。纲、维，比喻法度。山东：指函谷关、崤山以东的原六国旧地。大扰：大乱。异姓：指各国诸侯。

⑱鹿：比喻政权或帝位。

⑲高材疾足者：本领高强、行动迅捷的人。

⑳跖（zhí）：古代大盗的名字。

㉑锐精：磨淬精铁使之锋利。欲为陛下所为：想做您所做的事情，即夺取政权。

㉒置：赦罪，释放。

太史公曰：吾如淮阴[①]，淮阴人为余言，韩信虽为布衣时，其志与众异。其母死，贫无以葬，然乃行营高敞地，令其旁可置万家[②]。余视其母冢，良然[③]。假令韩信学道谦让，不伐己功，不矜其能，则庶几哉[④]，于汉家勋可以比周、召、太公之徒，后世血食矣[⑤]。不务出此[⑥]，而天下已集[⑦]，乃谋畔逆，夷灭宗族，不亦宜乎！

①如：到。
②行营高敞地：到处寻求高敞的墓地。可置万家：可以安置上万户人家。
③良然：果然如此。
④学道谦让：学习谦让精神。庶几：差不多。
⑤于汉家勋：对汉朝的功勋。周、召、太公：周公旦、召公奭、太公吕尚，都是殷朝末年辅佐周武王灭殷的功臣。血食：指祭祀。
⑥不务出此：不致力于谦让。
⑦集：通“辑”，安定。

魏其武安侯列传

【题解】本篇选自《史记》卷一百七，是一篇三人合传。三人中，窦婴、田蚡都是外戚，灌夫是豪强。司马迁通过描写外戚与豪强之间的钩心斗角，深刻揭示出西汉王朝内部争权夺利的矛盾斗争，揭露了官场的阴暗和险恶。作者独具匠心，按照三人结怨和倾轧斗争的过程，以几个看似独立实则联系的事件为主线，编织出政治斗争的残酷戏剧。所述故事有前奏、发展、高潮、结局，错综复杂，环环相扣，引人入胜。尤其是灌夫使酒骂座一节，情理婉惬，细节真实，仿佛古代一次宴会纷争的“录像”。

魏其侯窦婴者[①]，孝文后从兄子也[②]。父世观津人[③]，喜宾客。孝文时，婴为吴相，病免[④]。孝景初即位，为詹事[⑤]。

梁孝王者[⑥]，孝景弟也，其母窦太后爱之。梁孝王朝，因昆弟燕饮[⑦]。是时上未立太子，酒酣，从容言曰：“千秋之后传梁王。”太后欢。窦婴引卮酒进上[⑧]，曰：“天下者，高祖天下，父子相传，此汉之约也，上何以得擅传梁王？”太后由此憎窦婴。窦婴亦薄其

①魏其（jī）：地名，在今山东临沂东南。窦婴封侯于魏其。
②孝文后：汉文帝皇后，汉景帝之母，即下文的窦太后。从兄：堂兄。
③父世：祖辈。观津：地名，在今河北武邑东南。
④吴相：吴国国相。病免：因病免官。
⑤孝景：汉景帝刘启。詹事：掌管皇后、太子宫中事务的官。
⑥梁孝王：汉文帝次子，名武。
⑦因昆弟燕饮：以兄弟的身份参加宴饮。
⑧引：拿起。卮（zhī）：酒杯。

官[①]，因病免。太后除窦婴门籍，不得入朝请[②]。

孝景三年，吴楚反[③]，上察宗室诸窦毋如窦婴贤，乃召婴。婴入见，固辞谢病不足任[④]。太后亦惭。于是上曰："天下方有急，王孙宁可以让邪[⑤]？"乃拜婴为大将军，赐金千斤。婴乃言袁盎、栾布诸名将贤士在家者进之[⑥]。所赐金，陈之廊庑下，军吏过，辄令财取为用[⑦]，金无入家者。窦婴守荥阳，监齐、赵兵[⑧]。七国兵已尽破，封婴为魏其侯。诸游士宾客争归魏其侯。孝景时每朝议大事，条侯、魏其侯，诸列侯莫敢与亢礼[⑨]。

孝景四年，立栗太子，使魏其侯为太子傅[⑩]。孝景七年，栗太子废，魏其数争不能得。魏其谢病，屏居蓝田南山之下数月[⑪]，诸宾客辩士说之，莫能来[⑫]。梁人高遂乃说魏其曰："能富贵将军者，上也；能亲将军者，太后也。今将军傅太子[⑬]，太子废而不能争；争不能得，又弗能死。自引谢病，拥赵女，屏间处而不朝[⑭]。相提而论，是自明扬主上之过[⑮]。有如两宫螫将军，则妻子毋类矣[⑯]。"魏其侯然之，乃遂起，朝请如故。

桃侯免相，窦太后数言魏其侯[⑰]。孝景帝曰："太后岂以为臣有爱[⑱]，不相魏其？魏其者，沾沾自喜耳，多易[⑲]。难以为相，持重[⑳]。"遂不用，用建陵侯卫绾为丞相。

武安侯田蚡者[㉑]，孝景后同母弟

①薄其官，因病免：嫌官职小，托病辞职。

②除：取消。门籍：出入宫门的名籍。朝请：古代诸侯朝见天子，春天叫朝，秋天叫请。泛指按时朝见。

③吴楚反：公元前154年汉宗室吴王濞、楚王戊等七国联兵反汉。

④谢病：以身体有病推辞。

⑤王孙：窦婴为外戚近支，故称"王孙"。

⑥进：推荐。

⑦廊庑：走廊和厢房。过：指前来拜见。财：通"裁"，酌量。

⑧监：督察。

⑨条侯：周亚夫，文帝时封于条（在今河北景县）。亢礼：以平等礼节相待。亢，匹敌，相当。

⑩栗太子：景帝长子，名荣，栗姬所生。傅：师傅。

⑪屏（bǐng）：隐退。蓝田南山：又叫蓝田山，在蓝田东南。

⑫说（shuì）：劝说。莫能来：没有人能使他回来。

⑬傅：教导、辅佐。

⑭引：退却。赵女：指美女。屏间处：退隐闲居。间，通"闲"。

⑮相提而论：两相对比来说。明扬：明显地张扬。

⑯有如：假如。两宫：指太后和景帝。螫（shì）：恼怒。毋类：没有遗类，指全家被诛灭。

⑰桃侯：刘舍封侯于桃。桃在今河北冀州西北。数言：数次提到，即有意让魏其侯做丞相。

⑱臣：景帝对太后的自称。爱：吝惜。

⑲多易：办事情常草率轻浮。

⑳持重：担负重任。

㉑武安：在今河北武安。田蚡封侯于武安。

也，生长陵[1]。魏其已为大将军后，方盛，蚡为诸郎[2]，未贵，往来侍酒魏其，跪起如子姓[3]。及孝景晚节，蚡益贵幸，为太中大夫[4]。蚡辩有口，学盘盂诸书[5]，王太后贤之。孝景崩，即日太子立，称制[6]，所镇抚多有田蚡宾客计筴[7]。蚡、弟田胜，皆以太后弟，孝景后三年，封蚡为武安侯，胜为周阳侯[8]。

武安侯新欲用事为相[9]，卑下宾客，进名士家居者贵之[10]，欲以倾魏其诸将相[11]。建元元年[12]，丞相绾病免，上议置丞相、太尉。籍福说武安侯曰[13]：“魏其贵久矣，天下士素归之。今将军初兴，未如魏其，即上以将军为丞相，必让魏其。魏其为丞相，将军必为太尉。太尉、丞相尊等耳[14]，又有让贤名。”武安侯乃微言太后风上[15]，于是乃以魏其侯为丞相，武安侯为太尉。籍福贺魏其侯，因吊曰[16]：“君侯资性喜善疾恶[17]，方今善人誉君侯，故至丞相；然君侯且疾恶，恶人众，亦且毁君侯。君侯能兼容，则幸久[18]；不能，今以毁去矣[19]。”魏其不听。

魏其、武安俱好儒术，推毂赵绾为御史大夫[20]，王臧为郎中令。迎鲁申公[21]，欲设明堂，令列侯就国，除关，以礼为服制[22]，以兴太平。举適诸窦宗室毋节行者，除其属籍[23]。时诸外家为列侯，列侯多尚公主[24]，皆不欲就国，以故毁日至窦太后。太

①长陵：在今陕西咸阳东北。

②诸郎：郎中令属下的官吏，如议郎、中郎、侍郎、郎中等。

③子姓：子孙，晚辈。

④太中大夫：郎中令的属官，掌管议论。

⑤辩有口：能言善辩。盘盂诸书：黄帝史官孔甲写在盘盂上的文字。

⑥称制：代天子执政。

⑦镇抚：安定抚恤。筴：同“策”。

⑧周阳：在今山西绛县西南。

⑨新欲用事为相：正想掌权做丞相。

⑩卑下宾客：谦恭地对待宾客。“进名士”句：推荐闲居在家的名士，使之显贵起来。

⑪倾：倾轧，排挤。

⑫建元元年：公元前140年。建元，汉武帝的第一个年号。

⑬籍福：当时往来豪门的著名食客。

⑭尊等：尊贵程度相等。

⑮微：私下。风：同“讽”，用含蓄的话暗示或劝告。

⑯吊：指出坏情况并提请注意。

⑰君侯：对列侯的尊称。

⑱兼容：兼容善人与恶人。幸：宠爱。

⑲今以毁去：即将因被毁谤而丢官。

⑳推毂（gǔ）：这里指推荐。

㉑鲁申公：当时有名的儒家人物，赵绾、王臧的老师。

㉒明堂：古代帝王用来朝会诸侯或祭祀的处所。就国：返回封国。除关：除关禁之税。以礼为服制：按照礼法来规定吉凶服饰、制度。

㉓举適（zhé）：检举责罚。適，同“谪”。毋：通“无”。除其属籍：在宗谱上除去他们的名字。

㉔外家：外戚、后族。尚公主：娶公主为妻。

后好黄老之言[①]，而魏其、武安、赵绾、王臧等务隆推儒术，贬道家言，是以窦太后滋不说魏其等[②]。及建元二年，御史大夫赵绾请无奏事东宫[③]。窦太后大怒，乃罢逐赵绾、王臧等，而免丞相、太尉，以柏至侯许昌为丞相，武强侯庄青翟为御史大夫。魏其、武安由此以侯家居。

武安侯虽不任职，以王太后故，亲幸，数言事多效[④]，天下吏士趋势利者，皆去魏其归武安，武安日益横[⑤]。建元六年，窦太后崩，丞相昌、御史大夫青翟坐丧事不办，免[⑥]。以武安侯蚡为丞相，以大司农韩安国为御史大夫。天下士郡诸侯愈益附武安。

武安者，貌侵，生贵甚[⑦]。又以为诸侯王多长，上初即位，富于春秋[⑧]，蚡以肺腑为京师相[⑨]，非痛折节以礼诎之，天下不肃[⑩]。当是时，丞相入奏事，坐语移日[⑪]，所言皆听。荐人或起家至二千石，权移主上[⑫]。上乃曰："君除吏已尽未[⑬]？吾亦欲除吏。"尝请考工地益宅[⑭]，上怒曰："君何不遂取武库[⑮]！"是后乃退[⑯]。尝召客饮，坐其兄盖侯南乡，自坐东乡[⑰]，以为汉相尊，不可以兄故私桡[⑱]。武安由此滋骄，治宅甲诸第[⑲]。田园极膏腴，而市买郡县器物相属于道[⑳]。前堂罗钟鼓，立曲旃[㉑]；后房妇女以百数。诸侯奉金玉狗马玩好，不可胜数。

①黄老：指黄帝、老子。这里指道家。

②滋：更加。说：同"悦"。

③东宫：指窦太后。窦太后所住的长乐宫在大内东部。

④数言事多效：屡次进言都有收效。

⑤日益横（hèng）：越来越骄横。

⑥坐丧事不办：因没办好窦太后的丧事而获罪。免：免官。

⑦貌侵（qǐn）：相貌丑陋。侵，同"寝"。生贵甚：生下来就很显贵。

⑧长：年纪大。富于春秋：年纪尚轻。

⑨肺腑：犹言心腹，比喻是亲戚。京师相：中央朝廷的丞相，不同于诸侯国的国相。

⑩痛：狠狠地。折节以礼诎之：以礼法使别人屈从于己。肃：整饬。

⑪移日：日影移动，表示时间很长。

⑫起家至二千石：把本无爵禄的人起用为二千石的高官。权移主上：把权力从皇帝那里移到自己手中。

⑬除吏：委任官员。

⑭考工：指考工室，督造器械的官府。益宅：扩建增添私宅。

⑮武库：藏兵器的库房。取武库，等于谋反。

⑯是后乃退：从这以后才收敛一些。

⑰"坐其兄"二句：让他的兄长向南坐，自己向东坐。盖侯：田蚡的同母兄，封于盖（在今山东沂水西北）。

⑱"不可以"句：不能因兄长的缘故而屈辱了丞相的尊严。桡（ráo），削弱。

⑲甲诸第：居诸贵族府第之首。

⑳属（zhǔ）：接连不断。

㉑曲旃（zhān）：曲柄长旗。

魏其失窦太后，益疏不用，无势，诸客稍稍自引而怠傲①，唯灌将军独不失故②。魏其日默默不得志，而独厚遇灌将军。

灌将军夫者，颍阴人也③。夫父张孟，尝为颍阴侯婴舍人④，得幸，因进之至二千石，故蒙灌氏姓为灌孟⑤。吴楚反时，颍阴侯灌何为将军，属太尉⑥，请灌孟为校尉。夫以千人与父俱。灌孟年老，颍阴侯强请之，郁郁不得意，故战常陷坚⑦，遂死吴军中。军法，父子俱从军，有死事，得与丧归⑧。灌夫不肯随丧归，奋曰："愿取吴王若将军头⑨，以报父之仇。"于是灌夫被甲持戟，募军中壮士所善愿从者数十人⑩。及出壁门⑪，莫敢前。独二人及从奴十数骑驰入吴军，至吴将麾下⑫，所杀伤数十人。不得前，复驰还，走入汉壁，皆亡其奴⑬，独与一骑归。夫身中大创十余⑭，适有万金良药，故得无死。夫创少瘳⑮，又复请将军曰："吾益知吴壁中曲折⑯，请复往。"将军壮义之，恐亡夫⑰，乃言太尉，太尉乃固止之。吴已破，灌夫以此名闻天下。

颍阴侯言之上⑱，上以夫为中郎将。数月，坐法去⑲。后家居长安，长安中诸公莫弗称之⑳。孝景时，至代相㉑。孝景崩，今上初即位，以为淮阳天下交，劲兵处㉒，故徙夫为淮阳太守。建元元年，入为太仆㉓。二

①稍稍：逐渐。自引：自动引退。怠傲：懈怠傲慢，不恭敬。

②故：故态，原来的态度。

③颍阴：在今河南许昌。

④颍阴侯：即灌婴。舍人：门客。

⑤蒙：冒。

⑥灌何：灌婴的儿子，承袭父位封侯。属太尉：做太尉周亚夫的属官。

⑦陷坚：冲击敌方的坚强阵地。

⑧死事：因战事死亡。得与丧归：活着的可以同灵柩归乡。

⑨若：或。

⑩所善愿从者：与自己相好而愿意随着自己去的人。

⑪壁门：军营的大门。

⑫麾下：大将旗下。

⑬皆亡其奴：把家奴都丧失尽了。

⑭大创：重伤。

⑮少瘳（chōu）：病稍稍好些。

⑯益知：更加知悉。曲折：相当于底细。

⑰恐亡夫：担心丧失兵丁。

⑱言之上：将之报告给皇上。

⑲坐法去：因犯罪而去官免职。

⑳莫弗称之：没有不称道他的。

㉑代相：代国国相。

㉒天下交：四面八方交会之处。劲兵处：须强兵驻扎的地点。

㉓太仆：汉代九卿之一，掌管车马。

年，夫与长乐卫尉窦甫饮[①]，轻重不得[②]，夫醉，搏甫。甫，窦太后昆弟也。上恐太后诛夫，徙为燕相。数岁，坐法去官，家居长安。

灌夫为人刚直使酒，不好面谀[③]。贵戚诸有势在己之右，不欲加礼，必陵之[④]；诸士在己之左，愈贫贱，尤益敬，与钧[⑤]。稠人广众，荐宠下辈[⑥]。士亦以此多之[⑦]。

夫不喜文学，好任侠，已然诺[⑧]。诸所与交通，无非豪杰大猾[⑨]。家累数千万，食客日数十百人。陂池田园，宗族宾客为权利，横于颍川[⑩]。颍川儿乃歌之曰："颍水清，灌氏宁；颍水浊，灌氏族[⑪]。"

灌夫家居虽富，然失势，卿相侍中宾客益衰。及魏其侯失势，亦欲倚灌夫引绳批根生平慕之后弃之者[⑫]。灌夫亦倚魏其而通列侯宗室为名高[⑬]。两人相为引重，其游如父子然[⑭]，相得欢甚，无厌，恨相知晚也。

灌夫有服[⑮]，过丞相[⑯]。丞相从容曰："吾欲与仲孺过魏其侯，会仲孺有服[⑰]。"灌夫曰："将军乃肯幸临况魏其侯[⑱]，夫安敢以服为解[⑲]！请语魏其侯帐具[⑳]，将军旦日蚤临[㉑]。"武安许诺。灌夫具语魏其侯如所谓武安侯[㉒]。魏其与其夫人益市牛酒，夜洒埽，早帐具至旦[㉓]。平明，令门下候伺[㉔]。至日中，丞相不来。魏其谓灌夫曰："丞相岂忘之哉？"灌夫

①长乐卫尉：掌长乐宫宫门卫戍的长官。
②轻重不得：指言谈不合。
③使酒：因酒使气。面谀：当面奉承。
④在己之右：在自己的上位。陵：侵辱。
⑤与钧：和他们平等相待。钧，平等。
⑥荐宠：推荐奖掖。
⑦多之：推重他。
⑧任侠：行侠仗义。已然诺：已经答应人的一定办到。
⑨交通：交往。大猾：巨奸。
⑩陂（bēi）：塘堤。为权利：扩张权势，夺取权利。横：横行。
⑪族：被灭族。
⑫"引绳"句：意思是说，收拾那些平时仰慕窦婴、后来因他失势而丢弃他的人。引绳，拉墨斗绳，指纠正。批根，砍削根株，指打击。
⑬通列侯宗室为名高：联络列侯宗室抬高自己的声望。
⑭相为引重：互相援引借重。游：交往。
⑮有服：有丧服在身。当时灌夫是在为姐姐服丧。
⑯过丞相：拜访承相。
⑰仲孺：灌夫的字。会：适逢，正值。
⑱临况：光临。况，通"贶"（kuàng），有赏光的意思。
⑲以服为解：以服丧为推托之辞。
⑳帐具：陈设器具，备办酒食。帐，同"张"。
㉑旦日蚤临：明天早点到来。
㉒如所谓武安侯：像他跟武安侯所谈的那样。
㉓益市牛酒：多买酒肉。埽：同"扫"。早帐具至旦：很早就准备酒食直到天亮。
㉔平明：天刚亮。门下：家里的执事人。

不怿[①]，曰：“夫以服请，宜往[②]。”乃驾[③]，自往迎丞相。丞相特前戏许灌夫[④]，殊无意往。及夫至门，丞相尚卧。于是夫入见，曰：“将军昨日幸许过魏其，魏其夫妻治具，自旦至今，未敢尝食。”武安鄂谢曰[⑤]：“吾昨日醉，忽忘与仲孺言。”乃驾往，又徐行，灌夫愈益怒。及饮酒酣，夫起舞属丞相[⑥]，丞相不起，夫从坐上语侵之[⑦]。魏其乃扶灌夫去，谢丞相[⑧]。丞相卒饮至夜，极欢而去。

丞相尝使籍福请魏其城南田[⑨]。魏其大望曰[⑩]：“老仆虽弃，将军虽贵，宁可以势夺乎[⑪]！”不许。灌夫闻，怒，骂籍福。籍福恶两人有郄[⑫]，乃谩自好谢丞相曰[⑬]：“魏其老且死，易忍，且待之。”已而武安闻魏其、灌夫实怒不予田，亦怒曰：“魏其子尝杀人，蚡活之。蚡事魏其无所不可，何爱数顷田[⑭]？且灌夫何与也[⑮]？吾不敢复求田。”武安由此大怨灌夫、魏其。

元光四年春[⑯]，丞相言灌夫家在颍川，横甚，民苦之；请案[⑰]。上曰：“此丞相事，何请[⑱]。”灌夫亦持丞相阴事，为奸利，受淮南王金与语言[⑲]。宾客居间，遂止，俱解[⑳]。

夏，丞相取燕王女为夫人[㉑]，有太后诏，召列侯宗室皆往贺。魏其侯过灌夫，欲与俱。夫谢曰：“夫数以酒失得过丞相[㉒]，丞相今者又与夫有郄。”魏其曰：“事已解。”强与俱。饮酒酣，

①不怿（yì）：不高兴。
②夫以服请：我是以有丧服的身份而应约的。宜往：应该前往邀他。
③乃驾：于是就驾起车子。
④特：只不过。戏：开玩笑。
⑤鄂：通“愕”。
⑥夫起舞属丞相：起舞致礼，并邀请田蚡起舞。属（zhǔ），劝请。
⑦从坐上语侵之：在座位上言语冒犯田蚡。
⑧谢：道歉。
⑨请魏其城南田：求取窦婴在城南的田地。请，索求。
⑩大望：大为怨恨。
⑪老仆：窦婴自称。弃：被弃不用。以势夺：靠势力强夺。
⑫恶两人有郄：害怕田蚡、窦婴两人之间产生嫌隙。郄（xì），同“隙”。
⑬谩：撒谎，欺骗。自好：自编好话。
⑭事：奉事。爱：吝惜。
⑮何与：有什么相干。
⑯元光四年：公元前 131 年。元光，汉武帝的年号之一。
⑰请案：请按律法查办。
⑱何请：何必请示。
⑲持：掌握。阴事：不可告人的事。奸利：用不正当手段谋取的财利。受淮南王金与语言：收受淮南王刘安的财金，并且泄露了不当说的话。
⑳居间：居中调解。解：和解。
㉑取：通“娶”。燕王女：燕王刘嘉之女。
㉒得过：得罪。

武安起为寿，坐皆避席伏[①]。已，魏其侯为寿，独故人避席耳，余半膝席[②]。灌夫不悦。起行酒[③]，至武安，武安膝席曰："不能满觞。"夫怒，因嘻笑曰："将军贵人也，属之[④]！"时武安不肯。行酒次至临汝侯[⑤]，临汝侯方与程不识耳语[⑥]，又不避席。夫无所发怒，乃骂临汝侯曰："生平毁程不识不直一钱，今日长者为寿，乃效女儿呫嗫耳语[⑦]！"武安谓灌夫曰："程、李俱东西宫卫尉[⑧]，今众辱程将军，仲孺独不为李将军地乎[⑨]？"灌夫曰："今日斩头陷匈[⑩]，何知程、李乎！"坐乃起更衣，稍稍去[⑪]。魏其侯去，麾灌夫出[⑫]。武安遂怒曰："此吾骄灌夫罪。"乃令骑留灌夫。灌夫欲出不得。籍福起为谢，案灌夫项令谢[⑬]。夫愈怒，不肯谢。武安乃麾骑缚夫置传舍[⑭]，召长史曰："今日召宗室，有诏[⑮]。"劾灌夫骂坐不敬，系居室[⑯]。遂案其前事[⑰]，遣吏分曹逐捕诸灌氏支属[⑱]，皆得弃市罪[⑲]。魏其侯大媿，为资使宾客请[⑳]，莫能解。武安吏皆为耳目，诸灌氏皆亡匿。夫系，遂不得告言武安阴事。

魏其锐身为救灌夫[㉑]。夫人谏魏其曰："灌将军得罪丞相，与太后家忤[㉒]，宁可救邪？"魏其侯曰："侯自我得之，自我捐之[㉓]，无所恨。且终不令灌仲孺独死，婴独生。"乃匿其家[㉔]，窃出上书。立召入，具言灌夫醉饱事，不足诛。上然之，赐魏其

①为寿：敬酒。避席伏：离开席位，伏在地上，表示不敢当。

②已：过一会。膝席：一膝跪席，一膝起，比避席简慢。

③行酒：依照顺序敬酒。

④属之：请喝干。

⑤临汝侯：颍阴侯灌婴的孙子灌贤，是灌夫的侄辈。

⑥程不识：汉代名将，时为长乐宫卫尉。

⑦直：同"值"。长者：灌夫自称。呫嗫（chè niè）：唧唧咕咕地说话。

⑧李：李广，时为未央宫卫尉。

⑨众：当众。地：指留余地。

⑩陷匈：指矛戟穿胸。

⑪坐：同"座"，座客。更衣：上厕所的代称。座上的客人怕惹是非，便以上厕所为名纷纷溜走。稍：渐渐。

⑫麾：以手招呼。

⑬案：同"按"，用手压。项：脖子。

⑭传（zhuàn）舍：宾馆。

⑮"今日"二句：是说今日之事有太后诏命。以此来加重灌夫的罪名。

⑯劾（hé）：弹劾。居室：本指汉代少府属官，多用以指其下属拘禁犯人的官署。

⑰案其前事：追查以前的不法事情。

⑱分曹：分班，分批。支属：灌氏家族的分支。

⑲弃市：古代处决罪犯多在闹市，所以称死刑为弃市。

⑳媿：同"愧"。为资：出钱。请：请求宽赦。

㉑锐身：挺身而出。

㉒忤（wǔ）：逆，作对。

㉓捐：抛弃，放弃。

㉔匿其家：瞒着自己的家里人。

食，曰："东朝廷辩之[1]。"

魏其之东朝，盛推灌夫之善，言其醉饱得过，乃丞相以他事诬罪之。武安又盛毁灌夫所为横恣，罪逆不道。魏其度不可奈何[2]，因言丞相短。武安曰："天下幸而安乐无事，蚡得为肺腑，所好音乐狗马田宅。蚡所爱倡优巧匠之属[3]，不如魏其、灌夫日夜招聚天下豪杰壮士与论议，腹诽而心谤[4]，不仰视天而俯画地[5]，辟倪两宫间[6]，幸天下有变，而欲有大功。臣乃不知魏其等所为。"于是上问朝臣："两人孰是？"御史大夫韩安国曰："魏其言灌夫父死事，身荷戟驰入不测之吴军，身被数十创，名冠三军。此天下壮士，非有大恶，争杯酒，不足引他过以诛也。魏其言是也。丞相亦言灌夫通奸猾，侵细民[7]，家累巨万，横恣颍川，凌轹宗室，侵犯骨肉[8]，此所谓'枝大于本，胫大于股，不折必披[9]'。丞相言亦是。唯明主裁之。"主爵都尉汲黯是魏其[10]。内史郑当时是魏其，后不敢坚对[11]。余皆莫敢对。上怒内史曰："公平生数言魏其、武安长短，今日廷论，局趣效辕下驹[12]，吾并斩若属矣[13]。"即罢起。入，上食太后[14]。太后亦已使人候伺[15]，具以告太后。太后怒，不食，曰："今我在也，而人皆藉吾弟[16]；令我百岁后，皆鱼肉之矣[17]。且帝宁能为石人邪[18]？此特帝

①东朝廷辩之：到东朝当廷辩论明白。东朝，东宫，太后所居。
②度不可奈何：估计没有什么办法。
③倡：乐工。优：演戏的人。
④腹诽而心谤：内心诽谤。
⑤仰视天：抬头看天象。俯画地：低头画记号。意指搞阴谋活动。
⑥辟倪：窥视。两宫：指太后和武帝。
⑦通奸猾：勾结大奸巨猾。侵细民：侵侮平民。
⑧凌轹（lì）：欺压。轹，用车轮碾轧。骨肉：指宗室。
⑨不折必披：不是折断，就是裂开。披，裂开。
⑩主爵都尉：汉景帝时官名，主管侯国的政事。是魏其：以魏其之言为是。
⑪内史：掌管京师行政的官。坚对：坚持自己的答对。
⑫局趣：同"局促"。效辕下驹：像套在车辕下的小马。
⑬若属：你们。
⑭食太后：献食太后。
⑮候伺：窥探。
⑯藉（jí）：糟踏。
⑰令：假如。百岁后：指死后。鱼肉之：像鱼肉一样任人随意宰割。
⑱宁能为石人邪：怎么能像石头人一样呢。

在，即录录①，设百岁后，是属宁有可信者乎②！”上谢曰：“俱宗室外家，故廷辩之。不然，此一狱吏所决耳。”

是时，郎中令石建为上别言两人事。武安已罢朝，出止车门③，召韩御史大夫载④，怒曰：“与长孺共一老秃翁，何为首鼠两端⑤？”韩御史良久谓丞相曰：“君何不自喜⑥？夫魏其毁君，君当免冠解印绶归，曰‘臣以肺腑幸得待罪⑦，固非其任，魏其言皆是’。如此，上必多君有让⑧，不废君。魏其必内愧，杜门齰舌自杀⑨。今人毁君，君亦毁人，譬如贾竖女子争言⑩，何其无大体也！”武安谢罪曰：“争时急，不知出此⑪。”

于是上使御史簿责魏其所言灌夫⑫，颇不雠，欺谩⑬。劾系都司空⑭。孝景时，魏其常受遗诏⑮，曰“事有不便，以便宜论上⑯”。及系，灌夫罪至族，事日急，诸公莫敢复明言于上。魏其乃使昆弟子上书言之⑰，幸得复召见。书奏上，而案尚书大行无遗诏⑱。诏书独藏魏其家，家丞封⑲。乃劾魏其矫先帝诏⑳，罪当弃市。五年十月，悉论灌夫及家属。魏其良久乃闻，闻即恚，病痱㉑，不食欲死。或闻上无意杀魏其，魏其复食，治病，议定不死矣。乃有蜚语为恶言闻上㉒，故以十二月晦论弃市渭城。

①录录：随声附和。

②是属：这些人。

③止车门：宫禁的外门。百官上朝时，到此必须停车，步行入宫。

④召韩御史大夫载：招呼御史大夫韩安国同乘他的车子。

⑤长孺：韩安国的表字。老秃翁：指窦婴。首鼠两端：左顾右盼，犹豫不决。

⑥不自喜：不自爱，不自重。

⑦待罪：谦称自己不胜任官职，等待办罪。

⑧多君有让：看重你谦让的美德。

⑨杜：关。齰（zé）：咬。

⑩贾竖：商贾小人。

⑪不知出此：没想到这么多。

⑫簿责魏其所言灌夫：按照文簿所记载灌夫的罪状责问窦婴。

⑬不雠（chóu）：不符合。欺谩：诳骗。指窦婴讲的话不符事实，是有意欺君。

⑭劾系都司空：弹劾窦婴欺君罪，关押在都司空的狱中。都司空：主管钦案的官职。

⑮常：通“尝”，曾经。

⑯以便宜论上：可以不按常规向皇帝上奏。

⑰使昆弟子上书言之：让侄子上书说明遗诏的事。

⑱案：查。尚书：这里指宫内所藏档案。大行：古代称皇帝刚死为大行，这里指汉景帝。

⑲家丞封：以家臣印封遗诏。

⑳矫：假传。

㉑恚（huì）：怨恨。病痱（fèi）：中风。

㉒蜚：同“飞”。闻上：传到皇上耳中。

其春，武安侯病，专呼服谢罪[①]。使巫视鬼者视之[②]，见魏其、灌夫共守，欲杀之。竟死。子恬嗣。元朔三年[③]，武安侯坐衣襜褕入宫[④]，不敬。

淮南王安谋反觉，治[⑤]。王前朝[⑥]，武安侯为太尉，时迎王至霸上[⑦]，谓王曰："上未有太子，大王最贤，高祖孙，即宫车晏驾[⑧]，非大王立，当谁哉！"淮南王大喜，厚遗金财物。上自魏其时不直武安[⑨]，特为太后故耳。及闻淮南王金事，上曰："使武安侯在者，族矣。"

太史公曰：魏其、武安皆以外戚重，灌夫用一时决筴而名显[⑩]。魏其之举以吴楚，武安之贵在日月之际[⑪]。然魏其诚不知时变，灌夫无术而不逊，两人相翼[⑫]，乃成祸乱。武安负贵而好权，杯酒责望，陷彼两贤[⑬]。呜呼哀哉！迁怒及人，命亦不延。众庶不载，竟被恶言[⑭]。呜呼哀哉！祸所从来矣！

①专呼服谢罪：一味说服罪谢过的话。

②巫视鬼者：能看鬼的巫师。

③元朔三年：公元前126年。元朔，汉武帝的年号。

④武安侯：这里指第二代武安侯。襜褕（chān yú）：一种较长的单衣，非正朝之服。

⑤觉：被发觉。治：追究。

⑥王前朝：指汉武帝建元二年（前139）淮南王刘安入宫朝见事。

⑦时：当时。霸上：即灞上。

⑧宫车晏驾：指皇帝去世。晏，晚。

⑨魏其时：即魏其、武安纠纷之时。不直：不以为是。

⑩"灌夫"句：是说灌夫因当年一时决策冲入吴国军营而英名显扬。

⑪日月之际：指汉武帝初即位与窦太后一起掌权时期。

⑫无术而不逊：没有谋术而又不谦让。相翼：互相鼓动。

⑬负贵而好权：自恃地位显贵而好玩弄权力。杯酒责望，陷彼两贤：为一杯酒的小事而陷害了窦、灌两位好人。

⑭载：通"戴"，拥戴。竟：终究。被：蒙受。恶言：坏名声。

屈原贾生列传

【题解】本篇选自《史记》卷八十四，是屈原和贾谊的合传，其中删节了屈、贾的赋文。是现存最早的关于屈原的完整史料，是研究屈原生平的重要依据。作品以强烈的感情歌颂了屈原崇高的理想、超群的才华、执着的追求以及炽烈的爱国热情。由于贾谊钦慕屈原且其辞与屈原有相似之处，于是作者进而叙述了贾谊的生平，着重突出其志存高远、才华卓荦与偃蹇不遇、抑郁终身的对比。本篇虽然事迹叙述简略，但文笔沉郁顿挫，夹叙夹议，反复咏叹，是一篇有特色的评传式散文。

屈原者，名平，楚之同姓也[①]。为楚怀王左徒[②]。博闻强志，明于治乱，娴于辞令。入则与王图议国事，以出号令；出则接遇宾客，应对诸侯。王甚任之。上官大夫与之同列[③]，争宠而心害其能。怀王使屈原造为宪令[④]，屈平属草稿未定[⑤]，上官大夫见而欲夺之，屈平不与，因谗之曰："王使屈平为令，众莫不知。每一令出，平伐其功[⑥]，曰以为'非我莫能为'也。"王怒而疏屈平。

屈平疾王听之不聪也[⑦]，谗谄之蔽明也，邪曲之害公也，方正之不容也，故忧愁幽思而作《离骚》[⑧]。"离骚"者，犹离忧也。夫天者，人之始也；父母者，人之本也。人穷则反本[⑨]，故劳苦倦极，未尝不呼天也；疾痛惨怛[⑩]，未尝不呼父母也。屈平正道直行，竭忠尽智，以事其君，谗人间之[⑪]，可谓穷矣。信而见疑，忠而被谤，能无怨乎？屈平之作《离骚》，盖自怨生也[⑫]。《国风》好色而不淫，《小雅》怨诽而不乱[⑬]，若《离骚》者，可谓兼之矣。上称帝喾，下道齐桓，中述汤、武[⑭]，以刺世事。明道德之广崇，治乱之条贯，靡不毕见[⑮]。其文约，其辞微，其志洁，其行廉。其称文小而其指极大，举类迩而见义远[⑯]。其志洁，故其称物芳[⑰]；其行廉，故死而不容。自疏濯淖污泥之中，蝉蜕于浊秽[⑱]，以浮游尘埃之外，不获世之滋

①楚之同姓：楚王族本姓芈（mǐ），楚武王熊通的儿子瑕封于屈，后代遂以屈为姓。

②楚怀王：楚威王的儿子，名熊槐，公元前328～前299年在位。左徒：楚国官名，职位仅次于令尹。

③上官大夫：楚大夫。上官，复姓。

④宪令：国家的重要法令。

⑤属（zhǔ）：撰写。

⑥伐：自夸。

⑦疾：痛心。

⑧《离骚》：屈原的代表作，自叙生平的长篇抒情诗。

⑨穷：处境困难。反本：追思根本。反，通"返"。

⑩惨怛（dá）：忧伤。

⑪间（jiàn）：离间。

⑫盖：用以推究原因的助词。

⑬《国风》：《诗经》内《周南》《召南》等十五个地区的民歌的总称。《小雅》：《诗经》雅之一，其中多指斥朝政缺失、讽刺时事的作品。

⑭帝喾（kù）：传说中的上古帝王名。齐桓：即齐桓公，春秋五霸之一。汤：商朝的开国君主。武：指周武王，灭商建立西周王朝。

⑮广崇：广大崇高。条贯：条理，道理。见：同"现"。

⑯指：同"旨"。迩（ěr）：近。

⑰称物芳：指《离骚》中多用兰、桂、蕙、芷等香花芳草作比喻。

⑱疏：离开。濯淖（zhuó nào）：污浊。蝉蜕（tuì）：这里是摆脱的意思。

垢，皭然泥而不滓者也[①]。推其志也，虽与日月争光可也。

屈原既绌[②]，其后秦欲伐齐，齐与楚从亲，惠王患之[③]。乃令张仪详去秦，厚币委质事楚[④]，曰："秦甚憎齐，齐与楚从亲，楚诚能绝齐[⑤]，秦愿献商、于之地六百里[⑥]。"楚怀王贪而信张仪，遂绝齐，使使如秦受地[⑦]。张仪诈之曰："仪与王约六里，不闻六百里。"楚使怒去，归告怀王。怀王怒，大兴师伐秦。秦发兵击之，大破楚师于丹、淅[⑧]，斩首八万，虏楚将屈匄[⑨]，遂取楚之汉中地[⑩]。怀王乃悉发国中兵，以深入击秦，战于蓝田[⑪]。魏闻之，袭楚至邓[⑫]。楚兵惧，自秦归。而齐竟怒，不救楚，楚大困。明年[⑬]，秦割汉中地与楚以和。楚王曰："不愿得地，愿得张仪而甘心焉。"张仪闻，乃曰："以一仪而当汉中地，臣请往如楚。"如楚，又因厚币用事者臣靳尚[⑭]，而设诡辩于怀王之宠姬郑袖[⑮]。怀王竟听郑袖，复释去张仪。是时屈原既疏，不复在位，使于齐，顾反[⑯]，谏怀王曰："何不杀张仪？"怀王悔，追张仪，不及。

其后，诸侯共击楚，大破之，杀其将唐眛。时秦昭王与楚婚，欲与怀王会。怀王欲行，屈平曰："秦，虎狼之国，不可信，不如毋行。"怀王稚子子兰劝王行[⑰]："奈何绝秦欢！"

①获：玷污。滋：浊。皭（jiào）然：洁白的样子。滓（zǐ）：污黑。

②绌（chù）：通"黜"，废，罢免。指屈原被免去左徒的职位。

③从：同"纵"。从亲：合纵相亲。惠王：秦惠王。

④张仪：魏人，主张"连横"。详：通"佯"。委：呈献。质：通"贽"，信物。

⑤绝齐：与齐国断绝关系。

⑥商、于（wū）：秦地名。商，在今陕西商县东南。于，在今河南内乡东。

⑦使使：派使者。如：往，到。受：接收。

⑧丹、淅（xī）：水名。丹水发源于陕西商县西北，东南流入河南。淅水，发源于南卢氏县，南流而入丹水。

⑨屈匄：（gài）：楚大将军。

⑩汉中：今湖北西北部、陕西东南部一带。

⑪蓝田：秦县名，在今陕西蓝田西。

⑫邓：春秋时蔡地，后属楚，在今河南邓县一带。

⑬明年：指楚怀王十八年（前311）。

⑭因：凭借。用事者：当权的人。靳尚：楚国大夫。

⑮设诡辩：设计骗人的假话。

⑯顾反：回来。反，通"返"。

⑰稚子：小儿子。

怀王卒行。入武关[①]，秦伏兵绝其后，因留怀王，以求割地。怀王怒，不听。亡走赵，赵不内[②]。复之秦，竟死于秦而归葬。

长子顷襄王立，以其弟子兰为令尹[③]。楚人既咎子兰以劝怀王入秦而不反也[④]。屈平既嫉之[⑤]，虽放流[⑥]，眷顾楚国，系心怀王，不忘欲反。冀幸君之一悟、俗之一改也。其存君兴国而欲反覆之[⑦]，一篇之中，三致志焉。然终无可奈何，故不可以反。卒以此见怀王之终不悟也。

人君无愚智贤不肖，莫不欲求忠以自为，举贤以自佐[⑧]。然亡国破家相随属，而圣君治国累世而不见者[⑨]，其所谓忠者不忠，而所谓贤者不贤也。怀王以不知忠臣之分[⑩]，故内惑于郑袖，外欺于张仪，疏屈平而信上官大夫、令尹子兰，兵挫地削，亡其六郡，身客死于秦，为天下笑，此不知人之祸也。《易》曰："井渫不食[⑪]，为我心恻，可以汲。王明，并受其福。"王之不明，岂足福哉！令尹子兰闻之，大怒。卒使上官大夫短屈原于顷襄王[⑫]。顷襄王怒而迁之[⑬]。屈原至于江滨，被发行吟泽畔[⑭]，颜色憔悴，形容枯槁。渔父见而问之曰："子非三闾大夫欤[⑮]？何故而至此？"屈原曰："举世混浊而我独清，众人皆醉而我独醒，是以见放。"渔父曰："夫圣人者，不凝滞于物，而能与世推移[⑯]。举世混

①武关：秦国的南关，在今陕西省商县东。

②亡走：逃跑。内：同"纳"。

③顷襄王：名熊横，公元前298～前262年在位。令尹：楚国的最高行政长官。

④咎：抱怨，憎恨。

⑤嫉：恨。之：指子兰劝怀王入秦事。

⑥虽放流：以下关于屈原流放的记叙，时间上有矛盾，文意也不连贯，可能有脱误。

⑦存：关怀。反覆：反过来，指改变当时楚国衰弱的国势。

⑧自为：给自己帮助。佐：帮助。

⑨相随属：一件连着一件。累世：一代又一代。

⑩分（fèn）：职分。

⑪《易》：即《周易》，又称《易经》。这里引用的是《易经・井卦》的爻辞。渫（xiè）：淘去泥污。这里以淘干净的水比喻贤人。

⑫短：诋毁。

⑬迁：放逐。

⑭被：通"披"。披发，指头发散乱，不梳不束。行吟：边走边吟。

⑮三闾大夫：楚国掌管王族昭、屈、景三姓事务的官。

⑯不凝滞于物：不为事物所拘束。与世推移：随着世道转变。

浊，何不随其流而扬其波？众人皆醉，何不哺其糟而啜其醨[①]？何故怀瑾握瑜，而自令见放为[②]？”屈原曰：吾闻之，新沐者必弹冠，新浴者必振衣。人又谁能以身之察察，受物之汶汶者乎[③]？宁赴常流而葬乎江鱼腹中耳。又安能以皓皓之白，而蒙世之温蠖乎[④]？”乃作《怀沙》之赋[⑤]。于是怀石，遂自投汨罗以死[⑥]。

屈原既死之后，楚有宋玉、唐勒、景差之徒者[⑦]，皆好辞而以赋见称。然皆祖屈原之从容辞令[⑧]，终莫敢直谏。其后楚日以削，数十年竟为秦所灭。

自屈原沉汨罗后百有余年，汉有贾生，为长沙王太傅[⑨]。过湘水，投书以吊屈原[⑩]。

是时贾生年二十余，最为少[⑪]。每诏令议下，诸老先生不能言，贾生尽为之对，人人各如其意所欲出[⑫]。诸生于是乃以为能，不及也。孝文帝说之，超迁[⑬]，一岁中至太中大夫。

贾生以为汉兴至孝文二十余年，天下和洽[⑭]，而固当改正朔，易服色[⑮]，法制度，定官名，兴礼乐，乃悉草具其事仪法，色尚黄，数用五，为官名，悉更秦之法[⑯]。孝文帝初即位，谦让未遑也[⑰]。诸律令所更定，及列侯悉就国，其说皆自贾生发之。于是天子议以为贾生任公卿之位。绛、灌、东阳侯、冯敬之属尽害之[⑱]，乃

①哺（bǔ）：通“哺”，食。糟：酒渣。啜（chuò）：喝。醨（lí）：薄酒。

②瑾、瑜：都是美玉。为：表示疑问的语气词。

③察察：洁白的样子。汶（mén）汶：昏暗的样子。

④皓皓：莹洁的样子。温蠖（huò）：尘滓重积的样子。

⑤《怀沙》：在今本《楚辞》中，是《九章》的一篇。

⑥汨（mì）罗：江名，在湖南东北部，流经汨罗县人洞庭湖。

⑦宋玉：相传为楚顷襄王时人，屈原的弟子，有《九辩》等作品传世。唐勒、景差：约与宋玉同时，都是当时的辞赋家。

⑧祖：效法，继承。

⑨贾生：即贾谊（前 200～前 168），西汉政论家、文学家。长沙王：指吴差，汉朝开国功臣吴芮的玄孙。太傅：君王的辅助官员。

⑩湘水：即湘江。书：指贾谊所写的《吊屈原赋》。

⑪少：年轻。

⑫“人人”句：是说贾谊所说，说出了每人心中所想表达出来的意思。

⑬说：通“悦”。超迁：指破格提拔。

⑭和洽：太平和睦。

⑮正朔：一年的第一天。古时改朝换代，新王朝须重定正朔。改正朔，就是改定历法。服色：指车马服饰的颜色。

⑯草具：草拟。色尚黄：服色崇尚黄色。按五行学说，汉朝自认是土德，所以色尚黄。更：改变。

⑰未遑：来不及。

⑱绛：指绛侯周勃。灌：指颍阴侯灌婴。东阳侯：指张相如。害：顾忌。

短贾生曰："雒阳之人，年少初学，专欲擅权，纷乱诸事[①]。"于是天子后亦疏之，不用其议，乃以贾生为长沙王太傅。

贾生既辞往行，闻长沙卑湿，自以寿不得长，又以適去[②]，意不自得。及渡湘水，为赋以吊屈原。

后岁余，贾生征见。孝文帝方受釐[③]，坐宣室[④]。上因感鬼神事，而问鬼神之本。贾生因具道所以然之状。至夜半，文帝前席[⑤]。既罢，曰："吾久不见贾生，自以为过之，今不及也。"居顷之[⑥]，拜贾生为梁怀王太傅。梁怀王，文帝之少子，爱，而好书，故令贾生傅之。

文帝复封淮南厉王子四人皆为列侯。贾生谏，以为患之兴自此起矣。贾生数上疏，言诸侯或连数郡，非古之制，可稍削之[⑦]。文帝不听。居数年，怀王骑，堕马而死，无后。贾生自伤为傅无状[⑧]，哭泣岁余，亦死。贾生之死，时年三十三矣。及孝文崩，孝武皇帝立[⑨]，举贾生之孙二人至郡守[⑩]，而贾嘉最好学，世其家[⑪]，与余通书。至孝昭时，列为九卿[⑫]。

太史公曰："余读《离骚》《天问》《招魂》《哀郢》[⑬]，悲其志。适长沙[⑭]，过屈原所自沉渊，未尝不垂涕，想见其为人。及见贾生吊之，又怪屈原以彼其材游诸侯，何国不容，而自令若是！读《鹏鸟赋》[⑮]，同死生，轻去就，又爽然自失矣。"

①擅：独揽。纷乱：作动词用。

②自以：自认为。適：同"谪"，贬斥。

③受釐（xī）：汉制祭天地五畤，皇帝派人行祀或郡国祭祀之后，皆以祭余之肉归致皇帝，以示受福，叫受釐。

④宣室：宫殿名，在未央宫中，是皇帝斋戒的地方。

⑤前席：古人席地而坐，前席指在坐席上往前移动，是亲近的表示。

⑥居顷之：过不久。

⑦数：多次。稍：逐渐。

⑧无状：不成样子，无成绩。

⑨孝武皇帝：指汉武帝。

⑩举：选拔。

⑪世其家：继承了他家的家风。

⑫这二句乃后人所加，司马迁未能活到此时。

⑬《天问》《招魂》《哀郢》：都是屈原的作品。《招魂》一说为宋玉所作。《哀郢》是《九章》中的一篇。

⑭适：到。

⑮《鹏鸟赋》：贾谊所作。

李将军列传

【题解】本篇选自《史记》卷一百九。李广是司马迁所倾慕的人物。在这篇传记中，他热情赞颂了李广英勇善战、忠厚正直、关爱士卒的品质；着力描写了他抗击匈奴、保卫国家的赫赫战功；对他一生屡遭排挤、最后被迫自杀以及子孙相继被害的不幸遭遇深表同情；对卫青、霍去病徇私排挤李广的行为也给以委婉的批评。作品在写法上时正时侧，时虚时实，错综变化，跌宕起伏。结尾引谚语“桃李不言，下自成蹊”，进一步强化了对李广的赞颂和感叹。

李将军广者，陇西成纪人也①。其先曰李信，秦时为将，逐得燕太子丹者也②。故槐里③，徙成纪。广家世世受射④。孝文帝十四年，匈奴大入萧关⑤，而广以良家子从军击胡⑥，用善骑射，杀首虏多，为汉中郎⑦。广从弟李蔡亦为郎，皆为武骑常侍⑧，秩八百石。尝从行，有所冲陷折关及格猛兽⑨，而文帝曰：“惜乎，子不遇时！如令子当高帝时，万户侯岂足道哉⑩！”

及孝景初立，广为陇西都尉，徙为骑郎将。吴、楚军时⑪，广为骁骑都尉，从太尉亚夫击吴楚军，取旗，显功名昌邑下⑫。以梁王授广将军印⑬，还，赏不行⑭。徙为上谷太守⑮，匈奴日以合战⑯。典属国公孙昆邪为上泣曰⑰：“李广才气，天下无双，自负其能，数与虏敌战，恐亡之⑱。”于是乃徙为上郡太守。后广转为边郡太守，徙上郡。尝为陇西、

①陇西：郡名，在今甘肃东部。成纪：在今甘肃秦安北。
②逐得：追获。
③槐里：县名，在今陕西兴平东南。
④受射：传习射法。
⑤萧关：在今甘肃环县西北。
⑥良家子：当时凡从事医、巫、商贾、百工的人家都不能列入良家。
⑦用：因为。中郎：郎中令的属官。
⑧武骑常侍：官名，皇帝的侍从。
⑨冲陷折关：冲锋陷阵，挫敌守关。
⑩万户侯：食邑万户的列侯。
⑪吴、楚军时：公元前154年汉宗室吴王濞、楚王戊等七国联兵反汉。
⑫昌邑：地名，在今山东金乡西北。李广跟随周亚夫击吴楚军，在此城下败敌取旗，因而立功扬名。
⑬梁王：汉景帝同母弟刘武，吴楚七国叛乱时抗阻叛军有功。
⑭赏不行：因为以汉将身份受梁王印，所以没有得到汉廷的赏赐。
⑮上谷：郡名，治今河北怀来东南。
⑯合战：交战。
⑰典属国：官名，掌管外族归服的事务。公孙昆邪：人名。
⑱数与虏敌战：多次与匈奴打硬仗。

北地、雁门、代郡、云中太守，皆以力战为名。

匈奴大入上郡，天子使中贵人从广勒习兵击匈奴[①]。中贵人将骑数十纵[②]，见匈奴三人，与战。三人还射，伤中贵人，杀其骑且尽[③]。中贵人走广[④]。广曰："是必射雕者也[⑤]。"广乃遂从百骑往驰三人[⑥]。三人亡马步行，行数十里。广令其骑张左右翼，而广身自射彼三人者，杀其二人，生得一人，果匈奴射雕者也。已缚之上马，望匈奴有数千骑，见广，以为诱骑，皆惊，上山陈[⑦]。广之百骑皆大恐，欲驰还走。广曰："吾去大军数十里[⑧]，今如此以百骑走，匈奴追射我立尽。今我留，匈奴必以我为大军诱，必不敢击我。"广令诸骑曰："前!"前未到匈奴陈二里所[⑨]，止，令曰："皆下马解鞍!"其骑曰："虏多且近，即有急[⑩]，奈何?"广曰："彼虏以我为走，今皆解鞍以示不走，用坚其意[⑪]。"于是胡骑遂不敢击。有白马将出护其兵[⑫]，李广上马与十余骑奔射杀胡白马将，而复还至其骑中，解鞍，令士皆纵马卧。是时会暮，胡兵终怪之[⑬]，不敢击。夜半时，胡兵亦以为汉有伏军于旁欲夜取之，胡皆引兵而去[⑭]。平旦，李广乃归其大军。大军不知广所之，故弗从。

居久之[⑮]，孝景崩，武帝立，左右以为广名将也，于是广以上郡太

①中贵人：皇帝宠信的宦官。勒习兵：指挥和训练士兵。这实际是皇帝派宦官来监军。

②纵：放纵驰骋。

③且：将要，快要。

④走广：逃奔到李广那里。

⑤射雕者：猎人。

⑥驰三人：追赶那三个人。

⑦上山陈：上山头布置阵地。

⑧去：离。

⑨二里所：二里地左右。

⑩即：假使。

⑪用坚其意：以此来坚定匈奴以为引诱他们上当的看法。

⑫护：监护。

⑬会暮：正赶上天气已晚。怪：认为奇怪，感到奇怪。

⑭夜取之：夜袭他们。引兵：撤军。

⑮居久之：过了很久。

守为未央卫尉[①]，而程不识亦为长乐卫尉。程不识故与李广俱以边太守将军屯[②]。及出击胡，而广行无部伍行陈[③]，就善水草屯[④]，舍止，人人自便，不击刁斗以自卫[⑤]，莫府省约文书籍事[⑥]，然亦远斥候[⑦]，未尝遇害。程不识正部曲行伍营陈，击刁斗，士吏治军簿至明[⑧]，军不得休息，然亦未尝遇害。不识曰："李广军极简易，然虏卒犯之，无以禁也[⑨]；而其士卒亦佚乐，咸乐为之死[⑩]。我军虽烦扰，然虏亦不得犯我。"是时汉边郡李广、程不识皆为名将，然匈奴畏李广之略[⑪]，士卒亦多乐从李广而苦程不识。程不识孝景时以数直谏为太中大夫[⑫]。为人廉，谨于文法[⑬]。

后汉以马邑城诱单于[⑭]，使大军伏马邑旁谷，而广为骁骑将军，领属护军将军[⑮]。是时单于觉之，去，汉军皆无功[⑯]。其后四岁，广以卫尉为将军，出雁门击匈奴。匈奴兵多，破败广军，生得广。单于素闻广贤，令曰："得李广必生致之[⑰]。"胡骑得广，广时伤病[⑱]，置广两马间，络而盛卧广[⑲]。行十余里，广详死[⑳]，睨其旁有一胡儿骑善马，广暂腾而上胡儿马[㉑]，因推堕儿，取其弓，鞭马南驰数十里，复得其余军，因引而入塞。匈奴捕者骑数百追之，广行取胡儿弓，射杀追骑，以故得脱。于是至

①未央卫尉：未央宫守军长官。

②边太守将军屯：任边郡太守兼管屯军驻防之事。

③行：行军。部伍：军队的编制单位，泛指军队。行（háng）陈：行列与阵势。

④屯：驻扎。

⑤舍止：宿营。刁斗：行军时用的铜锅，白天煮饭，夜间用作巡更敲击的器具。

⑥莫府：即幕府，主将所在的帐幕。省约：简化。

⑦远斥候：在前敌遥远之处布置哨探。

⑧治军簿至明：办理军中文书档案经常到天明。

⑨卒：通"猝"，突然。禁：制止，遏止。敌人突然袭击，也不能遏止他。

⑩佚乐：安逸快乐。佚，同"逸"。咸乐为之死：都乐于为他出生入死。

⑪略：谋略，策略。

⑫太中大夫：掌论议的官，隶属郎中令。

⑬谨于文法：谨守朝廷制定的条文法令。

⑭马邑：县名，在今山西朔州。汉武帝元光二年（前132），用马邑人聂壹设计诱引单于进攻马邑城。

⑮领属护军将军：当时韩安国为护军将军，李广受韩安国节制。

⑯"是时"句：当时单于带领大军行至雁门，俘获一个雁门尉吏，得知有汉兵埋伏，立刻退兵。

⑰生致：活捉。

⑱伤病：受了很重的伤。

⑲络而盛卧广：用绳子结成网兜，让李广躺卧在上面。

⑳详死：装死。详，同"佯"。

㉑暂腾：突然跳起来。暂，突然。

汉，汉下广吏[1]。吏当广所失亡多，为虏所生得，当斩，赎为庶人[2]。

顷之，家居数岁。广家与故颍阴侯孙屏野居蓝田南山中射猎[3]。尝夜从一骑出，从人田间饮。还至霸陵亭，霸陵尉醉，呵止广[4]。广骑曰："故李将军。"尉曰："今将军尚不得夜行，何乃故也！"止广宿亭下。居无何[5]，匈奴入杀辽西太守[6]，败韩将军，后韩将军徙右北平[7]。于是天子乃召拜广为右北平太守。广即请霸陵尉与俱，至军而斩之。

广居右北平，匈奴闻之，号曰"汉之飞将军"，避之数岁，不敢入右北平。

广出猎，见草中石，以为虎而射之，中石没镞[8]，视之石也。因复更射之，终不能复入石矣。广所居郡闻有虎，尝自射之。及居右北平射虎，虎腾伤广，广亦竟射杀之。

广廉，得赏赐辄分其麾下，饮食与士共之[9]。终广之身，为二千石四十余年[10]，家无余财，终不言家产事。广为人长[11]，猿臂，其善射亦天性也，虽其子孙他人学者，莫能及广。广讷口少言[12]，与人居则画地为军陈，射阔狭以饮[13]。专以射为戏，竟死[14]。广之将兵，乏绝之处[15]，见水，士卒不尽饮，广不近水；士卒不尽食，广不尝食。宽缓不苛，士以此爱乐为用[16]。其射，见敌急[17]，非

①至汉：回到汉都长安。汉下广吏：汉廷把李广交执法官审问。

②"吏当"四句：执法官判决李广在对匈奴作战中战士伤亡多，自己并被匈奴活捉，应当斩首，后来纳金赎免死刑，削职为民。

③颍阴侯孙：颍阴侯灌婴的孙子，名强。屏野：退职隐居乡野。蓝田南山：即终南山。

④霸陵：汉文帝陵墓名。霸陵亭：护陵亭驿。呵止：喝令停止。

⑤居无何：没过多久。

⑥辽西：郡名，西汉时治在阳乐（今辽宁义县西南）。

⑦右北平：郡名，西汉时治在平刚（今辽宁凌源）。

⑧中石没镞：箭射中石头，箭头没入石中。

⑨"饮食"句：李广与士卒一起吃喝。

⑩为两千石四十余年：居禄秩二千石的官职达四十多年。

⑪为人长：身材高大。

⑫讷（nè）口少言：不善辞令。

⑬画地为军陈：在地上画军队的阵势。射阔狭以饮：比射箭的远近，输的罚酒。

⑭竟死：直到死为止。

⑮乏绝之处：缺粮缺水的地方。

⑯宽缓不苛：宽容松缓，不苛待部下。士以此爱乐为用：士卒因此都乐于为他效力。

⑰见敌急：见敌人逼近。

在数十步之内，度不中不发[①]，发即应弦而倒。用此，其将兵数困辱，其射猛兽亦为所伤云。

居顷之，石建卒[②]，于是上召广代建为郎中令。元朔六年[③]，广复为后将军[④]，从大将军军出定襄[⑤]，击匈奴。诸将多中首虏率，以功为侯者[⑥]，而广军无功。后二岁，广以郎中令将四千骑出右北平，博望侯张骞将万骑与广俱[⑦]，异道。行可数百里，匈奴左贤王将四万骑围广，广军士皆恐，广乃使其子敢往驰之[⑧]。敢独与数十骑驰，直贯胡骑，出其左右而还，告广曰："胡虏易与耳[⑨]。"军士乃安。广为圜陈外向[⑩]，胡急击之，矢下如雨。汉兵死者过半，汉矢且尽。广乃令士持满毋发[⑪]，而广身自以大黄射其裨将[⑫]，杀数人，胡虏益解[⑬]。会日暮，吏士皆无人色，而广意气自如，益治军。军中自是服其勇也。明日，复力战，而博望侯军亦至，匈奴军乃解去。汉军罢[⑭]，弗能追。是时广军几没[⑮]，罢归。汉法，博望侯留迟后期[⑯]，当死，赎为庶人。广军功自如[⑰]，无赏。

初，广之从弟李蔡与广俱事孝文帝。景帝时，蔡积功劳至二千石。孝武帝时，至代相[⑱]。以元朔五年为轻车将车，从大将军击右贤王，有功中率，封为乐安侯。元狩二年中，代公孙弘为丞相。蔡为人在下中[⑲]，

①度不中不发：估量射不中就不发箭。

②石建：汉武帝时为郎中令。

③元朔六年：公元前123年。

④后将军：当时设有前、后、左、右四将军。

⑤大将军：汉武帝卫皇后的同母弟卫青。定襄：郡名，在今山西右玉以北及内蒙古西南一带。

⑥中（zhòng）首虏率：斩杀敌人首级及俘敌数目合于封赏的标准。率：规格，标准。以功为侯：因军功而封侯。

⑦博望：汉所置县，在今河南南阳东北。汉武帝初年，张骞因通西域有功，封为博望侯。

⑧往驰之：骑快马前去侦察。

⑨易与：容易对付。

⑩圜陈外向：布成圆形阵势，士兵都面向外。

⑪持满毋发：拉满弓而不射箭。

⑫大黄：弓弩名，大号的黄肩弩。

⑬益解：渐渐地松弛。解，通"懈"。

⑭罢：疲困。

⑮广军几没：李广的军队几乎全军覆没。

⑯留迟后期：行军迟缓，没有按期会合。

⑰广军功自如：李广杀敌有功，自己伤亡也多，功过相当。

⑱代相：任代郡的相。

⑲下中：下等的中等。

名声出广下甚远，然广不得爵邑，官不过九卿[①]，而蔡为列侯，位至三公[②]。诸广之军吏及士卒或取封侯[③]。广尝与望气王朔燕语[④]，曰："自汉击匈奴而广未尝不在其中，而诸部校尉以下，才能不及中人[⑤]，然以击胡军功取侯者数十人，而广不为后人[⑥]，然无尺寸之功以得封邑者，何也？岂吾相不当侯邪？且固命也[⑦]？"朔曰："将军自念，岂尝有所恨乎[⑧]？"广曰："吾尝为陇西守，羌尝反[⑨]，吾诱而降，降者八百余人，吾诈而同日杀之。至今大恨独此耳。"朔曰："祸莫大于杀已降，此乃将军所以不得侯者也。"

后二岁，大将军、骠骑将军大出击匈奴[⑩]，广数自请行[⑪]。天子以为老，弗许；良久乃许之，以为前将军。是岁，元狩四年也。

广既从大将军青击匈奴，既出塞，青捕虏知单于所居，乃自以精兵走之，而令广并于右将军军[⑫]，出东道。东道少回远[⑬]，而大军行水草少，其势不屯行[⑭]。广自请曰："臣部为前将军，今大将军乃徙令臣出东道，且臣结发而与匈奴战，今乃一得当单于[⑮]，臣愿居前，先死单于[⑯]。"大将军青亦阴受上诫[⑰]，以为李广老，数奇，毋令当单于[⑱]，恐不得所欲。而是时公孙敖新失侯[⑲]，为中将军从大将军，大将军亦欲使

①不得爵邑：指没有封侯。不过九卿：没超过九卿。

②三公：指丞相、太尉、御史大夫，是当时职位最高的官。

③"诸广"句：李广从前的部下甚至士卒都有获得封侯的。

④尝：曾经。望气：指望测星象，占卜吉凶。王朔：当时善占星象的人。燕语：随意交谈，聊天。

⑤诸部校尉以下：指李广所部的低级军官。中人：中等才能的人。

⑥不为后人：不曾落后他人。

⑦相不当侯：面相不该封侯。且固命也：还是命里本来如此。

⑧念：回想。恨：缺憾，亏欠的事。

⑨羌：汉时陇西一带的少数民族。

⑩骠骑将军：即霍去病，大将军卫青姐姐的儿子。

⑪数自请行：多次自动奏请随军征战。

⑫右将军：当时的右将军是赵食其（yì jī）。

⑬少回远：稍为迂回绕远。

⑭其势不屯行：这种形势不便屯扎而势必加速行军。

⑮今乃一得当单于：今天才得到一个直接和单于作战的机会。

⑯先死单于：先同单于决一死战。

⑰阴受上诫：暗中受到皇帝的吩咐。

⑱数奇（jī）：命运不好。毋令当单于：不要让李广与单于对阵。

⑲新失侯：指公孙敖元狩二年因失误军机被削封。

敖与俱当单于，故徙前将军广[①]。广时知之，固自辞于大将军[②]。大将军不听，令长史封书与广之幕府[③]，曰："急诣部，如书[④]。"广不谢大将军而起行，意甚愠怒而就部[⑤]，引兵与右将军食其合军出东道。军亡导，或失道，后大将军[⑥]。大将军与单于接战，单于遁走，弗能得而还。南绝幕[⑦]，遇前将军、右将军。广已见大将军，还入军。大将军使长史持糒醪遗广[⑧]，因问广、食其失道状，青欲上书报天子军曲折[⑨]。广未对，大将军使长史急责广之幕府对簿[⑩]。广曰："诸校尉无罪，乃我自失道。吾今自上簿[⑪]。"

至莫府，广谓其麾下曰："广结发与匈奴大小七十余战，今幸从大将军出接单于兵，而大将军又徙广部行回远，而又迷失道，岂非天哉！且广年六十余矣，终不能复对刀笔之吏。"遂引刀自刭[⑫]。广军士大夫一军皆哭。百姓闻之，知与不知，无老壮皆为垂涕。而右将军独下吏，当死，赎为庶人。

……

太史公曰：传曰"其身正，不令而行；其身不正，虽令不从。"[⑬]其李将军之谓也？余睹李将军悛悛如鄙人[⑭]，口不能道辞。及死之日，天下知与不知，皆为尽哀。彼其忠实心诚信于士大夫也[⑮]？谚曰："桃李不言，下自成蹊[⑯]。"此言虽小，可以谕大也。

①徙：调动。

②固自辞：坚决辞免调迁命令。

③令长史封书与广之幕府：派长史把命令送到李广的幕府。

④急诣部，如书：赶快到右将军的军队去，照文书上说的办。

⑤意甚愠怒而就部：内心很怨愤地到达指定的军队。

⑥军亡导：军队没有向导。或失道：迷了路。亡，同"无"。或，同"惑"。后：落后于。

⑦绝：横过。幕：同"漠"，沙漠。

⑧糒醪（bèi láo）：酒食。遗（wèi）：送。

⑨曲折：详细的经过。

⑩对簿：对质。

⑪上簿：自上供状，听候对质。

⑫引：抽，拔。

⑬这段引文出自《论语·子路》。

⑭悛悛（quān）：谨慎厚道的样子。鄙人：乡下人。

⑮"彼其"句：那或许是他忠实的心取得了士大夫信任的缘故吧。

⑯桃李不言，下自成蹊（xī）：桃李不说话，可是树下自然踩出了道路。蹊，小路。

刘 向

刘向（约前77～前6），汉代学者、文学家。字子政，本名更生。沛（今江苏沛县）人。西汉宗室。曾奉命校理皇家所藏图书，编成《别录》，为我国目录学的奠基之作。此外尚著有《说苑》《新序》《列女传》等。

邹孟轲母

【题解】本篇选自《列女传·母仪》，传主是孟母。作品记述了孟母教子的四件事情，充分展示了孟母的品格和教子之道。由于侧重教子，所以记言较多。又由于作者写书的目的在于树立典范，所以每事都有“君子谓”的评论，且末尾以“颂”终篇。

邹孟轲之母也[①]，号孟母。其舍近墓[②]。孟子之少也，嬉游为墓间之事，踊跃筑埋[③]。孟母曰：“此非吾所以居处子也[④]。”乃去[⑤]。舍市傍[⑥]，其嬉戏为贾人炫卖之事[⑦]。孟母又曰：“此非吾所以居处子也。”复徙。舍学宫之傍，其嬉游乃设俎豆揖让进退[⑧]。孟母曰：“真可以居吾子矣。”遂居之。及孟子长，学六艺，卒成大儒之名[⑨]。君子谓孟母善以渐化。《诗》云：“彼姝者子，何以予之？”[⑩]此之谓也。

孟子之少也，既学而归。孟母方绩[⑪]，问曰：“学何所至矣？”孟子曰：“自若也[⑫]。”孟母以刀断其织。孟子惧而问其故，孟母曰：“子之废学，若吾断斯织也[⑬]。夫君子学以立名，问则广知，是以居则安宁，动

①邹：周代的小国，在今山东邹县一带。孟轲：孟子名轲，战国时期儒家思想家。

②舍：房舍，居住地。

③墓间之事：即下文的“踊跃筑埋”。踊跃：蹦蹦跳跳。筑埋：指挖墓穴和堆坟丘。

④居：使……处在某个地方，这里有以环境习染的意思。处子：少年。

⑤去：离开，指搬家。

⑥舍：这里指安顿、居住。市：市场，交易场所。

⑦贾人：商人。炫卖：叫卖。

⑧俎（zǔ）豆：祭祀用的礼器。这里代指礼仪。揖让进退：指各种礼节。

⑨六艺：指礼、乐、射、御、书、数。卒：最终。

⑩渐化：逐渐濡染。语出《诗经·鄘风·干旄》。姝（shū）：美好。

⑪既：已。绩：指纺麻织布。

⑫自若：意指到哪里就算哪里。

⑬斯：这。

则远害。今而废之，是不免于厮役[1]，而无以离于祸患也。何以异于织绩而食，中道废而不为，宁能衣其夫子[2]，而长不乏粮食哉！女则废其所食，男则堕于修德，不为窃盗，则为虏役矣[3]。”孟子惧，旦夕勤学不息，师事子思[4]，遂成天下之名儒。君子谓孟母知为人母之道矣。《诗》云：“彼姝者子，何以告之?”[5]此之谓也。

孟子既娶，将入私室，其妇袒而在内[6]，孟子不悦，遂去不入。妇辞孟母而求去，曰：“妾闻夫妇之道，私室不与焉[7]。今者妾窃堕在室，而夫子见妾，勃然不悦，是客妾也[8]。妇人之义，盖不客宿[9]。请归父母。”于是孟母召孟子而谓之曰：“夫礼，将入门，问孰存，所以致敬也[10]。将上堂，声必扬，所以戒人也[11]。将入户，视必下，恐见人过也[12]。今子不察于礼，而责礼于人[13]，不亦远乎?”孟子谢[14]，遂留其妇。君子谓孟母知礼，而明于姑母之道[15]。

孟子处齐[16]，而有忧色。孟母见之曰：“子若有忧色，何也?”孟子曰：“不敏[17]。”异日闲居，拥楹而叹[18]。孟母见之曰：“乡见子有忧色[19]，曰不也；今拥楹而叹，何也?”孟子对曰：“轲闻之：君子称身而就位[20]，不为苟得而受赏，不贪荣禄[21]，诸侯不听则不达其上，听而不

①厮役：贱役，与下文“虏役”意近。

②宁：岂，怎么。衣：用作动词。夫子：指丈夫。

③堕（huī）：毁坏。虏役：指低下的劳作。

④子思：孔子的学生，相传《中庸》为其所作。

⑤语出《诗经·鄘风·干旄》。

⑥私室：内室，夫妻的寝室。袒（tǎn）：裸露。

⑦“妾闻”二句：是说夫妇间的礼节是不包括在内室的，即内室可以不拘于这些礼节。妾，旧时女子自称。

⑧窃：私自，一个人。客：当客人对待。

⑨义：指大道。客宿：寄宿。

⑩问孰存：问有谁在。

⑪声必扬：指声音一定要提高。戒：提醒。

⑫户：门。视必下：眼睛一定要向下看。过：指不该让人看到的事情。

⑬察：了解，明白。责：要求。

⑭谢：道歉。

⑮姑母：指婆婆。

⑯处齐：在齐国居住、做事。

⑰不敏：本是自谦之辞，意为不才。这里当是含糊否定之意。

⑱拥楹：靠着柱子。

⑲乡：同“向”，向来，过去。

⑳称身而就位：估量自己的德才而接受相应的职位。

㉑苟得：侥幸所得。荣禄：荣誉、利禄。

用则不践其朝①。”今道不用于齐②，愿行而母老，是以忧也。”孟母曰：“夫妇人之礼，精五饭、幂酒浆、养舅姑、缝衣裳而已矣③。故有闺内之修，而无境外之志。《易》曰：‘在中馈，无攸遂④。’《诗》曰：‘无非无仪，惟酒食是议。’⑤以言妇人无擅制之义，而有三从之道也⑥。故年少则从乎父母，出嫁则从乎夫，夫死则从乎子，礼也。今子成人也，而我老矣。子行乎子义，吾行乎吾礼。”君子谓孟母知妇道。《诗》云：“载色载笑，匪怒匪教。”⑦此之谓也。

颂曰：孟子之母，教化列分。处子择艺，使从大伦。子学不进，断机示焉。子遂成德，为当世冠。

①诸侯：指诸侯国的君主。不达其上：指不说出自己的为政主张。践其朝：指在其朝廷里做官。践，踏。朝，朝堂。

②道不用于齐：指自己的治政之道不被齐王接受。

③幂（mì）：用布盖，这里指过滤。舅姑：公婆。

④中馈（kuì）：指做饭之处。无攸遂：不到远处。攸，远。遂，通，达。

⑤“无非”句：语出《诗经·小雅·鸿雁篇·斯干章》。

⑥擅制：独自决定。三从：即下文的少从父母、嫁从夫、夫死从子。

⑦“载色”句：语出《诗经·鲁颂·駉之什》。

班　固

班固（32～92），东汉史学家。字孟坚，字陵（今陕西咸阳）人。其父班彪是著名史学家，著《史记后传》未成。斑固受诏继承父业，历时二十年完成了《汉书》。《汉书》开创了纪传体断代史，并使纪传体史书体例基本定型，后世正史均是依《汉书》之体撰著的。

苏武传

【题解】本篇节选自《汉书》卷五十四《李广苏建传》。苏建是苏武之父，苏武传附在其后。苏武奉命出使匈奴，被扣留十九年。匈奴权贵及汉降将等多方威胁诱降，苏武坚贞不屈，终于持节返回汉朝。这篇传记生动地记叙了苏武被扣期间可歌可泣的事迹，歌颂了他的坚贞气节和不屈精神。作品通过具体情节着力刻画苏武视死如归、正气凛然的形象，同时以与卫律、张胜、李陵等言行的对照反衬其形象。全篇结构严密，文字简练，富有较强表现力和感染力。

武字子卿，少以父任，兄弟并为郎①，稍迁至栘中厩监②。

时汉连伐胡，数通使相窥观，匈奴留汉使郭吉、路充国等，前后十余辈③。匈奴使来，汉亦留之以相当。天汉元年④，且鞮侯单于初立⑤，恐汉袭之，乃曰：“汉天子，我丈人行也⑥。”尽归汉使路充国等。武帝嘉其义，乃遣武以中郎将使持节送匈奴使留在汉者⑦，因厚赂单于，答其善意。武与副中郎将张胜及假吏常惠等，募士斥候百余人俱⑧。既至匈奴，置币遗单于⑨。单于益骄，非汉所望也。

方欲发使送武等，会缑王与长

①“少以父任”二句：汉制，官俸二千石以上可以任其子为郎。郎为守卫宫廷和随从车驾等的官职。

②稍迁：逐渐升迁。栘（yí）：汉宫廷中的栘园。

③十余辈：十多批人。

④天汉元年：公元前100年。天汉，汉武帝年号。

⑤单于：匈奴君主的称号。且鞮（jū dī）侯是这个单于嗣位前的封号。

⑥丈人行（háng）：犹言父辈、长辈。行，辈。

⑦中郎将：官名，统领皇帝侍卫。节：使臣所持的信物，用毛编的称为“旄节”。

⑧假吏：指临时充任使臣的属吏。斥候：侦察兵。

⑨币：财物。遗（wèi）：赠送。

水虞常等谋反匈奴中[①]。缑王者，昆邪王姊子也[②]，与昆邪王俱降汉，后随浞野侯没胡中[③]。及卫律所将降者[④]，阴相与谋劫单于母阏氏归汉[⑤]。会武等至匈奴，虞常在汉时素与副张胜相知，私候胜曰[⑥]："闻汉天子甚怨卫律，常能为汉伏弩射杀之。吾母与弟在汉，幸蒙其赏赐。"张胜许之，以货物与常。后月余，单于出猎，独阏氏子弟在。虞常等七十余人欲发，其一人夜亡告之[⑦]。单于子弟发兵与战。缑王等皆死，虞常生得[⑧]。

单于使卫律治其事。张胜闻之，恐前语发[⑨]，以状语武[⑩]。武曰："事如此，此必及我。见犯乃死，重负国[⑪]。"欲自杀，胜、惠共止之。虞常果引张胜[⑫]。单于怒，召诸贵人议，欲杀汉使者。左伊秩訾曰[⑬]："即谋单于，何以复加[⑭]？宜皆降之[⑮]。"单于使卫律召武受辞[⑯]，武谓惠等："屈节辱命[⑰]，虽生，何面目以归汉!"引佩刀自刺。卫律惊，自抱持武，驰召医。凿地为坎，置煴火[⑱]，覆武其上，蹈其背以出血[⑲]。武气绝半日，复息[⑳]。惠等哭，舆归营[㉑]。单于壮其节，朝夕遣人候问武，而收系张胜[㉒]。

武益愈。单于使使晓武，会论虞常[㉓]，欲因此时降武。剑斩虞常已，律曰："汉使张胜谋杀单于近臣，当

①长水：水名，在陕西省兰田县西北。虞常：曾任长水校尉，后降匈奴。

②缑（gōu）王：匈奴的一个亲王。昆邪（hún yé）：匈奴属下的部落。

③浞（zhuó）野侯：汉将赵破奴的封号。没：败亡。

④卫律：本是长水胡人，生长在汉，后逃至匈奴，封丁零王。

⑤阏氏（yān zhī）：匈奴王后的称号。

⑥私候：私下拜访。候，访。

⑦欲发：将要起事。夜亡告之：夜里逃出来告发。

⑧生得：被活捉。

⑨前语：即之前和虞常私下所说的话。发：泄露。

⑩状：经过情形。语：告诉。

⑪见：被。犯：欺凌，侮辱。乃：才。重：更加。负国：对不起国家。

⑫引：牵连。

⑬左伊秩訾：匈奴的王号。

⑭即谋单于，何以复加：假使他们谋害的是单于，又该怎样处分他们呢？意思是说，谋杀卫律就要处死，判刑太重。

⑮降之：使他们投降。

⑯受辞：受审讯。

⑰屈节辱命：泯灭自己的节操，辱没国家的使命。

⑱坎：坑穴。煴（yūn）火：没有火焰的火。

⑲蹈：同"掐（tāo）"，叩，击。

⑳息：呼吸。

㉑舆：用作动词，用车载。

㉒收：逮捕。系：拘囚。

㉓使使晓武，会论虞常：派使者通知苏武，共同判定虞常的罪。晓，告知。会，共同。论，判罪。

死，单于募降者赦罪①。"举剑欲击之，胜请降。律谓武曰："副有罪，当相坐②。"武曰："本无谋③，又非亲属，何谓相坐？"复举剑拟之④，武不动。律曰："苏君，律前负汉归匈奴，幸蒙大恩，赐号称王，拥众数万，马畜弥山⑤，富贵如此。苏君今日降，明日复然。空以身膏草野⑥，谁复知之！"武不应。律曰："君因我降，与君为兄弟。今不听吾计，后虽欲复见我，尚可得乎？"武骂律曰："女为人臣子，不顾恩义，畔主背亲⑦，为降虏于蛮夷，何以女为见⑧？且单于信女，使决人死生，不平心持正，反欲斗两主⑨，观祸败。南越杀汉使者，屠为九郡⑩；宛王杀汉使者，头县北阙⑪；朝鲜杀汉使者，即时诛灭⑫。独匈奴未耳。若知我不降明⑬，欲令两国相攻，匈奴之祸从我始矣。"

律知武终不可胁，白单于。单于愈益欲降之，乃幽武置大窖中⑭，绝不饮食。天雨雪，武卧啮雪与旃毛并咽之⑮，数日不死。匈奴以为神，乃徙武北海上无人处⑯，使牧羝，羝乳乃得归⑰。别其官属常惠等，各置他所。

武既至海上，廪食不至⑱，掘野鼠去草实而食之⑲。杖汉节牧羊，卧起操持，节旄尽落。积五、六年，单于弟於靬王弋射海上⑳。武

①单于募降者赦罪：被单于招募投降的人可以免罪。

②相坐：连带治罪。

③本无谋：本来没有和他同谋。

④拟：比画，用兵器做砍杀的样子。

⑤弥山：满山。弥，满。

⑥空以身膏草野：白白地以自己的血肉滋养草野。

⑦女：同"汝"。畔：通"叛"。

⑧何以女为见：见你做什么。

⑨斗两主：挑拨汉朝天子和匈奴单于互相争斗。

⑩"南越"二句：武帝元鼎五年（前112），南越相吕嘉杀死南越王、王太后和汉使者。武帝派兵讨伐，活捉吕嘉，并将南越地方改设为南海、苍梧、儋耳、合浦等九郡。

⑪"宛王"二句：武帝太初元年（前104），汉派使者到大宛国求良马，大宛不与，并杀汉使。武帝派李广利率兵征讨大宛。太初四年，大宛国中贵人杀死国王降汉。县，通"悬"。

⑫"朝鲜"二句：武帝元封二年（前109），汉派遣涉何出使朝鲜，朝鲜发兵袭杀涉何。武帝派兵攻打朝鲜，次年，朝鲜宰相杀死国王降汉。

⑬若：你。

⑭幽：囚禁。

⑮啮：嚼咬。旃：通"毡"。

⑯北海：即今贝加尔湖。

⑰羝（dī）：公羊。乳：生子。

⑱廪（lǐn）食：官方供给的粮食。

⑲去：同"弆（jǔ）"，储藏。这句是说挖掘野鼠储藏的草实充饥。

⑳弋射：这里指打猎。

能网纺缴，檠弓弩[①]，于靬王爱之，给其衣食。三岁余，王病，赐武马畜、服匿、穹庐[②]。王死后，人众徙去。其冬，丁令盗武牛羊[③]，武复穷厄。

初，武与李陵俱为侍中[④]。武使匈奴明年，陵降，不敢求武[⑤]。久之，单于使陵至海上，为武置酒设乐，因谓武曰："单于闻陵与子卿素厚，故使陵来说足下，虚心欲相待。终不得归汉，空自苦亡人之地，信义安所见乎？前长君为奉车[⑥]，从至雍棫阳宫[⑦]，扶辇下除[⑧]，触柱折辕，劾大不敬，伏剑自刎，赐钱二百万以葬。孺卿从祠河东后土[⑨]，宦骑与黄门驸马争船[⑩]，推堕驸马河中溺死，宦骑亡，诏使孺卿逐捕不得，惶恐饮药而死。来时，大夫人已不幸，陵送葬至阳陵[⑪]。子卿妇年少，闻已更嫁矣。独有女弟二人[⑫]，两女一男，今复十余年，存亡不可知。人生如朝露，何久自苦如此！陵始降时，忽忽如狂[⑬]，自痛负汉，加以老母系保宫[⑭]，子卿不欲降，何以过陵？且陛下春秋高[⑮]，法令亡常，大臣亡罪夷灭者数十家[⑯]，安危不可知，子卿尚复谁为乎？愿听陵计，勿复有云。"武曰："武父子亡功德，皆为陛下所成就[⑰]，位列将，爵通侯，兄弟亲近[⑱]，常愿肝脑涂地。今得杀身自效，虽蒙斧钺汤镬[⑲]，诚甘乐之。臣事君，犹子事父也。子为父死亡所恨。愿勿复再言。"陵与武

①纺（bǎng）：通"绑"。缴（zhuó）：拴在箭上的绳子。檠（qíng）：校正弓弩的器具，这里是校正的意思。

②服匿：盛酒酪的器皿。穹庐：圆形的毡帐。

③丁令：或称"丁零"，匈奴族的别支。

④李陵：字少卿，李广之孙，汉武帝时曾任侍中，后为骑都尉，率兵五千与匈奴主力作战，力竭被俘，投降匈奴。

⑤求：求见。

⑥长君：指苏武的长兄苏嘉。奉车：奉车都尉的简称，官名，掌管皇帝的车驾。

⑦雍：地名，在今陕西凤翔南。棫（yù）阳宫：秦昭王时所建宫殿。

⑧除：台阶。

⑨孺卿：苏武之弟苏贤的字。祠：祭祀。后土：土地神。

⑩宦骑：骑马侍卫皇帝的宦官。黄门驸马：掌管皇帝出行时副车之马的官。

⑪大：通"太"。不幸：指去世。阳陵：地名，在今陕西泾阳东南。

⑫女弟：妹妹。

⑬忽忽：心神恍惚。

⑭保宫：一种囚禁人的衙署。

⑮春秋高：年纪大。

⑯亡常：无常。夷：灭族。

⑰成就：栽培，提拔。

⑱亲近：指做皇帝的近臣。

⑲斧钺（yuè）汤镬（huò）：被大斧砍，被沸水煮。这是古时两种残酷的死刑。

饮数日，复曰："子卿一听陵言。"武曰："自分已死久矣[①]！王必欲降武，请毕今日之欢，效死于前！"陵见其至诚，喟然叹曰："嗟乎，义士！陵与卫律之罪上通于天[②]。"因泣下沾衿，与武决去[③]。

陵恶自赐武[④]，使其妻赐武牛羊数十头。后陵复至北海上，语武："区脱捕得云中生口[⑤]，言太守以下吏民皆白服，曰上崩[⑥]。"武闻之，南乡号哭，欧血[⑦]，旦夕临数月[⑧]。

昭帝即位数年[⑨]，匈奴与汉和亲。汉求武等，匈奴诡言武死。后汉使复至匈奴，常惠请其守者与俱，得夜见汉使，具自陈过，教使者谓单于，言天子射上林中[⑩]，得雁，足有系帛书，言武等在荒泽中。使者大喜，如惠语以让单于[⑪]。单于视左右而惊，谢汉使曰："武等实在。"

于是李陵置酒贺武曰："今足下还归，扬名于匈奴，功显于汉室，虽古竹帛所载，丹青所画，何以过子卿！陵虽驽怯[⑫]，令汉且贳陵罪[⑬]，全其老母，使得奋大辱之积志[⑭]，庶几乎曹柯之盟[⑮]，此陵宿昔之所不忘也[⑯]。收族陵家[⑰]，为世大戮，陵尚复何顾乎？已矣！令子卿知吾心耳。异域之人，一别长绝[⑱]！陵起舞，歌曰："径万里兮度沙幕，为君将兮奋匈奴[⑲]。路穷绝兮矢刃摧，士众灭兮名已隤[⑳]。老母已死，虽欲报恩将安归！"陵泣下数行，因与武决。

①分（fèn）：料想，料定。

②上通于天：高接到天。通：达。这里是说自己罪行严重，无以复加。

③沾衿（jīn）：沾湿了衣襟。决：通"诀"，辞别。

④恶（wù）：耻，羞愧。

⑤区（ōu）脱：匈奴语，指与汉连界的边塞所立的土堡哨所。云中：云中郡，在今内蒙古。生口：指俘虏。

⑥上崩：指汉武帝去世，时为后元二年（前87）。

⑦乡：通"向"。南乡，向着南方。欧：通"呕"。

⑧旦夕：早晚。临：哭吊死者。这句是说早晚哭吊了好几个月。

⑨昭帝：公元前87年即位。

⑩上林：宫苑名，故址在今陕西西安西。

⑪让：责问。

⑫驽怯：无能、胆小。驽，指材质庸劣。

⑬令：假使。贳（shì）：宽赦。

⑭奋大辱之积志：振奋在奇耻大辱的处境中所积蓄已久的志愿。

⑮曹柯之盟：春秋时期，鲁国和齐国交战，败而求和，割汉阳之地。曹沫随鲁庄公至柯（今山东阳谷东）与齐桓公盟会，持匕首挟持齐桓公订立盟约，收回失地。

⑯宿昔：以前。也可解作早晚。

⑰族：灭族。

⑱一别长绝：此次分别后就要永远隔绝了。

⑲径：走过。沙幕（mò）：即沙漠。奋：奋击。

⑳隤（tuí）：坠，败坏。

单于召会武官属，前以降及物故[①]，凡随武还者九人。

武以始元六年春至京师。诏武奉一太牢谒武帝园庙[②]，拜为典属国[③]，秩中二千石，赐钱二百万，公田二顷，宅一区。常惠、徐圣、赵终根皆拜为中郎[④]，赐帛各二百匹。其余六人老归家，赐钱人十万，复终身[⑤]。常惠后至右将军，封列侯，自有传。武留匈奴凡十九岁，始以强壮出，及还，须发尽白。

武来归明年，上官桀、子安与桑弘羊及燕王、盖主谋反[⑥]。武子男元与安有谋，坐死[⑦]。

初，桀、安与大将军霍光争权，数疏光过失予燕王[⑧]，令上书告之。又言苏武使匈奴二十年不降，还乃为典属国，大将军长史无功劳，为搜粟都尉[⑨]，光颛权自恣[⑩]。及燕王等反诛，穷治党与。武素与桀、弘羊有旧，数为燕王所讼[⑪]，子又在谋中，廷尉奏请逮捕武。霍光寝其奏[⑫]，免武官。

数年，昭帝崩，武以故二千石与计谋立宣帝[⑬]，赐爵关内侯，食邑三百户。久之，卫将军张安世荐武明习故事[⑭]，奉使不辱命，先帝以为遗言。宣帝即时召武待诏宦者署[⑮]，数进见，复为右曹典属国。以武著节老臣，命朝朔望[⑯]，号称祭酒[⑰]，甚优宠之。武所得赏赐，尽以施予

①召会：召集。以：已。物故：死亡。

②太牢：牛羊豕三牲具备的祭祀。谒武帝园庙：拜谒武帝陵。苏武是奉汉武帝诏令出使匈奴的。

③典属国：官名，掌管归服汉朝的外族的事务。

④常惠、徐圣、赵终根：均为跟随苏武出使的官吏。

⑤复：免除赋税徭役。

⑥上官桀、子安：上官桀之子上官安娶霍光之女为妻，所生之女为昭帝皇后。桀、安父子预谋杀害霍光，废昭帝，立燕王。事败，宗族尽诛。桑弘羊：武帝时任治粟都尉，领大司农。被指与上官桀等一起谋反，被杀。燕王：名旦，昭帝同父异母兄弟，因未能继承帝位，与上官桀等谋反，事败自杀。盖主：汉武帝长女，因其夫封盖侯，故称盖长公主，参与谋反，事败自杀。

⑦坐死：因罪被处死。

⑧疏：逐条记录。

⑨大将军：指霍光。长史：指大将军属下的辅佐官员杨敞。搜粟都尉：官名，掌管收纳军粮。

⑩颛：通“专”。

⑪数（shuò）：多次。讼：通“颂”。

⑫寝：使停息，即压下其奏。

⑬“武”句：汉昭帝死后，昌邑王贺即位为帝，后来因其荒淫，霍光等合谋废贺而立宣帝，苏武也曾参预其事。

⑭明习故事：熟悉朝章典制。

⑮宦者署：宦者令的衙署。

⑯著节：节操昭著。朝朔望：只需在朔望日朝见天子，以示优宠。朔：农历初一。望：农历十五。

⑰祭酒：指年高望重的人。

昆弟故人[①]，家不余财。皇后父平恩侯、帝舅平昌侯、乐昌侯、车骑将军韩增、丞相魏相、御史大夫丙吉皆敬重武。

武年老，子前坐事死，上闵之[②]，问左右："武在匈奴久，岂有子乎？"武因平恩侯自白[③]："前发匈奴时，胡妇适产一子通国，有声问来[④]，愿因使者致金帛赎之。"上许焉。后通国随使者至，上以为郎。又以武弟子为右曹[⑤]。武年八十余，神爵二年病卒[⑥]。

①昆弟故人：指兄弟、朋友和部下等。
②闵：同"悯"，怜悯。
③因……自白：靠……自己表白。
④声问：音信。
⑤武弟子：苏武弟弟的儿子。
⑥神爵二年：公元前 60 年。神爵，汉宣帝的年号。

张骞传

【题解】本篇节选自《汉书》卷三十一。张骞是我国古代著名的外交活动家，"丝绸之路"的开拓者。这篇传记详细介绍了张骞两次出使西域的经过，描述了其出使西域途中所经历的艰辛。这是公元前以中国中原地区为中心的一次地理大发现，范围包括了中亚、西亚、南亚及地中海东岸地区。在航海时代之前，这次大发现是惊心动魄的。

张骞，汉中人也[①]，建元中为郎[②]。时匈奴降者言匈奴破月氏王[③]，以其头为饮器，月氏遁而怨匈奴，无与共击之[④]。汉方欲事灭胡[⑤]，闻此言，欲通使[⑥]，道必更匈奴中[⑦]，乃募能使者。骞以郎应募，使月氏，与堂邑氏奴甘父俱出陇西[⑧]。径匈奴，匈奴得之，传诣单于[⑨]。单于曰："月氏在吾北，汉何以得往使[⑩]？吾欲使越，汉肯听我乎？"留骞十余岁，予妻，有子，然骞持汉节不失[⑪]。

①汉中：郡名，治今陕西安康西北。
②建元：汉武帝年号。
③月氏（ròu zhī）：古代民族，秦汉之际在敦煌和祁连山一带游牧。
④与：同盟。
⑤方：正。事：从事。胡：指匈奴。
⑥通使：互派使者。
⑦更：经过。
⑧堂邑氏：复姓堂邑的人。其奴名叫甘父。陇西：郡名，治在今甘肃临洮。
⑨传（zhuàn）：驿车。诣：到……去。
⑩得：能够，可以。
⑪节：符节。使臣用作凭证的东西。

居匈奴西，骞因与其属亡乡月氏[①]，西走数十日，至大宛[②]。大宛闻汉之饶财，欲通不得，见骞，喜，问欲何之。骞曰："为汉使月氏而为匈奴所闭道[③]，今亡，唯王使人道送我[④]。诚得至，反汉，汉之赂遗王财物不可胜言[⑤]。"大宛以为然，遣骞，为发道译[⑥]，抵康居[⑦]。康居传致大月氏。大月氏王已为胡所杀，立其夫人为王。既臣大夏而君之[⑧]，地肥饶，少寇，志安乐。又自以远远汉，殊无报胡之心[⑨]。骞从月氏至大夏，竟不能得月氏要领[⑩]。

留岁余，还，并南山[⑪]，欲从羌中归[⑫]，复为匈奴所得。留岁余，单于死，国内乱，骞与胡妻及堂邑父俱亡归汉。拜骞太中大夫[⑬]，堂邑父为奉使君[⑭]。

骞为人强力，宽大信人[⑮]，蛮夷爱之[⑯]。堂邑父胡人，善射，穷急射禽兽给食[⑰]。初，骞行时百余人，去十三岁，唯二人得还。

骞身所至者，大宛、大月氏、大夏、康居，而传闻其旁大国五六，具为天子言其地形所有[⑱]，语皆在《西域传》。

骞曰："臣在大夏时，见邛竹杖、蜀布[⑲]，问：'安得此？'大夏国人曰：'吾贾人往市之身毒国[⑳]。身毒国在大夏东南可数千里[㉑]。其俗土著[㉒]，与大夏同，而卑湿暑热。其民乘象

①亡乡：逃向。乡，同"向"。

②大宛（yuān）：古国名，在今吉尔吉斯斯坦和乌兹别克斯坦一带。

③闭道：指截留。

④唯：表示希望的语气词。道：同"导"，引导。

⑤赂遗（wèi）：赠送财物。不可胜（shēng）言：多得说不完。

⑥道译：向导和翻译。

⑦康居：古国名，领土较广，大致在今巴尔喀什湖和咸海之间。

⑧臣：统属。大夏：古国名，在今阿富汗北部。君：君临，为之君。

⑨殊无：一点也没有。殊，特别。

⑩竟：终究。要领：盟约。

⑪并（bàng）：沿着。南山：即昆仑山、阿尔金山、祁连山。

⑫羌中：指羌人居住区。

⑬太中大夫：掌论议的官，隶属郎中令。

⑭奉使：奉命出使。君：封号，不是官阶和爵位。

⑮强力：坚强有毅力。宽大信人：待人宽厚，器量宏大，为人诚信。

⑯蛮夷：古代对边远地区少数民族的泛称。

⑰穷急：困窘至极。给食：提供饮食。

⑱具：详细地。

⑲邛（qióng）：当指古部族邛分布地区，大约在今四川雅安到攀枝花之间。蜀：郡名，西汉时治在成都（今四川成都）。

⑳身（yuán）毒：古印度的别译。

㉑可：大约。

㉒土著：有城郭长期居住，不随畜牧迁移。

以战。其国临大水焉。'以骞度之[①]，大夏去汉万二千里，居西南。今身毒又居大夏东南数千里，有蜀物，此其去蜀不远矣。今使大夏，从羌中，险，羌人恶之；少北[②]，则为匈奴所得；从蜀，宜径[③]，又无寇。"天子既闻大宛及大夏、安息之属皆大国[④]，多奇物，土著，颇与中国同俗，而兵弱，贵汉财物[⑤]；其北则大月氏、康居之属，兵强，可以赂遗设利朝也[⑥]。诚得而以义属之[⑦]，则广地万里，重九译，致殊俗[⑧]，威德遍于四海。天子欣欣以骞言为然[⑨]。乃令因蜀犍为发间使[⑩]，四道并出：出駹，出莋，出徙、邛，出僰[⑪]，皆各行一二千里。其北方闭氐[⑫]、莋，南方闭嶲、昆明[⑬]。昆明之属无君长，善寇盗，辄杀略汉使[⑭]，终莫得通。然闻其西可千余里，有乘象国，名滇越[⑮]，而蜀贾间出物者或至焉，于是汉以求大夏道始通滇国[⑯]。初，汉欲通西南夷[⑰]，费多，罢之。及骞言可以通大夏，乃复事西南夷。

骞以校尉从大将军击匈奴[⑱]，知水草处，军得以不乏，乃封骞为博望侯[⑲]。是岁，元朔六年也[⑳]。后二年，骞为卫尉[㉑]，与李广俱出右北平击匈奴[㉒]。匈奴围李将军，军失亡多，而骞后期当斩[㉓]，赎为庶人。是岁，骠骑将军破匈奴西

①度（duó）：推测。

②少：通"稍"。

③径：取道，经过。

④安息：古国名，在张骞出使西域时，领有全部伊朗高原和两河流域。

⑤贵：看重。

⑥赂遗（wèi）：给予，赠送。设利：施之以利。朝：入朝。

⑦属之：使之归附。

⑧重：被尊重。九译：辗转翻译，借指地域广阔。致：通"制"，控制。

⑨欣欣：高兴的样子。

⑩犍（qián）为：郡名，西汉时治在僰（bó）道（今四川宜宾）。间（jiàn）使：探察人员。

⑪駹（máng）、莋（zuó）、徙、僰：均为古部族名，大约分布在今四川西部一带。

⑫氐（dī）：古代民族，分布在今陕、甘及四川等省。

⑬嶲（xī）、昆明：均古部族名，分布在今云南。

⑭略：掠夺。

⑮滇越：古部族名，大约分布在今云南腾冲一带。

⑯滇国：古代部族所建的国家，在今云南滇池一带。

⑰西南夷：泛指分布在四川西部和南部、贵州西南、云南的部族。

⑱校尉：汉代军职名。大将军：汉时最高军职。这里指西汉名将卫青。

⑲博望：县名，在今河南方城西南。

⑳元朔六年：公元前 123 年。

㉑卫尉：汉时九卿之一，掌管军事。

㉒李广：西汉名将。右北平：汉郡名，治在今辽宁凌源西北。

㉓失亡：死伤逃亡。后期：迟误期限。

边[1]，杀数万人，至祁连山。其秋，浑邪王率众降汉[2]，而金城、河西并南山至盐泽[3]，空无匈奴。匈奴时有候者到，而希矣[4]。后二年，汉击走单于于幕北[5]。

天子数问骞大夏之属[6]。骞既失侯，因曰："臣居匈奴中，闻乌孙王号昆莫[7]。昆莫父难兜靡本与大月氏俱在祁连、敦煌间，小国也。大月氏攻杀难兜靡，夺其地，人民亡走匈奴。子昆莫新生，傅父布就翕侯抱亡置草中[8]，为求食，还，见狼乳之，又乌衔肉翔其旁[9]，以为神，遂持归匈奴，单于爱养之[10]。及壮，以其父民众与昆莫，使将兵，数有功[11]。时，月氏已为匈奴所破，西击塞王[12]。塞王南走远徙，月氏居其地。昆莫既健，自请单于报父怨，遂西攻破大月氏。大月氏复西走，徙大夏地。昆莫略其众，因留居，兵稍强[13]。会单于死，不肯复朝事匈奴[14]。匈奴遣兵击之，不胜，益以为神而远之。今单于新困于汉，而昆莫地空[15]。蛮夷恋故地，又贪汉物，诚以此时厚赂乌孙，招以东居故地，汉遣公主为夫人，结昆弟[16]，其势宜听[17]，则是断匈奴右臂也。既连乌孙，自其西大夏之属皆可招来而为外臣[18]。"天子以为然，拜骞为中郎将，将三百人，马各二匹，牛、羊以万数，赍金币帛直数千巨万[19]，多持节副使[20]，道可便遣之旁国。骞既至乌孙，致

①骠骑将军：即霍去病。
②浑邪（yē）王：匈奴诸王之一。
③金城：郡名，治在允吾（今甘肃永靖西北）。河西：汉时指甘肃、青海黄河以西地区。盐泽：即罗布泊。
④候者：侦探。希：同"稀"。
⑤幕：通"漠"。幕北，即大漠以北。
⑥属（zhǔ）：通"瞩"，看，见。
⑦乌孙：西域国名，在今中国新疆及哈萨克斯坦一带。
⑧傅父：担任辅导的长辈。布：翕侯的别号，略同汉的左、右将军。翕侯：乌孙官名，犹汉朝的将军。亡：逃。
⑨狼乳之：狼喂婴儿奶。乌：乌鸦。翔：低飞。
⑩归：归附。爱养：爱怜、抚养。
⑪将兵：领兵。数（shuò）：屡次，多次。
⑫塞：古族名。
⑬稍：渐。
⑭会：恰逢。朝事：即以臣礼事奉。
⑮昆莫地：指昆莫以前居住过的地方，即下文所讲的"故地"。
⑯昆弟：兄弟，比喻友好。
⑰其势宜听：即凡事听从汉朝。
⑱外臣：指别的国家臣服于汉朝。
⑲赍（jī）：携带，以物送人。直：通"值"。
⑳持节副使：具有正式外交身份、可单独执行外交使命的副手。

赐谕指[①]，未能得其决[②]。语在《西域传》。骞即分遣副使使大宛、康居、月氏、大夏。乌孙发道译送骞[③]，与乌孙使数十人，马数十匹，报谢[④]，因令窥汉，知其广大。

骞还，拜为大行[⑤]。岁余，骞卒。后岁余，其所遣副使通大夏之属者皆颇与其人俱来，于是西北国始通于汉矣[⑥]。然骞凿空[⑦]，诸后使往者皆称博望侯，以为质于外国[⑧]，外国由是信之。其后，乌孙竟与汉结婚。

初，天子发书《易》[⑨]，曰“神马当从西北来”。得乌孙马好，名曰“天马”。及得宛汗血马[⑩]，益壮，更名乌孙马曰“西极马”，宛马曰“天马”云。而汉始筑令居以西[⑪]，初置酒泉郡[⑫]，以通西北国。因发使抵安息、奄蔡、犛靬、条支、身毒国[⑬]。而天子好宛马，使者相望于道，一辈大者数百[⑭]，少者百余人，所赍操[⑮]，大放博望侯时[⑯]。其后益习而衰少焉[⑰]。汉率一岁中使者多者十余[⑱]，少者五六辈，远者八九岁，近者数岁而反。

是时，汉既灭越[⑲]，蜀所通西南夷皆震，请吏[⑳]。置牂柯、越巂、益州、沈黎、文山郡[㉑]，欲地接以前通大夏。乃遣使岁十余辈，出此初郡，皆复闭昆明[㉒]，为所杀，夺币物。于是汉发兵击昆明，斩首数万。后复

①指：通“旨”。

②决：决定，结果。

③道译：向导、翻译。道，同“导”。

④报谢：回报答谢。

⑤大行：即大鸿胪，汉时九卿之一，掌管处理与边地各部族及相邻国家的关系。

⑥西北国：西域各国。

⑦凿空：开通。指张骞开辟了通往西域的道路。

⑧质：信任。

⑨发书《易》：打开《易》来占卜。

⑩汗血马：宝马名。

⑪令居：县名，在今甘肃永登西北。

⑫酒泉郡：治在禄福（今甘肃酒泉）。

⑬奄蔡：西域古族名，约分布于今咸海至里海一带。犛靬（lí jiān）：又名大秦，即当时的罗马帝国。条支：古西域国名，约在今伊拉克境内。

⑭一辈：一批。

⑮赍操：带的礼品。

⑯大放博望侯时：大都仿照张骞出使时候的品种和规格。

⑰益习：日益熟悉。衰（cuī）：减少。因对西域情况日益熟悉而每批出使人数随之减少。

⑱率：大致。

⑲越：南越国。

⑳请吏：请求派遣官吏。

㉑牂（zāng）柯：郡治在故且兰（今贵州贵定东北）。越巂：郡治在邛都（今四川西昌）。益州：郡治在滇池（今云南澄江西北）。沈黎：在莋都（今四川汉源东北）。文山：即汶山，在汶江（今四川茂县）。

㉒闭：受阻。

遣使，竟不得通。语在《西南夷传》。

自骞开外国道以尊贵，其吏士争上书言外国奇怪利害[①]，求使[②]。天子为其绝远，非人所乐，听其言，予节，募吏民无问所从来[③]，为具备人众遣之[④]，以广其道[⑤]。来还不能无侵盗币物[⑥]，及使失指[⑦]，天子为其习之[⑧]，辄复按致重罪，以激怒令赎，复求使。使端无穷[⑨]，而轻犯法。其吏卒亦辄复盛推外国所有，言大者予节，言小者为副，故妄言无行之徒皆争相效[⑩]。其使皆私县官赍物[⑪]，欲贱市以私其利[⑫]。外国亦厌汉使人人有言轻重[⑬]，度汉兵远，不能至，而禁其食物，以苦汉使。汉使乏绝，责怨[⑭]，至相攻击。楼兰、姑师小国[⑮]，当空道[⑯]，攻劫汉使王恢等尤甚。而匈奴奇兵又时时遮击之。使者争言外国利害，皆有城邑，兵弱易击。于是天子遣从票侯破奴将属国骑及郡兵数万以击胡[⑰]，胡皆去。明年，击破姑师，虏楼兰王。酒泉列亭障至玉门矣[⑱]。

而大宛诸国发使随汉使来，观汉广大，以大鸟卵及黎轩眩人献于汉[⑲]，天子大说。而汉使穷河源[⑳]，其山多玉石，采来，天子案古图书[㉑]，名河所出山曰昆仑云[㉒]。

是时，上方数巡狩海上，乃悉从外国客，大都多人则过之[㉓]，散财帛赏赐，厚具饶给之，以览视汉富

①奇怪：指各种珍奇怪异的物产。利害：指通或不通西域的好处和坏处。

②求使：请求出使西域。

③无问所从来：不问出身、经历等。

④为具备人众遣之：给他充足的装备和随员，派他出行。

⑤广其道：多开辟通西域的道路。

⑥来还：使者返还。不能：不可能。

⑦指：意图。

⑧习之：恶行难改。

⑨使端无穷：出使的人寻找很多借口。

⑩言：吹嘘。妄言无行：胡乱说话，缺少德行。

⑪私：私吞。县官：朝廷，官府。赍物：所带的官物。

⑫贱市：贱卖。

⑬有言轻重：汉使对外国所言人人轻重不一。

⑭乏绝：饮食断绝。责怨：指责埋怨。

⑮楼兰：西域古国名，在今新疆罗布泊西一带。姑师：即车师，在今新疆吐鲁番、奇台一带。

⑯当空道：正好位于汉使往来的通道上。空，通。

⑰破奴：即赵破奴，九原（今内蒙包头西北）人，随票骑将军霍去病出击匈奴，因功封从票侯。

⑱亭障：在边境险要处所筑的堡垒工事。

⑲眩人：魔术师。

⑳穷河源：找到黄河源头。

㉑案：对照。图书：地图和文献。

㉒名：命名。

㉓多人则过之：人数超过规定。

厚焉。大角氐[1]，出奇戏诸怪物，多聚观者，行赏赐，酒池肉林，令外国客遍观名各仓库府臧之积[2]，欲以见汉广大，倾骇之[3]。及加其眩者之工，而角氐奇戏岁增变，其益兴，自此始。而外国使更来更去[4]。大宛以西皆自恃远，尚骄恣，未可诎以礼羁縻而使也[5]。

汉使往既多，其少从率进孰于天子[6]，言大宛有善马在贰师城，匿不肯示汉使[7]。天子既好宛马，闻之甘心[8]，使壮士车令等持千金及金马以请宛王贰师城善马。宛国饶汉物，相与谋曰："汉去我远，而盐水中数有败[9]，出其北有胡寇[10]，出其南乏水草，又且往往而绝邑[11]，乏食者多。汉使数百人为辈来，常乏食，死者过半，是安能致大军乎[12]？且贰师马，宛宝马也。"遂不肯予汉使。汉使怒，妄言，椎金马而去[13]。宛中贵人怒曰："汉使至轻我！"遣汉使去，令其东边郁成王遮攻[14]，杀汉使，取其财物。天子大怒。诸尝使宛姚定汉等言[15]："宛兵弱，诚以汉兵不过三千人，强弩射之，即破宛矣。"天子以尝使浞野侯攻楼兰[16]，以七百骑先至，虏其王，以定汉等言为然，而欲侯宠姬李氏[17]，乃以李广利为将军[18]，伐宛。

骞孙猛，字子游，有俊才，元帝时为光禄大夫[19]，使匈奴，给事中，为石显所谮[20]，自杀。

①角氐：角抵戏，汉代对各种体育活动和乐舞杂技的总称。
②臧：同"藏"，贮藏。
③倾骇：震慑。
④更来更去：往返络绎不绝。
⑤诎：通"屈"。羁縻：笼络、怀柔。
⑥少从：使者年少的随从人员。率：都。进孰：进见熟悉。
⑦善马：好马。贰师城：在今吉尔吉斯斯坦。匿：隐藏。
⑧好（hào）：喜好。甘心：羡慕。
⑨盐水：盐泽，即今新疆罗布泊。数有败：屡有死亡。
⑩胡寇：匈奴。
⑪绝邑：没有城邑居民。
⑫是：这。指上述情况。致大军：使大军来到。
⑬妄言：责骂。椎金马：汉使把带来作交换大宛马的金制马打碎。表示愤怒。
⑭遮攻：途中阻拦袭击。
⑮诸：多次。尝使：曾经出使。
⑯浞野侯：即赵破奴。
⑰欲侯宠姬李氏：打算让宠姬李夫人的家族中有人封侯。
⑱李广利：李夫人之兄。
⑲光禄大夫：官名，职掌顾问应对。
⑳给事中：官名，在殿中讨论政事、顾问应对。谮（zèn）：诬陷。

霍光传

【题解】本篇节选自《汉书》卷六十八。霍光是西汉中期的权臣，一生历武帝、昭帝、宣帝三朝，是名副其实的“三朝元老”；尤其是在昭、宣时期，更是实际执政者。辅政期间，他贯彻汉武帝“与民休息”的政策，使“百姓充实，四夷宾服”。这篇传记主要写霍光受汉武帝托孤后完成的辅昭帝、废昌邑王、立宣帝三件大事。文中，班固对霍光的忠诚和才能表示高度赞赏，同时指出霍氏盘踞朝廷伏下了宗族覆灭之因。写作上，作品中的一些情节写得细腻生动，人物情景毕现纸上。

霍光字子孟，票骑将军去病弟也[①]。父中孺，河东平阳人也[②]，以县吏给事平阳侯家[③]，与侍者卫少儿私通而生去病。中孺吏毕归家，娶妇生光，因绝不相闻[④]。久之，少女弟子夫得幸于武帝[⑤]，立为皇后，去病以皇后姊子贵幸。既壮大，乃自知父为霍中孺，未及求问。会为票骑将军击匈奴，道出河东，河东太守郊迎，负弩矢先驱[⑥]，至平阳传舍[⑦]，遣吏迎霍中孺。中孺趋入拜谒，将军迎拜，因跪曰：“去病不早自知为大人遗体也[⑧]。”中孺扶服叩头[⑨]，曰：“老臣得托命将军，此天力也。”去病大为中孺买田宅、奴婢而去。还，复过焉，乃将光西至长安[⑩]，时年十余岁，任光为郎[⑪]，稍迁诸曹、侍中[⑫]。去病死后，光为奉车都尉、光禄大夫[⑬]，出则奉车，入侍左右，出入禁闼二十余年[⑭]，小心谨慎，未尝有过，甚见亲信。

①票骑：即骠骑，武帝时专为霍去病设立的将军名号。去病：霍去病，后人称为“霍票姚”。

②中：通“仲”，排行第二的。河东：郡名，今山西西南部地区。平阳：今山西临汾西南。

③给事：供事。平阳侯：汉初大臣曹参被封为平阳侯，世袭数代。此指曹寿。

④绝：断绝关系。

⑤女弟：妹妹。子夫：孝武卫皇后。幸：宠幸。

⑥负弩矢先驱：古代迎接贵宾之礼，背负弓箭，开路先行。

⑦传（zhuàn）：驿舍，客舍。

⑧遗体：留下来的身体，指后代。

⑨扶服：同“匍匐”。

⑩将：带领。

⑪任：保举。郎：帝王侍从官。

⑫稍：逐渐。迁：提升。诸曹：即左右曹。侍中：官名，侍从皇帝左右，出入宫廷。

⑬奉车都尉：官名，掌管皇帝所乘的车驾，皇帝出行时要随车驾侍奉。光禄大夫：官名，负责顾问应对。

⑭闼（tà）：门。禁闼，皇宫中的门。

征和二年[①]，卫太子为江充所败[②]，而燕王旦、广陵王胥皆多过失[③]。是时，上年老，宠姬钩弋赵婕妤有男[④]，上心欲以为嗣，命大臣辅之。察群臣唯光任大重，可属社稷[⑤]。上乃使黄门画者画周公负成王朝诸侯以赐光[⑥]。后元二年春，上游五柞宫[⑦]，病笃，光涕泣问曰："如有不讳[⑧]，谁当嗣者？"上曰："君未谕前画意邪[⑨]？立少子，君行周公之事。"光顿首让曰[⑩]："臣不如金日磾[⑪]。"日磾亦曰："臣外国人，不如光。"上以光为大司马大将军[⑫]，日磾为车骑将军，及太仆上官桀为左将军，搜粟都尉桑弘羊为御史大夫，皆拜卧内床下，受遗诏辅少主。明日，武帝崩，太子袭尊号[⑬]，是为孝昭皇帝。帝年八岁，政事一决于光。

先是，后元年[⑭]，侍中仆射莽何罗与弟重合侯通谋为逆[⑮]，时光与金日磾、上官桀等共诛之，功未录。武帝病，封玺书曰[⑯]："帝崩发书以从事[⑰]。"遗诏封金日磾为秺侯，上官桀为安阳侯，光为博陆侯[⑱]，皆以前捕反者功封。时卫尉王莽子男忽侍中[⑲]，扬语曰："帝崩，忽常在左右，安得遗诏封三子事！群儿自相贵耳[⑳]。"光闻之，切让王莽，莽鸩杀忽[㉑]。

光为人沉静详审，长财七尺三

①征和二年：公元前 91 年。征和，汉武帝的年号。

②卫太子：刘据，卫皇后所生，后败事自缢，所以从母姓。江充：汉武帝时为绣衣使者，因与卫太子不和而诬陷其以巫蛊害武帝，被太子收斩，太子也因在宫中作乱而被迫自杀。败：毁。

③燕王旦：武帝第三子，在卫太子死后，谋太子位。广陵王胥：武帝第四子，行为放荡，不守法度。

④钩弋：宫名，赵婕妤所住。婕妤(jié yú)：汉宫中的女官名。

⑤任：能够担负。属（zhǔ）：托付。

⑥黄门：官署名，专在宫内服务，侍奉皇帝。画者：画工。

⑦后元二年：公元前 87 年。后元，汉武帝的年号。五柞宫：汉时的行宫。

⑧不讳：婉言死亡。

⑨谕：同"喻"。

⑩顿首：叩头。让：推辞。

⑪金日磾（mì dī）：原来是匈奴休屠王的太子，后入汉廷被武帝重用。

⑫大司马大将军：在大将军前加大司马衔，这样就可以辅政。

⑬袭尊号：承袭皇帝之名号，即继承皇位。

⑭后元年：即后元元年。

⑮侍中仆射（yè）：侍中的负责人。

⑯玺书：封口处盖有皇帝印的诏书。

⑰从事：按诏书中的指示办事。

⑱秺（chá）、安阳、博陆：均为县名。

⑲卫尉：官名，负责宫门警卫。

⑳群儿自相贵：这几个小子串通好了自相封赏。

㉑切让：责备。鸩（zhèn）杀：用毒酒毒死。

寸[①]，白皙，疏眉目，美须髯。每出入下殿门，止进有常处[②]，郎仆射窃识视之[③]，不失尺寸，其资性端正如此。初辅幼主，政自己出，天下想闻其风采。殿中尝有怪，一夜群臣相惊，光召尚符玺郎[④]，郎不肯授光。光欲夺之，郎按剑曰："臣头可得，玺不可得也!"光甚谊之[⑤]。明日，诏增此郎秩二等。众庶莫不多光[⑥]。

光与左将军桀结婚相亲[⑦]，光长女为桀子安妻，有女年与帝相配。桀因帝姊鄂邑盖主内安女后宫为婕妤[⑧]，数月立为皇后。父安为票骑将军，封桑乐侯。光时休沐出，桀辄入代光决事[⑨]。桀父子既尊盛，而德长公主[⑩]。公主内行不修，近幸河间丁外人[⑪]。桀、安欲为外人求封，幸依国家故事以列侯尚公主者[⑫]，光不许。又为外人求光禄大夫，欲令得召见，又不许。长主大以是怨光。而桀、安数为外人求官爵弗能得，亦惭。自先帝时，桀已为九卿，位在光右[⑬]。及父子并为将军，有椒房中宫之重[⑭]，皇后亲安女[⑮]，光乃其外祖，而顾专制朝事[⑯]，繇是与光争权。

燕王旦自以昭帝兄，常怀怨望。及御史大夫桑弘羊建造酒榷、盐铁[⑰]，为国兴利，伐其功[⑱]，欲为子弟得官，亦怨恨光。于是盖主、上官桀、安及弘羊皆与燕王旦通谋，诈令人为燕王上书，言"光出都肄

①财：通"才"。汉制1尺等于23.1厘米。

②止进有常处：停止和行进都有固定的地点。

③窃识（zhì）：偷偷作了标记。

④尚符玺郎：官名，掌管皇帝的印玺符节。

⑤谊：通"义"。这里用作动词。

⑥众庶：众人。多：称赞。

⑦结婚相亲：结为儿女亲家。

⑧因：依靠。鄂邑盖主：汉武帝长女，昭帝之姊，封鄂邑，嫁盖侯，故称。内（nà）：同"纳"。

⑨时：按时。休沐：休假回私宅沐浴。决事：决断事务。

⑩德：感恩戴德。

⑪内行：私生活。不修：不严肃。近幸：亲近宠幸。外人：西汉人名中用"外人"的，取义为函谷关外的人。

⑫幸：希望。故事：旧例。列侯：秦汉二十等爵的最高一级。

⑬九卿：汉时中央政府的九个高级官职。右：古代尊右，所以以右为较尊贵的地位。

⑭椒房：椒房殿，汉代皇后居住的宫殿。中宫：指皇后所居之处。椒房、中宫都借指皇后。

⑮亲安女：等于说"安亲女"。

⑯顾：却。

⑰酒榷、盐铁：指酒和盐铁的专营专卖。榷：专营，专卖。

⑱伐：夸耀。

郎羽林[①]，道上称跸[②]，太官先置[③]。”又引苏武前使匈奴，拘留二十年不降，还乃为典属国[④]，“而大将军长史敞亡功为搜粟都尉[⑤]，又擅调益莫府校尉[⑥]。光专权自恣，疑有非常[⑦]。臣旦愿归符玺，入宿卫，察奸臣变”。候司光出沐日奏之[⑧]。桀欲从中下其事[⑨]，桑弘羊当与诸大臣共执退光[⑩]。书奏，帝不肯下。

明旦，光闻之，止画室中不入[⑪]。上问：“大将军安在?”左将军桀对曰：“以燕王告其罪，故不敢入。”有诏召大将军。光入，免冠顿首谢。上曰：“将军冠。朕知是书诈也，将军亡罪[⑫]。”光曰：“陛下何以知之?”上曰：“将军之广明都郎，属耳[⑬]；调校尉以来未能十日，燕王何以得知之？且将军为非，不须校尉[⑭]。”是时帝年十四，尚书左右皆惊。而上书者果亡[⑮]，捕之甚急。桀等惧，白上小事不足遂[⑯]，上不听。

后桀党有谮光者[⑰]，上辄怒曰：“大将军忠臣，先帝所属以辅朕身，敢有毁者坐之[⑱]。”自是桀等不敢复言，乃谋令长公主置酒请光，伏兵格杀之，因废帝，迎立燕王为天子。事发觉，光尽诛桀、安、弘羊、外人宗族。燕王、盖主皆自杀。光威震海内。昭帝既冠，遂委任光，讫十三年[⑲]，百姓充实，四夷宾服。

元平元年[⑳]，昭帝崩，亡嗣。武帝六男独有广陵王胥在，群臣议所

①出：出城。都肄：操练检阅。郎：郎官。羽林：汉代保卫宫禁的军队。

②跸：古代帝王出行时开路清道，禁止他人通行。

③太官：太官令，掌管宫廷膳食的官。先置：指提前去备办。

④典属国：官名，掌管来归附的外族属国。

⑤长史：西汉时丞相、太尉等的属官。敞：杨敞。

⑥调益：选调增加。莫府：即幕府，将军府。校尉：汉时职位略次于将军的武官。

⑦非常：指谋反。以上所示霍光的几件事都属于“僭越”，所以断定霍光有“谋反”的嫌疑。

⑧司（sì）：通“伺”。

⑨下其事：把事情交给有关部门去处理。

⑩当：担当。执：执持，控制。

⑪画室：大臣入朝暂驻的屋子，壁上有古帝王像。

⑫亡罪：无罪。亡，通“无”。

⑬之：往。广明：亭驿名，在长安城东门外。都郎：即上面所讲到的“都肄郎羽林”。属：是职责之内的事情。

⑭将军为非，不须校尉：大将军要谋反，用不着动用校尉。

⑮亡：逃亡。

⑯白上小事不足遂：向皇帝说明，这件小事用不着追查。遂，彻底追查。

⑰谮（zèn）：诬陷。

⑱坐：定罪。

⑲讫十三年：汉昭帝共在位十三年，朝政都由霍光主持。

⑳元平元年：公元前 74 年。元平，汉昭帝的年号。

立，咸持广陵王[①]。王本以行失道，先帝所不用。光内不自安。郎有上书言："周太王废太伯立王季，文王舍伯邑考立武王[②]，唯在所宜，虽废长立少可也。广陵王不可以承宗庙[③]。"言合光意。光以其书视丞相敞等[④]，擢郎为九江太守[⑤]，即日承皇太后诏，遣行大鸿胪事少府乐成、宗正德、光禄大夫吉、中郎将利汉迎昌邑王贺[⑥]。

贺者，武帝孙，昌邑哀王子也。既至，即位，行淫乱。光忧懑，独以问所亲故吏大司农田延年。延年曰："将军为国柱石，审此人不可，何不建白太后，更选贤而立之?"光曰："今欲如是，于古尝有此否?"延年曰："伊尹相殷，废太甲以安宗庙[⑦]，后世称其忠。将军若能行此，亦汉之伊尹也。"光乃引延年给事中[⑧]，阴与车骑将军张安世图计，遂召丞相、御史、将军、列侯、中二千石、大夫、博士会议未央宫[⑨]。光曰："昌邑王行昏乱，恐危社稷，如何?"群臣皆惊鄂失色[⑩]，莫敢发言，但唯唯而已。田延年前，离席按剑，曰："先帝属将军以幼孤，寄将军以天下，以将军忠贤能安刘氏也。今群下鼎沸[⑪]，社稷将倾，且汉之传谥常为孝者[⑫]，以长有天下，令宗庙血食也[⑬]。如令汉家绝祀，将军虽死，何面目见先帝于地下乎?今日之议，

①持：支持。

②周太王：古代周族领袖，周文王的祖父。太伯：周太王长子，周代吴国的始祖。王季：周太王幼子季历。伯邑考：周文王长子。

③承宗庙：指继承帝位。

④视：通"示"。

⑤九江：郡名，西汉时郡治在寿春(今安徽寿县)。

⑥行：代理。大鸿胪：九卿之一，掌管朝贺庆吊的赞礼司仪。遣行大鸿胪事，派遣兼职的礼仪官。少府：九卿之一，掌管山海池泽的税收。乐成：史乐成。宗正：九卿之一，掌管皇族亲属事务。德：刘德。吉：丙吉。中郎将：官名，统领皇帝的侍卫。利汉：史失其姓。昌邑：故城在今山东金乡西北。

⑦伊尹：商汤时的相。太甲：商汤的嫡长孙。

⑧引：选拔，提拔。给事中：官名，供事殿中，备顾问应对，讨论政事。

⑨中二千石：汉代官吏俸禄的一个等级。博士：官名，掌管古今史事待问及书籍典守。会议：聚会议事。

⑩鄂：同"愕"，惊异的样子。

⑪群下：指臣民。鼎沸：不安。

⑫谥：古代帝王、贵族及其他有地位的人死后追加的称号。汉代自汉惠帝起，每个皇帝谥号的前一个字均为"孝"字。

⑬血食：杀牲而祭。此处指得到享祭。

不得旋踵[①]。群臣后应者，臣请剑斩之。”光谢曰：“九卿责光是也[②]。天下匈匈不安[③]，光当受难[④]。”于是议者皆叩头，曰：“万姓之命在于将军，唯大将军令。”

光即与群臣俱见白太后，具陈昌邑王不可以承宗庙状[⑤]。皇太后乃车驾幸未央承明殿，诏诸禁门毋内昌邑群臣[⑥]。王入朝太后还，乘辇欲归温室[⑦]，中黄门宦者各持门扇，王入门闭，昌邑群臣不得入。王曰：“何为?”大将军跪曰：“有皇太后诏，毋内昌邑群臣。”王曰：“徐之[⑧]，何乃惊人如是!”光使尽驱出昌邑群臣，置金马门外[⑨]。车骑将军安世将羽林骑收缚二百余人，皆送廷尉诏狱[⑩]。令故昭帝侍中中臣侍守王。光敕左右：“谨宿卫，卒有物故自裁[⑪]，令我负天下，有杀主名。”王尚未自知当废，谓左右：“我故群臣从官安得罪[⑫]，而大将军尽系之乎?”顷之，有太后诏召王。王闻召，意恐，乃曰：“我安得罪而召我哉!”太后被珠襦[⑬]，盛服坐武帐中[⑭]，侍御数百人皆持兵，期门武士陛戟[⑮]，陈列殿下。群臣以次上殿，召昌邑王伏前听诏。光与群臣连名奏王，尚书令读奏曰[⑯]：

丞相臣敞、大司马大将军臣光、车骑将军臣安世、度辽将军臣明友、前将军臣增、后将军臣充国、御史大夫臣谊、宜春侯臣

①旋踵（zhǒng）：向后退。
②九卿：这里指田延年。田延年任大司农，为九卿之一。
③匈匈：即“汹汹”，纷扰不安。
④难：责难。
⑤白：告诉。陈：陈说。
⑥毋内（nà）：不要放人。内，同“纳”。
⑦朝：朝见。温室：温室殿。
⑧徐之：稳重些。
⑨金马门：未央宫门。
⑩廷尉：九卿之一，掌管刑狱。诏狱：专门关禁皇帝特旨交审罪犯的监狱。
⑪卒（cù）：通“猝”，突然。物故自裁：被杀或自杀。
⑫故群臣从官：过去的臣子和属官。
⑬珠襦：指装饰珠子的上衣。襦，短上衣，短袄。
⑭武帐：里面设置有矛、戟、钺、楯、弓矢等仪仗兵器及守卫兵士的帷帐。
⑮期门：禁卫军。陛戟：持戟在宫殿的阶下护卫。
⑯尚书令：官名，掌管章奏文书。

谭、当涂侯臣圣、随桃侯臣昌乐、杜侯臣屠耆堂、太仆臣延年[①]，太常臣昌[②]、大司农臣延年[③]、宗正臣德、少府臣乐成、廷尉臣光、执金吾臣延寿[④]、大鸿胪臣贤、左冯翊臣广明、右扶风臣德、长信少府臣嘉[⑤]、典属国臣武、京辅都尉臣广汉[⑥]、司隶校尉臣辟兵[⑦]、诸吏文学光禄大夫臣迁[⑧]、臣畸、臣吉、臣赐、臣管、臣胜、臣梁、臣长幸、臣夏侯胜、太中大夫臣德、臣卬昧死言皇太后陛下[⑨]：臣敞等顿首死罪。天子所以永保宗庙、总一海内者[⑩]，以慈孝、礼谊、赏罚为本。孝昭皇帝早弃天下，亡嗣，臣敞等议，礼曰"为人后者为之子也"，昌邑王宜嗣后，遣宗正、大鸿胪、光禄大夫奉节使征昌邑王典丧[⑪]。服斩缞[⑫]，亡悲哀之心，废礼谊，居道上不素食[⑬]，使从官略女子载衣车[⑭]，内所居传舍。始至谒见，立为皇太子，常私买鸡豚以食。受皇帝信玺、行玺大行前[⑮]，就次发玺不封[⑯]。从官更持节，引内昌邑从官驺宰官奴二百余人，常与居禁闼内敖戏[⑰]。自之符玺取节十六，朝暮临[⑱]，令从官更持节从。为书曰："皇帝问侍中君卿[⑲]：使中御府令高昌奉黄金千斤[⑳]，赐君卿取十妻。"大行在前殿，发乐府乐器[㉑]，引内昌邑乐人，击鼓歌吹作

①太仆：九卿之一，掌管皇帝的舆马和马政。

②太常：九卿之一，掌管宗庙礼仪及选试博士。

③大司农：九卿之一，掌管租税钱谷盐铁和国家的财政收支。

④执金吾：官名，负责督巡三辅治安。

⑤长信少府：官名，掌管皇太后宫。

⑥京辅：国都及其附近地区。都尉：官名，辅佐郡守并掌管全郡的军事。

⑦司隶：官名，负责纠察京师百官及所辖附近各郡。

⑧文学：官名，犹后世的教官。

⑨昧死：旧时奏章的习用语，意为冒着被处死的危险，大胆上奏。

⑩总一：统一。

⑪典丧：做丧主。典，主持。

⑫斩缞（cuī）：丧服中最重的一种，用粗麻布做的孝衣，不缉边。

⑬居道上：指在来京的路上。

⑭略：抢掠。衣车：一种后面有帷幔遮蔽、前面有门的车。

⑮信玺、行玺：汉代初期，皇帝有三玺，天子之玺自己佩带，信玺、行玺置放在符节台。大行：刚死而尚未定谥号的皇帝、皇后。

⑯次：居父母丧时居住的房子。

⑰更：轮流更替。引内：招致接纳。敖戏：游戏。敖，同"遨"。

⑱之：往。符玺：收管印信的官署。临（lìn）：对死者的哀哭。

⑲问：问候。

⑳御府令：官名，掌管皇家的府库。加"中"表示宦官担任这个职务。

㉑乐府：掌管音乐的官署。

俳倡[①]。会下还[②]，上前殿，击钟磬，召内泰壹宗庙乐人辇道牟首[③]，鼓吹歌舞，悉奏众乐。发长安厨三太牢具祠阁室中[④]，祀已，与从官饮啖[⑤]。驾法驾，皮轩鸾旗[⑥]，驱驰北宫、桂宫，弄彘斗虎[⑦]。召皇太后御小马车，使官奴骑乘，游戏掖庭中[⑧]。与孝昭皇帝宫人蒙等淫乱，诏掖庭令敢泄言要斩[⑨]。

太后曰："止！为人臣子当悖乱如是邪！"王离席伏。尚书令复读曰：

取诸侯王、列侯、二千石绶及墨绶、黄绶以并佩昌邑郎官者免奴[⑩]。变易节上黄旄以赤。发御府金钱、刀剑、玉器、采缯、赏赐所与游戏者。与从官官奴夜饮，湛沔于酒[⑪]。诏太官上乘舆食如故[⑫]。食监奏未释服未可御故食[⑬]，复诏太官趣具，无关食监[⑭]。太官不敢具，即使从官出买鸡豚，诏殿门内，以为常。独夜设九宾温室，延见姊夫昌邑关内侯[⑮]。祖宗庙祠未举[⑯]，为玺书使使者持节，以三太牢祠昌邑哀王园庙，称嗣子皇帝[⑰]。受玺以来二十七日，使者旁午[⑱]，持节诏诸官署征发，凡一千一百二十七事。文学、光禄大夫夏侯胜等及侍中傅嘉数进谏以过失，使人簿责胜[⑲]，缚嘉系狱。荒淫迷惑，失帝王礼谊，乱汉制度。臣敞等数进谏，不变更，日以益甚，恐危社稷，天下不安。

①俳倡：杂戏乐舞。

②下：指昭帝的灵柩下葬。

③辇道：帝王车驾所行之路。牟首：上林苑中的池名。

④长安厨：官署名。太牢：牛羊豕三牲。

⑤饮啖（dàn）：吃喝。

⑥法驾：皇帝在祭天和郊祀社稷时乘坐的车。皮轩、鸾旗：都是法驾所陈的仪仗。

⑦北宫、桂宫：都是汉代的宫名。彘（zhì）：猪。

⑧掖庭：宫殿中的旁舍，这里指宫庭。

⑨要斩：即腰斩。要，同"腰"。

⑩"取诸侯王"句：拿诸侯王等的印绶给被免为良人成为昌邑郎官的奴隶佩带。墨绶：两汉六百石官吏所佩。黄绶：二百石官吏所佩。免奴：原为奴隶而免除奴隶身份的人。

⑪湛沔：同沉湎，沉溺。

⑫乘舆：汉代对皇帝的别称。

⑬食监：监管皇帝膳食的人。释服：居丧期满脱孝服。故食：平常的食物，指非服丧期间的食物。

⑭趣（cù）：赶快。关：通过。

⑮九宾：由司仪九人依次传呼上殿的仪式。温室：殿名。延：迎接。

⑯举：祭祀。

⑰昌邑哀王：指刘贺的父亲刘髆。按宗法规定，刘贺入承帝位，对哀王当放弃父子关系，而他却不祀昭帝以上祖宗，反祀哀王，又称"嗣子皇帝"，严重违制。

⑱旁午：纵横错杂。

⑲簿责：依据文书所列逐一责问。

臣敞等谨与博士臣霸、臣隽舍、臣德、臣虞舍、臣射、臣仓议，皆曰："高皇帝建功业为汉太祖，孝文皇帝慈仁节俭为太宗，今陛下嗣孝昭皇帝后，行淫辟不轨。《诗》云：'籍曰未知，亦既抱子。'[①] 五辟之属[②]，莫大不孝。周襄王不能事母，《春秋》曰'天王出居于郑'[③]，繇不孝出之，绝之于天下也。宗庙重于君，陛下未见命高庙[④]，不可以承天序，奉祖宗庙，子万姓，当废。"臣请有司御史大夫臣谊[⑤]、宗正臣德、太常臣昌与太祝以一太牢具[⑥]，告祠高庙。臣敞等昧死以闻。

皇太后诏曰："可。"光令王起拜受诏，王曰："闻天子有争臣七人[⑦]，虽亡道不失天下。"光曰："皇太后诏废，安得天子！"乃即持其手，解脱其玺组，奉上太后，扶王下殿，出金马门，群臣随送。王西面拜，曰："愚戆不任汉事[⑧]。"起就乘舆副车。大将军光送至昌邑邸[⑨]，光谢曰："王行自绝于天，臣等驽怯，不能杀身报德。臣宁负王，不敢负社稷。愿王自爱，臣长不复见左右[⑩]。"光涕泣而去。群臣奏言："古者废放之人屏于远方，不及以政[⑪]，请徙王贺汉中房陵县。"太后诏归贺昌邑，赐汤沐邑二千户。昌邑群臣坐亡辅导之谊[⑫]，陷王于恶，光悉诛杀二百余人。出死[⑬]，号呼市中曰："当断不断，反受其乱。"

①"诗云"句：语出《诗经·大雅·抑》。意思是说，已经不是以无知为借口的年龄了。籍，即使。既抱子：已经抱上了儿子。

②五辟：五刑，秦汉时为黥、劓、斩左右趾、枭首、菹其骨肉。

③"《春秋》曰"句：由于周襄王不孝，《春秋》才用"出"字来贬他。语见《春秋》僖公二十四年。

④见命：受命。

⑤有司：负责官员。

⑥太祝：官名，负责祭祀祈祷。

⑦"闻天子有争臣七人"：语见《孝经·谏诤章》。争，通"诤"，谏诤。这是说霍光等人早先不曾力谏。

⑧愚戆（gàng）：愚笨戆直。

⑨昌邑邸：昌邑王在京师的办事处。汉时藩王在京师均有办事机构，称京邸。

⑩长：永远。左右：不直称对方，而称其侍从，表示尊敬。

⑪废放之人：废黜放逐的人。屏：同"摒"。不及以政：不能涉及朝政。

⑫坐亡辅导之谊：因丧失辅导的责任而获罪。亡，无。谊，合宜的行为。

⑬出死：临刑之时。

光坐庭中，会丞相以下议定所立。广陵王已前不用，及燕剌王反诛，其子不在议中。近亲唯有卫太子孙号皇曾孙在民间，咸称述焉。光遂复与丞相敞等上奏曰："《礼》曰：'人道亲亲故尊祖，尊祖故敬宗。'大宗亡嗣[①]，择支子孙贤者为嗣[②]。孝武皇帝曾孙病己，武帝时有诏掖庭养视，至今年十八，师受《诗》《论语》《孝经》，躬行节俭，慈仁爱人，可以嗣孝昭皇帝后，奉承祖宗庙，子万姓。臣昧死以闻。"皇太后诏曰："可。"光遣宗正刘德至曾孙家尚冠里，洗沐赐御衣，太仆以柃猎车迎曾孙就斋宗正府[③]，入未央宫见皇太后，封为阳武侯[④]。已而光奉上皇帝玺绶，谒于高庙，是为孝宣皇帝。明年，下诏曰："夫褒有德，赏元功，古今通谊也[⑤]。大司马大将军光宿卫忠正，宣德明恩[⑥]，守节秉谊，以安宗庙。其以河北、东武阳益封光万七千户[⑦]。"与故所食凡二万户。赏赐前后黄金七千斤，钱六千万，杂缯三万匹，奴婢百七十人，马二千匹，甲第一区[⑧]。

自昭帝时，光子禹及兄孙云皆中郎将，云弟山奉车都尉、侍中，领胡、越兵[⑨]。光两女婿为东西宫卫尉[⑩]，昆弟、诸婿、外孙皆奉朝请[⑪]，为诸曹大夫、骑都尉、给事中。党亲连体，根据于朝廷[⑫]。光自后元秉持万机，及上即位，乃归政。上谦让不受，诸

①大宗：古代帝王以皇位世代相传为大宗。在这里指汉昭帝。

②支：宗族支系。

③柃（líng）猎车：轻便小车。

④阳武：县名，故城在今河南原阳东南。因不能立庶人为皇帝，所以先封病已为阳武侯。

⑤褒：表扬。通谊：通义，通行的道理。

⑥宿卫：在宫禁中值宿，担任警卫。宣德明恩：宣扬皇帝的恩德。

⑦河北：县名，故城在今山西芮城西南。东武阳：县名，故城在今山东阳谷西北。

⑧甲第：最好的宅第。

⑨领胡、越兵：统领外族归附汉朝的军队。

⑩东西宫：东宫为未央宫，西宫为长乐宫。

⑪奉朝请：定期参加朝会。在汉代退职的大臣、将军和皇室、外戚得此优遇。

⑫党亲：族党亲朋。根据：像树根一样盘踞着。

事皆先关白光[①]，然后奏御天子。光每朝见，上虚已敛容，礼下之已甚。

光秉政前后二十年，地节二年春病笃[②]，车驾自临问光病，上为之涕泣。光上书谢恩曰："愿分国邑三千户[③]，以封兄孙奉车都尉山为列侯，奉兄票骑将军去病祀。"事下丞相、御史，即日拜光子禹为右将军。

光薨，上及皇太后亲临光丧。太中大夫任宣与侍御史五人持节护丧事。中二千石治莫府冢上[④]。赐金钱、缯絮、绣被百领，衣五十箧，璧珠玑玉衣，梓宫、便房、黄肠题凑各一具，枞木外臧椁十五具[⑤]。东园温明，皆如乘舆制度[⑥]。载光尸柩以辒辌车，黄屋左纛[⑦]，发材官、轻车、北军五校士军陈至茂陵[⑧]，以送其葬。谥曰宣成侯。发三河卒穿复土，起冢祠堂[⑨]。置园邑三百家，长丞奉守如旧法[⑩]。

……

赞曰：霍光以结发内侍[⑪]，起于阶闼之间，确然秉志，谊形于主[⑫]。受襁褓之托，任汉室之寄，当庙堂，拥幼君，摧燕王，仆上官，因权制敌，以成其忠。处废置之际，临大节而不可夺，遂匡国家，安社稷。拥昭立宣，光为师保，虽周公、阿衡[⑬]，何以加此！然光不学亡术，暗于大理，阴妻邪谋，立女为后[⑭]，湛溺淫溢之欲，以增颠覆之祸，死财三年，宗族诛夷，哀哉！

①关白：请示。

②地节二年：公元前 68 年。地节，汉宣帝的年号。

③"愿分国邑"句：霍光临终向皇帝请求封自己的侄子和侄孙。分国邑，只是一种托词。

④治莫府冢上：在坟地设立临时办公处。莫府，即幕府。

⑤玉衣：裹尸之物。梓宫：梓木棺材。便（pián）房：楩木棺椁。黄肠题凑：以黄心柏木枋在棺椁外堆垒成框形结构。臧棺：附加的棺。十五具：十五块。

⑥东园：办理皇帝丧事的官署。乘舆制度：指皇帝的丧葬制度。

⑦辒辌（wēn liáng）车：丧车，旁边有窗，通过开合调节温度。黄屋：用黄绢做车盖的里子。左纛（dào）：在车衡左边插的大旗。

⑧"材官"等：都是送葬的仪仗部队。陈：通"阵"。茂陵：汉武帝墓地。霍光墓在茂陵东边。

⑨三河：河东、河内、河南三郡。穿复土，起冢：挖穴下棺，填土起坟。

⑩园邑：守护陵园所置的县邑。长丞：守护陵园的官吏。

⑪结发内侍：自从成年就侍奉皇帝。

⑫阶闼：陛阶和宫门，借指宫闱。确然：坚守志操。谊：同"义"。形：展现。

⑬阿衡：商初大臣伊尹的别号。

⑭阴（yìn）妻邪谋，立女为后：指霍光包庇其妻毒害宣帝许皇后，立自己女儿为皇后的事。霍光死后，事情泄漏，其后人谋逆，败露被诛。阴，通"荫"。

张禹传

【题解】本篇节选自《汉书》卷八十一。张禹是一个虚伪、贪婪的官僚。他凭借对儒家经典的"精习"，逐步进入国家的最高权力机构，虽官取丞相、位显一时，但除了讲授经学，毫无作为。作者通过几件事情来刻画张禹：以自请退职达到升迁的目的，以分别待客掩饰自己的奢靡，借引用经典来保全自己的利益，非常生动地刻画出张禹的嘴脸，而这样的官僚也正是混乱世道的常态。

张禹字子文，河内轵人也。至禹，父徙家莲勺[①]。禹为儿，数随家至市，喜观于卜相者前。久之，颇晓其别蓍布卦意[②]，时从旁言。卜者爱之，又奇其面貌，谓禹父："是儿多知，可令学经。"及禹壮，至长安学，从沛郡施雠受《易》[③]，琅邪王阳、胶东庸生问《论语》[④]，既皆明习，有徒众，举为郡文学[⑤]。甘露中[⑥]，诸儒荐禹，有诏太子太傅萧望之问[⑦]。禹对《易》及《论语》大义，望之善焉，奏禹经学精习，有师法，可试事。奏寝[⑧]，罢归故官。久之，试为博士。初元中[⑨]，立皇太子，而博士郑宽中以《尚书》授太子，荐言禹善说《论语》。诏令禹授太子《论语》，由是迁光禄大夫[⑩]。数岁，出为东平内史[⑪]。

元帝崩，成帝即位，征禹、宽中，皆以师赐爵关内侯[⑫]，宽中食邑八百户，禹六百户。拜为诸吏，光禄大夫，秩中二千石，给事中，领尚

①轵：县名，治所在今河南济源南。徙（xǐ）家：迁居。莲勺：县名，治所在今陕西蒲城南。

②蓍（shī）：草名，古代用其茎占卜。别蓍布卦，指用蓍草茎算卦占卜。

③沛郡：郡名。施雠：西汉经学家，善治《易经》。

④琅邪（yá）：琅邪郡。王阳：即王吉。胶东：胶东国。庸生：即庸谭，通《古文尚书》。

⑤文学：官名，又称文学掾或文学史。

⑥甘露：汉宣帝年号（前 53～前 50）。

⑦太子太傅：辅导太子的官。这句是说皇帝诏令萧望之策问。

⑧奏寝：奏章呈上后被搁置。

⑨初元：汉元帝年号（前 48～前 44）。

⑩光禄大夫：官名，负责顾问应对。

⑪东平：东平国。内史：官名，掌管民政。

⑫关内侯：爵位名。

书事。是时，帝舅阳平侯王凤为大将军[①]，辅政专权。而上富于春秋，谦让，方乡经学[②]，敬重师傅。而禹与凤并领尚书，内不自安，数病，上书乞骸骨[③]，欲退避凤。上报曰[④]："朕以幼年执政，万机惧失其中，君以道德为师，故委国政。君何疑而数乞骸骨，忽忘雅素[⑤]，欲避流言？朕无闻焉。君其固心致思，总秉诸事，推以孳孳[⑥]，无违朕意。"加赐黄金百斤、养牛、上尊酒[⑦]，太官致餐，侍医视疾，使者临问[⑧]。禹惶恐，复起视事。

河平四年代王商为丞相[⑨]，封安昌侯。为相六岁。鸿嘉元年[⑩]，以老病乞骸骨，上加优再三，乃听许。赐安车驷马[⑪]，黄金百斤，罢就第[⑫]，以列侯朝朔望，位特进[⑬]，见礼如丞相，置从事史五人，益封四百户[⑭]。天子数加赏赐，前后数千万。

禹为人谨厚，内殖货财[⑮]，家以田为业。及富贵，多买田至四百顷，皆泾、渭溉灌，极膏腴上价[⑯]。他财物称是[⑰]。

禹性习知音声，内奢淫[⑱]，身居大第，后堂理丝竹管弦。禹成就弟子尤著者，淮阳彭宣至大司空，沛郡戴崇至少府九卿[⑲]。宣为人恭俭有法度，而崇恺悌多智[⑳]，二人异行。禹心亲爱崇，敬宣而疏之。崇每候禹，常责师宜置酒设乐与弟子相娱[㉑]。禹将崇入后堂饮食，妇女相对，优人管

①王凤：汉元帝皇后王政君之兄。

②方乡经学：正专心于经学。乡，通"向"。

③数（shuò）病：多次以有病为借口。乞骸骨：自请退职。

④上报：皇上回复。

⑤雅素：平素的交谊。

⑥固心：安心。致思：多用心思。秉：主持。推：扩充。孳孳（zī）：努力不懈。

⑦养牛：御厩所养的牛。上尊酒：上等酒。

⑧太官：官名，掌管皇帝膳食等事。致餐：赠送饭食。侍医：服侍皇帝的医生。临问：亲临探望慰问。

⑨河平四年：公元前25年。河平，汉成帝年号。王商：王氏外戚。

⑩鸿嘉元年：公元前20年。鸿嘉，汉成帝年号。

⑪安车：四马驾的小车，表示尊贵。

⑫罢就第：终身在职。就第，指免职回家。

⑬以列侯朝（cháo）朔望：按照列侯的待遇，逢初一、十五日朝见天子。特进：官名，授于列侯中有特殊地位者。

⑭从事史：高级官长自设的僚属。益：增加。

⑮谨厚：谨慎厚道，指表面。殖：积聚。

⑯膏腴：肥沃。上价：高价，值钱。

⑰他称（chèn）：相称，相等。

⑱奢淫：过分奢侈。

⑲淮阳：淮阳国。大司空：即御史大夫。少府九卿：少府属九卿之一。

⑳恺悌（tì）：和乐平易。

㉑候：问候，看望。责：要求。

弦铿锵极乐，昏夜乃罢。而宣之来也，禹见之于便坐，讲论经义，日晏赐食，不过一肉卮酒相对[①]。宣未尝得至后堂。及两人皆闻知，各自得也[②]。

禹年老，自治冢茔[③]，起祠室，好平陵肥牛亭部处地[④]，又近延陵[⑤]，奏请求之。上以赐禹，诏令平陵徙亭他所。曲阳侯根闻而争之[⑥]：“此地当平陵寝庙，衣冠所出游道[⑦]，禹为师傅，不遵谦让，至求衣冠所游之道，又徙坏旧亭，重非所宜。孔子称：‘赐爱其羊[⑧]，我爱其礼。’宜更赐禹他地。”根虽为舅，上敬重之不如禹，根言虽切，犹不见从，卒以肥牛亭地赐禹。根由是害禹宠，数毁恶之。天子愈益敬厚禹。禹每病，辄以起居闻，车驾自临问之。上亲拜禹床下，禹顿首谢恩，因归诚，言：“老臣有四男一女，爱女甚于男，远嫁为张掖太守萧咸妻[⑨]，不胜父子私情，思与相近。”上即时徙咸为弘农太守[⑩]。又禹小子未有官，上临候禹，禹数视其小子[⑪]，上即禹床下，拜为黄门郎[⑫]，给事中。

禹虽家居，以特进为天子师，国家每有大政，必与定议。永始、元延之间[⑬]，日蚀、地震尤数[⑭]，吏民多上书言灾异之应[⑮]，讥切王氏专政所致[⑯]。上惧变异数见，意颇然之，而

①一肉卮（zhī）酒：一菜一酒，极简单的饭食。卮，酒杯。

②各自得：各自以为得宜，即认为张禹亲爱自己。

③冢茔（yíng）：墓地。

④好（hào）：喜欢。平陵：县名，治所在今陕西咸阳西北，这里有汉昭帝陵墓。

⑤延陵：汉成帝陵墓所在地，在今陕西咸阳西北。

⑥根：王根，汉元帝皇后王政君同父异母的弟弟，封曲阳侯。

⑦寝庙：帝王的墓和宗庙。衣冠所出游道：皇帝的衣冠出游经过的地方。汉制，皇帝死后，每月要将他遗留的衣帽拿出去巡游一次，表示纪念。

⑧赐：孔子弟子子贡的名字。参见《论语·八佾》。

⑨张掖：郡名，治所在今甘肃张掖西北。

⑩弘农：郡名，治所在弘农（今河南灵宝北）。

⑪视：通“示”，把小儿子叫来让皇上看，意即推荐他做官。

⑫黄门郎：又称黄门侍郎，供职于宫门之内。

⑬永始、元延：汉成帝的年号（前16～9）。

⑭尤数：尤为频繁。

⑮灾异之应：古时人认为天灾与人事之间存在着感应。

⑯讥切：强烈批评。切，痛切。

未有以明见[①]。乃车驾至禹第，辟左右[②]，亲问禹以天变，因用吏民所言王氏事示禹。禹自见年老，子孙弱，又与曲阳侯不平[③]，恐为所怨。禹则谓上曰："春秋二百四十二年间，日蚀三十余，地震五，或为诸侯自杀，或夷狄侵中国。灾变之异，深远难见，故圣人罕言命，不语怪神[④]。性与天道，自子贡之属不得闻，何况浅见鄙儒之所言。陛下宜修政事以善应之，与下同其福喜，此经义意也。新学小生[⑤]，乱道误人，宜无信用[⑥]，以经术断之。"上雅信爱禹[⑦]，由此不疑王氏。后曲阳侯根及诸王子弟闻知禹言，皆喜说[⑧]，遂亲就禹。禹见时有变异，若上体不安，常择日洁斋露蓍，正衣冠立筮[⑨]，得吉卦则献其占；如有不吉，禹为感动有忧色。

成帝崩，禹及事哀帝。建平二年薨[⑩]，谥曰节侯[⑪]。禹四子，长子宏嗣侯。官至太常，列于九卿。三弟皆为校尉、散骑、诸曹[⑫]。

初，禹为师，以上难数对己问经[⑬]，为《论语章句》献之。始，鲁扶卿及夏侯胜、王阳、萧望之、韦玄成皆说《论语》，篇第或异。禹先事王阳，后从庸生，采获所安[⑭]，最后出而尊贵[⑮]。诸儒为之语曰："欲为《论》，念张文。"由是学者多从张氏，余家浸微[⑯]。

①未有以明见：指尚未得到高明之人的见解。

②辟左右：屏退左右的人。

③不平：关系不好。

④圣人：指孔子。罕言命：很少谈天命。不语怪神：即"子不语怪力乱神"。

⑤新学小生：初学的人。

⑥无：通"毋"。信用：相信。

⑦雅信爱：深为相信爱重。

⑧说：同"悦"。

⑨露蓍：把蓍草放在露天过夜，第二天拿来用，以为可以得到上天的启示。筮（shì）：用蓍草占卦。

⑩建平二年：公元前5年。建平，汉哀帝年号。薨（hōng）：古代指诸侯或有爵位者去世。

⑪谥（shì）：古代帝王、贵族、大臣或其他有地位的人死后加的带有褒贬意义的称号。

⑫校尉：汉时军职，略次于将军。散骑：皇帝的骑从。

⑬难：疑难。数（shuò）：多次。

⑭采获所安：采集各家学说自认为妥帖的。

⑮最后出而尊贵：比各家晚出，却最受尊崇。

⑯浸微：逐渐衰微。浸，逐渐。

李夫人传

【题解】本篇选自《汉书》卷九十七《外戚传》。作品对李夫人的生平着笔不多，而主要写她入宫受宠，尤其是浓墨重彩地描述其卧病时不见汉武帝以及去世后武帝对她的思念。这突出体现了李夫人的容貌之美和心思的聪敏。全篇写来曲尽婉转缠绵，让人想到近千年后的杨李情事。

孝武李夫人，本以倡进[①]。初，夫人兄延年性知音[②]，善歌舞，武帝爱之。每为新声变曲[③]，闻者莫不感动。延年侍上起舞，歌曰："北方有佳人，绝世而独立，一顾倾人城，再顾倾人国[④]。宁不知倾城与倾国，佳人难再得!"上叹息曰："善！世岂有此人乎?"平阳主因言延年有女弟[⑤]，上乃召见之，实妙丽善舞。由是得幸，生一男，是为昌邑哀王。李夫人少而蚤卒，上怜闵焉[⑥]，图画其形于甘泉宫。及卫思后废后四年[⑦]，武帝崩，大将军霍光缘上雅意，以李夫人配食[⑧]，追上尊号曰孝武皇后。

初，李夫人病笃，上自临候之[⑨]，夫人蒙被谢曰："妾久寝病[⑩]，形貌毁坏，不可以见帝。愿以王及兄弟为托[⑪]。"上曰："夫人病甚，殆将不起[⑫]，一见我属托王及兄弟，岂不快哉?"夫人曰："妇人貌不修饰，不见君父。妾不敢以燕媠见帝[⑬]。"上曰："夫人弟一见我[⑭]，将加赐千

①孝武：即汉武帝，庙号孝武。倡：乐人。

②延年：即李延年，汉代音乐家。知音：懂音乐。

③新声变曲：指有新创作的曲子或旧曲子的变奏。

④顾：顾盼。倾人城、倾人国：使全城或全国的人倾倒。

⑤平阳主：平阳公主，汉武帝的姐姐。女弟：即妹妹。

⑥少而蚤卒：年龄不大就早逝了。蚤，同"早"。闵：即"悯"。

⑦卫思后：即卫青的姐姐卫子夫，尊号思后。

⑧缘：因。配食：陪飨武帝宗庙。

⑨临候：亲临问候。

⑩寝病：卧病。

⑪王：即自己所生的昌邑哀王。托：托付。

⑫殆：几乎，大概。

⑬燕媠（duò）：懒惰，慵懒。媠，同"惰"。

⑭弟：同"第"，但，只。

金，而予兄弟尊官。”夫人曰：“尊官在帝，不在一见。”上复言欲必见之，夫人遂转乡歔欷而不复言[①]。于是上不说而起[②]。夫人姊妹让之曰[③]：“贵人独不可一见上属托兄弟邪[④]？何为恨上如此？”夫人曰：“所以不欲见帝者，乃欲以深托兄弟也。我以容貌之好，得从微贱爱幸于上。夫以色事人者，色衰而爱弛[⑤]，爱弛则恩绝。上所以挛挛顾念我者[⑥]，乃以平生容貌也。今见我毁坏，颜色非故，必畏恶吐弃我[⑦]，意尚肯复追思闵录其兄弟哉[⑧]！”乃夫人卒，上以后礼葬焉。其后，上以夫人兄李广利为贰师将军，封海西侯，延年为协律都尉[⑨]。

上思念李夫人不已，方士齐人少翁言能致其神[⑩]。乃夜张灯烛，设帷帐，陈酒肉，而令上居他帐，遥望见好女如李夫人之貌[⑪]，还幄坐而步。又不得就视，上愈益相思悲感，为作诗曰：“是邪，非邪？立而望之，偏何姗姗其来迟！”令乐府诸音家弦歌之[⑫]。上又自为作赋，以伤悼夫人，其辞曰：

美连娟以修嫮兮[⑬]，命樔绝而不长[⑭]，饰新宫以延贮兮[⑮]，泯不归乎故乡。惨郁郁其芜秽兮，隐处幽而怀伤，释舆马于山椒兮[⑯]，奄修夜之不阳[⑰]。秋气憯以凄泪兮[⑱]，桂枝落而销亡，神茕茕以遥思兮[⑲]，

①乡：通“向”。歔欷（xū xī）：哽咽，抽噎。

②说：通“悦”。

③让：责备。

④独不可：难道就不能。

⑤弛：松懈。

⑥挛挛（luán）：即恋恋。

⑦畏恶：厌恶。吐弃：唾弃。

⑧闵录：怜悯而照顾。

⑨贰师将军：汉武帝专为李广利设置的名号。贰师，本为西域国名。协律都尉：掌管音乐的官职。

⑩方士：以神仙道术为职业的人。致其神：招来她的魂魄。

⑪好女：美女。

⑫弦歌：演奏、歌唱。

⑬连娟：纤弱。嫮（hù）：美好。

⑭樔（cháo）绝：夭绝。

⑮新宫：指汉武帝为致李夫人之神而设的帷帐。延贮：接待。贮，同“伫”。

⑯舆马：车马。山椒：山陵，李夫人的坟墓。

⑰修夜：长夜。

⑱憯：同“惨”。凄泪：凄厉。

⑲茕茕：孤独的样子。

精浮游而出畺[①]。托沉阴以圹久兮[②]，惜蕃华之未央[③]。念穷极之不还兮，惟幼眇之相羊[④]。函菱荴以俟风兮[⑤]，芳杂袭以弥章，的容与以猗靡兮[⑥]，缥飘姚虖愈庄[⑦]。燕淫衍而抚楹兮[⑧]，连流视而娥扬[⑨]，既激感而心逐兮，包红颜而弗明。讙接狎以离别兮[⑩]，宵寤梦之芒芒，忽迁化而不反兮，魄放逸以飞扬。何灵魂之纷纷兮，哀裴回以踌躇[⑪]，势路日以远兮，遂荒忽而辞去[⑫]。超兮西征，屑兮不见[⑬]。浸淫敞怳[⑭]，寂兮无音，思若流波，怛兮在心[⑮]。

乱曰[⑯]：佳侠函光，陨朱荣兮[⑰]，嫉妒阘茸[⑱]，将安程兮！方时隆盛，年夭伤兮，弟子增欷，洿沫怅兮[⑲]。悲愁於邑[⑳]，喧不可止兮。向不虚应[㉑]，亦云已兮。嫶妍太息[㉒]，叹稚子兮，懰栗不言[㉓]，倚所恃兮。仁者不誓，岂约亲兮？既往不来，申以信兮。去彼昭昭，就冥冥兮，既下新宫，不复故庭兮。呜呼哀哉，想魂灵兮！

其后李延年弟季坐奸乱后宫[㉔]，广利降匈奴，家族灭矣。

①畺：即“疆”。

②圹久：旷日持久。圹，同“旷”。

③蕃：通“繁”。未央：未半，比喻李夫人早死。

④惟：思。幼眇：窈窕。相羊：翱翔。

⑤函菱荴：含香敷散。菱，同“葰”，姜一类的东西，可以香口。

⑥的容与以猗靡兮：是说李夫人容貌的确非常美丽。的，的确，确实。容与，从容闲适的样子。猗靡，美丽的样子。

⑦飘姚：通“飘摇”。

⑧燕淫衍：杂多之状。

⑨娥：娥眉。

⑩讙：同“欢”。狎：亲昵。

⑪裴回：通“徘徊”。

⑫荒忽：恍惚，不真切、不分明的样子。

⑬超兮、屑兮：均为迅速。

⑭敞怳（huǎng）：通“惝恍”。

⑮怛：悲伤哀痛。

⑯乱：乐歌的末章叫乱，所以在赋中总括全篇要旨的末段常用“乱曰”开头。

⑰佳侠：挟佳人，指武帝思往事。侠，通“挟”。陨：凋零。朱荣：即红颜。

⑱阘（tà）茸：卑贱。

⑲洿沫：指人哭时的涕泪。

⑳於邑：同“郁挹”，忧愁不快的样子。

㉑向不虚应：背着身子面向别处而不答应。

㉒嫶（jiāo）妍：忧愁。

㉓懰（liú）栗：忧愁哀怆。

㉔坐：因……获罪。

傅 玄

傅玄（217～278），晋代思想家。字休奕，北地郡泥阳（今陕西耀县东南）人。仕晋至司隶校尉。能文善书，亦解音律。著有《傅子》。

马钧传

【题解】马钧是三国时期的机械制造家，他善于制造、革新各种机械。这篇传记具体描述了马钧革新织机、创造翻车、试制发石机、制造指南车和水转百戏等各项成就，赞扬了他不说空话、崇尚实践、刻苦钻研的精神。作者还对当时社会不能充分利用像张衡、马钧这些人才的特殊才能表示了遗憾。

马先生钧，字德衡，天下之名巧也①。少而游豫②，不自知其为巧也。当此之时，言不及巧③，焉可以言知乎？

为博士，居贫④，乃思绫机之变⑤，不言而世人知其巧矣。旧绫机五十综者五十蹑⑥，六十综者六十蹑，先生患其丧功费日，乃皆易以十二蹑。其奇文异变因感而作者⑦，犹自然之成形，阴阳之无穷⑧。此轮扁之对，不可以言言者，又焉可以言校也⑨？

先生为给事中，与常侍高堂隆、骁骑将军秦朗争论于朝，言及指南车。二子谓古无指南车，记言之虚也⑩。先生曰："古有之。未之思耳，夫何远之有⑪？"二子哂之曰："先生名钧，字德衡。钧者器之模⑫，而衡

①名巧：指技艺高超的人。

②游豫：闲游的生活。

③言不及巧：言谈不涉及技巧方面的问题。

④博士：中国古代学官名。居贫：处于贫困境地。

⑤绫机：织绫机。变：改进。

⑥综：织机上使经线交错着上下分开以便梭子通过的装置。蹑：织机上提综的踏板。

⑦文：花纹。因感而作：随着织工的动作而出现。

⑧自然、阴阳：都指天然造化。

⑨轮扁：《庄子》中记载的一个制造轮子的工人。轮扁之对：指轮扁对齐桓公说，真正的奥妙是语言难以表达的。校（xiào）：呈现。

⑩记言之虚：书上记载的不真实。

⑪"未之思"句：不过没有去想罢了，哪里是什么遥远的事呢？

⑫钧：制作陶器所用的转轮。

者所以定物之轻重，轻重无准而莫不及模哉[①]！”先生曰：“虚争空言，不如试之易效也[②]。”于是二子遂以白明帝[③]，诏先生作之，而指南车成。此一异也，又不可以言者也。从是，天下服其巧矣。

居京师，都城内有地可以为园，患无水以溉。先生乃作翻车[④]，令童儿转之，而灌水自覆[⑤]，更入更出，其功百倍于常[⑥]。此二异也。

其后有人上百戏者，能设而不能动也[⑦]。帝以问先生：“可动否?”对曰：“可动。”帝曰：“其巧可益否[⑧]?”对曰：“可益。”受诏作之。以大木雕构，使其形若轮，平地施之，潜以水发焉[⑨]。设为女乐舞象，至令木人击鼓吹箫，作山岳，使木人跳丸、掷剑、缘絙、倒立[⑩]，出入自在，百官行署，舂磨、斗鸡[⑪]，变化百端。此三异也。

先生见诸葛亮连弩[⑫]，曰：“巧则巧矣，未尽善也。”言作之可令加五倍[⑬]。又患发石车[⑭]，敌人于楼边悬湿牛皮，中之则堕，石不能连属而至[⑮]。欲作一轮，悬大石数十，以机鼓轮，为常则以断悬石[⑯]，飞击敌城，使首尾电至[⑰]。尝试以车轮悬瓴甓数十[⑱]，飞之数百步矣。

有裴子者[⑲]，上国之士也，精通见理[⑳]，闻而哂之。乃难先生[㉑]，先生口屈不能对[㉒]，裴子自以为难

①“轻重”句：不能确定轻重，难道还能作所有东西的标准吗？

②效：验证。

③明帝：魏明帝曹睿。

④翻车：东汉灵帝时始有翻车，后来经过马钧改良，称为龙骨水车。

⑤自覆：自己倾流出来。

⑥更：交替。常：指旧式翻车。

⑦百戏：古代乐舞杂技的总称。设：摆放。

⑧益：增加，改进。

⑨平地施之：安置在平地上。潜以水发：暗设机关，用水力发动它。

⑩设：做成。至令：甚至能使。作山岳：即杂技叠罗汉。跳丸、掷剑、缘絙、倒立：都是杂技中的动作。

⑪百官行署、舂磨、斗鸡：都是剧中的表演状貌。

⑫连弩（nǔ）：装有机关，可以连续发射的弩。

⑬加：提高。

⑭发石车：装有机关，可以将大石块抛向远方的一种炮车。

⑮连属（zhǔ）：连续不断。

⑯以机鼓轮，为常则以断悬石：用机械转动轮子，有节奏地断掉悬石的绳索。常则：一定的节奏。

⑰使首尾电至：让石块像闪电一般连续飞到。

⑱瓴甓（líng pì）：瓦块砖头。

⑲裴子：即裴秀，魏晋时人，古代杰出的地图学家。

⑳精通见理：对所见事物及道理都有透彻了解。

㉑难（nàn）：质问，问难。

㉒口屈：说话不利索。对：答复。

得其要[①]，言之不已。傅子谓裴子曰[②]：“子所长者言也，所短者巧也。马氏所长者巧也，所短者言也。以子所长，击彼所短，则不得不屈；以子所短，难彼所长，则必有所不解者矣。夫巧者，天下之微事也[③]，有所不解而难之不已，其相击刺，必已远矣[④]。心乖于内[⑤]，口屈于外，此马氏之所以不对也。”

傅子见安乡侯[⑥]，言及裴子之论，安乡侯又与裴子同。傅子曰：“圣人具体备物[⑦]，取人不以一揆也[⑧]。有以神取之者，有以言取之者，有以事取之者。有以神取之者，不言而诚心先达，德行颜渊之伦是也[⑨]。以言取之者，以变辩是非[⑩]，言语宰我、子贡是也。以事取之者，若政事冉有、季路，文学子游、子夏。虽圣人之明尽物[⑪]，如有所用，必有所试。然则试冉、季以政，试游、夏以学矣。游、夏犹然，况自此而降者乎？何者？悬言物理[⑫]，不可以言尽也；施之于事，言之难尽，而试之易知也。今若马氏所欲作者，国之精器、军之要用也。费十寻之木[⑬]，劳二人之力，不经时而是非定[⑭]。难试易验之事，而轻以言抑人异能，此犹以己智任天下之事，不易其道以御难尽之物，此所以多废也[⑮]。马氏所作，因变而得是，则初所言者不皆是矣。其不皆是，因不用之是，不世之巧无由出也。夫同

①难得其要：抓准了对方的要害。

②傅子：本文作者傅玄自称。

③微事：精深微妙的事情。微：深奥，奥妙。

④击刺：攻击。这两句是说人们互相攻击的一定很远，指说不到点子上。

⑤乖：违背。在这里指不同意。

⑥安乡侯：曹羲，曹真次子，曹爽弟，为中领军。

⑦具体备物：一身之内样样具备。

⑧取人不以一揆：选取人材不限于一种尺度。揆（kuí）：尺度。

⑨神：精神。不言而诚心先达：没有说话，诚意就已先表达出来。德行：孔子训练弟子的四个科目之一，其他三个是言语、政事、文学。颜渊：孔子最得意的学生，以德行著称。

⑩变辩是非：明辨是非。

⑪圣人之明尽物：圣人的聪明睿智能遍知事物。

⑫悬言：凭空而谈。

⑬寻：古代的长度单位，八尺为一寻。

⑭不经时：用不了多少时间。

⑮“难试”句：责难那些试试就能验证的事情，轻率地以言谈贬抑别人的特殊才能，这就像是用自己的智慧去承当天下的事，却不能改变方法来对付难以穷尽的事物，所以天下的事好多都废弃了。

情者相妒，同事者相害，中人所不能免也。故君子不以人害人，必以考试为衡石[①]，废衡石而不用，此美玉所以见诬为石，荆和所以抱璞而哭之也[②]。

于是安乡侯悟，遂言之武安侯[③]；武安侯忽之，不果试也[④]。又马氏之巧名已定，此既易试之事，犹忽而不察，况幽深之才[⑤]、无名之璞乎？后之君子，其鉴之哉！

马先生之巧，虽古公输般、墨翟、王尔[⑥]，近汉世张平子[⑦]，不能过也。公输般、墨翟皆见用于时，乃有益于世。平子虽为侍中，马先生虽给事省中[⑧]，俱不典工官[⑨]，巧无益于世。用人不当其才，闻贤不试以事，良可恨也[⑩]。

裴子者，裴秀。安乡侯者，曹羲也。武乡侯者，曹爽也。

①衡石（dàn）：泛指称重量的器物，引申为准则。

②荆和：楚国的卞和。卞和觅得玉璞，两次献给楚王，都被认为是拿石头来欺君，先后砍去他的两脚。卞和感到没有人识货而抱璞痛哭。

③武安侯：曹爽，曹真的长子。

④忽：不重视，不在意。果：真的。

⑤幽深之才：指被埋没的人才。

⑥公输般：即鲁班，春秋时鲁国最有名的木匠。墨翟：即墨子，春秋战国之际思想家。《墨子》中记载了公输般制造的攻城器械。王尔：战国时代有名的工匠。

⑦张平子：即张衡，字平子，东汉时杰出的科学家，精于天文历法。

⑧给事省中：在朝廷里担任给事中。

⑨俱不典工官：都不是主管工程制造的官吏。

⑩良：真是，实在是。恨：遗憾。

陈 寿

陈寿（233～297），魏晋时期史学家。字承祚，巴西安汉（今四川南充）人。少好学，就学于经学大师谯周。仕蜀为黄门侍郎等，入晋后任著作郎。所撰《魏书》《蜀书》《吴书》，宋代合刊为《三国志》。

张辽传

【题解】本篇节选自《三国志》卷十七。传记生动刻画了张辽这位曹魏武将的威猛雄壮、英勇善战。作者抓住张辽一生中几件关键性的事来刻画他的英武形象。尤其在合肥战役中，以八百步卒破孙权十万大军的壮观场面，把张辽的勇敢、威猛表现得淋漓尽致，千古之下，如见其形貌，如闻其声音。结尾处讲孙权对张辽的畏惧，进一步强化了所塑造的张辽形象。

张辽字文远。雁门马邑人也①。本聂壹之后②，以避怨变姓。少为郡吏。汉末，并州刺史丁原以辽武力过人③，召为从事，使将兵诣京都。何进遣诣河北募兵④，得千余人。还，进败，以兵属董卓⑤。卓败，以兵属吕布，迁骑都尉⑥。布为李傕所败⑦，从布东奔徐州，领鲁相⑧，时年二十八。太祖破吕布于下邳⑨，辽将其众降，拜中郎将，赐爵关内侯⑩。数有战功，迁裨将军。袁绍破，别遣辽定鲁国诸县。与夏侯渊围昌豨于东海⑪，数月粮尽，议引军还。辽谓渊曰："数日已来，每行诸围⑫，豨辄属目视辽。又其射矢更稀，此必豨计犹豫，故不力战。辽欲挑与语，傥可诱也⑬？"乃使谓豨

①雁门：郡名，治所在广武（今山西代县西南）。马邑：在今山西朔州。

②聂壹：雁门马邑的有名富豪。

③并州：东汉时治所在晋阳（山西太原西南）。以：因。

④诣：往，到。河北：指黄河以北。

⑤属：归属。

⑥迁：升职。

⑦李傕（jué）：董卓的部将。

⑧领鲁相：任鲁国国相。

⑨太祖：指曹操。下邳：郡国名。

⑩中郎将：本为皇帝侍从官。东汉后统兵将领多用此名。关内侯：二十等爵的第十九级。

⑪夏侯渊：曹操部将。昌豨（xī）：吕布部属。东海：郡名，治所在今山东郯城西北。

⑫每行诸围：每次巡视被包围的东海城郡周围的军营。

⑬傥：或许。

曰："公有命[①]，使辽传之。"豨果下与辽语，辽为说"太祖神武，方以德怀四方，先附者受大赏"。豨乃许降。辽遂单身上三公山[②]，入豨家，拜妻子。豨欢喜，随诣太祖。太祖遣豨还，责辽曰[③]："此非大将法也。"辽谢曰："以明公威信著于四海，辽奉圣旨，豨必不敢害故也。"从讨袁谭、袁尚于黎阳[④]，有功，行中坚将军[⑤]。从攻尚于邺[⑥]，尚坚守不下。太祖还许[⑦]，使辽与乐进拔阴安[⑧]，徙其民河南。复从攻邺，邺破，辽别徇赵国、常山[⑨]，招降缘山诸贼及黑山孙轻等[⑩]。从攻袁谭，谭破，别将徇海滨，破辽东贼柳毅等[⑪]。还邺，太祖自出迎辽，引共载[⑫]，以辽为荡寇将军。复别击荆州，定江夏诸县，还屯临颍[⑬]，封都亭侯。从征袁尚于柳城，卒与虏遇[⑭]，辽劝太祖战，气甚奋。太祖壮之，自以所持麾授辽[⑮]。遂击，大破之，斩单于蹋顿[⑯]。

时荆州未定，复遣辽屯长社[⑰]。临发[⑱]，军中有谋反者，夜惊乱起火，一军尽扰。辽谓左右曰："勿动。是不一营尽反，必有造变者[⑲]，欲以动乱人耳。"乃令军中，其不反者安坐。辽将亲兵数十人，中阵而立[⑳]。有顷定[㉑]，即得首谋者杀之。陈兰、梅成以潜、六县叛[㉒]，太祖遣于禁、臧霸等讨成，辽督张郃、牛盖等讨兰[㉓]。成伪降禁，禁还。成遂将其众

①公：指曹操。
②三公山：在今山东郯城境内。
③责：询问。
④从：跟随。袁谭、袁尚：皆袁绍之子。黎阳：县名，在今河南浚县东。
⑤行中坚将军：代理中坚将军职。
⑥邺：县名，在今河北磁县西南。
⑦许：许县，在今河南许昌东。
⑧乐进：曹操部下大将。阴安：县名，在今河南南乐西南。
⑨别徇（xùn）：另外带兵巡行。赵国：治所在邯郸（今属河北）。常山：常山国，治所在元氏（今河北元氏西北）。
⑩缘山：顺着太行山。贼：对农民起义军的蔑称。黑山：在河南鹤壁一带。孙轻：黑山地区农民起义军的首领。
⑪辽东：郡名，东汉时治所在襄平（今辽宁辽阳）。柳毅：辽东一带地方军的首领。
⑫共载：同乘一辆车。
⑬江夏：郡名，治所在西陵（今湖北新洲西）。临颖：县名，在今河南临颍西北。
⑭柳城：在今辽宁朝阳西南。卒（cù）：通"猝"，仓猝。
⑮麾（huī）：古代指挥作战用的旗子。
⑯单于蹋顿：人名，乌桓族的酋长。
⑰长社：县名，在今河南长葛东北。
⑱临发：临出发时。
⑲是：这。造变者：制造变化的人。
⑳中阵而立：在阵营中间站着。
㉑有顷定：不久安定下来。
㉒潜：县名，在今安徽霍山。六（lù）：县名，在今安徽六安。
㉓于禁、臧霸、张郃、牛盖：均为曹操部下大将。

就兰，转入潜山[①]。潜中有天柱山，高峻二十余里，道险狭，步径裁通[②]，兰等壁其上[③]。辽欲进，诸将曰："兵少道险，难用深入。"辽曰："此所谓一与一[④]，勇者得前耳。"遂进到山下安营，攻之，斩兰、成首，尽虏其众。太祖论诸将功，曰："登天山，履峻险[⑤]，以取兰、成，荡寇功也[⑥]。"增邑，假节[⑦]。

太祖既征孙权还，使辽与乐进、李典等将七千余人屯合肥[⑧]。太祖征张鲁[⑨]，教与护军薛悌[⑩]，署函边曰"贼至乃发"[⑪]。俄而权率十万众围合肥，乃共发教，教曰："若孙权至者，张、李将军出战；乐将军守，护军勿得与战。"诸将皆疑。辽曰："公远征在外，比救至[⑫]，彼破我必矣。是以教指及其未合逆击之，折其盛势[⑬]，以安众心，然后可守也。成败之机，在此一战，诸君何疑？"李典亦与辽同。于是辽夜募敢从之士，得八百人，椎牛飨将士[⑭]，明日大战。平旦，辽被甲持朝，先登陷阵[⑮]，杀数十人，斩二将，大呼自名，冲垒入，至权麾下。权大惊，众不知所为，走登高冢[⑯]，以长戟自守。辽叱权下战，权不敢动，望见辽所将众少，乃聚围辽数重。辽左右麾围[⑰]，直前急击，围开，辽将麾下数十人得出，余众号呼曰："将军弃我乎！"辽复还突围，拔出余众[⑱]。权人马皆披靡[⑲]，无敢当者。

①潜山：山名，在今安徽潜山与霍山县境内。

②步径裁通：只有步行走小路才能通过。裁，通"才"。

③壁其上：扎军营在山上。

④一与一：一个对一个。语本《左传·襄公二十五年》："一与一，谁能惧我。"

⑤天山：即天柱山。履：走过。

⑥荡寇功：张辽的功劳。当时张辽任荡寇将军。

⑦增邑：增加封地和食邑。假节：代理调动和指挥某地军队的权力。假，代。节，符节，调动和指挥军队的凭证。

⑧"太祖"句：指公元208年，曹操进攻孙权，赤壁一战失利，败回。

⑨张鲁：东汉末年五斗米道的教主，割据汉中三十年，后被曹操攻破。

⑩教：教令。这里指曹操的书面指令。护军：官名，负责协调各将领关系。薛悌：曾任泰山太守，官至中领军。

⑪署函边：在文书封套的边上写字。贼至乃发：敌人到了才能打开。发，启，开。

⑫比救至：等到救兵到达。比，等到。

⑬逆击：迎击。折其盛势：挫败他们的旺盛气势。

⑭椎（chuí）牛飨（xiǎng）将士：宰牛备酒食招待将士。

⑮先登陷阵：首先冲入敌人阵地。

⑯高冢（zhǒng）：高岗。

⑰辽左右麾围：张辽指挥左右两边战士突围。

⑱拔出：救出。

⑲披靡（mǐ）：这里指溃逃。

自旦战至日中，吴人夺气①，还修守备②，众心乃安，诸将咸服。权守合肥十余日，城不可拔，乃引退。辽率诸军追击，几复获权③。太祖大壮辽，拜征东将军。建安二十一年，太祖复征孙权，到合肥，循行辽战处，叹息者良久。乃增辽兵，多留诸军，徙屯居巢④。

关羽围曹仁于樊⑤，会权称藩⑥，召辽及诸军悉还救仁。辽未至，徐晃已破关羽⑦，仁围解。辽与太祖会摩陂⑧。辽军至，太祖乘辇出劳之⑨，还屯陈郡⑩。文帝即王位⑪，转前将军。分封兄汎及一子列侯。孙权复叛，遣辽还屯合肥，进辽爵都乡侯。给辽母舆车，及兵马送辽家诣屯，敕辽母至，导从出迎⑫。所督诸军将吏皆罗拜道侧，观者荣之。文帝践阼⑬，封晋阳侯，增邑千户，并前二千六百户。黄初二年，辽朝洛阳宫，文帝引辽会建始殿，亲问破吴意状⑭。帝叹息顾左右曰："此亦古之召虎也⑮。"为起第舍，又特为辽母作殿，以辽所从破吴军应募步卒，皆为虎贲⑯。孙权复称藩。辽还屯雍丘⑰，得疾。帝遣侍中刘晔将太医视疾，虎贲问消息，道路相属⑱。疾未瘳⑲，帝迎辽就行在所⑳，车驾亲临，执其手，赐以御衣，太官日送御食。疾小差㉑，还屯。孙权复叛，帝遣辽乘舟，与曹休至海陵，临江。权甚惮焉，敕诸将："张辽虽病，不可当

①夺气：挫伤锐气，丧失勇气。
②还修守备：返回来修整工事，加强守备。
③几复获权：几次差一点活捉孙权。
④徙屯居巢：移军驻扎居巢。居巢，在今安徽省巢县东北。
⑤关羽：刘备部下大将。樊：樊城，在今湖北襄樊。
⑥会权称藩：当时孙权为了夺取荆州，采取了联曹攻刘的策略，归附成为曹魏的属国。藩：属国。
⑦徐晃：曹操部下大将。
⑧摩陂（bēi）：地名，在今河南郏县东南。
⑨辇（niǎn）：车。
⑩陈郡：治所在陈县（今河南淮阳）。
⑪文帝：魏文帝曹丕。
⑫"给辽母"句：赐给张辽的母亲坐车、兵马，送辽家到张辽驻军的地方去。"敕辽"句：文帝令张辽在母亲到达时，要带领部下随从出来迎接。
⑬践阼（zuò）：登上皇位。阼，指帝位。
⑭破吴意状：当年在合肥战役中大破吴军时的状况。
⑮召虎：人名，西周时的一位将领，周宣王时，淮河流域有部族不服周的统治，召虎带兵攻之。
⑯虎贲：官名，负责侍卫国君以及保卫王宫、王门。
⑰雍丘：县名，在今河南杞县。
⑱相属：相连。指接连不断。
⑲瘳（chōu）：病愈。
⑳行在所：古代皇帝外出巡行停留居住的地方。
㉑小差：病稍好一些。

也，慎之！”是岁辽与诸将破权将吕范[1]。辽病笃，遂薨于江都[2]。帝为流涕，谥曰刚侯。子虎嗣[3]。六年，帝追念辽、典在合肥之功，诏曰：“合肥之役，辽、典以步卒八百，破贼十万，自古用兵，未之有也。使贼至今夺气，可谓国之爪牙矣[4]。其分辽、典邑各百户，赐一子爵关内侯。”虎为偏将军，薨。子统嗣。

①是岁：这一年，指公元222年。
②病笃（dǔ）：病重。江都：地名，在今江苏江都西南。
③子虎嗣：儿子张虎继承了张辽的爵位。
④爪牙：勇士，卫士。用以比喻勇武之将。

华佗传

【题解】本篇节选自《三国志》卷二十九。华佗是中国古代杰出的医生，年轻时游学各地，兼通数经。他的医学临床实践和医学实验，显示出其天才医学家的风范。这篇传记记载了华佗一生的行医经历，保存了比较丰富的古代医学资料，有较高的史料价值。

华佗字元化，沛国谯人也[1]。一名旉[2]。游学徐土[3]，兼通数经。沛相陈珪举孝廉，太尉黄琬辟[4]，皆不就。晓养性之术，时人以为年且百岁而貌有壮容[5]。又精方药，其疗疾，合汤不过数种，心解分剂[6]，不复称量，煮熟便饮，语其节度，舍去辄愈[7]。若当灸，不过一两处，每处不过七八壮[8]，病亦应除。若当针，亦不过一两处，下针言“当引某许[9]，若至，语人”。病者言已到，应便拔针，病亦行差[10]。若病结积在内，针药所不能及，当须刳割者[11]，便饮其麻沸散[12]，须臾便如醉死无所

①沛国：汉代诸侯国。谯：县名，故城在今安徽亳州。
②旉：同“敷”。
③徐土：即徐州。
④沛相：沛国国相。孝廉：选拔官吏的科目之一。辟：征召。
⑤养性：养生。且：将要。
⑥合汤：配合汤方。心解分剂：心里揣度药量多少。
⑦语其节度：嘱咐应注意的事项。舍去辄愈：药吃完病就好了。
⑧灸：艾灸，用艾叶烤灼的疗法。艾灸一灼称为一壮。
⑨引某许：引导某个部位。
⑩行：就，即。差：同“瘥”，病愈。
⑪刳（kū）割：剖开切割。
⑫麻沸散：华佗发明的一种麻醉剂。

知，因破取。病若在肠中，便断肠湔洗[①]，缝腹膏摩[②]，四五日差，不痛。人亦不自寤[③]，一月之间，即平复矣。

故甘陵相夫人有娠六月[④]，腹痛不安，佗视脉曰[⑤]："胎已死矣。"使人手摸知所在，在左则男，在右则女。人云"在左"，于是为汤下之[⑥]，果下男形，即愈。县吏尹世苦四支烦[⑦]，口中干，不欲闻人声，小便不利。佗曰："试作热食[⑧]，得汗则愈；不汗，后三日死。"即作热食而不汗出。佗曰："藏气已绝于内[⑨]，当啼泣而绝。"果如佗言。府吏倪寻、李延共止[⑩]，俱头痛身热，所苦正同。佗曰："寻当下之，延当发汗[⑪]。"或难其异[⑫]，佗曰："寻外实，延内实[⑬]，故治之宜殊。"即各与药，明旦并起。盐渎严昕与数人共候佗[⑭]，适至[⑮]，佗谓昕曰："君身中佳否[⑯]？"昕曰："自如常。"佗曰："君有急病见于面[⑰]，莫多饮酒。"坐毕归。行数里，昕卒头眩堕车[⑱]，人扶将还，载归家，中宿死[⑲]。

故督邮顿子献得病已差[⑳]，诣佗视脉曰："尚虚，未得复，勿为劳事，御内即死[㉑]。临死，当吐舌数寸。"其妻闻其病除，从百余里来省之[㉒]。止宿交接，中间三日发病[㉓]，一如佗言。督邮徐毅得病，佗往省之，毅谓佗曰："昨使医曹吏刘租针

①湔（jiān）：洗。
②膏摩：涂抹上膏药。
③不自寤（wù）：不觉什么。
④甘陵：清河国治所在地，在今山东临清东北。
⑤视脉：诊脉。
⑥为汤下之：用汤药打胎。
⑦四支：四肢。烦：焦躁难耐。
⑧热食：用以发汗的饭食。
⑨藏：内脏器官。
⑩共止：在一起住。
⑪下：导泻。
⑫难（nàn）：质疑。
⑬实：中医对病症的一种表述，指邪气过盛而正气未衰所表现的病变和症候。
⑭盐渎：县名，在今江苏盐城。候：看望。
⑮适至：刚刚到。
⑯君身中佳否：您的身体感觉还好吗？
⑰见：同"现"。
⑱卒：同"猝"，突然。
⑲中宿：半夜。
⑳督邮：汉代郡守的佐官。
㉑未得复：没能完全康复。御内：和妻子发生性行为。
㉒省（xǐng）：探望。
㉓交接：即性交。中间（jiàn）三日：隔了三天。

胃管讫[①]，便苦咳嗽，欲卧不安。”佗曰：“刺不得胃管，误中肝也，食当日减，五日不救[②]。”遂如佗言。

东阳陈叔山小男二岁得疾[③]，下利常先啼，日以羸困[④]。问佗，佗曰：“其母怀躯，阳气内养，乳中虚冷[⑤]，儿得母寒，故令不时愈[⑥]。”佗与四物女宛丸[⑦]，十日即除。

彭城夫人夜之厕[⑧]。虿螫其手，呻呼无赖[⑨]。佗令温汤近热，渍手其中[⑩]，卒可得寐，但旁人数为易汤，汤令暖之，其旦即愈。

军吏梅平得病，除名还家，家居广陵[⑪]，未至二百里[⑫]，止亲人舍。有顷，佗偶至主人许[⑬]，主人令佗视平，佗谓平曰：“君早见我，可不至此。今疾已结[⑭]，促去可得与家相见[⑮]，五日卒。”应时归，如佗所刻[⑯]。

佗行道，见一人病咽塞[⑰]，嗜食而不得下，家人车载欲往就医。佗闻其呻吟，驻车往视[⑱]，语之曰：“向来道边有卖饼家蒜齑大酢[⑲]，从取三升饮之，病自当去。”即如佗言，立吐蛇一枚，县车边，欲造佗[⑳]。佗尚未还，小儿戏门前，逆见[㉑]，自相谓曰：“似逢我公，车边病是也[㉒]。”疾者前入坐，见佗北壁县此蛇辈约以十数。

又有一郡守病，佗以为其人盛怒则差，乃多受其货而不加治，无何弃去[㉓]，留书骂之。郡守果大怒，令人追捉杀佗。郡守子知之，属使

①医曹吏：医官。胃管：中脘穴，在心蔽骨与脐之中央。讫：完毕。

②“刺不得胃管”句：医曹给督邮用针刺法治胃病，却误刺了肝的穴位。

③东阳：县名，在今江苏金湖西南。

④羸（léi）困：瘦弱无力。

⑤阳气内养：阳气致力于内护胎儿。乳中虚冷：指奶水中含有虚寒之气。

⑥不时愈：不能及时痊愈。

⑦四物女宛丸：一种复制的丸药。宛：同“菀”。

⑧彭城：彭城国，治所在彭城（今江苏徐州）。之：到。

⑨虿（chài）：蝎子一类的毒虫。螫（shì）：毒虫咬。无赖：无可奈何。

⑩温汤：温热汤药。渍：浸泡。

⑪广陵：郡名，治所在广陵（今江苏扬州）。

⑫未至二百里：即还有二百里。

⑬有顷：不久。许：处所。

⑭结：固结。指已无可救药。

⑮促：赶快。

⑯刻：限定。

⑰病咽塞：得了吃不下东西的病。

⑱驻：停下。

⑲蒜齑（jī）：蒜末。酢：即“醋”。

⑳蛇：指像蛇一样的肠道寄生虫。县：同“悬”。造：到。

㉑逆见：迎着，碰见。

㉒车边病是：车边挂着致病的这个东西。

㉓受其货：收他的钱财。无何：不久。

勿逐。守嗔恚既甚[①]，吐黑血数升而愈。又有一士大夫不快[②]。佗云："君病深，当破腹取。然君寿亦不过十年。病不能杀君，忍病十岁，寿俱当尽，不足故自刳裂[③]。"士大夫不耐痛痒，必欲除之。佗遂下手，所患寻差[④]，十年竟死。

广陵太守陈登得病，胸中烦懑[⑤]，面赤不食。佗脉之，曰："府君胃中有虫数升，欲成内疽，食腥物所为也[⑥]。"即作汤二升，先服一升，斯须尽服之[⑦]。食顷[⑧]，吐出三升许虫，赤头皆动，半身是生鱼脍也[⑨]，所苦便愈。佗曰："此病后三期当发[⑩]，遇良医乃可济救。"依期果发动，时佗不在，如言而死。太祖闻而召佗[⑪]，佗常在左右。太祖苦头风[⑫]，每发，心乱目眩，佗针鬲[⑬]，随手而差。

李将军妻病甚，呼佗视脉曰："伤娠而胎不去[⑭]。"将军言："闻实伤娠，胎已去矣。"佗曰："案脉，胎未去也。"将军以为不然。佗舍去，妇稍小差[⑮]。百余日复动，更呼佗[⑯]。佗曰："此脉故事有胎[⑰]。前当生两儿，一儿先出，血出甚多，后儿不及生。母不自觉，旁人亦不寤，不复迎[⑱]，遂不得生。胎死，血脉不复归，必燥著母脊[⑲]。故使多脊痛。今当与汤，并针一处，此死胎必出。"汤针既加，妇痛急如欲生者。佗曰："此死胎久枯，不能自出，

①嗔恚（huì）：愤怒。
②不快：不舒服。
③不足故自刳（kū）裂：不必特地去切除。故，特意。
④寻：不多时。
⑤懑（mèn）：烦闷。
⑥府君：对太守的尊称。欲：将要。疽：毒疮。腥物：剩的鱼肉等食物。
⑦斯须：一会儿。
⑧食顷：吃了不久。
⑨脍：细切的肉、鱼。
⑩三期：三年。
⑪太祖：指曹操。
⑫苦：被……所苦。头风：顽固性头痛。
⑬鬲：鬲俞，针灸穴位名。
⑭伤娠：因妊娠而致病。
⑮舍去：离开。小差：有所好转。
⑯复动：病复发。更：再次。
⑰故事：和以前一样。
⑱寤：省悟，明白。迎：接生。
⑲燥：干枯。著：附着。

宜使人探之。”果得一死男，手足完具，色黑，长可尺所。

佗之绝技，凡此类也。然本作士人，以医见业，意常自悔①。后太祖亲理②，得病篤笃，使佗专视。佗曰：“此近难济，恒事攻治③，可延岁月。”佗久远家思归，因曰：“当得家书④，方欲暂还耳。”到家，辞以妻病，数乞期不反⑤。太祖累书呼，又敕郡县发遣⑥。佗恃能厌食事，犹不上道⑦。太祖大怒，使人往检⑧，若妻信病，赐小豆四十斛⑨，宽假限日；若其虚诈，便收送之⑩。于是传付许狱，考验首服⑪。荀彧请曰⑫：“佗术实工，人命所县，宜含宥之⑬。”太祖曰：“不忧，天下当无此鼠辈耶⑭？”遂考竟佗⑮。佗临死，出一卷书与狱吏，曰：“此可以活人。”吏畏法不受，佗亦不强⑯，索火烧之。佗死后，太祖头风未除。太祖曰：“佗能愈此。小人养吾病，欲以自重⑰。然吾不杀此子，亦终当不为我断此根原耳。”及后爱子仓舒病困⑱，太祖叹曰：“吾悔杀华佗，令此儿强死也⑲。”

初，军吏李成苦咳嗽，昼夜不寤，时吐脓血，以问佗。佗言：“君病肠痈⑳，咳之所吐，非从肺来也。与君散两钱㉑，当吐二升余脓血讫，快自养㉒，一月可小起；好自将爱，一年便健。十八岁当一小发，服此

①以医见业：华佗原是读书人，却以行医知名，常常有些后悔。

②亲理：指曹操执掌朝政。

③此近难济：这病近期难以根治。恒事攻治：长期治疗。

④当：方才。

⑤辞：借口。数（shuò）：屡次。乞期：请假。反：同“返”。

⑥累：连续。书：写信。敕：皇帝的命令。发遣：派送。

⑦恃能厌食事：凭借自己医术高明，不愿意为一点酬金被人呼来喝去。犹：仍然。

⑧检：查验。

⑨信：确实，的确。斛：古代容量单位，十斗为一斛。南宋末年改为五斗为一斛。

⑩收送：逮捕，押送。

⑪传付许狱：指示许县审问华佗的案子。考验：审讯验实。首服：在这里是使之坦白服罪的意思。

⑫荀彧（yù）：曹操的主要谋士。后因反对曹操称魏公，被迫自杀。

⑬工：精。县：同“悬”。含宥：包涵宽恕。

⑭当：曾经。鼠辈：小人。

⑮考竟：在狱中死去。

⑯强（qiǎng）：勉强。

⑰“小人养吾病”句：意为华佗故意不给曹操彻底治病，留着病根不除。自重：抬高自己的地位。

⑱苍舒：曹冲。病困：病重。

⑲强死：死于非命。

⑳肠痈：肠内肿烂化脓的毒疮。古代医学以脏腑肺肠相配，所以华佗才说“咳之所吐，非从肺来”。

㉑散：粉末状的药物。

㉒快：好好地。

散，亦行复差。若不得此药，故当死[①]。”复与两钱散。成得药，去五六岁[②]，亲中人有病如成者。谓成曰：“卿今强健，我欲死，何忍无急去药，以待不祥[③]？先持贷我，我差，为卿从华佗更索[④]。”成与之。已故到谯，适值佗见收[⑤]，匆匆不忍从求。后十八岁，成病竟发，无药可服，以至于死。

广陵吴普、彭城樊阿皆从佗学。普依准佗治，多所全济[⑥]。佗语普曰：“人体欲得劳动[⑦]，但不当使极尔[⑧]。动摇则谷气得消[⑨]，血脉流通，病不得生，譬犹户枢不朽是也[⑩]。是以古之仙者为导引之事[⑪]，熊颈鸱顾[⑫]，引挽腰体，动诸关节，以求难老。吾有一术，名五禽之戏[⑬]，一曰虎，二曰鹿，三曰熊，四曰猿，五曰鸟，亦以除疾，并利蹄足[⑭]，以当导引。体中不快，起作一禽之戏，沾濡汗出，因上著粉[⑮]，身体轻便，腹中欲食。”普施行之，年九十余，耳目聪明，齿牙完坚。阿善针术。凡医咸言背及胸藏之间不可妄针[⑯]，针之不过四分，而阿针背入一二寸，巨阙胸藏针下五六寸，而病辄皆瘳[⑰]。阿从佗求可服食益于人者，佗授以漆叶青黏散。漆叶屑一升，青粘屑十四两，以是为率[⑱]，久服去三虫，利五藏，轻体，使人头不白。阿从其言，寿百余岁。漆叶处所而有，青黏生于丰、沛、彭城及朝歌云[⑲]。

①故：仍然，仍旧。

②去：通“弆（jǔ）”，保藏。

③“何忍”二句：意思是何以忍心藏着不迫切急用的药物，等待着发病呢？

④贷：借与。更索：再要。

⑤已：同“以”。见收：被逮捕。

⑥依准佗治：遵照华佗的治疗原则看病。全济：保全，救活。

⑦劳动：活动。

⑧不当使极：不应该疲劳过度。

⑨谷气得消：食物中的养分得到吸收。

⑩户枢不朽：门轴经常活动，所以不会朽烂。

⑪导引：一种养生方法，主要使筋骨、四肢、关节得到运动，使气血通畅。

⑫熊颈：模仿熊攀枝悬挂的动作。鸱顾：模仿鹞鹰扭头后顾的动作。

⑬五禽之戏：华佗创作的模仿虎、鹿、熊、猿、鸟五种动物的动作和姿态的健身术。

⑭除疾：治病。利蹄足：有益脚腿。

⑮因上著粉：血气上涌，脸色粉红。

⑯妄针：胡乱扎针。

⑰巨阙：穴位名，在剑突下一寸五分。瘳（chōu）：病愈。

⑱率：标准，规格。

⑲处所：到处。丰、沛：在今江苏丰县、沛县一带。朝歌：在今河南淇县。

诸葛亮传

【题解】本篇节选自《三国志》卷三十五。传记概括了诸葛亮一生的主要事迹，描绘了诸葛亮作为一位卓越政治家和军事家特有的品格和风度，并对其依法办事、严于律己、“鞠躬尽瘁，死而后已”的精神和“长于巧思”的才华表示赞赏和景仰。作者善于通过具体情景、对话展现人物的特点和气质，隆中对、说孙权等情节都充分体现了这一点，至今仍脍炙人口。与小说《三国演义》对比阅读，必然令人兴味盎然。

诸葛亮字孔明，琅琊阳都人也①。汉司隶校尉诸葛丰后也②。父珪，字君贡，汉末为太山郡丞③。亮早孤，从父玄为袁术所署豫章太守④，玄将亮及亮弟均之官⑤。会汉朝更选朱皓代玄。玄素与荆州牧刘表有旧⑥，往依之。玄卒，亮躬耕陇亩，好为《梁父吟》⑦。身高八尺，每自比于管仲、乐毅，时人莫之许也⑧。惟博陵崔州平、颍川徐庶元直与亮友善⑨，谓为信然。

时先主屯新野⑩。徐庶见先主，先主器之⑪，谓先主曰：“诸葛孔明者，卧龙也，将军岂愿见之乎？”先主曰：“君与俱来。”庶曰：“此人可就见，不可屈致也。将军宜枉驾顾之⑫。”由是先主遂诣亮，凡三往，乃见。因屏人曰⑬：“汉室倾颓，奸臣窃命，主上蒙尘⑭。孤不度德量力，欲信大义于天大⑮，而智术短浅，遂用猖獗⑯，至于今日。然志犹未已，君谓计将安出？”亮答曰：

①琅琊（yá）：郡国名。阳都：在今山东沂南。

②司隶校尉：官名，主管纠察京师百官及所辖附近各郡。

③太山郡：即泰山郡，治所在今山东泰安。郡丞：郡的副长官。

④从父：叔父。署：任命。豫章：郡名，治今江西南昌。

⑤将（jiāng）：带领。之官：上任。

⑥荆州：东汉时荆州辖境包括今湖北、湖南及河南等地。

⑦《梁父吟》：也作《梁甫吟》，乐府楚调曲名。

⑧莫之许：没有谁赞许他的说法。

⑨博陵：县名，在今河北。颍川：郡名，在今河南。

⑩先主：指刘备。新野：县名，在今河南。

⑪器：器重。

⑫就见：前往拜访。屈致：屈其志节而来。枉驾：屈驾。

⑬屏人：使别人离开。

⑭奸臣：指董卓、曹操。窃命：指挟天子以令诸侯。主上：指汉献帝。蒙尘：遭难出奔。

⑮信（shēn）：通“伸”。

⑯用：因。猖獗：颠覆，失败。

"自董卓已来[①]，豪杰并起，跨州连郡者不可胜数。曹操比于袁绍[②]，则名微而众寡，然操遂能克绍，以弱为强者，非惟天时，抑亦人谋也。今操已拥百万之众，挟天子而令诸侯，此诚不可与争锋。孙权据有江东，已历三世[③]，国险而民附，贤能为之用，此可以为援而不可图也。荆州北据汉、沔，利尽南海[④]，东连吴、会，西通巴、蜀[⑤]，此用武之国，而其主不能守[⑥]，此殆天所以资将军，将军岂有意乎？益州险塞[⑦]，沃野千里，天府之土，高祖因之以成帝业。刘璋暗弱[⑧]，张鲁在北，民殷国富而不知存恤[⑨]，智能之士思得明君。将军既帝室之胄[⑩]，信义著于四海，总揽英雄，思贤如渴，若跨有荆、益，保其岩阻，西和诸戎，南抚夷越[⑪]，外结好孙权，内修政理；天下有变，则命一上将将荆州之军以向宛、洛，将军身率益州之众出于秦川[⑫]，百姓孰敢不箪食壶浆以迎将军者乎[⑬]？诚如是，则霸业可成，汉室可兴矣。"先主曰："善！"于是与亮情好日密。关羽、张飞等不悦，先主解之曰："孤之有孔明，犹鱼之有水也。愿诸君勿复言。"羽、飞乃止。

刘表长子琦，亦深器亮。表受后妻之言，爱少子琮，不悦于琦。琦每欲与亮谋自安之术，亮辄拒塞[⑭]，

①董卓：字仲颖，东汉末年曾任并州刺史、河东太守等。灵帝死后，他率兵入洛阳，废少帝，立献帝，把持朝政，从此天下混乱。

②袁绍：字本初，袁术兄，东汉末割据冀、青、并等州，是当时最强大的势力。官渡之战中被曹操打败。

③孙权：字仲谋，东汉末继其兄孙策据有江东六郡，后建吴国，称帝。三世：指孙权与父孙坚、兄孙策。

④汉、沔：指汉水、沔水。汉水源出陕西南部，流经湖北。沔水是汉水的上游。南海：泛指今广东、广西地区。

⑤吴、会（kuài）：吴郡和会稽郡。泛指东南地区。巴、蜀：巴郡和蜀郡。泛指西南地区。

⑥用武之国：战略要地。其主不能守：指荆州刺史刘表没有才能，不能利用荆州的有利地位。

⑦益州：汉时辖域包括今川、滇、黔大部分地区和今陕、甘部分地区。

⑧刘璋：字季玉，当时为益州牧。暗弱：不明事理，懦弱。

⑨张鲁：东汉末年五斗米道的教主，割据汉中三十年，后被曹操攻破。存恤：体恤爱护。

⑩胄（zhòu）：后代。刘备是汉景帝之子中山靖王刘胜的后代。

⑪戎：指西部的少数民族。夷越：指南部的少数民族。

⑫宛（yuān）：今河南南阳。洛：今河南洛阳。秦川：指今陕西、甘肃秦岭以北平原地带。

⑬箪（dān）食壶浆：用箪装着饭食，用壶盛着浆汤。箪，圆形竹器。

⑭辄：总是。

未与处画[①]。琦乃将亮游观后园[②]，共上高楼，饮宴之间，令人去梯，因谓亮曰："今日上不至天，下不至地，言出子口，入于吾耳，可以言未?"亮答曰："君不见申生在内而危，重耳在外而安乎[③]?"琦意感悟，阴规出计[④]。会黄祖死[⑤]，得出，遂为江夏太守[⑥]。俄而表卒，琮闻曹公来征，遣使请降。先主在樊闻之[⑦]，率其众南行，亮与徐庶并从，为曹公所追破，获庶母。庶辞先主而指其心曰："本欲与将军共图霸之业者，以此方寸之地也。今已失老母，方寸乱矣，无益于事，请从此别。"遂诣曹公。

先主至于夏口[⑧]，亮曰："事急矣，请奉命求救于孙将军。"时权拥军在柴桑[⑨]，观望成败。亮说权曰："海内大乱，将军起兵据有江东，刘豫州亦收众汉南[⑩]，与曹操并争天下。今操芟夷大难[⑪]，略已平矣，遂破荆州，威震四海。英雄无所用武，故豫州遁逃至此。将军量力而处之：若能以吴、越之众与中国抗衡[⑫]，不如早与之绝；若不能当，何不案兵束甲，北面而事之[⑬]！今将军外托服从之名，而内怀犹豫之计，事急而不断，祸至无日矣!"权曰："苟如君言，刘豫州何不遂事之乎?"亮曰："田横[⑭]，齐之壮士耳，犹守义不辱，况刘豫州王室之胄，英才盖世，众士仰慕，若水之归海。若事

①处画：谋划。

②将：带领，在这里是陪同的意思。

③申生、重耳：都是晋献公之子。献公宠骊姬，骊姬为了让自己的儿子争到王位，想方设法废掉太子申生兄弟。申生被迫自杀身亡。重耳逃到国外，后来依靠秦国的力量回晋国即位，为晋文公。

④阴规出计：私下里谋划离开荆州的计策。规，谋划。出，离开。

⑤黄祖：刘表的部将，在与孙权作战时，兵败身死。

⑥江夏：郡名，治所在西陵（今湖北新洲）。

⑦樊：即樊城，在今湖北襄樊。

⑧夏口：古地名，夏水（汉江下游的古称）注入长江处。即今武汉。

⑨柴桑：县名，在今江西九江西南。

⑩刘豫州：指刘备。他曾任豫州牧。汉南：汉水以南。

⑪芟（shān）夷大难：指平定吕布、袁绍、袁术等人的作乱。芟，割草，引申为除去。夷，平。

⑫中国：指已被曹操所控制的中原一带。

⑬案兵束甲：放下兵器，束起铠甲。事：事奉，指臣服曹操。

⑭田横：战国末齐国宗室，楚汉相争时自立为齐王。汉灭楚，田横率五百人避居海岛。汉高祖派人召田横入朝，田横不肯称臣，在前往洛阳的路上自杀。留居在海岛的人听到田横自杀的消息，也全部自杀。

之不济，此乃天也，安能复为之下乎！”权勃然曰：“吾不能举全吴之地，十万之众，受制于人。吾计决矣！非刘豫州莫可以当曹操者，然豫州新败之后，安能抗此难乎？”亮曰：“豫州军虽败于长坂[①]，今战士还者及关羽水军精甲万人，刘琦合江夏战士亦不下万人。曹操之众，远来疲弊，闻追豫州，轻骑一日一夜行三百余里，此所谓‘强弩之末，势不能穿鲁缟’[②]者也。故兵法忌之，曰‘必蹶上将军’[③]。且北方之人，不习水战；又荆州之民附操者，偪兵势耳[④]，非心服也。今将军诚能命猛将统兵数万，与豫州协规同力，破操军必矣[⑤]。操军破，必北还，如此则荆、吴之势强，鼎足之形成矣。成败之机，在于今日。”权大悦，即遣周瑜、程普、鲁肃等水军三万，随亮诣先主，并力拒曹公[⑥]。曹公败于赤壁，引军归邺[⑦]。先主遂收江南，以亮为军师中郎将，使督零陵、桂阳、长沙三郡[⑧]，调其赋税，以充军实。

建安十六年[⑨]，益州牧刘璋遣法正迎先主[⑩]，使击张鲁。亮与关羽镇荆州。先主自葭萌还攻璋[⑪]，亮与张飞、赵云等率众泝江[⑫]，分定郡县，与先主共围成都。成都平，以亮为军师将军，署左将军府事[⑬]。先主外出，亮常镇守成都，足食足兵。

①长阪：在今湖北当阳东北。

②强弩之末，势不能穿鲁缟（gǎo）：语出《史记·韩长儒列传》，原话是“强弩之极，矢不能穿鲁缟”。鲁缟：鲁地出产的绢，质地薄。

③蹶（jué）：受挫折。上将军：先遣部队的将军。《孙子·军争篇》说：急速行军五十里路程去争利，“则蹶上将军”。

④偪兵势耳：迫于兵势罢了。偪，同“逼”。

⑤诚：真正。协规：协调规划。必：一定。

⑥诣：到……去。并力：合力。

⑦赤壁：山名，一说即今湖北武昌西的赤矶山，一说是今湖北蒲圻西北的赤壁山。邺：古都邑名，在今河北临漳西南。

⑧零陵、桂阳、长沙：零陵郡，治所在泉陵（今湖南零陵）。桂阳郡，治所在郴县（今湖南郴州）。长沙郡，治所在临湘（今湖南长沙）。

⑨建安十六年：公元211年。建安，汉献帝的年号。

⑩法正：字孝直，当时是刘璋的幕僚。

⑪葭萌：地名，在今四川广元西南。

⑫泝：同“溯”，逆水而上。

⑬署：代理，暂任。

二十六年[①]，群下劝先主称尊号，先主未许。亮说曰："昔吴汉、耿弇等初劝世祖即帝位[②]，世祖辞让，前后数四。耿纯进言曰：'天下英雄喁喁[③]，冀有所望。如不从议者，士大夫各归求主，无为从公也。'世祖感纯言深至，遂然诺之。今曹氏篡汉，天下无主，大王刘氏苗族，绍世而起[④]，今即帝位，乃其宜也。士大夫随大王久勤苦者，亦欲望尺寸之功如纯言耳。"先主于是即帝位，策亮为丞相曰："朕遭家不造[⑤]，奉承大统[⑥]，兢兢业业，不敢康宁，思靖百姓，惧未能绥[⑦]。於戏[⑧]！丞相亮其悉朕意，无怠辅朕之阙，助宣重光，以照明天下，君其勖哉[⑨]！"亮以丞相录尚书事，假节[⑩]。张飞卒后，领司隶校尉。

章武三年春[⑪]，先主于永安病笃[⑫]，召亮于成都，属以后事，谓亮曰："君才十倍曹丕，必能安国，终定大事。若嗣子可辅[⑬]，辅之；如其不才，君可自取[⑭]。"亮涕泣曰："臣敢竭股肱之力[⑮]，效忠贞之节，继之以死！"先主又为诏敕后主曰："汝与丞相从事，事之如父。"建兴元年[⑯]，封亮武乡侯，开府治事[⑰]。顷之，又领益州牧。政事无巨细，咸决于亮。南中诸郡[⑱]，并皆叛乱，亮以新遭大丧，故未便加兵，且遣使聘吴，因结和亲，遂为与国[⑲]。

三年春，亮率众南征，其秋悉

①二十六年：指汉献帝二十六年。建安二十五年十月，曹丕废汉献帝，自立为魏帝，年号为黄初。所以建安没有二十六年。但蜀汉不承认曹魏，仍尊奉汉献帝的年号，所以陈寿写《蜀书》时仍用建安年号。

②吴汉、耿弇：吴汉、耿弇以及后文的耿纯，都是西汉末年刘秀部将。世祖：东汉光武帝刘秀的庙号。

③喁喁（yóng）：这里比喻众人的景仰归服。

④苗族：后裔。绍世：继世。

⑤不造：不幸，指不兴旺。造：到。

⑥奉承大统：恭敬地接受帝统。

⑦靖：安定。绥：安抚。

⑧於戏：同"呜呼"，感叹词。

⑨阙：同"缺"。重光：复兴。勖（xù）：勉力，勉励。

⑩假节：汉魏任命重臣时加号，有加号即准允该大臣"便宜行事"。

⑪章武三年：公元 223 年。章武，刘备称帝的年号。

⑫永安：即白帝城，在今四川奉节。

⑬嗣子：指刘备的儿子刘禅。

⑭自取：指自己取而代之。

⑮敢：犹言"敢不"。股肱（gōng）：辅佐的意思。

⑯建兴元年：公元 223 年。建兴，蜀汉后主的年号。

⑰开府：开建府署，设置僚属，单独办公。只有到了一定级别的人才可以开府。

⑱南中诸郡：指蜀汉益州南部地区，即今云南、贵州及四川西昌一带。

⑲与国：结盟的国家。

平。军资所出[①]，国以富饶，乃治戎讲武，以俟大举。五年，率诸军北驻汉中，临发，上疏……遂行[②]，屯于沔阳[③]。

六年春，扬声由斜谷道取郿[④]，使赵云、邓芝为疑军，据箕谷[⑤]，魏大将军曹真举众拒之。亮身率诸军攻祁山[⑥]，戎阵整齐，赏罚肃而号令长明。南安、天水、安定三郡叛魏应亮[⑦]，关中响震。魏明帝西镇长安[⑧]，命张郃拒亮。亮使马谡督诸军在前，与郃战于街亭[⑨]。谡违亮节度[⑩]，举动失宜，大为张郃所破。亮拔西县千余家，还于汉中，戮谡以谢众[⑪]。上疏曰："臣以弱才，叨窃非据，亲秉旄钺以历三军[⑫]，不能训章明法，临事而惧，至有街亭违命之阙，箕谷不戒之失，咎皆在臣授任无方[⑬]。臣明不知人，恤事多暗[⑭]，《春秋》责帅[⑮]，臣职是当。请自贬三等，以督厥咎[⑯]。"于是以亮为右将军，行丞相事，所总统如前[⑰]。

冬，亮复出散关，围陈仓[⑱]，曹真拒之，亮粮尽而还。魏将军王双率骑追亮，亮与战，破之，斩双。七年，亮遣陈式攻武都、阴平[⑲]。魏雍州刺史郭淮率众欲击式[⑳]，亮自出至建威[㉑]，淮退还，遂平二郡。诏策亮曰[㉒]："街亭之役，咎由马谡，而君引愆，深自贬抑，重违君意，听顺所守[㉓]。前年耀师，馘斩王双[㉔]；今岁

①军资所出：军需物资都出自这些新平定的地区。
②"上疏"句：所上疏即《出师表》。
③沔阳：在今陕西勉县东。
④斜（yé）谷道：在今陕西眉县西南。郿：郿国，在今陕西扶风西南。
⑤箕谷：在今陕西勉县东。
⑥祁山：在今甘肃礼县东北。
⑦南安、天水、安定：均在今甘肃境内。
⑧魏明帝：曹丕的儿子曹睿。
⑨街亭：在今甘肃庄浪东南。
⑩节度：指诸葛亮的安排和要求。
⑪拔：攻下。戮：杀。谢众：向众人做出交待。
⑫叨（tāo）窃非据：惭愧占居了不应占居的职位。旄、钺：都是古代统帅或帝王的仪仗。
⑬咎：过错。
⑭恤事：考虑问题。暗：不明智。
⑮《春秋》责帅：按《春秋》之义，兵败要由主帅负责。
⑯督：责罚。厥：其，指诸葛亮自己。
⑰行丞相事：代理丞相的政事。
⑱散关：大散关，在今陕西宝鸡西南。陈仓：在今陕西宝鸡东。
⑲武都：郡名，治所在下辨（今甘肃成县西北）。阴平：郡名，治所在阴平（今甘肃文县西北）。
⑳雍州：州名，三国魏治所在长安（今西安市西北）。
㉑建威：地名，在今甘肃西河北。
㉒诏：指后主刘禅下诏。
㉓引愆（qiān）：引咎自责。愆，过错。这几句是说诸葛亮自责贬职，有违君上的心意。
㉔耀：显扬。馘（guó）：战争中割取敌人的左耳，用以计数报功。

爰征，郭淮遁走；降集氐、羌[①]，兴复二郡，威镇凶暴，功勋显然。方今天下骚扰，元恶未枭[②]，君受大任，干国之重[③]，而久自挹损，非所以光扬洪烈矣[④]。今复君丞相，君其勿辞。”

九年，亮复出祁山，以木牛运[⑤]，粮尽退军，与魏将张郃交战，射杀郃。十二年春，亮悉大众由斜谷出，以流马运，据武功五丈原[⑥]，与司马宣王对于渭南[⑦]。亮每患粮不继，使己志不申，是以分兵屯田[⑧]，为久驻之基。耕者杂于渭滨居民之间，而百姓安堵[⑨]，军无私焉。相持百余日。其年八月，亮疾病，卒于军，时年五十四。及军退，宣王案行其营垒处所[⑩]，曰：“天下奇才也！”

亮遗命葬汉中定军山，因山为坟，冢足容棺，敛以时服，不须器物[⑪]。诏策曰：“惟君体资文武[⑫]，明睿笃诚，受遗托孤，匡辅朕躬，继绝兴微，志存靖乱；爰整六师[⑬]，无岁不征，神武赫然，威震八荒，将建殊功于季汉，参伊、周之巨勋[⑭]。如何不吊，事临垂克，遘疾陨丧[⑮]！朕用伤悼，肝心若裂。夫崇德序功，纪行命谥[⑯]，所以光昭将来，刊载不朽。令使使持节左中郎将杜琼，赠君丞相武乡侯印绶，谥君为忠武侯。魂而有灵，嘉兹宠荣。呜呼哀哉！呜呼哀哉！”

①氐（zhī）、羌：西部边境的少数民族。

②元恶：首恶，指曹操。枭（xiāo）：杀头。

③干（gān）：牵连。

④挹（yì）损：压抑贬损。挹，通“抑”，退。洪烈：犹伟业。

⑤木牛：人力独轮车。下文流马指人力四轮车。

⑥武功：在今陕西武功西。五丈原：地名，在今陕西岐山南。

⑦司马宣王：指司马懿，司马炎篡魏立晋后，追尊司马懿为宣帝。渭南：渭水南岸。

⑧分兵屯田：把一部分士兵分出来，从事农耕以供应军粮。

⑨安堵：安居，不受干扰。堵，墙。

⑩案行：巡视。

⑪定军山：在今陕西勉县南。这几句是说诸葛亮要求丧葬从俭，墓穴放得下棺材即可，装殓用当时穿的衣服，不用陪葬品。

⑫资：拥有。

⑬爰（yuán）：于是。

⑭伊：伊尹，商初大臣。周：周公，西周初年政治家。两人都曾摄政，辅佐君主，维持朝政。

⑮吊：伤痛，悲伤。垂：将近。克：成功。遘（gòu）：遭遇。陨：同“殒”，死亡。

⑯崇德序功：推崇美德，评定功勋。纪行命谥：记录功行，颁赐谥号。

初，亮自表后主曰："成都有桑八百株，薄田十五顷，子弟衣食，自有余饶。至于臣在外任，无别调度，随身衣食，悉仰于官[①]，不别治生[②]，以长尺寸。若臣死之日，不使内有余帛，外有赢财，以负陛下。"及卒，如其所言。

亮性长于巧思，损益连弩[③]，木牛流马，皆出其意；推演兵法，作八阵图[④]，咸得其要云。亮言教书奏多可观[⑤]，别为一集。

景耀六年春[⑥]，诏为亮立庙于沔阳[⑦]。秋，魏征西将军钟会征蜀，至汉川[⑧]，祭亮之庙，令军士不得于亮墓所左右刍牧樵采[⑨]。亮弟均，官至长水校尉。亮子瞻，嗣爵。

……

评曰：诸葛亮之为相国也，抚百姓，示仪轨，约官职，从权制[⑩]，开诚心，布公道；尽忠益时者虽仇必赏[⑪]，犯法怠慢者虽亲必罚，服罪输情者虽重必释，游辞巧饰者虽轻必戮[⑫]；善无微而不赏，恶无纤而不贬[⑬]；庶事精炼，物理其本[⑭]，循名责实[⑮]，虚伪不齿；终于邦域之内，咸畏而爱之，刑政虽峻而无怨者，以其用心平而劝戒明也。可谓识治之良才，管、萧之亚匹矣[⑯]。然连年动众，未能成功，盖应变将略[⑰]，非其所长欤？

①悉仰于官：全部依靠官府供给。
②治生：治理产业。
③损益：或增或减，这里是改进的意思。
④八阵图：据《水经注》记载，四川奉节有诸葛亮所造八阵图遗迹。阵用石块堆成，共八行，故称。
⑤言教书奏：指诸葛亮所写的四种文体的文章。言，指一般议论；教，指对部属的教令；书，书信；奏，奏章。
⑥景耀六年：公元263年。景耀，蜀汉后主的年号。
⑦沔阳：在陕西勉县。
⑧汉川：指汉中地区。
⑨刍牧樵采：放牧和砍柴。
⑩示仪轨：昭示礼仪法度。约官职：简约官职。从权制：采取权宜变通的规章。
⑪益时：有益于当时。
⑫服罪输情：承认过错，交代实情。游辞：东拉西扯，闪烁其词。
⑬微、纤：都指细小。
⑭庶事精炼：众多事情都精通熟练。物理其本：处理事物能抓住根本。
⑮循名责实：按照名去求实际。
⑯管：管仲。萧：萧何。他们都是历史上政绩卓著的丞相。
⑰将略：用兵的谋略。

卢藏用

卢藏用（664～714），唐代文人。字子潜，幽州范阳（今河北涿县东北）人。进士出身，曾任修文馆学士、尚书右丞等职。《全唐文》收文十三篇。

陈子昂别传

【题解】别传是传记的一体，即所传有不同于史传者。这篇传记写唐初的多难诗人陈子昂，叙事即多写其偃蹇不遇，与其岳立奇杰对照，突出其身世的坎坷与情感的悲怆。作品以一大段谏言体现传主的关怀国事及其治事之才，这与其坎坷的经历又成一对照。在此基础之上，末尾的议论也就言之成理，顺理成章。

陈子昂，字伯玉，梓州射洪县人也[①]。本居颍川[②]，四世祖方庆，得墨翟秘书[③]，隐于武东山[④]，子孙因家焉。世为豪族，父元敬，瑰伟倜傥[⑤]，年二十，以豪侠闻。属乡人阻饥[⑥]，一朝散万钟之粟而不求报[⑦]。于是远近归之，若龟鱼之赴渊也。以明经擢第，授文林郎[⑧]。因究览坟籍[⑨]，居家园以求其志，饵地骨、炼云膏四十余年[⑩]。嗣子子昂，奇杰过人，姿状岳立[⑪]。始以豪家子驰侠使气，至年十七八未知书。尝从博徒入乡学，慨然立志，因谢绝门客，专精坟典[⑫]。数年之间，经史百家，罔不该览[⑬]，尤善属文，雅有相如、子云之风骨[⑭]。初为诗，幽人王适见而惊曰[⑮]：“此子必为文宗矣[⑯]！”

①梓州：治所在今四川省三台县。射洪：县名，今属四川。
②颍川：郡名，治所在今河南许昌。
③墨翟：即墨子。
④武东山：在今四川射洪县境内。
⑤瑰伟倜傥：形容人品卓异豪爽。
⑥属：适值。阻饥：遇到饥荒。
⑦钟：古代称量粮食的单位。
⑧明经：唐朝取士的常设科目之一。擢第：指考试合格。文林郎：从九品的闲职文官。
⑨究览坟籍：推究博览各种古书。
⑩饵地骨、炼云膏：即服食、炼丹。
⑪嗣子：过继的儿子。岳立：如山挺立。
⑫坟典：传说中我国最古的书籍。
⑬罔：无。该：通“赅”，全部。
⑭属（zhǔ）文：写文章。雅：很，甚。相如、子云：即司马相如、扬雄（字子云），均为西汉辞赋大家。
⑮幽人：指隐居之士。
⑯文宗：指广受宗仰的文章大家。

年二十一，始东入咸京，游大学[①]，历抵群公，都邑靡然属目矣。由是为远近所籍甚，以进士对策高第。属唐高宗大帝崩于洛阳宫，灵驾将西归，子昂乃献书阙下[②]。时皇上以太后居摄[③]，览其书而壮之，召见问状。子昂貌寝寡援[④]，然言王霸大略、君臣之际，甚慷慨焉。上壮其言而未深知也，乃敕曰[⑤]：梓州人陈子昂，地籍英灵，文称伟曜[⑥]，拜麟台正字[⑦]。时洛中传写其书，市肆闾巷，吟讽相属[⑧]。乃至转相货鬻，飞驰远迩[⑨]。秩满，随常牒补右卫胄曹[⑩]。上数召见，问政事，言多切直，书奏[⑪]，辄罢之。以继母忧解官[⑫]。服阕，拜右拾遗[⑬]。

子昂晚爱黄老之言，尤耽味易象，往往精诣[⑭]。在职默然不乐，私有挂冠之意。属契丹以营州叛[⑮]，建安郡王攸宜亲总戎律[⑯]，台阁英妙，皆署在军麾，特敕子昂参谋帷幕[⑰]。军次渔阳[⑱]，前军王孝杰等相次陷没，三军震慑。子昂进谏曰："主上应天顺人，百蛮向化。契丹小丑，敢谋乱常，天意将空东北之隅，以资中国也。大王以元老懿亲[⑲]，威略迈世，受律庙堂，吊人问罪[⑳]，具精甲百万，以临蓟门，运海陵之仓，驰陇山之马[㉑]，积南方之甲，发西山之雄，倾天下以事一隅，此犹举太山而压卵，建瓴破竹之势也[㉒]。然而张元遇、王孝杰等不谨师律，授首

①咸京：指长安。大学：即太学。

②献书：指陈子昂向武则天献《谏灵驾入京书》。

③皇上：唐中宗李显。太后：武则天。居摄：指摄行天子职权。

④貌寝：相貌丑陋。

⑤敕：皇帝的诏书。

⑥地籍：人间。英灵：英伟之才。伟曜：奇伟瑰丽。

⑦麟台：官署名，武则天时由秘书省改称。正字：职掌订正典籍讹误的官员。

⑧吟讽相属：吟诵的人接连不断。

⑨货鬻：买卖。远迩：远近。

⑩秩满：官吏任期届满，亦称"俸满"。随常牒补右卫胄曹：按常例补进了右卫胄曹参军（皇家禁卫）。

⑪书奏：奏疏奏上去了。

⑫忧：指丁忧，即为父母守丧。

⑬服阕：守丧期满脱去孝服。阕，终了的意思。拾遗：官名，职掌规谏讽谕。

⑭黄老：黄帝、老子，即道家。耽味易象：酷爱研究《易经》象数。精诣：精到。

⑮营州：指今辽宁一带。

⑯攸宜：即武攸宜，武则天的堂侄。戎律：军事行动。

⑰帷幕：古代将军出征所用的帐幕，在旁的称"帷"，在上的称"幕"。

⑱渔阳：唐代郡名，在今天津蓟县和北京平谷一带。

⑲懿亲：指皇室的宗亲。

⑳吊人问罪：慰问被压迫的百姓，讨伐有罪的统治者。

㉑海陵：治所在今江苏泰州。陇山：在今甘肃。

㉒太山：即泰山。建瓴：从高处倒瓦罐里的水。

虏庭。由此长寇威而殆战士。夫寇威长，则难一争锋；战士殆，则无以制变。今败军之后，天下侧耳草野倾听国政。今大王冲谦退让，法度不申[①]，每事同前，何以统众？前如儿戏，后如儿戏，岂徒为贼所轻，亦生天下奸雄之心[②]。圣人威制六合[③]，故用声尔[④]，非能家至户到，然后可服。况兵贵先声[⑤]，今发半天下之兵以属王，安危成败，在百日之内，何可轻以为寻常。大王若听愚计，即可行；若不听，必无功矣！须期成功报国，可欲送身误国耶[⑥]？伏乞审听，请尽至忠之言。凡军须先比量智愚众寡、勇怯强弱，部校将帅士卒之势[⑦]，然后可合战求利，以长攻短。今皆同前，不量力，又不简练。暗驱乌合败后怯兵[⑧]，欲讨贼，何由取胜？仆一愚夫，犹言不可，况奸贼胜气十倍，未可当也。且统众御奸，须有法制，亲信若单独一身，则朱亥金椎有窃发之势[⑨]，不可不畏。人有负琬玉之宝行于途[⑩]，必被劫贼，何者？为宝重人爱之。今大王位重，又总半天下兵，岂直琬玉而已！天下利器[⑪]，不可一失，一失即后有圣智之力，难为功也。故愿大王于此决策，非小让儿戏可了。若此不用忠言，则至时机已失；机与时一失，不可再得。愿大王熟察[⑫]！大王诚能听愚计，乞分麾下万人，以为前驱[⑬]，则王之功可立也。”建安方求斗土，以

①冲谦：也作谦冲，谦虚。申：说明。

②“亦生”句：也使那些奸人的魁首产生野心。

③六合：天地四方。指天下。

④声：指声威教化。

⑤先声：先声夺人，先发制人。

⑥期：期望，以……为目标。可欲：怎么能够去。

⑦比量：比较衡量。部校：部署排列。

⑧暗驱：指无战略、无部署地指挥。

⑨朱亥：战国时魏国人。有勇力，隐于市井，与信陵君上客侯嬴相善。前257年，秦攻赵，围困邯郸（今河北邯郸）。侯嬴策划窃符救赵，约朱亥相助。朱亥随信陵君北上到邺（今河北临漳西南），在合符时用铁椎击杀魏将晋鄙，夺权代将，遂解邯郸之围。

⑩琬（wǎn）玉：泛指美玉。

⑪利器：锋利的兵器，这里比喻兵权。

⑫熟察：深入思考。

⑬麾下：犹言在主帅的旗帜之下，即部下。前驱：先锋。

子昂素是书生，谢而不纳[①]。

子昂体弱多疾，感激忠义，尝欲奋身以答国士[②]。自以官在近侍，又参预军谋，不可见危而惜身苟容[③]。他日，又进谏，言甚切至，建安谢绝之，乃署以军曹[④]。子昂知不合，因箝默下列，但兼掌书记而已[⑤]。因登蓟北楼[⑥]，感昔乐生、燕昭之事[⑦]，赋诗数首[⑧]。乃泫然流涕而歌曰："前不见古人，后不见来者，念天地之悠悠，独怆然而涕下[⑨]！"时人莫之知也。及军罢，以父老表乞罢职归侍[⑩]。天子优之，听带官取急而归[⑪]。遂于射洪西山，构茅宇数十间[⑫]，种树、采药以为养。尝恨国史芜杂，乃自汉孝武之后[⑬]，以迄于唐，为《后史记》。纲纪粗立，笔削未终[⑭]。钟文林府君忧[⑮]，其书中废。子昂性至孝，哀号柴毁[⑯]，气息不逮。属本县令段简，贪暴残忍，闻其家有财，乃附会文法[⑰]，将欲害之。子昂荒惧[⑱]，使家人纳钱二十万，而简意未塞，数舆曳就吏[⑲]。子昂素羸疾，又哀毁，杖不能起[⑳]。外迫苛政，自度气力恐不能全，因命蓍自筮[㉑]。卦成，仰而号曰："天命不佑，吾其死矣！"于是遂绝，年四十二。

子昂有天下大名而不以矜人[㉒]；刚断强毅而未尝忤物[㉓]；好施轻财而不求报；性不饮酒，至于契情会理，

①谢：推辞。

②"欲奋身"句：想奋身报答国家对自己的知遇之恩。

③苟容：苟且偷安。

④曹：古时分科办事的官署。

⑤箝默：缄默不语。掌书记：官名，主管文书诸事。

⑥蓟北楼：故址在今北京市西南。

⑦乐生、燕昭之事：乐生即乐毅，战国时燕国人。燕昭指燕昭王。燕昭王即位之初，筑黄金台求贤，士人争相趋燕，国渐殷富。公元前284年，以乐毅为上将军，联合五国攻齐，直攻临淄（今山东淄博东北），攻下七十余城。

⑧赋诗数首：指《蓟丘览古赠卢居士藏用》七首并序。

⑨这四句见于陈子昂诗《登幽州台歌》。

⑩表乞：上表请求。归侍：回家侍奉。

⑪优：优容，优待。听：听凭。

⑫构茅宇：搭建茅屋。

⑬汉孝武：即汉武帝。

⑭笔削：笔指记载，削指删除。

⑮钟文林府君忧：遇到父亲的丧事。文林即文林郎，陈子昂父亲生前官职名。

⑯柴毁：指人瘦似柴。

⑰附会文法：牵强地罗织法律条文。

⑱荒惧：即慌惧。

⑲未塞：没有堵住，指不满足。舆曳就吏：抬着或拉着到官府。

⑳羸（léi）疾：体弱多病。杖不能起：拉着拐杖也起不来。

㉑蓍（shī）自筮：用蓍草占卦吉凶。

㉒矜人：夸耀于人。

㉓忤物：触犯他人。

兀然而醉；工为文而不好作。其立言措意，在王霸大略而已，时人不之知也。尤重交友之分，意气一合，虽白刃不可夺也。友人赵贞固、凤阁舍人陆余庆、殿中侍御史毕构、监察御史王无竞、亳州长史房融、右史崔泰之，处士太原郭袭徵[①]、道人史怀一，皆笃岁寒之交[②]，与藏用游最久，饱于其论[③]，故其事可得而述也。其文章散落，多得之于人口，今所存者十卷。尝著《江上文人论》，将磅礴机化[④]，而与造物者游。遭家难亡之[⑤]。荆州仓曹槐里马择曰："择昔从父友王适获陈君[⑥]，欣然忘我幼龄矣。榆关之役[⑦]，君筹其谋，戎安累年。不接晤语。圣历初[⑧]，君归宁旧山，有挂冠之志。予怀役南游，遘兹欢甚[⑨]。幽林清泉，醉歌弦咏，周览所记，倏遍岷峨[⑩]。予旋未几[⑪]，陈君将化。悲夫！言绝道冥，杳然若丧之几[⑫]。延陵心许[⑬]，而彼已亡。天丧斯文，我恨何及！君故人范阳卢藏用，集其遗文为序传，识者称其实录。呜呼陈君！为不亡矣。"遂为赞曰：

岷山导江，回薄万里[⑭]。浩瀚鸿溶，东注沧海。灵光氛氲[⑮]，上薄紫云[⑯]。其瑰宝所育，则生异人。於戏！才可兼济，屈而不伸。行通神明，困于庸竖。子曰："道之将丧也，命矣夫！"

①处士：指隐居不仕的学人。

②笃：笃定，坚实。岁寒之交：指经得起考验的至交。旧时有"岁寒三友"之说，指松、竹、梅。

③饱于其论：指饱听了陈子昂的宏论。

④磅礴机化：指激情澎湃、心驰神往。

⑤亡：散失。

⑥获：获识，结识。

⑦榆关之役：指公元 696 年，陈子昂随武攸宜东征契丹之役。

⑧圣历：武则天年号，公元 698 年至 699 年。

⑨遘（gòu）：遇。

⑩倏（shū）：快速。岷峨：岷山和峨眉山。

⑪旋：还，返回。未几：不久。

⑫若丧之几：好像丢掉了魂魄一样。

⑬延陵心许：延陵，即春秋时吴王诸樊之弟季札，受封延陵（今江苏常州），史称延陵季子。曾赴鲁国观周乐，路过徐，徐君喜欢季札之剑，口不敢言。季札心知，因去上国（鲁）而未献。回来时至徐，徐君已死，季札解剑系于徐君冢树而去。

⑭回薄：回转。

⑮氛氲：茂盛的样子。

⑯薄：迫。

颜真卿

颜真卿（709～785）：唐代大臣、书法家。字清臣，京兆万年（今陕西西安）人。进士出身。安史之乱中聚众抗敌，功勋卓著。历官吏部尚书、太子太师，封鲁郡公，世称“颜鲁公”。

张志和碑铭

【题解】碑铭是广义传记中的一种，一般要求叙述简洁、文字整饬。这通碑铭，生动真切地记录了张志和的仕宦纷扰以及其后的隐居生活，突出刻画了脱离尘俗、志趣高洁的“烟波钓叟”的形象。文中当然写到了碑主的功行，如为官、著书，但更突出其情趣，从而使这位隐者生动可亲。

士有牢笼太虚，擳掖元造[①]，摆元气而词锋首出，轧无间而理窟肌分者[②]，其惟玄真子乎？

玄真子，姓张氏，本名龟龄，东阳金华人[③]。父游朝，清真好道，著《南华象罔说》十卷，又著《冲虚白马非马证》八卷，代莫知之。母留氏，梦枫生腹上，因而诞焉。年十六游太学，以明经擢第[④]。献策肃宗，深蒙赏重，令翰林待诏，授左金吾卫录事参军[⑤]。仍改名志和，字子同。寻复贬南浦尉，经量移，不愿之任，得还本贯[⑥]。既而亲丧，无复宦情，遂扁舟垂纶[⑦]，浮三江，泛五湖[⑧]，自谓“烟波钓徒”。著十二卷，凡三万言，号《玄真子》，遂以称焉[⑨]。客或以其文论道纵横，谓之造化鼓吹。京兆韦诣为作《内解》。玄

①牢笼：包罗。太虚、元造：均指天地未成之前的状态。擳（jī）掖：制驭。

②元气、无间：均指宇宙的基本成份。理窟：道理的窝穴。

③东阳金华：即今浙江金华。

④明经：即明经科，贡举科目之一。擢第：录用。

⑤翰林待诏：翰林院职掌文词的官员。金吾卫：负责殿内宿卫、巡徼街市的禁卫兵。录事参军：总管文簿的官职。

⑥仍：又。改名志和：一说“志和”乃唐肃宗所赐。寻：不久。量移：唐代官员贬谪并送指定地区居住后，遇恩赦而迁至距京城较近之处，称“量移”。本贯：故乡。

⑦垂纶：即垂钓。纶，钓鱼线。

⑧浮、泛：均指漂游。

⑨遂以称焉：于是就以玄真子为名号了。

真又述《太易》十五卷，凡二百六十有五卦，以有无为宗，观者以为碧虚金骨。

兄浦阳尉鹤龄，亦有文学，恐玄真浪迹不还，乃于会稽东郭买地，结茅斋以居之，闭竹门，十年不出。吏人尝呼为掏河夫，执畚就役，曾无忤色[①]。又欲以大布为褐裘服[②]，徐氏闻之，手为识纩[③]，一制十年，方暑不解[④]。所居草堂，椽柱皮节皆存，而无斤斧之迹[⑤]。文士效柏梁体作歌者十余人[⑥]，浙江东观察使、御史大夫陈公少游，闻而谒之[⑦]，坐必终日，因表其所居曰“玄真坊”[⑧]。又以门巷湫隘，出钱买地，以立闬闳，旌曰“迴轩巷”[⑨]。仍命评事刘太真为叙，因赋柏梁之什[⑩]，文士诗以美之者十五人。既门隔流水，十年无桥，陈公遂为创造，行者谓之“大夫桥”。遂作《告大夫桥文》以谢之。常以豹皮为屐，鬃皮为屩[⑪]，隐素木几，酌斑螺杯[⑫]，鸣榔杖拏[⑬]，随意取适。垂钓去饵，不在得鱼。肃宗尝赐奴、婢各一，玄真配为夫妇，名夫曰渔僮，妻曰樵青。人问其故，曰：“渔僮使捧钓收纶，芦中鼓枻[⑭]；樵青使苏兰薪桂[⑮]，竹里煎茶。”竟陵子陆羽[⑯]，校书郎裴修，尝诣问有何人往来，答曰：“太虚作室而共居，夜月为灯以同照，与四海诸公未尝离别，有何往来？”

性好画山水，皆因酒酣，乘兴，

①无忤色：没有不高兴的样子。

②大布：粗布。褐裘服：粗布的长褂。

③徐氏：张志和的嫂嫂。纩（kuàng）：絮衣服的新绵。

④一制十年：一种样式一穿就是十年。方暑：正在署天。

⑤皮节：树皮和树干上的瘿。斤：斧。

⑥柏梁体：七言诗体的一种。相传汉武帝在柏梁台上与群臣联句，共赋七言诗，每人一句，每句用韵，一句一意，世称柏梁体。

⑦谒：拜访。

⑧表：作标记，取名。

⑨湫（jiǎo）隘：低下狭小。闬闳（hàn hóng）：巷门。旌：旌表，此处指作匾额。

⑩什：篇什。

⑪屐：木屐。屩：（juē）：草鞋

⑫隐：凭，靠。素木几：不施彩绘的小桌子。酌：喝酒。斑螺杯：用有斑纹的螺壳做成的酒杯。

⑬榔杖：一种长木条，捕鱼时用以叩舷，可以惊鱼入网。

⑭鼓枻（yì）：此处指摇桨。

⑮苏兰薪桂：取兰草、砍桂树作柴。

⑯陆羽：字鸿渐，唐代文人，知茶，著有《茶经》。

击鼓吹笛，或闭目，或背面，舞笔飞墨，应节而成。大历九年秋八月[①]，讯真卿于湖州，前御史李崿[②]，以缣帐请焉[③]。俄挥洒，横布而纤纩霏拂，乱抢而攒毫雷驰，须臾之间，千变万化，蓬壶仿佛而隐见[④]，天水微茫而昭言。观者如墙，轰然愕眙[⑤]。在坐六十余人，元真命各言爵里、纪年、名字、第行[⑥]，于其下作两句题目，命酒以蕉叶书之。援翰立成，潜皆属对[⑦]，举席骇叹，竟陵子因命画工图而次焉[⑧]。

真卿以舴艋既敝，请命更之[⑨]，答曰："傥惠渔舟[⑩]，愿以为浮家泛宅，沿泝江湖之上[⑪]，往来苕、霅之间[⑫]，野夫之幸矣！"其诙谐辨捷[⑬]，皆此类也。然立性孤峻，不可得而亲疏[⑭]；率诚淡然，人莫窥其喜愠[⑮]。视轩裳如草芥，屏嗜欲若泥沙[⑯]。希迹乎大丈夫，同符乎古作者[⑰]，莫可测也。忽焉去我，思德兹深，曷以置怀[⑱]，寄诸他山之石。铭曰：

邈玄真，超隐沦。齐得丧[⑲]，甘贱贫。泛湖海，同光尘。宅鱼舟，垂钓纶。辅明主，斯若人。岂烟波，终此身[⑳]！

①大历九年：公元774年。大历，唐代宗李豫年号。

②李崿（è）：字伯高，安禄山叛乱时客居清河郡，因平原太守颜真颜率师相助，一郡得以保全。

③以缣帐请焉：请张志和在缣上作画。缣，双丝的细绢。

④蓬壶：传说中的海上仙山。

⑤愕眙（chì）：惊异，瞪着眼。

⑥爵里：指籍贯、故里。纪年：年龄。第行：排行。

⑦援翰：操笔。潜皆属对：即所作文句隐含了那些人的爵里等。

⑧图而次：画下来，并排好顺序。

⑨舴艋（zé měng）：一种小船。请命：请求命令。

⑩傥：同"倘"。惠：惠送。

⑪沿泝（sù）：指顺水和逆水。泝，同"溯"。

⑫苕、霅（zhà）：苕溪和霅溪，在今浙江省吴兴县境。

⑬辩捷：口才好。

⑭不可得而亲疏：不能随意亲近和疏远。

⑮率诚：直率真诚。喜愠（yùn）：高兴和恼怒。

⑯轩裳：指富贵。屏：同"摒"。

⑰"希迹"二句：是说其行性与古代贤人君子相近。

⑱曷：何。置怀：志怀。

⑲齐得丧：视得失为一回事。齐，等同。丧，失。

⑳岂烟波，终此身：谁料他竟在烟波之中终结了自己的一生。

范　晔

范晔（398～445），南朝宋史学家。字蔚宗。顺阳（今河南淅川东）人。少年好学，博通经史，善为文章。所著《后汉书》为“四史”之一，包括十纪、八十列传，十志未成。今本《后汉书》包括梁代刘昭的增补部分。

班超传

【题解】本篇节选自《后汉书》卷四十七。这篇传记详尽记叙了班超经营西域的一生，生动刻画了一位战略家的形象。班超不愿久事笔砚，慨然投笔从戎，凭借勇气和智谋，在西域创造了张骞以来最辉煌的业绩。班超经营西域长达三十一年，巩固和发展了汉朝与西域的政治文化关系，使中原地区与西域的联系更为紧密，也为中国大一统奠定了坚实的基础。

班超字仲升，扶风平陵人①，徐令彪之少子也②。为人有大志，不修细节③。然内孝谨，居家常执勤苦④，不耻劳辱。有口辩，而涉猎书传⑤。永平五年⑥，兄固被召诣校书郎⑦，超与母随至洛阳。家贫，常为官佣书以供养⑧。久劳苦，尝辍业投笔叹曰：“大丈夫无他志略⑨，犹当效傅介子、张骞立功异域⑩，以取封侯，安能久事笔研间乎⑪？”左右皆笑之。超曰：“小子安知壮士志哉！”其后行诣相者⑫，曰：“祭酒，布衣诸生耳⑬，而当封侯万里之外。”超问其状。相者指曰：“生燕颔虎颈⑭，飞而食肉，此万里侯相也。”久之，显宗问固⑮：“卿弟安在？”固对：“为官写书，受直以养老母⑯。”帝乃除超为兰台令

①扶风：右扶风郡。平陵：扶风属县。

②徐令：徐县县令。彪：即班彪。

③细节：无关大体的行为。

④孝谨：孝顺谨慎。执：从事。

⑤口辩：口才。书传：古代书籍。

⑥永平五年：公元62年。永平，东汉明帝的年号。

⑦固：班固。校书郎：管理书籍的官。

⑧为官佣书：被官府雇用抄书。

⑨志略：抱负。

⑩傅介子、张骞：均为西汉外交使节，立功封侯。

⑪研：同“砚”。

⑫相者：看相的人。

⑬祭酒：古代对人的尊称。布衣诸生：平民书生。

⑭燕颔虎颈：像燕子的下巴，像老虎的颈项。

⑮显宗：东汉明帝的庙号。

⑯直：同“值”，工钱。

史[①]，后坐事免官[②]。

十六年，奉车都尉窦固出击匈奴[③]，以超为假司马[④]，将兵别击伊吾[⑤]，战于蒲类海[⑥]，多斩首虏而还。固以为能，遣与从事郭恂俱使西域[⑦]。

超到鄯善[⑧]，鄯善王广奉超礼敬甚备，后忽更疏懈[⑨]。超谓其官属曰："宁觉广礼意薄乎[⑩]？此必有北虏使来，狐疑未知所从故也[⑪]。明者睹未萌，况已著邪[⑫]。"乃召侍胡诈之曰[⑬]："匈奴使来数日，今安在乎？"侍胡惶恐，具服其状[⑭]。超乃闭侍胡[⑮]，悉会其吏士三十六人[⑯]，与共饮，酒酣，因激怒之曰："卿曹与我俱在绝域[⑰]，欲立大功，以求富贵。今虏使到裁数日，而王广礼敬即废[⑱]；如令鄯善收吾属送匈奴，骸骨长为豺狼食矣。为之奈何？"官属皆曰："今在危亡之地，死生从司马[⑲]。"超曰："不入虎穴，不得虎子。当今之计，独有因夜以火攻虏[⑳]，使彼不知我多少，必大震怖，可殄尽也[㉑]。灭此虏，则鄯善破胆，功成事立矣。"众曰："当与从事议之。"超怒曰："吉凶决于今日。从事文俗吏[㉒]，闻此必恐而谋泄，死无所名[㉓]，非壮士也！"众曰："善"。

初夜，遂将吏士往奔虏营。会天大风，超令十人持鼓藏虏舍后，

①兰台：汉代宫内藏书的地方。令史：掌管文书等事的官职。

②坐事：因事获罪。

③奉车都尉：掌管御乘舆车之事的官员。窦固：东汉明帝时数次率兵击匈奴，官任光禄勋、卫尉。

④假：代理。司马：汉时大将军营五部各置军司马一人。

⑤将兵：带领军队。伊吾：地名，在今新疆哈密西北。

⑥蒲类海：即今新疆巴里坤湖。

⑦固：窦固。能：有才干。从事：官名，三公及州郡长官的僚属。

⑧鄯（shàn）善：西域国名，治所在今新疆鄯善西南。

⑨忽更疏懈：忽然变得疏远松懈。

⑩宁：难道。

⑪"狐疑"句：犹疑不决，不知该跟从哪一方好。

⑫未萌：没有出现苗头。萌，萌芽。著：明显。

⑬召：召见。待胡：接待汉人的胡人。

⑭服：通"伏"，招认。

⑮闭：关押，幽禁。

⑯悉会：全部召集的意思。

⑰卿曹：你们。绝域：边远的地方。

⑱裁：通"才"。即：就。

⑲死生从司马：无论死活都跟从班超。

⑳独有：只有。因：就，趁。

㉑殄（tiǎn）：消灭，灭绝。

㉒从事：指郭恂。文俗吏：庸俗的文官。

㉓死无所名：死了没有留下名字，即白白地送命。

约曰："见火然[①]，皆当鸣鼓大呼。"余人悉持兵弩夹门而伏。超乃顺风纵火，前后鼓噪。虏众惊乱，超手格杀三人[②]，吏兵斩其使及从士三十余级，余众百许人悉烧死。明日，乃还告郭恂。恂大惊，既而色动[③]。超知其意，举手曰[④]："掾虽不行，班超何心独擅之乎[⑤]？"恂乃悦。超于是召鄯善王广，以虏使首示之，一国震怖。超晓告抚慰，遂纳子为质[⑥]。

还奏于窦固，固大喜，具上超功效[⑦]，并求更选使使西域[⑧]。帝壮超节[⑨]，诏固曰："吏如班超，何故不遣而更选乎？今以超为军司马，令遂前功[⑩]。"超复受使，固欲益其兵[⑪]，超曰："愿将本所从三十余人足矣[⑫]。如有不虞，多益为累[⑬]。"

是时于阗王广德新攻破莎车[⑭]，遂雄张南道[⑮]，而匈奴遣使监护其国。超既西，先至于阗。广德礼意甚疏。且其俗信巫，巫言："神怒，何故欲向汉？汉使有騧马，急求取以祠我[⑯]。"广德乃遣使就超请马。超密知其状，报许之[⑰]，而令巫自来取马。有顷，巫至，超即斩其首以送广德，因辞让之[⑱]。广德素闻超在鄯善诛灭虏使，大惶恐，即攻杀匈奴使者而降超。超重赐其王以下，因镇抚焉[⑲]。

时龟兹王建为匈奴所立[⑳]，倚恃

①然：同"燃"。

②格杀：打杀。

③色动：脸色变了。

④举手：表示致敬。

⑤掾：古代属官的通称，这里指从事。这两句是说郭恂虽未参与，班超自己也不会独据其功。

⑥晓告：说明清楚。质：古代两国交往，派世子或宗室子弟留居对方作为保证，称为"质"。

⑦功效：功绩。

⑧更选使使西域：郭悔使命已完成，再选择一位前往西域的使者。第二个"使"是出使。

⑨壮：赞赏。节：志气，气节。

⑩令遂前功：令班超完成以前的功业。

⑪益：增加。

⑫本所从：原本跟随的。

⑬不虞：不测。累：牵累，累赘。

⑭于阗（tián）：西域国名，治在西城（今新疆和田南）。莎车：西域国名，治在莎车（今新疆莎车）。

⑮雄张：势力扩张。南道：古代中国中原地区对西域的主要道路之一，另一条为北道。

⑯騧（guā）马：古代指黑嘴的黄马。祠：祭祀。

⑰报：回复，答复。

⑱让：责备，责怪。

⑲镇抚：安定抚慰。

⑳龟兹（qiū cí）：西域国名，治在延城（今新疆库车）。

虏威，据有北道，攻破疏勒[①]，杀其王，而立龟兹人兜题为疏勒王。明年春，超从间道至疏勒[②]。去兜题所居盘橐城九十里[③]，逆遣吏田虑先往降之[④]。敕虑曰："兜题本非疏勒种，国人必不用命[⑤]。若不即降，便可执之。"虑既到，兜题见虑轻弱，殊无降意[⑥]。虑因其无备，遂前劫缚兜题[⑦]。左右出其不意，皆惊惧奔走。虑驰报超，超即赴之，悉召疏勒将吏，说以龟兹无道之状，因立其故王兄子忠为王，国人大悦。忠及官属皆请杀兜题，超不听，欲示以威信，释而遣之。疏勒由是与龟兹结怨。

十八年，帝崩[⑧]。焉耆以中国大丧[⑨]，遂攻没都护陈睦[⑩]。超孤立无援，而龟兹、姑墨数发兵攻疏勒[⑪]。超守盘橐城，与忠为首尾[⑫]，士吏单少，拒守岁余。肃宗初即位[⑬]，以陈睦新没，恐超单危不能自立，下诏征超[⑭]。超发还[⑮]，疏勒举国忧恐。其都尉黎弇曰："汉使弃我，我必复为龟兹所灭耳。诚不忍见汉使去。"因以刀自刭[⑯]。超还至于阗，王侯以下皆号泣曰："依汉使如父母，诚不可去。"互抱超马脚，不得行。超恐于阗终不听其东[⑰]，又欲遂本志，乃更还疏勒[⑱]。疏勒两城自超去后，复降龟兹，而与尉头连兵[⑲]。超捕斩反者，击破尉头，杀六百余人，疏勒复安。

①疏勒：西域国名，治在疏勒（今新疆喀什）。

②间（jiàn）道：小路。

③去：离。橐：读 tuó。

④"逆遣吏"句：事先派遣官吏田虑到疏勒国，要它投降。逆，预先。

⑤用命：服从命令。

⑥殊无降意：毫无投降的意思。

⑦劫缚：抓住并捆绑。

⑧十八年：指汉明帝永平十八年，公元 75 年。帝崩：汉明帝去世。

⑨焉耆（qí）：西域国名，治在南河城（今属新疆焉耆回族自治县）。

⑩攻没：攻陷。都护：即西域都护，为驻扎在西域的最高长官。东汉时，西域都护府治在今新疆拜城西南。

⑪姑墨：西域国名，在今新疆温宿一带。

⑫为首尾：首尾互相接应。

⑬肃宗：东汉章帝的庙号。

⑭下诏征超：下诏令班超回国。

⑮发还：出发回国。

⑯自刭（jǐng）：自刎。

⑰听：听凭，听任。

⑱更还疏勒：重新回到疏勒。

⑲尉头：西域国名，在今新疆乌什西南部。

建初三年[①]，超率疏勒、康居、于阗、拘弥兵一万人攻姑墨石城[②]，破之，斩首七百级。超欲因此叵平诸国[③]，乃上疏请兵。曰："臣窃见先帝欲开西域，故北击匈奴，西使外国，鄯善、于阗实时向化[④]。今拘弥、莎车、疏勒、月氏、乌孙、康居复愿归附[⑤]，欲共并力破灭龟兹，平通汉道[⑥]。若得龟兹，则西域未服者百分之一耳。臣伏自惟念[⑦]，卒伍小吏，实愿从谷吉效命绝域[⑧]，庶几张骞弃身旷野[⑨]。昔魏绛列国大夫，尚能和辑诸戎[⑩]，况臣奉大汉之威，而无铅刀一割之用乎[⑪]？前世议者皆曰取三十六国[⑫]，号为断匈奴右臂。今西域诸国，自日之所入[⑬]，莫不向化，大小欣欣，贡奉不绝，唯焉耆、龟兹独未服从。臣前与官属三十六人奉使绝域，备遭艰厄。自孤守疏勒，于今五载，胡夷情数[⑭]，臣颇识之。问其城郭小大，皆言'倚汉与依天等'。以是效之，则葱领可通[⑮]；葱领通，则龟兹可伐。今宜拜龟兹侍子白霸为其国王，以步骑数百送之，与诸国连兵，岁月之间，龟兹可禽[⑯]。以夷狄攻夷狄[⑰]，计之善者也。臣见莎车、疏勒田地肥广，草牧饶衍[⑱]，不比敦煌、鄯善间也，兵可不费中国而粮食自足。且姑墨、温宿二王[⑲]，特为龟兹所置，既非其种，更相厌苦[⑳]，其势必有降反。若二国来降，则龟兹自破。愿下臣章，参考

①建初三年：公元 78 年。建初，东汉章帝的年号。

②康居：古代国名，领土较广，大致在今巴尔喀什湖和咸海之间。拘弥：西域国名，治所在今新疆于田东北。

③叵平：平定。

④实时：及时。向化：归服。

⑤月氏（ròu zhī）：即大月氏，西域国名，在今中亚。乌孙：西域国名，在今中国新疆及哈萨克斯坦一带。

⑥平通汉道：打通和汉朝交往的路线。

⑦伏自惟念：自己内心思量。

⑧谷吉：人名，西汉元帝时出使西域，后被匈奴单于杀害。

⑨"庶几"句：意为希望像张骞一样，献身边疆，为汉朝立功。

⑩魏绛：春秋时期晋国大夫，曾力主与戎族和好，为晋悼公采纳。和辑诸戎：和周围的各少数民族和睦相处。

⑪铅刀：铅质软，铅刀钝。班超曾说自己是把铅刀，但也不妨一用。

⑫三十六国：指汉代时西域诸国。

⑬日之所入：指最西边。

⑭情数：情况。

⑮效之：检验它。葱领：旧对帕米尔高原和昆仑山、喀喇昆仑山西部诸山的总称。领：通"岭"。

⑯岁月之间：几月之内。禽：同"擒"。

⑰夷狄：古称东方部族为夷，北方部族为狄。

⑱饶衍：丰足余裕。

⑲温宿：西域国名，治在今新疆维乌什。

⑳非其种：与其不是一族。厌苦：厌恨。

行事。诚有万分[①]，死复何恨？臣超区区[②]，特蒙神灵，窃冀未便僵仆[③]，目见西域平定，陛下举万年之觞，荐勋祖庙[④]，布大喜于天下。”书奏，帝知其功可成，议欲给兵。平陵人徐干素与超同志，上疏愿奋身佐超[⑤]。五年[⑥]，遂以干为假司马，将弛刑及义从千人就超[⑦]。

先是莎车以为汉兵不出，遂降于龟兹，而疏勒都尉番辰亦复反叛。会徐干适至，超遂与干击番辰，大破之，斩首千余级，多获生口[⑧]。超既破番辰，欲进攻龟兹。以乌孙兵强，宜因其力[⑨]，乃上言：“乌孙大国，控弦十万[⑩]。故武帝妻以公主[⑪]，至孝宣皇帝，卒得其用[⑫]。今可遣使招慰，与共合力。”帝纳之。八年，拜超为将兵长史，假鼓吹幢麾[⑬]。以徐干为军司马，别遣卫侯李邑护送乌孙使者，赐大小昆弥以下锦帛[⑭]。

李邑始到于阗，而值龟兹攻疏勒，恐惧不敢前，因上书陈西域之功不可成，又盛毁超拥爱妻、抱爱子，安乐外国，无内顾心[⑮]。超闻之，叹曰：“身非曾参而有三至之谗[⑯]，恐见疑于当时矣。”遂去其妻。帝知超忠，乃切责邑曰[⑰]：“纵超拥爱妻、抱爱子，思归之士千余人，何能尽与超同心乎[⑱]？”令邑诣超受节度[⑲]。诏超：“若邑任在外者，便留与从

①诚有万分：真有万分之一的可能。
②区区：自称的谦词，卑微的意思。
③窃冀：私下希望。未便：不要立即。僵仆：死亡。
④觞：酒杯。荐勋祖庙：向祖先报告功勋。
⑤同志：志向相同。
⑥五年：东汉章帝建初五年。
⑦弛刑：即弛刑徒，解除枷锁的刑徒。义从：汉魏时称少数民族归附朝廷者为义从。
⑧生口：俘虏。
⑨因：借。
⑩控弦：持弓，拉弓。借指士兵。
⑪妻以公主：汉武帝时，曾以江都王建之女为公主，嫁给乌孙国王。
⑫“至孝宣”句：指汉宣帝时，汉朝与乌孙联合出兵，大破匈奴之事。
⑬八年：建初八年。将兵长史：汉代驻防外地的统兵长官。假：借用。鼓吹、幢麾：大将出巡的仪式。
⑭昆弥：乌孙君长的称号。
⑮盛毁：竭力说别人的坏话。无内顾心：不再考虑国内之事，意即不忠。
⑯曾参：孔子的学生。据载，曾参不在家的时候，有人来告诉他母亲，说曾参在外面杀了人。曾母起初不相信，但接连三次有人来报告，曾母就相信了。原来杀人的是一个与曾参同姓名的人。
⑰切责：严词斥责。
⑱纵：尽管。与超同心：像班超那样安心屯驻。
⑲诣：到……去。节度：指挥，管辖。

事[①]。”超即遣邑将乌孙侍子还京师[②]。徐干谓超曰：“邑前亲毁君，欲败西域[③]，今何不缘诏书留之，更遣他吏送侍子乎[④]？”超曰：“是何言之陋也[⑤]！以邑毁超，故今遣之。内省不疚，何恤人言[⑥]！快意留之[⑦]，非忠臣也。”

明年，复遣假司马和恭等四人将兵八百诣超，超因发疏勒、于阗兵击莎车。莎车阴通使疏勒王忠，啖以重利[⑧]，忠遂反，从之西保乌即城。超乃更立其府丞成大为疏勒王，悉发其不反者以攻忠。积半岁，而康居遣精兵救之，超不能下。是时月氏新与康居婚，相亲，超乃使使多赍锦帛遗月氏王[⑨]，令晓示康居王。康居王乃罢兵，执忠以归其国，乌即城遂降于超。后三年，忠说康居王借兵，还据损中，密与龟兹谋，遣使诈降于超。超内知其奸，而外伪许之[⑩]。忠大喜，即从轻骑诣超[⑪]。超密勒兵待之，为供张设乐[⑫]。酒行[⑬]，乃叱吏缚忠斩之。因击破其众，杀七百余人，南道于是遂通。

明年，超发于阗诸国兵二万五千人，复击莎车。而龟兹王遣左将军发温宿、姑墨、尉头合五万人救之。超召将校及于阗王议曰：“今兵少不敌，其计莫若各散去。于阗从是而东，长史亦于此西归，可须夜

①“若邑任在外”二句：如果李邑适宜在外工作，就给一个职务留下他。

②将（jiāng）：带领。

③欲败西域：想败坏沟通西域的事业。

④缘：因，就着。更：反而。

⑤是何言之陋也：这是多么浅薄的话啊。

⑥“内省”二句：自己反省而无内疚之事，为什么要顾虑别人的闲话。语见《论语·颜渊》：“内省不疚，夫何忧何惧？”恤，担忧，忧虑。

⑦快意留之：为一时痛快而留下他。

⑧阴通使：暗地里使节往来。啖（dàn）：利诱，引诱。

⑨赍：携带。遗（wèi）：赠送。

⑩内：内心。伪许之：假装答应。

⑪从轻骑：让轻骑随从。

⑫勒兵：陈兵，部署兵力。供张：亦作“供帐”，陈设供宴会用的帷帐、用具、饮食等物，也就是举行宴会。

⑬酒行：顺序向客人敬酒。

鼓声而发[①]。”阴缓所得生口[②]。龟兹王闻之大喜，自以万骑于西界遮超[③]，温宿王将八千骑于东界徼于阗[④]。超知二虏已出，密召诸部勒兵，鸡鸣驰赴莎车营，胡大惊乱奔走，追斩五千余级，大获其马畜财物。莎车遂降，龟兹等因各退散，自是威震西域。

初，月氏尝助汉击车师有功[⑤]，是岁贡奉珍宝、符拔、师子[⑥]，因求汉公主[⑦]。超拒还其使，由是怨恨。永元二年[⑧]，月氏遣其副王谢将兵七万攻超。超众少，皆大恐。超譬军士曰[⑨]：“月氏兵虽多，然数千里逾葱领来，非有运输[⑩]，何足忧邪？但当收谷坚守，彼饥穷自降，不过数十日决矣[⑪]。”谢遂前攻超，不下，又抄掠无所得[⑫]。超度其粮将尽[⑬]，必从龟兹求救，乃遣兵数百于东界要之[⑭]。谢果遣骑赍金银珠玉以赂龟兹。超伏兵遮击，尽杀之，持其使首以示谢。谢大惊，即遣使请罪，愿得生归。超纵遣之[⑮]。月氏由是大震，岁奉贡献。

明年，龟兹、姑墨、温宿皆降，乃以超为都护，徐干为长史。拜白霸为龟兹王，遣司马姚光送之。超与光共胁龟兹，废其王尤利多而立白霸，使光将尤利多还诣京师。超居龟兹它乾城，徐干屯疏勒。西域唯焉耆、危须、尉犁以前没都护[⑯]，怀二心，其余悉定。

①须：等待的意思。夜鼓：更鼓，打更报时的鼓。

②阴缓所得生口：暗中放松管束所获的俘虏，意思是让他们逃跑回去报告。

③遮：拦阻。

④徼（yāo）：截击。

⑤车师：西域国名，有车师前部和车师后部，前部治交河城（今新疆吐鲁番），后部治在务涂谷（今新疆奇台西南）。

⑥符拔：动物名，形似麟而无角。师子：即狮子。

⑦因求：顺便求娶。

⑧永元二年：公元 90 年。永元，东汉和帝的年号。

⑨譬：说明道理。

⑩非有运输：没有粮草等随同运来。

⑪收谷：收割庄稼。饥穷：饥饿到极点。决：胜负分明。

⑫抄掠：抢劫，掠夺。

⑬度（duó）：揣测。

⑭要（yāo）：半路拦截。

⑮纵遣：即放走。

⑯危须：西域国名，治在危须（今新疆和硕东北）。尉犁：西域国名，治在尉犁（今新疆库尔勒东北）。没都护：指汉明帝永平十八年焉耆攻陷都护府击杀陈睦的事。

六年秋，超遂发龟兹、鄯善等八国兵合七万人，及吏士贾客千四百人讨焉耆[①]。兵到尉犁界，而遣晓说焉耆、尉犁、危须曰："都护来者，欲镇抚三国。即欲改过向善，宜遣大人来迎[②]，当赏赐王侯已下，事毕即还。今赐王彩五百匹[③]。"

焉耆王广遣其左将北鞬支奉牛酒迎超。超诘鞬支曰[④]："汝虽匈奴侍子，而今秉国之权[⑤]。都护自来，王不以时迎[⑥]，皆汝罪也。"或谓超，可便杀之[⑦]。超曰："非汝所及[⑧]。此人权重于王，今未入其国而杀之，遂令自疑，设备守险[⑨]，岂得到其城下哉？"于是赐而遣之。广乃与大人迎超于尉犁，奉献珍物。

焉耆国有苇桥之险，广乃绝桥[⑩]，不欲令汉军入国。超更从他道厉度[⑪]。七月晦[⑫]，到焉耆，去城二十里，营大泽中[⑬]。广出不意，大恐，乃欲悉驱其人共入山保[⑭]。焉耆左侯元孟先尝质京师，密遣使以事告超，超即斩之，示不信用。乃期大会诸国王[⑮]，因扬声当重加赏赐，于是焉耆王广、尉犁王泛及北鞬支等三十人相率诣超[⑯]。其国相腹久等十七人惧诛，皆亡入海[⑰]，而危须王亦不至。坐定，超怒诘广曰："危须王何故不到？腹久等所缘逃亡？"遂叱吏士收广、泛等于陈睦故城斩之[⑱]，传首京师。因纵兵抄掠，斩首五千余级，获生口万五千人，马畜

①吏士贾客：官吏、文人、商人。当指内部管理、后勤保障的非战斗人员。

②大人：这里指高级官长。

③彩：彩色的丝织品。

④诘：诘问，指责。

⑤秉国之权：掌握国家政权。

⑥以时：及时。

⑦便：就，即。

⑧非汝所及：不是你能想到的。即不是你想的那样。

⑨自疑：疑心。设备：加强防备。

⑩绝桥：断桥。

⑪厉度：涉水而过。

⑫晦：农历每月的最后一天。

⑬营：扎营。大泽：大漠。

⑭入山保：进入山里，据险守卫。

⑮期：约定时间。

⑯相率：相继，先后。

⑰亡入海：逃到秦海，即今新疆博斯腾湖。

⑱陈睦故城：以前陈睦作都护时驻守过的城池。

牛羊三十余万头，更立元孟为焉耆王。超留焉耆半岁，慰抚之。于是西域五十余国悉皆纳质内属焉[①]。

明年，下诏曰："往者匈奴独擅西域，寇盗河西[②]，永平之末，城门昼闭。先帝深愍边萌婴罹寇害[③]，乃命将帅击右地，破白山[④]，临蒲类，取车师，城郭诸国震慑响应，遂开西域，置都护。而焉耆王舜、舜子忠独谋悖逆[⑤]，恃其险隘，覆没都护，并及吏士。先帝重元元之命[⑥]，惮兵役之兴，故使军司马班超安集于阗以西。超遂逾葱领，迄县度[⑦]，出入二十二年，莫不宾从[⑧]。改立其王，而绥其人[⑨]。不动中国，不烦戎士[⑩]，得远夷之和，同异俗之心[⑪]，而致天诛，蠲宿耻[⑫]，以报将士之仇。《司马法》曰[⑬]：'赏不逾月[⑭]，欲人速睹为善之利也。'其封超为定远侯，邑千户。"

……

超在西域三十一岁。十四年八月至洛阳[⑮]，拜为射声校尉[⑯]。超素有胸胁疾，既至，病遂加。帝遣中黄门问疾[⑰]，赐医药。其年九月卒，年七十一。朝廷愍惜焉，使者吊祭，赠赗甚厚[⑱]。子雄嗣。

①内属：归附朝廷为属国或属地。

②独擅：独自据有。河西：指今甘肃、青海黄河以西，即河西走廊和湟水流域地区。

③边萌：边疆人民。婴罹（lí）：遭受。

④右地：地理上以西为右。白山：即天山。

⑤悖逆：反叛，谋反。

⑥元元：庶民百姓。

⑦县度：古西域山名，在今新疆塔什库尔干塔吉克县西。山有栈道，有的地方要悬绳而渡，故名悬度。是西域重要山道之一。县，同"悬"。

⑧宾从：归顺。

⑨绥：安定。

⑩"不动中国"二句：没有使中原地区扰动，没有动员征发中原的士卒。

⑪"得远夷之和"二句：使得边远的国家跟汉朝和睦相处，使不同风格的民族跟汉同心同德。

⑫天诛：这里借喻汉朝廷的惩罚。蠲（juān）：除去，免除。宿：积久的。

⑬《司马法》：兵书名，旧题司马穰苴撰。

⑭赏不逾月：行赏不超过立功后的一个月。

⑮十四年：东汉和帝永元十四年，即公元102年。

⑯射声校尉：汉代禁军中负责射箭的长官。

⑰中黄门：内监。

⑱赗（mào）：送财物给人办丧事。

张衡传

【题解】本篇节选自《后汉书》卷五十九。张衡是东汉著名的天文学家、文学家。他是古代浑天说的代表人物之一，精于天文历算，还创制了举世闻名的浑天仪和地动仪。他在文学上也有很高的成就，《二京赋》以及《四愁诗》等都是精美之作。他还曾上疏反对当时流行的谶纬迷信，写有《请禁绝图谶疏》。这篇传记详细记述了张衡的这些活动。由于篇幅的原因，这里删去了原传所引张衡的一些文字。

张衡字平子，南阳西鄂人也①。世为著姓②。祖父堪，蜀郡太守。衡少善属文③，游于三辅④，因入京师，观太学⑤，遂通五经、贯六艺⑥。虽才高于世，而无骄尚之情⑦。常从容淡静，不好交接俗人。永元中，举孝廉，不行；连辟公府，不就⑧。时天下承平日久，自王侯以下，莫不逾侈⑨。衡乃拟班固《两都》⑩，作《二京赋》，因以讽谏。精思傅会⑪，十年乃成。文多故不载。大将军邓骘奇其才，累召不应。

衡善机巧，尤致思于天文、阴阳、历算⑫。常耽好《玄经》⑬，谓崔瑗曰："吾观《太玄》，方知子云妙极道数⑭，乃与五经相拟，非徒传记之属⑮，使人难论阴阳之事，汉家得天下二百岁之书也⑯。复二百岁，殆将终乎？所以作者之数，必显一世，常然之符也⑰。汉四百岁，玄其兴矣。"安帝雅闻衡善术学⑱，公车特征拜郎中，再迁为太史令⑲。遂乃

①南阳西鄂：东汉南阳郡西鄂县，在今河南南阳石桥。

②著姓：大族。

③属（zhǔ）文：写文章。属，缀辑。

④三辅：西汉以京兆尹、左冯翊、右扶风为三辅，辖境相当于今陕西中部地区。

⑤太学：古代最高学府。

⑥六艺：指礼、乐、射、御、书、数。

⑦骄尚：骄傲自大。尚，矜夸。

⑧孝廉：察举选拔人才的科目。辟：征召。公府：三公的公署。

⑨逾侈：过度奢侈。

⑩拟：模仿。

⑪傅会：指布置文章的内容。

⑫机巧：器械的巧妙。致思：用心。

⑬《玄经》：扬雄所著《太玄经》。下文称《太玄》。

⑭子云：扬雄的字。

⑮传记：解释经书、记录杂事的书。

⑯"汉家"句：汉王朝建立二百年来难得的好书。

⑰常然：自然本性，常态。

⑱雅：平素，向来。术学：在这里指天文、阴阳、历算。

⑲公车：汉制以公车递送应征之人。太史令：即史官。

研核阴阳[①]，妙尽琁机之正[②]，作浑天仪[③]，著《灵宪》《算罔论》[④]，言甚详明。唯浑天者，近得其情，今史官所用候台铜仪，则其法也。《灵宪》序曰："昔在先王，将步天路，用定灵轨。寻绪本元，先准之于浑体，是为正仪，故灵宪作兴。"衡集无《算罔论》，盖网络天地而算之，因名焉。

顺帝初，再转，复为太史令。衡不慕当世[⑤]，所居之官，辄积年不徙[⑥]。自去史职，五载复还，乃设客问，作《应间》以见其志云[⑦]。

阳嘉元年[⑧]，复造候风地动仪[⑨]。以精铜铸成，员径八尺[⑩]，合盖隆起，形似酒尊，饰以篆文山龟鸟兽之形。中有都柱[⑪]，傍行八道[⑫]，施关发机[⑬]。外有八龙，首衔铜丸，下有蟾蜍，张口承之[⑭]。其牙机巧制[⑮]，皆隐在尊中，覆盖周密无际。如有地动，尊则振龙，机发吐丸，而蟾蜍衔之。振声激扬，伺者因此觉知[⑯]。虽一龙发机，而七首不动，寻其方面[⑰]，乃知震之所在。验之以事，合契若神[⑱]。自书典所记，未之有也。尝一龙机发而地不觉动，京师学者咸怪其无征[⑲]。后数日驿至，果地震陇西[⑳]，于是皆服其妙。自此以后，乃令史官记地动所从方起。

初，光武善谶[㉑]，及显宗、肃宗因祖述焉。自中兴之后，儒者争学

①研核：研究考核。

②璇机：用玉装饰的天文仪器。正：准则。

③浑天仪：张衡创制的用来演示天体的仪器，类似于天球仪。

④《灵宪》：张衡所著天文学名著。《算罔论》：张衡所著算术书。

⑤当世：为现世所用。

⑥积年不徙：多年没有升职。徙：转任，指升职。

⑦《应间》为回应非难之作。间（jiàn）：非议，非难。

⑧阳嘉元年：公元132年。阳嘉，东汉顺帝的年号。

⑨候风地动仪：一种测定地震的仪器。

⑩员：同"圆"。

⑪都柱：一种柱形能摆的装置。都，大。

⑫八道：在都柱周围装置八根横杆，指向东、南、西、北、东南、西南、西北、东北八个方向。

⑬施关发机：设置拨动的枢纽。施，设。发，拨动。

⑭蟾蜍：蛤蟆。承之：承接铜丸。

⑮牙机巧制：机械枢纽制作的巧妙。

⑯伺者：观察仪器的人。伺，观察。

⑰方面：方向。

⑱验之以事：以实际发生的事情（地震）来检验。合契如神：彼此相合，其灵应如有神。

⑲无征：没有证明。

⑳驿：驿站传送文书的人。陇西：郡名，东汉时治在狄道（今甘肃临洮）。

㉑谶（chèn）：迷信的人认为将来要应验的预言、预兆。

图纬[①]，兼复附以妖言。衡以图纬虚妄，非圣人之法。时政事渐损，权移于下，衡因上疏陈事。后迁侍中，帝引在帷幄，讽议左右[②]。尝问衡天下所疾恶者[③]。宦官惧其毁己，皆共目之[④]，衡乃诡对而出[⑤]。阉竖恐终为其患[⑥]，遂共谗之。衡常思图身之事[⑦]，以为吉凶倚伏，幽微难明，乃作《思玄赋》，以宣寄情志[⑧]。

永和初[⑨]，出为河间相[⑩]。时国王骄奢，不遵典宪[⑪]；又多豪右[⑫]，共为不轨。衡下车[⑬]，治威严，整法度，阴知奸党名姓，一时收禽[⑭]，上下肃然，称为政理[⑮]。视事三年，上书乞骸骨[⑯]，征拜尚书[⑰]。年六十二，永和四年卒[⑱]。

永初中[⑲]，谒者仆射刘珍、校书郎刘騊駼等著作东观[⑳]，撰集《汉记》[㉑]，因定汉家礼仪，上言请衡参论其事。会并卒[㉒]，而衡常叹息，欲终成之。及为侍中，上疏请得专事东观，收捡遗文，毕力补缀。又条上司马迁、班固所叙与典籍不合者十余事[㉓]。又以为王莽本传但应载篡事而已[㉔]，至于编年月，纪灾祥，宜为元后本纪[㉕]。又更始居位，人无异望[㉖]，光武初为其将，然后即真[㉗]，宜以更始之号建于光武之初。书数上，竟不听。及后之著述，多不详典，时人追恨之。

论曰：崔瑗之称平子曰："数术穷

①图纬：两汉时宣扬神学和迷信的图谶和纬书。
②侍中：官名，皇帝侍从官。帷幄：此指皇帝宫中。讽议：讽谏议论。左右：在皇帝跟前。
③疾恶（wù）：痛恨。
④目之：含怒侧目而视。
⑤诡对：不用实话对答。
⑥阉竖：对宦官的鄙称。
⑦图身之事：图谋自身安全的事情。
⑧吉凶倚伏：即祸福相倚。幽微：幽深微妙。
⑨永和：东汉顺帝的年号。
⑩出为：出京做官。河间：郡国名，东汉时治在乐成（今河北献县东南）。
⑪国王：指郡国之主。典宪：典章法令。
⑫豪右：豪族大户。
⑬下车：到任。
⑭阴知：暗中获知。禽：通"擒"。
⑮政理：政事走入轨道。
⑯视事：任职。乞骸骨：请求退休。
⑰尚书：东汉时尚书为协助皇帝处理政务的官员。
⑱永和四年：公元139年。
⑲永初：东汉安帝的年号。
⑳谒者：为国君传达命令的官员。谒者仆射，谒者中的首长。校书郎：官名，负责校勘书籍。东观：洛阳宫中的殿名，为修史之所。
㉑《汉记》：即《东观汉记》，东汉官修本朝纪传体史书。
㉒会：恰巧。并卒：二人都死了。
㉓条上：按条目向皇帝上书。
㉔篡事：指王莽篡汉称帝改号之事。
㉕元后：即汉元帝皇后王政君。
㉖更始：指更始帝刘玄。异望：特殊声望。
㉗即真：即皇帝位。

天地，制作侔造化。"[1]斯致可得而言欤。推其围范两仪[2]，天地无所蕴其灵；运情机物，有生不能参其智[3]。故思引渊微，人之上术。记曰："德成而上，艺成而下。"量斯思也，岂夫艺而已哉？何德之损乎！

赞曰：三才理通[4]，人灵多蔽。近推形算，远抽深滞。不有玄虑，孰能昭晰[5]？

①侔（móu）：相等。造化：指天工。
②范围：设计制作。两仪：浑天仪、地动仪。
③机物：机巧之事。有生：众人。参：并。
④三才：天、地、人。
⑤玄：深奥。昭晰：清楚明白。

范滂传

【题解】本篇节选自《后汉书》卷六十七《酷吏传》。东汉自和帝以后，外戚、宦官交替专政，屡兴大狱，范滂就是在"党锢之祸"中被摧残致死的一个。这篇传记讲述了范滂的高洁抱负和严正操守，他秉公弹劾不法官吏，从而受到诬陷，惨遭迫害。作品主要是通过范滂与周围人的对话言谈来反映其品质、性格，这是本文刻画人物的一个特色。

范滂字孟博，汝南征羌人也[1]。少厉清节[2]，为州里所服，举孝廉、光禄四行[3]。

时冀州饥荒[4]，盗贼群起，乃以滂为清诏使，案察之[5]。滂登车揽辔，慨然有澄清天下之志。及至州境，守令自知臧污[6]，望风解印绶去。其所举奏，莫不厌塞众议[7]。迁光禄勋主事。时陈蕃为光禄勋，滂执公仪诣蕃[8]，蕃不止之。滂怀恨，投版弃官而去[9]。郭林宗闻而让蕃曰[10]："若范孟博者，岂宜以公礼格之[11]？今成其去就之名[12]，得无自取不优之议也[13]？"蕃乃谢焉。

①汝南：郡名，治所在今河南汝南东北。征羌：县名。
②厉：磨砺。清节：高尚的节操。
③光禄：官名，没有固定的职守，相当于顾问。四行：指考察人才的四个方面，即敦厚，质朴，逊让，节俭。
④冀州：汉代郡名，治今河北一带。
⑤清诏使：皇帝派出清理地方的特使。案察：查处。
⑥臧污：贪污受贿。臧，同"赃"。
⑦厌塞（yā sè）：满足，平息。
⑧公仪：官场的礼仪。
⑨版：即笏版。
⑩让：责备，责怪。
⑪格之：死板地对待他。
⑫去就之名：指弃官而去的清高名声。
⑬不优之议：指不好的评议。

复为太尉黄琼所辟[①]。后诏三府掾属举谣言[②]，滂奏刺史、二千石权豪之党二十余人。尚书责滂所劾猥多，疑有私故[③]。滂对曰："臣之所举，自非叨秽奸暴[④]，深为民害，岂以污简札哉[⑤]！间以会日迫促，故先举所急，其未审者[⑥]，方更参实。臣闻农夫去草，嘉谷必茂；忠臣除奸，王道以清。若臣言有贰，甘受显戮[⑦]。"吏不能诘。滂睹时方艰，知意不行，因投劾去。

太守宗资先闻其名，请署功曹[⑧]，委任政事。滂在职，严整疾恶。其有行违孝悌、不轨仁义者，皆扫迹斥逐[⑨]，不与共朝。显荐异节，抽拔幽陋[⑩]。滂外甥西平李颂，公族子孙，而为乡曲所弃[⑪]，中常侍唐衡以颂请资[⑫]，资用为吏。滂以非其人，寝而不召[⑬]。资迁怒，捶书佐朱零[⑭]。零仰曰："范滂清裁，犹以利刃齿腐朽[⑮]。今日宁受笞死，而滂不可违。"资乃止。郡中中人以下，莫不归怨，乃指滂之所用以为"范党"。

后牢修诬言钩党[⑯]，滂坐系黄门北寺狱[⑰]。狱吏谓曰："凡坐系皆祭皋陶[⑱]。"滂曰："皋陶贤者，古之直臣。知滂无罪，将理之于帝[⑲]；如其有罪，祭之何益！"众人由此亦止。狱吏将加掠考[⑳]，滂以同囚多婴病，乃请先就格[㉑]，遂与同郡袁忠争受

①辟：任用、征召。

②三府：太尉、司徒和司空府。掾属：辅佐官员。谣言：即谣谚。

③责：诘问。劾：揭发罪状。猥多：众多。私故：私人原因。

④叨秽：贪婪卑鄙。叨：同"饕"，贪。

⑤污简札：玷污书简文字。

⑥会日迫促：朝会陈奏民谣的日期迫近。未审：没有查实。

⑦贰：不一致。显戮：陈尸示众。

⑧功曹：官名，郡守属下的官员。

⑨扫迹斥逐：形容彻底清除，不留痕迹。

⑩"显荐"二句：公开荐举有特殊节操的人，选拔地位卑下而被埋没的人才。

⑪乡曲：同乡，乡亲。

⑫中常侍：传达诏令、掌理文书的宦官。以颂请资：将李颂推荐给宗资。

⑬寝：扣压，压下来。

⑭捶：杖笞。书佐：负责起草和缮写文书的官吏。

⑮清裁：清明的裁断。齿：挡，触。

⑯"后牢修"句：汉桓帝延熹九年(166)，司隶李膺捕杀交结宦官、教子杀人的方士张成，宦官唆使张成弟子牢修上书诬告李膺等人蓄徒结党、诽谤朝廷。桓帝通令逮捕包括李膺、范滂在内的二百多人。

⑰黄门北寺狱：当时宦官掌握的监狱。黄门，指宦官。

⑱皋陶（gāo yáo）：相传舜时主管狱法的大臣。

⑲理：申诉，申辩。帝：天帝。

⑳掠考：拷打。考，同"拷"。

㉑婴病：得病。就格：受拷打。

楚毒[①]。

桓帝使中常侍王甫以次辨诘[②]，滂等皆三木囊头[③]，暴于阶下。余人在前，或对或否，滂、忠于后越次而进[④]。王甫诘曰："君为人臣，不惟忠国，而共造部党[⑤]，自相褒举，评论朝廷，虚构无端，诸所谋结，并欲何为？皆以情对，不得隐饰！"滂对曰："臣闻仲尼之言，'见善如不及，见恶如探汤'[⑥]。欲使善善同其清，恶恶同其污，谓王政之所愿闻，不悟更以为党[⑦]。"甫曰："卿更相拔举，迭为唇齿[⑧]，有不合者，见则排斥，其意如何？"滂乃慷慨仰天曰："古之循善[⑨]，自求多福；今之循善，身陷大戮[⑩]。身死之日，愿埋滂于首阳山侧[⑪]，上不负皇天，下不愧夷、齐。"甫愍然为之改容[⑫]。乃得并解桎梏。

滂后事释，南归。始发京师，汝南、南阳士大夫迎之者数千两[⑬]。同囚乡人殷陶、黄穆，亦免俱归，并卫侍于滂，应对宾客[⑭]。滂顾谓陶等曰："今子相随，是重吾祸也[⑮]。"遂遁还乡里。

初，滂等系狱，尚书霍谞理之[⑯]。及得免，到京师，往候谞而不为谢。或有让滂者。对曰："昔叔向婴罪[⑰]，祁奚救之[⑱]，未闻羊舌有谢恩之辞，祁老有自伐之色[⑲]。"竟无所言。

①楚毒：毒打。
②辨诘：指审讯。
③三木：颈、手、足都加有木制的刑具。囊头：用物蒙住头。
④越次：越出次序。
⑤惟：考虑。部党：朋党，徒党。
⑥"仲尼之言"句：语本《论语·季氏》："见善如不及，见不善如探汤。"
⑦"谓王政"二句：意思是知道这是王政（善政）所愿意听到的，不懂得这是互相结党。
⑧更相拔举：互相推荐提拔。迭为唇齿：如唇齿一样互相依靠。
⑨循善：遵从良善。
⑩大戮：大刑。
⑪首阳山：山名，位于山西永济南。周武王灭殷时，伯夷、叔齐不食周粟，饿死在首阳山。范滂借来比喻自己清白。
⑫愍（mǐn）：怜悯，哀怜。
⑬京师：洛阳。两（liàng）：同"辆"。
⑭卫侍：护卫，侍奉。应对宾客：接待来访的客人。
⑮子：你（们）。重：加重。
⑯霍谞：字叔智，初举孝廉，后入为尚书仆射，官至少府廷尉。当范滂等被诬告入狱后，霍谞和城门校尉窦武一起，向皇帝申理。皇帝息怒，赦范滂等归乡里。
⑰叔向：姓羊舌，名肸，春秋时晋国大夫。婴罪：犯罪。
⑱祁奚：字黄羊，春秋时晋国大夫。
⑲自伐：自夸功劳。

建宁二年[①]，遂大诛党人。诏下急捕滂等。督邮吴导至县，抱诏书，闭传舍[②]，伏床而泣。滂闻之，曰："必为我也。"即自诣狱。县令郭揖大惊，出解印绶，引与俱亡[③]，曰："天下大矣，子何为在此？"滂曰："滂死则祸塞[④]，何敢以罪累君，又令老母流离乎！"其母就与之诀。滂白母曰："仲博孝敬[⑤]，足以供养；滂从龙舒君归黄泉[⑥]，存亡各得其所。惟大人割不可忍之恩，勿增感戚。"母曰："汝今得与李、杜齐名[⑦]，死亦何恨！既有令名，复求寿考[⑧]，可兼得乎？"滂跪受教，再拜而辞。顾谓其子曰："吾欲使汝为恶，则恶不可为；使汝为善，则我不为恶。"行路闻之[⑨]，莫不流涕。时年三十三。

论曰：李膺振拔污险之中[⑩]，蕴义生风，以鼓动流俗，激素行以耻威权，立廉尚以振贵埶[⑪]，使天下之士，奋迅感慨，波荡而从之，幽深牢、破室族而不顾[⑫]。至于子伏其死，而母欢其义，壮矣哉！子曰："道之将废也与？命也！"[⑬]

①建宁二年：公元169年。建宁，东汉灵帝的年号。

②督邮：官名，郡守的属吏，代表太守督察县乡、宣达政令、兼司狱讼捕亡等。闭传舍：关闭传舍之门。传舍，地方招待来往官员的地方。

③解印绶：解下印绶，表示弃官出走的意思。引：拉。亡：逃走。

④祸塞：祸患堵塞。塞，止住。

⑤仲博：范滂的弟弟。

⑥龙舒君：范滂的父亲范显，曾为龙舒侯相，故称。

⑦李、杜：李膺、杜密，均为东汉党锢之祸的核心人物，都因得罪权贵或宦官被杀。

⑧令名：美名。令，美好。寿考：寿数。这里指长寿。

⑨行路：路上的行人。

⑩振拔：振奋自励。

⑪埶：同"势"。

⑫幽：囚禁。室族：家室、家族。

⑬此二句见《论语·宪问》。

董宣传

【题解】本篇节选自《后汉书》卷六十七《酷吏传》。作品通过董宣所经手的几桩涉及大族豪强甚至公主的大案，来刻画这位"酷吏"。由于董宣执法不苟、量刑严苛，招致权贵的不满甚至受到砍头的威胁，但董宣还是一如既往，从不姑息纵容。由此，在京师出现了"枹鼓不鸣"的现象。文中还讲到董宣的廉洁，而这正是他立身行事刚正挺介的基础。

董宣字少平，陈留圉人也[①]。初为司徒侯霸所辟，举高第，累迁北海相[②]。到官，以大姓公孙丹为五官掾[③]。丹新造居宅，而卜工以为当有死者[④]。丹乃令其子杀道行人，置尸舍内，以塞其咎[⑤]。宣知，即收丹父子杀之。丹宗族亲党三十余人，操兵诣府[⑥]，称冤叫号。宣以丹前附王莽，虑交通海贼[⑦]，乃悉收系剧狱，使门下书佐水丘岑尽杀之[⑧]。青州以其多滥，奏宣考岑，宣坐征诣廷尉[⑨]。在狱，晨夜讽诵，无忧色。及当出刑，官属具馔送之[⑩]，宣乃厉色曰："董宣生平未曾食人之食，况死乎！"升车而去。时同刑九人，次应及宣，光武驰使驺骑特原宣刑[⑪]，且令还狱。遣使者诘宣多杀无辜，宣具以状对，言水丘岑受臣旨意，罪不由之，愿杀臣活岑。使者以闻，有诏左转宣怀令，令青州勿案岑罪[⑫]。岑官至司隶校尉[⑬]。

后江夏有剧贼夏喜等寇乱郡境[⑭]，以宣为江夏太守。到界，移书曰："朝廷以太守能禽奸贼，故辱斯任[⑮]。今勒兵界首，檄到，幸思自安之宜[⑯]。"喜等闻，惧，即时降散。外戚阴氏为郡都尉[⑰]，宣轻慢之，坐免。

后特征为洛阳令。时湖阳公主苍头白日杀人[⑱]，因匿主家，吏不能得。及主出行，而以奴骖乘[⑲]。宣于夏门亭候之，乃驻车叩马，以刀画

①陈留：郡名，东汉时治在陈留（今河南开封东南）。圉人：养马的人。
②辟：征召。举高第：因考绩优等被荐举。北海：北海国，治在剧县（今山东昌乐西北）。
③五官掾：州郡的属官。
④卜工：专事占卜的人。
⑤道行人：过路的陌生人。塞：抵偿。咎：灾祸。
⑥操兵：执持兵器。诣：到……去。
⑦虑：打算。交通：勾结。
⑧剧狱：剧县之狱。书佐：主办文书的佐吏。
⑨青州：青州刺史。奏宣考岑：上书弹劾董宣，并收捕拷问水丘岑。坐：由……而获罪。征诣：召往。廷尉：主管刑狱的官，也指刑狱。
⑩出刑：出狱被处死刑。官属具馔送之：董宣的下属准备饭食给他送行。
⑪光武：光武帝刘秀。驰使：急派使者。驺（zhòu）：通"骤"。原：赦免。
⑫左转：降官，贬职。怀：县名，在今河南武陟西南。案：举劾，查办。
⑬司隶校尉：官名，掌纠察京师百官及所辖附近各郡。
⑭江夏：郡名，东汉时治在西陵（今湖北新洲西）。
⑮禽：通"擒"。辱斯任：不合适地委派了这个职务。
⑯勒：统领。幸：希望。
⑰"外戚阴氏"句：江夏郡阴氏是光武帝皇后母家。董宣因轻慢阴家被免官。都尉，官名，辅佐郡守并掌全郡的军事。
⑱湖阳公主：刘秀的姐姐。苍头：奴仆。
⑲骖（cān）乘：陪乘。

地，大言数主之失①，叱奴下车，因格杀之②。主即还宫诉帝。帝大怒，召宣，欲棰杀之③。宣叩头曰："愿乞一言而死。"帝曰："欲何言？"宣曰："陛下圣德中兴，而纵奴杀良人，将何以理天下乎？臣不须棰，请得自杀。"即以头击楹，流血被面④。帝令小黄门持之，使宣叩头谢主，宣不从。强使顿之⑤，宣两手据地，终不肯俯。主曰："文叔为白衣时，臧亡匿死⑥，吏不敢至门。今为天子，威不能行一令乎？"帝笑曰："天子不与白衣同。"因敕强项令出⑦。赐钱三十万，宣悉以班诸吏⑧。由是搏击豪强，莫不震栗。京师号为"卧虎"。歌之曰："枹鼓不鸣董少平⑨。"

在县五年。年七十四，卒于官。诏遣使者临视，唯见布被覆尸，妻子对哭，有大麦数斛、敝车一乘⑩。帝伤之，曰："董宣廉絜⑪，死乃知之！"以宣尝为二千石，赐艾绶⑫，葬以大夫礼。拜子并为郎中，后官至齐相。

①数（shǔ）：一一列举。
②格杀：打死。
③棰杀：用棍棒打死。
④楹：柱子。被：覆盖。
⑤顿：叩。
⑥文叔：刘秀字文叔。白衣：指普通百姓。臧亡匿死：藏匿逃犯和杀人者。臧，同"藏"。
⑦强（jiāng）项：颈项僵直，不能随意转动。
⑧班：分发。
⑨枹（fú）鼓：报警的鼓。枹鼓不鸣指社会平安，没有警报。
⑩斛：容量单位，十斗为一斛。敝车：旧车。
⑪廉絜：廉洁。
⑫艾绶：系印纽的绿色丝带，汉官秩两千石以上者用之。

乐羊子妻传

【题解】本篇选自《后汉书·列女传》。"列女传"是《后汉书》首创的类传，意在表彰有德行的女子。本篇所写的乐羊子妻，志节高尚，言嘉行懿。作品从平凡处入手，又以督夫进学、护姑自刎两个突出事例，来塑造传主的形象。篇幅虽短，但有点有面，生动传神，足以使一位平凡的妇女留驻人心。

河南乐羊子之妻者[①]，不知何氏之女也。羊子尝行路，得遗金一饼[②]，还以与妻。妻曰："妾闻志士不饮盗泉之水，廉者不受嗟来之食，况拾遗求利以污其行乎[③]！"羊子大惭，乃捐金于野[④]，而远寻师学。一年来归，妻跪问其故[⑤]。羊子曰："久行怀思，无它异也。"妻乃引刀趋机而言曰[⑥]："此织生自蚕茧，成于机杼[⑦]，一丝而累，以至于寸；累寸不已，遂成丈匹[⑧]。今若断斯织也，则捐失成功，稽废时月[⑨]。夫子积学，当日知其所亡，以就懿德[⑩]。若中道而归，何异断斯织乎[⑪]？"羊子感其言，复还终业[⑫]，遂七年不反。

妻常躬勤养姑，又远馈羊子[⑬]。尝有他舍鸡谬入园中[⑭]，姑盗杀而食之，妻对鸡不餐而泣。姑怪问其故，妻曰："自伤居贫，使食有他肉[⑮]。"姑竟弃之[⑯]。后盗欲有犯妻者，乃先劫其姑。妻闻，操刀而出。盗人曰："释汝刀[⑰]，从我者可全，不从我者，则杀汝姑。"妻仰天而叹，举刀刎颈而死[⑱]，盗亦不杀其姑。

太守闻之，即捕杀贼盗，而赐妻缣帛[⑲]，以礼葬之，号曰"贞义"。

①河南：汉袭秦制，地方分郡县，县上设郡，郡相当于地一级行政区。河南郡在今河南省西北部。

②遗（yí）金：别人丢失的金子。

③污其行：玷污自己的品行。

④惭：自愧。捐：丢弃。

⑤跪：古人席地而坐，跪时腰伸直，表示敬意。

⑥引刀趋机：拿过刀来走向织机。

⑦织：指织成品。杼（zhù）：织布机的梭子。

⑧累：积累、叠加。丈匹：指成幅的织品。

⑨斯：此。成功：已成之功，已经完成的事情。稽：拖延。

⑩积学：积累学识。日知其所亡：每天都知道自己所没有的。亡，同"无"。语出《论语·子张》："子夏曰：'日知其所亡，月无忘其所能，可谓好学也已矣。'"懿（yì）德：美德。

⑪何异断斯织乎：与断斯织何异。

⑫复还终业：又回去完成了学业。

⑬躬勤：亲自殷勤地。姑：婆婆。馈（kuì）：送东西。

⑭谬（miù）入：错进。

⑮他肉：指所盗的鸡肉。

⑯竟：最终。

⑰释：放下。

⑱刎（wěn）：割。刎颈，指自杀。

⑲缣（jiān）帛：质地细薄的丝织品。

萧 统

萧统（501～531），南朝梁文学家。字德施，南兰陵（今江苏常州）人。梁武帝萧衍长子，世称昭明太子。喜好文学，曾聚集文学之士，编成《文选》三十卷，是我国第一部诗文总集，对后世影响甚大。

陶渊明传

【题解】萧统是较早关注陶渊明的人，这篇《陶渊明传》也是较早记载陶渊明的传记。作者通过出仕、归隐的几件小事——取头上葛巾漉酒、抚弄无弦琴以寄意、公田悉令吏种秫、不为五斗米向乡里小儿折腰、檀道济馈以粱肉麾而去之、颜延之留钱二万悉送酒家……反映了陶渊明的性格，活画出一个清高自适的隐逸诗人形象。

陶渊明字元亮，或云潜字渊明，浔阳柴桑人也[①]。曾祖侃，晋大司马。渊明少有高趣，博学，善属文，颖脱不群，任真自得[②]。尝著《五柳先生传》以自况[③]，时人谓之实录。亲老家贫，起为州祭酒[④]；不堪吏职，少日自解归[⑤]。州召主簿[⑥]，不就。躬耕自资，遂抱羸疾[⑦]。江州刺史檀道济往候之[⑧]，偃卧瘠馁有日矣[⑨]。道济谓曰："贤者处世，天下无道则隐，有道则至；今子生文明之世，奈何自苦如此？"对曰："潜也何敢望贤，志不及也。"道济馈以粱肉，麾而去之[⑩]。

后为镇军、建威参军[⑪]，谓亲朋曰："聊欲弦歌以为三径之资[⑫]，可乎？"执事者闻之，以为彭泽令[⑬]。不

①浔阳柴桑：在今九江西南。

②任真：率真任情。自得：自觉适意。

③自况：比喻自己。

④祭酒：学官名。

⑤少日：不久。自解：辞职。

⑥主簿：大臣幕府中的重要僚属，总领府事。

⑦羸疾：痼疾。

⑧江州：治在浔阳。檀道济：南朝宋将领，位至司空。候：问候。

⑨瘠馁：贫困饥饿。

⑩粱肉：美食佳肴。麾（huī）而去之：挥手让拿走。

⑪镇军：镇军将军刘裕。建威：建威将军刘敬宣。参军：将军府中的重要幕僚。

⑫弦歌：出任县令。三径：隐居处所。此句意为：暂时出任官职，为隐居筹备资财。

⑬执事：有职位的人。彭泽：在今江西彭泽县。

以家累自随[①]，送一力给其子[②]，书曰："汝旦夕之费，自给为难。今遣此力，助汝薪水之劳[③]。此亦人子也，可善遇之。"公田悉令吏种秫[④]，曰："吾尝得醉于酒[⑤]，足矣！"妻子固请种粳[⑥]，乃使二顷五十亩种秫，五十亩种粳。岁终，会郡遣督邮至[⑦]，县吏请曰："应束带见之[⑧]。"渊明叹曰："我岂能为五斗米，折腰向乡里小儿[⑨]！"即日解绶去职[⑩]，赋《归去来》。征著作郎[⑪]，不就。

江州刺史王弘欲识之，不能致也。渊明尝往庐山，弘命渊明故人庞通之赍酒具[⑫]，于半道栗里之间邀之。渊明有脚疾，使一门生、二儿舁篮舆[⑬]；既至，欣然便共饮酌。俄顷弘至，亦无迕也[⑭]。先是颜延之为刘柳后军功曹，在浔阳与渊明情款[⑮]，后为始安郡[⑯]，经过浔阳，日造渊明饮焉[⑰]。每往，必酣饮致醉。弘欲邀延之坐，弥日不得[⑱]。延之临去，留二万钱与渊明；渊明悉遣送酒家，稍就取酒[⑲]。尝九月九日出宅边菊丛中坐，久之，满手把菊。忽值弘送酒至，即便就酌[⑳]，醉而归。渊明不解音律，而蓄无弦琴一张，每酒适[㉑]，辄抚弄以寄其意。贵贱造之者，有酒辄设[㉒]。渊明若先醉，便语客："我醉欲眠，卿可去！"其真率如此。郡将尝候之，值其酿熟[㉓]，取头上葛巾漉酒[㉔]，漉毕，还复著之。

①家累：家眷等累赘。

②力：仆役。

③薪水：打柴汲水。

④公田：指按品级授给官吏的禄米田。秫（shú）：有粘性的谷类作物。

⑤尝：通"常"。

⑥固请：坚持要求。粳（jīng）：不粘的稻。

⑦督邮：郡守佐吏，负责督察纠举所领县乡违规之事。

⑧束带：指穿官服。意即着正式官服拜见督邮。

⑨五斗米：意略同"一碗饭"。折腰：弯腰，指弯腰向上级行礼。

⑩绶：用来系印的丝带。

⑪著作郎：官名，掌编纂国史。

⑫赍（jī）：携带。

⑬舁（yú）：合抬。篮舆：类似轿子的交通工具。

⑭迕（wǔ）：抵触。

⑮颜延之：南朝宋文人，曾作《陶征士诔》。刘柳：曾任江州刺史。功曹：郡守佐官，掌管人事并参与政务。情款：情意诚挚融洽。

⑯为始安郡：任始安郡守。始安在今广西桂林。

⑰日造渊明饮：每天到陶渊明这里饮酒。造，到。

⑱弥日：终日。

⑲悉遣送酒家：全部派人送给酒家。稍就取酒：逐渐地去取酒。稍，逐渐，慢慢地。

⑳即便就酌：随即取酒来喝。

㉑蓄：存。酒适：酒后快意。

㉒造：来访。设：招待。

㉓熟：成。

㉔漉（lù）：过滤。

时周续之入庐山事释慧远[①]，彭城刘遗民亦遁迹匡山[②]，渊明又不应征命，谓之浔阳三隐。后刺史檀韶苦请续之出州[③]，与学士祖企、谢景夷三人，共在城北讲礼，加以雠校[④]。所住公廨[⑤]，近于马队。是故渊明示其诗云："周生述孔业，祖谢响然臻[⑥]；马队非讲肆，校书亦已勤。"其妻翟氏亦能安勤苦，与其同志。自以曾祖晋世宰辅，耻复屈身后代[⑦]，自宋高祖王业渐隆[⑧]，不复肯仕。元嘉四年将复征命[⑨]，会卒。时年六十三。世号"靖节先生"。

①慧远：东晋高僧，长住庐山东林寺传法。
②遁迹：隐居。匡山：庐山。
③檀韶：檀道济之兄。出州：出山来到州府。
④讲礼：讲述儒家礼教等。雠校：校对书籍。这里有切磋研究的意思。
⑤公廨（xiè）：官署。
⑥孔业：孔子的学问。响然臻：响应而至。
⑦"自以曾祖"二句：陶渊明曾祖陶侃是晋代重臣，位列三公，后宋代晋，陶渊明不屑于在刘宋朝出仕。后代，指刘宋。
⑧宋高祖：宋武帝刘裕。
⑨元嘉：宋文帝年号。元嘉四年：公元 427 年。

《晋书》

《晋书》，有关两晋（西晋、东晋）的正史，二十四史之一。唐房玄龄、褚遂良等撰。

阮籍传

【题解】本篇节选自《晋书》卷四十九。阮籍是魏晋之际中国士阶层的代表人物，其言行是魏晋风度的典型体现。他行为悖于世俗，而言语便给、青白眼表现了他的嫉恶如仇，大醉六十日辞婚则又表明他富有智慧，说“杀父犹可”则又有东方的幽默。这篇传记虽然篇幅短小，但却活画出了大名士阮籍的形象。

阮籍，字嗣宗，陈留尉氏人也[①]。父瑀[②]，魏丞相掾，知名于世。籍容貌瓌杰[③]，志气宏放，傲然独得，任性不羁，而喜怒不形于色。或闭户视书，累月不出；或登临山水，经日忘归[④]。博览群籍，尤好《庄》《老》。嗜酒能啸[⑤]，善弹琴。当其得意，忽忘形骸。时人多谓之痴，惟族兄文业每叹服之，以为胜己，由是咸共称异。

籍尝随叔父至东郡[⑥]，兖州刺史王昶请与相见[⑦]，终日不开一言，自以不能测。太尉蒋济闻其有隽才而辟之[⑧]，籍诣都亭奏记曰[⑨]：“伏惟明公以含一之德[⑩]，据上台之位[⑪]，英豪翘首，俊贤抗足[⑫]。开府之日[⑬]，人人自以为掾属；辟书始下，而下走为首[⑭]。昔子夏在于西河之

①陈留尉氏：今河南尉氏。

②瑀：阮瑀字元瑜，曾任仓曹掾属。善诗文，为“建安七子”之一。

③瓌（guī）杰：奇伟不凡。

④经日：长时间。

⑤啸：撮口发声，打口哨。

⑥东郡：治在濮阳（今河南濮阳西南）。当时隶属兖州。

⑦刺史：州的长官。王昶：字文舒，晋阳（今山西太原）人，官至司空。

⑧太尉：三公之一，无实权的加官号。蒋济：字子通，平阿（今安徽怀远西南）人。

⑨诣：到。都亭：都邑中的传舍。

⑩明公：对有名位者的尊称。含一之德：纯一的至德。

⑪上台：上司。

⑫抗足：投足。

⑬开府：设置官署。

⑭辟（bì）书始下，而下走为首：征召的文书公布，我被排在首位。下走，自谦之词，阮籍自指。

上，而文侯拥彗[①]；邹子处于黍谷之阴，而昭王陪乘[②]。夫布衣韦带之士[③]，孤居特立，王公大人所以礼下之者，为道存也。今籍无邹、卜之道，而有其陋，猥见采择[④]，无以称当。方将耕于东皋之阳[⑤]，输黍稷之余税。负薪疲病，足力不强，补吏之召，非所克堪[⑥]。乞回谬恩[⑦]，以光清举[⑧]。”初，济恐籍不至，得记欣然。遣卒迎之，而籍已去，济大怒。于是乡亲共喻之，乃就吏。后谢病归。复为尚书郎[⑨]，少时，又以病免。及曹爽辅政[⑩]，召为参军[⑪]。籍因以疾辞，屏于田里[⑫]。岁余而爽诛，时人服其远识。宣帝为太傅[⑬]，命籍为从事中郎[⑭]。及帝崩，复为景帝大司马从事中郎[⑮]。高贵乡公即位[⑯]，封关内侯，徙散骑常侍[⑰]。

籍本有济世志[⑱]，属魏、晋之际[⑲]，天下多故，名士少有全者，籍由是不与世事，遂酣饮为常。文帝初欲为武帝求婚于籍[⑳]，籍醉六十日，不得言而止。钟会数以时事问之[㉑]，欲因其可否而致之罪，皆以酣醉获免。及文帝辅政，籍尝从容言于帝曰：“籍平生曾游东平[㉒]，乐其风土。”帝大悦，即拜东平相。籍乘驴到郡，坏府舍屏障，使内外相望，法令清简，旬日而还。帝引为大将军从事中郎。有司言有子杀母者，籍曰：“嘻！杀父乃可，至杀母乎！”坐者怪其失言。帝曰：“杀父，天下

①子夏：卜商字子夏，孔子弟子。西河：战国魏地。文侯：魏文侯，魏国的建立者。拥彗：执帚。古人迎宾，常拥彗以示敬意。

②邹子：邹衍，战国阴阳家的代表人物。黍谷：一名寒谷，燕地。昭王：燕昭王。陪乘（shèng）：古时乘车，尊者居左，御者居中，又有一人在右，以备倾侧，称陪乘。

③布衣韦带：穿布衣、系皮带的人，即平民。士大夫腰带多佩金石。

④猥：谬，错。

⑤东皋：原野。

⑥克：能够。堪：胜任。

⑦乞回：祈求改变。

⑧清举：清明公正的选举和推荐。

⑨尚书郎：魏晋以后，尚书各办事机构的侍郎、郎中等通称尚书郎。

⑩曹爽：字昭伯，曹操侄孙，官至大将军，齐王曹芳时与司马懿一起辅政，后被司马懿所杀。

⑪参军：将军府中的重要幕僚。

⑫屏：隐居。

⑬宣帝：司马懿。司马懿辅政齐王芳时为太傅。

⑭从事中郎：三公及州郡长官的僚属。

⑮景帝：司马师。

⑯高贵乡公：魏帝曹髦。

⑰关内侯：爵位名。散骑常侍：官名，在皇帝左右以备顾问。

⑱济世：救世。

⑲属（zhǔ）：当，面对。

⑳文帝：司马昭。武帝：即司马炎。

㉑钟会：字士秀，魏晋谋士。曾构陷嵇康，为世所讥。

㉒东平：东平国，治在寿张（今山东东平西南）。

之极恶，而以为可乎？”籍曰：“禽兽知母而不知父，杀父，禽兽之类也；杀母，禽兽之不若。”众乃悦服。

籍闻步兵厨营人善酿，有贮酒三百斛，乃求为步兵校尉①。遗落世事②，虽去佐职，恒游府内③，朝宴必与焉。会帝让九锡④，公卿将劝进，使籍为其辞。籍沉醉忘作，临诣府，使取之，见籍方据案醉眠⑤。使者以告，籍便书案，使写之⑥，无所改窜。辞甚清壮，为时所重。

籍虽不拘礼教，然发言玄远，口不臧否人物⑦。性至孝，母终，正与人围棋，对者求止，籍留与决赌。既而饮酒二斗⑧，举声一号，吐血数升。及将葬，食一蒸肫⑨，饮二斗酒，然后临诀⑩，直言穷矣，举声一号，因又吐血数升，毁瘠骨立，殆致灭性⑪。裴楷往吊之⑫，籍散发箕踞⑬，醉而直视，楷吊唁毕便去。或问楷：“凡吊者，主哭，客乃为礼。籍既不哭，君何为哭？”楷曰：“阮籍既方外之士⑭，故不崇礼典。我俗中之士，故以轨仪自居。”时人叹为两得。

籍又能为青白眼⑮，见礼俗之士，以白眼对之。及嵇喜来吊，籍作白眼，喜不怿而退⑯。喜弟康闻之，乃赍酒挟琴造焉⑰，籍大悦，乃见青眼⑱。由是礼法之士疾之若仇⑲，而帝每保护之。

①校尉：军职之称，汉代地位略次将军。步兵校尉是八校尉之一。晋时，所部已非精锐，但官位仍高，且用文人担任。阮籍任此职，世称阮步兵。

②遗落世事：不理会政务。

③佐职：指从事中郎。府：大将军府。

④帝：司马昭。九锡：帝王赐与有功勋或权势大臣的九种器物。自王莽谋汉先邀九锡，谦让而受，后来权臣夺权，都依此而行。

⑤据案：倚在几桌上。

⑥籍便书案，使写之：阮籍就在桌面上写成文章，让来人抄下来。

⑦臧否（zāng pǐ）：评论人物的好坏。

⑧斗：酒器。

⑨肫（tún）：小猪。

⑩临诀：封棺前，瞻仰遗容，最后告别。

⑪灭性：危及生命。

⑫裴楷：字叔则，闻喜（今山西闻喜）人，西晋名士。

⑬箕踞：随意伸开两腿坐着，形似簸箕，是一种轻慢、不拘礼节的姿态。

⑭方外：世俗礼教之外。

⑮青白眼：青眼和白眼，表示对人的尊敬和轻视。

⑯不怿（yì）：不高兴。

⑰康：嵇康，字叔夜，因官中散大夫，世称嵇中散，与阮籍交善，同为“竹林七贤”核心人物。遭钟会构陷，被司马昭所杀。赍：携带。造：到……去。

⑱见：现。

⑲礼法之士：拘与礼法的人。与上文“方外之士”相对。疾：痛恨。

籍嫂尝归宁[①]，籍相见与别。或讥之，籍曰："礼岂为我设邪！"邻家少妇有美色，当垆沽酒[②]。籍尝诣饮[③]，醉，便卧其侧。籍既不自嫌，其夫察之，亦不疑也。兵家女有才色，未嫁而死。籍不识其父兄，径往哭之，尽哀而还。其外坦荡而内淳至，皆此类也。时率意独驾[④]，不由径路，车迹所穷，辄恸哭而反。尝登广武[⑤]，观楚、汉战处，叹曰："时无英雄，使竖子成名[⑥]！"登武牢山，望京邑而叹，于是赋《豪杰诗》。景元四年冬卒[⑦]，时年五十四。

籍能属文，初不留思[⑧]。作《咏怀诗》八十余篇，为世所重。著《达庄论》，叙无为之贵。文多不录。

籍尝于苏门山遇孙登[⑨]，与商略终古及栖神导气之术[⑩]，登皆不应，籍因长啸而退。至半岭，闻有声若鸾凤之音，响乎岩谷，乃登之啸也。遂归著《大人先生传》，其略曰："世人所谓君子，惟法是修，惟礼是克[⑪]。手执圭璧，足履绳墨[⑫]。行欲为目前检，言欲为无穷则[⑬]。少称乡党，长闻邻国[⑭]。上欲图三公，下不失九州牧[⑮]。独不见群虱之处裈中[⑯]，逃乎深缝，匿乎坏絮，自以为吉宅也。行不敢离缝际，动不敢出裈裆，自以为得绳墨也。然炎丘火流[⑰]，焦邑灭都，群虱处于裈中而不能出也。君子之

①归宁：已嫁女子回娘家省亲。

②垆（lú）：古时酒店里安放酒瓮的土台子。

③尝：通"常"。诣：到……去。

④时：时常。率意独驾：由着性子驾车独往。

⑤广武：在河南荥阳西北，有东西两城，隔涧相对。楚汉相争，刘邦和项羽各据一城。

⑥竖子成名：意为无能者侥幸得以成名。竖子，对人的鄙称，相当于"小子"。

⑦景元：魏元帝年号。景元四年：公元263年。

⑧初不留思：从来没有文思滞涩。留思，文思滞涩不畅。

⑨苏门山：一名苏岭，在河南辉县西北。孙登：字公和，汲郡共（今河南辉县）人，魏晋时隐士。

⑩商略：商议切磋。

⑪修：修养。克：谨守。

⑫圭璧：古代君王祭祀或朝聘时所用的一种玉器。绳墨：木工用正曲直的墨斗。这里比喻合于礼法。

⑬检：法度，法式。则：法则，规矩。

⑭称：称誉。闻：闻名。

⑮图：谋取。牧：州的长官。

⑯裈（kūn）：裤子。

⑰炎丘火流：南方山丘的酷热如大火流动。

处域内，何异夫虱之处裈中乎！”此亦籍之胸怀本趣也。

子浑，字长成，有父风。少慕通达，不饰小节。籍谓曰：“仲容已豫吾此流[①]，汝不得复尔。”太康中[②]，为太子庶子[③]。

①仲容：阮咸字仲容，与叔父籍同列竹林七贤，时人合称大小阮。豫：参与。

②太康：晋武帝年号。

③太子庶子：太子东宫的荣誉职衔。

韩　愈

韩愈（768～824），唐代思想家、文学家。字退之，邓州南阳（今河南南阳）人。他成功地倡导并实践了唐代的古文运动。他的文章才力雄浑，刚健恣肆，奥衍闳深，大气磅礴，是中国散文史上的一个里程碑。有《韩昌黎集》。

张中丞传后叙[①]

【题解】安史之乱中，张巡等坚守睢阳，城陷身死。有人以为张巡死守睢阳有些愚笨，友人李翰曾亲见睢阳战守事迹，为伸张正义而写了《张巡传》，上奏唐肃宗，平息了诽议。五十年后，韩愈读到《张中丞传》，深有感慨，同时感到原传有所不足，于是根据自己所知写了本文，作为《张巡传》的续篇。文章对张巡、许远"守一城，捍天下"的历史功绩作了充分肯定，有力地驳斥了对张巡等人的恶意攻击和诬蔑。

元和二年[②]，四月十三日夜，愈与吴郡张籍阅家中旧书[③]，得李翰所为《张巡传》。翰以文章自名，为此传颇详密。然尚恨有缺者，不为许远立传，又不载雷万春事首尾[④]。

远虽材若不及巡者，开门纳巡，位本在巡上，授之柄而处其下，无所疑忌，竟与巡俱守死、成功名[⑤]。城陷而虏，与巡死先后异耳[⑥]。两家子弟材智下，不能通知二父志[⑦]，以为巡死而远就虏，疑畏死而辞服于贼[⑧]。远诚畏死，何苦守尺寸之地，食其所爱之肉[⑨]，以与贼抗而不降乎？当其围守时，外无蚍蜉蚁子之援[⑩]，所欲忠者，国与主耳，而贼语以国亡主灭[⑪]。远见救援不至，而贼

①张中丞：张巡，因曾被封为御史中丞，故称张中丞。

②元和二年：公元807年。元和，唐宪宗的年号。

③张籍：韩愈的学生。

④许远：睢阳太守。雷万春：张巡部将。

⑤"远"句：这几句是说许远以位高之官而推官级低于自己的张巡做守城主帅，自己辅之。

⑥"与巡"句：张、许二人均被俘，张先被杀，许解至洛阳后被杀。

⑦通知：透彻地了解。

⑧就虏：投向敌虏。辞服：认罪屈服。

⑨"食其"句：据载，睢阳被围粮尽，连雀鼠也捕捉光了，张巡杀爱妾、许远杀家奴给士兵们吃。

⑩蚍蜉蚁子：形容很微小。

⑪"贼语"句：敌将令狐潮等曾以"上（玄宗）存亡不知"的话来劝降。

来益众，必以其言为信。外无待而犹死守，人相食且尽，虽愚人亦能数日而知死处矣[①]，远之不畏死亦明矣。乌有城坏，其徒俱死[②]，独蒙愧耻求活，虽至愚者不忍为，呜呼，而谓远之贤而为之耶？说者又谓远与巡分城而守[③]，城之陷，自远所分始，以此诟远[④]，此又与儿童之见无异。人之将死，其脏腑必有先受其病者；引绳而绝之，其绝必有处[⑤]。观者见其然[⑥]，从而尤之[⑦]，其亦不达于理矣！小人之好议论，不乐成人之美如是哉[⑧]！如巡、远之所成就，如此卓卓[⑨]，犹不得免，其他则又何说！

当二公之初守也，宁能知人之卒不救，弃城而逆遁[⑩]？苟此不能守，虽避之他处何益？及其无救而且穷也，将其创残饿羸之余[⑪]，虽欲去，必不达。二公之贤，其讲之精矣[⑫]。守一城，捍天下[⑬]，以千百就尽之卒，战百万日滋之师[⑭]，蔽遮江、淮，沮遏其势[⑮]，天下之不亡，其谁之功也！当是时，弃城而图存者，不可一二数[⑯]；擅强兵坐而观者，相环也[⑰]。不追议此[⑱]，而责二公以死守，亦见其自比于逆乱，设淫辞而助之攻也[⑲]。

愈尝从事于汴、徐二州，屡道于两府间[⑳]，亲祭于其所谓“双庙”者[㉑]，其老人往往说巡、远时事云。

①能数日而知死处：能够预计到死的日期和处所。

②徒：跟从的人。

③分城而守：许远与张巡各守睢阳的一方，许远守西南，张巡守东北。

④诟（gòu）：诽谤。

⑤引：拉长。绝：断。

⑥见其然：看到这个地方先断。

⑦尤：指责，怪罪。

⑧成人之美：成全他人的美名。

⑨卓卓：高超出众。

⑩逆遁：事先遁逃。

⑪羸（léi）：瘦弱。

⑫讲：谋划，商量。《资治通鉴》载：张巡、许远谋，以为睢阳，江、淮之保障，若弃之去，贼必乘胜长驱，是无江、淮也。且我众饥羸，走必不达……不如坚守以待之。

⑬捍：保卫。

⑭就尽之卒：将要死亡的士兵。日滋：一天天增多。

⑮蔽遮江、淮：掩护长江和淮河流域地区。沮（jǔ）遏：阻止。

⑯“弃城”二句：是说弃城逃跑的不在少数。

⑰擅：拥有。相环：围了一圈。

⑱不追此议：不去追究上述两类人。

⑲比：亲近，亲合。淫辞：荒谬的言论。

⑳汴：汴州（今河南开封）。韩愈曾任职宣武节度使董晋部下，驻在汴州。徐：徐州（今江苏徐州）。韩愈曾任职武宁节度使张建封部下，驻在徐州。屡道：多次路过。

㉑双庙：张巡、许远死后，在睢阳为二人立庙，号称双庙。

南霁云之乞救于贺兰也[①]，贺兰嫉巡、远之声威功绩出己上，不肯出师救；爱霁云之勇且壮，不听其语，强留之。具食与乐，延霁云坐[②]。霁云慷慨语曰："云来时，睢阳之人不食月余日矣[③]，云虽欲独食，义不忍！虽食，且不下咽！"因拔所佩刀断一指，血淋漓，以示贺兰。一座大惊，皆感激为云泣下。云知贺兰终无为云出师意，即驰去，将出城，抽矢射佛寺浮图[④]，矢着其上砖半箭[⑤]，曰："吾归破贼，必灭贺兰，此矢所以志也[⑥]！"愈贞元中过泗州，船上人犹指以相语[⑦]。城陷，贼以刃胁降巡，巡不屈，即牵去，将斩之。又降霁云，霁云未应。巡呼云曰："南八[⑧]，男儿死耳，不可为不义屈！"云笑曰："欲将以有为也。公有言，云敢不死！"即不屈。

张籍曰：有于嵩者，少依于巡，及巡起事，嵩常在围中[⑨]。籍大历中于和州乌江县见嵩[⑩]，嵩时年六十余矣。以巡初尝得临涣县尉[⑪]，好学，无所不读。籍时尚小，粗问巡、远事，不能细也。云：巡长七尺余，须髯若神[⑫]，尝见嵩读《汉书》，谓嵩曰："何为久读此？"嵩曰："未熟也。"巡曰："吾于书，读不过三遍，终身不忘也。"因诵嵩所读书，尽卷不错一字。嵩惊，以为巡偶熟此卷，因乱抽他帙以试[⑬]，无不尽然。嵩又取架上诸书试以问巡，巡应口诵无

①南霁云：张巡的部将。贺兰：是复姓，名进明，当时任河南节度使，驻兵临淮。南霁云请其派兵救睢阳，贺兰不应。

②具食与乐：准备了酒食和歌舞。延：请。

③月余日：指一个月还要多。

④浮图：佛塔。

⑤矢着其上砖半箭：箭的半截射进塔的砖里。

⑥所以志：用来作标记的。志，标记。

⑦贞元：唐德宗的年号。泗州：唐朝时泗州治在临淮（今江苏盱眙西北）。指以相语：指着议论。

⑧南八：南霁云排行第八。

⑨起事：指起兵讨伐安禄山叛军。围中：被围在城中。

⑩大历：唐代宗的年号。和州乌江县：在今安徽和县东北。

⑪临涣：在今河南永城西南。于嵩曾因张巡的关系得到临涣县尉的官职。

⑫须髯（rán）：胡须。

⑬他帙（zhì）：别的卷帙。帙，装书的封套，这里指篇卷。

疑。嵩从巡久，亦不见巡常读书也。为文章，操纸笔立书，未尝起草[①]。初守睢阳时，士卒仅万人，城中居人亦且数万[②]，巡因一见问姓名，其后无不识者。巡怒，须髯辄张[③]。及城陷，贼缚巡等数十人坐，且将戮。巡起旋[④]，其众见巡起，或起或泣。巡曰："汝勿怖，死，命也!"众泣不能仰视。巡就戮时，颜色不乱，阳阳如平常[⑤]。远宽厚长者，貌如其心[⑥]。与巡同年生，月日后于巡，呼巡为兄。死时年四十九。

嵩贞元初死于亳、宋间[⑦]。或传嵩有田在亳宋间，武人夺而有之，嵩将诣州讼理，为所杀。嵩无子。张籍云。

①起草：打草稿。
②仅（jìn）：将近。且：将近。
③辄（zhé）：就。
④旋：小便。
⑤阳阳：从容自若的样子。
⑥貌如其心：容貌像他的心地一样宽大厚道。
⑦亳（bó）：亳州，唐时治在谯县（今安徽亳州）。宋：宋州，唐时治在宋城（今河南商丘）。

太学生何蕃传

【题解】本篇小传写一个德才兼备却不得志的太学生。文章用大量篇幅写他的“学成行尊”，为同学所推崇和效法。其中还有一段辩论，以说明他是“仁勇人”。可就是这样的人却得不到施展才华的机会，所以作者在文末发了一通议论，说了一番居下不流、有待后立的道理。这或许才是韩文公作此传的宗旨所在。

太学生何蕃，入太学者廿余年矣[①]。岁举进士，学成行尊[②]，自太学诸生推颂不敢与蕃齿[③]，相与言于助教、博士[④]，助教、博士以状申于司业、祭酒[⑤]，司业、祭酒撰次蕃之群行焯焯者数十余事[⑥]，以之升于礼部，而以闻于天子。京师诸生以荐

①太学：古时的最高学府，唐时属国子监。廿（niàn）：二十。
②学成行尊：学业有成，品行大为提高。
③推颂：推崇、颂扬。齿：并列，比。
④助教、博士：均为太学老师。
⑤司业、祭酒：太学官员。
⑥撰次：编写。焯焯（zhuō）：光明，显著。

蕃名文说者，不可选纪[①]。公卿大夫知蕃者比肩立，莫为礼部；为礼部者，率蕃所不合者，以是无成功[②]。

蕃，淮南人，父母具全。初入太学，岁率一归，父母止之。其后间一二岁乃一归，又止之，不归者五岁矣。蕃，纯孝人也，闵亲之老不自克[③]，一日，揖诸生，归养于和州。诸生不能止，乃闭蕃空舍中。于是太学六馆之士百余人，又以蕃之义行，言于司业阳先生城[④]，请谕留蕃。于是太学阙祭酒[⑤]，会阳先生出道州，不果留。

欧阳詹生言曰[⑥]："蕃，仁勇人也。"或者曰："蕃居太学，诸生不为非义，葬死者之无归[⑦]，哀其孤而字焉[⑧]，惠之大小，必以力复[⑨]，斯其所谓仁欤。蕃之力不任其体，其貌不任其心[⑩]，吾不知其勇也。"欧阳詹生曰："朱泚之乱[⑪]，太学诸生举将从之，来请起蕃，蕃正色叱之，六馆之士不从乱，兹非其勇欤？"

惜乎！蕃之居下，其可以施于人者不流也[⑫]。譬之水，其为泽，不为川乎[⑬]！川者高，泽者卑；高者流，卑者止。是故蕃之仁义，充诸心，行诸太学；积者多，施者不遐也[⑭]。天将雨，水气上，无择于川泽涧溪之高下，然则泽之道，其亦有施乎？抑有待于彼者欤？故凡贫贱之士，必有待然后能有所立[⑮]，独何蕃欤。吾是以言之，无使其无传焉。

①名：指作标题。文说：作文和口说。选纪：算计、记录。

②"公卿"句：是说与何蕃相知的不在礼部供职，在礼部供职的人多与他不合，所以何蕃才能虽优却未能得官。

③闵：同"悯"。克：抑制。

④司业阳先生城：太学司业阳城。司业，官职。阳城，人名。

⑤阙：同"缺"。

⑥欧阳詹生：字行周，与韩愈同年的进士。生，先生。此时欧阳詹任四门助教，故尊称其为先生。

⑦无归：指不能将在外的灵柩运回故里安葬。

⑧孤：孤儿。字：抚养。

⑨力复：尽力报答。

⑩"蕃之力"句：陈蕃的体貌和心力不相称。

⑪朱泚（zǐ）之乱：唐德宗建中四年（783），泾原军反叛唐朝，推朱泚为首领。

⑫不流：指不能如水一样从高流低，普遍施行。

⑬泽：湖沼。川：江河。

⑭施者不遐：施用得不远。遐，远。

⑮"故凡贫贱"二句：凡是居于下位的人，必须等待时机，然后才能建立功业。

赠太傅董公行状

【题解】行状是一种叙述死者生平的文体。在古代，立传为史官职责，要请史官给某人立传，可以把其事迹写出来，供史官采录。本篇就是韩愈为此目的而写的。也正因如此，文章写得四平八稳，尤其是罗列了每一个职衔（其标题原有七十余字，也是如此）。同属一类文体，本篇与柳宗元的《段太尉逸事状》判然有别，对照阅读，当有所体悟。

曾祖仁琬，皇任梁州博士①。祖大礼，皇赠右散骑常侍②。父伯良，皇赠尚书左仆射③。

公讳晋，字混成，河中虞乡万岁里人④。少以明经上第⑤。宣皇帝居原州⑥，公在原州。宰相以公善为文，任翰林之选闻，召见，拜秘书省校书郎，入翰林为学士⑦。三年，出入左右，天子以为谨愿，赐绯鱼袋⑧，累升为卫尉寺丞⑨，出翰林，以疾辞，拜汾州司马⑩。崔圆为扬州，诏以公为圆节度判官，摄殿中侍御史⑪。以宰事如京师朝，天子识之，拜殿中侍御史内供奉。由殿中为侍御史⑫，入尚书省为主客员外郎，由主客为祠部郎中。

先皇帝时，兵部侍郎李涵如回纥立可敦⑬，诏公兼侍御史，赐紫金鱼袋，为涵判官。回纥之人来曰："唐之复土疆，取回纥力焉⑭。约我为市，马既入，而归我贿不足⑮，我于使人乎取之。"涵惧不敢对，视公，公与之言曰："我之复土疆，尔

①皇：皇上。梁州：治所在令陕西南郑县。博士：唐代上州设有经学博士、医学博士各一人。

②右散骑常侍：属中书省，掌侍奉规讽备顾问应对。

③尚书左仆射：尚书省设左右仆射各一人，掌统理六官，为令的副职。

④虞乡：治所在今山西虞乡县西。

⑤明经：贡举科目之一。

⑥宣皇帝：指唐肃宗李亨。原州：今宁夏固原县。

⑦秘书省校书郎：官名，掌雠校典籍。翰林：翰林院。

⑧绯鱼袋：唐代四、五品官服绯。鱼：鱼符，刻作鱼形的符书，盛在袋里，系于腰带，叫作鱼袋。

⑨卫尉寺丞：官名，掌判寺事。

⑩汾州：今山西汾阳。司马：州郡的官。

⑪节度判官：节度使的副官。摄殿中侍御史：代理御史台属官。

⑫侍御史：御史台属官，掌纠举百僚、推鞫狱讼。

⑬可敦：回纥可汗之妻。

⑭取回纥力：借重了回纥的力量。

⑮贿：财货。

信有力焉[1]。吾非无马，而与尔为市，为赐不既多乎？尔之马岁至，吾数皮而归资，边吏请致诘也，天子念尔有劳，故下诏禁侵犯，诸戎畏我大国之尔与也，莫敢校焉[2]。尔之父子宁而畜马蕃者[3]，非我谁使之？”于是其众皆环公拜，既又相率南面序拜[4]，皆两举手曰：“不敢复有意大国。”自回纥归，拜司勋郎中[5]，未尝言回纥之事。

迁秘书少监，历太府、太常二寺亚卿，为左金吾卫将军[6]。今上即位[7]，以大行皇帝山陵出财赋[8]，拜太府卿。由太府为左散骑常侍，兼御史中丞，知台事，三司使[9]。选擢才俊，有威风。始公为金吾，未尽一月拜太府，九日又为中丞，朝夕入议事。于是宰相请以公为华州刺史[10]，拜华州刺史，潼关防御镇国军使[11]。朱泚之乱[12]，加御史大夫。诏至于上所。又拜国子祭酒，兼御史大夫，宣慰恒州[13]。于是朱滔自范阳以回纥之师助乱[14]，人大恐。公既至恒州，恒州即日奉诏，出兵与滔战，大破走之。

还至河中[15]，李怀光反，上如梁州[16]。怀光所率皆朔方兵，公知其谋与朱泚合也，患之。造怀光言曰[17]：“公之功，天下无与敌；公之过，未有闻于人。某至上所，言公之情，上宽明，将无不赦宥焉。乃能为朱泚臣乎？彼为臣而背其君，苟得志，

①信：真的，确实。

②尔与：即和你们交好。校：争锋。

③蕃：多。

④既：尔后。

⑤司勋：吏部四司之一，职掌全国官民的勋级。

⑥秘书少监：秘书省副长官。太府寺亚卿：太府寺副长官，职掌财货之政令。太常寺亚卿：太掌寺副长官，掌礼乐郊庙社稷之事。左金吾卫将军：掌宫中及京城巡查。

⑦今上即位：指大历十四年（779）五月，唐德宗李适（kuò）即位。

⑧大行皇帝：指去世不久、未及定谥的皇帝。

⑨御史中丞：御史台副长官，掌刑宪典章之政令。三司：指户部尚书外，特设户部、度支、盐铁，分管租赋、财政收支和盐铁专卖事务。

⑩华州：今陕西华县。

⑪潼关：在陕西潼关县境。

⑫朱泚之乱：朱泚初为幽州节度使朱希彩的部将，受军众推为留后，又任卢龙节度使。转入京师，官至太尉。建中四年（783）泾原兵在京师哗变，德宗出奔奉天（今陕西乾县），叛军拥朱泚为帝。后被李晟击败，逃奔至彭原（今甘肃宁县西北），为部将杀死。

⑬宣慰恒州：即任恒州宣慰使。恒州，今河北正定县。

⑭朱滔：朱泚之弟。朱泚入朝留在京师，由朱滔继任卢龙节度使。

⑮河中：今山西永济县。

⑯李怀光：郭子仪部属将领，安史之乱中屡立战功。如：到。

⑰造：拜访。

于公何有？且公既为太尉矣，彼虽宠公[①]，何以加此？彼不能事君，能以臣事公乎？公能事彼，而有不能事君乎？彼知天下之怒，朝夕戮死者也[②]，故求其同罪而与之比，公何所利焉？公之敌彼有余力，不如明告之绝[③]，而起兵袭取之，清宫而迎天子，庶人服而请罪有司[④]，虽有大过，犹将掩焉。如公则谁敢议？”语已，怀光拜曰：“天赐公活怀光之命。”喜且泣，公亦泣。则又语其将卒，如语怀光者。将卒呼曰：“天赐公活吾三军之命”。拜且泣，公亦泣。故怀光卒不与朱泚。当是时，怀光几不反。公气仁[⑤]，语若不能出口。及当事，乃更疏亮捷给[⑥]。其词忠，其容貌温然，故有言于人无不信。

明年[⑦]，上复京师，拜左金吾卫大将军[⑧]。由大金吾为尚书左丞[⑨]，又为太常卿[⑩]，由太常拜门下侍郎平章事[⑪]，在宰相位凡五年。所奏于上前者，皆二帝三王之道，由秦、汉以降未尝言。退归，未尝言所言于上者于人。子弟有私问者，公曰：“宰相所职系天下，天下安危，宰相之能与否可见。欲知宰相之能与否，如此视之其可[⑫]。凡所谋议于上前者，不足道也。”故其事卒不闻。以疾病辞于上前者不记，退以表辞者八，方许之。拜礼部尚书[⑬]。制曰[⑭]：“事上尽大臣之节。”又曰：“一心奉公。”于是天下知公之有言于上也。

①宠：亲近，信任。

②朝夕戮死者也：早晚要被杀掉的。

③绝：绝交。

④庶人服而请罪有司：穿着平民百姓的服装向负责官员请求治罪。

⑤仁：指平和。

⑥乃更疏亮捷给：就变得有条有理、滔滔不绝。给，有口才。

⑦明年：指唐德宗兴元元年（784）。

⑧左金吾卫大将军：正三品，职同左金吾卫将军。

⑨尚书左丞：尚书省设左右丞各一人，职掌辨六官之仪，纠正省内，弹劾御史所举不当者。左丞总管吏、户、礼三部十二司。

⑩太常卿：太常寺长官。

⑪门下侍郎平章事：门下侍郎，门下省长官侍中的副职。唐代多以门下侍郎或中书侍郎加“同平章事”衔为宰相之称。

⑫其：语气助词。

⑬礼部尚书：礼部长官，掌礼仪、祭祀、宴飨、贡举之政令。

⑭制：皇帝的文告。

初，公为宰相时，五月朔，会朝，天子在位，公卿百执事在廷。侍中赞[①]，百僚贺。中书侍郎平章事窦参摄中书令[②]，当传诏，疾作不能事[③]。凡将大朝会，当事者既受命，皆先日习仪。于时未有诏，公卿相顾。公逡巡进[④]，北面言曰："摄中书令臣某病不能事，臣请代某事。"于是南面宣致诏词，事已复位，进退甚详[⑤]。

为礼部四年，拜兵部尚书[⑥]。入谢，上语问日晏[⑦]。复有入谢者，上喜曰："董某疾且损矣[⑧]。"出语人曰："董公且复相。"既二日，拜东都留守[⑨]，判东都尚书省事，充东都畿汝州都防御使[⑩]，兼御史大夫。仍为兵部尚书。由留守未尽五月，拜检校尚书左仆射[⑪]，同中书门下平章事[⑫]，汴州刺史，宣武军节度副大使，知节度事，管内支度营田汴、宋、亳、颍等州观察处置等使[⑬]。

汴州自大历来多兵事[⑭]，刘玄佐益其师至十万[⑮]。玄佐死，子士宁代之，畋游无度[⑯]，其将李万荣，乘其畋也逐之。万荣为节度一年，其将韩惟清、张彦林作乱，求杀万荣不克[⑰]。三年，万荣病风[⑱]，昏不知事，其子乃复欲为士宁之故。监军使俱文珍与其将邓惟恭执之归京师[⑲]，而万荣死。诏未至，惟恭权军事[⑳]。公既受命，遂行，刘宗经、韦

①侍中：门下省长官，掌出纳帝命、赞相礼仪等。
②中书侍郎：中书省副长官。
③疾作：病发。
④逡巡：欲进不进、迟疑不决的样子。
⑤已：结束。进退甚详：指举止十分合乎礼制。
⑥兵部尚书：兵部长官，掌全国武官选授及兵籍、军械、军令等事。
⑦入谢：古代大臣受任新职位要专门向皇帝谢恩。晏：晚。
⑧疾且损矣：病将要好了。
⑨东都：即今河南洛阳市。
⑩汝州：在今河南临汝西。
⑪检校：唐代非正式任命的一种加官。
⑫同中书门下平章事：唐制，君主在大臣中选任数人，给以"同中书门下平章事"的官衔，即为事实上的宰相。简称"同平章事"。
⑬汴州：今河南开封市。宋州：今河南商丘。亳州：今安徽亳州市。颍州：今安徽省阜阳市。观察处置使：官名，掌考察州县官吏政绩，兼理民事。
⑭大历：唐代宗李豫年号（公元766至779年）。
⑮刘玄佐：本名洽，赐名玄佐。曾任汴州刺史。
⑯畋（tián）游：游猎。
⑰不克：不能。克，能。
⑱万荣病风：贞元十二年（796）六月，李万荣病，遂署其子迺为司马。病风，患了中风之症。
⑲监军：唐代后期，朝廷派宦官在各镇及出征讨叛的军中作监军。俱文珍：贞元末年的宦官，后从义父姓称刘贞亮。
⑳权军事：暂且掌管军中事务。权，暂且。

弘景、韩愈实从，不以兵卫。及郑州，逆者不至[①]。郑州人为公惧，或劝公止以待。有自汴州出者，言于公曰："不可入。"公不对，遂行，宿圃田[②]。明日，食中牟[③]，逆者至。宿八角[④]。明日，惟恭及诸将至。遂逆以入。及郛[⑤]，三军缘道讙声[⑥]，庶人壮者呼、老者泣、妇人啼，遂入以居。初，玄佐死，吴凑代之[⑦]。及巩[⑧]，闻乱归。士宁、万荣皆自为而后命[⑨]。军士将以为常，故惟恭亦有志。以公之速也，不及谋，遂出逆。既而私其人，观公之所为以告曰："公无为。"惟恭喜，知公之无害己也，委心焉[⑩]。进见公者，退皆曰："公仁人也。"闻公言者皆曰："公仁人也。"环以相告，故大和。

初，玄佐遇军士厚[⑪]，士宁惧，复加厚焉。至万荣，如士宁志。及韩、张乱，又加厚以怀之[⑫]。至于惟恭，每加厚焉。故士卒骄不能御。则置腹心之士，幕于公庭庑下，挟弓执剑以须[⑬]，日出而入，前者去；日入而出，后者至。寒暑时至，则加劳赐酒肉。公至之明日，皆罢之。贞元十二年七月也[⑭]。

八月，上命汝州刺史陆长源为御史大夫，行军司马[⑮]；杨凝自左司郎中为检校吏部郎中[⑯]，观察判官；杜伦自前殿中侍御史为检校工部员外郎[⑰]，节度判官；孟叔度自殿中侍

①郑州：今河南省郑县。逆者：迎接的人。逆，迎。

②圃田：城名。

③中牟：县名，在今河南省中牟县。

④八角：镇名，距开封三十里。

⑤郛：外城，即郭。

⑥缘道：沿路。讙：通"喧"，喧哗。

⑦吴凑：唐肃宗章敬皇后之弟。

⑧巩：县名，今河南巩县。

⑨自为而后命：指自己就任某职，尔后才有朝廷相应的任命。

⑩委心：交心。指倾心相交。委，交出。

⑪遇：对待。

⑫怀：笼络。

⑬须：等待。

⑭贞元：唐德宗李适（kuò）年号，即公元785至805年。

⑮行军司马：节度使属官，职掌辅佐戎政。

⑯左司郎中：尚书省属官，掌管监督稽核的制度。

⑰工部员外郎：工部属官，掌管城池土木的工程。

御史为检校金部员外郎[①]，支度营田判官。职事修，人俗化，嘉禾生，白鹊集，苍乌来巢，嘉瓜同蒂联实[②]。四方至者，归以告其帅，小大威怀[③]。有所疑，辄使来问。有交恶者，公与平之。

累请朝[④]，不许。及有疾，又请之。且曰："人心易动，军旅多虞。及臣之生，计不先定，至于他日，事或难期。"犹不许。十五年二月三日[⑤]，薨于位[⑥]。上三日罢朝，赠太傅[⑦]，使吏部员外郎杨于陵来祭，吊其子[⑧]，赠布帛米有加。公之将薨也，命其子三日敛，既敛而行。于行之四日，汴州乱。故君子以公为知人。公之薨也，汴州人歌之曰："浊流洋洋，有辟其郛。阒道讙呼，公来之初。今公之归，公在丧车。"又歌曰："公既来止，东人以完。今公殁矣，人谁与安？"

始公为华州，亦有惠爱[⑨]，人思之。公居处恭[⑩]，无妾媵[⑪]，不饮酒，不谄笑，好恶无所偏，与人交，泊如也[⑫]。未尝言兵，有问者，曰："吾志于教化。"享年七十六，阶累升为金紫光禄大夫[⑬]，勋累升为上柱国[⑭]，爵累升为陇西郡开国公[⑮]。娶南阳张氏夫人，后娶京兆韦氏夫人，皆先公终。四子，全道、溪、全素、澥。全道、全素皆上所赐名，全道为秘书省著作郎[⑯]，溪为秘书省秘书

①金部：户部四司之一。金部员外郎：掌库藏出纳之节，金宝财货之用，权衡度量之制。

②"嘉禾"四句：这里的嘉禾、白鹊、苍乌、嘉瓜，都是古代的所谓瑞应，逢君主开明有道、国家太平时才出现。

③小大威怀：即大国畏其力，小国怀其德。

④朝：朝见。京外的官员回京师朝见皇帝，须有诏命。

⑤十五年：这里指贞元十五年，即公元 799 年。

⑥薨（hōng）：去世。

⑦太傅：唐代三师（太师、太傅、太保）是一种很高的官衔，多为赠官，并无实职。

⑧吊：慰问。

⑨惠爱：恩惠、爱惜，指为当地百姓做了好事。

⑩居处恭：居家严谨。

⑪妾媵（yìng）：正妻之外的妻子。媵，陪嫁来的女子。

⑫泊如：淡泊随和。

⑬金紫光禄大夫：唐朝文职闲官衔，正三品。

⑭上柱国：唐朝的勋号，视同正二品。

⑮陇西郡开国公：开国郡公，唐朝爵号，正二品，食邑二千户。

⑯著作郎：官名，主管著作局，职掌修撰碑志祝文祭文。

郎[1]，全素为大理评事[2]，澥为太常寺太祝[3]，皆善士，有学行。谨具历官行事状，伏请牒考功[4]，并牒太常议所谥，牒史馆，请垂编录。谨状。

①秘书郎：官名，专掌图书收藏及抄写事务。
②大理评事：大理寺属官，职掌出使推案。
③太常寺太祝：官名，掌祭祀祈祷之事。
④牒：公文，这里指移送公文。

柳子厚墓志铭

【题解】 墓志铭是一种传统文体，主体部分是志，可以说是传记；铭是末尾的部分。韩愈与柳宗元是至交，他写过《祭柳子厚文》，次年又写了这篇墓志铭。文中叙述了柳宗元的生平，特别是他在官场的坎坷遭遇。不过，作者却在文末指出，倘使柳宗元仕途顺利，他的文学辞章能否有所成就便成了疑问；而言辞之间，作者的倾向十分明显：宁愿文学辞章而非将相的柳宗元存在。

子厚，讳宗元[1]。七世祖庆，为拓跋魏侍中[2]，封济阴公。曾伯祖奭[3]，为唐宰相，与褚遂良、韩瑗俱得罪武后，死高宗朝。皇考讳镇，以事母弃太常博士[4]，求为县令江南。其后以不能媚权贵，失御史。权贵人死，乃复拜侍御史[5]。号为刚直，所与游皆当世名人[6]。

子厚少精敏，无不通达。逮其父时[7]，虽少年，已自成人，能取进士第，崭然见头角[8]。众谓柳氏有子矣[9]。其后以博学宏词，授集贤殿正字，蓝田尉[10]。俊杰廉悍，议论证据今古，出入经史百子，踔厉风发[11]，率常屈其座人。名声大振，一时皆慕与之交。诸公要人，争欲令出我门下[12]，交口荐誉之。

①子厚：柳宗元的字。讳：名。
②拓跋魏：北魏国君姓拓跋（后改姓元），故称。侍中：门下省的长官。
③曾伯祖奭（shì）：柳奭，字子燕，柳宗元高祖子夏之兄。
④太常博士：太常寺属官。
⑤权贵人：此指窦参。侍御史：御史台的属官。
⑥游：交往。
⑦逮（dài）：及，到。
⑧取进士第：贞元九年柳宗元进士及第，年二十一。见：同“现”。
⑨有子：意谓有光耀门楣之子。
⑩博学宏词：科考科目。集贤殿正字：集贤殿书院官名。尉：县府管理治安的官吏。
⑪廉悍：廉洁而有骨气。踔（chuō）厉风发：言辞奋发，见识高远。
⑫令出我门下：意谓都想叫他做自己的门生以沾光彩。

贞元十九年，由蓝田尉拜监察御史。顺宗即位，拜礼部员外郎。遇用事者得罪，例出为刺史①。未至，又例贬永州司马②。居闲，益自刻苦，务记览，为词章，泛滥停蓄，为深博无涯涘③，而自肆于山水间。元和中，尝例召至京师；又偕出为刺史④，而子厚得柳州⑤。既至，叹曰："是岂不足为政邪⑥！"因其土俗，为设教禁，州人顺赖⑦。其俗以男女质钱，约不时赎，子本相侔，则没为奴婢⑧。子厚与设方计⑨，悉令赎归。其尤贫力不能者，令书其佣，足相当⑩，则使归其质。观察使下其法于他州，比一岁⑪，免而归者且千人。衡湘以南为进士者⑫，皆以子厚为师，其经承子厚口讲指画为文词者，悉有法度可观。

其召至京师而复为刺史也，中山刘梦得禹锡亦在遣中，当诣播州⑬。子厚泣曰："播州非人所居，而梦得亲在堂，吾不忍梦得之穷，无辞以白其大人⑭；且万无母子俱往理。"请于朝，将拜疏⑮，愿以柳易播，虽重得罪⑯，死不恨。遇有以梦得事白上者，梦得于是改刺连州⑰。呜呼！士穷乃见节义。今夫平居里巷相慕悦，酒食游戏相征逐，诩诩强笑语以相取下⑱，握手出肺肝相示，指天日涕泣，誓生死不相背负，真若可信；一旦临小利害，仅如毛发比，反眼若不相识。落陷穽，不

①用事者：掌权者，指王叔文。例出：按规定遣出。指柳宗元被贬为邵州（今湖南邵阳）刺史。

②永州：今湖南零陵县。

③泛滥：汪洋恣肆。停蓄：雄厚凝练。无涯涘（sì）：没有边际。

④偕出：一起被贬。指柳宗元等"八司马"同时被迁往更远的地方。

⑤柳州：即今广西柳州市。

⑥是岂不足为政邪：意谓柳州虽僻远，也可以做出政绩。是，指柳州。

⑦因：顺着。教禁：教谕和禁令。顺赖：顺从信赖。

⑧质：抵押。不时赎：不按时赎取。子：子金，即利息。本：本金。相侔（móu）：相等。没：没收。

⑨与设方计：替债务人想方设法。

⑩书：记下。足相当：指佣工所值足以抵消借款本息。

⑪下其法：推行赎回人质的办法。比：及，等到。

⑫衡湘：泛指岭南。

⑬中山：今河北定县。刘梦得：即刘禹锡。诣：前往。播州：今贵州绥阳县。

⑭亲在堂：母亲健在。穷：困窘。大人：父母。此指刘母。

⑮拜疏：向皇帝上疏。

⑯重（chóng）得罪：再加一重罪。

⑰连州：州治在今广东连县。

⑱征逐：往来频繁。诩诩（xǔ）：讨好取媚的样子。强（qiǎng）：勉强，做作。取下：指采取谦下的态度。

一引手救，反挤之[①]，又下石焉者，皆是也。此宜禽兽夷狄所不忍为，而其人自视以为得计。闻子厚之风，亦可以少愧矣[②]。

子厚前时少年，勇于为人，不自贵重顾籍[③]，谓功业可立就，故坐废退[④]。既退，又无相知有气力得位者推挽，故卒死于穷裔[⑤]，材不为世用，道不行于时也。使子厚在台省时[⑥]，自持其身，已能如司马、刺史时，亦自不斥[⑦]；斥时，有人力能举之，且必复用不穷。然子厚斥不久，穷不极[⑧]，虽有出于人[⑨]，其文学辞章，必不能自力[⑩]，以致必传于后如今，无疑也。虽使子厚得所愿，为将相于一时，以彼易此，孰得孰失，必有能辨之者。

子厚以元和十四年十一月八日卒[⑪]，年四十七。以十五年七月十日，归葬万年先人墓侧[⑫]。子厚有子男二人：长曰周六，始四岁；季曰周七，子厚卒乃生。女子二人，皆幼。其得归葬也，费皆出观察使河东裴君行立[⑬]。行立有节概[⑭]，重然诺，与子厚结交，子厚亦为之尽[⑮]，竟赖其力。葬子厚于万年之墓者，舅弟卢遵[⑯]。遵，涿人[⑰]，性谨慎，学问不厌。自子厚之斥，遵从而家焉[⑱]，逮其死不去。既往葬子厚，又将经纪其家，庶几有始终者[⑲]。

铭曰：是惟子厚之室[⑳]，既固既安，以利其嗣人[㉑]。

①引手：伸手。挤：推走。

②少：稍微。

③为（wèi）人：助人。顾藉：顾惜。

④坐：因他人获罪而受牵连。废退：指远谪边地。

⑤有气力：有权势和力量的人。推挽：推举提携。卒：终于。穷裔：穷困的边远地方。

⑥台省：御史台和尚书省。

⑦亦自不斥：也自然不会被贬官。

⑧“然子厚”二句：是推想之辞，如果被贬时间不长，困窘不达极点。

⑨有出于人：出人头地，即下文的“为将相”。

⑩自力：自我努力。

⑪元和十四年：公元 819 年。元和，唐宪宗年号。

⑫万年：在今陕西临潼县东北。

⑬河东：今山西永济县。裴行立：绛州稷山（今山西稷山县）人，时任桂管观察使，是柳宗元的上司。

⑭节概：节操度量。

⑮尽：尽心，尽力。

⑯卢遵：柳宗元舅父之子。

⑰涿（zhuó）：今河北涿县。

⑱从而家：跟随柳宗元以为己家。

⑲庶几：近似，差不多。

⑳惟：就是。室：幽室，即墓穴。

㉑嗣人：子孙后代。

柳宗元

柳宗元（773～819），唐代文学家。字子厚，河东（今山西永济）人，世称“柳河东”。他和韩愈并称“韩柳”，是唐代古文运动的杰出代表。其散文创作丰富多样，史称柳文“精裁密致，灿若珠贝”（《旧唐书》本传）。有《柳河东集》。

段太尉逸事状[①]

【题解】状是记叙死者生平事迹的一种文体，笼统来说也就是传记。在这篇传记中，柳宗元选取段太尉的三则逸事，经过恰当的剪裁组织和生动描写，表现了一个勇于与强暴者斗争、真切关心人民疾苦、清廉自守的良吏形象。作者在描写中直叙事实，不作议论，爱憎臧否自现于叙述之中。

太尉始为泾州刺史时[②]，汾阳王以副元帅居蒲[③]。王子晞为尚书，领行营节度使[④]，寓军邠州，纵士卒无赖[⑤]。邠人偷嗜暴恶者，率以货窜名军伍中，则肆志[⑥]，吏不得问。日群行丐取于市，不嗛[⑦]，辄奋击折人手足，椎釜鬲瓮盎盈道上[⑧]，袒臂徐去，至撞杀孕妇人。邠宁节度使白孝德以王故，戚不敢言[⑨]。

太尉自州以状白府，愿计事。至则曰：“天子以生人付公理，公见人被暴害，因恬然[⑩]。且大乱，若何?”孝德曰：“愿奉教。”太尉曰：“某为泾州，甚适，少事；今不忍人无寇暴死，以乱天子边事。公诚以都虞候命某者，能为公已乱[⑪]，使公之人不得害。”孝德曰：“幸甚!”出如尉请。

①段太尉：段秀实，陇州汧阳（今陕西千阳）人。死后追赠为太尉。

②泾州：治在安定（今甘肃泾川北）。

③汾阳王：郭子仪封为汾阳王。蒲：蒲州，治在河东（今山西永济西）。

④王子晞：郭子仪之子郭晞。行营：元帅或大将行军在外的驻所。当时郭子仪入朝，郭晞代河东节度使，故称为领行营节度使。

⑤邠州：治在新平（今陕西彬县）。无赖：胡作非为。

⑥率：都。以货窜名：用钱财在军队里挂一个名字。肆志：为所欲为。

⑦丐取：强取。嗛（qiè）：满足。

⑧椎（chuí）：槌打。釜鬲（gé）：泛指炊具。瓮盎：陶制的容器。

⑨戚：忧愁。

⑩生人：即百姓。公：指白孝德。因：仍然。

⑪诚：果真。都虞候：军中的执法官。命某：任命我。已：终止。

既署一月，晞军士十七人入市取酒，又以刃刺酒翁[①]，坏酿器，酒流沟中。太尉列卒取十七人[②]，皆断头注槊上[③]，植市门外[④]。晞一营大噪，尽甲[⑤]。孝德震恐，召太尉曰："将奈何？"太尉曰："无伤也！请辞于军[⑥]。"孝德使数十人从太尉，太尉尽辞去。解佩刀，选老躄者一人持马[⑦]，至晞门下。甲者出，太尉笑且入曰："杀一老卒，何甲也？吾戴吾头来矣！"甲者愕。因谕曰："尚书固负若属耶[⑧]？副元帅固负若属耶？奈何欲以乱败郭氏[⑨]？为白尚书，出听我言。"

晞出见太尉。太尉曰："副元帅勋塞天地，当务始终[⑩]。今尚书恣卒为暴，暴且乱，乱天子边，欲谁归罪[⑪]？罪且及副元帅[⑫]。今邠人恶子弟以货窜名军籍中，杀害人，如是不止，几日不大乱？大乱由尚书出，人皆曰尚书倚副元帅，不戢士[⑬]。然则郭氏功名，其与存者几何[⑭]？"言未毕，晞再拜曰："公幸教晞以道，恩甚大，愿奉军以从[⑮]。"顾叱左右曰："皆解甲散还火伍中[⑯]，敢哗者死！"太尉曰："吾未晡食，请假设草具[⑰]。"既食，曰："吾疾作[⑱]，愿留宿门下。"命持马者去，旦日来。遂卧军中。晞不解衣，戒候卒击柝卫太尉[⑲]。旦，俱至孝德所，谢不能[⑳]，请改过。邠州由是无祸。

①酒翁：酿酒工。
②列卒：布置兵卒。取：捕捉。
③注：放置。在这里是挂的意思。槊（shuò）：长矛。
④植：竖立。
⑤尽甲：全都披上铠甲。
⑥请辞于军：请让我到军中去解释。
⑦躄（bì）：两腿瘸。持马：牵马。
⑧固：岂，难道。负：亏负。若属：你们。
⑨以乱败郭氏：以横暴无道败坏郭家的名声。
⑩勋塞天地：功勋充塞于天地之间，极言功勋之大。当务始终：应当尽力做到有始有终。
⑪恣：放纵。欲谁归罪：将要归罪于谁。
⑫且及：将要连累到。
⑬戢（jí）：约束。
⑭其与存者几何：那剩下的还能有多少。
⑮奉军以从：率领军队听从于你。
⑯散还火伍中：解散回到队伍中去。唐时兵制，十人为火，五人为伍。
⑰晡（bū）食：吃晚饭。晡，申时，下午三点到五点。请假设草具：请代为备办些粗糙的饭食。
⑱疾作：疾病发作。
⑲戒：命令。候卒：军中巡夜的士兵。柝（tuò）：巡夜打更用的梆子。卫：保卫。
⑳谢不能：为自己的无能而道歉。

先是，太尉在泾州为营田官[①]。泾大将焦令谌取人田[②]，自占数十顷，给与农，曰："且熟，归我半。"是岁大旱，野无草，农以告谌。谌曰："我知入数而已，不知旱也。"督责益急，农且饥死，无以偿，即告太尉。

太尉判状辞甚巽[③]，使人求谕谌。谌盛怒，召农者曰："我畏段某耶？何敢言我[④]！"取判铺背上[⑤]，以大杖击二十，垂死，舆来庭中[⑥]。太尉大泣曰："乃我困汝！"即自取水洗去血，裂裳衣疮，手注善药[⑦]，旦夕自哺农者，然后食[⑧]。取骑马卖，市谷代偿[⑨]，使勿知。

淮西寓军帅尹少荣[⑩]，刚直士也。入见谌，大骂曰："汝诚人耶？泾州野如赭[⑪]，人且饥死；而必得谷，又用大杖击无罪者。段公，仁信大人也，而汝不知敬。今段公唯一马，贱卖市谷入汝，汝又取不耻。凡为人傲天灾、犯大人、击无罪者，又取仁者谷，使主人出无马，汝将何以视天地[⑫]，尚不愧奴隶耶！"谌虽暴抗，然闻言则大愧流汗，不能食，曰："吾终不可以见段公！"一夕，自恨死。

及太尉自泾州以司农征[⑬]，戒其族："过岐[⑭]，朱泚幸致货币[⑮]，慎勿纳。"及过，泚固致大绫三百匹[⑯]。太尉婿韦晤坚拒，不得命[⑰]。至都，太尉怒曰："果不用吾言！"晤谢曰：

①先是：在这以前。营田官：节度使下属的营田副使。

②焦令谌（chén）：泾州刺史马磷的副使。

③巽（xùn）：温和委婉。

④言我：说我的坏话。

⑤取判铺背上：拿判决书铺在农民的背上。

⑥垂死：快要死了。舆：抬运。

⑦手注善药：亲手敷上好药。

⑧旦夕：早晚。哺（bǔ）：喂食。

⑨市：买。

⑩淮西寓军：暂居泾州的淮西军队。淮西，唐方镇名，全称淮南西道。

⑪野如赭（zhě）：田野像一片赤土，指没有收成。赭，赤色之土。

⑫视天地：对天地，即活在人世上的意思。

⑬"及太尉"句：段秀实是在唐德宗建中元年（公元 780 年）二月被召回京任司农卿的。司农，司农寺的官员。司农寺是职掌粮食积储、仓廪管理及在京朝官之禄米供应等事务的官署。

⑭岐：岐州，治在雍县（今陕西凤翔）。

⑮朱泚：唐幽州昌平（今北京昌平西南）人，曾任卢龙节度使。唐德宗建中四年（公元 783 年）泾原兵在京师哗变，他被拥立为帝，国号秦，次年改国号为汉。不久被击败，为部将杀死。幸：假使，倘若。致：给与。

⑯固致：硬要送。

⑰坚拒：坚持拒绝。不得命：得不到允许，推辞不掉。

"处贱无以拒也[①]。"太尉曰："然终不以在吾第[②]。"以如司农治事堂，栖之梁木上[③]。泚反，太尉终[④]，吏以告泚，泚取视，其故封识具存[⑤]。

太尉逸事如右。

元和九年月日[⑥]，永州司马员外置同正员柳宗元[⑦]，谨上史馆。今之称太尉大节者，出入以为武人一时奋不虑死，以取名天下，不知太尉之所立如是。宗元尝出入岐周邠斄间，过真定，北上马岭[⑧]，历亭障堡戍[⑨]，窃好问老校退卒，能言其事。太尉为人姁姁[⑩]，常低首拱手行步，言气卑弱，未尝以色待物[⑪]；人视之，儒者也。遇不可[⑫]，必达其志，决非偶然者。会州刺史崔公来，言信行直，备得太尉遗事，覆校无疑[⑬]。或恐尚逸坠，未集太史氏[⑭]，敢以状私于执事[⑮]。谨状。

①处贱：处在卑下的地位。

②第：府第，家宅。

③如：送往。栖：安置。

④太尉终：朱泚称帝后招段秀实议事，段唾泚面大骂，并以笏板打破其额头，随即被朱泚杀害。

⑤封识（zhì）：包装标记。

⑥元和九年月日：元和九年（公元814年）某月某日。元和，唐宪宗年号。

⑦司马：唐代州司马是挂名的虚职。员外置：定员以外的官员。同正员：待遇与正式官员相同。

⑧岐、周、邠、斄（tāi）：均为地名，都在今陕西境内。真定、马岭：均为甘肃境内地名。

⑨亭障堡戍：边塞军士驻守的地方。

⑩姁姁（xǔ）：安乐温和的样子。

⑪以色待物：以严厉的脸色待人接物。

⑫不可：自己不赞同的事。

⑬备得：尽得。备，详尽。覆校：反复查证。

⑭逸坠：散失遗漏。未集太史氏：未被史官采集。

⑮执事：主管官员。这里指史馆修撰韩愈。

梓人传

【题解】本文作者以"传"名篇，实际上主要在于借人寓事说理。作者从梓人的职分联想到辅佐天子的宰相，将二者做了类比，指出了其相似性，从而阐述了一番为相之道。文中人物是一条贯穿首尾的线索，因而得以成"传"；而主体则是其职业以及由此生发的联想、类比和论述。文章夹叙夹议，议主叙辅，是一篇写法上比较独特的传记。

裴封叔之第在光德里[①]，有梓人款其门，愿佣隙宇而处焉[②]。所职寻引、规矩、绳墨，家不居砻斫之器[③]。问其能，曰："吾善度材[④]；视栋宇之制，高深、圆方、短长之宜，吾指使而群工役焉。舍我，众莫能就一宇。故食于官府，吾受禄三倍[⑤]；作于私家，吾收其直大半焉[⑥]。"他日，入其室，其床缺足而不能理，曰"将求他工"。余甚笑之，谓其无能而贪禄嗜货者[⑦]。

其后，京兆尹将饰官署，余往过焉[⑧]。委群材，会众工，或执斧斤[⑨]，或执刀锯，皆环立向之；梓人左持引、右执杖而中处焉。量栋宇之任，视木之能举[⑩]，挥其杖曰："斧！"彼执斧者奔而右。顾而指曰："锯！"彼执锯者趋而左。俄而斤者斫[⑪]，刀者削，皆视其色，俟其言，莫敢自断者。其不胜任者，怒而退之，亦莫敢愠焉[⑫]。画宫于堵，盈尺而曲尽其制[⑬]，计其毫厘而构大厦，无进退焉[⑭]。既成，书于上栋曰："某年某月某日某建"，则其姓字也；凡执用之工不在列。余圜视大骇[⑮]。然后知其术之工大矣[⑯]。

继而叹曰：彼将舍其手艺、专其心智而能知体要者欤[⑰]？吾闻劳心者役人，劳力者役于人，彼其劳心者欤[⑱]？能者用而智者谋，彼其智者欤？是足为佐天子相天下法矣，物莫近乎此也[⑲]。

①光德里：唐都长安的坊巷。

②梓（zǐ）人：木工，建筑工匠。款：叩。佣：租赁。隙宇：空房。处：居住。

③职：掌管。寻、引：度量工具。规：圆规。矩：曲尺。绳墨：墨斗。不居：不存在。砻（lóng）：磨。斫：砍。

④度材：审度材料，量材使用。

⑤受禄三倍：获取别人三倍的俸禄。

⑥直：通"值"。

⑦货：财物。

⑧过：访问，探察。

⑨委：堆积。斧斤：砍木的工具。斤，也是斧。

⑩任：承担。举：胜任。

⑪俄：不久。

⑫愠（yùn）：恼怒。

⑬堵：墙。盈尺而曲尽其制：是说一尺大小的建筑图就详尽地画出了宫殿的形制。盈，满。

⑭无进退：不多也不少，指不差毫厘。

⑮圜（huán）视：即环视。骇：吃惊。

⑯知其术之工大矣：知道了其技艺的作用很大。工，作用。

⑰体要：总体、纲要，指要害、关键。

⑱劳心者：即脑力劳动者。

⑲佐天子相（xiàng）天下：辅佐天子治理天下。相，辅助。法：效法。物莫近乎此：是说事物间没有比梓人和宰相的职分更为接近的了。

彼为天下者，本于人。其执役者[1]，为徒隶、为乡师、里胥[2]，其上为下士，又其上为中士、为上士，又其上为大夫、为卿、为公。离而为六职，判而为百役[3]。外薄四海，有方伯连率[4]；郡有守，邑有宰，皆有佐政[5]。其下有胥吏，又其下皆有啬夫版尹[6]，以就役焉。犹众工之各有执技以食力也。

彼佐天子相天下者，举而加焉，指而使焉[7]，条其纲纪而盈缩焉，齐其法制而整顿焉[8]：犹梓人之有规矩绳墨以定制也。

择天下之士，使称其职；居天下之人，使安其业；视都知野，视野知国，视国知天下，其远迩细大，可手据其图而究焉[9]：犹梓人画宫于堵而绩于成也[10]。

能者进而由之，使无所德[11]；不能者退而休之，亦莫敢愠。不炫能，不矜名，不亲小劳，不侵众官，日与天下之英才，讨论其大经[12]：犹梓人之善运众工而不伐艺也[13]。夫然后相道得而万国理矣[14]。相道既得，万国既理，天下举首而望曰："吾相之功也。"后之人循迹而慕曰："彼相之才也。"士或谈殷周之理者，曰伊、傅、周、召[15]，其百执事之勤劳，而不得纪焉。犹梓人自名其功而执用者不列也。大哉，相乎！通是道者，所谓相而已矣。

①执役者：具体办事的人。这里是与前文的"众工"比附而言。

②徒隶、乡师、里胥：指衙门里做杂役的和乡村里弄的基层小吏。

③离：分离。六职：指中央政府的吏、户、礼、兵、刑、工六部。判：分开。百役：概指各种事务。

④薄：迫近。方伯：古代诸侯的领袖。连率：盟主、统帅。二者均指地方长官。率，同"帅"。

⑤佐政：副职。

⑥啬夫：相当于乡长。版尹：管户口的小官。

⑦举而加：指设定任务并委派，即分派。指而使：即指使。

⑧条：条理，指制订。盈缩：犹言宽窄，指纲纪的松紧。齐：整齐，也有制订的意思。

⑨都：指国都。野：郊野，指国都周边。国：诸侯国，指一个地区。天下：指全国。究：察看，查究。

⑩绩于成：追求成功。绩，求。

⑪德：得意。

⑫矜：夸耀。不亲小劳：不亲自去做小事。不侵众官：不干涉众官的职分。大经：大纲领、大政策。

⑬伐：夸耀。

⑭相道：做宰相的道理。理：治。

⑮伊、傅、周、召（shào）：伊尹、傅说、周公、召公，都是古代有名的贤相。

其不知体要者反此。以恪勤为公，以簿书为尊[①]，炫能矜名，亲小劳，侵众官，窃取六职百役之事，听听于府庭[②]，而遗其大者远者焉。所谓不通是道者也。犹梓人而不知绳墨之曲直、规矩之方圆、寻引之短长，姑夺众工之斧斤刀锯以佐其艺；又不能备其工，以至败绩，用而无所成也，不亦谬欤[③]？

或曰："彼主为室者，傥或发其私智，牵制梓人之虑，夺其世守[④]，而道谋是用，虽不能成功，岂其罪邪？亦在任之而已。"余曰：不然。夫绳墨诚陈，规矩诚设，高者不可抑而下也，狭者不可张而广也。由我则固，不由我则圮[⑤]。彼将乐去固而就圮也，则卷其术，默其智，悠尔而去，不屈吾道[⑥]，是诚良梓人耳。其或嗜其货利，忍而不能舍也；丧其制量，屈而不能守也[⑦]。栋桡屋坏[⑧]，则曰："非我罪也。"可乎哉？可乎哉？

余谓梓人之道类于相，故书而藏之[⑨]。梓人盖古之审曲面势者[⑩]，今谓之都料匠云。余所遇者，杨氏，潜其名[⑪]。

①恪（kè）勤：谨守勤劳。簿书：指官府的簿册文书。

②听听（yín）：争辩的样子。

③备：具备。用而：因而。谬（miù）：错误，荒谬。

④主为室者：主持建造屋子的人。傥：同"倘"。发：发挥，运用。虑：思想，主张。世守：一代一代沿袭的职业。

⑤固：坚固。圮（pǐ）：倒塌，倾颓。

⑥卷其术，默其智：是说把自己的技艺、智慧隐藏起来。悠尔：快速的样子。屈：屈服，改变。

⑦忍而不能舍：指容忍别人的修改，不能舍弃货利。屈而不能守：屈服于人而不能坚守自己的制量。

⑧栋：栋梁。桡（ráo）：弯曲。

⑨类：相似。藏：存留。

⑩审曲面势：审视委曲、面对情势，即前所说的度材。作者在这里隐指宰相的审时度势、运筹帷幄。

⑪潜：隐。

种树郭橐驼传

【题解】 这篇小传写一个驼背的园丁，描写很少，但人物形象却彰彰凸显。作品重点在对话，通过传主的答问来刻画其平凡中的智慧。不过，作者"醉翁之意似不在酒"，文末用问者的话"吾问养树，得养人术"，说明了为文的宗旨。

郭橐驼[①]，不知始何名。病偻，隆然伏行[②]，有类橐驼者，故乡人号之"驼"[③]。驼闻之曰："甚善，名我固当[④]。"因舍其名，亦自谓"橐驼"云。

其乡曰丰乐乡，在长安西。驼业种树[⑤]，凡长安豪富人为观游及卖果者，皆争迎取养[⑥]。视驼所种树，或移徙，无不活，且硕茂，蚤实以蕃[⑦]。他植者，虽窥伺效慕[⑧]，莫能如也。

有问之，对曰："橐驼非能使木寿且孳也[⑨]，能顺木之天以致其性焉尔[⑩]。凡植木之性，其本欲舒，其培欲平，其土欲故，其筑欲密[⑪]。既然已，勿动勿虑，去不复顾。其莳也若子[⑫]，其置也若弃，则其天者全而其性得矣[⑬]。故吾不害其长而已，非有能硕茂之也；不抑耗其实而已[⑭]，非有能蚤而蕃之也。他植者则不然，根拳而土易[⑮]，其培之也，若不过焉则不及。苟有能反是者，则又爱之太殷，忧之太勤，旦视而暮抚，已去而复顾。甚者爪其肤以验其生枯[⑯]，摇其本以观其疏密，而木之性日以离矣[⑰]。虽曰爱之，其实害之；虽曰忧之，其实仇之。故不我若也[⑱]。吾又何能为哉！"

问者曰："以子之道，移之官理，可乎？"驼曰："我知种树而已，理，

①橐驼：骆驼。这是别人给起的绰号，因驼背突起如驼峰，故名。

②偻：脊背弯曲，驼背。隆然：高高突起的样子。伏行：俯着身子走路。

③号：起绰号。

④名我固当：叫我这个名实在很恰当。

⑤业：从事，以……为业。

⑥为观游：修建观赏游览的园林。争迎取养：争着把郭橐驼接到家中供养。

⑦移徙（xǐ）：移植。硕茂：指树身壮大、枝叶繁茂。蚤实：结果实早。蚤，同"早"。蕃：繁多。

⑧窥伺：暗中观察。效慕：效法，模仿。

⑨寿：活得多。孳（zī）：长得快。

⑩"能顺木"句：能够顺着树木的自然规律让它按照自己的习性生长罢了。

⑪本：树根。故：旧。指保留树根的旧土。筑：捣土。密：实。

⑫莳（shì）：移栽。泛指种植。

⑬"则其天者"句：那么树木的生长规律不受破坏，它的习性可以保全。

⑭抑耗：减少。

⑮根拳：树根拳屈着。土易：换了新土。

⑯爪其肤：用指甲划破树皮。

⑰日以离：一天比一天差。

⑱不我若：不如我。

非吾业也。然吾居乡，见长人者好烦其令，若甚怜焉[①]，而卒以祸。旦暮吏来呼曰：'官命促尔耕，勖尔植[②]，督尔获；早缫而绪，早织而缕[③]；字而幼孩，遂而鸡豚[④]。'鸣鼓而聚之，击木而召之。吾小人辍飧饔以劳吏者[⑤]，且不得暇，又何以蕃吾生而安吾性耶[⑥]？故病且怠[⑦]。若是，则与吾业者[⑧]，其亦有类乎？"问者嘻曰："不亦善夫！吾问养树，得养人术。"传其事以为官戒也。

①长（zhǎng）人者：指治理人民的官长。好（hào）烦其令：喜欢把指令搞得繁琐。指不断对百姓发布政令。怜：爱护。

②勖（xù）：勉励。

③缫（sāo）：煮茧抽丝。而：通"尔"，你。缕：线，这里指纺线织布。

④字：养育。遂：长，喂大。豚（tún）：小猪。

⑤飧（sūn）：晚饭。饔（yōng）：早饭。劳：慰劳。

⑥蕃吾生：繁荣我们的生计。安吾性：安定我们的性情。

⑦病：困苦。怠：同"殆"，疲弊。

⑧吾业者：我的同行，即上文的"他植者"。

童区寄传[①]

【题解】柳宗元所作传记多写小人物，而本篇更是写了一个小孩子。小孩子自然没有那么多事可记，故此作者结合社会现实来写。传中主要写区寄逃脱劫缚，叙述细致，神情毕现。这样的小传，在于传人，更在于传事；传事则在于现民情，更在于规政事。正所谓"以小见大"。

柳先生曰：越人少恩[②]，生男女，必货视之。自毁齿以上，父兄鬻卖以觊其利[③]。不足，则取他室，束缚钳梏之[④]。至有须鬣者，力不胜，皆屈为僮[⑤]。当道相贼杀以为俗[⑥]。幸得壮大，则缚取幺弱者[⑦]。汉官因以为己利，苟得僮，恣所为不问。以是越中户口滋耗，少得自脱[⑧]。惟童区寄以十一岁胜，斯亦奇矣[⑨]。桂部从事杜周士为余言之[⑩]。

童寄者，郴州荛牧儿也[⑪]。行牧

①童区（ōu）寄：儿童姓区名寄。

②越人：指岭南一带的人。

③毁齿：指换去乳牙。鬻（yù）：卖。觊（jì）：贪图。

④他室：人家的孩子。钳梏（gù）：用铁箍套颈，用木铐铐手。

⑤鬣（liè）：胡须。僮：仆人。

⑥当道：指明火执仗。贼：残害。

⑦幸：侥幸。幺（yāo）：幼小。

⑧滋耗：增加消耗。少得：很少能。

⑨胜：指脱身。斯：这。

⑩从事：地方长官的副手。

⑪荛（ráo）牧儿：打柴放牧的孩子。

且荛，二豪贼劫持反接，布囊其口，去逾四十里之墟所卖之[①]。寄伪儿啼，恐栗，为儿恒状[②]。贼易之[③]，对饮，酒醉。一人去为市，一人卧，植刃道上[④]。童微伺其睡，以缚背刃，力下上，得绝[⑤]；因取刃杀之。逃未及远，市者还，得童，大骇，将杀童。遽曰[⑥]："为两郎僮，孰若为一郎僮耶[⑦]？彼不我恩也[⑧]。郎诚见完与恩[⑨]，无所不可。"市者良久计曰："与其杀是僮，孰若卖之？与其卖而分，孰若吾得专焉[⑩]？幸而杀彼，甚善。"即藏其尸，持童抵主人所[⑪]。愈束缚，牢甚。夜半，童自转，以缚即炉火烧绝之，虽疮手勿惮[⑫]；复取刃杀市者。因大号[⑬]，一墟皆惊。童曰："我区氏儿也，不当为僮。贼二人得我，我幸皆杀之矣！愿以闻于官[⑭]。"

墟吏白州，州白大府[⑮]。大府召视，儿幼愿耳[⑯]。刺史颜证奇之[⑰]，留为小吏，不肯。与衣裳，吏护还之乡[⑱]。乡之行劫缚者[⑲]，侧目莫敢过其门。皆曰："是儿少秦武阳二岁，而讨杀二豪[⑳]，岂可近耶！"

①反接：把双手反绑起来。布囊其口：用布封住他的口。墟所：集市。

②栗：发抖。恒状：常有的情态。

③易：轻忽，不在意。

④为市：谈生意。植：插。

⑤微伺：暗地等候。绝：断。

⑥遽（jù）：急忙。

⑦郎：奴仆对一般地位主人的称呼。

⑧不我恩：不好好对待我。

⑨见：被。完：保全。

⑩得专：独占。

⑪主人：指墟所窝藏豪贼的人。

⑫即：靠近。疮：通"创"，伤口。惮（dàn）：怕。

⑬大号：大声呼叫。

⑭愿以闻于官：愿意把这件事报告给官府。

⑮白：报告。州：指州官。大府：指州的上级官府。

⑯幼愿：幼稚老实。

⑰刺史：州的行政长官。颜证：唐代大臣和书法家颜真卿的从侄，曾任桂州刺史、桂管观察使。

⑱护还之乡：护送他回乡。

⑲行劫缚者：从事劫持和盗卖儿童勾当的人。

⑳秦武阳：战国时燕国的少年勇士，相传他十三岁时就能杀死强暴的人。讨杀：诛杀。

沈亚子

沈亚子（781～832），唐代小说家。字下贤，吴兴（今属浙江）人。进士出身，做过几任属官。曾游于韩愈门下，工诗善文，尤长于传奇小说。有《沈下贤文集》。

李绅传

【题解】李绅是唐代诗人，他的《悯农》诗脍炙人口。这篇传记写李绅，他的生平始末几近于无，而集中写其在李锜幕中抗节不附之事，表彰其“临大节而不可夺”的精神。作者写李绅拒绝写奏疏，始而突出其佯装的惊惧，继而写其不畏死的凛然，一个不无狡黠而意志坚定的文人形象如在目前。仅此一事，其人之精神足以千古不泯。

李绅者，本赵人，徙家吴中①。元和元年②，节度使宗臣锜在吴③，绅以进士及第，还，过谒锜。锜舍之④，与宴游昼夜。锜能其才，留执书记⑤。明年，锜以骄闻，有诏召，称疾不欲行，宾客莫敢言。绅坚为言，不入⑥，又不得去。会留后使王澹专职为锜具行⑦，锜蓄怒始发于澹，阴教士食之⑧。初，士卒当劳赐者皆会府中受赐与，中贵人临视⑨。次至中军，士得赐者俱不散，齐呼曰：“澹逆，可食!”既尽，即执中贵人胁曰：“尔宁遂众欲？宁饱众腹⑩？”曰：“请所欲。”曰：“为我众书报天子，幸得复锜位⑪。”贵人惧，伪诺之。召书记以疏闻⑫。绅闻之，亡入锜内匿，众索不得。及中贵人至，促

①赵：在今河北一带。徙家：移居。吴中：今苏南浙北一带。

②元和元年：公元806年。元和，唐宪宗年号。

③宗臣：与君主同宗的大臣。锜：李锜。

④舍：留居。

⑤能：指称赞。书记：掌管文书记录的官。

⑥坚为言：坚持进言。不入：不采纳。

⑦留后使：朝廷设置的牵制节度使的官。具行：办理出行事务。

⑧食之：指把王澹吃掉。

⑨中贵人：皇帝宠信的宦官。

⑩尔：你。宁……宁：是……还是。遂众欲：满足大家的愿望。

⑪幸：希望。

⑫记以疏闻：记下来上疏给皇帝知道。

锜行，锜益怒，急召绅，授纸笔，令操书上牍。绅坐锜前，佯惴怖战，管摇纸下[①]，札皆不能字[②]，辄涂去。累数十行，又如是，几尽纸[③]。锜怒骂曰："是何敢如此！汝欲下从而先人耶[④]？"对曰："绅不敢恶生[⑤]，直以少养长儒家，未尝闻金革鸣[⑥]，今暴及此[⑦]，且不知精神在所。诚得死，若在前，幸耳！"锜复制以兵刃，令易纸，复然。旁一人为锜言曰："闻有许侍御纵者[⑧]，尤能军中书，绅不足与等。"请召纵。纵至，锜锐意自举，授词操书无不可锜意[⑨]。遂幽绅于润之分狱，兵散乃出。纵竟逆死[⑩]。

赞曰：李锜之贼江东也[⑪]，其抗节者有李云、李绅[⑫]。云则山中刘腾为书以大之，而绅之迹未及称[⑬]。且绅职锜肘腋下[⑭]，举动顾盼有一不诚，则支体立尽众手[⑮]。而绅亦不顾，而晓然自效如此[⑯]。可谓临大节而不可夺者耶！

①佯惴怖战：假装害怕战栗。管摇纸下：笔乱抖，纸掉地。

②不能字：不能成字。

③累：接连，重叠。几尽纸：几乎满纸都是。

④下从：到地下去跟随，指死。

⑤恶（wù）生：厌恶活着。

⑥直：只是。金革：锣和鼓，此指军队的锣鼓。

⑦暴及此：突然遇到这种情况。

⑧许侍御纵：姓许名纵的侍御。

⑨"锜锐意"二句：是说李锜自顾自地口述己意，许纵操笔作书，没有任何不合李锜心意的。

⑩逆死：以叛逆之罪处死。

⑪贼：侵犯，祸害。

⑫抗节：保持节操不屈服。

⑬大：光大（其事及精神）。称：称誉，表彰。

⑭肘腋下：指非常接近。

⑮支体：即肢体。

⑯晓然自效：明确地表白自己的态度。

李 翱

李翱（772～836），唐代文学家。字习之，成纪（今甘肃秦安一带）人。进士及第后任国子博士、史馆修撰等职，官至山南东道节度使。勤于儒学，博雅好古。是韩愈的侄女婿，且性格、文风均与韩愈相近，世称“韩李”。有《李文公集》。

杨烈妇传

【题解】这是李翱为一位女性所作之传。不过，这里的“烈妇”之“烈”乃“忠烈”而非“贞烈”。传中主人公虽然有姓无名，但忠于国家、有勇有谋，不让须眉。文章简洁流利，有声有色，是作者的代表作。作者甚至认为自己的这篇传记不在班固、蔡邕之下。

建中四年①，李希烈陷汴州②。既又将盗陈州，分其兵数千人，抵项城县③。盖将掠其玉帛，俘累其男女④，以会于陈州。

县令李侃，不知所为。其妻杨氏曰：“君，县令。寇至当守；力不足，死焉⑤，职也。君如逃，则谁守？”侃曰：“兵与财皆无，将若何？”杨氏曰：“如不守，县为贼所得矣，仓廪皆其积也⑥，府库皆其财也，百姓皆其战士也，国家何有？夺贼之财而食其食，重赏以令死士，其必济⑦。”于是，召胥吏百姓于庭⑧，杨氏言曰：“县令城主也；虽然，岁满则罢去⑨，非若吏人、百姓然。吏人、百姓，邑人也，坟墓存焉，宜相与致死以守其邑⑩，忍失其身而为贼之人耶？”众皆泣，许之。乃徇曰⑪：

①建中四年：公元783年。建中，唐德宗年号。

②李希烈：淮西镇首领，为唐中期藩镇割据最为强悍的一部。汴州：今开封。

③陈州：今河南睢阳。项城县：今河南省项城县。

④俘累：俘获拘系。累，拘系。

⑤死焉：死于此。指死于自己的职守。

⑥积：聚，此处指粮食。

⑦夺贼之财而食其食：这里所说的“贼之财”和“贼之食”（其食），指的是县城中仓廪府库里的粮食和财物。死士：敢死的勇士。必济：一定成功。

⑧胥吏：低级小吏。

⑨岁满则罢去：任职的年限满了就离开了。

⑩邑人：当地人，本乡本土的人。相与致死：一起拼命。

⑪徇（xùn）：宣令，向大家宣布。

“以瓦石中贼者，与之千钱；以刀矢兵刃之物中贼者，与之万钱。”得数百人，侃率之以乘城[①]。杨氏亲为之爨以食之[②]；无长少，必周而均[③]。使侃与贼言曰：“项城父老，义不为贼矣[④]，皆悉力守死[⑤]。得吾城不足以威，不如亟去[⑥]，徒失利[⑦]，无益也。”贼皆笑。有蜚箭集于侃之手[⑧]，侃伤而归。杨氏责之曰：“君不在，则人谁肯固矣[⑨]！与其死于城上，不犹愈于家乎[⑩]？”侃遂忍之，复登陴[⑪]。

项城，小邑也，无长戟、劲弩、高城、深沟之固，贼气吞焉，率其徒将超城而下[⑫]。有以弱弓射贼者[⑬]，中其帅，坠马死。其帅，希烈之婿也。贼失势，遂相与散走，项城之人无伤焉。

刺史上侃之功[⑭]，诏迁绛州太平县令[⑮]。杨氏至兹犹存。

妇人女子之德，奉父母舅姑尽恭顺，和于娣姒[⑯]，于卑幼有慈爱，而能不失其贞者[⑰]，则贤矣。辨行列[⑱]，明攻守勇烈之道，此公卿大臣之所难。厥自兵兴[⑲]，朝廷宠旌守御之臣[⑳]。凭坚城深池之险，储蓄山积，货财自若[㉑]，冠胄服甲负弓矢而驰者，不知几人；其勇不能战，其智不能守，其忠不能死，弃其城而走者，有矣。彼何人哉[㉒]？若杨氏者，妇人也。孔子曰：“仁者

①乘城：登城防守。乘，登，上。

②爨（cuàn）：烧饭。食之：给他们吃。

③“无长少”二句：不论年长年幼，一律都给他们吃，并且分得很公平。

④义不为贼：守义而决不从贼。为贼，供贼驱遣。

⑤守死：守城待死。

⑥不足以威：不足以显示威武。亟去：赶快离开。

⑦徒：白白地。失利：指己方的死伤和仅得到空城。

⑧蜚箭：飞箭，流矢。蜚，同“飞”。集：本指鸟聚集，这里是止的意思。

⑨谁肯固：谁肯固守。

⑩愈于家：比死在家里好。

⑪陴（pí）：城上女墙。

⑫气吞焉：以气吞之。意指敌人轻视项城。超城：跳过城墙。

⑬弱弓：普通的弓，对前文“劲弩”而言。

⑭上侃之功：把李侃守城的功劳报告朝廷。

⑮诏迁绛州太平县令：朝廷下诏升李侃为绛州的太平县县令。

⑯舅姑：公婆。娣姒（sì）：妯娌。姒，丈夫的弟兄的妻。

⑰不失其贞：不失其正。贞，正，指能以封建礼教自守。

⑱辨行（háng）列：懂得行军布阵。

⑲厥自兵兴：自从国家有军事活动以来。

⑳宠旌：从优表扬。

㉑自若：如同平时，和平时一样。

㉒彼何人哉：那是些什么人啊！表示叹恨。

必有勇[1]。"杨氏当之矣[2]。

赞曰：凡人之情，皆谓后来者不及于古之人。贤者古亦稀，独后代耶[3]？及其有之，与古人不殊也[4]。若高滑女、杨烈妇者，虽古烈女，其何加焉[5]！予惧其行事湮灭而不传，故皆叙之，将告于史官。

①仁者必有勇：见《论语·宪问》篇。

②杨氏当之矣：杨氏当得起这句话了。

③独：单独，仅仅。

④不殊：没有不同。

⑤其何加焉：又有什么能超过的呢。

刘禹锡

刘禹锡（772～842）：唐代文学家。字梦得，洛阳（今属河南）人。进士出身。官终检校礼部尚书兼太子宾客，世称刘宾客。曾参加王叔文的永新改革，因而被贬。著有《刘梦得文集》。

子刘子自传

【题解】自传是现代传记最重要的门类，但在古代却不多见。因为是自己所作，所以自传都比较平实。刘禹锡的这篇自传就是如此。不过，传中涉及其他人事，传主的观点也就显露出来。此篇中对王叔文改革的肯定，对顺宗内禅的质疑，都显示了作者的思想倾向。自传写在抱病之时，可见是有话不吐不快。行文峻洁斩截，堪为自传规范。

子刘子，名禹锡，字梦得。其先汉景帝贾夫人子胜，封中山王①，谥曰靖，子孙因封，为中山人也。七代祖亮②，事北朝为冀州刺史，散骑常侍③，遇迁都洛阳，为北部都昌里人。世为儒而仕，坟墓在洛阳北山。其后地狭不可依，乃葬荥阳之檀山原④。由大王父已还，一昭一穆如平生⑤。曾祖凯，官至博州刺史⑥。祖锽，由洛阳主簿察视行马外事⑦，岁满，转殿中丞侍御史⑧，赠尚书祠部郎中。父讳绪，亦以儒学。天宝末应进士⑨。遂及大乱⑩，举族东迁，以违患难，因为东诸侯所用⑪。后为浙西从事，本府就加盐铁副使，遂转殿中，主务于埇桥⑫。其后罢归浙右，至扬州，遇疾不讳⑬。

①中山：郡名，在今河北省定县。

②七代祖亮：刘亮，北魏名将，封长广郡公。

③散骑常侍：在皇帝左右规谏过失、以备顾问的官。

④荥阳：今河南省成皋县。

⑤已还：以下。一昭一穆：古代宗庙次序，始祖居中，以下左为昭、右为穆。

⑥博州：今山东省聊城县。

⑦察视行马外事：察看禁区之外的事情。行马，拦阻人马通行的木架，这里指禁区。

⑧殿中丞侍御史：疑为殿中侍御史。

⑨天宝：唐玄宗李隆基年号。

⑩大乱：指“安史之乱”。

⑪东诸侯：东面的地方长官。

⑫埇（yǒng）桥：在今安徽省宿县城南古汴水上。

⑬不讳：死的一种委婉说法。

小子承夙训，禀遗教，眇然一身，奉尊夫人，不敢殒灭[①]。后忝登朝[②]，或领郡，蒙恩泽，先府君累赠至吏部尚书，先太君卢氏，由彭城县太君赠至范阳郡太夫人。

初，禹锡既冠，举进士，一幸而中式。间岁又以文登吏部取士科，授太子校书[③]。官司闲旷，得以请告奉温清[④]。有时年少，名浮于实，士林荣之。及丁先尚书忧，迫礼不死，因成痼疾。既免丧[⑤]，相国扬州节度使杜公领徐泗，素相知，遂请为掌书记[⑥]。捧檄入告，太夫人曰："吾不乐江淮间，汝宜谋之于始。"因白丞相以请，曰"诺"。居数月而罢徐泗，而河路犹艰难，遂改为扬州掌书记。涉二年而道无虞，前约乃行，调补京兆渭南主簿[⑦]。明年冬，擢为监察御史。

贞元二十一年春[⑧]，德宗新弃天下，东宫即位[⑨]。时有寒隽王叔文，以善弈棋得通籍博望[⑩]，因间隙得言及时事，上大奇之。如是者积久，众未知之。至是起苏州掾，超拜起居舍人[⑪]，充翰林学士，遂阴荐丞相杜公为度支盐铁等使[⑫]。翌日，叔文以本官及内职兼充副使。未几，特迁户部侍郎，赐紫[⑬]，贵振一时。予前已为杜丞相奏署崇陵使判官[⑭]，居月余日，至是改屯田员外郎[⑮]，判度支盐铁等。按初叔文北海人，自言

①眇然：微小瘦弱的样子。殒（yǔn）灭：这里指轻生。

②忝（tiǎn）：谦词，有愧于。

③吏部取士科：唐代科举制度，考中进士不能立即授官入仕，只有经吏部取士科考试合格的，才给官做。太子校书：东宫属官，负责校理崇文馆的书籍。

④司：职掌。请告奉温清：请假回家奉养母亲。温清，"冬温夏清"的略语。温，指温被使暖；清，指扇席使凉。儒家宣扬的所谓孝养父母之道。

⑤免丧：指丧服期满。

⑥杜公：这里指杜佑。掌书记：节度使幕僚，负责起草公文信札等事务。

⑦京兆渭南：即京兆府渭南县（今陕西渭南县）。

⑧贞元二十一年：即公元 805 年，是年八月又改元永贞。

⑨新弃天下：指唐德宗刚去世。东宫即位：指太子李诵（唐顺宗）继位。

⑩寒隽（juàn）：出身寒微的俊杰之士。通籍博望：可以出入太子宫苑的人。

⑪苏州掾：苏州官吏。超拜：越级迁升。

⑫度支使：掌管国家财政收支，与"盐铁使"、"判户部"或"户部"尚书合称"三司"。

⑬赐紫：赐服紫衣。唐制，亲王及三品以上官皆服紫。

⑭崇陵使判官：负责修建唐德宗陵墓的中级官员。

⑮屯田员外郎：工部官员，职掌全国屯田政令。

猛之后[1]，有远祖风。唯东平吕温、陇西李景俭、河东柳宗元以为言然。三子者皆与子厚善，日夕过，言其能[2]。叔文实工言治道，能以口辩移人[3]。既得用，自春至秋，其所施为，人不以为当非。

时上素被疾，至是尤剧，诏下内禅[4]，自为太上皇。后谥曰顺宗。东宫即皇帝位[5]。是时太上久寝疾[6]，宰臣及用事者，都不得召对。宫掖事秘，而建桓立顺，功归贵臣[7]。于是叔文首贬渝州，后命终死[8]。宰相贬崖州[9]。予出为连州[10]。途至荆南，又贬朗州司马[11]。居九年，诏征复授连州。自连历夔、和二郡，又除主客郎中[12]，分司东都。明年[13]，追入充集贤殿学士，转苏州刺史，赐金紫[14]。移汝州[15]，兼御史中丞；又迁同州[16]，充本州防御、长春宫使。后被足疾，改太子宾客，分司东都。又改秘书监，分司一年，加检校礼部尚书兼太子宾客。行年七十有一。身病之日，自为铭曰：

不夭不贱，天之祺兮[17]；重屯累厄，数之奇兮[18]。天与所长，不使施兮[19]；人或加讪[20]，心无疵兮。寝于北牖，尽所期兮[21]；葬近大墓，如生时兮。魂无不之，庸讵知兮！

①自言猛之后：自称是王猛的后代。王猛，十六国时前秦大臣，官至丞相，卓有政绩。

②言其能：赞扬王叔文的能力。

③口辩移人：口才出众，能说动别人。

④被疾：染病。剧：猛烈。内禅（shàn）：传位给太子。

⑤东宫：这里指太子李纯，即后来的唐宪宗。

⑥寝疾：卧病。

⑦建桓立顺：桓、顺指东汉桓帝刘志和顺帝刘保，他们都是宦官拥立的皇帝。贵臣：指宦官。

⑧渝州：治所在今重庆市。后命终死：王叔文于贞元二十一年（805）贬为渝州司户参军，次年被杀害。

⑨宰相：这里指韦执谊。崖州：治所在今海南省琼山县东南。

⑩连州：治所在今广东连县。

⑪荆南：唐荆南节度使驻江陵府，今湖北省江陵县。朗州：治所在今湖南常德。

⑫夔、和二郡：治所在今四川省奉节县、安徽省和县。主客郎中：礼部官职。

⑬明年：这里指大和二年（829）。

⑭金紫：即金印紫绶。

⑮汝州：治所在今河南临汝县。

⑯同州：治所在今陕西大荔县。

⑰天之祺：上天赐予的福气。

⑱重屯累厄，数之奇：重重困苦和灾难乃是命运不济。

⑲不使施：不能得以发挥。

⑳人或加讪：人们也许会嘲笑我。

㉑寝于北牖，尽所期：寿终正寝，享尽了我的天年。

杜　牧

杜牧（803～852），唐代文学家。字牧之，号樊川，京兆万年（今陕西西安）人。进士出身，做过刺史、史馆修撰等。有抱负，好言兵，曾注释《孙子兵法》，并著有《战论》《守论》等。其文多为感时愤世之作，意旨深远。有《樊川文集》。

张保皋郑年传

【题解】 私人撰述中并列数人为一篇传记的比较少见，杜牧的这篇即是。作品写两个新罗人，生平履历介绍比较简单，而是着重叙述了两人的关系。作者在为人立传，也在以所写之人说明事理。正因如此，他把几乎同时代的两个人物也拉入传中，末尾又发了一大通议论。文虽短，写人、记事、说理都明白晓畅，意韵隽永。

新罗人张保皋、郑年者[①]，自其国来徐州，为军中小将。保皋年三十，郑年少十岁，兄呼保皋[②]。俱善斗战，骑而挥枪，其本国与徐州无有能敌者。年复能没海，履其地五十里不噎[③]。角其勇健，保皋差不及年[④]。保皋以齿，年以艺，常龃龉不相下[⑤]。后保皋归新罗，谒其王曰："遍中国以新罗人为奴婢，愿得镇清海[⑥]，使贼不得掠人西去[⑦]。"其王与万人，如其请。自大和后[⑧]，海上无鬻新罗人者。保皋既贵于其国，年错寞去职[⑨]，饥寒在泗之涟水县[⑩]。一日言于涟水戍将冯元规曰："年欲东归，乞食于张保皋。"元规曰："尔与保皋所挟何如[⑪]？奈何去，

①新罗：古国名，在朝鲜半岛。七世纪中叶，新罗国颇为繁盛，与唐朝关系甚密。

②兄呼保皋：指称保皋为兄。

③没（mò）海：指潜水。履其地五十里不噎：潜游五十里而不呛水。噎：这里指呛水。

④角（jué）：较量，这里是比较的意思。差不及：稍微不及。

⑤以齿：因为年龄大。以艺：因为武艺高。龃龉（jǔ yǔ）：上下齿不相配合，这里指二人意见不合，不融洽。

⑥清海：指新罗国海路要冲。

⑦贼：海盗。

⑧大和：唐文宗李昂年号（827～835年）。

⑨错寞：落魄，不得志。

⑩泗：泗州，唐时治所在临淮（今江苏泗洪东南）。

⑪所挟何如：心中所藏的怨嫌如何。

取死其手？”年曰：“饥寒死，不如兵死快，况死故乡耶。”年遂去。至谒保皋，保皋饮之极欢。饮未卒，其国使至，大臣杀其王，国乱无主。保皋遂分兵五千人与年，持年泣曰：“非子不能平祸难。”年至其国，诛反者，立王以报。王遂征保皋为相，以年代保皋。

天宝末，安禄山乱[①]。朔方节度使安思顺以禄山从弟赐死[②]，诏郭汾阳代之[③]。后旬日，复诏李临淮持节分朔方半兵东出赵、魏[④]。当思顺时，汾阳、临淮俱为牙门都将[⑤]，将万人，不相能，虽同盘饮食，常睇相视[⑥]，不交一言。及汾阳代思顺，临淮欲亡去，计未决，诏至，分汾阳兵东讨。临淮入请曰：“一死固甘，乞免妻子。”汾阳趋下，持手上堂，偶坐曰[⑦]：“今国乱主迁[⑧]，非公不能东伐，岂怀私忿时耶？”悉召军吏，出诏书读之，如诏约束。及别，执手泣涕，相勉以忠义。讫平剧盗[⑨]，实二公之力。知其心不叛，知其材可任，然后心不疑，兵可分。平生积忿，知其心难也；忿必见短，知其材益难也[⑩]。此保皋与汾阳之贤等耳。年投保皋，必曰：“彼贵我贱，我降下之，不宜以旧忿杀我。”保皋果不杀，此亦人之常情也。临淮分兵诏至，请死于汾阳，此亦人之常情也。保皋任年，事出于己，年且寒饥，易为感动；汾阳、临淮，平生

①天宝：唐玄宗李隆基年号（742～756年）。安禄山乱：指天宝十四载（755）冬，平卢、范阳、河东三镇节度使安禄山在范阳（今河北省涿县）举兵叛唐一事。

②朔方：唐方镇名，又称灵盐、灵武、灵州。治所在灵州（今宁夏灵武西南），辖境约今宁夏回族自治区直辖各县（盐池县除外）。节度使：唐代始建的官名。因受职之时，由朝廷赐予双旌双节，可以节制所辖各州刺史，统管军事、民政、财政，任高权重，故称。

③郭汾阳：即郭子仪，华州郑县（今陕西省华县）人。唐代著名将领，安禄山叛乱时任朔方节度使。肃宗上元年间（760～761）曾进封汾阳郡王，故称郭汾阳。

④李临淮：即李光弼，营州柳城（今辽宁省朝阳）契丹族人。唐代著名将领。宝应元年（762）曾进封临淮郡王，故称李临淮。赵、魏：即今河北省西部，山西省南部、中部一带。

⑤牙门：古代军营门口置牙旗，故营门也叫“牙门”。这里是说郭子仪与李光弼均为安思顺属下将军。

⑥睇（dì）相视：彼此斜着眼看。

⑦偶坐：二人并排坐在一起。

⑧国乱主迁：指安禄山叛乱爆发，唐玄宗离开京城长安逃往四川。

⑨讫平剧盗：最终平定安禄山叛乱。

⑩“平生”句：平时关系不融洽，想要知道对方的心是很困难的，关系不洽融容易看到对方的不足，而同时又能肯定对方的才能，这就更加困难了。

抗立[①]，临淮之命，出于天子，榷于保皋[②]，汾阳为优。此乃圣贤迟疑成败之际也[③]，彼无他也，仁义之心，与杂情并植[④]，杂情胜则仁义灭，仁义胜则杂情销[⑤]。彼二人仁义之心既胜，复资之以明[⑥]，故卒成功。世称周、召为百代人师[⑦]，周公拥孺子，而召公疑之。以周公之圣，召公之贤，少事文王，老佐武王，能平天下，周公之心，召公且不知之。苟有仁义之心，不资以明，虽召公尚尔，况其下哉[⑧]。《语》曰："国有一人，其国不亡。"夫亡国非无人也，丁其亡时[⑨]，贤人不用；苟能用之，一人足矣。

①抗立：指并立一时、难分高下。

②榷（què）：商量，比较。

③迟疑成败之际：概指紧要关头。

④并植：指相互竞争。

⑤销：即消失。

⑥资：指拥有。明：明敏，明辨隐微、疑难。

⑦周、召（shào）：即周公、召公，周武王的弟弟。武王死后，成王尚年幼，他们曾一起辅佐成王。

⑧召公尚尔，况其下哉：召公尚且那样，何况德才比他低下的人呢。

⑨丁：当，遭逢。

李商隐

李商隐（812～858），晚唐诗人。字义山，号玉谿生，怀州河内（今河南沁阳）人。其诗内容广泛，想象丰富，文字华美，意境深沉，甚而至于朦胧，独具风格。散文传世不多。有《玉谿生诗》。

李贺小传

【题解】 这篇诗人给诗人写的小传，别具一格。作者只选取李贺传闻的两件轶事入篇，从侧面烘托出这位天才诗人卓尔不凡的创作才能，揭示了这种非凡才能的成因。“骑驴背囊”的故事，写来颇具漫画效果，其母一句“是儿要当呕出心始已耳”道尽李贺短暂的一生，读之令人潸然。天帝召李贺上天作文章的传说，表现了人们对李贺不幸早逝的惋惜。传末充满感情的议论，提出的几个问题出人意表又入情入理，同时也是李商隐身世与处境的自况。

京兆杜牧为李长吉集叙①，状长吉之奇甚尽②，世传之。长吉姊嫁王氏者，语长吉之事尤备③。

长吉细瘦，通眉，长指爪④，能苦吟疾书。最先为昌黎韩愈所知。所与游者，王参元、杨敬之、权璩、崔植辈为密。每旦日出与诸公游，未尝得题然后为诗⑤，如他人思量牵合，以及程限为意⑥。恒从小奚奴，骑距驴⑦，背一古破锦囊，遇有所得，即书投囊中。及暮归．太夫人使婢受囊出之⑧，见所书多．辄曰：“是儿要当呕出心乃已尔⑨！”上灯，与食。长吉从婢取书，研墨叠纸足成之⑩，投他囊中。非大醉及吊丧日，率如此，过亦不复省⑪。王、杨

①京兆：首都及其辖区，在唐时为长安一带。李长吉：李贺字长吉。

②状：陈述，描绘。甚尽：很详尽。

③尤备：尤为详尽。

④通眉：两眉相连。指爪：指甲。

⑤得题然后为诗：依照人家出的题目做诗。

⑥思量牵合：想出些诗句去凑合题意。以及程限为意：即把相关限制放在心上。程限：命题作诗的程式、时限等相关约定。

⑦奚奴：奴仆。这里指书僮。距（jù）驴：即骡子。

⑧受囊出之：接过锦囊，取出诗稿。

⑨“是儿”句：这个孩子要把心呕出来才肯罢休。

⑩足成之：写成完整的作品。

⑪率：大都。过亦不复省（xǐng）：过后也不再察看。

辈时复来探取写去[①]。长吉往往独骑往还京、洛[②]，所至或时有著，随弃之[③]，故沈子明家所余四卷而已[④]。

长吉将死时，忽昼见一绯衣人[⑤]，驾赤虬[⑥]，持一版，书若太古篆或霹雳石文者[⑦]，云当召长吉。长吉了不能读[⑧]，欻下榻叩头[⑨]，言："阿妳老且病[⑩]，贺不愿去。"绯衣人笑曰："帝成白玉楼，立召君为记[⑪]。天上差乐[⑫]，不苦也。"长吉独泣，边人尽见之。少之[⑬]，长吉气绝。尝所居窗中，勃勃有烟气，闻行车嘒管之声[⑭]。太夫人急止人哭，待之，如炊五斗黍许时[⑮]，长吉竟死。王氏姊非能造作谓长吉者[⑯]，实所见如此。

呜呼，天苍苍而高也，上果有帝耶？帝果有苑囿、宫室、观阁之玩耶？苟信然[⑰]，则天之高邈，帝之尊严，亦宜有人物文采愈此世者[⑱]，何独眷眷于长吉而使其不寿耶[⑲]？噫，又岂世所谓才而奇者，不独地上少，即天上亦不多耶？长吉生二十七年，位不过奉礼太常[⑳]，时人亦多排摈毁斥之[㉑]，又岂才而奇者，帝独重之，而人反不重耶？又岂人见会胜帝耶？

①探取：打听，探问。写：抄写。

②京：长安。洛：洛阳。

③随弃之：随手丢弃（著作手稿）。

④沈子明：李贺的好友，做过集贤殿学士。流传至今的《李长吉歌诗》，就是他保存下来的。

⑤绯衣人：穿着红色衣服的人。

⑥虬：传说中龙的一种。

⑦太古篆：远古的篆字。霹雳石文：雷击石上留下的纹痕。

⑧了不能读：完全读不懂。了，全。

⑨欻（xū）：突然，迅疾。

⑩阿妳（mí）：母亲。

⑪为记：为白玉楼写记。

⑫差乐：比较快乐。差，稍微的，比较地。

⑬少之：过了一会儿。

⑭嘒（huì）管：低微的管乐声。

⑮如炊五斗黍许时：约摸烹熟五斗小米左右的时间。

⑯造作：编造，捏造。

⑰苟信然：如果真是这样。

⑱愈：同"逾"，超过。

⑲眷眷：念念不忘。

⑳奉礼：奉礼郎，属太常寺，所以称奉礼太常。

㉑排摈毁斥：排挤诋毁。

《旧唐书》

《旧唐书》是记述唐代历史的史著，二十四史之一。原名《唐书》，因与欧阳修等所撰《新唐书》区别，故名。题刘昫（xù）撰。刘昫字耀远，涿州归义（今河北雄县西北）人。以宰相监修唐史，领衔上奏。实际上《旧唐书》的修撰，前期监修由宰相赵莹负责，出力最多的是张昭远、贾纬等人。

李愬传

【题解】李愬雪夜入蔡州是《资治通鉴》中的名篇，本篇则综括记述李愬生平。不过，传记却并未平均用力，而主要写了传主的用兵谋略及治政主张，尤其突出描写了雪夜奇袭蔡州。作品既有概括叙述，又有细节描写，有些段落写来绘声绘色，细致入微。读之既能使人对传主有概括了解，又能让人对一些精彩场面印象深刻。

愬以父荫起家[①]，授太常寺协律郎，迁卫尉少卿。愬早丧所出[②]，保养于晋国夫人王氏，及卒，晟以本非正室，令服缌[③]，号哭不忍。晟感之，因许服缞[④]。既练[⑤]，丁父忧，愬与仲弟宪庐于墓侧[⑥]，德宗不许，诏令归第。居一宿，徒跣复往[⑦]，上知不可夺，遂许终制[⑧]。服阕[⑨]，授右庶子，转少府监、左庶子。出为坊、晋二州刺史。以理行殊异[⑩]，加金紫光禄大夫。复为庶子，累迁至太子詹事，宫苑闲厩使[⑪]。

愬有筹略，善骑射。元和十一年[⑫]，用兵讨蔡州吴元济[⑬]。七月，唐邓节度使高霞寓战败，又命袁滋为帅，滋亦无功。愬抗表自陈，愿

①荫：子孙以先世官爵而受封。

②早丧所出：指幼年就死了生母。

③缌（sī）：古代丧服最轻的一种。

④缞（cuī）：指齐缞，丧服中次重的一等。

⑤既：已过。练：古代祭名。

⑥丁父忧：遭父母之丧称“丁忧”。庐于墓侧：做庐舍于墓旁守丧。

⑦跣（xiǎn）：光着脚。

⑧终制：守满丧期。

⑨服阕：丧服终了。

⑩理行：即治行。

⑪闲厩：养马的栅阑和房舍。

⑫元和十一年：即公元 816 年。元和，唐宪宗李纯年号。

⑬蔡州：淮西镇首府，治所在今河南汝南县。吴元济：沧州人，其父淮西节度使吴少阳病死后请求袭位未允，自领军务，发兵四出。

于军前自效①。宰相李逢吉亦以愬才可用，遂检校左散骑常侍，兼邓州刺史、御史大夫，充随唐邓节度使②。

兵士摧败之余，气势伤沮。愬揣知其情，乃不肃军阵，不齐部伍。或以不肃为言③，愬曰："贼方安袁尚书之宽易，吾不欲使其改备④。"乃绐告三军曰⑤："天子知愬柔而忍耻，故令抚养尔辈。战者，非吾事也。"军众信而乐之。愬又散其优乐，未尝宴乐；士卒伤痍者，亲自抚之⑥。贼以尝败高、袁二帅，又以愬名位非所畏惮者⑦，不甚增其备。

愬沉勇长算⑧，推诚待士，故能用其卑弱之势，出贼不意。居半岁，知人可用，乃谋袭蔡，表请济师⑨。诏河中，鄜坊骑兵二千人益之⑩。由是完缉器械，阴计戎事⑪。尝获贼将丁士良，召入与语，辞气不挠。愬异之，因释其缚，置为捉生将⑫。士良感之，乃曰："贼将吴秀琳总众数千，不可遽破者，用陈光洽之谋也。士良能擒光洽，以降秀琳。"愬从之，果擒光洽。十二月，吴秀琳以文成栅兵三千降⑬。愬乃径徙之新兴栅⑭，遂以秀琳之众攻吴房县⑮，收其外城。初，将攻吴房，军吏曰："往亡日⑯，请避之！"愬曰："贼以往亡谓吾不来，正可击也。"及战，胜捷而归。贼以骁骑五百追愬，愬下马据胡

①抗表：上书直言。

②随：今湖北随县。唐：今河南泌阳县。邓：今河南邓县。

③为言：提意见。

④袁尚书：即袁滋。改备：即加强防备。

⑤绐（dài）：虚哄，说宽心话。

⑥"愬又散"句：李愬又解散乐队，停止宴会取乐；士兵受创伤的，亲为调护。痍（yí），创伤。

⑦畏惮（dàn）：惧怕。

⑧沉勇长算：沉着勇敢，善于谋划。

⑨表：上奏章。济师：增加军队。

⑩河中：府治蒲州，今山西省永济县西。鄜（fū）：鄜州，治所在今陕西富县。

⑪完缉（jī）：补充修理。阴计：暗中谋划。

⑫捉生将：抓俘虏的将领。

⑬文成栅（zhà）：蔡州西南的驻防点，离蔡州约一百二十里，在吴房县境。

⑭新兴栅：在唐州东北，移至此地驻扎便于攻取吴房。

⑮吴房县：故治在今河南遂平县西境。

⑯往亡日：阴阳家称有些日子（如八月以白露后十八日，九月以寒露后二十七日）为往亡。据说往者去也，亡者无也，其日忌出军征讨。

床[①]，令众悉力赴战，射杀贼将孙忠宪，乃退。或劝愬遂拔吴房，愬曰："取之则合势而固其穴[②]，不如留之以分其力。"

初，吴秀琳之降，愬单骑至栅下与之语，亲释其缚，署为衙将。秀琳感恩，期于效报[③]，谓愬曰："若欲破贼，须得李祐，某无能为也。"祐者，贼之骑将，有胆略，守兴桥栅[④]，常侮易官军，去来不可备[⑤]。愬召其将史用诚诫之曰[⑥]："今祐以众获麦于张柴[⑦]，尔可以三百骑伏旁林中，又使摇旆于前[⑧]，示将焚麦者。祐素易我军[⑨]，必轻而来逐。尔以轻骑搏之，必获祐。"用诚等如其料，果擒祐而还。官军常苦祐，皆请杀之。愬不听，解缚而客礼之[⑩]。愬乘间常召祐及李忠义，屏人而语，或至夜分[⑪]。忠义，亦降将也，本名宪，愬致之[⑫]。军中多谏愬，愬益宠祐。始募敢死者三千人以为突将[⑬]，祐自教习之。愬将袭元济，会雨水，自五月至七月不止，沟塍溃溢[⑭]，不可出师。军吏咸以不杀祐为言，简翰日至[⑮]，且言得贼谍者具言其事[⑯]。愬无以止之，乃持祐泣曰："岂天意不欲平此贼[⑰]，何尔一身见夺于众口[⑱]！"愬又虑诸军先以谤闻[⑲]，则不能全祐，乃械送京师，先表请释[⑳]。且言："必杀祐，则无以成功者。"比祐至京[㉑]，诏释以

①胡床：一种可以折叠的轻便坐具。
②合势：指集中吴房县、蔡州两处的兵力。穴：这里指蔡州。
③期：期望。效报：报效。
④兴桥栅：在张柴村东，为李愬、吴元济两军交战的前线。
⑤侮易：傲慢，瞧不起。不可备：即防不胜防。
⑥史用诚：时任厢虞候，掌左右厢兵。厢兵是一种禁卫军。
⑦今祐以众获麦于张柴：指李祐率士卒割麦于张柴村。获，收割。张柴村，在文成栅东六十里。
⑧旆（pèi）：指挥的大旗。
⑨素易：向来轻视。
⑩客礼之：以客礼待之。
⑪乘间（jiàn）：抽空。夜分：指半夜。
⑫致：此字当作"改"字。
⑬突将：突击队。
⑭塍（chéng）：田间的土埂。
⑮"军吏"句：军吏以为久雨是因不杀李祐触怒了老天，所以纷纷写信来。简翰，书信。
⑯贼谍者：敌人的间谍。其事：指李祐为贼内应。
⑰此贼：指吴元济。
⑱何尔：何故。见夺于众口：即不容于众口。见夺，被夺。
⑲谤闻：指攻击李祐的话上闻于朝廷。
⑳械送京师：指给李祐加上刑具送往京城。先表：预先上表。
㉑比：等到。

还愬，愬乃署为散兵马使[①]，令佩刀巡警，出入帐中，略无猜间。又改为六院兵马使[②]。旧军令，有舍贼谍者屠其家[③]，愬除其令，因使厚之[④]，谍反以情告愬，愬益知贼中虚实。

陈许节度使李光颜勇冠诸军，贼遂以精卒抗光颜[⑤]。由是愬乘其无备。十月，将袭蔡州。其月七日[⑥]，使判官郑澥告师期于裴度[⑦]。十日夜[⑧]，以李祐率突将三千为先锋，李忠义副之，愬自帅中军三千，田进诚以后军三千殿而行[⑨]。初出文成栅，众请所向，愬曰："东六十里止。"至贼境，曰张柴寨[⑩]，尽杀其戍卒，令军士少息，缮羁靮甲胄，发刃彀弓[⑪]，复建旆而出。是日，阴晦雨雪，大风裂旗旆，马栗而不能跃，士卒苦寒，抱戈僵仆者道路相望[⑫]。其川泽梁径险夷，张柴已东，师人未尝蹈其境[⑬]，皆谓投身不测。初至张柴，诸将请所止，诉曰："人蔡州取吴元济也。"诸将失色。监军使哭而言曰[⑭]："果落李祐计中！"愬不听，促令进军，皆谓必不生还；然已从愬之令，无敢为身计者[⑮]。愬道分五百人断洄曲路桥[⑯]，其夜冻死者十二三。又分五百人断朗山路[⑰]。自张柴行七十里，比至悬瓠城[⑱]，夜半，雪愈甚。近城有鹅鸭池，愬令惊击之，以杂其声。贼恃吴房、朗山之固，晏然无一人知者。

①散兵马使：只具虚衔，不掌统兵实权的军官。

②"又改"句：指李愬把节度使卫队交给李祐统率。

③舍：窝藏。

④因使厚之：厚待敌人的间谍。

⑤精卒：精兵。

⑥七日：郑澥《平蔡录》作"八日"。郑澥是当日的使者，可信。

⑦告师期：报告进兵日期。裴度：当时为门下侍郎、同平章事兼彰义节度使，仍充淮西宣慰处置使。

⑧十日：《平蔡录》作"十五日"。

⑨殿：在后掩护。

⑩张柴寨：蔡兵在张柴村设立工事，据以防守，故又称"张柴寨"。

⑪缮：整理。羁靮（dí）：马络头和缰绳。发刃：磨利刀锋。彀（gòu）弓：张满弓弩。

⑫"抱戈"句：一路不断有士兵抱持武器因冻僵而倒下。

⑬已东：以东。师人：军队和普通人。

⑭监军：唐自开元时起以宦官为监军使，节度使亦受其节制。后裴度督师郾城时，奏请罢去。

⑮为身计：为自己打算。

⑯断洄曲路桥：蔡州精兵在右翼洄曲，故李愬派兵阻扼其通道桥梁，以防其南下截断自己的后路。

⑰断朗山路：蔡兵扼朗山为左翼，李愬分兵断路，以防其北上从后掩袭。朗山，今河南确山县。

⑱悬瓠城：或作"悬壶"，即蔡州城。因城形似悬瓠而得名。

李祐、李忠义坎墉而先登[①]，敢锐者从之。尽杀守门卒而登其门，留击柝者[②]。黎明[③]，雪亦止。愬入，止元济外宅[④]。蔡吏告元济曰："城已陷矣！"元济曰："是洄曲子弟归求寒衣耳"。俄闻愬军号令将士云："常侍传语。"乃曰："何常侍得至于此?"遂驱率左右乘子城拒捍[⑤]。田进诚以兵环而攻之。愬计元济犹望董重质来救[⑥]，乃令访重质家安恤之，使其家人持书召重质。重质单骑而归愬，白衣泥首[⑦]，愬以客礼待之。田进诚焚子城南门，元济城上请罪，进诚梯而下之，乃槛送京师[⑧]。其申、光二州及诸镇兵尚二万余人，相次来降[⑨]。

自元济就擒，愬不戮一人，其为元济执事帐下厨厩之间者，皆复其职，使之不疑。乃屯兵鞠场以待裴度[⑩]。翌日，度至，愬具櫜鞬候度马首[⑪]。度将避之，愬曰："此方不识上下等威之分久矣，请公因以示之。"度以宰相礼受愬迎谒，众皆耸观[⑫]。明日，愬军还于文成栅。十一月，诏以愬检校尚书左仆射，兼襄州刺史、山南东道节度、襄邓随唐复郢均房等州观察等使[⑬]、上柱国[⑭]，封凉国公[⑮]，食邑三千户，食实封五百户[⑯]，一子五品正员。

宪宗有意复陇右故地[⑰]，元和十三年五月，授愬凤翔陇右节度使[⑱]，

①坎墉（kǎn yōng）：凿城墙为坎。坎，凹穴，这里作动词用。墉，城墙。

②击柝（tuò）者：打更的人。柝，打更用的梆子。

③黎明：指十月十六日黎明。

④外宅：别宅。这里指吴元济的亲兵营垒。

⑤子城：大城所属的小城，即内城或附在城垣上的瓮城或月城。

⑥董重质：吴少诚的女婿，吴元济部下重要将领。

⑦白衣泥首：穿着待罪的素服，伏地叩头。

⑧槛：指囚车。这里指用囚车送。

⑨申：州治在今河南信阳。光：州名，州治在今河南潢川。相次：陆续。

⑩鞠场：球场。

⑪具櫜鞬（gāo jiān）：背着弓套和箭囊，即全副武装。

⑫耸观：伸着头看。

⑬山南东道：治所襄州，今湖北襄樊。其他诸州，均在今湖北、河南交界地区。

⑭上柱国：唐代勋官，正二品。

⑮国公：唐代为三等封爵，从一品。

⑯食实封：指实封的食邑。

⑰陇右：治鄯州（今青海省乐都县），辖境相当今甘肃省东南部以及青海省青海湖以东地区。安史之乱后地入吐蕃，久未恢复。

⑱凤翔：凤翔府（今陕西省凤翔县），在当时的长安之西。

仍诏路由阙下[①]。愬未发，属李师道再叛，诏田弘正、义成、宣武等军讨之，乃移愬为徐州刺史、武宁军节度使[②]，代其兄愿。兄弟交换岐、徐二镇，旬日间再践父兄之任[③]。愬至徐方[④]，理兵有方略。时蔡将董重质贬春州司户[⑤]，愬上表请恕重质赐之[⑥]，堪于军前驱使，即诏征还送武宁军，愬乃署为牙将。愬破贼金乡[⑦]凡十一战，擒贼将五十，俘斩万计。

淄、青平[⑧]，将有事燕、赵[⑨]。元和十五年九月，以愬检校左仆射、同中书门下平章事、潞州大都督府长史、昭义节度使，仍赐兴宁里第[⑩]。十月，王承宗卒，魏博田弘正移任镇州[⑪]。愬至潞州，四月，迁魏州大都督府长史、魏博节度使[⑫]。长庆元年，幽、镇复乱，愬闻之，素服以令三军曰："魏人所以富庶而能通知圣化者，由田公故也。天子以其仁而爱人，使理镇、冀[⑬]。且田公出于魏，抚师七年，一旦镇人不道，敢兹残害[⑭]，以魏为无人也。若父兄子弟食田公恩者，其何以报[⑮]？"众皆恸哭。又以玉带、宝剑与牛元翼[⑯]，遣使谓之曰："吾先人常以此剑立大勋[⑰]，吾又以此剑平蔡寇，今镇人叛逆，公以此翦之。"元翼承命感激，乃以剑及带令于军中，报之曰："愿以众从，竭其死力！"方有制置[⑱]，会疾作，不能治军，人违纪

①路由阙下：即经由京城赴任。

②武宁军节度使：节度府名，治所徐州（今江苏省徐州市）。

③"旬日"句：李愬父李晟在德宗兴元元年（784）曾兼凤翔陇右节度使。今李愬受任不久又调徐州刺史，故称他"旬日间再践父兄之任"。

④徐方：即徐州。方，方镇的简称。

⑤春州：今广东省阳春县。

⑥愬上表：元和十三年十二月因李愬之请，以董重质试太子詹事，委武宁军驱使。

⑦金乡：今山东金乡，是兖州要地。

⑧淄、青：州名，均在山东。

⑨将有事燕、赵：准备对燕、赵用兵。

⑩"元和"句：元和十五年（820）正月宪宗卒，穆宗即位。九月二日召李愬入朝，十九日改官并给以住宅。

⑪田弘正移任镇州：元和十五年十月，调田弘正为成德军节度使。成德军治所恒州（今可北省正定县），因避穆宗李恒名讳，故改作"镇州"。

⑫魏州：治所在今河北省魏县。

⑬镇、冀：镇州、冀州（州治今河北省冀县）均属成德军，举此以概括其他。

⑭一旦：一日，指转变之快。不道：无道。敢兹：胆敢如此。

⑮若：你们。其：语气词。何以报：以何报。

⑯牛元冀：赵州（今河北省赵县）人，时任深州（今河北省深县北）刺史、本州团练使，是成德军的良将。

⑰立大勋：这里指李晟平定朱泚。

⑱制置：指作出兵的准备。

律，功遂无成。朝廷以田布代之[1]，除太子少保，归东都[2]。是年十月[3]，卒于洛阳，时年四十九。穆宗闻之震悼，赗赙加等[4]，赠太尉。

始，晟克复京城，市不改肆；及愬平淮蔡，复踵其美[5]。父子仍建大勋，虽昆仲皆领兵符[6]，而功业不侔于愬[7]，近代无以比伦；加以行己有常[8]，俭不违礼。弟兄席父勋宠[9]，率以仆马第宅相矜[10]，唯愬六迁大镇，所处先人旧宅一院而已。晚岁忽于取士，辟请不得其人[11]，至使吏缘为奸，军政不肃，物论稍减[12]，惜哉！

①田布：田弘正之子。曾率偏师参加平蔡。

②东都：指洛阳。

③是年十月：即长庆元年（821）十月二十五日。

④赗赙（fèng fù）：送给丧家的送葬之物。

⑤踵：指继续。

⑥昆仲：兄弟。李愿、李宪、李听等都当过节度使。

⑦侔（móu）：相等。

⑧行己：这里指约制自己。

⑨席：凭借、倚仗。

⑩率：都。矜：夸饰。这里指李愿、李听、李惎（jì）等。

⑪忽于取士：即疏于用人。忽，疏忽，不慎重。辟（bì）请：召请。其人：指郑注。

⑫物论：即物议，众人的评论。

孙 樵

孙樵（生卒年不详），唐代散文家。字可之，又字隐之。大致生活在唐末。孙樵的古文在晚唐颇有名气，人称为“昌黎先生嫡传”。有《孙樵集》。

书何易于

【题解】这篇作品是孙樵的代表作之一。作者在这篇短小传记中，塑造了一个官场罕见的知民甘苦、挺身为民的县令形象。这样的人，正是鲁迅先生所谓“埋头苦干，为民请命”的人。作者通过赞美何易于的清正廉洁，曲折地讽刺了当时官场的种种弊端，行文冷峻，用意深刻。

何易于尝为益昌令[①]。县距刺史治所四十里[②]，城嘉陵江南[③]。刺史崔朴尝乘春自上游[④]，多从宾客歌酒，泛舟东下，直出益昌旁。至则索民挽舟[⑤]。易于即自腰笏[⑥]，引舟上下。刺史惊问状。易于曰：“方春[⑦]，百姓不耕即蚕，隙不可夺[⑧]。易于为属令，当其无事，可以充役。”刺史与宾客跳出舟，偕骑还去。

益昌民多即山树茶[⑨]，利私自入。会盐铁官奏重榷管[⑩]，诏下所在不得为百姓匿。易于视诏曰：“益昌不征茶，百姓尚不可活，矧厚其赋以毒民乎[⑪]！”命吏划去[⑫]。吏争曰：“天子诏‘所在不得为百姓匿’，今划去，罪益重。吏止死[⑬]，明府公宁免窜海裔耶[⑭]？”易于曰：“吾宁爱一身以毒一邑民乎？亦不使罪蔓尔曹。”

①益昌：唐代县名，在今四川广元西南。

②刺史：唐代州的长官称刺史。

③城嘉陵江南：县城建在嘉陵江南岸。

④乘：趁着。

⑤索：寻找。挽舟：给船拉纤。

⑥腰笏：把笏版别在腰间。

⑦方春：正当春季。

⑧隙：农隙，农闲时间。

⑨即山树茶：傍山种茶。

⑩盐铁官：唐中叶后所置官名，以管理盐的专卖为主，兼管银铜铁锡的采冶。重榷（què）管：加强专卖管理。榷，专营，专卖。

⑪矧（shěn）：况且。厚其赋：增加赋税。毒民：损害百姓。

⑫划（chǎn）去：铲掉。

⑬止：至。

⑭明府公：指何易于。窜海裔：被放逐到海角天涯。

即自纵火焚之。观察使闻其状[①]，以易于挺身为民，卒不加劾。

邑民死丧，子弱、业破不能具葬[②]，易于辄出俸钱，使吏为办。百姓入常赋[③]，有垂白偻杖者[④]，易于必召坐与食，问政得失。庭有竞民[⑤]，易于皆亲自与语，为指白枉直[⑥]。罪小者劝，大者杖，悉立遣之，不以付吏。治益昌三年，狱无系民[⑦]，民不知役。改绵州罗江令[⑧]，其治视益昌[⑨]。是时故相国裴公出镇绵州[⑩]，独能嘉易于治。尝从观其政，导从不过三人[⑪]，其察易于廉约如此[⑫]。

会昌五年[⑬]，樵道出益昌[⑭]，民有能言何易于治状者，且曰："天子设上下考以勉吏[⑮]，而易于考止中上，何哉"？樵曰："易于督赋如何"[⑯]？曰："止请常期[⑰]，不欲紧绳百姓[⑱]，使贱出粟帛[⑲]。""督役如何[⑳]？"曰："度支费不足[㉑]，遂出俸钱，冀优贫民[㉒]。""馈给往来权势如何[㉓]？"曰："传符外一无所与[㉔]。""擒盗如何？"曰："无盗。"樵曰："余居长安，岁闻给事中校考[㉕]，则曰：'某人为某县，得上下考，曲考得某官。'问其政，则曰：'某人能督赋，先期而毕；某人能督役，省度交费；某人当道[㉖]，能得往来达官为好言；某人能擒若干盗。'县令得上下考宥如此。"邑民不对，笑去。

①观察使：官名，负责考察州县官吏政绩，后兼理民事。
②具葬：办理丧葬事。
③入常赋：缴纳正常的赋税。
④垂白：满头白发。垂：覆盖。偻杖：弯腰曲背，拄着拐杖。
⑤竞民：争讼的人。
⑥指白枉直：指明曲直。
⑦系民：被监禁的人。
⑧绵州罗江：在今四川罗江。
⑨视：和……一样。
⑩裴公：裴休。
⑪导从：随从。
⑫廉约：廉洁俭约。
⑬会昌五年：公元845年。会昌，唐武宗的年号。
⑭道出：路过。
⑮上下考：唐朝考核官吏，分上、中、下三等，每等又个分三级，共九个等级。
⑯督赋：催交赋税。
⑰止请常期：只求按照正常的期限。
⑱紧绳：加紧勒逼。
⑲贱出粟帛：贱价卖出粮食和丝帛。
⑳督役：催服劳役。
㉑度支费：国家财政所拨经费。唐朝有度支郎中，属吏部。
㉒冀：希望。优：优待。
㉓馈给：请客送礼。
㉔传（chuán）符：通行的凭证。
㉕给事中：官名，隋唐后属门下省，负责驳正政令之违失。校考：考核。
㉖当道：任职的地方在达官时常经过之处。

樵以为当世在上位者，皆知求才为切[①]。至于缓急补吏[②]，则曰：吾患无以共治[③]。膺命举贤[④]，则曰：吾患无以塞诏[⑤]。及其有之，知者何人哉[⑥]？继而言之，使何易于不有得于生，必有得于死者[⑦]，以其有史官在。

①为切：最为急迫。
②缓急补吏：指补充吏员。缓急，偏指急。
③无以共治：没有人可以共同治理国家。
④膺（yīng）命：受命。
⑤塞诏：应付诏书。
⑥知者：能了解人才的人。
⑦“使何易于”二句：是说假使何易于活着时没有所得，死后一定会有所得。

王禹偁

王禹偁（954～1001），宋代文学家。字元之，济州钜野（今山东巨野）人。王禹偁是北宋初期文坛的著名人物之一，其作品风格朴实自然，内容切近生活。有《小畜集》和《小畜外集》。

唐河店妪传

【题解】唐河岸边一位老太太挺身杀敌一事给了作者以深刻启发，由此他对宋的边境战略作了一番考量，写了这篇文章。作者的见解切中了宋代边防虚弱的要害。文章以小事喻大旨，名“传”而叙事少议论多，可谓独特。

唐河店，南距常山郡七里①，因河为名。平时虏至店饮食游息②，不以为怪。兵兴以来，始防捍之，然亦未甚惧。

端拱中③，有妪独止店上④。会一虏至，系马于门⑤，持弓矢坐定，呵妪汲水⑥。妪持绠缶⑦，趋井，悬而复止，因胡语呼虏为王⑧，且告虏曰：“绠短，不能及也。妪老力惫，王可自取之。”虏因系绠弓杪⑨，俯而汲焉。妪自后推虏堕井，跨马诣郡⑩。马之介甲具焉，鞍之后复悬一彘首⑪。常山民吏观而壮之。

噫！国之备塞，多用边兵⑫，盖有以也，以其习战斗而不畏懦矣⑬。一妪尚尔，其人可知也。近世边郡骑兵之勇者，在上谷曰静塞，在雄州曰骁捷，在常山曰厅子⑭，是皆习

①唐河店：在唐河岸边的一个客店。唐河即滱河，源出山西浑源，流经河北唐县，故名。常山郡：今河北正定一带。

②虏：指辽兵。

③端拱中：北宋太宗赵光义的年号（988～999）

④妪（yù）：老年妇女。

⑤会：恰巧。系（jì）：拴。

⑥呵：命令。

⑦绠（gēng）：汲水的绳子。缶（fǒu）：贮水的瓦罐。

⑧胡语：北方少数民族的语言。

⑨弓杪（miǎo）：弓的末端。杪，本指树梢，泛指东西的末端。

⑩诣（yì）：到，往。

⑪介甲：铠甲。彘（zhì）首：猪头。

⑫边兵：从边境地区招募的士兵。

⑬盖有以也：原来是有原因的。懦：胆怯。

⑭静塞、骁捷、厅子：都是守边地方军的别号。

干戈战斗而不畏懦者也，闻虏之至，或父母辔马，妻子取弓矢[①]，至有不俟甲胄而进者[②]。顷年胡马南下[③]，不过上谷者久之，以静塞骑兵之勇也。会边将取静塞马分隶帐下以自卫[④]，故上谷不守。今骁捷、厅子之号尚存而兵不甚众，虽加召募，边人不应，何也？盖选归上都[⑤]，离失乡土故也。又月给微薄，或不能充[⑥]。所赐介胄鞍马皆脆弱羸瘠不足御胡，其坚利壮健者悉为上军所取[⑦]。及其赴敌，则此辈身先，宜其不乐为也[⑧]。诚能定其军，使有乡土之恋；厚其给，使得衣食之足；复赐以坚甲健马，则何敌不破？如是，得边兵一万，可敌客军五万矣[⑨]。

谋人之国者[⑩]，不于此而留心，吾未见其忠也。故因一妪之勇，总录边事，贻于有位者云[⑪]。

①“父母”二句：父母给儿子拉马，妻子给丈夫取弓箭。辔（pèi），马缰绳。

②至有不俟甲胄而进者：以至有不等穿上甲胄就上战场的。俟，等候。

③顷年：前几年。

④边将：指正规军的守边将领。这句是说边将把边地各郡民防部队收编到自己的部队。

⑤上都：京都。

⑥月给：每月的薪饷。或不能充：有的不能维持生活。或，有的。

⑦“所赐”二句：配发的甲胄不坚固，马匹瘦弱，不能抵挡胡兵，而坚固的甲胄、锋利的兵器和健壮的士兵都被禁军搜罗走了。介胄，甲胄。羸瘠，瘦弱。

⑧宜其不乐为也：他们当然不乐意干了。宜，应该，当然。

⑨敌：顶，抵得上。客军：别的地方来的军队。

⑩谋人之国者：替人谋划国家大事的人，指皇帝身边的重臣。

⑪总录边事：总括边防事务。贻于有位者：送给有权位的人。贻，赠送。

宋 祁

宋祁（998～1061），宋代词人、史学家。字子京，安陆（今属安徽）人。进士出身，官至工部尚书。以词名世。与欧阳修同修《新唐书》，负责列传部分。谥景文。有《宋景文集》。

李白传

【题解】本篇节选自《新唐书》，是宋词名家给唐诗魁首写的传记。传记选取李白生活经历的几个片断，诸如被贺知章誉为“谪仙人”，在沉音亭为玄宗当场赋诗，以及受到高力士、杨贵妃的谗毁，最后在流落中默默去世，展示了一代文豪的人生浮沉，描绘了千古“诗仙”的潇洒风范。作者以纵横跳脱的笔触描述李白的所作所为，行文一似李白行事和诗风的洒脱，可谓人、文相映，意趣盎然。

李白，字太白，兴圣皇帝九世孙①。其先隋末以罪徙西域，神龙初，遁还，客巴西②。白之生，母梦长庚星③，因以命之。十岁通诗书。既长，隐岷山。州举有道④，不应。苏颋为益州长史⑤，见白异之，曰：“是子天才英特，少益以学，可比相如⑥。”然喜纵横术，击剑，为任侠，轻财重施。更客任城⑦，与孔巢父、韩准、裴政、张叔明、陶沔居徂徕山，日沉饮，号“竹溪六逸”⑧。

天宝初，南入会稽，与吴筠善⑨，筠被召，故白亦至长安。往见贺知章，知章见其文，叹曰：“子，谪仙人也⑩！”言于玄宗，召见金銮殿⑪，论当世事，奏颂一篇。帝赐

①兴圣皇帝：即李暠，十六国时期建立西凉政权。唐玄宗天宝二年（743）追谥为兴圣皇帝。

②神龙：唐中宗年号。客：寄居。巴西：即绵州（今四川绵阳东北）。

③长庚星：金星，也叫太白星。

④有道：唐时选举科目之一。

⑤苏颋：字廷硕，唐代文学家。益州：治在今四川成都。长史：诸幕僚、佐属的负责人。

⑥少益以学：稍加学问磨练。相如：司马相如，汉代文学家。

⑦更：变更。任城：今山东济宁。

⑧徂徕山：在今山东泰安东南。竹溪：在徂徕山下。逸：隐逸。

⑨会（kuài）稽：今浙江绍兴。吴筠：字贞节，唐代道士。唐玄宗征召为翰林。

⑩谪仙：谪居世间的仙人。

⑪金銮殿：唐大明宫内殿名。

食，亲为调羹，有诏供奉翰林。白犹与饮徒醉于市。帝坐沈香亭子，意有所感，欲得白为乐章；召入，而白已醉，左右以水颒面①，稍解，援笔成文，婉丽精切无留思②。帝爱其才，数宴见。白尝侍帝，醉，使高力士脱靴③。力士素贵，耻之，擿其诗以激杨贵妃，帝欲官白，妃辄沮止。白自知不为亲近所容④，益骜放不自修，与知章、李适之、汝阳王琎、崔宗之、苏晋、张旭、焦遂为“酒八仙人”。恳求还山，帝赐金放还。白浮游四方，尝乘舟与崔宗之自采石至金陵⑤，著宫锦袍坐舟中，旁若无人。

安禄山反⑥，转侧宿松、匡庐间⑦，永王璘辟为府僚佐⑧。璘起兵，逃还彭泽⑨，璘败，当诛。初，白游并州⑩，见郭子仪，奇之。子仪尝犯法，白为救免。至是子仪请解官以赎，有诏长流夜郎⑪。会赦，还寻阳⑫，坐事下狱。时宋若思将吴兵三千赴河南，道寻阳⑬，释囚辟为参谋⑭，未几辞职。李阳冰为当涂令，白依之。代宗立，以左拾遗召⑮，而白已卒，年六十余。

白晚好黄老⑯，度牛渚矶至姑孰⑰，悦谢家青山⑱，欲终焉。及卒，葬东麓。元和末⑲，宣歙观察使范传正祭其冢⑳，禁樵采。访后裔，惟二孙女嫁为民妻，进止仍有

①颒（huì）：洒。

②无留思：没有滞涩。

③高力士：唐代宦官。

④亲近：皇帝的亲信。

⑤采石：采石矶，又名牛渚矶，在安徽当涂西北长江东岸。

⑥安禄山：柳城（今辽宁朝阳）胡人，唐玄宗时兼任平卢、范阳、河东三节度使，天宝十四年（755）冬起兵叛乱。

⑦转侧：辗转迁移。宿松：今安徽宿松。匡庐：庐山。

⑧永王璘：唐玄宗第十六子李璘。

⑨彭泽：在今江西彭泽东北。

⑩并州：今山西太原一带。

⑪长流：终身流放。夜郎：在今贵州正安西北。

⑫寻阳：即浔阳，今江西九江。

⑬道：路过。

⑭参谋：唐代节度史及各路统帅所属幕僚之一。

⑮拾遗：唐代置左、右拾遗，分属门下、中书两省，从事对皇帝的规谏和举荐贤良。

⑯黄老：黄帝和老子，后世道家奉为始祖，也用以代表道家学说。

⑰姑孰：又名姑溪，在安徽当涂南。

⑱谢家青山：即青林山，在安徽当涂东南，因南齐诗人谢朓曾筑室山南，故名。

⑲元和：唐宪宗的年号。

⑳宣：宣州，治在今安徽宣城。歙（shè）：歙州，治在今安徽歙县。

风范[①]，因泣曰："先祖志在青山，顷葬东麓，非本意。"传正为改葬，立二碑焉。告二女，将改妻士族[②]；辞以孤穷失身，命也，不愿更嫁。传正嘉叹，复其夫徭役[③]。

①进止：举止。风范：风采模范。

②将：应当。改妻：改嫁。妻，此处用作动词，嫁给别人作妻子。士族：读书仕宦人家。

③嘉叹：赞叹。嘉，赞扬。复：免除。

欧阳修

欧阳修（1007～1072），宋代文学家。字永叔，庐陵（今江西吉安）人。卒谥“文忠”，世称欧阳文忠公。他是北宋文坛的领袖人物，在经学、史学、金石学各方面都很有建树。他的散文继承韩、柳传统，形成了自己的艺术风格。有《欧阳文忠公集》。

伶官传

【题解】本篇选自欧阳修所修《新五代史》，“伶官传”是其仿《史记》《滑稽列传》所创类传。传记写后唐庄宗李存勖的四个宠臣的事迹，却处处都有庄宗的身影。传记部分，选取庄宗化装戏妻、与优伶杂戏于庭等种种逸事入篇，描写生动风趣，寓讽刺于诙谐。序论部分则议论与史实结合，阐明成败由人的道理，总结出“忧劳可以兴国，逸豫可以亡身”的教训。由于这些道理具有普遍性，而文字又十分雄辩，故这部分往往被冠以“伶官传序”，独立成篇。

呜呼，盛衰之理，虽曰天命，岂非人事哉！原庄宗之所以得天下①，与其所以失之者，可以知之矣。世言晋王之将终也②，以三矢赐庄宗而告之曰：“梁，吾仇也③；燕王吾所立④，契丹与吾约为兄弟⑤，而皆背晋以归梁。此三者，吾遗恨也。与尔三矢，尔其无忘乃父之志！”庄宗受而藏之于庙。其后用兵，则遣从事以一少牢告庙⑥，请其矢，盛以锦囊，负而前驱，及凯旋而纳之。方其系燕父子以组，函梁君臣之首⑦，入于太庙，还矢先王而告以成功，其意气之盛，可谓壮哉！及仇雠已灭，天下已定，一夫夜呼，乱

①原：推究。庄宗：指后唐庄宗李存勖（xù）。

②世言：世间传说。晋王：李存勖之父李克用，原本是沙陀部族首领，率兵助唐剿灭黄巢，受封为晋王。

③梁：指梁王朱温，原是黄巢将领，降唐后受封为梁王。后篡唐建立后梁国。他曾与李克用父子长期争战。

④燕王：指刘仁恭，李克用曾保举他为卢龙节度使，后归附后梁。

⑤契丹：指契丹首领耶律阿保机，曾与李克用结成同盟，后背约归附后梁。

⑥从事：幕僚随从。少牢：只用羊、豕的祭礼。告庙：到祖庙祷告。

⑦组：绳索。函：这里指用匣子装。

者四应，苍皇东出，未及见贼而士卒离散，君臣相顾，不知所归，至于誓天断发，泣下沾襟[①]，何其衰也！岂得之难而失之易欤？抑本其成败之迹而皆自于人欤[②]？《书》曰[③]：“满招损，谦得益。”忧劳可以兴国，逸豫可以亡身[④]，自然之理也。故方其盛也，举天下之豪杰莫能与之争；及其衰也，数十伶人困之，而身死国灭[⑤]，为天下笑。夫祸患常积于忽微，而智勇多困于所溺[⑥]，岂独伶人也哉！作《伶官传》。

庄宗既好俳优[⑦]，又知音，能度曲[⑧]，至今汾、晋之俗[⑨]，往往能歌其声，谓之“御制”者皆是也。其小字亚子，当时人或谓之亚次。又别为优名以自目[⑩]，曰李天下。自其为王，至于为天子，常身与俳优杂戏于庭，伶人由此用事[⑪]，遂至于亡。

皇后刘氏素微[⑫]，其父刘叟，卖药善卜，号刘山人。刘氏性悍，方与诸姬争宠，常自耻其世家，而特讳其事[⑬]。庄宗乃为刘叟衣服，自负蓍囊药笈[⑭]，使其子继岌提破帽而随之，造其卧内[⑮]，曰：“刘山人来省女[⑯]。”刘氏大怒，笞继岌而逐之[⑰]。宫中以为笑乐。

其战于胡柳也[⑱]，嬖伶周匝为梁人所得[⑲]。其后灭梁入汴[⑳]，周匝谒于马前，庄宗得之喜甚，赐以金帛，

①“一夫夜呼”八句：据《旧五代史·庄宗纪》载，同光四年（926），庄宗因听信宦官诬告，诛杀大臣郭崇韬，引起震恐，邺城发生兵变，庄宗派李嗣源带兵镇压，李嗣源被部下拥立为帝，叛唐，联合邺城乱军进击京城洛阳。庄宗仓皇御驾亲征，沿途士卒离散。庄宗对着诸将流泪，随从部将元行钦等一百多人断发盟誓，表示忠于皇帝，君臣相对哭泣。

②抑：或。本：推原其本。自于人：出于人为。

③《书》：指《尚书》。下文的两句话出自《尚书·大禹谟》，“得”原文为“受”。

④逸豫：安逸舒适。

⑤“数十伶人”二句：伶官郭从谦等应合李嗣源兵变，作乱于内，结果庄宗中箭而死。

⑥忽微：很微小。所溺：溺爱的人或事物。

⑦俳优：以乐舞谐戏为业的艺人。

⑧知音：懂音乐。度曲：作曲。

⑨汾、晋：指汾河流域。

⑩自目：看待自己。

⑪用事：参与政事。

⑫素微：出身寒素低微。

⑬自耻其世家：自己为家世而感到耻辱。讳：忌讳，隐瞒。

⑭蓍（shī）：一种草，古人用其茎占筮。笈：箱子。

⑮造其卧内：到她的卧室内。造，到。

⑯省（xǐng）：探视。

⑰笞（chī）：鞭打。

⑱胡柳：胡柳陂，在今河南濮阳一带。

⑲嬖（bì）：宠爱。

⑳汴：汴州，今河南开封。

劳其良苦[①]。周匜对曰："身陷仇人，而得不死以生者，教坊使陈俊、内园栽接使储德源之力也[②]。愿乞二州以报此两人[③]。"庄宗皆许以为刺史。郭崇韬谏曰[④]："陛下所与共取天下者，皆英豪忠勇之士。今大功始就，封赏未及于一人，而先以伶人为刺史，恐失天下心。不可！"因格其命[⑤]。逾年，而伶人屡以为言[⑥]，庄宗谓崇韬曰："吾已许周匜矣，使吾惭见此三人。公言虽正，然当为我屈意行之[⑦]。"卒以俊为景州刺史、德源为宪州刺史[⑧]。

庄宗好畋猎[⑨]，猎于中牟，践民田[⑩]。中牟县令当马切谏[⑪]，为民请。庄宗怒，叱县令去，将杀之。伶人敬新磨知其不可，乃率诸伶走追县令[⑫]，擒至马前责之曰："汝为县令，独不知吾天子好猎邪？奈何纵民稼穑以供税赋[⑬]！何不饥汝县民而空此地，以备吾天子之驰骋？汝罪当死！"因前请亟行刑，诸伶共唱和之[⑭]。庄宗大笑，县令乃得免去。

庄宗尝与群优戏于庭，四顾而呼曰："李天下，李天下何在？"新磨遽前以手批其颊[⑮]。庄宗失色，左右皆恐，群伶亦大惊骇，共持新磨诘曰[⑯]："汝奈何批天子颊？"新磨对曰："李天下者，一人而已，复谁呼邪[⑰]！"于是左右皆笑，庄宗大喜，赐与新磨甚厚。新磨尝奏事殿中，殿中多恶犬，新磨去，一犬起逐之，

①劳其良苦：慰劳其受了很多苦。

②教坊：管理宫廷音乐的官署。内园：宫内的园圃。

③报：报答。

④郭崇韬：字安时，代州雁门（今山西代县）人，曾任后唐枢密使、冀州节度使等职，后因宦官陷害被杀。

⑤格其命：阻止庄宗的诏命。格，阻止。

⑥屡以为言：多次提到这件事。

⑦屈意：委屈自己的心意。屈，委屈，改变。

⑧景州：在今河北东光。宪州：在今山西娄烦。

⑨畋（tián）猎：打猎。

⑩中牟：县名，在今河南中牟。践：踩踏。

⑪当：拦。切谏：恳切地规劝。

⑫走：跑。

⑬稼穑（sè）：种谷和收谷，泛指农事。

⑭前请：上前请求。亟（jí）：快。共唱和之：一起附和此议。

⑮遽（jù）前：急忙上前。批：用手打。

⑯持：执持，抓着。

⑰复谁呼：意为"李天下"只有一位，已经在这里，还呼唤谁呢？

新磨倚柱而呼曰："陛下毋纵儿女啮人[①]！"庄宗家世夷狄[②]，夷狄之人讳狗，故新磨以此讥之。庄宗大怒，弯弓注矢将射之[③]。新磨急呼曰："陛下无杀臣！臣与陛下为一体[④]，杀之不祥！"庄宗大惊，问其故，对曰："陛下开国，改元同光，天下皆谓陛下同光帝。且同，铜也，若杀敬新磨，则同无光矣。"庄宗大笑，乃释之。

然时诸伶，独新磨尤善俳，其语最著，而不闻其他过恶[⑤]。其败政乱国者，有景进、史彦琼、郭门高三人为最。

是时，诸伶人出入宫掖[⑥]，侮弄缙绅[⑦]，群臣愤嫉，莫敢出气，或反相附托，以希恩幸[⑧]，四方藩镇，货赂交行[⑨]，而景进最居中用事[⑩]。庄宗遣进等出访民间，事无大小皆以闻。每进奏事殿中，左右皆屏退，军机国政皆与参决[⑪]，三司使孔谦兄事之[⑫]，呼为"八哥"。庄宗初入洛，居唐故宫室，而嫔御未备[⑬]。阉宦希旨[⑭]，多言宫中夜见鬼物，相惊恐。庄宗问所以禳之者[⑮]，因曰："故唐时，后宫万人，今空宫多怪，当实以人乃息[⑯]。"庄宗欣然。其后幸邺[⑰]，乃遣进等采邺美女千人，以充后宫。而进等缘以为奸，军士妻女因而逃逸者数千人。庄宗还洛，进载邺女千人以从，道路相属[⑱]，男女无别。魏王继岌已破蜀，刘皇后听宦者谗

①啮（niè）：咬。

②世夷狄：世代都是少数民族。夷狄，古代对边疆少数民族的称谓。

③弯弓注矢：拉弓搭箭。

④"臣与陛下为一体"：意思是陛下年号同光，谐音"铜光"，敬新磨谐音"镜新磨"，也是"铜光"，所以二者一体。这是优伶的急智之语。

⑤其他过恶：他做别的坏事。

⑥宫掖（yè）：皇宫。掖，宫中的旁舍。

⑦侮弄：羞辱戏弄。缙绅：古代称有官职的或做过官的人。

⑧附托：攀附、依托。恩幸：恩宠、亲近。

⑨交行：交互进行，指盛行。

⑩居中用事：利用重要地位做各种不法之事。

⑪与：参与。参决：参谋、决断。

⑫三司使：管理租赋、财政收支和盐铁专卖事物的官。

⑬嫔御：这里指嫔妃。未备：没有齐全。

⑭希旨：迎合旨意。

⑮禳：古代以祭祷消灾的一种活动。

⑯实：充实，填满。

⑰幸：临幸，皇帝去到某处。邺：邺城，在今河北邯郸东南。

⑱属（zhǔ）：连接。

言，遣继岌贼杀郭崇韬。崇韬素嫉伶人[①]，常裁抑之[②]，伶人由此皆乐其死。皇弟存乂，崇韬之婿也，进谗于庄宗曰："存乂且反，为妇翁报仇[③]。"乃囚而杀之。朱友谦[④]，以梁河中降晋者，及庄宗入洛，伶人皆求赂于友谦[⑤]，友谦不能给而辞焉[⑥]。进乃谗友谦曰："崇韬且诛，友谦不自安，必反，宜并诛之。"于是及其将五六人皆族灭之，天下不胜其冤。进，官至银青光禄大夫、检校左散骑常侍兼御史大夫，上柱国[⑦]。

史彦琼者，为武德使，居邺都，而魏博六州之政皆决彦琼，自留守王正言而下，皆俛首承事之[⑧]。是时，郭崇韬以无罪见杀于蜀[⑨]，天下未知其死也，第见京师杀其诸子[⑩]，因相传曰："崇韬杀魏王继岌而自王于蜀矣，以故族其家[⑪]。"邺人闻之，方疑惑。已而朱友谦又见杀。友谦子廷徽为澶州刺史[⑫]，有诏彦琼使杀之，彦琼秘其事[⑬]，夜半驰出城。邺人见彦琼无故夜驰出，因惊传曰："刘皇后怒崇韬之杀继岌也[⑭]，已弑帝而自立，急召彦琼计事。"邺都大恐。贝州人有来邺者[⑮]，传此语以归。戍卒皇甫晖闻之，由此劫赵在礼作乱[⑯]。在礼已至馆陶[⑰]，邺都巡检使孙铎，见彦琼求兵御贼。彦琼不肯与，曰："贼未至，至而给兵岂晚邪？"已而贼至，彦琼以兵登北门，闻贼呼声，大恐，弃其兵而走，

①嫉：痛恨。

②裁抑：遏止，阻拦。

③妇翁：妻子的父亲，即岳父。

④朱友谦：字德光，许州（今河南许昌）人，在后梁曾镇守河中府（今山西永济西），在后唐曾任太师尚书令。

⑤求赂：向朱友谦勒索财物。

⑥不能给而辞：朱友谦没有财物可以奉送，拒绝了索贿。

⑦光禄大夫：在唐宋为文职阶官称号，银青光禄大夫为从三品。散骑常侍：在唐代隶属门下省和中书省。属门下省的称左散骑常侍。检校：正员以外的散官。御史大夫：唐代御史大夫掌监察、执法。上柱国：勋官的称号。

⑧王正言：庄宗时曾任魏州观察判官。俛：同"俯"。

⑨见杀：被杀。

⑩第见：只见。

⑪自王：自立为王。族：灭族。

⑫澶（chán）州：在今河南濮阳。

⑬秘其事：隐瞒这件事。

⑭"刘皇后"句：刘继岌是皇后之弟，封魏王，所以有刘皇后杀帝自立的流言。

⑮贝州：在今河北清河。

⑯劫：劫持，胁迫。赵在礼：字干臣，涿州（今河南范县）人，后唐庄宗时为效节指挥史，屯于贝州。

⑰馆陶：县名，在今河北馆陶。

单骑归于京师。在礼由是得入于邺以成其叛乱者，由彦琼启而纵之也[①]。

郭门高者，名从谦，门高其优名也[②]。虽以优进[③]，而尝有军功，故以为从马直指挥使。从马直，盖亲军也[④]。从谦以姓郭，拜崇韬为叔父，而皇弟存乂又以从谦为养子。崇韬死，存乂见囚，从谦置酒军中[⑤]，愤然流涕，称此二人之冤。是时，从马直军士王温宿卫禁中，夜谋乱，事觉被诛[⑥]。庄宗戏从谦曰[⑦]："汝党存乂、崇韬负我[⑧]，又教王温反。复欲何为乎？"从谦恐，退而激其军士曰[⑨]："罄尔之赀[⑩]，食肉而饮酒，无为后日计也。"军士问其故，从谦因曰："上以王温故，俟破邺[⑪]，尽坑尔曹[⑫]。"军士信之，皆欲为乱。李嗣源兵反，向京师[⑬]，庄宗东幸汴州，而嗣源先入。庄宗至万胜[⑭]，不得进而还，军士离散，尚有二万余人。居数日，庄宗复东幸汜水[⑮]，谋扼关以为拒[⑯]。四月丁亥朔，朝群臣于中兴殿，宰相对三刻罢[⑰]。从驾黄甲马军阵于宣仁门、步军阵于五凤门以俟[⑱]。庄宗入食内殿，从谦自营中露刃注矢[⑲]，驰攻兴教门，与黄甲军相射。庄宗闻乱，率诸王卫士击乱兵出门。乱兵纵火焚门，缘城而入[⑳]，庄宗击杀数十百人。乱兵从楼上射帝，帝伤重，踣于绛霄殿廊下[㉑]，自皇后、诸王、左右皆奔走。至午时，帝崩，五坊人善

①启：引发。纵：纵容。

②优名：艺名。

③以优进：凭借演艺才能获得官职。

④亲军：皇帝的亲兵。

⑤置酒军中：在军营中摆酒宴。

⑥事觉：谋乱之事暴露。

⑦戏从谦：跟郭从谦开玩笑。

⑧党：党羽，一伙儿的。负：辜负。

⑨激：刺激，激发。指用言语挑动情绪。

⑩罄（qìng）尔之赀（zī）：把你们的钱都花完。

⑪俟：等到。

⑫坑：坑杀，活埋。尔曹：你们。

⑬向京师：进攻京师，当时的京师是洛阳。

⑭万胜：在今河南中牟西北。

⑮汜水：在今河南荥阳西北。

⑯扼关：守住关口。汜水关为战略要地。

⑰宰相对三刻：皇帝上朝的时刻。

⑱阵：列阵。

⑲露刃注矢：刀出鞘，箭上弓。

⑳缘：攀缘。

㉑踣（bó）：跌倒。

友，聚乐器而焚之[①]。嗣源入洛，得其骨，葬新安之雍陵[②]。以从谦为景州刺史，已而杀之。

《传》曰[③]："君以此始，必以此终。"庄宗好伶，而弑于门高，焚以乐器。可不信哉！可不戒哉！

①五坊：唐代为皇帝饲养猎鹰猎犬的官署。聚乐器而焚之：指收集乐器，用它们烧了庄宗。

②新安：在今河南新安。

③《传》：指《左传》，此句出自《左传·宣公十二年》。

石曼卿墓表

【题解】石曼卿是作者的友人。作者曾为石曼卿写过祭文，又写了这篇墓表。文中追记了石曼卿坎坷局促的一生，尤其突出描述了他豪放不羁的性格和卓荦出众的才华。写来重点突出，叙议结合，情感凄怆，议论峭拔，意味深长。

曼卿，讳延年，姓石氏。其上世为幽州人[①]。幽州入于契丹[②]，其祖自成始以其族间走南归[③]。天子嘉其来，将禄之[④]，不可，乃家于宋州之宋城[⑤]。父讳补之，官至太常博士[⑥]。

幽燕俗劲武，而曼卿少亦以气自豪，读书不治章句，独慕古人奇节伟行非常之功，视世俗屑屑[⑦]，无足动其意者。自顾不合于世，乃一混以酒，然好剧饮，大醉，颓然自放，由是益与时不合。而人之从其游者，皆知爱曼卿落落可奇[⑧]，而不知其才之有以用也。年四十八，康定二年二月四日[⑨]，以太子中允、秘阁校理卒于京师[⑩]。

曼卿少举进士，不中。真宗推恩[⑪]，三举进士，皆补奉职[⑫]。曼卿初不肯就，张文节公素奇之[⑬]，谓

①幽州：治所在蓟县（今属天津）。

②幽州入于契丹：后晋天福元年(936)，后唐河东节度使石敬瑭将幽州等十六州割让给契丹。

③间（jiàn）走：潜行，逃跑。

④禄：俸禄。这里指任以官职。

⑤宋城：即今河南省商丘市。

⑥太常：即太常寺，职掌有关礼乐等的机构，长官为太常寺卿，属官有太祝、博士、丞等。

⑦屑屑：犹区区。

⑧落落：豁达，开朗。

⑨康定二年：公元1041年。康定，宋仁宗赵祯年号。

⑩太子中允：宋代东宫官。秘阁校理：官名，与直秘阁通掌阁事。

⑪推恩：将己之所爱，推及他人。

⑫奉职：宋时武职官，分东班、西班、横班。三班奉职为武阶之最下者。

⑬张文节：宋真宗时参知政事，谥号文节。

曰："母老乃择禄邪？"曼卿矍然起就之，迁殿直[①]。久之，改太常寺太祝，知济州金乡县[②]，叹曰："此亦可以为政也。"县有治声，通判乾宁军[③]；丁母永安县君李氏忧[④]，服除，通判永静军[⑤]，皆有能名。充馆阁校勘，累迁大理寺丞[⑥]，通判海州[⑦]，还为校理。

庄献明肃太后临朝[⑧]，曼卿上书，请还政天子。其后太后崩，范讽以言见幸[⑨]，引尝言太后事者，遽得显官[⑩]；欲引曼卿，曼卿固止之，乃已[⑪]。

自契丹通中国，德明尽有河南而臣属[⑫]。遂务休兵，养息天下，然内外弛武三十余年。曼卿上书言十事，不报[⑬]。已而元昊反[⑭]，西方用兵，始思其言，召见，稍用其说，籍河北、河东、陕西之民[⑮]，得乡兵数十万。曼卿奉使籍兵河东，还称旨，赐绯衣银鱼[⑯]，天子方思尽其才，而且病矣。既而闻边将有欲以乡兵捍贼者，笑曰："此得吾粗也[⑰]。夫不教之兵勇怯相杂，若怯者见敌而动，则勇者亦牵而溃矣。今或不暇教，不若募其敢行者，则人人皆胜兵也。

其视世事蔑若不足为[⑱]，及听其施设之方，虽精思深虑不能过也。状貌伟然，喜酒自豪，若不可绳以法度；退而质其平生，趣舍大节[⑲]，无一悖于理者。遇人无贤愚，皆尽欣

①殿直：官名，负责殿廷侍值。

②金乡县：故址在今山东省西南部。

③通判：宋时州府之副职。乾宁军：治所在乾宁（今河北省青县）。军是宋代的行政单位。

④丁……忧：旧指遭父母之丧。

⑤服除：指三年守孝期满。永静军：治所在东光（今河北省东光县）。

⑥馆阁校勘：负责校核宫廷图籍的文学侍从官。大理寺：掌刑狱案件的机关，主管官称卿，下设推丞、断丞等职。

⑦海州：治所在朐山（今江苏省连云港市西南）。

⑧庄献明肃太后：即宋真宗皇后刘氏，谥庄献明肃。

⑨范讽：仁宗时官御史中丞，龙图阁直学士，直言敢谏。

⑩引：援引，拉拢。遽（jù）：迅速。

⑪固止：坚决制止。已：停止。

⑫契丹通中国：指辽与北宋订立"澶渊之盟"。"德明"句：夏州赵德明奉表归顺。

⑬曼卿上书：石曼卿曾于明道间上书仁宗，提出选将练兵、充实边备、编制乡民等主张。报：回应。

⑭元昊：赵德明之子。本族拓跋氏，宋代赐姓赵，封为西平王。1038年叛宋独立，国号大夏。

⑮籍：登记。

⑯绯：大红色。宋制，四品官服绯，五品官服浅绯。鱼：鱼袋。服绯者鱼袋饰以银，称银鱼。

⑰得吾粗：得到了些我的皮毛。

⑱蔑若不足为：小得像是不值得干。蔑，微小。

⑲质：审视。趣舍：通"取舍"。

欢。及闲而可否天下是非善恶[①]，当其意者无几人。其为文章，劲健称其意气[②]。

有子济、滋。天子闻其丧，官其一子，使禄其家。既卒之三十七日，葬于太清之先茔[③]。其友欧阳修表于其墓曰：

呜呼曼卿！宁自混以为高，不少屈以合世，可谓自重之士矣。士之所负者愈大，则其自顾也愈重[④]；自顾愈重，则其合愈难。然欲与共大事，立奇功，非得难合自重之士不可为也。古之魁雄之人，未始不负高世之志[⑤]，故宁或毁身污迹[⑥]，卒困于无闻，或老且死而幸一遇，犹克少施于世[⑦]。若曼卿者，非徒与世难合，而不克所施，亦其不幸不得至乎中寿[⑧]，其命也夫！其可哀也夫！

①可否：此指评量。

②劲健称（chèng）其意气：指文章的风格与其人品相吻合。

③太清：在今河南省永城县。先茔：祖坟。

④自顾：犹自视，自己如何看待自己。

⑤负：怀有。高世之志：指经国济世的高大志向。

⑥毁身污迹：指有意装疯卖傻、邋遢。

⑦克：能。施于世：指志向能实现。

⑧中寿：《吕氏春秋·安死》："中寿不过六十。"石曼卿生于公元994年，卒于公元1041年，不足50岁。

曾 巩

曾巩（1019～1083），宋代散文家。字子固，建昌南丰（今江西南丰）人。曾巩很早便以文章著名，其文章雍容沉着，平易深厚，雄浑郁勃之气往往见诸笔端，是“唐宋八大家”中以含蓄厚重风格见长的作家。有《南丰类稿》传世。

越州赵公救灾记

【题解】传记叙事写人，更在于传言传德。这样就有一些传记并不拘泥于尽述传主生平，而是选取一个侧面或二三事件来写。本篇即是如此，它记叙赵抃在越州救灾的始末，以表彰赵抃并推广他的救灾做法。赵抃任越州知州，在灾情已经发生而人民尚未受到影响的时候就作种种布置。救灾时既有妥善办法，又能不辞辛劳、勇于负责。文章叙述如此琐碎的事情而能不蔓不枝，是写作上极大的成功。

熙宁八年夏[①]，吴越大旱[②]。九月，资政殿大学士知越州赵公[③]，前民之未饥[④]，为书问属县灾所被者几乡，民能自食者有几，当廪于官者几人，沟防构筑可僦民使治之者几所，库钱仓粟可发者几何，富人可募出粟者几家，僧道士食之羡粟书于籍者其几具存[⑤]，使各书以对[⑥]，而谨其备。

州县吏录民之孤老疾弱不能自食者二万一千九百余人以告。故事[⑦]，岁廪穷人[⑧]，当给粟三千石而止。公敛富人所输，得粟四万八千余石，佐其费[⑨]。使自十月朔[⑩]，人受粟日一升，幼小半之。忧其众相蹂也[⑪]，使受粟者男女异日，而人受

①熙宁八年：公元1075年。熙宁，宋神宗年号。

②吴越：春秋时两个国名，后来泛指江苏南部一带地区。

③“资政殿”一句：资政殿大学士是赵公在朝廷中的官衔，知越州是其官职。这是以朝廷大员出任州郡长官。知，主管，主持。

④前：以前，指在民未饥之前。

⑤灾所被：灾所波及。被，覆。廪于官：由官家供给食粮。僦（jiù）：这里是雇的意思。募：征募。羡粟：余粮。籍：帐册。具存：实存。

⑥对：上报。

⑦故事：先例，向来的例规。

⑧岁廪穷人：每年发给穷人粮米。

⑨佐其费：以补助赈济穷人的需用。

⑩朔：阴历每月初一日。

⑪蹂（róu）：踩踏。

二日之食。忧其且流亡也[①]，于城市郊野为给粟之所凡五十有七，使各以便受之。而告以去其家者勿给[②]。计官为不足用也，取吏之不在职而寓于境者，给其食而任以事。不能自食者，有是具也[③]。能自食者，为之告富人无得闭粜[④]。又为之官粟，得五万二千余石，平其价予民。为粜粟之所凡十有八，使籴者自便如受粟[⑤]。又僦民完城四千一百丈[⑥]，为工三万八千，计其佣与钱[⑦]，又与粟再倍之。民取息钱者[⑧]，告富人纵予之而待熟，官为责其偿[⑨]。弃男女者，使人得收养之。

明年春，大疫。为病坊[⑩]，处疾病之无归者。募僧二人，属以视医药饮食[⑪]，令无失所恃[⑫]。凡死者，使在处随收瘗之[⑬]。

法[⑭]，廪穷人尽三月当止，最岁尽五月而止[⑮]。事有非便文者[⑯]，公一以自任，不以累其属[⑰]。有上请者，或便宜多辄行[⑱]。公于此时，蚤夜惫心力不少懈，事细巨必躬亲[⑲]。给病者药食多出私钱。民不幸罹旱疫，得免于转死[⑳]，虽死得无失敛埋，皆公力也。

是时旱疫被吴越，民饥馑疾疠，死者殆半[㉑]，灾未有巨于此也。天子东向忧劳[㉒]，州县推布上恩，人人尽其力。公所拊循[㉓]，民尤以为得其依归。所以经营绥辑先后终始之际[㉔]，

①且流亡：将要流亡。且，将。

②去其家：离开自己的家乡。去，离开。

③有是具：有了这样的供应。

④闭粜（tiào）：有粮不卖。

⑤平其价予民：低价卖给老百姓。平，这里作动词用，指平抑物价。籴（dí）：买粮。自便如受粟：按自己的方便买粮，就像领救济粮一样。

⑥完城：修补城墙。

⑦佣：雇工。

⑧取息钱：出利息借钱。

⑨纵予之：放手借给他们。熟：田中谷熟。责：责令。

⑩病坊：类似现在的医院。

⑪属（zhǔ）：委托。视：照料。

⑫恃：依靠。

⑬在处：所在之处。瘗（yì）：埋葬。

⑭法：法令。这里指以往的规定。

⑮尽三月：满三个月。最岁：灾荒最重之年。

⑯事有非便文者：事情有不便于见之公文的。

⑰一以自任：一概自己担当起来。累：牵连。属：属下官吏。

⑱上请：向上级请示。或便宜多辄行：有些好处较多，请示的同时就立刻施行。

⑲蚤夜：从早到晚。蚤：同“早”。惫（bèi）：劳累。少：稍。事细巨：即事无巨细。

⑳罹（lí）：遭遇。转死：辗转而死。

㉑殆：差不多，将近。

㉒东向：吴越在汴梁之东，故云。

㉓拊循：慰安。拊，同“抚”。

㉔所以：用来。经营绥辑先后始终：谋划事情，安顿百姓，安排先后顺序，办事有始有终。

委委曲纤悉，无不备者[①]。其施虽在越，其仁足以示天下；其事虽行于一时，其法足以传后。盖灾沴之行[②]，治世不能使之无，而能为之备。民病而后图之[③]，与夫先事而为计者，则有间矣[④]；不习而不为，与夫素得之者[⑤]，则有间矣。予故采于越，得公所推行，乐为之识其详[⑥]。岂独以慰越人之思，将使吏之有志于民者不幸而遇岁之灾，推公之所已试，其科条可不待顷而具[⑦]。则公之泽岂小且近乎？

公元丰二年以大学士加太子少保致仕[⑧]，家于衢[⑨]。其直道正行在于朝廷[⑩]，岂弟之实在于身者[⑪]，此不著[⑫]。著其荒政可师者以为《越州赵公救灾记》云[⑬]。

①委曲纤悉：委宛曲折，细微详尽。
②灾沴（lì）：灾荒。
③图：图谋。这里是说图谋挽救。
④先事而为计：事先谋划预备。则有间（jiàn）矣：那就有很大的距离了。
⑤不习而不为：不学习而不能去做。素得之者：自己平素已经得到经验的人。
⑥采：采访。识（zhì）：同“志”，记述。
⑦其科条可不待顷而具：救灾的章程、办法马上就可以具备。
⑧元丰二年：公元 1079 年。元丰，宋神宗年号。
⑨家于衢：在衢州（现在浙江省衢县）居家。
⑩直道正行：正直的事迹。“道”和“行”互文，都指实践。
⑪岂（kǎi）弟（tì）之实：（待人接物的）康乐平易的德行。岂弟，也写作恺悌。实，指德行。
⑫此不著：这篇文章里不记载。
⑬荒政：救荒的措施。师：取法。

司马光

司马光（1019～1080），宋代史学家。字君实，陕州夏县（今山西闻喜）涑水乡人，世称“涑水先生”。他主编的《资治通鉴》是我国历史上第一部编年体通史，是一部史学与文学价值都很高的巨著。此外，尚有《温国文正司马公文集》。

张巡守雍丘

【题解】 安史乱起，叛军势盛，各地郡县望风投降，张巡以一县城与叛军骁将令狐潮相持四十余日，难能可贵。本文选自《资治通鉴》，记录了张巡守城的细节，是极为珍贵的史料，读来令人油然而生对古代烈士君子的崇敬与向往。文章活用史官文体，平白直叙，不加渲染，但作者的感情自在其中。

令狐潮围张巡于雍丘①，相守四十余日，朝廷声问不通②。潮闻玄宗已幸蜀，复以书招巡③。有大将六人，官皆开府、特进，白巡以兵势不敌，且上存亡不可知④，不如降贼。巡阳许诺⑤。明日，堂上设天子画像，帅将士朝之⑥，人人皆泣。巡引六将于前，责以大义，斩之。士心益劝⑦。

城中矢尽，巡缚藁为人千余，被以黑衣，夜缒城下⑧，潮兵争射之，久乃知其藁人；得矢数十万。其后复夜缒人，贼笑不设备⑨。乃以死士五百斫潮营⑩，潮军大乱，焚垒而遁，追奔十余里。潮惭，益兵围之。

巡使郎将雷万春于城上与潮相闻⑪，贼弩射之，面中六矢而不动。

①令狐潮：初为雍丘县令，后降安禄山，为安禄山部将。

②相守：对峙。声问：音信。

③玄宗已幸蜀：安禄山的叛军攻占潼关后，唐玄宗仓皇逃往四川。招：招降。

④开府、特进：都是当时的文散官（闲散而无职事的官）。白：告诉。上：皇上。

⑤阳：同“佯”，假装。

⑥堂上：大厅上。帅：同“率”。

⑦士心益劝：将士心中越发自勉。劝，劝勉，勉励。

⑧缚藁（gǎo）为人：扎草人。藁，庄稼秸秆。被：同“披”。缒（zhuì）：用绳子拴着放下。

⑨不设备：不加防备。

⑩死士：敢死之士。斫（zhuó）：（用刀斧等）砍。

⑪相闻：相互传话。

潮疑其木人，使谍问之[①]，乃大惊，遥谓巡曰："向见雷将军[②]，方知足下军令矣，然其如天道何[③]！"巡谓之曰："君未识人伦，焉知天道！"

未几，出战，擒贼将十四人，斩首百余级。贼乃夜遁，收兵入陈留[④]，不敢复出。

顷之，贼步骑七千余众屯白沙涡[⑤]，巡夜袭击，大破之。还，至桃陵[⑥]，遇贼救兵四百余人，悉擒之。分别其众，妫、檀及胡兵[⑦]，悉斩之；荥阳、陈留胁从兵，皆散令归业[⑧]。旬日间，民去贼来归者万余户[⑨]。

①谍：间谍。问：探听。

②向：前些时候。

③其如天道何：对天命又能怎么样呢。

④陈留：郡名，在今河南省开封市一带。

⑤白沙涡：在今河南省中牟县。

⑥桃陵：在今河南省延津县。

⑦妫（guī）：妫州，今河北省怀来县。檀：檀州，今北京市密云县。

⑧荥（xíng）阳：当时的郡名，今河南省荥阳县。散令归业：解散他们，让他们回去做原来的事。

⑨去贼：离开贼军。去，离，弃。

沈 括

沈括（1031～1095），宋代科学家。字存中，钱塘（今浙江杭州）人。进士出身，官至翰林学士等。博学能文，通晓天文、历算、方志、音乐、医药，发明了浑天仪等天文仪器，创造了新的历算法。著有《梦溪笔谈》。

河工高超

【题解】本篇选自《梦溪笔谈》，是为一位普通河工所立的传。作品以简洁的文字，运用具体的事实，表现出河工高超的创造和杰出智慧，以及他与保守势力的较量。这里既有科学根据的说明，又有实践的验证，事理结合，令人信服。在视工匠为贱业的封建时代，沈括为一位普通工匠"立传"，充分肯定他在技术方面的创造力，是值得称赞的。

庆历中[①]，河决北都商胡[②]，久之未塞，三司度支副使郭申锡亲住董作[③]。凡塞河决，垂合，中间一埽[④]，谓之"合龙门"，功全在此。是时屡塞不合。

时合龙门埽长六十步[⑤]。有水工高超者献议，以谓埽身太长[⑥]，人力不能压，埽不至水底，故河流不断，而绳缆多绝[⑦]。今当以六十步为三节，每节埽长二十步，中间以索连属之，先下第一节，待其至底，方压第二、第三。旧工争之[⑧]，以为不可，云："二十步埽，不能断漏。徒用三节，所费当倍，而决不塞。"

超谓之曰："第一埽，水信未断，然势必杀半[⑨]。压第二埽，止用半力，水纵未断，不过小漏耳。第三节

①庆历：宋仁宗的年号。

②河：黄河。北都：北宋时以大名府为北京，也称北都。商胡：商胡埽，在今河南濮阳东。

③三司：宋代管理全国财务行政的总机关，下有民户、度支和盐铁三个部门。董作：监督工程的进行。

④垂合：将要合龙。埽（sào）：治河工程中用以护岸和堵缺口的设施，用竹木枝条结笼，内装土石。

⑤步：古代的长度单位，一步约五六尺。

⑥以谓：说是，认为。

⑦绝：断。

⑧旧工：老河工。

⑨信：诚然。杀：减弱。

乃平地施工，足以尽人力[①]。处置三节既定，即上两节自为浊泥所淤，不烦人功。”

申锡主前议，不听超说。是时贾魏公帅北门[②]，独以超之言为然，阴遣数千人于下流收漉流埽[③]。既定，而埽果流，而河决愈甚，申锡坐谪[④]。卒用超计[⑤]，商胡方定。

①足以尽人力：能够尽量发挥人的力量。

②贾魏公：贾昌朝，北宋时做过宰相，封魏国公。帅北门：做北京留守。

③阴：暗地里。收漉（lù）流埽：把漂流的埽打捞起来。

④坐谪：因此事的过失而贬官。

⑤卒：最终。

苏　轼

苏轼（1037～1101），宋代文学家、书画家。字子瞻，号东坡居士，四川眉山人。苏轼具有多方面的才能。在散文方面，作为“唐宋八大家”之一，他不仅创作数量很大，而且形成了自己气势纵横、舒卷自如、变化多姿、畅达明快的独特风格。有《苏长公文集》《东坡小品》等。

方山子传

【题解】本文是苏轼为数不多的人物传记之一。作品记录了一个行为特异的隐士，刻画了其“异人”形象。文章的成功之处不在于内容，而在于其笔法结构的精心营造。文章从传闻开端，引出方山子的不凡经历，继而以意外相见点破此人真实身份，然后在现实与回忆的场景切换中，逐步充实着对传主的描述，丰满着人物形象的塑造。结尾是宕开一笔，把传主与光、黄之间的“异人”相提并论，不仅点破主题，而且使全文有苍茫不尽之势。

方山子，光、黄间闲人也①。少时慕朱家、郭解为人，闾里之侠皆宗之②。稍壮，折节读书③，欲以此驰骋当世，然终不遇。晚乃遁于光、黄间，曰岐亭④。庵居蔬食⑤，不与世相闻。弃车马，毁冠服，徒步往来山中，人莫识也。见其所著帽方耸而高，曰此岂古方山冠之遗像乎⑥？因谓之方山子。

余谪居于黄⑦，过岐亭，适见焉。曰：“呜呼！此吾故人陈慥季常也⑧，何为而在此？”方山子亦矍然问余所以至此者⑨，余告之故。俯而不答，仰而笑。呼余宿其家，环堵萧然，而妻子奴婢皆有自得之意⑩。

①光：光州，治在定城（今河南潢川）。黄：黄州，治在黄冈（今湖北黄冈）。

②朱家、郭解：汉代著名的游侠。宗之：以之为宗。

③折节：改变以往的志节、行为。

④遁：隐匿。岐亭：宋时镇名，在今湖北麻城西南。

⑤庵居蔬食：泛指食住简朴。

⑥方耸：方而突起。方山冠：汉代祭祀时乐师所戴的帽子。

⑦余谪居于黄：宋神宗元丰三年（1081），苏轼被贬到黄州。

⑧陈慥（zào）：字季常。

⑨矍（jué）然：因吃惊而左右看的样子。

⑩环堵萧然：房子里空无所有。自得之意：自足满意的神色。

余既耸然异之[①]。

独念方山子少时，使酒好剑[②]，用财如粪土。前十有九年[③]，余在岐下[④]，见方山子从两骑，挟二矢，游西山。鹊起于前，使骑逐而射之，不获；方山子怒马独出[⑤]，一发得之。因与余马上论用兵及古今成败，自谓一世豪士。今几日耳，精悍之色犹见于眉间，而岂山中之人哉！

然方山子世有勋阀[⑥]，当得官。使从事于其间，今已显闻[⑦]。而其家在洛阳，园宅壮丽，与公侯等。河北有田，岁得帛千匹，亦足以富乐。皆弃不取，独来穷山中，此岂无得而然哉[⑧]？

余闻光、黄间多异人，往往阳狂垢污[⑨]，不可得而见。方山子傥见之欤[⑩]？

①耸然：诧异的样子。

②使酒好剑：爱好喝酒舞剑。

③前十有九年：十九年前。

④岐：岐山，在今陕西凤翔。

⑤怒马：奋马，用力策马使其飞奔。

⑥世有勋阀：世代有功勋的人家。

⑦使从事于其间，今已显闻：假使他走仕宦的道路，现在已经显贵有名了。

⑧此岂无得而然哉：这难道是没有所得而这样的吗？意指方山子对人生有所悟方能如此。

⑨阳狂垢污：装疯卖傻，满身污秽。

⑩傥：或许。

亡妻王氏墓志铭

【题解】这是苏轼给已故的妻子所写的墓志铭。苏东坡风流倜傥，但与妻王弗伉俪情深。墓志铭照例有一些例行文字，但其中也有些夫妻之间的细事，诸如读书侍侧、晤客立听等，从而见出了王弗的“敏而静”以及“有识”，对妻子的赞美在叙事中溢于言表，怀念也就自然在情理之中。

治平二年五月丁亥[①]，赵郡苏轼之妻王氏[②]，卒于京师。六月甲午，殡于京城之西[③]。其明年六月壬午，葬于眉之东北彭山县安镇乡可龙里先君先夫人墓之西北八步[④]。轼铭其墓曰：

①治平二年：公元1065年。治平，宋英宗赵曙的年号。

②赵郡：指苏轼家族所属的郡望，在今河北赵县。

③六月甲午：阴历六月六日。殡：盛殓而未葬。

④眉：眉州，今四川眉县。

君讳弗，眉之青神人，乡贡进士方之女[①]。生十有六年，而归于轼[②]。有子迈。君之未嫁，事父母，既嫁，事吾先君、先夫人，皆以谨肃闻[③]。其始，未尝自言其知书也。见轼读书，则终日不去，亦不知其能通也。其后轼有所忘，君辄能记之。问其他书，则皆略知之。由是始知其敏而静也[④]。从轼官于凤翔，轼有所为于外，君未尝不问知其详。曰："子去亲远[⑤]，不可以不慎。"日以先君之所以戒轼者相语也[⑥]。轼与客言于外，君立屏间听之，退必反复其言曰[⑦]："某人也，言辄持两端，惟子意之所向[⑧]，子何用与是人言。"有来求与轼亲厚甚者[⑨]，君曰："恐不能久。其与人锐，其去人必速[⑩]。"已而果然。将死之岁，其言多可听，类有识者[⑪]。其死也，盖年二十有七而已。始死，先君命轼曰："妇从汝于艰难[⑫]，不可忘也。他日汝必葬诸其姑之侧[⑬]。"未期年而先君没，轼谨以遗令葬之[⑭]。铭曰：

君得从先夫人于九原[⑮]，余不能，呜呼哀哉！余永无所依怙[⑯]。君虽没，其有与为妇何伤乎[⑰]，呜呼哀哉！

①讳：指名讳。乡贡进士：指从各州选送到中央参加进士考试的学子。

②归：出嫁。

③谨肃：谨慎恭敬。闻：闻名，著称。

④敏而静：聪敏而又娴静。

⑤子：您，对男子的尊称或通称。去：离开。亲：父母。

⑥日以：天天用。先君之所以戒轼者：苏轼亡父用来警戒苏轼的话。

⑦反复：重复，再三。

⑧持两端：采取模棱两可的骑墙态度。惟子意之所向：一味迎合您的心意所在。

⑨有来求与轼亲厚甚者：有来要求与苏轼建立亲密关系而又太过分的人。

⑩其与人锐，其去人必速：结交人很迫切的人，他以后不理睬人也一定很快。

⑪类有识者：像是预卜先知的人。

⑫从汝于艰难：在你艰难的时候跟随你。

⑬姑：婆婆，指苏轼母亲程氏。

⑭未期年而先君没：不满一年而自己父亲也死了。遗令：遗命。

⑮九原：指墓地。

⑯依怙（hù）：依靠，引申为父母的代称。

⑰君虽没，其有与为妇何伤乎：你虽然死了，但能与我母亲葬在一起，仍然能做媳妇，没什么可遗憾的。

刘 跂

刘跂（生卒年不详），宋代学者。字斯立，东光（今属河北）人。进士出身，官朝奉郎。一生为官落拓，擅长文章。著有《学易集》八卷。

钱乙传

【题解】这是一篇写医生的传记。这位医生虽不如扁鹊、华佗那样名高，却也神乎其技，手到病除。作品中不仅写他治病，还写他的为人，包括自己给自己治病。多方面的描写，使传主笃行似儒、奇节似侠、术行身隐类道的形象全面呈现出来。文章写得不蔓不枝，气韵顺畅，生动引人。

钱乙，字仲阳，上世钱塘人①，与吴越王有属。俶纳土②，曾祖赟随以北，因家于郓③。父颢，善针医④，然嗜酒喜游；一旦匿姓名，东游海上，不复返。乙时三岁，母前亡，父同产姑嫁医吕氏⑤，哀其孤，收养为子。稍长读书，从吕君问医。吕将殁，乃告以家世。乙号泣，请往迹父⑥，凡五六返，乃得所在。又稍数岁，乃迎以归。是时乙年三十余。乡人惊叹，感慨为泣下，多赋诗咏其事。后七年，父以寿终，丧葬如礼。其事吕君，犹事父。吕君殁，无嗣，为之收葬行服，嫁其孤女，岁时祭享皆与亲等⑦。

乙始以颅颡著名山东⑧。元丰中⑨，长公主女有疾⑩，召使视之，有功，奏授翰林医学，赐绯⑪。明年，皇子仪国公病瘈疭⑫，国医未能

①上世：先辈。钱塘：今浙江省杭州市。

②俶（jiāo）：钱俶，五代十国时吴越国君。太平兴国三年（978），献两浙十三州地归宋。后封为淮海国王、汉南国王、南阳国王等。

③郓（yùn）：州名，治所在今山东省东平县西北。

④针医：即针灸。

⑤同产：同胞。

⑥迹父：追寻父亲的踪迹。

⑦收葬：收殓殡葬。行服：即服孝守丧。等：等同，同样。

⑧颅颡：治颅颡之方。颅，头颅；颡，同“囟（xìn）”，颅顶盖各骨间的膜质部。

⑨元丰：宋神宗年号，公元1078～1085年。

⑩长公主：皇帝的姊妹称长公主。

⑪翰林医学：宋代医官名。绯：宋制，四品、五品官皆服绯。

⑫瘈疭（chì zòng）：俗称“抽风”。

治。长公主朝，因言钱乙起草野，有异能[①]。立召，入进黄土汤而愈。神宗皇帝召见褒谕，且问黄土所以愈疾状[②]。乙对曰："以土胜水，木得其平，则风自止。且诸医所治垂愈[③]，小臣适当其愈，惟陛下加察！"天子悦其对，擢太医丞，赐紫衣金鱼[④]。自是戚里贵室，逮士庶之家[⑤]，愿致之，无虚日。其论医，诸老宿莫能持难[⑥]。俄以病免。哲宗皇帝复召入，宿直禁中[⑦]。久之，复辞疾赐告，遂不复起。

乙本有羸疾[⑧]，性简易，嗜酒。疾屡攻[⑨]，自以意治之，辄愈。最后得疾，惫甚，乃叹曰："此所谓周痹也，周痹入藏者死[⑩]，吾其已夫！"已而曰："吾能移之，使病在末[⑪]。"因自制药，日夜饮之，人莫见其方。居亡何，左手足挛不能用[⑫]，乃喜曰："可矣！"又使所亲登东山，视菟丝所生[⑬]，篝火烛其下，火灭处斸之[⑭]，果得茯苓[⑮]，其大如斗，因以法啖之，阅月而尽[⑯]。由此虽偏废[⑰]，而气骨坚悍，如无疾者。退居里舍，杜门不冠履，坐卧一榻上，时时阅史书杂说；客至，酌酒剧谈。意欲之适，则使二仆夫舆之[⑱]，出没闾巷；人或邀致之，不肯往也。病者日造门，或扶携襁负[⑲]，累累满前。近自邻井[⑳]，远或百数十里，皆授之药，致谢而去。乙为方博达，不名一师，所治种种皆通，非但小儿医也。于书无

①草野：乡野。异能：特殊本领。

②所以愈疾：治愈疾病的道理。

③垂愈：将要愈痊。垂，即将。

④太医丞：宋代高级医官。紫衣金鱼：三品及以上官员的衣饰。

⑤"自是"句：从皇室贵戚到黎民百姓之家。逮，到，及。

⑥老宿：年老而造诣深的人。持难：难住、驳倒。

⑦宿直：住在宫中以便候诏。

⑧羸（léi）疾：瘦弱多病。

⑨疾屡攻：病不断加重。

⑩周痹：风湿病。藏：同"脏"，内脏。

⑪末：指手足。

⑫居亡何：过不多久。挛（luán）：蜷曲不能伸展。

⑬菟丝：亦作"兔丝"，寄生的蔓草，籽可入药。

⑭斸（zhú），同"斲"，挖掘。

⑮伏苓：即茯苓，菌类植物。供食用，并可入药。

⑯啖（dàn）：吃。阅月：过了一个月。

⑰偏废：指偏瘫。

⑱舆之：抬着他。舆，轿子一类的交通工具。

⑲造：到。襁负：用布袱把婴儿兜系在背上。

⑳邻井：即邻里。

不窥，他人靳靳守古，独度越纵舍，卒与法合[①]。尤邃《本草》，多识物理[②]，辨正阙误。人得异药，若持异事问之，必为言出生本末，物色名貌[③]；退而考之，皆中[④]。末年挛痹浸剧[⑤]，其嗜酒、喜寒食，皆不肯禁。自诊知不可为，召亲戚诀别，易衣待尽。享年八十二，终于家，所著书有《伤寒论指微》五卷、《婴孺论》百篇。一子早世，二孙今见为医。

河间刘跂曰：乙，非独其医可称也，其笃行似儒，其奇节似侠，术盛行而身隐约，又类夫有道者。数谓余言："曩学六元五运[⑥]，夜宿东平王冢巅观气象，至逾月不寐。今老且死，事诚有不在书者，肯以三十日暇从我，当相授。"余笑谢弗能，是后遂不复言。呜呼！斯人也，如欲复得之，难哉！没后，余闻其所治验尤众，东州人人能言之，剟其章章者著之篇[⑦]，异时史家序方术之士，其将有考焉。

①靳靳：固执的样子。度越纵舍：指处方时久拘于成法。卒：最终。

②邃：精深。《本草》：又名《神农本草》，相传为上古三皇之一神农所作，我国最早的药学著作。物理：事物的特性、原理等。

③出生本末：来龙去脉。物色名貌：名称形状等。

④中（zhòng）：这里指与钱工说的吻合。

⑤浸：渐。

⑥曩：以前。六气：道家称仙人所服食，春食朝霞，秋食沦阴，冬食沆瀣，夏食正阳，并天玄、地黄之气，共为六气；一说，平旦为朝霞，日中为正阳，日入为飞泉，夜半为沆瀣，及天玄、地黄，为六气。五运：指金、木、水、火、土五行之运。

⑦剟（duō）：刺取。章章：同"彰彰"，鲜明的样子。

陆 游

陆游（1125～1210），宋代文学家。字务观，号放翁，越州山阴（今浙江绍兴）人。一生坎坷，竭力主战，屡遭贬逐。以诗词名世，散文亦雅洁有致。著有《渭南文集》《老学庵笔记》等。

书包明事

【题解】这篇小传，篇幅极其短小，大略讲述了包明的几件小事，却能使读者对其人有一个基本的了解，“使读者有感焉”。文章叙述精练简洁，但意旨蕴藉深远，耐人寻味。

包明者，不知其乡里。少为兵，事汤岐公[①]，自枢密至左相，明常在府。绍兴末[②]，岐公以御史论罢，故例一府之人皆罢。遇拜执政，则往事焉。久之，御史中丞汪公澈，拜参知政事[③]，一府皆往。——汪公，盖前日劾岐公者也。于是明独不肯往，曰：“是尝论击吾公者，持何面目事之。”虽妻子饥寒，不之顾。未几，以病死。

方岐公贵时，所荐达士大夫多矣，至其失势，不反噬以媚权门者几人[④]？且岐公平日待明，非有异于众人也；汪公之拜，一府俱往，非独明也。明而往事汪公，非有负也。泥涂贱隶，又非清议所及[⑤]，而其自信毅然不移如此，盖有古烈士之风矣[⑥]！

书其始末，使读者有感焉。

①事：侍奉，服事。汤岐公：即汤思退，宋高宗时，从知枢密院事连升为左仆射。

②绍兴末：指绍兴三十年（1160），汤思退被劾罢相。绍兴，宋高宗年号。

③汪公澈：汪澈，字明远。绍兴三十二年（1162）拜参知政事。参知政事：相当于副宰相。

④反噬（shì）：反咬一口，比喻受人之恩反而加害其人。

⑤泥涂：犹言野地。比喻卑下的地位。涂，同“途”。清议：清明的议论，指舆论。

⑥烈士：刚烈正直之士。

《宋史》

《宋史》，有关宋代的正史，二十四史之一。元脱脱等主持修撰。为二十四史中篇幅最大的一部，列传人物多至二千余人。

包拯传

【题解】本篇节选自《宋史》卷三一六。包拯是一位传奇式的人物，他的事迹长期流传民间，几乎是家喻户晓的。《宋史·包拯传》记述了包拯的一生，塑造了一个正直刚毅、执法严明、关心民瘼、为官清廉、待人敦厚、生活俭朴的清官形象。正史中的这篇传记，描写了一个真实的包拯，给民间传说中的包青天提供了一个可供比较的观照。

包拯，字希仁，庐州合肥人也[①]。始举进士，除大理评事，出知建昌县[②]。以父母皆老，辞不就。得监和州税，父母又不欲行，拯即解官归养[③]。后数年，亲继亡，拯庐墓终丧，犹徘徊不忍去，里中父老数来劝勉[④]。久之，赴调，知天长县[⑤]。有盗割人牛舌者，主来诉。拯曰："第归，杀而鬻之[⑥]。"寻复有来告私杀牛者[⑦]，拯曰："何为割牛舌而又告之?"盗惊服。徙知端州，迁殿中丞[⑧]。端土产砚，前守缘贡，率取数十倍以遗权贵[⑨]。拯命制者才足贡数[⑩]，岁满，不持一砚归。

寻拜监察御史里行，改监察御史[⑪]。时张尧佐除节度[⑫]、宣徽两使，右司谏张择行、唐介与拯共论之，语甚切。又尝建言曰："国家

①庐州合肥：今安徽合肥。

②除：任命。大理评事：大理寺官员。建昌县：在今江西永修西北。

③和州：治在今安徽和县。归养：回家奉养父母。

④庐墓：在父母墓边造庐居住守孝。终丧：守满孝期。数（shuò）：屡次。

⑤赴调：赴任调选。天长县：今安徽天长。

⑥第：但，只管。鬻（yù）：卖。

⑦寻：不久。

⑧徙：调升。端州：治在今广东肇庆。迁：升迁。殿中丞：主管纠察弹劾百官朝会时失仪的官。

⑨前守：以前的州官。缘贡：以进贡为名。率：都。遗（wèi）：赠送。

⑩才足贡数：只够进贡的数目。

⑪里行：副官。监察御史：职掌分察百僚、巡按郡县、纠视刑狱、整肃朝仪等事。

⑫张尧佐：宋仁宗张贵妃的伯父。

岁赂契丹，非御戎之策[①]。宜练兵选将，务实边备。”又请重门下封驳之制[②]，及废锢赃吏[③]，选守宰，行考试补荫弟子之法[④]。当时诸道转运加按察使[⑤]，其奏劾官吏多摭细故、务苛察、相高尚[⑥]，吏不自安，拯于是请罢按察使。

去使契丹，契丹令典客谓拯曰[⑦]：“雄州新开便门[⑧]，乃欲诱我叛人，以刺疆事耶[⑨]？”拯曰：“涿州亦尝开门矣[⑩]，刺疆事何必开便门哉？”其人遂无以对。

历三司户部判官[⑪]，出为京东转运使[⑫]，改尚书工部员外郎、直集贤院[⑬]，徙陕西，又徙河北，入为三司户部副使。秦陇斜谷务造船材木[⑭]，率课取于民；又七州出赋河桥竹索，恒数十万[⑮]，拯皆奏罢之。契丹聚兵近塞，边郡稍警，命拯往河北调发军食。拯曰：“漳河沃壤，人不得耕，邢、洺、赵三州民田万五千顷，率用牧马，请悉以赋民[⑯]。”从之。解州盐法率病民[⑰]，拯往经度之，请一切通商贩[⑱]。

除天章阁待制、知谏院[⑲]。数论斥权幸大臣，请罢一切内除曲恩[⑳]。又列上唐魏郑公三疏，愿置之坐右，以为龟鉴[㉑]。又上言天子当明听纳，辨朋党，惜人才，不主先入之说，凡七事；请去刻薄，抑侥幸，正刑明禁，戒兴作，禁妖妄。朝廷多施行之。

①赂：指宋纳币求和。御戎：御边敌。

②重：恢复。门下：门下封驳司。封驳：对皇帝诏敕不妥处封还驳正。

③废锢：罢免、监禁。

④补荫：宋代选举法之一，子孙借父、祖的余荫得官。

⑤道：古代行政区划名。转运：转运使的简称，在宋代为府州以上行政长官。加按察使：兼任按察使。

⑥摭细故：拾取细小事故。务苛察：致力烦琐考察。相高尚：相互夸耀。

⑦典客：官名，掌管对外的接待等。

⑧雄州：治在今河北雄县。

⑨刺疆事：刺探边防情报。

⑩涿州：今河北涿州，当时属辽国。

⑪三司：宋代管理全国财务行政的总机关。

⑫京东：京东路，包括汴京以东、黄河和淮河之间的一带地区。

⑬员外郎：正员以外的官员。直集贤院：在集贤院任直学士。集贤院，官署名，主管秘书图籍等事。初入院馆、资历较浅者为直学士。

⑭务：宋代官设的贸易和税收机构。

⑮恒：常。

⑯邢、铭、赵三州：均在今河北。赋：交给。

⑰解州：治在解县（今山西运城西南），产池盐。病民：祸害百姓。

⑱经度：计量筹划。一切通商贩：一律听凭自由贩卖。

⑲天章阁：宋真宗藏书的地方。待制：一种侍从顾问的官职。知：主持。谏院：谏官的官署。

⑳内除：暗里封官。曲恩：曲意施恩。

㉑魏郑公：唐代魏征封郑国公。龟鉴：龟甲和镜子。

除龙图阁直学士[①]、河北都转运使。尝建议无事时徙兵内地，不报[②]。至是，请“罢河北屯兵，分之河南兖、郓、齐、濮、曹、济诸郡[③]，设有警，无后期之忧[④]。借曰戍兵不可遽减[⑤]，请训练义勇，少给糇粮[⑥]，每岁之费，不当屯兵一月之用[⑦]，一州之赋，则所给者多矣”[⑧]。不报。徙知瀛州[⑨]，诸州以公钱贸易[⑩]，积岁所负十余万，悉奏除之。以丧子乞便郡[⑪]，知扬州，徙庐州，迁刑部郎中[⑫]。坐失保任[⑬]，左授兵部员外郎、知池州[⑭]。

复官，徙江宁府，召权知开封府，迁右司郎中[⑮]。拯立朝刚毅，贵戚宦官为之敛手，闻者皆惮之[⑯]。人以包拯笑比黄河清[⑰]，童稚妇女，亦知其名，呼曰“包待制”[⑱]。京师为之语曰：“关节不到[⑲]，有阎罗包老。”旧制，凡讼诉不得径造庭下[⑳]。拯开正门，使得至前陈曲直，吏不敢欺。中官势族筑园榭[㉑]，侵惠民河，以故河塞不通。适京师大水，拯乃悉毁去。或持地券自言，有伪增步数者，皆审验劾奏之。

迁谏议大夫、权御史中丞[㉒]。奏曰：“东宫虚位日久[㉓]，天下以为忧，陛下持久不决，何也?”仁宗曰：“卿欲谁立?”拯曰：“臣不才备位[㉔]，乞豫建太子者，为宗庙万世计也。陛下问臣欲谁立，是疑臣也。臣年七十，且无子，非邀福者。”帝喜曰：

①除：任职。龙图阁：收藏御书的殿阁。都：统领。

②不报：上疏未得批答。

③河南：黄河以南。兖、郓、齐、濮、曹、济：都在今山东。

④设：如果。后期：迟误期限。

⑤借曰：换句话说。遽（jù）：急速。

⑥义勇：乡兵。糇（hóu）粮：食粮。

⑦不当（dāng）：抵不上。

⑧赋：赋税。所给者多：所得到的供给更多。

⑨瀛州：今河北河间。

⑩公钱：公使钱，宋代官府用于宴请和馈送过往官员的费用。

⑪乞便郡：请求在方便的州郡做官。便：方便，指离家不远。

⑫扬州：治在今江苏扬州。庐州：治在今安徽合肥。郎中：官名，宋时各部中分掌各司事务的长官。

⑬坐失保任：因为保举的人有过失而被贬官。

⑭池州：治在今安徽贵池。

⑮江宁府：治在今江苏南京。权：暂时主持。开封府：北宋的京城汴京。右司：尚书省都堂之西有兵部、刑部、工部，以右司统之。

⑯敛手：收手，指不敢做坏事。惮（dàn）：害怕。

⑰“人以”句：说包拯的笑容难得一见。

⑱包待制：包拯曾任天章阁待制，故名。

⑲关节：私通贿赂。不到：办不到。

⑳径造：直接到。

㉑中官：宦官。势族：有权势的家族。

㉒谏议大夫：官名，负责侍从规谏。御史中丞：官名，职掌监察、执法。

㉓东宫：指太子。

㉔备位：自谦语，意为充数。

“徐当议之。”请裁抑内侍，减节冗费，条责诸路监司，御史府得自举属官，减一岁休暇日，事皆施行。

张方平为三司使[①]，坐买豪民产，拯劾奏罢之；而宋祁代方平[②]，拯又论之；祁罢，而拯以枢密直学士权三司使[③]。欧阳修言：“拯所谓牵牛蹊田而夺之牛[④]，罚已重矣，又贪其富，不亦甚乎！”拯因家居避命[⑤]，久之乃出。其在三司，凡诸管库供上物，旧皆科率外郡[⑥]，积以困民。拯特为置场和市[⑦]，民得无扰。吏负钱帛多缧系，间辄逃去，并械其妻子者[⑧]，类皆释之。迁给事中[⑨]，为三司使。数日，拜枢密副使。顷之，迁礼部侍郎，辞不受。寻以疾卒，年六十四。赠礼部尚书，谥孝肃。

拯性峭直[⑩]，恶吏苛刻，务敦厚，虽甚嫉恶，而未尝不推以忠恕也。与人不苟合，不伪辞色悦人[⑪]，平居无私书，故人、亲党皆绝之[⑫]。虽贵，衣服、器用、饮食如布衣时。尝曰：“后世子孙仕宦，有犯赃者，不得放归本家，死不得葬大茔中[⑬]。不从吾志，非吾子若孙也[⑭]。”初，有子名繶，娶崔氏，通判潭州[⑮]，卒。崔守死，不更嫁[⑯]。拯尝出其媵[⑰]，在父母家生子，崔密抚其母，使谨视之[⑱]。繶死后，取媵子归，名曰綖。有奏议十五卷。

①张方平：字安道，南京人，官至御史中丞、三司使，总管全国财政事。

②宋祁：字子京，安陆（今湖北安陆）人，曾与欧阳修等合编《新唐书》。

③枢密：枢密院，掌管军事机密、边防等。

④牵牛蹊（qī）田而夺之牛：夺别人踩了农田的牛。蹊，田间小路，此处指在农田走路，踩踏农田。

⑤避命：避开受任三司使之职的任命。

⑥科率（lǜ）：官府于民间定额征购物资。

⑦置场：设立制造之所。和市：官府按价购买。

⑧缧（léi）系：拘禁。间（jiàn）：悄悄地。辄：擅自。械：拘系。

⑨给事中：官名，属门下省，主管封驳。

⑩峭直：切直严峻。

⑪不伪辞色悦人：不伪装谈吐脸色来讨好人。

⑫私书：私人请托的书信。绝：断绝交往。

⑬本家：老家。大茔（yíng）：指祖坟。

⑭若：或。

⑮通判：官名，地位略次于州府长官。潭州：治在今湖南长沙。

⑯守死：至死守节。更（gēng）嫁：改嫁。

⑰出：弃逐妻妾。媵：妾。

⑱密抚：私下安抚。其母：包拯妾。谨视之：小心看护孩子。

陶宗仪

陶宗仪（生卒年不详），元末明初文学家。字九成，号南村，黄岩（今属浙江）人。精于掌故之学，积数十年而成《南村辍耕录》。又节录明以前小说史志为《说郛》。

黄道婆传

【题解】这篇短文选自《南村辍耕录》，记述了黄道婆改革纺织工具的事迹。黄道婆制造改进轧子机、弹花机、纺织机，使纺织由手工改为机械，大大地提高了工作效率，也为中国机械工业的萌芽创造了基本条件。这样的惠泽万民的人物事迹，较之正史里那些高官大僚，一人而胜什佰。

闽广多种木绵[①]，纺绩为布，名曰“吉贝”。松江府东去五十里许，曰乌泥泾[②]。其地土田硗瘠，民食不给[③]，因谋树艺，以资生业，遂觅种于彼[④]。初无踏车、椎弓之制，率用手剖去子，线弦竹弧置案间，振掉成剂[⑤]，厥功甚艰。

国初时[⑥]，有一妪名黄道婆者，自崖州来[⑦]，乃教以做造捍、弹、纺、织之具[⑧]；至于错纱配色，综线挈花[⑨]，各有其法。以故织成被、褥、带、帨[⑩]，其上折枝、团凤、棋局、字样，粲然若写[⑪]。人既受教，竞相作为；转货他郡，家既就殷。

未几，妪卒，莫不感恩洒泣而

①木棉：这里实际指草棉，即棉花。

②松江府：治在今上海松江。乌泥泾：在今上海闵行。

③硗瘠（qiāo jí）：土地板结贫瘠。给：足够。

④树艺：种植。生业：生计。觅种于彼：在闽、广找来棉花籽种。

⑤踏车、椎弓：轧棉、弹棉的工具。线弦竹弧：用弦线和竹子做成的弹棉工具。弓小力轻，效率不高。振掉：振动摇落。剂：成品。

⑥国初：指元朝初年。

⑦崖州：今海南三亚的崖城。

⑧捍：同“擀”，用铁杖轧掉棉籽。

⑨挈（qiè）花：提花。

⑩帨（shuì）：佩巾。

⑪粲然：鲜艳明丽。写：画。

共葬之；又为立祠，岁时享之[①]。越三十年，祠毁，乡人赵愚轩重立[②]。今祠复毁，无人为之创建。道婆之名，日渐泯灭无闻矣[③]。

①岁时享之：逢年过节都祭祀她。享，献祭。

②越：过。乡人：当地人。

③泯（mǐn）灭无闻：埋没而没有人知道了。

许有壬

许有壬（1287～1364），元代大臣。字可用，汤阴（今属河南）人。曾官参知政事、集贤殿大学士等职，为民除害，多有建树。能文，著有《至正集》《圭塘小稿》。

文丞相传序

【题解】文天祥生当宋末，国家残破，奸佞当道，外敌凌厉，正是国事不可为之际。但文天祥知其不可为而奋力为之，这是信念的支持。这篇序文用极端的类比方式突出文天祥的地位，认为有宋之百年，孳孳求士，而所谓士者，文丞相一人而已。这并不是无视那些为大宋慷慨赴死的壮士豪杰，许有壬是从“人心”角度阐发这个观点的，正如父母有病，儿女明知不可回天，仍努力延医求药，而且发于至诚，文天祥对宋王朝就是这样的心情，这样的作为。

宋养士三百年，得人之盛，轶汉、唐而过之远矣①。盛时忠贤杂遝②，人有余力；及天命已去，人心已离，有挺然独出于百万亿生民之上，而欲举其已坠，续其已绝③，使一时天下之人，后乎百世之下，洞知君臣大义之不可废，人心天理之未尝泯④，其有功于名教为何如哉⑤！

丞相文公，少年趠厉，有经济之志⑥；中为贾沮，徊翔外僚⑦。其以兵入援也⑧，大事去矣；其付以钧轴也，降表具矣⑨；其往而议和也，冀万一有济尔⑩。平生定力，万变不渝。“父母有疾，虽不可为，无不用医药之理。”公之语，公之心也。是

①养士：培养有作为的读书人。轶：超过。

②杂遝（tà）：杂乱而多。遝，通“沓”，繁多。

③已坠：指朝廷。已绝：指皇室。

④洞：透彻。泯：灭。

⑤名教：明善恶、定尊卑的种种信念。名，名分。教，礼教。

⑥趠（chuò）厉：志向远大。经济：经世济民。

⑦中为贾沮：任职期间为贾似道破坏。徊翔外僚：辗转在外地做官。

⑧以兵入援：指文天祥在江西组织军队，奉诏保卫都城临安。

⑨付以钧轴：指任文天祥为右丞相兼枢密使。钧轴，政务要职。降表具矣：指南宋朝廷已向元军统帅伯颜递了降表。

⑩冀：希望。有济：有救。

以当死不死，可为即为；逸于淮，振于海[①]；真不可为矣，则唯有死尔。可死矣而又不死，非有他也，等一死尔[②]。昔则在己，今则在天，一旦就义，视如归焉。光明俊伟，俯视一世，顾肤敏祼将之士[③]，不知为何物也？推此志也，虽与嵩、华争高可也[④]。宋之亡，守节不屈者有之[⑤]，而未有有为若公者，事固不可以成败论也。然则收宋三百年养士之功者，公一人尔。

孙富为湖广省检校官，始出辽阳儒学副提举刘岳申所为传，将刻之梓，俾有壬序之[⑥]。有壬早读《吟啸集》[⑦]《指南录》，见公自述甚明。三十年前游京师[⑧]，故老能言公者尚多，而讶其传之未见于世也。伏读感慨，惜京师故老之不及见也！公之事业在天地间，炳如日星[⑨]，自不容泯；而史之取信、世之取法，则有待于是焉。若富也，可谓能后者已[⑩]！

元统改元十二月朔，参议中书省相台许有壬序。

①逸于淮，振于海：指被拘后由真州逃走，由通州（南通）泛海南行求帝昰、帝昺。

②"可死"句：指文天祥服毒、绝食而不死。等：同是。

③肤敏祼（guàn）将之士：指降元的人物。典出《诗经·大雅·文王》："殷士肤敏，祼将于京。"意思是殷士到周朝助祭。肤，美。敏，快。祼将，朝堂上的酬酢。

④推：推广，发扬。嵩、华：嵩山、华山。

⑤守节不屈者有之：指陆秀夫等人。元兵破崖山（在广东省新会县南，面对南海），陆秀夫抱帝昺投海，官属将士从死者很多。

⑥刻之梓：刻印出版。梓，刻字的梓木板。俾：使。

⑦《吟啸集》：文天祥文集的一种，收其被执北行及大都被囚时的一部分作品。

⑧京师：国都，即元朝京城大都。

⑨炳：光明。

⑩能后者已：能够做一个好的后代。已，表肯定语气的助词。

宋 濂

宋濂（1310～1381），明初文学家。字景濂，号潜溪，浦江（今浙江义乌）人。他是明初文章大家，朝廷有关祭祀、朝会、诏谕、封赐的文章大多由他执笔写成。有《宋文宪公全集》。

秦士录

【题解】《秦士录》是宋濂非常出色的一篇传记小品。作品通过邓弼的言谈行动，描绘出一个身强力雄、勇猛无比而又博学多才的英雄形象。邓弼演武的场面极为精彩，宛如楚汉之际楚霸王项羽再世。

邓弼，字伯翊，秦人也①。身长七尺，双目有紫棱②，开合闪闪如电。能以力雄人③，邻牛方斗不可擘，拳其脊，折仆地④；市门石鼓，十人舁⑤，弗能举，两手持之行。然好使酒⑥，怒视人，人见辄避，曰：“狂生不可近，近则必得奇辱。”

一日，独饮娼楼，萧、冯两书生过其下，急牵入共饮。两生素贱其人⑦，力拒之。弼怒曰：“君终不我从⑧，必杀君，亡命走山泽耳⑨，不能忍君苦也！”两生不得已，从之。弼自据中筵，指左右，揖两生坐，呼酒歌啸以为乐。酒酣，解衣箕踞⑩，拔刀置案上，铿然鸣⑪。两生雅闻其酒狂⑫，欲起走，弼止之曰：“勿走也！弼亦粗知书，君何至相视如涕唾⑬？今日非速君饮⑭，欲少吐胸中不平气耳。四库书从君问⑮，即不能

①秦：古代称陕西一带为秦地。

②棱：同“稜”，凸起。

③以力雄人：以力气超群于人。

④擘（bò）：分开。拳其脊：用拳头打牛的脊背。这句是说牛斗得难解难分。折仆地：牛脊折断而跌倒在地。

⑤舁（yú）：抬。

⑥使酒：耍酒疯。

⑦素贱其人：一向瞧不起这个人。

⑧不我从：不从我。

⑨亡命：逃亡。

⑩箕踞：坐时两腿像簸箕张开，是一种对人没有礼貌的坐法，表示态度傲慢。

⑪铿（kēng）然鸣：铿然作响。

⑫雅闻：素来听说。

⑬相视如涕唾：看得就像鼻涕唾沫一样不值一顾。

⑭速：迎请，邀请。

⑮四库书：指古代经、史、子、集四大类图书。从：听凭。

答，当血是刃[①]。”两生曰：“有是哉[②]？”遽摘七经数十义叩之[③]，弼历举传疏[④]，不遗一言。复询历代史，上下三千年缅缅如贯珠[⑤]。弼笑曰：“君等伏乎未也[⑥]？”两生相顾惨沮[⑦]，不敢再有问。弼索酒[⑧]，被发跳叫曰[⑨]：“吾今日压倒老生矣！古者学在养气，今人一服儒衣，反奄奄欲绝，徒欲驰骋文墨，儿抚一世豪杰[⑩]。此何可哉！此何可哉！君等休矣。”两生素负多才艺，闻弼言，大愧，下楼，足不得成步。归，询其所与游[⑪]，亦未尝见其挟册呻吟也[⑫]。

泰定末[⑬]，德王执法西御史台[⑭]，弼造书数千言，袖谒之[⑮]。阍卒不为通[⑯]，弼曰：“若不知关中邓伯翊耶[⑰]？”连击踣数人，声闻于王。王令隶人捽入[⑱]，欲鞭之。弼盛气曰：“公奈何不礼壮士？今天下虽号无事，东海岛夷[⑲]，尚未臣顺，间者驾海舰，互市于鄞[⑳]，即不满所欲，出火刀斫柱[㉑]，杀伤我中国民。诸将军控弦引矢，追至大洋，且战且却[㉒]，其亏国体为已甚[㉓]。西南诸蛮，虽曰称臣奉贡，乘黄屋左纛，称制与中国等[㉔]，尤志士所同愤。诚得如弼者一二辈，驱十万横磨剑伐之[㉕]，则东西为日所出入[㉖]，莫非王土矣。公奈何不礼壮士！”庭中人闻之，皆缩颈吐舌，舌久不能收。

①即：假如。当血是刃：让血染这刀锋上。

②有是哉：真是这样吗？

③遽：遂，于是。七经：七部儒家经典。叩：发问，询问。

④传疏：给经典作注释解说的书。

⑤缅缅（sǎ）如贯珠：流畅连贯，像一串串珠子。

⑥伏：通“服”。

⑦惨沮：神情沮丧。

⑧索酒：喝完酒。

⑨被发：披头散发。

⑩儿抚一世豪杰：把一世豪杰当小儿来拍哄。

⑪游：交际，交往。

⑫挟册呻吟：捧着书诵读。

⑬泰定：元泰定帝年号。

⑭执法：考察官吏。御史台：监察机关。

⑮袖：放进袖里。谒之：拜见德王。

⑯阍（hūn）卒：守门的兵卒。通：通报。

⑰若：你。

⑱隶人：役卒。捽（cuó）：揪，抓。

⑲东海岛夷：指倭寇。

⑳间者：近来。互市：互相贸易。鄞：今浙江宁波鄞州区。

㉑火刀：一种兵器。斫：用刀砍。柱：当是船桅之类。

㉒却：退却。

㉓亏国体：损害国家尊严、体面。

㉔黄屋、左纛（dào）：帝王专用的仪仗。这里是说诸蛮表面上称臣，实际上并没有臣服。

㉕横磨剑：指佩剑壮士。

㉖东西为日所出入：从日出的东方到日落的西方。

王曰："尔自号壮士，解持矛鼓噪[①]，前登坚城乎？"曰："能。""百万军中，可刺大将乎？"曰："能。""突围溃阵，得保首领乎[②]？"曰："能。"王顾左右曰："姑试之[③]。"问所须，曰："铁铠良马各一，雌雄剑二。"王即命给与，阴戒善槊者五十人[④]，驰马出东门外，然后遣弼往。王自临观，空一府随之[⑤]。暨弼至，众槊并进；弼虎吼而奔，人马辟易五十步[⑥]，面目无色。已而烟尘涨天，但见双剑飞舞云雾中，连斫马首堕地，血涔涔滴[⑦]。王抚髀欢曰[⑧]："诚壮士！诚壮士！"命勺酒劳弼[⑨]，弼立饮不拜。由是狂名振一时，至比之王铁枪云[⑩]。

王上章荐诸天子[⑪]，会丞相与王有隙，格其事不下[⑫]。弼环视四体[⑬]，叹曰："天生一具铜筋铁肋，不使立勋万里外[⑭]，乃槁死三尺蒿下[⑮]，命也，亦时也。尚何言！"遂入王屋山为道士[⑯]，后十年终。

史官曰：弼死未二十年，天下大乱，中原数千里，人影殆绝[⑰]。玄鸟来降，失家，竞栖林木间[⑱]。使弼在，必当有以自见[⑲]。惜哉！弼鬼不灵则已[⑳]，若有灵，吾知其怒发上冲也。

①尔：你。解：懂得。鼓噪：击鼓大呼。

②突围溃阵：突破重围、冲垮敌阵。保首领：保全性命。首领，指头颈。

③姑试之：姑且试试它。

④阴戒：暗中告诫。善槊者：善于使用长矛的士兵。

⑤空一府随之：全府的人都跟去了。

⑥辟易：退避。

⑦涔涔（cén）：不断地流下。

⑧抚髀（bì）：拍打大腿。

⑨勺酒劳弼：斟酒慰劳邓弼。

⑩王铁枪：五代时梁将王彦章，武艺高超，常用两支铁枪，各重百余斤，所向无敌。

⑪上章：上奏章。荐：举荐。

⑫会：恰巧。格：阻止，阻碍。

⑬四体：四肢。

⑭立勋：建立功勋。

⑮槁死：枯死。这里指白白地等死。

⑯王屋山：在山西阳城西南。

⑰人影殆绝：差不多没了人烟。殆，几乎。

⑱"玄鸟"句：燕子回来时找不到从前的住家，只好在树林中做窝。

⑲有以自见：有所表现，即能发挥才干、建功立业。见，现。

⑳鬼不灵：鬼魂不显灵。

李疑传

【题解】本篇传记写一个特立独行的旅舍主人，塑造了一个卓有懿行的小人物。文章突出描写其与众不同：先概述金陵旅舍的情况，以作铺垫对比；然后选取两件典型事例，写传主的好义、尽心以及不图回报，使其形象凸现出来。文章全用白描，末尾处以士大夫的称赞寄寓了作者的赞赏。而指出传主亦读书为文、尝以儒举，似乎在说明他的行为其来有自，是深厚的儒家修养使然。

金陵之俗，以逆旅为利[①]。旅至受一室，仅可榻，俯以出入。晓钟动，起治他事，遇夜始归息，盥濯水皆自具。然月责钱数千，否必诋诮致讼[②]。或疾病，辄遣出；病危气息尚属，目睊睊未瞑，即舆弃之[③]，而敚其赀[④]；妇孕将产者，以为不祥，摈不舍。其少恩如此，非其性固然；地在辇毂下[⑤]，四方人至者众，其势至尔也。独李疑以尚义名于其时。

疑字思问，居通济门外[⑥]。闾巷子弟，执业造其家[⑦]，得粟以自给；不足，则以六物推人休咎[⑧]。周贫甚，然独好周人急。

金华范景淳，吏吏部[⑨]，得疾，无他子弟；人殆之，不肯舍[⑩]。杖踵疑门[⑪]，告曰："我不幸被疾[⑫]，人莫舍我。闻君义甚高，能假我一榻乎[⑬]？"疑谢许诺[⑭]。延就坐，讯除明爽室[⑮]，具床褥炉灶，使寝息其中。征医师视脉，躬为煮糜炼药。

①逆旅：本为接待宾客的处所，后世都作为客舍、旅店讲。

②责钱：收费。诋诮：辱骂、嘲弄。致讼：打官司。

③睊睊（juān）：原为侧目相视的样子，这里指眼珠尚能转动。未瞑：没有闭上眼睛。舆：抬。

④敚：同"夺"。赀：财物。

⑤辇毂（gǔ）下：皇帝的车驾之下，泛指京城，这里专指金陵。

⑥通济门：明初改建，在今南京中华门与午门之间。

⑦执业：捧书求教，也就是拜他为老师。

⑧六物：指岁时日月星辰。推人休咎：替人推究吉凶祸福。

⑨金华：在今浙江。范景淳：生平不详。吏吏部：在吏部做小吏。

⑩殆之：懈怠，这里又有害怕惹麻烦的意思。舍：居留。

⑪杖踵疑门：拄着拐杖挪到李疑门前。

⑫被疾：生病。

⑬假：借。

⑭谢许诺：指推辞范的称赞，并答应他"假榻"。

⑮讯除：洒除清扫。明爽室：明亮而清朗的房间。

旦暮执其手，问所苦，如事亲戚。既而疾滋甚，不能起溲，矢污衾席[①]，臭秽不可近。疑日为刮磨浣涤，不少见颜面[②]。景淳流涕曰："我累君矣！恐不复生，无以报厚德，囊中有黄白金四十两余，在故逆旅邸，愿自取之。"疑曰："患难相恤，人理宜尔，何以报为[③]！"景淳曰："君脱不取，我死，恐为他人得，何益乎?"疑遂求其里人偕往，携以归，面发囊，籍其数而封识之[④]。数日，景淳竟死，疑出私财买棺，殡于城南聚宝山[⑤]。举所封囊，寄其里人家，往书召其二子。及二子至，疑同发棺取囊，按籍而还之。二子以米馈，却弗受，反赆以货[⑥]，遣归。

平阳耿子廉[⑦]，械逮至京师，其妻孕将育[⑧]，众拒门不纳，妻卧草中以号。疑问故，归谓妇曰："人孰能无缓急，安能以室庐自随哉[⑨]！且人命至重，倘育而为风露所感，则母子俱死。吾宁舍之而受祸，何忍死其母子乎!"俾妇邀以归，产一男子。疑命妇事之，如疑事景淳。逾月始辞去，不取其报。人用是多疑名[⑩]，士大夫咸与疑交，见疑者皆曰："善士，善士。"疑读书，为文亦可观，尝以儒举，辞不就；然其行最著云。

太史氏曰[⑪]：吾与疑往来，识其

①溲（sōu）：大小便。矢：屎。

②不少见颜面：脸上丝毫没有为难的颜色。

③人理宜尔：人情事理所应该的。何以报为：要回报做什么。

④籍其数：记下它的数量。封识（zhì）之：封存并在上面做记号。

⑤殡（bìn）：暂时安葬。聚宝山：南京城南聚宝门的山岗，又称雨花台。

⑥反赆（jìn）以货：反而赠给他们财物。

⑦平阳：今浙江省平阳县，当时属温州府。耿子廉：生平不详。

⑧将育：将要生产。育，这里指生孩子。

⑨缓急：指临时变故。室庐自随：随身带着房子。

⑩用是：因此。多疑名：推重、赞美李疑这个人。多，推重。

⑪太史氏曰：司马迁自称太史公，后世作史者多效之。宋濂修过《元史》，故亦用太史氏（史官）来自称。

为人。疑姁姁愿士[①]，非有奇伟壮烈之姿也；而其所为事，乃有古义勇风，是岂可以外貌决人才智哉[②]！语曰："举世混浊，清士乃见。"吾伤流俗之嗜利也，传其事以劝焉[③]。

①姁姁（xǔ）：和悦的样子。愿士：朴实而善良的普通人。
②决：判断。
③伤：感伤。劝：劝诫世风。

杜环小传

【题解】传记之作，固然在于记故人之事，也应该能导后人之行。本篇传记就是这样二者兼具而尤以后者为突出的作品。宋濂曾参与修撰《元史》，王侯将相写过不少，写一个官终录事的小人物，即意在表彰美德、劝化世人。作品中只写了一件事，但却枝节横生、宛曲有致，多角度地描摹了传主，彰显了其美德。文末附以议论，可谓画龙点睛。

杜环，字叔循。其先庐陵人，环父一元游宦江东[①]，遂家金陵。一元固善士，所与交皆四方名士[②]。环尤好学，工书，谨饬，重然诺，好周人急[③]。

父友兵部主事常允恭死于九江[④]，家破。其母张氏，年六十余，哭九江城下，无所归。有识允恭者，怜其老，告之曰："今安庆守谭敬先[⑤]，非允恭友乎？盍往依之[⑥]？彼见母，念允恭故[⑦]，必不遗弃母。"母如其言，附舟诣谭[⑧]。谭谢不纳[⑨]。母大困，念允恭尝仕金陵，亲戚交友或有存者，庶万一可冀[⑩]。复哀泣从人至金陵[⑪]，问一二人，无存者。因访一元家所在，问："一元今无恙否[⑫]？"道上人对以"一元死已久，惟子环存。其家直鹭洲坊中[⑬]，门内有双桔，可

①庐陵：今江西吉安。游宦：到外地去做官。江东：指长江下游一带。
②善士：纯洁正直的人。所与交：同杜一元交往的人。
③谨饬（chì）：言行谨慎。重然诺：重视诺言，答应了就一定做到。周：接济，援助。
④兵部：六部之一。主事：官名，在明代，主事为各部司官中最低的一级。九江：今江西省九江市。
⑤安庆：今安徽省安庆市。守：地方上的长官。
⑥盍（hé）：何不。
⑦故：这里指旧交的情分。
⑧附舟：搭船。诣：到，往。
⑨谢不纳：推辞不接纳。
⑩庶：也许。可冀：可以指望。冀，希望。
⑪从：跟随。
⑫无恙：这里指健在。恙，病。
⑬对以：用下面的话回答说。直：同"值"，当，位于。

辨识”。

母服破衣，雨行至环家[①]。环方对客坐，见母大惊，颇若尝见其面者[②]。因问曰：“母非常夫人乎？何为而至于此？”母泣告以故。环亦泣，扶就座，拜之，复呼妻子出拜。妻马氏解衣更母湿衣，奉糜食母，抱衾寝母[③]。母问其平生所亲厚故人[④]，及幼子伯章。环知故人无在者，不足付[⑤]，又不知伯章存亡，姑慰之曰[⑥]：“天方雨，雨止为母访之[⑦]。苟无人事母，环虽贫，独不能奉母乎[⑧]？且环父与允恭交好如兄弟，今母贫困，不归他人[⑨]，而归环家，此二父导之也[⑩]。愿母无他思[⑪]。”时兵后岁饥，民骨肉不相保[⑫]。母见环家贫，雨止，坚欲出问他故人。环令媵女从其行[⑬]。至暮，果无所遇而返，坐乃定[⑭]。

环购布帛，令妻为制衣衾。自环以下[⑮]，皆以母事之。母性褊急，少不惬意，辄诟怒[⑯]。环私戒家人，顺其所为，勿以困故轻慢与较[⑰]。母有痰疾，环亲为烹药，进匕箸[⑱]；以母故，不敢大声语。

越十年，环为太常赞礼郎，奉诏祀会稽[⑲]。还，道嘉兴[⑳]，逢其子伯章，泣谓之曰：“太夫人在环家，日夜念少子成疾，不可不早往见。”伯章若无所闻，第曰[㉑]：“吾亦知之，但道远不能至耳。”环归半岁，伯章来。是

①服：穿。雨行：冒雨行路。

②颇若：很像。

③糜：这里指粥。食母：拿东西给常母吃。衾：被子。寝母：安排常母睡觉。

④亲厚：关系亲密、交情深厚。故人：旧交，老朋友。

⑤在：活着。付：托付。

⑥姑：暂且。

⑦方：正在。访：探求，寻找。

⑧苟：假如。事：侍奉。独：唯独。

⑨归：这里是投奔的意思。

⑩此二父导之：这是由于两位老人家而引起的。

⑪无他思：不要有别的想法。

⑫兵后：战争之后。岁饥：收成不好。不相保：不能互相养活。

⑬媵（yìng）女：婢女。

⑭坐乃定：这才坐定。意思是这才安心在杜环家中住了下来。

⑮自环以下：指以杜环为首的杜家所有的人。

⑯褊急：性情急躁。褊，狭小。少：稍微。惬意：满意。辄：就。诟：怒骂。

⑰戒：叮嘱。勿以困故轻慢与较：不要因为她处境贫因而轻视怠慢，发生争论。较，争。

⑱烹：煮。匕箸：饭勺和筷子。

⑲太常：太常寺，官署名，掌管祭祀、礼乐等事。赞礼郎：官名，掌管赞相礼仪之事。祀：祭祀。会稽：今浙江省绍兴。

⑳道：途经。嘉兴：今属浙江。

㉑若无所闻：好像什么话也没有听见。第：只，但。

日，环初度[①]。母见少子，相持大哭[②]。环家人以为不祥，止之。环曰："此人情也，何不祥之有?"既而伯章见母老，恐不能行，竟给以他事辞去，不复顾[③]。环奉母弥谨[④]。然母愈念伯章，疾顿加[⑤]。后三年，遂卒。将死，举手向环曰："吾累杜君，吾累杜君！愿杜君生子孙，咸如杜君[⑥]。"言终而气绝。环具棺椁殓殡之礼[⑦]，买地城南钟家山葬之，岁时常祭其墓云[⑧]。

环后为晋王府录事[⑨]，有名，与余交。

史官曰[⑩]：交友之道难矣！翟公之言曰[⑪]："一死一生，乃知交情。"彼非过论也[⑫]，实有见于人情而云也。人当意气相得时[⑬]，以身相许，若无难事；至事变势穷，不能蹈其所言而背去者多矣[⑭]，况既死而能养其亲乎？吾观杜环事，虽古所称义烈之士何以过[⑮]。而世俗恒谓今人不逮古人，不亦诬天下士也哉[⑯]！

①是日：这一天。初度：生日。

②持：握。

③给（dài）：欺骗。顾：回头看。

④弥谨：更加小心。

⑤顿加：立刻加重。

⑥咸：全，都。

⑦椁：套在棺材外面的外棺。这里指棺材。

⑧岁时：逢年过节。云：句末语气助词。

⑨晋王：晋恭王朱㭎，明太祖朱元璋的第三个儿子。录事：王府的属官，掌管文书。

⑩史官：作者自指。

⑪翟公：汉文帝时人。他做官的时候，宾客盈门；罢官后，门可罗雀。后来，他又被起用，宾客们去找他，他在门上写道："一死一生，乃知交情；一贫一富，乃知交态；一贵一贱，交情乃见。"

⑫过论：言过其实的论断。

⑬意气相得：彼此的心意都很投合。

⑭事变势穷：事情剧变、局势困窘。蹈：实行。背去：违背诺言而去。

⑮何以过：以何过，怎么能超过。

⑯不逮：不及。诬：诬蔑，这里指所言不确。

高 启

高启（1336～1374），元末明初诗人。字季迪，号槎轩，又自号青丘子。长州（今江苏苏州）人。其文峻洁雄健，长于叙事。著有《高太史大全集》。

南宫生传

【题解】宋克是明代著名书法家。高启在这篇传记中叙述了宋克人生历程的三个阶段：少年时喜击剑走马，任侠好客；壮年时欲自立功业，因道路不通而未遂；之后，杜门习书，遂以书名天下。作者用几个典型事例刻画宋克棱角分明、超逸脱俗的性格、作风，并对其“每变而益善”赞叹不已。文章的文笔精练，刻画细腻，叙事、议论、抒情相结合，有唐宋古文的遗风。

南宫生，吴人。伟躯干，博涉书传①。少任侠，喜击剑走马，尤善弹②，指飞鸟下之。家素厚藏，生用周养宾客，及与少年饮博游戏，尽丧其赀③。逮壮④，见天下大乱，思自树功业，乃谢酒徒去⑤，学兵，得风后握奇陈法⑥。将北走中原，从豪杰计事⑦，会道梗，周流无所合。遂溯大江，游金陵，入金华、会稽诸山，渡浙江，泛具区而归⑧。

家居以气节闻，衣冠慕之，争往迎候，门止车日数十两⑨。生亦善交，无贵贱，皆倾身与相接。有二军将恃武横甚，数殴辱士类，号虎冠。其一尝召生饮，或曰：“彼酗，不可近也。”生笑曰：“使酒人恶能勇⑩？

①传：指解释经书的文字。

②走马：跑马。弹：打弹子，玩弹弓一类的东西。

③厚藏：财产丰厚。周：通“赒”，周济。赀（zī）：通“资”，钱财。

④逮：及，等到。

⑤谢：辞别。

⑥风后：相传为黄帝相。握奇：即《握奇经》，古代兵书，陈：同“阵”。

⑦计事：谋事画策。

⑧金陵：今江苏南京。金华：山名，在今浙江金华北。会（kuài）稽：山名，在今浙江绍兴东南。浙江：水名，古名浙水，因不同地段而称新安江、钱塘江等名。泛：漂浮游荡。具区：即太湖。

⑨衣冠：指世族、士绅。迎候：迎接、问候。止车：停车。日数十两：每天数十辆。两，同“辆”。

⑩使酒：因酒使性。

吾将柔之矣[①]。”即命驾往，坐上座，为语古贤将事。其人竦听，居樽下拜起为寿[②]，至罢会，无失仪。其一尝遇生客饮，顾生不下己，目慑生而起[③]。他日见生独骑出，从健儿，带刀策马踵生后[④]，若将肆暴者。生故缓辔当中道路，不少避[⑤]。知生非懦懦，遂引去，不敢突冒呵避[⑥]。明旦介客诣生谢，请结欢[⑦]。生能以气服人类如此。

性抗直多辩，好箴切友过[⑧]。有忤已，则面数之[⑨]，无留怨。与人论议，蕲必胜[⑩]，然援事析理，众莫能折。时藩府数用师，生私策其隽蹶多中[⑪]。有言生于府，欲致生幕下，不能得，将中生法[⑫]，生以智免。家虽以贫，然喜事故在[⑬]，或馈酒肉，立召客与饮啖相乐。四方游士至吴者，生察其贤，必与周旋款曲，延誉上下[⑭]。所知有丧疾不能葬疗者，以告生，辄令削牍疏所乏，为请诸公间营具之[⑮]，终饮其德不言[⑯]。故人皆多生，谓似楼君卿、原巨先而贤过之[⑰]。

久之，稍厌事，阖门寡将迎[⑱]。辟一室，庋历代法书、周彝、汉砚、唐雷氏琴[⑲]，日游其间以自娱。素工草隶，逼钟、王[⑳]，患求者众，遂自閟，希复执笔[㉑]。歆慕静退[㉒]，时赋诗见志，怡然处约[㉓]，若将终身。

生姓宋，名克，家南宫里，故自号云。

①柔之：使之柔顺。

②竦：肃敬。居（jǔ）：通“举”。寿：敬酒，表示祝人长寿。

③客饮：作客住宿之处。不下己：不肯坐在他的下座。该军将自以为应在上座，南宫生不推让。慑：惧怕。

④独骑（jì）：单骑。踵：跟随。

⑤缓辔：慢慢策马。少：稍。

⑥引：退却。突冒：冲撞冒犯。呵避：吆喝躲开。

⑦介客诣生谢：由中间人带着来向南宫生谢过。结欢：交好。

⑧箴切：规劝告诫。

⑨数（shǔ）：数落，责备。

⑩蕲（qí）：求。

⑪策：测度。隽蹶：犹胜败。

⑫将中生法：又要陷害南宫生犯法。

⑬故：旧交。在：存问。

⑭周旋：照顾。款曲：酬应。延誉：播扬声誉。

⑮削牍：这里指书写。疏：条陈。间（jiàn）：私下。营具：置办齐全。

⑯饮：隐没。

⑰多：称赞。楼君卿：楼护，字君卿，汉代人，喜结交士大夫，为众人所信服。原巨先：原涉，字巨先，为西汉时有名的游侠。

⑱将迎：送迎。

⑲庋（guǐ）：收藏。周彝：周代青铜器。雷氏琴：唐代琴工雷威所制作的琴。

⑳逼：接近。钟：钟繇，三国魏著名书法家。王：王羲之，晋代著名书法家。

㉑閟（bì）：止。希：少。

㉒歆慕：羡慕。

㉓处约：安于生活俭约。

赞曰：生之行凡三变，每变而益善[①]。尚侠[②]，末矣。欲奋于兵固壮，然非士所先[③]。晚乃刮磨豪习，隐然自将履藏器之节[④]，非有德能之乎？与夫不自知返，违远道德者异矣[⑤]。

①凡：共。益善：更加好。
②尚侠：任侠，崇尚侠义。
③固壮：固然豪壮。非士所先：不是读书人首要之事。
④刮磨：削磨。豪习：豪侠习气。藏器：隐藏才能。
⑤知返：懂得返回。违远：违背，远离。

胡应炎传

【题解】本篇写宋末常州官民抗元之事的主事者胡应炎，突出其民族气节和不屈精神。传记照例交待了传主的家世，然后集中叙述抗元一节。叙述按时间顺序展开，从誓死守城、谋划、拒守、巷战直到殉国，颇为详细。其中穿插守臣的逃遁等，与胡应炎形成强烈对照，突出了传主的形象。

胡应炎，字焕卿，常之晋陵人[①]。宋枢密副使宿八世孙也[②]，父聪淮南节度计议官[③]。咸淳中应炎登进士第，授溧水尉[④]，未赴。元丞相伯颜南伐[⑤]，师次常境。知府王涞遁，朝廷以姚訔知府事[⑥]，复命将军王安节、都统刘师勇将兵杂守之。訔等至常，见应炎，喜曰："君吾剧孟也[⑦]，得君，敌不足破矣！"署节度判官[⑧]。

应炎归告聪及兄应发、弟应登曰："吾家世受国恩，今戎马在郊，王室将危，是吾立功之秋也。父老，兄弟当奉以出避，吾身许国，不得复徇家矣[⑨]。"聪、应发并曰："吾与汝虽父子兄弟，然于国则皆臣也，图报之义，彼此同义，岂可临危而

①常：常州，州治晋陵在今常州市，下辖四县：晋陵、武进、宜兴、无锡。
②枢密副使：枢密院副长官。宿：胡宿，任湖州（今属浙江）郡守时办学最力，使湖州学校质量居东南十数州之首。又曾筑石塘百里防水患，民间称其塘为胡公塘。
③计议官：节度使的幕僚。
④咸淳：宋度宗年号。溧水尉：溧水县（今属江苏）当时属建康府。
⑤伯颜：蒙古八邻部人，元世祖至元初丞相，是率军南下灭宋的主帅。
⑥姚訔（yín）：潼川（今四川三台县境）人。受命于危难之间，知常州才十日，元兵大至，与陈炤、胡应炎等誓死固守，城破以身殉难。
⑦剧孟：西汉时洛阳人。史书上称赞他能救人急难，为众人所称道。
⑧署：暂代或试充。
⑨徇（xùn）：顺从，此处指顾及。

独免乎?”乃命应登侍母及护妻子出城，嘱曰：“善避以存吾宗[①]，不幸城亡，吾必死之，今与汝诀矣。”

既应旹命，即选民之壮勇者三千人，自将登城[②]。与旹画曰：“吾州京师北门[③]，不可失守。然城卑堑狭，兵皆市人，非素所抚循者[④]。而北兵锐且众，乘胜远来，其锋不可当，恐未易与战也[⑤]。宜树木栅傅城，益调粟、缮械为守计[⑥]。”旹然之。初洙遁时，其客王虎臣盗郡印，自称知府，诣伯颜军门献之[⑦]。伯颜不知其诈，命还守常，而遣兵与俱[⑧]。及城，旹等已先至，不得入，反以民叛告[⑨]。伯颜怒，命元帅唆都率步骑二十余万围之[⑩]。

应炎与安节、师勇分门出城，各累大捷[⑪]，杀其将校甚众。功上，进直秘阁[⑫]。围且久，元兵多伤毙。唆都请益师[⑬]，伯颜遂以西域诸部兵来会，攻围益急，饷援俱绝。唆都以栅坚不可拔，剽近野得妇人，刳乳煎膏沃其上[⑭]，发火矢射之，火炽，栅焚；又运机石击楼堞[⑮]，尽毁。食尽，唆都侦知之，遣使呼应炎语，谕使出降。应炎骂之，且截纸缕置盂中若汤饼状者以箸引示之，曰：“吾食甚足，若欲得城，需金山长也。”

“金山长”盖谚语，谓无其期。唆都闻之曰：“能破城者，金山长老也[⑯]。”世呼寺主僧为长老，故云。即

①善避：好好隐藏起来。存吾宗：保存我们的宗族。

②将（jiāng）：带领。

③京师北门：京师（杭州）北面的门户之地。

④城卑：城墙低矮。堑（qiàn）狭：护城河狭窄。抚循：同拊循，此处指训练和调度。

⑤未易与战：不容易与之交战，即交战难以取胜。

⑥傅城：指在城墙上再增设木栅。傅，通“附”，附着。益调粟：多多征调粮食。缮械：整修军械。

⑦王虎臣：常州知州王洙的幕僚。诣：往，到。

⑧还守：返回去守卫。与俱：与之俱行。

⑨反：通“返”。

⑩唆都：元札剌兜人，骁勇善战，为伯颜手下著名将领。

⑪各累大捷：各自连续多次获胜。

⑫直秘阁：本指秘阁馆臣轮流值班，后来外地之官亦可任职，不必赴院轮值，成为表示恩荣的一种虚职。

⑬益师：增兵。

⑭剽（piāo）：抢掠。刳（kū）乳煎膏：指剜下乳房来熬油。

⑮楼堞（dié）：城墙上的女墙。

⑯金山：即金山寺，在江苏省镇江市西北金山上，东晋时创建。

趣召金山僧至军，问以攻城之策[①]。僧不知为计，周行视城曰："是城龟形也。东南其首，西北其尾，攻尾，则首愈缩。其法，当攻首。"从之，城遂陷。师勇遁，旹、安节死之[②]。应炎率民兵巷战，至孔子庙前众溃，犹手刃数人，力屈，遂就擒。唆都让之曰[③]："若即尝多杀吾将校者耶?"应炎曰："吾欲杀汝，何将校也[④]。恨为不及耳!"唆都怒，腰斩之。时年二十七。兵入屠城，聪、应发皆被杀。民匿沟中免者数人。

余为儿童时，常闻父老言元兵取常时事甚悉。至壮，观史多所未载，岂蒐采有失而至然欤[⑤]？抑著作者有所讳避而弗录欤？或其事多缪悠，初皆无有，特好事者为之说欤[⑥]？是皆不可知也。每窃恨焉！近遇胡黻江上，间为余言其祖应炎死节始末[⑦]，与余昔所闻者无异，斯固足征矣[⑧]！夫以虎臣之奸、唆都之惨与僧者妄言而幸中，其事虽微，犹不可使泯，况应炎之忠烈毅然如是邪？固掇其语[⑨]，作胡应炎传，以补史氏之阙云[⑩]。

①趣（cù）：迅速。

②节死之：为城守节而死，指与城同亡。

③让：谴责，责骂。

④"吾欲"二句：我连你都想杀，还用说什么将校。

⑤蒐：同"搜"。

⑥缪悠：同谬悠，亦作悠谬，指没有根据的瞎说。特：只不过。

⑦胡黻（fú）：胡应炎的后代，生平不详。间（jiàn）：抽空。

⑧斯固足征矣：这当然足以证明（事情的真实性）了。

⑨掇（duō）：本为拾取，引伸为摘取、选取。

⑩史氏：史官，著作史书的人。阙：同"缺"。

崔 铣

崔铣（1478～1541），明代学者。字子钟，一字仲凫，安阳（今属河南）人。进士出身。一生做官少、治学多。参与修撰《孝宗实录》，著有《文苑春秋》《崔氏小尔雅》等。

记王忠肃公翱事

【题解】记事是择记传主数事的一种传记。此篇就择要记录了明代名臣王翱生平中的两件小事：拒绝夫人之请调女婿任京职，受友人宝珠而还其后代，由此表现了王翱的刚正廉洁。文章选材精当，纯用白描，传主的品格如在纸上，可亲可敬。

公一女，嫁为畿辅某官某妻[①]。公夫人甚爱女，每迎女，婿固不遣，恚而语女曰[②]：“而翁长铨[③]，迁我京职，则汝朝夕侍母；且迁我如振落叶耳，而固吝者何[④]？”女寄言于母[⑤]。夫人一夕置酒，跪白公。公大怒，取案上器击伤夫人，出，驾而宿于朝房，旬乃还第[⑥]。婿竟不调。

公为都御史[⑦]，与太监某守辽东。某亦守法，与公甚相得也[⑧]。后公改两广，太监泣别，赠大珠四枚。公固辞。太监泣曰：“是非贿得之。昔先皇颁僧保所货西洋珠于侍臣[⑨]，某得八焉。今以半别公[⑩]，公固知某不贪也。”公受珠，内所著披袄中，纫之[⑪]。后还朝，求太监后，得二从子[⑫]。公劳之曰[⑬]：“若翁廉[⑭]，若

①畿辅：京城周围一带。

②恚（huì）：恨，怒。

③而：尔，你。翁：指其父亲。长（zhǎng）铨：担任吏部长官。铨，指考察、任用官员。

④振落叶：比喻极为容易。吝：吝惜。

⑤寄言：托人带话。

⑥驾：坐车。朝房：官吏上朝前休息的房子。第：府第。

⑦都御史：都察院的长官。

⑧相得：相处融洽。

⑨先皇：指明成祖。颁：赏赐。僧保：太监名，当指永乐年间下西洋的郑和。货：买。侍臣：皇帝左右的近臣，包括太监。

⑩别：赠别。

⑪内：通“纳”，放入。纫（rèn）：缝好。

⑫后：后代。从子：侄子。

⑬劳：慰问。

⑭若：你们。

辈得无苦贫乎?”皆曰:“然。”公曰:“如有营[①],予佐尔贾[②]。”二子心计,公无从办,特示故人意耳[③]。皆阳应曰[④]:“诺。”公屡促之,必如约。乃伪为屋券[⑤],列贾五百金,告公。公拆袄,出珠授之,封识宛然[⑥]。

①营:经营。

②贾:通“价”,钱。

③心计:心里盘算。无从:无法。故人意:故人之情。

④阳:表面上,假装。

⑤券:契约。

⑥封识:封好的记号。识(zhì),通“帜”,标志,记号。

归有光

归有光（1506～1571），明代散文家，唐宋派代表人物。字熙甫，号震川，昆山（今属江苏）人。进士出身，曾任知县等职。其文多写家人、朋友间琐事，感情真挚，言近旨远。有《震川先生集》行世。

先妣事略

【题解】这篇传记叙作者母亲的日常琐事，诸如劳作、育子、教子等等，事极琐屑，极平凡。而其中体现的勤劳、无私、善良以及对孩子学习的督责，则又表现了传主不平凡的一面。作品穿插来写，母亲之外，还写了外家及自家的一些人事，相辅相成。凡人小事，平常笔墨，但因有真情实感在，且人同此心、事同此理，故极为感人。清人黄宗羲曾说，归有光的此类文字，“一往情深，每以一二细事见之，使人欲涕”，盖不诬也。

先妣周孺人①，弘治元年二月十一日生②。年十六来归③，逾年生淑静。淑静者，大姊也。期而生有光④。又期而生女、子，殇一人⑤，期而不育者一人⑥。又逾年生有尚，妊十二月。逾年生淑顺。一岁又生有功。

有功之生也，孺人比乳他子加健⑦，然数颦蹙顾诸婢曰⑧：“吾为多子苦!”老妪以杯水盛二螺进，曰：“饮此后，妊不数矣⑨。”孺人举之尽，喑不能言⑩。

正德八年五月二十三日⑪，孺人卒⑫。诸儿见家人泣，则随之泣，然犹以为母寝也。伤哉！于是家人延画工画⑬，出二子，命之曰：“鼻以

①先妣（bǐ）：已经去世的母亲。孺人：明清时代七品以下官吏之妻的封号。当时习惯，没有受封的，死后也被尊称为孺人。

②弘治元年：公元1488年。弘治是明孝宗朱祐樘的年号。

③来归：嫁过来。

④期（jī）：满一年。

⑤殇（shāng）：指没有成年而早逝。

⑥不育：这里指没有养大。

⑦加健：更加健康。

⑧颦蹙（pín cù）：皱眉不乐的样子。

⑨数（shuò）：频繁。

⑩喑（yīn）：失声，哑。

⑪正德八年：公元1513年。正德是明武宗朱厚照的年号。

⑫孺人卒：作者的母亲去世时二十六岁，作者仅八岁。

⑬延：请。

上画有光，鼻以下画大姊。”以二子肖母也。

孺人讳桂①。外曾祖讳明；外祖讳行，太学生②；母何氏。世居吴家桥，去县城东南三十里。由千墩浦而南，直桥并小港以东③，居人环聚，尽周氏也。外祖与其三兄，皆以资雄，敦尚简实④，与人姁姁说村中语⑤，见子弟甥侄无不爱。

孺人之吴家桥，则治木绵⑥；入城，则缉纑⑦。灯火荧荧，每至夜分。外祖不二日使人问遗⑧，孺人不忧米盐，乃劳苦若不谋夕⑨。冬月炉火炭屑，使婢子为团，累累暴阶下⑩。室靡弃物⑪，家无闲人。儿女大者攀衣，小者乳抱，手中纫缀不辍⑫。户内洒然⑬。遇童奴有恩，虽至棰楚，皆不忍有后言⑭。吴家桥岁致鱼蟹饼饵，率人人得食⑮，家中人闻吴家桥人至，皆喜。

有光七岁与从兄有嘉入学。每阴风细雨，从兄辄留，有光意恋恋，不得留也⑯。孺人中夜觉寝⑰，促有光暗诵《孝经》，即熟读，无一字龃龉⑱，乃喜。

孺人卒，母何孺人亦卒。周氏家有羊狗之痾⑲，舅母卒，四姨归顾氏，又卒，死三十人而定，惟外祖与二舅存。

孺人死十一年，大姊归王三接，孺人所许聘者也⑳。十二年，有光补

①讳：名。古时卑幼者不能直呼尊长的名字，表示有所避忌；不得已时，则称讳某。

②太学生：国学生，即全国最高学府国子监的学生。

③千墩浦：在昆山县东南三十六里。直桥：对着桥。

④敦尚：敦劝、崇尚。简实：简约、朴实。

⑤姁姁（xǔ）：即煦煦，和蔼平近的样子。

⑥治木绵：纺绵纱。木绵，此处指棉花。

⑦缉纑（qī lú）：绩麻线，为织夏布所用。

⑧问遗（wèi）：慰问和馈赠食品。

⑨不谋夕：即朝不谋夕，指家境贫困，只能暂顾眼前，无法考虑长久。

⑩暴（pù）：同“曝”，晒。

⑪靡：没有。

⑫纫（rèn）缀不辍（chuò）：缝纫补缀不停。

⑬洒（xiǎn）然：严肃整洁的样子。

⑭棰楚：鞭打。后言：即背后非议。

⑮率：大都。

⑯不得留：指母亲促其冒雨上学。

⑰觉寝：睡醒。

⑱龃龉（jǔ yǔ）：原义是牙齿差参不齐，这里指背诵不出或背错。

⑲羊狗之痾（ē）：据下文所述，当是一种遗传疾病。

⑳许聘：接受聘礼，答允嫁给。

学官弟子[①]，十六年而有妇，孺人所聘者也。期而抱女，抚爱之，益念孺人。中夜与其妇泣，追惟一二[②]，仿佛如昨，余则茫然矣。世乃有无母之人，天乎，痛哉！

①学官弟子：即入学为秀才。学官，各级地方教官的统称，府学称教授，州学称学正，县学称教谕，负责管教在学的生员。

②追惟：指追思。

袁宏道

袁宏道（1568～1610），明代散文家。字中郎，号石公。湖广公安（今属湖北）人。为文主张“独抒性灵，不拘格套”。在袁氏兄弟三人（袁宗道、袁宏道、袁中道）中成就最高。有《袁中郎全集》。

徐文长传

【题解】袁宏道在年代上略晚于徐渭，其思想和创作都深受徐渭的影响，所以他写徐渭传更能够把握住传主的性格特征。在这篇传记中，作者突出了一个“奇”字，写徐渭的诗奇、文奇、字奇、画奇、计奇，人更奇，“无之而不奇”。这样的奇才，自然难以“与时调合”，所以数“奇”而不得志。这更促使他放浪恣情，喜怒无常，以至佯狂自虐，抱愤而卒。作者以强烈的同情与不平，把传记写得悲壮淋漓。这也是袁宏道等“公安派”人士不满现实、不愿与世俗同流合污的心情的表露。

徐渭，字文长，为山阴诸生，声名籍甚①。薛公蕙校越时，奇其才，有国士之目②。然数奇，屡试辄蹶③。中丞胡公宗宪闻，客诸幕④。文长每见，则葛衣乌巾，纵谈天下事。胡公大喜。是时公督数边兵⑤，威振东南，介胄之士，膝语蛇行⑥，不敢举头，而文长以部下一诸生傲之，议者方之刘真长、杜少陵云⑦。会得白鹿，属文长作表，表上，永陵喜⑧。公以是益奇之，一切疏记⑨，皆出其手。文长自负才略，好奇计，谈兵多中，视一世士无可当意者⑩。然竟不偶⑪。

文长既已不得志于有司，遂乃放浪曲糵⑫，恣情山水，走齐鲁燕

①山阴：今浙江绍兴。籍甚：盛大。

②校：考核。越：指浙江一带。国士：国中优秀人物。目：称呼。

③数奇（jī）：命不好。辄：总是。蹶（jué）：受挫。

④中丞：御史中丞。客诸幕：请他到府中作门客。

⑤督数边兵：统帅几个边镇的军队。

⑥介胄之士：指武士。膝语蛇行：形容很畏服的样子。

⑦方：相比。刘真长：晋人刘惔。杜少陵：即杜甫。两人任幕僚时，对长官都不谄媚奉承。

⑧永陵：这里代指嘉靖皇帝。

⑨疏记：给皇帝的奏疏、奏记等。

⑩多中（zhòng）：多能说准。无可当意者：没有符合自己心意的。

⑪不偶：不遇，指仕途不顺利。

⑫曲糵（niè）：这里指酒。

赵之地，穷览朔漠[①]。其所见山奔海立、沙起云行、风鸣树偃、幽谷大都、人物鱼鸟，一切可惊可愕之状，一一皆达之于诗[②]。其胸中又有勃然不可磨灭之气，英雄失路、托足无门之悲[③]。故其为诗，如嗔如笑，如水鸣峡，如种出土，如寡妇之夜哭，羁人之寒起[④]；虽其体格时有卑者[⑤]，然匠心独出，有王者气，非彼巾帼而事人者所敢望也[⑥]。文有卓识，气沉而法严，不以模拟损才，不以议论伤格，韩曾之流亚也[⑦]。文长既雅不与时调合[⑧]，当时所谓骚坛主盟者，文长皆叱而奴之[⑨]。故其名不出于越，悲乎！

喜作书，笔意奔放如其诗，苍劲中姿媚跃出，欧阳公所谓妖韶女老自有余态者也[⑩]。间以其余，旁溢为花鸟，皆超逸有致[⑪]。

卒以疑杀其继室[⑫]，下狱论死。张太史元汴力解，乃得出。晚年愤益深，佯狂益甚，显者至门，或拒不纳[⑬]。时携钱至酒肆，呼下隶与饮。或自持斧击破其头，血流被面，头骨皆折，揉之有声；或以利锥锥其两耳，深入寸余，竟不得死。

周望言晚岁诗文益奇[⑭]，无刻本，集藏于家。余同年有官越者[⑮]，托以钞录，今未至。余所见者，《徐文长集》《阙编》二种而已[⑯]。然文长竟以不得志于时，抱愤而卒。

①朔漠：北方沙漠地带。

②达之于诗：表达在诗里。

③勃然：蓬勃的。托足：立足，容身。

④嗔（chēn）：怒。羁人：客居他乡的人。

⑤体格：体制品格。

⑥巾帼而事人者：像女人那样侍候人的人。这里指卑躬屈膝地奉事权贵的人。

⑦“不以”句：不以模仿而损伤自己的才能，不因议论而伤害文章的格调。韩：韩愈。曾：曾巩。流亚：同一品类的人物。

⑧雅：一向。

⑨骚坛主盟者：指当时诗坛的领袖。叱而奴之：喝斥并像仆人一样对待。指看不上，不推崇。

⑩欧阳公：欧阳修。妖韶女老自有余态：美艳的女子，年老了也还留有风韵。

⑪间以其余：有时把剩下的精力用在别的方面。旁溢：向旁扩展。花鸟：花鸟画。超逸有致：超凡脱俗，有韵味风致。

⑫卒（cù）：突然。继室：续娶之妻。

⑬愤：激愤，愤世之情。佯狂：假装疯癫。显者：显贵的人。拒不纳：拒绝来访，不让进门。

⑭周望：陶望龄，字周望，曾写过《徐文长传》。

⑮同年：古代科举考试同时考中的人互称同年。官越者：在越地做官的。

⑯《徐文长集》《阙编》：均为徐文长自己编刻的作品集。

石公曰[①]：先生数奇不已，遂为狂疾；狂疾不已，遂为囹圄[②]。古今文人牢骚困苦，未有若先生者也[③]。虽然，胡公间世豪杰[④]，永陵英主，幕中礼数异等[⑤]，是胡公知有先生矣；表上人主悦[⑥]，是人主知有先生矣，独身未贵耳[⑦]。先生诗文崛起，一扫近代芜秽之习，百世而下，自有定论，胡为不遇哉[⑧]？梅客生尝寄余书曰[⑨]："文长吾老友，病奇于人，人奇于诗。"余谓文长无之而不奇者也，无之而不奇，斯无之而不奇也，悲乎！

①石公：袁宏道号石公。

②囹圄（líng yǔ）：监狱。这里意为被囚禁。

③牢骚：心情抑郁不平。若：像。先生：指徐文长。

④间世英豪：指隔世出现的英雄豪杰。间世，隔代。古代称三十年为一世。

⑤礼数异等：所受的礼遇和别人不同。

⑥表上人主悦：胡公的奏表上奏后，皇上喜悦。人主，指皇帝。

⑦独：仅仅。

⑧胡为不遇哉：怎么能说是没有好的际遇呢。

⑨梅客生：梅国祯，字客生。

袁中道

袁中道（1570～1623），明代文学家。字小修，湖广公安（今属湖北）人。官至南京吏部郎中。善诗文，与兄宗道、宏道并称“三袁”。有《珂雪斋集》存世。

李温陵传

【题解】李贽是明代后期著名的思想家，他追求纵情任性、自由自在的人生境界，与当时社会的正统价值观产生了激烈冲突，不为世俗所容，终以“敢倡乱道，惑世诬民”获罪而死。袁中道在这篇传记中，刻画了李贽的性格，描述了他的为人处世；同时也对李贽的性格和社会悲剧作了分析，表明在当时的社会条件下，李贽的路定然是走不通的。虽然如此，李贽对当时和后世还是产生了深刻的影响，不管是赞同还是反对他的人，都不可能绕过他的学说。

李温陵者，名载贽①。少举孝廉②，以道远，不再上公车③，为校官，徘徊郎署间④。后为姚安太守⑤。公为人中燠外冷，丰骨棱棱。性甚卞急，好面折人过，士非参其神契者不与言⑥。强力任性，不强其意之所不欲⑦。初未知学，有道学先生语之曰：“公怖死否？”公曰：“死矣，安得不怖。”曰：“公既怖死，何不学道？学道所以免生死也。”公曰：“有是哉！”遂潜心道妙。久之自有所契，超于语言文字之表，诸执筌蹄者了不能及⑧。为守，法令清简，不言而治。每至伽蓝⑨。判了公事，坐堂皇上⑩，或置名僧其间，簿书有隙⑪，

①李温陵：李贽号卓吾，别号温陵居士。原姓林，名载贽，中举后改姓李。后因避明穆宗朱载垕讳，改名贽。

②孝廉：明清时对举人的称呼。

③上公车：指举人应试。李贽因路途遥远，不再赴京参加进士考试。

④校官：即校事，古代负责侦察刺探的官。郎署：明清称京曹为郎署。

⑤姚安：治在姚州（今云南姚安）。

⑥丰骨：风骨。棱棱：威严。卞急：急躁。参：领悟。

⑦强（qiǎng）其意：勉强自己的意志。

⑧执筌蹄：指拘泥于表面言辞，不能领会深意。

⑨伽蓝：指佛寺。

⑩判了：处理完。堂皇：官吏治事的厅堂。

⑪簿书：官署中的文书簿册。隙：空闲。

即与参论虚玄。人皆怪之，公亦不顾。俸禄之外，了无长物。陆绩郁林之石[①]，任昉桃花之米[②]，无以过也。久之，厌圭组[③]，遂入鸡足山阅龙藏不出[④]。御史刘维奇其节，疏令致仕以归[⑤]。

初与楚黄安耿子庸善[⑥]，罢郡遂不归。曰："我老矣，得一二胜友，终日晤言以遣余日[⑦]，即为至快，何必故乡也?"遂携妻女客黄安。中年得数男，皆不育[⑧]。体素癯[⑨]，淡于声色，又癖洁，恶近妇人，故虽无子，不置妾婢。后妻女欲归，趣归之[⑩]。自称"流寓客子"。既无家累，又断俗缘，参求乘理，极其超悟，剔肤见骨，迥绝理路[⑪]。出为议论，皆为刀剑上事[⑫]，狮子迸乳，香象绝流[⑬]，发咏孤高，少有酬其机者[⑭]。

子庸死，子庸之兄天台公惜其超脱[⑮]，恐子侄效之，有遗弃之病，数至箴切[⑯]。公遂至麻城龙潭湖上，与僧无念、周友山、丘坦之、杨定见聚，闭门下键[⑰]，日以读书为事。性爱扫地，数人缚帚不给[⑱]。衿裾浣洗，极其鲜洁，拭面拂身，有同水淫[⑲]。不喜俗客，客不获辞而至，但一交手[⑳]，即令之远坐，嫌其臭秽。其忻赏者，镇日言笑[㉑]，意所不契，寂无一语。滑稽排调，冲口而发，既能解颐[㉒]，亦可刺骨。所读书皆钞写为善本，东国之秘语，西方之灵

①陆绩：三国时人。郁林之石：陆绩任郁林太守，清正廉洁，罢归时两袖清风，以至于舟轻不能越海，遂取岸边巨石压仓。后人称这些石头为"郁林石"，争相收藏。

②任昉：南朝梁文学家，曾任义兴、新安太守等职。卒于官舍，其时家中仅有桃花米二十石。桃花米，糙米。

③圭（guī）组：印绶，借指官爵。

④鸡足山：在今云南宾川县西北。龙藏：指佛家的经典。

⑤致仕：辞去官职。

⑥黄安：今湖北红安。耿子庸：即耿定理。

⑦胜友：良友。晤言：当面谈论。

⑧育：长成。

⑨癯（qú）：瘦。

⑩趣（cù）：快。

⑪乘理：佛法。剔肤见骨：比喻认识深刻。迥绝：超群卓绝。

⑫刀剑上事：比喻见解议论尖锐。

⑬狮子迸乳：佛经中比喻菩提心。香象绝流：比喻证道深刻。

⑭酬：应对。机：要点。

⑮天台：即耿定理之兄耿定向，号天台，其学与李贽相违。惜：怕。

⑯遗弃：丢弃儒家准则。箴切：规劝告诫。

⑰下键：给门上闩。

⑱"性爱扫地"二句：天性喜欢清扫地面，多人绑扎扫帚都供应不上他。

⑲有同水淫：像在水中泡着似的。

⑳交手：两手交叉胸前，表示打招呼。

㉑忻：同"欣"。镇日：整天。

㉒排调：诙谐。解颐：逗笑。

文，离骚、马、班之篇，陶、谢、柳、杜之诗，下至稗官小说之奇[①]，宋元名人之曲，雪藤丹笔，逐字雠校，肌襞理分[②]，时出新意。其为文不阡不陌，摅其胸中之独见[③]，精光凛凛，不可迫视。诗不多作，大有神境。亦喜作书，每研墨伸楮[④]，则解衣大叫，作兔起鹘落之状[⑤]。其得意者亦甚可爱，瘦劲险绝，铁腕万均，骨棱棱纸上。一日恶头痒，倦于梳栉，遂去其发，独存鬓须。公气既激昂，行复诡异。耿公钦其才，畏其笔，始有以幻语闻当事[⑥]，当事者逐之。

于时左辖刘公东星迎公武昌，舍盖公之堂[⑦]。自后屡归屡游：刘公迎之沁水，梅中丞迎之云中，而焦公弱侯迎之秣陵[⑧]。无何[⑨]，复归麻城。时又有以幻语闻当事，当事者又误信而逐之，火其兰若[⑩]，而马御史经纶遂恭迎之于北通州[⑪]。又会当事者欲刊异端以正文体[⑫]，疏论之。遣金吾缇骑逮公[⑬]。

初公病，病中复定所作《易因》[⑭]，其名曰《九正易因》。常曰："我得《九正易因》，死快矣。"《易因》成，病转甚。至是逮者至，邸舍匆匆，公以问马公[⑮]。马公曰："卫士至。"公力疾起，行数步，大声曰："是为我也。为我取门片来[⑯]！"遂卧其上，疾呼曰："速行！我罪人也，不宜留。"马公愿从。公曰："逐

①马：司马迁。班：班固。陶：陶潜。谢：谢灵运。柳：柳宗元。杜：杜甫。稗官：指野史笔记。

②雪藤：指纸。雠校：校对。襞（bì）：衣服上的褶子，指区别。

③摅（shū）：抒发。

④书：书法。楮（chǔ）：纸。

⑤兔起鹘（hú）落：兔子刚出现，鹘就扎下来，比喻快。鹘，鹞子，一种猛禽。

⑥耿公：即耿定向。以幻语闻当事：制造流言蜚语并报告当权者。

⑦刘公东星：字子明，沁水人，官至湖广左布政使。盖（gě）公之堂：西汉盖公善治黄老之言，向曹参进言治道贵清净而民自定，曹参避正堂以舍盖公。

⑧梅中丞：梅国祯，字克生，麻城人，曾任右佥都御史，巡抚大同。云中：即大同。焦公弱侯：焦竑，字弱侯，号漪园，又号淡园，江宁（今南京）人，与李贽交笃。

⑨无何：没多久。

⑩兰若：修道者居住静修之所。

⑪马经纶：字主一，顺天通州（今北京通县）人，万历时曾任御史。

⑫刊异端以正文体：废除异端邪说，使文风归于雅正。

⑬金吾缇骑：执持金吾的缇骑。金吾，两端涂金的铜棒。缇骑，泛指官府管侦讯、逮捕等的官役。

⑭定：改定。

⑮匆匆：乱哄哄。马公：即马经纶。

⑯门片：门板。

臣不入城，制也。且君有老父在。”马公曰：“朝廷以先生为妖人，我藏妖人者也。死则俱死耳，终不令先生往而己独留。”马公卒同行[①]。至通州城外，都门之牍尼马公行者纷至[②]，其仆数十人，奉其父命，泣留之。马公不听，竟与公偕。明日，大金吾置讯，侍者掖而入[③]，卧于阶上。金吾曰：“若何以妄著书[④]？”公曰：“罪人著书甚多，具在，于圣教有益无损。”大金吾笑其倔强，狱竟无所置词，大略止回籍耳[⑤]。久之旨不下，公于狱舍中作诗读书自如。一日，呼侍者薙发[⑥]。侍者去，遂持刀自割其喉，气不绝者两日。侍者问：“和尚痛否？”以指书其手曰：“不痛。”又问曰：“和尚何自割？”书曰：“七十老翁何所求！”遂绝。时马公以事缓，归觐其父[⑦]，至是闻而伤之，曰：“吾护持不谨，以致于斯也。伤哉！”乃归其骸于通[⑧]，为之大治冢墓，营佛刹云[⑨]。

公素不爱著书。初与耿公辩论之语，多为掌记者所录，遂裒之为《焚书》[⑩]。后以时义诠圣贤深旨[⑪]，为《说书》。最后理其先所诠次之史[⑫]，焦公等刻之于南京，是为《藏书》。盖公于诵读之暇，尤爱读史，于古人作用之妙，大有所窥[⑬]。以为世道安危治乱之机，捷于呼吸，微于缕黍[⑭]。世之小人既侥幸丧人之国，而

①卒：最后。

②牍：公文。尼：阻止。

③大金吾置讯：某大官讯问。掖而入：抬进公堂。

④若：你。忘著书：胡乱写书。

⑤无所置词：没有确切的罪状。止：只是。

⑥薙：“剃”的异体字。

⑦事缓：事情有所缓和。归觐其父：回家探望父亲。

⑧归骸于通：把李贽的尸骨运回通州。

⑨治冢（zhǒng）墓：修坟墓。营佛刹（chà）：建佛堂。

⑩掌记者：负责记录的人。裒（póu）：聚集。

⑪时义：现实的意义。铨：解释。

⑫最：同“撮”，聚合。

⑬窥：窥视，这里指了解。

⑭捷于呼吸，微于缕黍：一呼一吸的时间，一丝一毫的差距。

世之君子理障太多[①]，名心太重，护惜太甚，为格套局面所拘[②]，不知古人清静无为、行所无事之旨，与藏身忍垢、委曲周旋之用。使君子不能以用小人，而小人得以制君子。故往往明而不晦，激而不平[③]，以至于乱。而世儒观古人之迹，又概绳以一切之法[④]，不能虚心平气，求短于长，见瑕于瑜，好不知恶，恶不知美。至于今，接响传声，其观场逐队之见[⑤]，已入人之骨髓而不可破。于是上下数千年之间，别出手眼，凡古所称为大君子者，有时攻其所短[⑥]；而所称为小人不足齿者，有时不没其长[⑦]。其意大抵在于黜虚文[⑧]，求实用；舍皮毛，见神骨；去浮理，揣人情。即矫枉之过，不无偏有重轻，而舍其批驳谑笑之语，细心读之，其破的中窾之处[⑨]，大有补于世道人心。而人遂以为得罪于名教[⑩]，比之毁圣叛道，则已过矣。

昔马迁、班固各以意见为史[⑪]：马迁先黄老、后六经，退处士进、游侠[⑫]，当时非之；而班固亦排守节，鄙正直。后世鉴二史之弊[⑬]，汰其意见[⑭]，一一归之醇正。然二家之书若揭日月[⑮]，而唐宋之史读不终篇，而已兀然作欠伸状[⑯]，何也？岂非以独见之处，即其精光之不可磨灭者欤？且夫今之言汪洋自恣[⑰]，莫如《庄子》，然未有因读《庄子》而汪洋自恣者也；即汪洋自恣之人，又

①理障：佛教语。谓由邪见等理惑障碍真知、真见。

②格套：程式。局面：度量。

③晦：隐藏，收敛。激：冲动，激烈。

④绳：约束，比照。

⑤观场逐队之见：看热闹、随大流的人们的见解。

⑥攻：批评，抨击。

⑦没（mò）：埋没，忽视。

⑧黜（chù）：摈斥，废除。

⑨破的中窾（kuǎn）：射中要害的意思。的，靶子。窾，空。

⑩名教：即礼教。

⑪马迁：司马迁。

⑫黄老：战国、汉初道家黄老学派。六经：儒家的六种经典，这里指儒家。处士：隐士，修养高尚的人。

⑬鉴二史之弊：接受这两部史书违背正道的教训。二史，指司马迁的《史记》和班固的《汉书》。

⑭汰其意见：破除它的观念。

⑮揭日月：《庄子·达生》“昭昭乎揭日月而行也”，成玄英疏：“犹如担揭日月而行于世也。”比喻明白透亮。

⑯欠伸：打哈欠、伸懒腰。

⑰汪洋自恣：指言行不拘束。

未必读《庄子》也。今之言天性刻薄，莫如《韩子》[①]，然未有因读《韩子》而天性刻薄者也；即天性刻薄之人，亦未必读《韩子》也。自有此二书以来，读《庄子》者撮其胜韵、超然名利之外者[②]，代不乏人；读申韩之书[③]、得其信赏必罚者[④]，亦足以强主而尊朝廷。即醇正如诸葛[⑤]，亦手写之以进后主[⑥]，何尝以意见少驳[⑦]，遂尽废之哉？

夫《六经》洙泗之书[⑧]，粱肉也[⑨]。世之食粱肉太多者，亦能留滞而成痞[⑩]。故治者以大黄蜀豆泻其积秽，然后脾胃复而无病。九宾之筵[⑪]，鸡豚羊鱼相继而进。至于海错，若江瑶柱之属[⑫]，弊吻裂舌，而人思一快朵颐[⑬]。则谓公之书为消积导滞之书可；谓世间一种珍奇，不可无一、不可有二之书亦可。特其出之也太早[⑭]，故观者之成心不化，而指摘生焉[⑮]。

然而穷公之所以罹祸[⑯]，又不自书中来也。大都公之为人[⑰]，真有不可知者：本绝意仕进人也，而专谈用世之略[⑱]，谓天下事决非好名小儒之所能为。本狷洁自厉、操若冰霜人也[⑲]，而深恶枯清自矜、刻薄琐细者，谓其害必在子孙。本屏绝声色，视情欲如粪土人也，而爱怜光景，于花月儿女之情状亦极其赏玩，若借以文其寂寞[⑳]。本多怪少可[㉑]，与物不和人也，而于士之有一长一能

①韩子：即韩非所著《韩非子》。

②撮：摘取。胜韵：高洁的趣味。

③申：申不害，战国法家人物，著有《申子》，已佚。

④信赏必罚：定下赏罚标准，就坚决实行。

⑤诸葛：诸葛亮。

⑥亦手写之以进后主：诸葛亮《出师表》有“信赏必罚”句。

⑦少驳：略有不同。

⑧洙泗：洙水和泗水。洙水在曲阜北，泗水在曲阜南，后因以“洙泗”代称孔子和儒家。

⑨粱肉：指美味佳肴。

⑩痞：肿块。

⑪九宾之筵：规格很高的筵席。

⑫海错：各种海味。瑶柱：干贝的一种。

⑬吻：嘴唇。一：一直，始终。朵颐：鼓腮嚼食。

⑭特其出之也太早：只是李贽的书出世太早，世人还不能读懂。特，只是。

⑮成心不化：固定的看法不能改变。成心，成见。指摘：批评，指责。

⑯罹（lí）祸：遭受灾祸。罹：遭受。

⑰大都：大概。

⑱用世之略：出仕做官的经世治民的方略。

⑲狷洁：洁身自好。自厉：警戒要求自己。操若冰霜：操行如冰霜一样清洁凛然。

⑳光景：生活。极：达到顶点。文：掩饰。

㉑怪：责怪。可：认可。

者，倾注爱慕，自认为不如。本息机忘世[①]，槁木死灰人也，而于古之忠臣义士、侠儿剑客，存亡雅谊，生死交情，读其遗事，为之咋指斫案，投袂而起[②]，泣泪横流，痛哭滂沱而不自禁。若夫骨坚金石，气薄云天[③]；言有触而必吐，意无往而不伸。排拓胜己，跌宕王公，孔文举调魏武若稚子[④]，嵇叔夜视钟会如奴隶[⑤]。鸟巢可复，不改其凤咮[⑥]；鸾翮可铩，不驯其龙性[⑦]，斯所由焚芝锄蕙、衔刀若卢者也[⑧]。嗟乎！才太高，气太豪，不能埋照溷俗，卒就图圄[⑨]，惭柳下而愧孙登[⑩]，可惜也夫！可戒也夫！

公晚年读《易》，著书曰《九正易因》。意者公于《易》大有得，舍亢入谦[⑪]，而今遂老矣逝矣！公所表章之书，若《阳明先生年谱》，及《龙溪语录》[⑫]，其类多不可悉记云。

或问袁中道曰："公之于温陵也，学之否？"予曰："虽好之，不学之也。其人不能学者有五，不愿学者有三。公为士居官，清节凛凛，而吾辈随来辄受，操同中人[⑬]，一不能学也。公不入季女之室，不登冶童之床[⑭]，而吾辈不断情欲，未绝嬖宠[⑮]，二不能学也。公深入至道，见其大者，而吾辈株守文字[⑯]，不得玄旨，三不能学也。公自小至老，惟知读书，而吾辈汩没尘缘，不亲韦编[⑰]，四不能学也。公直气劲节，不为人屈，

①息机忘世：断绝对世俗的念想。

②咋（zé）指：咬指出血以自誓。斫案：刀砍书案。形容激动。投袂：挥袖。

③气薄云天：正义之气，接近高天。

④孔文举：孔融字文举，汉末文学家，因触怒曹操被杀。调：挑逗，嘲笑。魏武：即曹操。

⑤嵇叔夜：嵇康字叔夜，三国魏文学家，遭钟会构陷，被司马昭所杀。

⑥咮（zhù）：鸟声。

⑦翮：鸟翅。铩：摧残。驯：使鸟兽驯服。

⑧焚芝锄蕙、衔刀若卢：比喻贤者被害。芝、蕙，香草。若卢，监狱。

⑨埋照：犹韬光。溷（hùn）俗：混迹于世俗之中。图圄：监狱。

⑩柳下：柳下惠，春秋时鲁国大夫。《孟子·公孙丑上》引柳下惠："尔为尔，我为我，虽袒裼裸裎于我侧，尔焉能浼我哉？"孙登：字公和，晋人。性无恚怒，见者皆亲乐之。嵇康从之游，登谓其才多识寡，讽而戒之。嵇康不听，果遭陷害被杀。

⑪亢：高傲。谦：谦恭。

⑫阳明：王守仁，明代思想家。其思想对李贽影响很大。龙溪：王畿，明代学者。

⑬操同中人：品行节操跟一般人无二。

⑭季女：少女。季，年少。冶：艳丽。

⑮嬖（bì）宠：宠爱。嬖，宠幸。

⑯株守：死守。

⑰汩（gǔ）没：埋没。韦编：古代用竹简书写，用皮绳编缀称"韦编"，泛指古籍。

而吾辈胆力怯弱，随人俯仰[①]，五不能学也。若好刚使气，快意恩仇，意所不可，动笔之书，不愿学者一矣。既已离仕而隐，即宜遁迹入山，而乃徘徊人世，祸逐名起，不愿学者二矣。急乘缓戒[②]，细行不修，任情适口[③]，鸾刀狼藉[④]，不愿学者三矣。夫其所不能学者，将终身不能学；而其所不愿学者，断断乎其不学之矣。故曰虽好之，不学之也。若夫幻人之谈[⑤]，谓其既已髡发[⑥]，仍冠进贤[⑦]，八十之年，不忘欲想者[⑧]，有是哉！所谓蟾蜍掷粪[⑨]，自其口出者也。”

①随人俯仰：看人脸色行事。

②急乘缓戒：急于进逐，缓于戒慎。

③任情适口：任由性情，想说就说。

④鸾刀：刀环有铃的刀，古代祭祀时割牲用。《诗·小雅·信南山》“执其鸾刀”，毛传：“刀有鸾者，言割中节也。”孔颖达疏：“刀环有铃，其声中节。”狼藉：纵横散乱。

⑤幻人：指那些攻击李贽的无行文人。

⑥髡（kūn）发：剃去头发。

⑦冠进贤：戴帽子。进贤，即进贤冠，儒生戴的帽子。

⑧不忘欲想：还没有断绝性欲。

⑨蟾蜍掷粪：骂人的话，即俗语的“满嘴喷粪”。

沈德符

沈德符（1578～1642），明代学者。字景倩，又字虎臣，嘉兴（今属浙江）人。累举不第。著有《万历野获编》。

郭勋传

【题解】本篇节选自《万历野获编》。传中以简练的文字，概括了郭勋从飞黄腾达到削爵论斩的一生。作品重点写郭氏怎样通过撰写开国通俗纪传，为其先祖郭英射死陈友谅之功造势，影响了嘉靖帝，争得了使郭英与徐达、常遇春等人并列配享朱元璋太庙的殊荣，他自己亦被加官进爵，权倾朝野。冒功封赏，竟至于达到这种地步，可见小人捣鬼很有效；但郭家终被褫夺封爵，郭勋本人被处死，也证明捣鬼成名终究有限。

武定侯郭勋[①]，在世宗朝[②]，号好文多艺，能计数，今新安所刻《水浒传》善本，即其家所传，前有汪太函序，托名天都外臣者。

初，勋以附会张永嘉议大礼[③]，因相倚互为援，骤得上宠。谋进爵上公[④]，乃出奇计。自撰开国通俗纪传，名《英烈传》者，内称其始祖郭英，战功几埒开平、中山[⑤]，而鄱阳之战，陈友谅中流矢死，当时本不知何人，乃云郭英所射。令内官之职平话者[⑥]，日唱演于上前，且谓此相传旧本。上因惜英功大赏薄，有意崇进之[⑦]。会勋入，直撰青词[⑧]，大得上眷，几出陆武惠、仇咸宁之上[⑨]。遂用工程功竣[⑩]，拜太师，后又加翊国公世袭。则伪造纪传，与

①郭勋：武定侯郭英六世孙，曾镇守两广等地。

②世宗：明世宗朱厚熜，即嘉靖帝。

③张永嘉：张璁，字秉用，永嘉人，仕至华盖殿大学士。议大礼：明武宗朱厚照无子，世宗由藩王继帝位。张璁迎合帝意，由此受到宠信。

④上公：指更高的官爵。

⑤埒（liè）：相等。开平：开平王常遇春。中山：中山王徐达。

⑥平话：即评话，略同于后世的评书。

⑦崇进：推崇抬高。

⑧青词：道教徒在斋醮仪式上写给“天帝”的奏章表文，因用朱笔写于青藤纸上，故名。明世宗崇信道教，词臣争以青词邀宠。

⑨陆武惠：即陆炳，谥武惠。仇咸宁：咸宁侯仇鸾。二人均为受宠高官。

⑩用：因，就着。工程：土木构筑。

有力焉。此通俗书，今传播于世。然而其时射者，自是巩昌侯郭子兴[①]，非英也。与英同姓，故郭勋遂冒窃其功，以故世宗惑之。然其设谋则久矣。当武宗朝，勋撰三家世典，已暗藏射友谅一事于卷中矣。三家者，中山王、黔宁王及其高祖追封营国公英也[②]。序文出杨文襄笔[③]，其配庙妄想[④]，已非一日。嘉靖初，大礼议起，勋乘机遘会[⑤]，奋袂而起，窃附张璁，得伸夙志[⑥]，亦小人之魁杰也。

后郭恃恩骄横，与夏贵溪争权[⑦]，削爵论斩，妻子给功臣为奴。次年瘐死狱中[⑧]。上终怜之，命其子绍侯。然受祸亦烈矣。

①郭子兴：明初将领，封巩昌侯。

②黔宁王：明初将领沐英。营国公：郭英于永乐元年卒，追赠营国公。

③杨文襄：杨一清，官至太子太师，华盖殿大学士，死后追谥文襄。

④配庙：功臣配享于帝王宗庙。这是一种极为优厚的礼遇。

⑤遘（gòu）会：投合，攀附。

⑥夙志：平素的志向。

⑦夏贵溪：夏言，字公谨，贵溪人，时人称“夏贵溪”，曾为内阁首辅，权倾一时。

⑧瘐（yǔ）死：囚犯在狱中因受刑、饥寒或疾病而死。

钱谦益

钱谦益（1582～1664），明末清初诗人。字受之，号牧斋，晚年自称蒙叟，江苏常熟人。仕明至礼部侍郎、尚书。后降清，任秘书院学士兼礼部侍郎、《明史》副总裁。不久，告老回乡。有《初学集》《有学集》。

徐霞客传

【题解】徐霞客是明代地理学家，也是一位旅行家，他以亲身经历，亲自考察，为中国山川地理确定方位和范围，并且为后来的实际测量所证实，如岷江非长江之源，长江黄河都发源在青藏高原，怒江与长江夹山而行等。这篇传记引文简约，看似无誉无褒，但作者对徐霞客的钦佩仰慕之情自在言语间流溢。

徐霞客者，名弘祖，江阴梧塍里人也①。高祖经，与唐寅同举，除名。寅尝以倪云林画卷偿博进三千②，手迹犹在其家。霞客生里社，奇情郁然，玄对山水③，力耕奉母。践更徭役④，蹙蹙如笼鸟之触隅，每思飏去⑤。年三十，母遣之出游。每岁三时出游，秋冬觐省，以为常⑥。东南佳山水，如东西洞庭、阳羡、京口、金陵、吴兴、武林，浙西径山、天目、浙东五泄、四明、天台、雁宕、南海落迦⑦，皆几案衣带间物耳⑧。有再三至，有数至，无仅一至者。

其行也，从一奴或一僧，一仗、一襆被，不治装，不裹粮⑨；能忍饥数日，能遇食即饱，能徒步走数百里，凌绝壁，冒丛箐⑩，扳援下上，

①江阴：今属江苏。

②倪云林：倪赞，明代书画家。偿：偿还。博进：赌博所输的钱。

③里社：乡间。玄对山水：指对山水有兴致。玄，深远。

④践更徭役：出钱雇人替自己服徭役。

⑤蹙蹙（cù）：局促的样子。飏（yáng）：飞起。

⑥三时：指春、夏、秋三季。觐省（jìn xǐng）：看望和侍奉家长。

⑦东西洞庭：指太湖中的东西洞庭山。南海落迦：即普陀山。

⑧几案衣带间物：意思是身边熟悉的东西。

⑨襆（fú）被：用巾帕扎的行李。裹粮：带着粮食。

⑩凌：登上。冒丛箐（jīng）：无所顾虑地走过丛生的竹林。

悬度绠汲[①]，捷如青猿，健如黄犊；以崟岩为床席，以溪涧为饮沐，以山魅、木客、王孙、玃父为伴侣[②]。儚儚粥粥[③]，口不能道；时与之论山经，辨水脉，搜讨形胜，则划然心开[④]。居平未尝鞶帨为古文辞[⑤]，行游约数百里，就破壁枯树，燃松拾穗，走笔为记，如甲乙之簿，如丹青之画[⑥]，虽才笔之士，无以加也。

游台、宕还，过陈木叔小寒山[⑦]。木叔问："曾造雁山绝顶否[⑧]？"霞客唯唯。质明[⑨]，已失其所在。十日而返，曰："吾取间道，扪萝上龙湫[⑩]，三十里，有宕焉[⑪]，雁所家也。扳绝磴上十数里，正德间白云、云外两僧团瓢尚在[⑫]。复上二十余里，其颠罡风逼人[⑬]，有麋鹿数百群，围绕而宿。三宿而始下。"其与人争奇逐胜，欲赌身命，皆此类也。

已而游黄山、白岳、九华、匡庐[⑭]；入闽，登武夷，泛九鲤湖[⑮]；入楚，谒玄岳[⑯]；北游齐、鲁、燕、冀、嵩、雒；上华山，下青柯枰。心动趣归，则其母正属疾，啮指相望也[⑰]。

母丧服阕，益放志远游[⑱]。访黄石斋于闽[⑲]，穷闽山之胜，皆非闽人所知。登罗浮，谒曹溪，归而追及石斋于云阳。往复万里，如步武耳。由终南背走峨眉，从野人采药，栖宿岩穴中，八日不火食。抵峨眉，属奢酋阻兵[⑳]，乃返。只身戴釜，访

①扳援：攀援。扳，同"攀"。悬度绠（gěng）汲：以悬索度山谷，攀绳登山。绠，汲水用的绳子。

②崟（yín）：高而险的山。木客：住在树上的山中怪兽。王孙：猴子的别称，玃（jué）父：马猴。

③儚儚（méng）：昏昧的样子。粥粥（yù）：谦卑的样子。

④划然心开：意思是突然来了兴致，话多起来。划然，开裂的样子。

⑤鞶帨（pán shuì）：大带与佩巾，比喻华丽的藻饰。

⑥燃松拾穗：燃松作墨，拾穗（叶）作纸。甲乙之簿：分类记述。丹青之画：指写得生动。

⑦陈木叔：陈函辉，字木叔，明末大臣，有志节。

⑧造：到。

⑨质明：天刚亮。

⑩间（jiàn）道：偏僻小路。间，空。扪（mén）萝：手拉松萝。龙湫（qiū）：雁宕山有大小龙湫。湫，水潭。

⑪宕：通"荡"，积水的洼地。

⑫正德：明武宗年号（1506～1521）。团瓢：圆形草屋。

⑬罡（gāng）风：高处的风。

⑭白岳：山名，在安徽休宁县西。匡庐：即庐山。

⑮九鲤湖：在福建仙游县东北。

⑯玄岳：武当山的别名。

⑰趣归：匆忙回家。属（zhǔ）疾：得病。啮（niè）指：咬指头。

⑱母丧服阕：按规制守母丧到期。益放志：更加纵情无羁。

⑲黄石斋：黄道明，明福建漳浦人。

⑳奢酋：奢崇明。苗族，世居四川永宁，为宣抚司。明思宗时募川兵援辽，奢崇明反叛，进围成都。

恒山于塞外，尽历九边厄塞[①]。归，过余山中，剧谈四游四极、九州九府[②]，经纬分合，历历如指掌。谓昔人志星官舆地[③]，多承袭傅会；江河二经，山川两戒[④]，自纪载来，多囿于中国一隅。欲为昆仑海外之游，穷流沙而后返。小舟如叶，大雨淋湿，要之登陆[⑤]，不肯，曰："譬如涧泉暴注，撞击肩背，良足快耳!"

丙子九月[⑥]，辞家西迈。僧静闻愿登鸡足礼迦叶[⑦]，请从焉。遇盗于湘江，静闻被创病死，函其骨[⑧]，负之以行。泛洞庭，上衡岳，穷七十二峰。再登峨眉，北抵岷山，极于松潘[⑨]。又南过大渡河，至黎、雅，登瓦屋、晒经诸山。复寻金沙江，极于犛牛徼外[⑩]。由金沙南泛澜沧，由澜沧北寻盘江[⑪]，大约在西南诸夷境，而贵竹、滇南之观亦几尽矣。过丽江，憩点苍、鸡足[⑫]。瘗静闻骨于迦叶道场，从宿愿也[⑬]。

由鸡足而西，出玉门关数千里，至昆仑山，穷星宿海，去中夏三万四千三百里[⑭]。登半山，风吹衣欲堕，望见方外黄金宝塔。又数千里，至西番，参大宝法王[⑮]。鸣沙以外，咸称胡国，如迷卢、阿耨诸名，由旬不能悉[⑯]。《西域志》称沙河阻远，望人马积骨为标识，鬼魅热风，无得免者。玄奘法师受诸磨折，具载本传[⑰]。霞客信宿往返，如适莽苍[⑱]。还至峨眉山下，托估客附所得奇树

①九边：明代北方的九处要镇。厄塞：险要之地。

②剧谈：畅谈。四游四极：泛指上下四方之地。九州：泛指中国。九府：指九方的宝藏和特产。

③志：记载。星官：星宿天象的总称，指天文。舆地：地理。

④江河二经：长江、黄河两条干流。两戒：山河的形势界限。戒，同"界"。

⑤要：同"邀"。

⑥丙子：崇祯九年（1636）。

⑦鸡足：山名，在云南宾川西北。迦叶：摩诃迦叶，释迦牟尼的大弟子。

⑧被创：受伤。函：装在匣子里。

⑨松潘：今属四川。

⑩黎、雅：黎州（今四川汉源）、雅州（今四川雅安）。瓦屋：在四川荥经县东南。晒经：在四川越西县东北，相传唐玄奘曾于此晒经。犛（lí）牛徼（jiào）外：出产犛牛的边远地区。

⑪盘江：有南盘江、北盘江，均发源于云南沾益。

⑫贵竹：即贵筑，县名，在今贵阳。点苍：即苍山，在今云南大理中部。

⑬瘗（yì）：埋葬。从宿愿：即依从静闻往昔的愿望。

⑭星宿海：在青海，为黄河源散流而形成的浅湖群。中夏：中华。

⑮西番：即西藏。大宝法王：元世祖尊西藏喇嘛教萨迦派首领八思巴为大宝法王，明代因之。

⑯鸣沙：敦煌鸣沙山。迷卢、阿耨：均为西域国名。由旬：梵语里程单位，约等于军行一日的行程。

⑰本传：指唐代慧立所作《大慈恩寺三藏法师传》。

⑱信宿：两三天。莽苍：此指郊野。

虬根以归。并以《溯江纪源》一篇寓余[①]，言《禹贡》岷山导江，乃泛滥中国之始[②]，非发源也。中国入河之水为省五，入江之水为省十一[③]，计其吐纳[④]，江倍于河；按其发源，河自昆仑之北，江亦自昆仑之南，非江源短而河源长也。又辨三龙大势[⑤]，北龙夹河之北，南龙抱江之南，中龙中界之，特短；北龙只南向半支入中国，惟南龙磅薄半宇内，其脉亦发于昆仑，与金沙江相并南出，环滇池以达五岭。龙长则源脉亦长，江之所以大于河也。其书数万言，皆订补桑《经》郦《注》及汉宋诸儒疏解《禹贡》所未及[⑥]，余撮其大略如此。

霞客还滇南，足不良行，修《鸡足山志》，三月而毕。丽江木太守偫糇粮，具笋舆以归[⑦]。病甚，语问疾者曰："张骞凿空[⑧]，未睹昆仑；唐玄奘、元耶律楚材衔人主之命[⑨]，乃得西游。吾以老布衣，孤筇双屦，穷河沙，上昆仑，历西域，题名绝国[⑩]，与三人而为四，死不恨矣。"余之识霞客也，因漳人刘履丁[⑪]。履丁为余言："霞客西归，气息支缀[⑫]，闻石斋下诏狱，遣其长子间关往视[⑬]，三月而反，具述石斋颂系状[⑭]，据床浩叹，不食而卒。"其为人若此。

梧下先生曰[⑮]："昔柳公权记三峰事[⑯]，有王玄冲者，访南坡僧义海，约登莲花峰，某日届山趾，计

①寓余：寄给我。

②《禹贡》：《尚书》中的一篇，我国最早的记载山川地理的著作。泛滥：水盛大。

③"中国入河之水"二句：黄河流域有五省，长江流域有十一省。

④吐纳：流量。

⑤三龙：我国东西走向的三大山系。

⑥桑《经》：相传《水经》为汉代桑钦所撰，故称。郦《注》：指郦道元所作《水经注》。

⑦木太守：明云南丽江府知府。洪武十六年，以木德为知府。偫（zhì）：储备。糇（hóu）粮：干粮。笋舆：竹轿。

⑧张骞：汉武帝时人，封博望侯，首先为汉沟通西域诸国。凿空：开通道路。

⑨耶律楚材：字晋卿，辽皇族，初仕金，后为元重臣，曾随元太祖出征西域。

⑩孤筇（qióng）双屦（jù）：一根竹子手杖，一双麻鞋。河沙：黄河、沙漠。绝国：指极边远之地。

⑪刘履丁：字渔仲，明末以诸生应辟召，擢郁林州知州。

⑫支缀：勉强支持连缀其气息。

⑬间关：展转跋涉。

⑭颂（róng）系：有罪入狱而不加刑具。颂，同"容"，谓宽容。

⑮梧下先生：作者自称。

⑯柳公权：字诚悬，唐代书法家。三峰：指莲花峰、落雁峰、朝阳峰。其记王玄冲登莲花峰事，见《小说旧闻记》及皇甫枚《三水小牍》。

五千仞为一旬之程，既上，煹烟为信[①]”。海如期宿桃林[②]，平晓，岳色清明，伫立数息，有白烟一道起三峰之顶。归二旬而玄冲至，取玉井莲落叶数瓣，及池边铁舡寸许遗海[③]，负笈而去。玄冲初至，海谓之曰：“兹山削成[④]，自非驭风凭云[⑤]，无有去理。”玄冲曰：“贤人勿谓天不可登，但虑无其志尔。”霞客不欲以张骞诸人自命，以玄冲拟之，并为三清之奇士[⑥]，殆庶几乎？霞客纪游之书，高可隐几[⑦]。余属其从兄仲昭雠勘而存之[⑧]，当为古今游记之最。霞客死时年五十有六。西游归以庚辰六月，卒以辛巳正月[⑨]，葬江阴之马湾。亦履丁云。

①煹（gòu）：举火。

②桃林：桃林坪，在华山谷口以南五里。

③玉井莲：华山顶上池中的莲花。舡：同“船”。遗：送给。

④兹山削成：这座山像刀削成似的陡峭。

⑤驭风凭云：即俗称“腾云驾雾”。

⑥三清：道家三清，即玉清、太清、上清，为神仙居住之地。

⑦高可隐几：书摞起来能遮住桌子。隐，遮挡。几，指书案。

⑧雠勘：校对。

⑨庚辰：明崇祯十三年（1640）。辛巳：崇祯十四年。陈函辉《徐霞客墓志铭》：“霞客生于万历丙戌，卒于崇祯辛巳，年五十有六，以壬午（崇祯十五年，1642）春三月初九日，卜葬于马湾之新阡。”

陈弘绪

陈弘绪（1597～1665），清代文学家、史学家、藏书家。字士业，号石庄，南昌新建人。其父陈道亨，官至明南京兵部尚书，筑“见山楼”藏书，陈弘绪自幼读书于楼中，又随父至各地访求典籍，得八万多卷。著有《江城名迹记》。

文天祥传

【题解】这篇传记记叙了南宋末年杰出的民族英雄文天祥为元军所俘、囚禁、遇害身死的事迹，热情歌颂了他坚持与敌人斗争到底的浩然正气、宁死不屈的爱国精神。文章不重琐屑叙事，而是抓住典型事件、情节，着意表现文天祥的忠贞不屈、大义凛然、誓死如归，生动传神，令人难忘。

祥兴元年十一月①，天祥进潮阳县②，已遂有陈懿之变。天祥被执于五坡岭③。陈懿者，潮州剧盗④，与其党刘兴数叛附为害⑤，天祥执兴诛之，懿乃潜导元帅张弘范兵济潮阳⑥。天祥方饭五坡岭⑦，弘范奄至⑧，众不及战，天祥仓皇出走，千户王惟义前执之⑨。一时官属、士卒死者甚众。天祥见张弘范于潮阳，不拜，踊跃请就戮⑩。弘范驱之前，与俱至厓山，使为书招张世杰⑪。天祥曰：“吾不能扞父母⑫，乃教人叛父母？”索之固，乃书《过零丁洋》一诗与之⑬，其末云：“人生自古谁无死，留取丹心照汗青！”弘范笑而置之。二年正月，厓山破，陆秀夫沉其妻孥⑭，冠裳抱帝赴海，从死者数

①祥兴元年：公元 1278 年。祥兴，南宋帝昺的年号。

②天祥：文天祥，字履善，又字宋瑞，号文山，吉州庐陵（今江西吉安）人。南宋末任丞相。潮阳：在今广东。

③五坡岭：地名，在今广东海丰北。

④剧盗：大盗。

⑤数：多次。叛附：叛变宋朝，依附元朝。

⑥潜导：暗中引导。济：渡至。

⑦饭：用饭。

⑧奄至：突然来到。

⑨千户：下级军官官职名。

⑩踊跃：蹦跳挣扎，情绪激昂。

⑪厓（yá）山：在广东斗门西靠海处。张世杰：南宋末抗元将领。

⑫扞：同“捍”。父母：比喻国家。

⑬零丁洋：在广东珠海和香港之间。

⑭陆秀夫：南宋末年的名臣。

十万人。弘范置酒军中大会，从容语天祥曰："国亡，丞相忠孝尽矣。能以事宋者事元，将不失宰相。"天祥泫然出涕曰[①]："国亡不能救，为人臣者死有余罪，敢逃死而二其心乎[②]？"弘范义之，遣使护天祥至燕[③]。

初，天祥被执，取怀中脑子尽服之[④]，不死；已在道不食八日[⑤]，又不死。既至燕，丞相孛罗命盛供张[⑥]，天祥义不寝处，坐达旦。乃移至兵马司[⑦]，设卒守之。孛罗召见，使跪，天祥曰："南人不能跪[⑧]。"左右或牵头，或拏手，或按足，或以膝倚其背，卒不跪。孛罗曰："自古有以宗庙土地与人又遁去者否[⑨]？"天祥曰："奉国与人，是卖国之臣也；卖国者必不去，去者必不卖国。前被拘时，国亡当死，徒以度宗二子在浙东[⑩]，老母在广，故去之耳。"问："德祐非君乎[⑪]？"曰："吾君也。"曰："弃嗣君而立二王[⑫]，忠乎？"曰："当此之时，社稷为重，君为轻。忠臣但为宗庙社稷计，故从怀、愍而北非忠，从元帝为忠[⑬]；从徽、钦而北非忠，从高宗为忠[⑭]。"孛罗不能诘，呼狱吏引去。自是囚兵马司四年，未尝一食官饭[⑮]。坐一土室，广八尺，深可四寻[⑯]，日放意文墨[⑰]，以泄悲愤。其为诗有《指南录》三卷，《后录》五卷，集杜句二百首；又自谱生平事一卷，曰《纪年录》：天下争诵之。

①泫然：流泪的样子。

②敢：怎敢。二其心：变心。

③燕：元朝的国都燕京，即今北京。

④脑子：指龙脑香，毒药。

⑤已：随后。

⑥盛供张：供给上好的食住条件。

⑦兵马司：官署名，负责京城警备。

⑧南人：南朝人，指南宋。

⑨"自古"句：宋恭帝德祐元年(1275)，元军进逼临安（今杭州），次年正月，谢太后向元军投递降表，派文天祥进元营谈判，被元军扣留。后来设法逃脱，辗转返宋。孛罗所言指此事。

⑩徒以：只因。度宗二子：指赵昰、赵昺。

⑪德祐：指宋恭帝。

⑫弃嗣君而立二王：元军攻陷临安后，宋恭帝逃走，南宋臣僚在福州立赵昰为帝。1278年，赵昰卒，众臣僚又立赵昺为帝。嗣君：指宋恭帝。

⑬从元帝为忠：公元311年，刘曜攻破洛阳，虏晋怀帝到平阳（今山西临汾西南）。怀帝卒，晋愍帝即位于长安。316年，刘曜攻占长安，虏愍帝到平阳。317年，司马睿在建康（今江苏南京）重建政权，是为东晋元帝。

⑭"从徽"句：公元1127年，宋徽宗、宋钦宗被金兵俘虏，康王赵构即位于南京应天府（今河南商丘），是为南宋高宗。

⑮官饭：官府供给的饭食。

⑯寻：古代的长度单位，八尺为一寻。

⑰日放意文墨：天天尽情书写。

未几，中山狂人薛宝住自称宋主[①]，有兵千人，欲取文丞相。京城亦有匿名书，言："某日烧蓑城苇[②]，率两翼兵为变，丞相无忧。"疑丞相者天祥也。于是召入谕之[③]，曰："汝何愿？"天祥曰："愿赐之一死足矣！"

至元十九年十二月[④]，天祥临刑。当过市时，意气洋洋自若，观者如堵[⑤]。天祥从容谓吏曰："吾事毕矣。"问市人孰为南北，南向再拜[⑥]，遂死。

①中山：在今河北正定东北。宋主：宋朝皇帝。

②蓑城苇：覆盖在城墙上的芦苇。当时元大都城墙为土筑，上覆蓑苇，以免雨淋。

③谕：告诉。

④至元十九年：公元 1282 年。至元，元世祖的年号。

⑤如堵：形容人多而密。堵，墙。

⑥市人：市民。孰为南北：哪边是南，哪边是北。南向再拜：向南拜了两拜。

王猷定

王猷定（1598～1662）：明代文学家。字于一，号轸石，南昌人。少时家富，浪荡终日。清兵南下，曾参加史可法军幕。后流落江南，绝意仕进。其诗、古文、书法均名于当世，古文尤为出色，黄宗羲称之为“近日之铮铮”。著有《四照堂文集》。

汤琵琶传

【题解】这篇传记写一个琵琶艺人的一生，同时折射了社会变迁的趋势。作品着重描写汤琵琶技艺的高超，既有粗笔勾勒，也有细致摹写；既有正面概括，又有听众反应的渲染。传主前期的荣宠与后期的凄凉，隐约折射了明末遗民的故国之思。写作上，同其他明代杂传一样，吸收传奇文体技法，故事性更为突出，描写更为生动传神，从而也更为引人入胜。

汤应曾，邳州人[①]，善弹琵琶，故人呼为汤琵琶云。贫无妻，事母甚孝。所居有石楠树，构茅屋，奉母朝夕[②]。幼好音律，闻歌声辄哭；已学歌，歌罢又哭。其母问曰：“儿何悲？”应曾曰：“儿无所悲也，心自凄动耳。”世庙时[③]，李东垣善琵琶[④]，江对峰传之，名播京师。江死，陈州蒋山人独传其妙[⑤]。时周藩有女乐数部[⑥]，咸习蒋技，罔有善者，王以为恨。应曾往学之，不期年而成[⑦]。闻于王，王召见，赐以碧镂牙嵌琵琶[⑧]，令著宫锦衣，殿上弹《胡笳十八拍》[⑨]，哀楚动人。王深赏，岁给米百斛，以养其母。应曾由是著名大梁间[⑩]。所至狭邪，争慕

①邳州：今属江苏。

②奉母朝夕：指早晚侍奉母亲。

③世庙：指明世宗朱厚熜。

④李东垣：李和下文提到的江对峰均为当时京师著名的琵琶演奏家。

⑤陈州：今河南淮阳县境。蒋山人：李东垣的再传弟子。

⑥周藩：指明太祖第五子朱橚，封周王，国都开封。其长子朱有燉为明代著名戏剧家，其女乐声伎为当时诸藩王中之冠。这里应为其后代。

⑦期（jī）年：一整年。

⑧碧镂（lòu）牙嵌（qiàn）：美玉雕刻，象牙镶填。

⑨《胡笳十八拍》：本为古乐府琴曲歌辞，这里指琵琶曲。

⑩大梁：隋唐以后通称今河南开封市为大梁。

其声，咸狎昵之[①]。然颇自矜重，不妄为人奏。

后征西王将军招之幕中，随历嘉峪、张掖、酒泉诸地[②]，每猎及阅士，令弹塞上之曲[③]。戏下颜骨打者[④]，善战阵，其临敌，令为壮士声，乃上马杀敌。一日至榆关[⑤]，大雪，马上闻觱篥[⑥]，忽思母痛哭，遂别将军去。夜宿酒楼，不寐，弹琵琶作觱篥声，闻者莫不陨涕[⑦]。及旦，一邻妇诣楼上曰[⑧]：“君岂有所感乎？何声之悲也！妾孀居十载，依于母而母亡，欲委身，无可适者，愿执箕帚为君妇[⑨]。”应曾曰：“若能为我事母乎[⑩]？”妇许诺，遂载之归。

襄王闻其名[⑪]，使人聘之，居楚者三年。偶泛洞庭，风涛大作，舟人惶忧失措。应曾匡坐弹《洞庭秋思》[⑫]，稍定。舟泊岸，见一老猿，须眉甚古，自丛箐中跳入篷窗[⑬]，哀号中夜。天明，忽抱琵琶跃水中，不知所在。自失故物，辄惆怅不复弹。已归省母，母尚健而妇已亡，惟居旁抔土在焉[⑭]。母告以“妇亡之夕，有猿啼户外，启户不见。妇谓我曰：‘吾待郎而郎不至，闻猿啼何也？吾殆死[⑮]，惟久不闻郎琵琶声，倘归，为我一奏石楠之下。’”应曾闻母言，掩抑哀痛不自胜，夕陈酒浆，弹琵琶于其墓而祭之。自是猖狂自放，日荒酒色[⑯]。

①狭邪：亦作邪斜，本指小街曲巷，后专指娼妓艺人居住的地方。狎昵：亲近。

②嘉峪、张掖、酒泉：均在今甘肃省境内，是明代九边中的重镇。

③阅士：检阅军队。塞上之曲：当指边塞题材的乐曲。

④戏下：戏通“麾”，麾下，即部下。颜骨打：人名。

⑤榆关：榆林关，在今陕西北部。

⑥觱篥（bì lì）：亦名笳管、管子、悲篥，古代管乐器。源出龟兹，后传入中国，成为隋唐燕乐及唐宋教坊的重要乐器。

⑦陨（yǔn）涕：掉泪。

⑧旦：早晨。诣：到。

⑨委身：托身，以身事人，这里指嫁人。执箕帚：拿箕畚、扫帚，指做妻子。

⑩若：你。事母：侍奉母亲。

⑪襄王：仁宗朱高炽第五子瞻墡，封襄王，国都襄阳。此处指瞻墡六世孙襄忠王朱翊铭。

⑫匡坐：正坐。匡，端正。《洞庭秋思》：古琴曲和古琵琶曲名。

⑬丛箐（jīng）：丛生的竹林。

⑭省（xǐng）：探视。抔（póu）土：一捧土。这里指坟丘。

⑮殆（dài）：将要。

⑯猖狂：指放纵不羁。荒：荒废。

值寇乱，负母鬻食兵间[①]。耳目聋瞽，鼻漏，人不可迩[②]。召之者隔以屏障，听其声而已。其生平所弹古调百十余曲，大而风雨雷霆，与夫愁人思妇，百虫之号，一草一木之吟，靡不于其声中传之。而尤得意于《楚汉》一曲[③]，当其两军决战时，声动天地，瓦屋若飞坠。徐而察之，有金声、鼓声、剑弩声、人马辟易声[④]，俄而无声。久之，有怨而难明者，为楚歌声；凄而壮者，为项王悲歌慷慨之声、别姬声；陷大泽，有追骑声；至乌江，有项王自刎声、余骑蹂践争项王声[⑤]。使闻者始而奋，既而恐，终而涕泪之无从也[⑥]。其感人如此。应曾年六十余，流落淮浦，有桃源人见而怜之[⑦]，载其母同至桃源，后不知所终。

轸石王子曰[⑧]："古今以琵琶著名者多矣，未有如汤君者。夫人苟非有至性，则其情不深，乌能传于后世乎！戊子秋[⑨]，予遇君公路浦，已不复见君曩者衣宫锦之盛矣[⑩]。明年复访君，君坐土室，作食奉母；人争贱之，予肃然加敬焉。君仰天呼曰："已矣，世鲜知音！吾事老母百年后，将投身黄河死矣！"予凄然，许君立传，越五年乃克为之[⑪]。呜呼，世之沦落不偶而叹息于知音者，独君也乎哉[⑫]！

①鬻（yù）食兵间：在兵戈之际卖艺求食。

②瞽：眼盲。鼻漏：指鼻孔外露，俗称"朝天鼻"。人不可迩：是说汤琵琶形象丑陋，人们不愿接近。

③《楚汉》一曲：描写楚汉垓下之战的琵琶曲。据称，后世著名的琵琶大曲《十面埋伏》（又名《淮阴平楚》《楚汉》）就是根据汤应曾的《楚汉》改编而成的。

④辟（bì）易：因受惊吓而退避。

⑤蹂践争项王：指汉兵争抢项羽尸体，以便领赏。蹂践，互相踩踏。

⑥涕泪之无从：指泪流不停，纵横满面。

⑦淮浦：古县名，故城在今江苏省涟水县西。桃源：县名，在今江苏泗阳县西南。

⑧轸石王子：作者自称。

⑨戊子：清顺治五年，公元1648年。

⑩曩（nǎng）：旧时，从前。

⑪越：过，经过。克：能。

⑫不偶：指命运不好。独君也乎哉：岂只是君啊。

黄宗羲

黄宗羲（1610～1695），明清之际思想家、史学家。字太冲，号梨洲，又号南雷。余姚（今浙江余姚）人。早年反对阉党，几遭残杀。曾招募义兵抗清。后返回故里，著书讲学。著有《宋元学案》《明夷待访录》等。

柳敬亭传

【题解】柳敬亭在明末清初以说书而负盛名，当时不少文人如吴伟业、张岱等的作品都曾提到他。黄宗羲的这篇传记主要写柳敬亭作为说书人所取得的成就和取得成就的原因。全文紧紧抓住三个方面来写，即刻苦学习、为左府幕宾、说书抒愤。这样，既叙述了传主的经历，烘托了其技艺的高超，同时也点出了其取得卓越成就的原因：莫后光的指导、自己的刻苦钻研，以及个人遭遇的促进。全文始终以说书艺术为指归，选材精妙，中心突出，脉络清晰，烘云托月，效果鲜明，形象出色。

余读《东京梦华录》《武林旧事》[①]，记当时演史小说者数十人。自此以来，其姓名不可得闻。乃近年共称柳敬亭之说书。

柳敬亭者，扬之泰州人[②]，本姓曹。年十五，犷悍无赖[③]，犯法当死，变姓柳，之盱眙市中为人说书[④]，已能倾动其市人。久之，过江，云间有儒生莫后光见之[⑤]，曰："此子机变，可使以其技鸣[⑥]。"于是谓之曰："说书虽小技，然必勾性情，习方俗[⑦]，如优孟摇头而歌[⑧]，而后可以得志。"敬亭退而凝神定气，简练揣摩[⑨]，期月而诣莫生[⑩]。生曰："子之说，能使人欢咍嗢噱矣[⑪]。"又期月，生曰："子之说，能

①《东京梦华录》：南宋孟元老撰，书中有宋代讲唱文学的资料。《武林旧事记》：南宋周密撰，对民间说唱艺人和乐工的姓名记载颇详。

②扬：扬州府，治在江都（今江苏扬州）。泰州：今江苏泰州市。

③犷悍无赖：蛮横凶狠不遵法度。

④盱眙（xū yí）：今江苏盱眙。

⑤云间：松江府的别称，治在华亭（今上海松江）。

⑥技：演技。鸣：闻名。

⑦勾性情：捕捉所讲说人物的性格情感。习方俗：通晓所讲说地方的风土人情。勾，发掘。

⑧优孟：春秋时楚国著名的优伶。

⑨简练：演习训练。

⑩期（jī）月：一整月。

⑪欢咍（hāi）：欢笑。嗢噱（wà jué）：大笑不止。

使人慷慨涕泣矣。”又期月，生喟然曰：“子言未发而哀乐具乎其前，使人之性情不能自主，盖进乎技矣①。”由是之扬，之杭，之金陵，名达于缙绅间②。华堂旅会③，闲亭独坐，争延之使奏其技，无不当于心称善也。

宁南南下④，皖帅欲结欢宁南⑤，致敬亭于幕府⑥。宁南以为相见之晚，使参机密。军中亦不敢以说书目敬亭⑦。宁南不知书，所有文檄，幕下儒生设意修词，援古证今，极力为之，宁南皆不悦。而敬亭耳剽口熟⑧，从委巷活套中来者⑨，无不与宁南意合。尝奉命至金陵，是时朝中皆畏宁南，闻其使人来，莫不倾动加礼⑩，宰执以下俱使之南面上坐⑪，称柳将军，敬亭亦无所不安也。其市井小人昔与敬亭尔汝者⑫，从道旁私语：“此故吾侪同说书者也⑬，今富贵若此!”

亡何国变，宁南死⑭。敬亭丧失其资略尽⑮，贫困如故时，始复上街头理其故业⑯。敬亭既在军中久，其豪猾大侠⑰、杀人亡命、流离遇合、破家失国之事，无不身亲见之，且五方土音，乡俗好尚⑱，习见习闻，每发一声，使人闻之，或如刀剑铁骑⑲，飒然浮空⑳，或如风号雨泣㉑，鸟悲兽骇，亡国之恨顿生，檀板之声无色㉒，有非莫生之言可尽者矣。

①进乎技：超过技艺、技巧的层次了。

②达：显扬。缙绅：这里指达官贵人。

③旅会：众多人的聚会。

④宁南：左良玉。明末左良玉被封为宁南伯。

⑤皖帅：安徽提督杜宏域。

⑥致：送。幕府：指左良玉的府署。

⑦目：看待。

⑧耳剽：仅凭耳闻所得。口熟：嘴里经常说的。

⑨委巷：僻陋小巷，借指民间。活套：俗语常谈。

⑩倾动：震动。加礼：以礼相待。

⑪宰执：宰相等执掌国家政事的重臣。

⑫尔汝：彼此亲昵的称呼，表示亲密无间。

⑬侪（chái）：同辈，同类的人。

⑭亡何国变，宁南死：不久，国家破碎，左良玉死。左良玉因部下哗变，忧愤死于军中。

⑮丧失其资略尽：柳敬亭的财产在变故中全部丧失了。

⑯理其故业：操持从前的行当，即说书。

⑰豪猾：强横狡猾而不守法纪的人。

⑱乡欲好尚：即地方风俗。

⑲刀剑铁骑（jì）：形容声调刚劲。

⑳飒然：迅疾。

㉑风号雨泣：形容声调悲哀。

㉒檀板：檀木制的拍板，用以控制节奏或伴奏。

侯方域

侯方域（1618～1654），明末清初散文家。字朝宗，商丘（今属河南）人。少有才名，与方以智等号称“四公子”，清初与魏禧、汪琬称“三大家”。其文善于将唐宋古文之法与传奇小说笔法熔于一炉，自成蹊径。有《壮悔堂文集》。

马伶传

【题解】本文记述了明末天启年间一位姓马的戏剧演员。李伶和马伶是两位以扮演相国严嵩成名的“特型演员”，二人唱对台戏。马伶初战败北，之后三年他刻苦学习，深入实践，终于打败李伶，成为“严相国”头牌。文章在记述马伶的同时，还寓有更深刻的含意，即文中所说今相国顾秉谦是“严相国俦”，讽刺寓于无言之中，手法堪称高妙。

马伶者[①]，金陵梨园部也[②]。金陵为明之留都[③]，社稷百官皆在[④]，而又当太平盛时，人易为乐，其士女之问桃叶渡、游雨花台者[⑤]，趾相错也。梨园以技鸣者[⑥]，无论数十辈，而其最著者二：曰兴化部，曰华林部。

一日，新安贾合两部为大会[⑦]，遍征金陵之贵客文人，与夫妖姬静女[⑧]，莫不毕集。列兴化于东肆[⑨]，华林于西肆。两肆皆奏鸣凤[⑩]，所谓椒山先生者。迨半奏[⑪]，引商刻羽[⑫]，抗坠疾徐[⑬]，并称善也。当两相国论河套[⑭]，而西肆之为严嵩相国者曰李伶[⑮]，东肆则马伶。坐客乃西顾而叹，或大呼命酒，或移坐更近之，首不复东。未几更进，则东肆

①伶：指戏剧演员。
②梨园部：戏班、剧团。
③留都：明初建都南京，明成祖朱棣迁都北京，称南京为留都。
④社稷百官：国家的各种建制。
⑤问：探访。桃叶渡：南京秦淮河上的名胜。雨花台：南京名胜。
⑥以技鸣：因艺高而出名。
⑦新安：即徽州府。贾：商人。
⑧妖姬：美艳妇人。静女：未嫁淑女。
⑨肆：指剧场。
⑩《鸣凤》：即传奇剧本《鸣凤记》。
⑪半奏：演到一半。
⑫引商刻羽：按曲调演唱。商、羽都是五音之一，这里泛指曲调。
⑬抗坠疾徐：声音高低快慢。
⑭两相国论河套：戏中的故事情节。
⑮严嵩：字惟中，分宜（今江西分宜）人，世称“分宜”。明代权臣，历史上有名的奸臣。

不复能终曲，询其故，盖马伶耻出李伶下，已易衣遁矣[①]。马伶者，金陵之善歌者也，既去，而兴化部又不肯辄以易之[②]，乃竟辍其技不奏[③]，而华林部独著。

去后且三年而马伶归[④]，遍告其故侣[⑤]，请于新安贾曰：“今日幸为开宴[⑥]，招前日宾客，愿与华林部更奏鸣凤[⑦]，奉一日欢。”既奏，已而论河套[⑧]，马伶复为严嵩相国以出。李伶忽失声[⑨]，匍匐前称弟子。兴化部是日遂凌出华林部远甚[⑩]。

其夜，华林部过马伶曰[⑪]：“子，天下之善技也，然无以易李伶，李伶之为严相国至矣[⑫]，子又安从授之而掩其上哉[⑬]？”马伶曰：“固然，天下无以易李伶，李伶即又不肯授我。我闻今相国昆山顾秉谦者[⑭]，严相国俦也[⑮]。我走京师，求为其门卒三年，日侍昆山相国于朝房，察其举止，聆其语言，久而得之，此吾之所为师也。”华林部相与罗拜而去[⑯]。

马伶，名锦，字云将，其先西域人，当时犹称马回回云。

侯方域曰：异哉，马伶之自得师也。夫其以李伶为绝技，无所干求，乃走事昆山，见昆山犹之见分宜也，以分宜教分宜，安得不工哉？呜呼！耻其技之不若，而去数千里，为卒三年，倘三年犹不得，即犹不归尔。其志如此，技之工又须问耶？

①易衣遁：脱下戏装，换上常服逃走了。

②易：替换。

③辍其技不奏：停止演出。

④且：将近。

⑤故侣：兴化部旧同伴。

⑥幸：希望。

⑦更奏：再演。

⑧已而：不久。

⑨失声：因惊异而不禁叫出声来。

⑩凌出：超出。

⑪过：探访。

⑫为：扮演。至：好到极点。

⑬安从授：从哪里得到传授。掩：盖过。

⑭顾秉谦：昆山（今江苏昆山）人，世称“昆山”。明代大臣，曾任文渊阁大学士、建极殿大学士，依附阉党魏忠贤，残害忠良。

⑮俦（chóu）：同类。

⑯罗拜：环而拜之。

李姬传

【题解】 李姬名香，世称李香君。在明清易代、奸臣当道之际，多少士大夫如钱谦益之流俯首事敌，而李姬一市井女流，凛然不屈，而且劝阻侯方域不与阉党交接，以成全名节。这篇传记是当事人自叙，侯方域是复社首领，为清流魁首，对李姬的见识与气节赞誉有加，言简意深，可称上佳。

李姬者名香①，母曰贞丽②。贞丽有侠气，尝一夜博③，输千金立尽。所交接皆当世豪杰，尤与阳羡陈贞慧善也④。姬为其养女，亦侠而慧，略知书，能辨别士大夫贤否，张学士溥⑤、夏吏部允彝急称之⑥。少风调皎爽不群⑦。十三岁，从吴人周如松受歌玉茗堂四传奇⑧，皆能尽其音节。尤工琵琶词⑨，然不轻发也。

雪苑侯生⑩，己卯来金陵⑪，与相识。姬尝邀侯生为诗，而自歌以偿之。初，皖人阮大铖者⑫，以阿附魏忠贤论城旦⑬，屏居金陵，为清议所斥。阳羡陈贞慧、贵池吴应箕实首其事⑭，持之力。大铖不得已，欲侯生为解之，乃假所善王将军⑮，日载酒食与侯生游。姬曰："王将军贫，非结客者，公子盍叩之⑯？"侯生三问，将军乃屏人述大铖意。姬私语侯生曰："妾少从假母识阳羡君，其人有高义，闻吴君尤铮铮⑰，今皆与公子善，奈何以阮公负至交

①李姬：即李香君。

②贞丽：明末秦淮名妓，字淡如。

③博：赌博。

④阳羡：指宜兴。

⑤张学士溥：张溥字天如，江苏太仓人。复社发起人之一。

⑥夏吏部允彝：夏允彝字彝仲，江苏松江人。曾在吏部任职，故称"吏部"。

⑦风调皎爽：风韵格调，开朗豪迈。

⑧周如松：即明末清初著名的昆曲家苏昆生。玉茗堂：汤显祖的室名。四传奇：即汤显祖的代表作《紫钗记》《还魂记》《南柯记》《邯郸记》。

⑨琵琶词：明初高则诚的《琵琶记》。

⑩雪苑侯生：侯方域自号雪苑，故称"雪苑侯生"。

⑪己卯：崇祯十二年（1639）。

⑫阮大铖：明末大臣，初依附阉党魏忠贤，后依附奸臣马士英，在南京拥立福王，任兵部尚书，后又降清。

⑬论城旦：指阮大铖因阉党逆案，被废为民。

⑭贵池：今安徽省贵池县。

⑮假：请托。所善：交好的人。

⑯盍：何不。叩：叩问，询问。

⑰铮铮：为人刚直的意思。

乎！且以公子之世望[①]，安事阮公！公子读万卷书，所见岂后于贱妾耶?”侯生大呼称善，醉而卧。王将军者殊怏怏[②]，因辞去，不复通。

未几，侯生下第[③]。姬置酒桃叶渡[④]，歌琵琶词以送之，曰：“公子才名文藻，雅不减中郎[⑤]。中郎学不补行[⑥]，今琵琶所传词固妄，然尝昵董卓，不可掩也。公子豪迈不羁，又失意，此去相见未可期，愿终自爱，无忘妾所歌琵琶词也！妾亦不复歌矣!”

侯生去后，而故开府田仰者，以金三百锾[⑦]，邀姬一见。姬固却之。开府惭且怒，且有以中伤姬。姬叹曰：“田公岂异于阮公乎？吾向之所赞于侯公子者谓何？今乃利其金而赴之，是妾卖公子矣[⑧]!”卒不往。

①世望：世家望族。此处包含侯方域父亲曾参加东林党反对阉党为世人所敬仰事。

②怏怏（yàng）：闷闷不乐的样子。

③下第：考试未中。

④桃叶渡：在南京城内秦淮河与清溪合流处。相传东晋王献之曾于此送其爱妾桃叶渡河，故名。

⑤雅：很，极。中郎：指东汉蔡邕。蔡邕曾官左中郎将，故称中郎。

⑥学不补行：学问虽好却不能弥补其品行上的缺点。

⑦锾（huán）：古代重量单位。

⑧卖公子：负心于公子。

周　容

周容（1619～1679），明末清初文人。字茂三，一字鄮山，鄞县（今属浙江）人。明代诸生，清初不仕，且曾一度为僧。工书，善画，能诗。有《春酒堂文集》等。

芋老人传

【题解】这是一篇寓言，芋老人和相国都是借喻人物。芋老人是一位“知道”者，即世理人情透彻的人物，他关于“芋头”的议论可以关照于各方面，夫妻、朋友、君臣都是这样的“芋头”，它们甘于不甘，全在于时局形势与身份地位。但是，那些时过境迁就把从前最珍贵的东西当作不甜的芋头丢弃，岂不是很悲哀？这篇传记以议论胜，芋老人的“芋头论”深入事理，切合世情，言语虽然浅白，道理却深刻幽远，值得人们掩卷深思。

芋老人者，慈水祝渡人也[①]。子佣出[②]，独与妪居渡口[③]。一日，有书生避雨檐下，衣湿袖单，影乃益瘦[④]。老人延入坐[⑤]，知从郡城就童子试归[⑥]。老人略知书[⑦]，与语久，命妪煮芋以进。尽一器，再进，生为之饱，笑曰：“他日不忘老人芋。”雨止，别去。

十余年，书生用甲第为相国[⑧]，偶命厨者进芋，辍箸叹曰[⑨]：“何向者祝渡老人之芋之香而甘也[⑩]！”使人访其夫妇，载以来[⑪]。丞、尉闻之[⑫]，谓老人与相国有旧，邀见，讲钧礼[⑬]，子不佣矣。

至京，相国慰劳曰：“不忘老人芋，今乃烦尔妪一煮芋也。”已而[⑭]，

①慈水：在今浙江慈溪县。祝渡，即祝家渡。
②子佣出：儿子外出给人做雇工。
③妪：老年妇女。
④袖单：衣服单薄。影：身形。
⑤延：邀请。
⑥童子试：科举中录取秀才的考试。
⑦略知书：读过一些书。
⑧用甲第为相国：因科举高中而当了宰相。
⑨辍箸：放下筷子（不吃）。
⑩向者：从前。
⑪载以来：用车接来。
⑫丞、尉：县丞、主簿等，都是知县的佐理官。
⑬讲钧礼：待以平等之礼。钧，通“均”。
⑭已而：不久之后。

姬煮芋进，相国亦辍箸曰："何向者之香而甘也！"老人前曰："犹是芋也，而向之香而甘者，非调和之有异，时、位之移人也。相公昔自郡城走数十里，困于雨，不择食矣；今日堂有炼珍[①]，朝分尚食[②]，张筵列鼎[③]，尚何芋是甘乎？老人犹喜相公之止于芋也[④]。老人老矣，所闻实多：村南有夫妇守贫者，织纺井臼[⑤]，佐读勤苦，幸或名成，遂宠妾媵[⑥]，弃其妇，致郁郁而死，是芋视乃妇也[⑦]。城东有甲、乙同学者，一砚[⑧]、一灯、一窗、一榻[⑨]，晨起不辩衣履[⑩]，乙先得举，登化路，闻甲落魄，笑不顾，交以绝[⑪]，是芋视乃友也。更闻谁氏子[⑫]，读书时，愿他日得志，廉干如古人某[⑬]、忠孝如古人某，及为吏，以污贿不饬罢[⑭]，是芋视乃学也。是犹可言也；老人邻有西塾[⑮]，闻其师为弟子说前代事，有将相、有卿、尹、有刺使，守、令，或绾黄纡紫[⑯]，或揽辔褰帏[⑰]，一旦事变中起[⑱]，衅孽外乘[⑲]，辄屈膝叩首迎款[⑳]，惟恐落后，竟以宗庙、社稷、身名、君宠，无不同于芋焉。然则世之以今日而忘昔日者，岂独一箸间哉！

老人语未毕，相国遽惊谢曰："老人知道者[㉑]！"厚资而遣之[㉒]。于是，芋老人之名大著。

赞曰："老人能于倾盖不意作缘

①堂有炼珍：堂中有精美的食品。

②朝分尚食：在朝廷分得皇帝赏赐的食物。尚食，掌天子饮食的官。

③张筵列鼎：大摆筵席，列鼎而食（表示豪华）。鼎，青铜铸的炊器。

④止于芋：只在食芋一事上忘旧。

⑤织纺井臼：勤苦过日子。井，汲井水。臼，舂米。

⑥妾媵（yìng）：泛指妾。媵，原指陪嫁的女子。

⑦是芋视乃妇也：这是把妻子看作芋了。乃，他的。

⑧一砚：同用一砚。

⑨榻：床。

⑩不辨衣履：分不清衣服、鞋子是谁的（表示交情非常深）。

⑪交以绝：交情因此而断绝。

⑫更闻：又听到过。

⑬廉干：廉洁而有才能。

⑭污贿不饬罢：贪污财物，行为不谨，罢了官。

⑮西塾：私人设立的学舍叫"塾"。

⑯绾（wǎn）黄纡（yū）紫：指高官。绾，系。黄，金印。纡，系结。紫，系印的紫色绶带。

⑰揽辔褰（qiān）帷：意思是具有大官的气派。揽辔，抓住驾驭马匹的缰绳。褰帷，揭开遮蔽车子的帷帐。

⑱事变：指朝中的政变。

⑲衅孽外乘：灾殃和事端从外部乘机侵入。衅，瑕隙。孽，坏事。

⑳迎款：迎降归顺。款，归顺。

㉑知道者：懂得高深事理的人。

㉒厚资：多给财物。

相国[1]，奇也！不知相国何似[2]，能不愧老人之言否？然就其不忘一芋，固已贤未并老人而视芋之者[3]。特怪老人虽知书，又何长于言至是，岂果知道者欤？或传闻之过实耶？嗟夫！天下有缙绅士大夫所不能言，而野老鄙夫能言者，往往而然。

①倾盖不意作缘相国：偶然相遇，无意中结交了相国。倾盖：指途中相遇，停车交谈，两车车伞（盖）往一起倾斜。

②何似：像哪一种人。

③固已贤夫……者：本来已经好于……人。固，本来，确实。并老人而视芋之：竟至把老人也当作芋来看。

鹅笼夫人传

【题解】本篇传记写一位命官夫人，所以事多结合其丈夫来写。文章很少正面描写主人公，而是通过运遇对比、场面渲染等手段来衬托她的沉静和荣显。全文直接着笔之处，三次写到“静坐治针黹，无少异容”，表现其沉静之德；而所说的两句话，则显示了其出色的智慧。作者不因其夫被列入《明史》奸臣传而为其夫人立传，也颇见卓识。

鹅笼夫人者[1]，毗陵某氏女也[2]。幼时，父知女必贵，慎卜婿[3]；得鹅笼文，即婿之。母曰：“家云何？”曰：“吾恃其文为家也。”家果贫，数年犹不能展一礼[4]。

妹许某，家故豪，遽行聘[5]。僮仆高帽束绦者将百人，筐篚亘里许[6]。媒簪花曳彩，嘿部署[7]，次第充庭戺[8]，锦绣、縠、珠钏[9]，金碧光照屋梁。门外雕鞍骏骑，起骄嘶声。宗戚压肩视，或且曰：“乃姊家何似矣？”媪婢共围其妹，欢笑吃吃。夫人静坐治针黹[10]，无少异容。

一日，母出妹所聘币，裁为妹服，忽愠曰：“尔姊勿复望此也！身

①鹅笼：据《续齐谐记》载，宜兴人许彦遇见一书生脚痛，要求坐进自己所挑的鹅笼里，许允之，负之不觉重。这里以鹅笼比喻宜兴书生，借指周延儒。

②毗（pí）陵：古县名，即江苏武进县。

③卜：选择。

④恃：依靠。展：施行。礼：古代婚姻成立的手续和仪式。

⑤豪：奢侈。遽（jù）：快。行聘：送彩礼订婚。

⑥绦（tāo）：丝带。篚（fěi）：盛物的竹器。亘（gèn）：连绵。

⑦嘿：同“默”，闭口不说话。

⑧次第：转眼，顷刻。戺（shì）：堂前阶旁所砌的斜石。

⑨縠（hú）：縠纱。珠钏：珠宝首饰。

⑩针黹（zhǐ）：针线活儿。

属布矣!”夫人闻之，即屏去丝帛[①]，内外惟布。再数年，鹅笼益落魄[②]。夫人妹已结鸳鸯枕，大鼓吹，簇凤舆出阁去[③]。夫人静坐治针黹，无少异容。

壬子秋[④]，鹅笼岁二十四，举于乡。夫人母谓已出意外，即鹅笼亦急告娶，夫人谓母曰：“总迟矣[⑤]。”于是鹅笼愧而赴京。中两榜，俱第一人[⑥]，名哄天下。南京兆闻状元贫[⑦]，移公帑金代行聘[⑧]，官吏奔走执事[⑨]，宗戚媪婢间，视妹时加甚。夫人仍静坐治针黹，无少异容。

已而鹅笼奉特恩赐归，以命服娶[⑩]。抚、按使者已下及郡守[⑪]，俱集驿庭候，鹅笼亲迎。自毗陵抵鹅笼家，绛纱并两岸数十里[⑫]，县令角带出郊[⑬]，伏道左。女子显荣，闻见未有也。

十年为相，夫人常以礼规放佚[⑭]，故鹅笼当时犹用寡过闻[⑮]。壬申，夫人卒于京邸，朝廷赐祭者七，遣官护丧归，敕有司营葬。绋引日[⑯]，公卿勋贵，奠幄鳞次[⑰]，东郊如云。水陆南经二十余里，几筵相接。卒时，语鹅笼曰：“地高坠重[⑱]，公可休矣！妾不自如何故，以今日死为幸。”

阅岁，鹅笼予告回里[⑲]。久之，复夤缘再相[⑳]，纵淫恣乱政，赐死。

赞曰[㉑]：予至燕，闻鹅笼小帽青

①屏（bǐng）：除去。

②益：更加。落魄：失意，穷困。

③凤舆：花轿。

④壬子：万历四十年（1612）。

⑤总迟矣：意思是反正已经迟了，再迟也无妨。

⑥中两榜：会试、殿试都考中。明万历四十一年，周延儒会试、殿试均为第一名。

⑦南京兆：南京的京兆尹。

⑧帑（tǎng）：官府的财库。

⑨执事：担任工作，从事劳役。

⑩命服：古代官员按等级所穿着的衣服。

⑪抚：巡抚，地方最高行政长官。按：巡按。明代派监察御史分视各省区，考核吏治，称巡按。

⑫“绛纱”句：这句是说沿河两岸数十里张灯结彩。

⑬角带：装束打扮。角，结发为饰。带，束衣带。

⑭规：规劝，约束。放佚：放纵享乐。

⑮用：以，因此。

⑯绋（fú）引：牵引灵车的绳索。指出殡。

⑰奠幄：举行祭奠的帷帐。鳞次：指排列得极多。

⑱地高坠重：犹今语“爬得高，摔得重”。

⑲予告：准予休假。告，官吏请假回家称告归。

⑳夤（yín）缘：凭借关系钻营。

㉑赞：评语。

衫死古庙中[①]，刑部锦衣诸官钥门，覆命去。尸挂三日，旨下始殓，牛车载柳棺出郭[②]，无一视者。未死时，京师盛传"十子谣"，十子者，如叶子、附子类[③]。叶子戏初起，鹅笼笃好之，偕客斗，恒通曙[④]。直宿内阁[⑤]，辄携女子男妆入。予友徐心水时为侍御，尝语予曰："鹅笼善啖附子，对客不去口[⑥]，故面如红玉。"其贿也，厌银矣，以金；金厌矣，以珠。俗称金珠俱亲之以子，故与在十子[⑦]。余子予偶忘焉。鹅笼再相如此，知夫人卒时所言，固已窥其微也[⑧]。呜呼！夫夫之得罪于国也[⑨]，固先得罪于妇矣。

①"闻鹅笼"句：指周延儒被削职，安置于正阳门外古庙，赐自尽。

②牛车：不用马车，指轻贱死者。柳棺：柳木棺材，木质差，官宦富庶人家不用。

③叶子：一种纸牌，可作赌具。附子：中药名，具有回阳祛寒等功效。

④恒通曙：经常通宵达旦。

⑤直宿：值夜班。内阁：官署名。入阁者多为尚书、侍郎，实际掌握宰相权力。

⑥啖（dàn）：吃。不去口：不离口。

⑦俗称金珠俱亲之以子：世俗称金、珠为金子、珠子，把它们像儿子一样对待。

⑧微：隐微，指出事的苗头。

⑨夫夫：第一个"夫"，发语词；第二个"夫"指丈夫。

毛先舒

毛先舒（1620～1688），清初音韵学家。字稚黄，一字驰黄，仁和（今浙江杭州）人。著有《东苑文抄》《小匡文抄》等。

戴文进传

【题解】本篇选自清张潮所编《虞初新志》。戴文进是明代著名画家，一生经历坎坷，早年曾当过金银首饰工匠，后改学画。明宣德年间被征召为宫廷画家，因同行嫉妒进谗而被斥退。后浪迹江湖，以卖画为生，穷困以终。这篇短文记述了戴文进生平的两件大事，赞扬了他在绘画上的成就和志气，同时对他的困扰不遇表示深切同情。

明画手以戴进为第一。进，字文进，钱唐人也①。

宣宗喜绘事，御制天纵②。一时待诏有谢廷循、倪端、石锐、李在③，皆有名。进入京，众工妒之。一日，在仁智殿呈画，进进《秋江独钓图》④，画人红袍垂钓水次⑤。画惟红不易着⑥，进独得古法入妙。宣宗阅之，廷循从旁跪曰："进画极佳，但赤是朝廷品服，奈何着此钓鱼⑦！"宣宗颔之，遂麾去余幅不视⑧。故进住京师，颇穷乏。

先是，进，锻工也，为人物花鸟，肖状精奇，直倍常工⑨。进亦自得，以为人且宝贵传之⑩。一日，在市见金者，观之，即进所造，怃然自失⑪。归语人曰："吾瘁吾心力为此，岂徒得糈⑫？意将托此不朽吾名

①钱唐：即钱塘，今浙江杭州。

②宣宗：明宣宗朱瞻基。御制：指宣宗的画作。天纵：上天的赋予和自己才能的尽情发挥。

③待诏：官名，种类不一，这里当指画待诏。谢廷循、倪端、石锐、李在：都是明代画家。

④进进：戴文进进呈。

⑤水次：水边。次，处所。

⑥着（zhuó）：附着。这里指着色。

⑦品服：朝廷品官穿的服装。红是高级品官服装的颜色。奈何：怎么能。

⑧颔（hàn）：点头。麾（huī）去：挥手表示不要。

⑨锻工：锻冶金属的工匠。直：同"值"，价钱。常工：一般的工匠。

⑩且：将要。宝贵传之：当作宝贝传给后人。

⑪怃然：怅然失意的样子。

⑫瘁：劳苦。岂徒得糈（xǔ）：哪里只是为了糊口。糈，粮食。

耳。今人烁吾所造亡所爱[①]，此技不足为也。将安托吾指而后可[②]？”人曰：“子巧托诸金，金饰能为俗习玩爱及儿、妇人御耳[③]。彼惟煌煌是耽[④]，安知工苦？能徙智于缣素[⑤]，斯必传矣。”进喜，遂学画，名高一时。

然进数奇[⑥]，虽得待诏，亦轗轲亡大遇[⑦]。其画疏而能密，着笔淡远。其画人尤佳，其真亦罕遇云[⑧]。予钦进，锻工耳，而命意不朽[⑨]，卒成其名。

①烁：通“铄”，熔化。亡：通“无”。

②安托吾指而后可：把我的手指放到哪里才好呢。意即做什么工作才好。

③御：佩带。

④煌煌是耽：沉溺于显耀卖弄。煌煌，显耀。

⑤徙智：转移才能。缣（jiān）素：白色细绢，可供书画。在这里指绘画。

⑥数奇（jī）：命运不好。

⑦“轗（kǎn）轲”句：车行不平坦。形容人不顺利。

⑧真：真迹。

⑨命意：即立志。

魏禧

魏禧（1624～1681），清代文人，字冰叔，号裕斋，又号勺庭，宁都（今江西宁都）人。著有《魏叔子文集》等。

大铁椎传

【题解】这篇传记的传主是一位不知姓名的人，故用其所使兵器“大铁椎”来代指。作者在文中通过行动和对话来刻画主人公的性格和形象，尤其是通过对“大铁椎”和传主使用“大铁椎”来描写其武功超群，使这位民间豪侠的形象传神地显现出来。末尾补充大铁椎“甚工楷书”，进一步完善了人物形象。结尾的议论由对大铁椎的评价引出自己的感慨，又联想到秦末张良延请行刺秦皇帝的大力士，可见深有寄托。

庚戌十一月①，予自广陵归②，与陈子灿同舟。子灿年二十八，好武事，予授以左氏兵谋兵法③，因问数游南北④，逢异人乎？子灿为述大铁椎，作《大铁椎传》。

大铁椎，不知何许人⑤。北平陈子灿省兄河南⑥，与遇宋将军家。宋，怀庆青华镇人⑦，工技击⑧，七省好事者皆来学⑨，人以其雄健，呼“宋将军”云。宋弟子高信之亦怀庆人，多力善射，长子灿七岁，少同学⑩，故尝与过宋将军⑪。时座上有健啖客⑫，貌甚寝⑬，右胁夹大铁椎，重四五十斤，饮食拱揖不暂去⑭；柄铁折叠环复如锁上练⑮，引之长丈许⑯。与人罕言语，语类楚声⑰。扣其乡及姓字⑱，皆不答。

①庚戌：康熙九年（1670）。
②广陵：扬州古名。
③左氏：指《左传》。
④因：于是。数（shuò）：多次。
⑤许：处所，地方。
⑥北平：明初改元大都路为北平府，即今北京。省（xǐng）：探望。
⑦怀庆：府名，治在河内（今河南沁阳）。
⑧工技击：擅长搏击。
⑨七省：指河南及周边相邻各省。
⑩少同学：年少时曾经在一起读书。
⑪与：一同。过：访问。
⑫健啖（dàn）：食量很大。
⑬寝：相貌丑陋。
⑭不暂去：铁椎时刻不离身。
⑮柄铁折叠环复：椎之铁柄可折叠环绕。练：通“链”。
⑯引：伸开。
⑰楚声：楚地口音。
⑱扣：通“叩”，询问。

既同寝，夜半，客曰："吾去矣！"言讫不见[①]。子灿见窗户皆闭，惊问信之。信之曰："客初至，不冠不袜[②]，以蓝手巾裹头，足缠白布，大铁椎外，一物无所持，而腰多白金[③]。吾与将军俱不敢问也。"子灿寐而醒，客则鼾睡炕上矣[④]。

一日，辞宋将军曰："吾始闻汝名，以为豪[⑤]，然皆不足用。吾去矣！"将军强留之，乃曰："吾尝夺取诸响马物[⑥]，不顺者辄击杀之。众魁请长其群[⑦]，吾又不许，是以仇我。久居此，祸必及汝。今夜半，方期我决斗某所[⑧]。"宋将军欣然曰："吾骑马挟矢以助战！"客曰："止！贼能且众，吾欲护汝，则不快吾意[⑨]。"宋将军故自负[⑩]，且欲观客所为，力请客[⑪]。客不得已，与偕行。

将至斗处，送将军登空堡上，曰："但观之，慎弗声[⑫]，令贼知汝也！"时鸡鸣月落，星光照旷野，百步见人。客驰下，吹觱篥数声[⑬]。顷之[⑭]，贼二十余骑四面集，步行负弓矢从者百许人[⑮]。一贼提刀纵马奔客，曰："奈何杀吾兄！"言未毕，客呼曰："椎！"贼应声落马，人马尽裂。众贼环而进[⑯]，客从容挥椎，人马四面仆地下，杀三十许人。宋将军屏息观之，股栗欲堕[⑰]。忽闻客大呼曰："吾去矣！"尘滚滚东向驰去。后遂不复至[⑱]。

①言讫：说完。
②不冠不袜：衣冠不整。
③白金：银子。
④寐而醒：一觉醒来。鼾（hān）睡：睡得深沉。
⑤豪：豪杰。
⑥响马：结伙拦路抢劫的强盗，抢劫时先打呼哨或放响箭，所以被称为响马。
⑦长其群：做那群人的头目。
⑧期：约定。
⑨"贼能且众"三句：响马本事高强而且人多，我想保护你，就不能放开手脚痛快杀贼。
⑩故自负：一向自以为很有本领。
⑪力请客：坚持向"大铁椎"请求一同前去。
⑫慎弗声：千万不要出声。
⑬觱篥（bì lì）：又称笳管，古簧管乐器，以竹为管，管口插有芦制哨子，有九孔。
⑭顷之：一会儿。
⑮骑（jì）：一人一马为骑。负：背。
⑯环而进：包围上来。
⑰股栗：两腿发抖。
⑱后遂不复至：以后再也没有来宋将军这里。

魏禧论曰：子房得沧海君力士[①]，椎秦皇帝博浪沙中。大铁椎其人与？天生异人，必有所用之。予读陈同甫《中兴遗传》[②]，豪俊侠烈魁奇之士，泯泯然不见功名于世者[③]，又何多也！岂天之生才，不必为人用与？抑用之自有时与[④]？子灿遇大铁椎为壬寅岁[⑤]，视其貌，当年三十，然则大铁椎今四十耳。子灿又尝见其写市物帖子[⑥]，甚工楷书也[⑦]。

①子房：汉代张良，字子房，韩国人，秦灭韩，张良欲为韩复仇，得大力士，所用铁椎重一百二十斤，狙击秦始皇于博浪沙，未中。

②陈同甫：南宋陈亮，字同甫，所著《中兴遗传》，为宋南渡前后忠臣、名将以及游侠、剧盗立传。

③泯泯（mǐn）：纷纷消亡。

④抑：或者。

⑤壬寅岁：康熙元年（1662）。

⑥市物帖子：买东西的单子。

⑦工：字写得出色。

汪 琬

汪琬（1624～1690），清代官员、学者。字苕文，号钝翁。长洲（今江苏苏州）人。曾任户部主事、刑部郎中，并任编修，参修《明史》，后隐居著述，通经学，善古文。著有《钝翁类稿》《尧峰文钞》等。

江天一传

【题解】 在社会动荡、江山鼎革之际，许多小人物却创造了可歌可泣的英雄业绩，他们的作为为历史增添了悲壮的色彩。江天一就是这样一个“小人物”，他既非达官，也非贵人，但在他身上喷薄着充塞天地的浩然之气，使许多“大人物”如马士英之流不敢仰视。汪琬在这篇小传中，通过一些具体事例，如拒狼兵、保乡里、抗清军、殉国难等，生动地刻画了江天一仁厚好学、智勇兼备的品德和才能，描绘了江天一舍生取义、杀身成仁的人格精神。

江天一，字文石，徽州歙县人[①]。少丧父，事其母及抚弟天表，具有至性[②]。尝语人曰：“士不立品者，必无文章。”前明崇祯间[③]，县令傅岩奇其才，每试，辄拔置第一[④]。年三十六，始得补诸生[⑤]。家贫屋败，躬畚土筑垣以居[⑥]。覆瓦不完，盛暑则暴酷日中[⑦]，雨至，淋漓蛇伏，或张敝盖自蔽[⑧]。家人且怨且叹，而天一挟书吟诵自若也。天一虽以文士知名，而深沉多智，尤为同郡金佥事公声所知[⑨]。

当是时，徽人多盗。天一方佐佥事公，用军法团结乡人子弟，为守御计[⑩]。而会张献忠破武昌[⑪]，总兵官左良玉东遁[⑫]，麾下狼兵哗于途[⑬]，

①歙（shè）县：今属安徽。

②事：侍奉。至性：天赋的卓绝品性。

③崇祯：明思宗年号。

④试：这里指选取童生入府州县学的考试。辄：总是。

⑤补诸生：考取秀才，入学为生员。

⑥躬：亲自。畚（běn）土：以畚运土。垣：矮墙。

⑦覆瓦不完：屋顶上的瓦残缺不全。暴（pù）：晒。

⑧蛇伏：蜷缩起来躲雨。敝盖：破伞。

⑨金声：字正希，安徽休宁人。佥事：官名。公：对人的尊称。

⑩计：谋划。

⑪张献忠：明末农民起义军首领。

⑫左良玉：明末大臣，抗击清兵颇有功劳。汪琬此处记载似有误。

⑬狼兵：广西土司的部队，土司归顺后成为官军。

所过焚掠。将抵徽，徽人震恐，佥事公谋往拒之，以委天一。天一腰刀帓首[①]，黑夜跨马，率壮士，驰数十里，与狼兵鏖战祁门，斩馘大半[②]，悉夺其马牛器械，徽赖以安。

顺治二年夏五月[③]，江南大乱，州县望风内附[④]，而徽人犹为明拒守。六月，唐藩自立于福州[⑤]，闻天一名，授监纪推官[⑥]。先是，天一言于佥事公曰："徽为形胜之地，诸县皆有阻隘可恃；而绩溪一面当孔道[⑦]，其地独平迤[⑧]，是宜筑关于此，多用兵据之，以与他县相犄角[⑨]。"遂筑丛山关。已而清师攻绩溪，天一日夜援兵登陴[⑩]，不少怠，间出逆战[⑪]，所杀伤略相当。于是清师以少骑缀天一于绩溪[⑫]，而别从新岭入，守岭者先溃，城遂陷。

大帅购天一甚急[⑬]。天一知事不可为[⑭]，遽归[⑮]，属其母于天表[⑯]。出门，大呼："我江天一也！"遂被执。有知天一者，欲释之。天一曰："若以我畏死耶[⑰]！我不死，祸且族矣[⑱]！"遇佥事公于营门，公目之曰："文石，女有老母在[⑲]，不可死！"笑谢曰："焉有与人共事而逃其难者乎？公幸勿为吾母虑也！"至江宁[⑳]，总督者欲不问[㉑]，天一昂首曰："我为若计，若不如杀我，我不死，必复起兵！"遂牵诣通济门[㉒]。既至，大呼"高皇帝"者三[㉓]，南向再拜讫，坐而受刑。观者无不叹息泣下。

①腰刀帓（mò）首：腰间挂刀，以巾裹头。

②斩馘（guó）：杀死。馘：古代打仗时割取被杀敌人的左耳，以计数报功。

③顺治二年：公元 1645 年。

④内附：汪琬著文于清朝，所说内附指归附于清。

⑤唐藩自立于福州：明宗室唐王朱聿键于福州自立为帝，年号隆武。

⑥推官：知府下掌勘问刑狱的官员。

⑦孔道：通道。

⑧平迤（yǐ）：平坦。

⑨相犄（jǐ）角：互相支援保卫。

⑩陴（pí）：城墙上的齿状矮墙，借指城墙。

⑪间（jiàn）：有时。逆战：迎战。

⑫缀：牵制。

⑬大帅：清军统帅。购：悬赏缉捕。

⑭事不可为：抗清之事胜利无望。

⑮遽：急速。

⑯属（zhǔ）：托付。

⑰若：你。

⑱且族：将要灭族。

⑲女：通"汝"。

⑳江宁：今南京。

㉑不问：不治罪。

㉒牵诣：拉往。通济门：南京城南面偏西的城门。

㉓高皇帝：明太祖朱元璋谥高皇帝。

越数日，天表往收其尸瘗之[①]，而佥事公亦于是日死矣！

当狼兵之被杀也，凤阳督马士英怒[②]，疏劾徽人杀官军状[③]，将致佥事公于死。天一为赍辩疏，诣阙上之[④]。复作《吁天说》，流涕诉诸贵人[⑤]，其事始得白。自兵兴以来，先后治乡兵三年，皆在佥事公幕。是时，幕中诸侠客号知兵者以百数，而公独推重天一，凡内外机事，悉取决焉[⑥]。其后竟与公同死。虽古义烈之士，无以尚也[⑦]。予得其始末于翁君汉津，遂为之传。

汪琬曰：方胜国之末[⑧]，新安士大夫死忠者[⑨]，有汪公伟、凌公駉与佥事公三人，而天一独以诸生殉国。予闻天一游淮安[⑩]，淮安民妇冯氏者，刲肝活其姑[⑪]，天一征诸名士作诗文表章之[⑫]。欲疏于朝，不果[⑬]。盖其人好奇尚气类如此。天一本名景，别自号石嫁樵夫。翁君汉津云。

①瘗（yì）：埋葬。

②马士英：字瑶草，贵阳（今贵州贵阳）人，崇祯末任凤阳总督，明亡，拥立福王于南京，专擅国政，误国害民，后被清军俘获并杀害。

③疏劾：上疏弹劾。劾，揭发罪状。

④赍（jī）：送。辨疏：声辩无罪的奏章。阙：朝廷。

⑤贵人：朝班中的人。

⑥机事：机要事务。取决：取得决定。指听从其言。

⑦尚：超过。

⑧胜国：已亡之国，前朝。

⑨新安：即徽州府。死忠：为忠而死。

⑩淮安：淮安府，治在山阳（今江苏淮安）。

⑪刲（kuī）：割。姑：婆母。

⑫征：征求，请。表章：表彰。

⑬疏于朝：上报给朝廷。不果：没能成。果，成为事实。

王士祯

王士祯（1634～1711），明代诗人。字子真，一字贻上，号阮亭，晚号渔洋山人。山东新城（今桓台）人。进士出身，累官至刑部尚书。其人为清初诗坛领袖，其诗标举“神韵”，其文以书序、传志、序跋之类为多。著有《带经堂全集》《池北偶谈》等。

梁九传

【题解】这又是一篇名副其实的小传。文章写得有面有点，除一般概括之外，着重写了木殿模具，尤其是师承。文虽短，但传主的人品、性格及习艺诸方面都跃然纸上，可谓言简意丰。《四库全书总目提要》称作者的古文“自然修洁”，诚不诬也。

康熙三十四年，重建太和殿[①]。有老工师梁九者董匠作[②]，年七十余矣。自前代及本朝初年[③]，大内兴造，梁皆董其事。一日，手制木殿一区，献于尚书所[④]，以寸准尺，以尺准丈[⑤]，不逾数尺许，而四阿重室[⑥]，规模悉具，殆绝技也。

初，明之季[⑦]，京师有工师冯巧者，董造宫殿，自万历至崇祯末[⑧]，老矣。九往执役门下数载[⑨]，终不得其传；而服事左右不懈，益恭。一日，九独侍，巧顾曰：“子可教矣！”于是，尽传其奥。巧死，九遂隶籍冬官，代执营造之事[⑩]。

予因叹夫一技之必有师承，不妄授受如此，矧道德文章之大

①康熙三十四年：公元1695年。康熙，清圣祖玄烨年号。太和殿：清代三大殿中规模最大的一座。建于明永乐十五年（1417），当时称皇极殿。

②董：主持。匠作：指工匠营造。

③前代及本朝：明朝和清朝。

④区：块。尚书：工部尚书。

⑤“以寸”二句：指用一比十的比例制作模型。

⑥四阿：房屋的四角。重室：复室，指一座宫殿中的许多房间。

⑦明之季：指明代末年。

⑧万历：明神宗朱翊钧年号（1573～1615）。崇祯：明思宗朱由检年号（1626～1643）。

⑨执役门下：指在冯巧那里当徒弟做事。

⑩冬官：周代设六官，冬官司空，掌管工程制作。后世以冬官为工部的通称。代：指代替冯巧。

者乎[①]？柳子厚作《梓人传》[②]，谓画宫于堵，盈尺而曲尽其制，计其毫厘，而构大厦，无进退焉。殆类是欤？乃为之传。

①不妄授受：不随便地传授和交接。矧（shěn）：何况。

②柳子厚：柳宗元字子厚。《梓人传》：本书已收录，可参看。

邵长蘅

邵长蘅（1637～1704），字子湘，别号青门山人。武进（今江苏武进）人。长期担任幕僚，诗文有名于时。著有《青门集》。

阎典史传

【题解】明朝末年，清兵入关，许多高官为保全身家性命或降或走，而身为典史的阎应元却能组织军民，据守一县，与清军血战八十多天，直至城破被俘。作者满怀敬意，以细腻的文笔、具体的事例，成功地刻画了阎应元这个人物形象。最后的议论和感慨，是作者对历史和历史人物评价的独到见解，振聋发聩，值得人们深思。

阎典史者[①]，名应元，字丽亨，其先浙江绍兴人也。四世祖某，为锦衣校尉[②]，始家北直隶之通州[③]，为通州人。应元起掾史，官京仓大使[④]。崇祯十四年[⑤]，迁江阴县典史。始至，有江盗百艘，张帜乘潮阑入内地，将薄城[⑥]，而会县令摄篆旁邑，丞、簿选懦怖急[⑦]，男女奔窜。应元带刀鞬出[⑧]，跃马大呼于市曰："好男子，从我杀贼护家室！"一时从者千人。然苦无械，应元又驰竹行呼曰[⑨]："事急矣，人假一竿，值取诸我[⑩]！"千人者，布列江岸，矛若林立，士若堵墙。应元往来驰射，发一矢辄殪一贼[⑪]，贼连毙者三，气慑[⑫]，扬帆去。巡抚状闻，以钦依都司掌徼巡[⑬]。县尉得张黄盖，拥纛，前驱清道而后行[⑭]。

①典史：县衙里掌管缉捕等的属官。

②锦衣：即锦衣卫。校尉：指军士。

③北直隶之通州：今北京通州。

④掾史：属员的统称。京仓大使：掌管京城粮米仓库的官吏。

⑤崇祯十四年：公元1641年。

⑥阑入：擅自进入。薄：迫近。

⑦摄篆：代理官职。旁邑：邻县。丞簿：县丞、主簿，是知县的辅佐官员。选懦（xùn nuò）：怯懦不前。

⑧鞬（jiàn）：盛弓箭的器具，这里指弓箭。

⑨竹行（háng）：出售竹子的商行。

⑩人假一竿，值取诸我：借给每人一支竹竿，钱向我收取。

⑪殪（yì）：射死。

⑫气慑：气势被压制下去。

⑬状闻：上报使朝廷知晓。钦：皇帝命令。依都司掌徼（jiǎo）巡：依照都司职务负责巡察缉捕。

⑭黄盖：黄色伞盖。纛（dào）：仪仗大旗。前驱清道：前面鸣锣开道。

非故事[①]，邑人以为荣。久之，仅循资迁广东英德县主簿[②]，而陈明选代为尉。应元以母病未行，亦会国变[③]，挈家侨居邑东之砂山。是岁乙酉五月也[④]。

当是时，本朝定鼎改元二年矣[⑤]。豫王大军渡江[⑥]，金陵降[⑦]，君臣出走。弘光帝寻被执。分遣贝勒及他将，略定东南郡县[⑧]。守土吏或降或走，或闭门旅拒，攻之辄拔。速者功在漏刻[⑨]，迟不过旬日，自京口以南[⑩]，一月间下名城大县以百数。而江阴以弹丸下邑，死守八十余日而后下，盖应元之谋计居多。

初，薙发令下[⑪]，诸生许用德者[⑫]，以闰六月朔悬明太祖御容于明伦堂[⑬]，率众拜且哭，士民蛾聚者万人[⑭]，欲奉新尉陈明选主城守。明选曰："吾智勇不如阎君，此大事，须阎君来。"乃夜驰骑往迎应元。应元投袂起，率家丁四十人夜驰入城。是时城中兵不满千，户裁及万，又饷无所出。应元至，则料尺籍，治楼橹[⑮]，令户出一男子乘城，余丁传餐[⑯]。已乃发前兵备道曾化龙所制火药火器贮堞楼，已乃劝输巨室[⑰]，令曰："输不必金，出粟、菽、帛、布及他物者听[⑱]。"国子上舍程璧首捐二万五千金，捐者麇集[⑲]。于是围城中有火药三百罂，铅丸、铁子千石，大炮百，鸟机千张，钱千万缗[⑳]，

①非故事：没有先例。
②循资迁：循照年限资历提升。英德：今广东英德。
③国变：指清兵入关，崇祯帝崩。
④乙酉：公元1645年。
⑤本朝：指清朝。定鼎改元：得天下，改年号。
⑥豫王：指多铎。
⑦金陵：指南明王朝。
⑧贝勒：清朝封爵名，位在亲王、郡王之下。略定：平定。
⑨漏刻：形容时间短暂。
⑩京口：今江苏镇江。
⑪薙：同"剃"。
⑫诸生：明代称考取秀才入学的生员为诸生。
⑬朔：阴历初一。明伦堂：县学的大堂。
⑭蛾（yǐ）聚：如蚁所聚。蛾，通"蚁"。
⑮料：统计。尺籍：登记军人情况的簿册。楼橹：军中用以嘹望、攻守的高台。
⑯乘城：守城。传餐：供应饭食。
⑰已乃：旋即。兵备道：掌一道军事的官。堞：城上的矮墙。输：捐献。巨室：大户人家。
⑱听：随意。
⑲国子上舍：国子监上舍的监生。国子监学生分上中下三舍。金：银一两。麇（jūn）集：群集。
⑳罂：口小腹大的陶器。石（dàn）：十斗。鸟机：即鸟铳。缗：一千文铜钱一串为一缗。

粟、麦、豆万石，他酒、酤、盐、铁、刍、藁称是[①]。已乃分城而守：武举黄略守东门[②]，把总某守南门[③]，陈明选守西门，应元自守北门，仍徼巡四门。部署甫定，而外围合[④]。

时大军薄城下者已十万[⑤]，列营百数，四面围数十重，引弓仰射，颇伤城上人。而城上礌炮[⑥]、机弩，乘高下，大军杀伤甚众。乃架大炮击城，城垣裂。应元命用铁叶裹门板，贯铁絙护之[⑦]；取空棺，实以土，障隤处[⑧]。又攻北城，北城穿。下令“人运一大石块，于城内更筑坚垒”。一夜成。会城中矢少，应元乘月黑，束藁为人，人竿一灯[⑨]，立埤堄间，匝城[⑩]，兵士伏垣内，击鼓叫噪，若将缒城斫营者[⑪]。大军惊，矢发如雨，比晓[⑫]，获矢无算。又遣壮士夜缒城入营，顺风纵火，军乱。自蹂践相杀死者数千[⑬]。

大军却，离城三里止营[⑭]。帅刘良佐拥骑至城下，呼曰：“吾与阎君雅故[⑮]，为我语阎君，欲相见。”应元立城上与语。刘良佐者，故弘光四镇之一[⑯]，封广昌伯，降本朝总兵者也。遥语应元：“弘光已走，江南无主，君早降，可保富贵。”应元曰：“某明朝一典史耳，尚知大义，将军胙土分茅，为国重镇[⑰]，不能保障江淮，乃为敌前驱，何面目见吾邑义士民乎？”良佐惭退。

①他：其他。酤（gū）：酒的一种。刍、藁：喂牲口的草。称（chèn）是：与上面的各种东西相当。

②武举：武举人。

③把总：武官名。

④外围合：指城外的清兵把城围了起来。合，合围。

⑤薄：迫近。

⑥礌（lèi）炮：打石弹的炮。

⑦铁絙（gēng）：粗铁索。

⑧实以土：填满土。障隤（tuí）处：挡在崩坏的地方。

⑨竿：用竿挑着。

⑩埤堄（pì nì）：城墙上如齿状的矮墙。匝（zā）：围绕。

⑪缒（zhuì）城：用绳子系兵士从城上放下去。斫营：偷袭敌营。

⑫比晓：等到天明。比，及。

⑬蹂践：踩踏。

⑭却：退却。止营：安营。

⑮雅故：素有交情。雅，平素。

⑯弘光四镇：南明弘光时分江北为四个军事管辖区，称四镇。

⑰胙（zuò）土分茅：分封侯位和土地。这里指刘良佐是有封爵的大官。胙，祭肉（祭后分赠予有关的人）。古代帝王分封诸侯，用五色土筑坛，一方一色，分封某方的时候，就用白茅包某方的土授给其人，称“胙土分茅”。镇：一方主山，引申为重要地位。

应元伟躯干，面苍黑，微髭。性严毅，号令明肃，犯法者，鞭笞贯耳，不稍贳[①]。然轻财，赏赐无所吝。伤者手为裹创[②]，死者厚棺殓，酹醊而哭之[③]。与壮士语，必称好兄弟，不呼名。陈明选宽厚呕煦[④]，每巡城，拊循其士卒，相劳苦[⑤]，或至流涕。故两人皆能得士心，乐为之死。

先是，贝勒统军略地苏、松者[⑥]，既连破大郡，济师来攻[⑦]。面缚两降将，跪城下说降，涕泗交颐[⑧]。应元骂曰："败军之将，被禽不速死，奚喋喋为[⑨]！"又遣人谕令："斩四门首事各一人[⑩]，即撤围。"应元厉声曰："宁斩吾头，奈何杀百姓！"叱之去。会中秋[⑪]，给军民赏月钱，分曹携具[⑫]，登城痛饮，而许用德制乐府《五更转曲》，令善讴者曼声歌之[⑬]。歌声与刁斗、笳吹声相应，竟三夜罢[⑭]。

贝勒既觇知城中无降意[⑮]，攻愈急。梯冲死士[⑯]，铠胄皆镔铁[⑰]，刀斧及之，声铿然，锋口为缺。炮声彻昼夜，百里内，地为之震。城中死伤日积，巷哭声相闻。应元慷慨登陴，意气自若。旦日，大雨如注，至日中，有红光一缕起土桥，直射城西。城俄陷[⑱]，大军从烟焰雾雨中蜂拥而上。应元率死士百人，驰突巷战者八[⑲]，所当杀伤以千数。再敓门[⑳]，门闭不得出。应元度不免，踊

①贯耳：古代军中一种刑罚，插短箭于耳以示众。贳（shì）：赦免，宽大。

②手为裹创：亲手包扎伤口。

③酹醊（lèi zhuì）：以酒洒地，祭奠死者。

④呕煦（xū xù）：和蔼可亲。

⑤拊循：抚慰。劳苦：慰劳。

⑥略地：攻取土地。苏：苏州府。松：松江府。

⑦济师：增派军队。两地被攻下，清军便调兵增援攻江阴的清兵。

⑧面缚：两手反绑。涕泗交颐：劝降的明降将泪流满面，十分动情。

⑨禽：同"擒"。喋喋（dié）为：还啰唆什么。

⑩斩四门首事：清攻城将军以斩江阴城四门首领为条件撤军。

⑪会中秋：正逢中秋节。

⑫分曹携具：分组拿着酒肉等。具，食物和食器。

⑬善讴（ōu）者：能歌唱的人。曼声：长声。

⑭刁斗：古代军中用具，白天用来做饭，晚上用来报更。竟三夜罢：过完三夜才停止。竟，完结。

⑮觇（chān）：偷看，侦察。

⑯梯冲：冲车云梯，古代攻城的器械。死士：敢死之士。

⑰镔（bīn）铁：一种坚硬的铁。

⑱俄：不久。

⑲驰突巷战者八：接连在八条街巷阻击清兵。

⑳再敓门：两次取回城门。敓，同"夺"。

身投前湖，水不没顶。而刘良佐令军中，必欲生致应元，遂被缚。良佐箕踞乾明佛殿[1]，见应元至，跃起持之哭[2]。应元笑曰："何哭？事至此，有一死耳！"见贝勒，挺立不屈。一卒持枪刺应元贯胫，胫折踣地[3]。日暮，拥至栖霞禅院[4]，院僧夜闻大呼"速斫我"不绝口[5]。俄而寂然[6]，应元死。

凡攻守八十一日，大军围城者二十四万，死者六万七千，巷战死者又七千，凡损卒七万五千有奇[7]。城中死者，无虑五六万[8]，尸骸枕藉[9]，街巷皆满，然竟无一人降者。

城破时，陈明选下骑搏战，至兵备道前被杀[10]，身负重创，手握刀，僵立倚壁上不仆。或曰阖门投火死。

论曰：《尚书·序》曰："成周既成，迁殷顽民[11]。"而后之论者，谓于周则顽民，殷则义士。夫跖犬吠尧[12]，邻女詈人[13]，彼固各为其主。予童时，则闻人啧啧谈阎典史事[14]，未能记忆也。后五十年，从友人家见黄晞所为死守孤城状，乃摭其事而传之[15]。微夫应元，固明朝一典史也，顾其树立，乃卓卓如是[16]！呜呼！可感也哉！

①箕踞：这里指傲慢地坐着。乾明佛殿：乾明寺的大殿。

②持：扶。

③贯：穿透。胫：小腿。踣（bó）：跌倒。

④禅院：佛寺。

⑤斫：杀。

⑥寂然：无声息。

⑦有奇（jī）：有余。

⑧无虑：大致。

⑨枕藉（jiè）：纵横相枕，多而杂乱。

⑩兵备道：指兵备道衙门。

⑪成周既成，迁殷顽民：语出《尚书·多士》序。成周：古地名，西周成王时，周公旦筑城于此，在今河南洛阳北。

⑫跖犬吠尧：语出《战国策·齐策六》，"跖之狗吠尧，非贵跖而贱尧也，狗固吠非其主也。"跖，古代传说中的大盗。

⑬邻女詈人：语出《战国策·秦策一》。楚人有两个妻子，邻人挑逗其中年纪大的，遭到女方的斥骂；又挑逗另一个年纪轻的，那个女子许诺了他。后来那个楚人去世。有人问男子准备娶哪个女子，回答娶年纪大的。人问其故，他说："居彼之所，则欲其许我也；今为我妻，则欲其为我詈人也。"詈，咒骂。

⑭啧啧（zé）：赞叹的声音。

⑮摭（zhí）：摘取。

⑯顾：而。树立：建立的功业。卓卓：突出。

戴名世

戴名世（1653～1713）：明末清初文人。字田有，一字褐夫，号药身、忧庵；晚年在家乡桐城南山卜居归隐，世称“南山先生”。其文学主张和创作实践直接启导了桐城派的主张。所著《南山集》酿成南山案，是清初有名的文字狱。

画网巾先生传

【题解】清初明遗民所写传记，有许多是借为明清之交那些有气节的明人立传而表达自己的故国之思，本篇即其中之一。作品抓住一个极为典型的细节——画网巾，来刻画传主坚贞的节操、刚烈的性格。作者还用陪衬、对比手法来烘托人物形象，前者如传主的仆人、宁死不事降将的无名小卒，后者如王之纲之流。文章文气激昂，读之使人奋砺。

顺治二年①，既定江东南，而明唐王即皇帝位于福州②。其泉国公郑芝龙，阴受大清督师洪承畴旨③，弃关撤守备，七闽皆没④。而新令薙发更衣冠⑤，不从者死。于是民以违令者不可胜数，而画网巾先生事尤奇。

先生者，其姓名爵里皆不可得而知也⑥，携仆二人，皆仍明时衣冠，匿迹于邵武、光泽山寺中。事颇闻于外，而光泽守将吴镇使人掩捕之，逮送邵武守将池凤阳。凤阳皆去其网巾⑦，留于军中，戒部卒谨守之。

先生既失网巾，盥栉毕⑧，谓二仆曰：“衣冠者，历代各有定制，至网巾则我太祖高皇帝创为之也⑨。今

①顺治二年：公元1645年。

②唐王：即朱聿键，南明诸王之一。

③郑芝龙：原为明朝驻节福建的军阀，洪承畴坐镇江宁（即南京）“招抚”东南沿海抗清力量时，郑芝龙与他有尽撤征霞岭200里防线守军的密约。

④七闽：乏指福建省。

⑤新令薙（tì）发：清人入关时，曾有剃发留辫的命令。后一度“收回成命”。1645年6月，又复令：“自今布告之后……尽令剃发，遵依者为我国之民，迟疑者同逆命之寇，必置重罪。”

⑥爵里：籍贯。

⑦网巾：明代平民的一种头巾。

⑧盥栉（guàn zhì）：洗脸梳头。

⑨太祖高皇帝：对明太祖朱元璋的敬称。

吾遭国破即死，讵可忘祖制乎[①]！汝曹取笔墨来，为我画网巾额上。”于是二仆为先生画网巾。画已，乃加冠。二仆亦互相画也，日以为常。军中皆哗笑之，而先生无姓名，人皆呼画网巾云。

当是进，江西、福建有四营之役[②]。四营者，曰张自氮，曰洪国玉，曰曹大镐，曰李安民。先是，自氮隶明建武侯王得仁为裨将[③]，得仁既败死，自氮亡入山，与洪国玉等收召散卒及群盗，号曰恢复[④]，众且逾万人，而明之遗臣如督师兵部右侍郎重熙、詹事府正詹事傅鼎铨等皆依之。

岁庚寅夏[⑤]，四营兵溃于邵武之禾坪，池凤阳诡称先生为陈俘[⑥]，献之提督扬名高。名高视其所画网巾斑斑然额上，笑而置之。名高军至泰宁，从槛车中出先生，谓之曰：“若及今降我[⑦]，犹可以免死。”先生曰：“吾旧识王之纲，当就彼决之[⑧]。”王之纲者，福建总兵，破四营有功者也。

名高喜，使往之纲所。之纲曰：“吾固不识若也。”先生曰：“吾亦不识若也，今特就若死耳[⑨]。”之纲穷诘其姓名[⑩]，先生曰：“吾忠未能报国，留姓名则辱国；智未能保家，留姓名则辱家；危不即致身[⑪]，留姓名则辱身。军中呼我为画网巾，即以此为吾姓名可矣。”之纲曰：“天

①讵（jù）：岂。表示反问。祖制：祖宗的制度。这里指服制。

②四营之役：指南明时期张、洪、曹、李等四支部队与清军的战斗。

③隶：归属。裨将：偏将。

④号曰恢复：以恢复朱明王朝为旗号。

⑤岁庚寅夏：即1650年（顺治七年）夏天。

⑥陈俘：指战场上的俘虏。陈，通“阵”。

⑦若：你。及今：到今天。

⑧决：指决断，做出决定。

⑨特：只不过。就若：来你这里。

⑩诘（jié）：追问。

⑪危不即致身：危急之时不能献身。致，交出。

下事已大定[①]，吾本明朝总兵，徒以识时变、知天命[②]，至今日不失富贵。若一匹夫，倔强死，何益？且夫改制易服，自前世已然[③]。”因指其发而诟之曰[④]：“此种种者而不肯去，何也?”先生曰：“吾于网巾且不忍去，况发耶!”之纲怒，命卒先斩其二仆，群卒前捽之[⑤]，二仆瞋目叱曰[⑥]：“吾两人岂惜死者？顾死亦有礼[⑦]，当一辞吾主人而死耳。”于是向先生拜，且辞曰：“奴等得事扫除泉下矣[⑧]!”乃欣然受刃。之纲复谓先生曰：“若岂有所负耶？义死虽亦佳，何执之坚也[⑨]。”先生曰：“吾何负？负吾君耳。一筹莫效而束手就擒[⑩]，与婢妾何异？又以此易节烈名[⑪]。吾笑夫古今之循例而负义者[⑫]，故耻不自述也。”出袖中诗一卷，掷于地；复出白金一封，授行刑者曰：“此樵川范先生所赠也，今与汝。”遂被戮于泰宁之杉津。泰宁诸生谢韩，葬其骸于郊外杉窝山，题曰“画网巾先生之墓”，而岁时上冢致祭者不辍[⑬]。

当四营之既溃也，杨名高、王之纲复追破之，死逃略尽，而败将有愿降者，率兵受招抚于邵武。行至朱口，一卒独不肯前，伸项谓其伍曰[⑭]：“杀我！杀我!”其伍怪之，且问故，曰：“吾熟思之累日夜矣，终不能俯仰事降将[⑮]，宁死汝手。”

①天下事已大定：指明亡、清入主中原的形势已基本形成。

②徒以：只因为。

③已然：就已经这样。

④诟：辱骂。

⑤捽（zǎo）：揪。

⑥瞋目：怒目。

⑦顾：但。

⑧“奴等”句：我们能为您在九泉下打扫庭院了。除，台阶。

⑨义死：为大义而死。何执之坚：何必如此坚持。

⑩一筹莫效：概指未能作出一点贡献。

⑪以此易节烈名：指以殉国来换取节烈的名声。

⑫循例：遵循旧有的例子。指上文王之纲所说的“改制易服，自前世已然”。

⑬岁时：指岁时节令，这里指习惯的祭祀时节。

⑭伍：士兵小头目。

⑮俯仰：指上下周旋。

其伍难之。乃奋袂裂眦，抽刃相拟[①]，曰："不杀我者，今当杀汝！"其伍乃挥涕斩之，埋其骨而去。揭重熙、傅鼎铨先后被获，不屈死。张自戬、曹大镐等，后就缚于泸溪山中。

赞曰：自古守节之士不肯以姓字落人间者，始于明永乐之世[②]。当是时，一夫守义而祸及九族，故多匿迹而死，以全其宗党。迨崇祯甲申而后[③]，其令未有如是之酷也，而以余所闻，或死或遁，不以姓名里居示人者颇多。有使吊之士，莫能详焉，岂不可惜也夫！如画网巾先生，事甚奇。闻当时军中有马耀图者，见而识之，曰"是为冯生舜也[④]"；至其他生平，则又不能言焉。余疑其出于附会，故不著于篇。

①奋袂（mèi）裂眦（zì）：挥袖子，瞪眼睛。袂，衣袖。眦，眼角。拟：比试。

②永乐：明成祖朱棣的年号（1403~1424）。

③崇祯：明思宗朱由检的年号（1626～1643）。

④冯生舜：姓冯名舜的读书人。

戴 榕

戴榕（1656～?），清初文人。字文昭。生平事迹不详。

黄履庄小传

【题解】黄履庄，民间称为“黄志”，善巧思，所制机械精妙绝伦，令人叹为观止。这篇小传记载黄履庄制作的几种机械，都是出人意表，常人以为不可能做成的。对此黄履庄的解释是：所谓巧思，实出于天才，而所谓天才，人人都有禀受，只是有人能够发挥，有人则默然不识。如果把他的观点与天才出于实践的理论相映照，正好互为补充。

黄子履庄[①]，予姑表行也[②]。少聪颖，读书不数过，即能背诵。尤喜出新意，作诸技巧。七八岁时，尝背塾师[③]，暗窃匠氏刀锥[④]，凿木人长寸许，置案上能自行走[⑤]，手足皆自动，观者异以为神。十岁外，先姑父弃世[⑥]，来广陵[⑦]，与予同居。因闻泰西几何比例轮捩机轴之学[⑧]，而其巧因以益进[⑨]。尝作小物自怡[⑩]，见者多竞出重价求购。体素病[⑪]，不耐人事，恶剧嬲[⑫]，因竟不作，于是所制始不可多得。

所制亦多，予不能悉记[⑬]。犹记其作双轮小车一辆，长三尺许[⑭]，约可坐一人，不烦推挽能自行[⑮]；行住[⑯]，以手挽轴旁曲拐，则复行如初；随住随挽，日足行八十里[⑰]。作木狗，置门侧，卷卧如常，惟人入户，触机则立吠不止，吠之声与真

①子：称之为“子”，带有尊重的意思。
②行（háng）：行辈。
③塾师：家塾教师。
④匠氏：这里指木工。
⑤行走：行和走。走，跑。
⑥弃世：丢掉人世，死去。
⑦广陵：扬州的古名。
⑧泰西：指欧洲。泰，极。轮捩（liè）：轮转。捩，扭转。
⑨益进：更加提高。
⑩自怡：自己消遣。怡，娱乐。
⑪素病：向来多病。
⑫不耐人事：不愿意同人交往。恶（wù）剧嬲（niǎo）：厌恶人家来添麻烦。嬲，戏弄，纠缠不止。
⑬悉记：完全记住。
⑭三尺许：三尺上下。许，表示约计的词。
⑮不烦推挽：不用推或拉。
⑯行住：行的时候停住。
⑰足：足够，能够。

无二，虽黠者不能辨其为真与伪也[①]。作木鸟，置竹笼中，能自跳舞飞鸣，鸣如画眉，凄越可听[②]。作水器，以水置器中，水从下上射如线，高五六尺，移时不断[③]。所作之奇俱如此，不能悉载。

有怪其奇者，疑必有异书，或有异传[④]。而予与处者最久，且狎[⑤]，绝不见其书。叩其从来[⑥]，亦竟无师傅，但曰[⑦]："予何足奇？天地人物，皆奇器也。动者如天[⑧]，静者如地，灵明者如人，赜者如万物[⑨]，何莫非奇？然皆不能自奇[⑩]，必有一至奇而不自奇者以为源[⑪]，而且为之主宰[⑫]，如画之有师，土木之有匠氏也，夫是之为至奇。"予惊其言之大，而因是亦具知黄子之奇，固自有其独悟，非一物一事求而学之者所可及也。昔人云，天非自动，必有所以动者；地非自静，必有所以静者。黄子之奇，其得其奇之所以然乎[⑬]？

黄子性简默[⑭]，喜思[⑮]，与予处，予尝纷然谈说[⑯]，而黄子则独坐静思。观其初思求入[⑰]，亦戛戛似难[⑱]，既而思得，则笑舞从之。如一思碍而不得，必拥衾达旦[⑲]，务得而后已焉[⑳]。黄子之奇，固亦由思而得之者也，而其喜思则性出也[㉑]。

黄子生丙申[㉒]，于今二十八岁，其年月日时，与予生期毫发无异[㉓]，亦奇也。因附书之。

①虽：即使。黠者：聪明灵敏的人。
②凄越可听：清脆响亮，好听。
③移时不断：两三个钟头不停止。旧时说的"时"（子、丑、寅、卯等）合现在两个小时。移时，即换了时辰。
④异传（chuán）：特殊的传授。
⑤狎（xiá）：亲近。
⑥叩：问。
⑦但曰：只是说。
⑧天：日月星辰。
⑨赜（zé）：繁多。
⑩不能自奇：有造物者使之奇。
⑪不自奇：不自以为奇。意思是通晓自然之理。
⑫主宰：创造一切、支配一切的力量或事物。
⑬其得其奇：前一"其"，岂。后一"其"，这或那。
⑭简默：淡泊简朴，说话不多。
⑮思：思考研究。
⑯纷然：杂乱的样子。
⑰求入：设法领悟。求，进取。
⑱戛戛（jiá）：艰难的样子。
⑲拥衾达旦：裹被坐到天明。
⑳务得而后已：一定要得到才罢休。
㉑性出：出于天性。
㉒丙申：顺治十三年（1656）。
㉓毫发无异：一丝不差，完全相同。

陈　鼎

陈鼎（生卒年不详），清代画家。字理斋，安徽桐城人，一作镶宁人。官至广东香山县丞。善画山水，著有《墨林今话》。

八大山人传

【题解】八大山人是明末清初杰出的书画家、诗人。作为明皇室后裔，八大山人身遭国亡家破之痛，一生不与清王朝合作。他兼善诗、书、画，而以绘画最负盛名。他性情孤傲倔强，行为狂怪，常借诗书画发泄其悲愤抑郁之情。陈鼎在《八大山人传》中，对八大山人的性格、情态和才华做了简练而细腻的刻画，这篇传记也颇有八大山人的风格，跃跃诙谐，挥洒自如，痴狂之态俨然。

八大山人[①]，明宁藩宗室[②]，号人屋。“人屋”者，“广厦万间”之意也[③]。性孤介，颖异绝伦[④]。八岁即能诗，善书法，工篆刻，尤精绘事[⑤]。尝写菡萏一枝，半开池中，败叶离披[⑥]，横斜水面，生意勃然；张堂中，如清风徐来，香气常满室。又画龙，丈幅间蜿蜒升降，欲飞欲动；若使叶公见之[⑦]，亦必大叫惊走也。善诙谐，喜议论，娓娓不倦，常倾倒四座。父某，亦工书画，名噪江右，然喑哑不能言[⑧]。

甲申国亡，父随卒[⑨]。人屋承父志，亦喑哑。左右承事者，皆语以目[⑩]；合则颔之[⑪]，否则摇头。对宾客寒暄以手，听人言古今事，心会处，则哑然笑。如是十余年，遂弃

①八大山人：明末清初著名画家朱耷晚年的自号。

②明宁藩宗室：朱耷是朱元璋十七子宁献王朱权的九世孙。

③广厦万间：杜甫《茅屋为秋风所破歌》中有“安得广厦千万间”。

④孤介：耿直方正。颖异：聪慧过人。

⑤绘事：指作画之事。

⑥菡萏（hàn dàn）：荷花。离披：下垂。

⑦叶公：古代寓言中喜欢龙却害怕真龙的人。

⑧江右：江西。喑：哑，也有缄默不语的意思。

⑨甲申：1644年。随：即。

⑩承事：治事，受事。语以目：用眼睛说话。

⑪颔（hàn）：点头。

家为僧，自号曰“雪个”。未几病颠[①]，初则伏地呜咽，已而仰天大笑；笑已，踑跔踊跃[②]，叫号痛哭。或鼓腹高歌[③]，或混舞于市，一日之间，颠态百出。市人恶其扰，醉之酒，则颠止。岁余，病间[④]，更号曰“个山”。既而自摩其顶曰[⑤]：“吾为僧矣，何可不以驴名？”遂更号曰“个山驴”。数年，妻子俱死[⑥]。或谓之曰：“斩先人祀，非所以为人后也[⑦]，子无畏乎？”个山驴遂慨然蓄发谋妻子，号“八大山人”。其言曰：“八大者，四方四隅，皆我为大，而无大于我也。”

山人既嗜酒[⑧]，无他好。人爱其笔墨，多置酒招之，预设墨汁数升、纸若干幅于座右。醉后见之[⑨]。则欣然泼墨广幅间[⑩]，或洒以敝帚，涂以败冠[⑪]，盈纸肮脏，不可以目[⑫]。然后捉笔渲染[⑬]，或成山林，或成丘壑，花鸟竹石，无不入妙。如爱书，则攘臂搦管[⑭]，狂叫大呼，洋洋洒洒，数十幅立就。醒时，欲求其片纸只字不可得，虽陈黄金百镒于前，勿顾也[⑮]，其颠如此。

外史氏曰[⑯]：“山人果颠也乎哉？何其笔墨雄豪也？余尝阅山人诗画，大有唐宋人气魄。至于书法，则胎骨于晋魏矣[⑰]。问其乡人，皆曰得之醉后。呜呼！其醉可及也，其颠不可及也！”

①病：患病。颠：同“癫”，精神失常。

②踑跔（tú qǔ）：腾跳，形容跳跃前进。

③鼓腹：敲打肚子。以腹为鼓敲击。

④病间（jiàn）：病愈。

⑤摩：抚摸。

⑥妻子：妻子和儿子。

⑦斩：绝，即绝尽。此句意为：在你手中把祖先的祭祀之人断绝了，这不是家族继承人应该做的。

⑧既嗜酒：全部嗜好就是饮酒。

⑨见：同“现”。

⑩泼墨：写字或作画。

⑪敝帚、败冠：八大山人有时用破扫帚或破帽子充笔作画。

⑫目：俗语“没法看”，即不成样子。

⑬渲染：中国画技法的一种，以水墨或淡彩涂染画面，以烘染物象。

⑭如爱书：如果他想写了。攘臂：捋袖伸臂。搦（nuò）管：握笔。

⑮镒（yì）：古代的重量单位，二十两为一镒，一说二十四两为一镒。勿顾：不看。

⑯外史：指稗史及笔记小说。

⑰胎骨：指坯子或骨架。

方　苞

方苞（1668～1749），清代散文家。字灵皋，晚号望溪。祖籍桐城（今属安徽）。寄籍上元（今南京）。曾入值南书房，后任武英殿总裁。为桐城派祖师，当时文名极高。有《方望溪全集》。

左忠毅公逸事

【题解】这篇短文围绕左光斗与史可法的关系，通过京畿视学、狱中相见等事迹，多角度地表现了左光斗识才、选才、惜才的品格，刻画了他以国家利益为重、刚毅坚强、临危不惧的形象。作品重点突出，剪裁得当，或描画行为，或转述对话，都写得有声有色，使读者在文中如见其人。

先君子尝言①：乡先辈左忠毅公视学京畿②，一日，风雪严寒，从数骑出，微行入古寺③，庑下一生伏案卧，文方成草④。公阅毕，即解貂覆生，为掩户⑤。叩之寺僧，则史公可法也⑥。及试，吏呼名至史公，公瞿然注视⑦，呈卷，即面署第一⑧。召入，使拜夫人，曰："吾诸儿碌碌，他日继吾志事⑨，惟此生耳。"

及左公下厂狱⑩，史朝夕狱门外。逆阉防伺甚严⑪，虽家仆不得近。久之，闻左公被炮烙⑫，旦夕且死。持五十金，涕泣谋于禁卒，卒感焉。一日，使史更敝衣草屦，背筐，手长镵，为除不洁者⑬，引入。微指左公处，则席地倚墙而坐，面额焦烂不可辨，左膝以下，筋骨尽脱矣。史前跪，抱公膝而呜咽。公辨

①先君子：对自己去世祖父的尊称。

②乡先辈：同乡长辈。左忠毅：左光斗追谥忠毅。视学：考察学政。京畿：国都及其附近地方。

③微行：微服私行。

④庑（wǔ）下：厢房里。草：草稿。

⑤解貂覆生：脱下貂皮裘袍盖在书生身上。掩户：关门。

⑥叩：询问。史公可法：即史可法，明末抗清英雄。

⑦瞿（jù）然：惊视。

⑧面署：当面题署。

⑨碌碌：平庸无能。志事：志向事业。

⑩厂狱：明代特务机关东厂、西厂所设的牢狱。

⑪逆阉：这里指以魏忠贤为首的宦官集团。

⑫炮烙（páo luò）：用烧红的铁烙人的一种酷刑。

⑬镵（chán）：类似铲子的工具。除不洁：打扫牢狱，清除粪便等。

辨其声而目不可开，乃奋臂以指拨眦[①]，目光如炬，怒曰："庸奴[②]，此何地也？而汝来前！国家之事，糜烂至此，老夫已矣，汝复轻身而昧大义[③]，天下事谁可支拄者？不速去，无俟奸人构陷[④]，吾今即扑杀汝！"因摸地上刑械，作投击势。史噤不敢发声，趋而出[⑤]。后常流涕述其事以语人，曰："吾师肺肝，皆铁石所铸造也！"

崇祯末[⑥]，流贼张献忠出没蕲、黄、潜、桐间[⑦]，史公以凤庐道奉檄守御[⑧]。每有警，辄数月不就寝，使壮士更休，而自坐幄幕外[⑨]。择健卒十人，令二人蹲踞而背倚之，漏鼓移，则番代[⑩]。每寒夜起立，振衣裳，甲上冰霜迸落，铿然有声。或劝以少休，公曰："吾上恐负朝廷，下恐愧吾师也。"

史公治兵，往来桐城，必躬造左公第[⑪]，候太公、太母起居[⑫]，拜夫人于堂上。

余宗老涂山[⑬]，左公甥也，与先君子善，谓狱中语，乃亲得之于史公云。

①以指拨眦（zì）：当时左光斗被刑，面目焦烂，眼睛睁不开，听到史可法的声音，就用手扯开眼上伤口看史可法。眦，眼眶。

②庸奴：无能的奴才。

③昧：违背，放弃。

④构陷：诬陷。

⑤噤（jìn）：闭口，不说话。趋：小步紧走。

⑥崇祯：明思宗的年号。

⑦张献忠：明末农民起义军首领。蕲、黄：在今湖北蕲春、黄冈。潜、桐：在今安徽潜山、桐城。

⑧凤：凤阳府。庐：庐州府。道：明代在省、府之间所设置的监察区。檄（xí）：一种文书。

⑨更休：轮流休息。幄（wò）幕：帐幕。

⑩漏鼓：计时的漏和报更的鼓。番代：轮流替代。

⑪躬造：亲自到。

⑫候：问候。太公、太母：左光斗的父母。

⑬宗老：对同族长者的尊称。涂山：作者祖父辈的人，号涂山。

《明史》

《明史》，为二十四史之一。清人张廷玉等编。张廷玉（1672～1755），字衡臣，号砚斋，相城（今属安徽）人。官至保和殿大学士，曾任《明史》总裁官。

海瑞传

【题解】本篇节选自《明史》卷二百二十六。海瑞是中国历史上著名的清官，深受人民的爱戴。这篇传记着重记载海瑞为民兴利除害、深受人民爱戴的事迹。海瑞为人刚直，作风凌厉，但也有不阁权变、刻板固执的缺点，也有轻信地方奸民诬告枉治无辜的问题，所过之处，往往毁誉参半。《明史》比较客观地写出了海瑞的作为，不虚美，不隐讳。

海瑞，字汝贤，琼山人①。举乡试②。入都，即伏阙上《平黎策》，欲开道置县③，以靖乡土。识者壮之。署南平教谕④。御史诣学宫，属吏咸伏谒⑤，瑞独长揖，曰："台谒当以属礼，此堂，师长教士地，不当屈⑥。"迁淳安知县⑦。布袍脱粟，令老仆艺蔬自给⑧。总督胡宗宪尝语人曰："昨闻海令为母寿，市肉二斤矣。"宗宪子过淳安，怒驿吏，倒悬之。瑞曰："曩胡公按部，令所过毋供张⑨。今其行装盛，必非胡公子。"发橐金数千，纳之库，驰告宗宪，宗宪无以罪⑩。都御史鄢懋卿行部过，供具甚薄，抗言邑小不足容车马⑪。懋卿恚甚⑫。然素闻瑞名，为敛威去，而属巡盐御史袁淳论瑞及慈

①琼山：今海南琼山。

②举乡试：考中举人。

③黎：黎族。置县：设置县衙。

④署：代理。南平：今福建南平。教谕：学官名。

⑤御史：指提学御史，管教育的监察官。伏谒：跪拜。

⑥台谒：在御史台谒见。屈：指上文的跪拜。

⑦迁：升官。淳安：今浙江淳安。

⑧脱粟：脱去皮的粗米。艺蔬：种菜。

⑨曩（nǎng）：从前。按部：巡察地方。供张：即供帐，供应和陈设东西。

⑩发橐（tuó）：打开行囊。这里指胡公子的橐。无以罪：无法责罪。

⑪都御史：都察院的长官。行部：巡行所视察地区。供具：供应的东西。抗言：直面而言。

⑫恚（huì）：恼恨。

溪知县霍与瑕[①]。与瑕，尚书韬子，亦抗直不谄懋卿者也。时瑞已擢嘉兴通判，坐谪兴国州判官[②]。久之，陆光祖为文选[③]，擢瑞户部主事。

时世宗享国日久[④]，不视朝，深居西苑，专意斋醮[⑤]。督抚大吏争上符瑞[⑥]，礼官辄表贺。廷臣自杨最、杨爵得罪后[⑦]，无敢言时政者。四十五年二月[⑧]，瑞独上疏。帝得疏，大怒，抵之地[⑨]，顾左右曰："趣执之[⑩]，无使得遁！"宦官黄锦在侧曰："此人素有痴名。闻其上疏时，自知触忤当死[⑪]，市一棺，诀妻子，待罪于朝，僮仆亦奔散无留者，是不遁也[⑫]。"帝默然。少顷复取读之，日再三，为感动太息，留中者数月[⑬]。尝曰："此人可方比干，第朕非纣耳[⑭]。"

会帝有疾，烦懑不乐，召阁臣徐阶议内禅[⑮]，因曰："海瑞言俱是。朕今病久，安能视事？"又曰："朕不自谨惜[⑯]，致此疾困。使朕能出御便殿，岂受此人诟詈耶[⑰]？"遂逮瑞下诏狱，究主使者[⑱]。寻移刑部，论死[⑲]。狱上[⑳]，仍留中。户部司务何以尚者[㉑]，揣帝无杀瑞意，疏请释之。帝怒，命锦衣卫杖之百，锢诏狱，昼夜搒讯[㉒]。越二月，帝崩，穆宗立[㉓]，两人并获释。

帝初崩，外庭多未知。提牢主事闻状，以瑞且见用[㉔]，设酒馔款之。

①属：通"嘱"。论：用文字指控他人有罪。
②擢（zhuó）：提升。谪：贬官。
③文选：文选司郎中，官名。
④世宗：年号嘉靖。享：拥有。
⑤西苑：即今北京中南海和北海。斋：斋戒。醮（jiào）：道士设坛祭祀。当时嘉靖帝迷信道教，沉迷于炼丹画符，以求长生不老。
⑥符瑞：吉祥的征兆。
⑦杨最：字殿之，射洪（今四川射洪）人，嘉靖时任太仆寺卿，因上疏被杖责而死。杨爵：字伯珍，富平（今陕西富平）人，嘉靖时任御史，因上疏两次下狱八年。得罪：获罪。
⑧四十五年：嘉靖四十五年，1566年。
⑨抵之地：扔在地上。抵：掷。
⑩趣（cù）：赶快。
⑪触忤（wǔ）：冒犯。
⑫是：这。指买棺材、别妻子、散僮仆诸事。
⑬留中：奏章放在宫中，不交办。
⑭方：相比。比干：殷纣王的叔父，因劝戒纣王而被杀。第：但。
⑮阁臣：大学士。明代首席大学士为首辅。禅（shàn）：传帝位。
⑯谨惜：谨慎、爱惜。
⑰便殿：正殿以外的别殿。诟詈（lì）：辱骂。
⑱诏狱：奉诏拘系于狱中。究：追究。
⑲寻：不久。论死：定了死罪。
⑳狱上：审理定案上呈皇帝。
㉑司务：一种低级官职。
㉒锢：监禁。搒（péng）讯：拷问。
㉓穆宗：明穆宗朱载垕，年号隆庆。
㉔且：将要。

瑞自疑当赴西市，恣饮啖[①]，不顾。主事因附耳语："宫车适晏驾[②]，先生今即出大用矣。"瑞曰："信然乎?"即大恸，尽呕出所饮食，陨绝于地[③]，终夜哭不绝声。既释，复故官。俄改兵部[④]。擢尚宝丞[⑤]，调大理[⑥]。

隆庆元年[⑦]，徐阶为御史刘康所劾，瑞言："阶事先帝，无能救于神仙土木之误[⑧]，畏威保位，诚亦有之。然自执政以来，忧勤国事，休休有容，有足多者[⑨]。康乃甘心鹰犬，捕噬善类，其罪又浮于高拱[⑩]。"人韪其言[⑪]。

历两京左、右通政[⑫]。三年夏，以右佥都御史巡抚应天十府[⑬]。属吏惮其威，墨者多自免去[⑭]。有势家朱丹其门，闻瑞至，黝之[⑮]。中人监织造者，为减舆从[⑯]。瑞锐意兴革，请浚吴淞、白茆，通流入海，民赖其利。素疾大户兼并[⑰]，力摧豪强，抚穷弱。贫民田入于富室者，率夺还之[⑱]。徐阶罢相里居，按问其家无少贷[⑲]。下令飚发凌厉[⑳]，所司惴惴奉行，豪有力者至窜他郡以避。而奸民多乘机告讦[㉑]，故家大姓时有被诬负屈者。又裁节邮传冗费，士大夫出其境率不得供顿[㉒]，由是怨颇兴。都给事中舒化论瑞迂滞不达政体，宜以南京清秩处之[㉓]，帝犹优诏奖瑞。已而给事中戴凤翔劾瑞庇奸民，鱼肉搢绅[㉔]，沽名乱政，遂改督南京

①赴西市：指被杀头。恣：放纵。

②宫车适晏驾：喻指皇帝去世。

③陨绝：昏倒。

④改兵部：改任兵部主事。

⑤尚宝丞：尚宝司的官员。尚宝司负责宝玺、符牌、印章等。

⑥大理：大理寺，掌管刑狱的官署。

⑦隆庆元年：1567年。

⑧神仙土木之误：嘉靖迷信神仙，热衷土木工程建设，以至虚耗国力。

⑨休休有容：宽容而有力量。多：称赞。

⑩浮：超过。高拱：字肃卿，新郑（今河南新郑）人，穆宗时曾为首辅。

⑪韪（wěi）其言：认为他的话对。韪，是，对。

⑫两京：北京和南京。通政：通政司官员。

⑬佥都御史：都察院官员。应天：巡抚名，辖南直隶江南诸府及江北安庆府。

⑭墨：不廉洁。自免去：自动离职以免被海瑞纠弹。

⑮朱丹、黝（yǒu）：都用作动词，指漆红、涂黑。

⑯中人：宦官。舆从：车马随从。

⑰疾：痛恨。

⑱率：都。

⑲按问：考察究问。贷：宽免。

⑳飚发凌厉：雷厉风行。

㉑告讦（jié）：告发，揭人阴私。

㉒裁节：裁减。邮传：驿站事务。供顿：招待饭食、住宿。

㉓给事中：官名，明代分六科，每科设都给事中，掌稽察违误等。迂滞：迂阔固执。清秩：名义高而事情少的官职，俗称"清水衙门"。

㉔搢绅：指做官或做过官的人。

粮储。瑞抚吴甫半岁[①]，小民闻当去，号泣载道，家绘像祀之。将履新任，会高拱掌吏部，素衔瑞[②]，并其职于南京户部，瑞遂谢病归。

万历初[③]，张居正当国[④]，亦不乐瑞，令巡按御史廉察之[⑤]。御史至山中视，瑞设鸡黍相对食，居舍萧然[⑥]，御史叹息去。居正惮瑞峭直，中外交荐[⑦]，卒不召。十二年冬[⑧]，居正已卒，吏部拟用左通政。帝雅重瑞名，畀以前职[⑨]。明年正月，召为南京右佥都御史，道改南京吏部右侍郎[⑩]，瑞年已七十二矣。疏言衰老垂死，愿比古人尸谏之义[⑪]，大略谓："陛下励精图治，而治化不臻者，贪吏之刑轻也[⑫]。诸臣莫能言其故，反借待士有礼之说，交口而文其非[⑬]。夫待士有礼，而民则何辜哉[⑭]？"因举太祖法剥皮囊草及洪武三十年定律枉法八十贯论绞[⑮]，谓今当用此惩贪。其他规切时政，语极剀切[⑯]。独劝帝虐刑，时议以为非。御史梅鹍祚劾之。帝虽以瑞言为过，然察其忠诚，为夺鹍祚俸[⑰]。

帝屡欲召用瑞，执政阴沮之[⑱]，乃以为南京右都御史。诸司素偷惰，瑞以身矫之[⑲]。有御史偶陈戏乐[⑳]，欲遵太祖法予之杖。百司惴恐，多患苦之。提学御史房寰恐见纠擿[㉑]，欲先发，给事中钟宇淳复怂恿，寰再上疏丑诋[㉒]。瑞亦屡疏乞休，慰留不允[㉓]。

①半岁：半年。

②衔：记恨，怀恨在心。

③万历：明神宗年号。

④张居正：字叔大，号太岳，江陵（今湖北江陵）人，万历初年为首辅，主持国事。

⑤廉察：考察。

⑥鸡黍：鸡和黍米饭，指普通饭食。萧然：冷冷清清的样子。比喻贫寒。

⑦中外：朝里朝外。

⑧十二年：万历十二年，1584年。

⑨畀：给与。

⑩道：在路上。

⑪尸谏：以死进谏。表示进谏心切。

⑫臻（zhēn）：到，至。贪吏之刑轻：对贪官污吏的刑罚太轻。

⑬文：掩饰，美化。

⑭辜：罪过。

⑮"太祖法"句：太祖对贪官施行酷法，其中有将贪官剥皮实草，为古今酷刑。还规定贪污八十贯以上，就处以绞刑，这些刑法由于过分严酷，后来废除了。

⑯规切：规划裁夺。剀（kǎi）切：切合事理。

⑰夺：收回。

⑱阴沮（jǔ）：暗地阻止。

⑲偷惰：苟且懒惰。以身矫之：以身作则来改正它。

⑳陈戏乐（yuè）：在家演戏。

㉑提学御史：督察学政的御史。见：被。纠擿（tī）：纠举揭发。

㉒丑诋：诬蔑。

㉓慰留：安慰留任。

十五年，卒官。

瑞无子。卒时，佥都御史王用汲入视，葛帏敝籯[①]，有寒士所不堪者[②]。因泣下，醵金为敛[③]。小民罢市[④]。丧出江上，白衣冠送者夹岸，酹而哭者百里不绝[⑤]。赠太子太保[⑥]，谥忠介[⑦]。

瑞生平为学，以刚为主，因自号刚峰，天下称“刚峰先生”。

①葛帏：葛布做的帏帐。籯（yíng）：笼箱之类的竹器。

②寒士所不堪者：穷读书人也不能忍受的。

③醵（jù）：凑钱。敛：殡殓。

④罢市：不做生意。

⑤酹（lèi）：洒酒于地来祭奠。

⑥赠：死后追封爵位。太子太保：辅导太子的官。

⑦谥：死后被加的称号。

杨继盛传

【题解】本篇选自《明史》卷二百零九。传主是与两大奸臣——仇鸾与严嵩斗争而最终就义的忠勇之士杨继盛，与海瑞齐名。作品概述了传主的一生，尤为详尽地叙述了其与二奸臣斗争的始末，突出了传主不畏强权、不徇私利、一心报国的形象。而家贫好学、关心民瘼等事，也揭示了他爱憎分明的一面，使人物丰满可信。

杨继盛字仲芳，容城人[①]。七岁失母。庶母妒，使牧牛。继盛经里塾[②]，睹里中儿读书，心好之。因语兄，请得从塾师学。兄曰：“若幼，何学?”继盛曰：“幼者任牧牛，乃不任学耶?”兄言于父，听之学，然牧不废也。年十三岁，始得从师学。家贫，益自刻厉。举乡试[③]，卒业国子监[④]，徐阶亟赏之[⑤]。

嘉靖二十六年[⑥]，登进士[⑦]。授南京吏部主事[⑧]。从尚书韩邦奇游[⑨]，覃思律吕之学[⑩]，手制十二律，吹之声毕和。邦奇大喜，尽以所学授之，继盛名益著。召改兵部

①容城：今河北徐水县容城镇。

②里塾：乡村中私人设立的学堂。

③举乡试：考中乡试成为举人。

④国子监：明代在北京和南京均设国子监。

⑤徐阶：字子升，曾任国子监祭酒、建极殿大学士（宰相）等职。

⑥嘉靖二十六年：公元 1547 年。嘉靖，明世宗朱厚熜年号。

⑦登进士：考中进士。

⑧南京吏部主事：永乐十八年（1420）明成祖从应天（金陵）迁都北京，但南京仍保留原中央部院行政机构。主事为司中较低一级的官员。

⑨韩邦奇：字汝节，南京兵部尚书，颇为博学。

⑩覃（qín）思：深思。律吕：指音乐。

员外郎[①]。俺答躏京师，咸宁侯仇鸾以勤王故[②]，有宠。帝命鸾为大将军，倚以办寇。鸾中情怯，畏寇甚，方请开互市市马[③]，冀与俺答媾，幸无战斗，固恩宠。继盛以为仇耻未雪，遽议和示弱，大辱国，乃奏言十不可、五谬[④]。

疏入，帝颇心动，下鸾及成国公朱希忠，大学士严嵩、徐阶、吕本，兵部尚书赵锦，侍郎聂豹、张时彻议。鸾攘臂詈曰[⑤]："竖子目不睹寇，宜其易之[⑥]。"诸大臣遂言遣官已行，势难中止。帝尚犹豫，鸾复进密疏。乃下继盛诏狱，贬狄道典史[⑦]。其地杂番[⑧]，俗罕知诗书。继盛简子弟秀者百余人，聘三经师教之[⑨]。鬻所乘马，出妇服装，市田资诸生[⑩]。县有煤山，为番人所据，民仰薪二百里外[⑪]。继盛召番人谕之，咸服曰："杨公即须我曹穹帐[⑫]，亦舍之，况煤山耶?"番民信爱之，呼曰"杨父"。

已而俺答数败约入寇[⑬]，鸾奸大露，疽发背死[⑭]，戮其尸。帝乃思继盛言，稍迁诸城知县[⑮]。月余调南京户部主事，三日迁刑部员外郎。当是时，严嵩最用事[⑯]。恨鸾凌己[⑰]，心善继盛首攻鸾，欲骤贵之，复改兵部武选司[⑱]。而继盛恶嵩甚于鸾。且念起谪籍[⑲]，一岁四迁官，思所以报国。抵任甫一月，草奏劾嵩[⑳]。

疏入，帝已怒。嵩见"召问二王"语[㉑]，喜，谓可指此为罪，密构

①员外郎：六部各司主管官郎中的属官。

②俺答：鞑靼族酋长。仇鸾：明大同（今属山西）总兵，俺答入寇北京，仇鸾率兵入援京师，虽接战兵溃，但因俺答饱掠退兵，仇鸾得以冒功受赏。

③互市：古代专指与外国或少数民族之间的贸易。

④十不可、五谬：文载《请罢马市疏》。

⑤攘臂：挽袖子、伸胳膊。詈（lì）：骂。

⑥宜其易之：难怪小看它。

⑦狄道：今甘肃康乐县。典史：知县下属最低级官吏，主管公文来往。

⑧杂番：指汉人和少数民族杂居。

⑨简：挑选。三经师：指精通儒家三部经典的老师。

⑩鬻（yù）：卖。出：也指售卖或典当。市田资诸生：即买田出租，以租赋作学生的费用。市：买。

⑪仰：依赖，依靠。

⑫我曹：我们。穹（qióng）帐：游牧民族所居的帐幕。

⑬数：多次，屡次。败约入寇：毁坏约定，入边侵掠。

⑭疽（jū）：毒疮。

⑮稍：略微。迁：升迁，提升。诸城：今属山东省。

⑯用事：得宠专权。

⑰凌：凌驾，凌辱。

⑱骤：这里指突然间、大幅度。武选司：兵部四司中最重要的司，负责武职人员的选任、升迁。

⑲谪籍：指被谪降官员的名册。

⑳草奏劾嵩：起草奏疏弹劾严嵩。

㉑二王：指世宗第三子裕王载垕（hòu）即后来的穆宗皇帝，第四子景王载圳。

于帝。帝益大怒，下继盛诏狱，诘何故引二王[①]。继盛曰："非二王，谁不慑嵩者！"狱上，乃杖之百，令刑部定罪。侍郎王学益，嵩党也，受嵩属，欲坐诈传亲王令旨，律绞[②]；郎中史朝宾持之，嵩怒，谪之外[③]。于是尚书何鳌不敢违，竟如嵩指成狱[④]，然帝犹未欲杀之也。

系三载[⑤]，有为营救于嵩者。其党胡植、鄢懋卿怵之曰[⑥]："公不睹养虎者耶，将自贻患。"嵩颔之[⑦]。会都御史张经、李天宠坐大辟[⑧]。嵩揣帝意必杀二人，比秋审[⑨]，因附继盛名并奏，得报[⑩]。其妻张氏伏阙上书[⑪]，言："……愿即斩臣妾首，以代夫诛。夫虽远御魑魅，必能为疆场效死，以报君父[⑫]。"嵩屏不奏，遂以三十四年十月朔弃西市[⑬]，年四十。临刑赋诗曰："浩气还太虚，丹心照千古。生平未报恩，留作忠魂补。"天下相与涕泣传颂之。

初，继盛之将杖也，或遗之蚺蛇胆[⑭]。却之曰："椒山自有胆，何蚺蛇为！"椒山，继盛别号也。及入狱，创甚[⑮]。夜半而苏[⑯]，碎磁碗，手割腐肉。肉尽，筋挂膜，复手截去。狱卒执灯颤欲坠，继盛意气自如。朝审时，观者塞衢，皆叹息，有泣下者。

后七年，嵩败[⑰]。穆宗立[⑱]，恤直谏诸臣，以继盛为首。赠太常少卿[⑲]，谥忠愍，予祭葬[⑳]，任一子官。又从御史郝杰言，建祠保定[㉑]，名"旌忠"。

①诘：诘问。引：牵扯。
②坐：以……论罪。律绞：按刑律当判绞刑。
③持之：这里指主持公道。谪之外：贬谪到外地。
④竟如嵩指成狱：最终按严嵩的意见判定了案件。
⑤系：拘系，囚禁。
⑥怵：以事恐吓。
⑦颔（hàn）之：点头表示同意。颔，下巴。
⑧大辟：腰斩。
⑨比：等到。
⑩得报：指秋审后上报处决死囚的奏章获得皇帝批准。
⑪伏阙（què）上书：拜伏在宫门之外给皇帝上奏章。阙，宫门外立有双柱的高台。
⑫远御魑魅（chī mèi）：到边远的地方去抵抗敌人。魑魅，原指山妖鬼怪，这里指敌人。君父：旧时对皇帝的尊称。
⑬弃西市：在西市被处决并暴尸示众。
⑭蚺（rán）蛇：即蟒蛇。传说吃了蚺蛇胆，受杖责时可不死。
⑮创甚：创伤十分厉害。
⑯苏：苏醒。
⑰嵩败：指严嵩事败，被革职归籍。
⑱穆宗：即世宗第三子裕王载垕，嘉靖四十五年登皇帝位，年号隆庆，在位六年（1507～1572）。
⑲赠，专指死后追授。太常少卿：太常寺专掌朝廷祭祀礼乐之事，长官为卿，副长官为少卿。
⑳予祭葬：指官府安排祭奠、葬礼。
㉑建祠：由朝廷下令建立祭祠，以备祭祀、瞻仰，以示荣耀。

彭端淑

彭端淑（约 1691～约 1772），清代文学家。家乐斋，又字仪一，丹棱（今四川洪雅）人。进士出身，曾任地方官。后家居，讲学著述。诗文兼工，其散文气势雄浑，笔力刚健，传记文尤其有得于司马迁、韩愈。著有《白鹤堂文集》。

石哈生宋石芝传

【题解】在文人杂传中，合传是比较少见的，因为难写。彭端淑的这篇合传是比较成功的。传记写的是一对旷世知交，却并未平均用力。从标题和行文看，石哈生是主角，但全篇中却是宋石芝占的篇幅较大。而写宋的精于谋略而独推石为知己，烘云托月，更显得石之超凡卓异。文章构思巧妙，一伏一显，相辅相成，耐人寻味。

石哈生者，或曰秦人[①]，或曰蜀人。长七尺余，力能扛鼎。无妻子生业，自鬻于西安某家，供刍米薪水之役惟谨[②]，无大小皆喜之。居尝寡言笑，无喜愠色[③]，人莫测其为何人。询之不言，问其名亦不告；因共呼为哈生。哈生者，俗所谓无能而虚生也。独与富平人宋石芝善[④]。

石芝尝游滇南，察吴三桂必叛[⑤]，因潜匿。及三桂之叛也，我朝遣大将军商善贝勒及将军班第讨之[⑥]，与贼相拒滇之石万溪。其山二面险峻，独一面稍平，贼据之，期年不能克[⑦]。朝廷复遣将张勇助之[⑧]。勇兵西北人，滇路崎岖，值霖雨[⑨]，多疲敝，扶杖而行。既至，旗

①秦：指今陕西一带。

②生业：产业、生意。鬻：此处指为人作佣工糊口。刍米薪水之役：指喂牲口、舂米、打柴、挑水。

③喜愠（yùn）：喜怒。

④富平：今属陕西省，故城在今县城西北。

⑤吴三桂：明末蓟辽总兵，镇守山海关。因爱姬陈园园被扣，遂投降清朝，引清兵入关。后封平西王，镇守云南。康熙十二年（1673）起兵反清。

⑥商善：一作尚善，时任安远靖冠大将军。贝勒：满语多罗贝勒的简称，满族宗室封爵的第五级。

⑦期（jī）年：一整年。

⑧张勇：陕西咸宁（今西安市）人。明崇祯时任副将，清顺治年间降清。时任甘肃总兵。

⑨霖雨：连下几天的大雨。

兵见之[①]，鼓掌哭曰："是尚能杀贼耶?"号其军曰"张娘子军"。

于是石芝黄冠道服，诣勇辕门[②]。军校疑是贼谍，拘以见勇。石芝长辑不拜，勇诘之，曰："某与将军同里[③]，闻将军善将略，兼下士，特为百万生民涂炭而来[④]，献破石万溪之策。"勇奇之，以礼见，屏人语曰："策将安出?"石芝曰："贼所恃，石万溪也。彼负险以抗，必将深老吾师[⑤]，须其敝也，然后击之。故为将军计，利在速战；速战而取胜，非用奇不可。"勇曰："用奇奈何[⑥]?"石芝曰："此山东南隅有间道[⑦]，险阻无备，可通人。旗军攻其前，将军以锐卒袭其后，树旗鸣鼓，令军士齐声大呼曰：'大兵已据此山矣!'贼众闻之，必惊怖散乱，破之如振槁耳[⑧]。此固将军平贼第一勋也!"勇善其计。

次日，大将军督战，勇托病，使副将将其军以行；而潜引三百锐卒，从间道步行，沿岑攀葛而上，悉如计[⑨]。贼兵果乱，遂破石万溪。勇以为能，留军中参议。其后平定诸藩[⑩]，多出石芝策。尝闲居与勇语曰："某平生少知己。"勇曰："如某者，不足为公知己耶?"曰："某与将军一言苟合[⑪]，非知己也。所称知己，独石哈生而已。"

及归西安，每访哈生于其家，必携酒从后户入；相见，偕至僻地，

①旗兵：即八旗兵，包括满族八族、蒙古八旗和汉军八旗，是清朝的嫡系部队。

②黄冠：道士的帽子。道服：道士穿的道袍。诣：到。

③某与将军同里：宋石芝为富平人，张勇为咸宁人，同属西安府管辖，故称同里。

④涂炭：本为烂泥和炭水，后引申为灾难和困苦。

⑤深老吾师：使我方军队深陷疲惫困顿的境地。

⑥用奇奈何：用奇该怎么办?

⑦间（jiàn）道：偏僻小路。

⑧振槁：摇动树之枯叶，指事情很容易做到。

⑨悉如计：全都像谋划的那样。

⑩平定诸藩：康熙十二年议撤藩，平西王吴三桂首先举兵反叛，不久平南王尚之信起兵于广东，靖南王耿精忠起兵于福建，这就是历史上的"三藩之乱"。诸藩即主要指此。

⑪一言苟合：一句话谈得投机。苟合，这里偶然相合。

趺坐饮酒剧谈[①]，谈罢大笑，笑罢复大哭。兴尽，弃其饮器而散。又常于将军幕中，大会宾客，设席虚左；或问之，曰："此待吾友人石哈生也。"俄而哈生草冠草履褐衣[②]，昂然而入，揖众直踞其席[③]，石芝旁待，执壶倾酒甚恭。哈生亦不稍逊[④]，持杯豪饮，旁若无众宾客也。众人惊骇，卒莫测其为何人。

后哈生病笃[⑤]，其主人将为殡殓之具。哈生曰："待我友人宋公备之。"主人忧其不及[⑥]。有顷[⑦]，石芝果至。哈生张目视之，不发一言，遂卒。石芝为痛哭竟日[⑧]，悉出囊中资，厚葬，成礼而去。

天下既定，将军勇欲表荐石芝于朝，谢之[⑨]；赠以金，亦不受，遂隐于华山云[⑩]。

彭子曰："余尝与张将军孙宗纯者游[⑪]，多言石、宋两人事甚悉。宋石芝一出，而为将军建奇动，功成身隐。哈生见重于宋，其才智必有大过人者，乃为人奴而不辱，彼其中固有不可测者耶！宗纯又云：'哈生既没，或传其善天文，本故明宗室子[⑫]，以石为姓，有托焉尔！'问之不言，故世莫能定。要之此两人，亦奇矣哉！"

①趺（fú）坐：结跏趺坐的略称，佛教中和尚打坐和修禅者的坐法，即双足交迭盘膝而坐。剧谈：高谈阔论。

②褐衣：粗布衣，为平民所穿的衣服。

③揖众直踞其席：向众宾客作揖，然后直接坐于主宾之席。

④亦不稍逊：一点儿也不谦让。逊，谦让。

⑤病笃（dǔ）：病重。

⑥忧：担心。

⑦有顷：过了不久。

⑧竟日：整天，竟，完结，终了。

⑨表荐石芝于朝：上表奏报宋石芝的功劳。谢：推辞。

⑩华山：五岳之一，在今陕西华阴县境内。

⑪游：交往，过从。

⑫本故明宗室子：石哈生本是过去的明朝宗室的后代。

全祖望

全祖望（1705～1755），清代学者。字绍衣，号谢山，鄞县（今浙江鄞县）人。全祖望为人伉直有志节，一生致力于经史的研究，写了不少歌颂忠义的文章。著有《鲒埼亭集》。

阳曲傅先生事略

【题解】明清政权更替之际，无论权贵还是平民都面临痛苦抉择。就士人而言，既有钱谦益、侯方域式的选择，也有傅山、黄宗羲式的道路。全祖望的这篇文章，以显示人格为中心，生动具体地描写了傅山持守气节的品质。傅山被强行抬到午门前谢恩时，宁仆地而不肯低头的情景，后人读之如在目前。文章取舍剪裁都很严谨，叙事翔实而简练。全祖望生活于清中叶，当时天下承平日久，明清之际的沉痛已经成为历史陈迹，但作为中原士人，全祖望著作此文有抚今追昔、痛定思痛之感。

朱衣道人者，阳曲傅山先主也。初字青竹，寻改字青主，或别署曰公之它[①]，亦曰石道人，又字啬庐。家世以学行师表晋中[②]。先生六岁，啖黄精[③]，不乐谷食，强之[④]，乃复饭。少读书，上口数过，即成诵。顾任侠[⑤]，见天下且丧乱，诸号为荐绅先生者[⑥]，多腐恶不足道，愤之，乃坚苦持气节，不肯少与时媕婀[⑦]。

提学袁公继咸为巡按张孙振所诬，孙振故奄党也[⑧]。先生约其同学曾公良直等诣匦使[⑨]，三上书论之，不得达，乃伏阙陈情[⑩]。时抚军吴公甡亦直袁，竟得雪[⑪]，而先

①别署：即别号。

②学行：学问、品行。师表：表率，榜样。晋中：指山西。

③啖（dàn）：吃。黄精：草本植物，根茎皆可入药，传说久服能益寿。

④强（qiǎng）：勉强。

⑤顾：但是。任侠：以侠义自任。

⑥荐绅：同“缙绅”，官宦人物。

⑦媕婀（ān ē）：随波逐流。

⑧提学：地方学政官。巡按：即巡按御史。奄党：即阉党。奄，通“阉”。

⑨诣：往，到。匦（guǐ）使：管接受章疏的官，指通政使。

⑩达：上达皇帝。伏阙：跪在皇宫前。

⑪抚军：即巡抚。直：以为有理。雪：昭雪。

生以是名闻天下。马文忠公世奇为作传[①]，以为裴瑜、魏劭复出[②]。已而曹公任在兵科[③]，贻之书曰：“谏官当言天下第一等事，以不负故人之期。”曹公瞿然[④]，即疏劾首辅宜兴及骆锦衣养性[⑤]，直声大震。

先生少长晋中，得其山川雄深之气，思以济世自见[⑥]，而不屑为空言。于是蔡忠襄公抚晋[⑦]，时寇已亟[⑧]，讲学于三立书院，亦及军政、军器之属。先生往听之，曰：“迂哉，蔡公之言，非可以起而行者也。”甲申[⑨]，梦天帝赐之黄冠，乃衣朱衣[⑩]，居土穴以养母。次年，袁公自九江羁于燕邸[⑪]，以难中诗贻先生，曰：“晋士惟门下知我最深[⑫]，盖棺不远，断不敢负知己，使异日羞称友生也[⑬]。”先生得书恸哭曰：“公乎，吾亦安敢负公哉！”甲午[⑭]，以连染遭刑戮[⑮]，抗词不屈，绝粒九日[⑯]，几死。门人有以奇计救之者，得免。然先生深自咤恨，以为不如速死之为愈[⑰]，而其仰视天、俯画地者并未尝一日止[⑱]。凡如是者二十年。

天下大定[⑲]，自是始以黄冠自放，稍稍出土穴与客接[⑳]。然间有问学者，则告之曰：“老夫学庄列者也[㉑]，于此间诸仁义事，实羞道之，即强言之，亦不工。”又雅不喜欧公以后之文[㉒]，曰：“是所谓江南之文也[㉓]。”平定张际者，亦遗民也[㉔]，以

①马世奇：无锡人，进士，谥文忠。

②裴瑜、魏劭：皆东汉末年人。河东太守史弼遭诬陷被逮入京，吏人莫敢近之，唯裴瑜相送；史弼被判死刑，魏劭变卖家产贿赂权臣使其减刑。

③曹公：曹良直。兵科：兵科给事中。

④瞿（qú）然：惊悟的样子。

⑤首辅：明代以首席大学士为首辅。宜兴：指宜兴人周延儒。锦衣：骆养性掌锦衣卫事，故称。

⑥见：同“现”。

⑦于是：其时。蔡忠襄公：蔡懋德，江苏昆山人，谥忠襄。

⑧寇：指李自成的军队。亟：急。

⑨甲申：崇祯十七年（1644）。是年李自成攻破北京，清兵入关。

⑩黄冠、朱衣：都是道士的装束。这里暗指不归顺清朝。

⑪袁公：袁继咸。羁：拘系。燕邸：在北京的住所。

⑫门下：弟子，学生。

⑬友生：师长对门生自称的谦词。

⑭甲午：清顺治十一年（1654）。

⑮连染：受到牵连。有人密告傅山和南明政权相通，因而被捕入狱。

⑯抗词：据理直言。绝粒：绝食。

⑰咤恨：愤怒。为愈：好一些。

⑱仰视天俯画地：这里表示极度的悲愤。

⑲天下大定：指南明势力被彻底消灭。

⑳自放：甘心闲散隐居的生活。接：交往。

㉑庄列：庄子与列子。

㉒雅：向来。欧公：指宋人欧阳修。

㉓江南之文：浮华不实的文章。

㉔平定：今山西平定。遗民：改朝换代后不仕新朝的人。

不谨得疾死[①]。先生抚其尸哭之曰："今世之醇酒妇人以求必死者，有几人哉！呜呼，张生！是与沙场之痛等也。"又自叹曰："弯强跃骏之骨[②]，而以占毕朽之[③]，是则埋吾血，千年而碧[④]，不可灭者矣！"或强以宋诸儒之学问，则曰："必不得已，吾取同甫[⑤]。"

先生工书，自大小篆、隶以下，无不精。兼工画。尝自论其书曰："弱冠学晋唐人楷法，皆不能肖，及得松雪、香山墨迹[⑥]，爱其圆转流丽，稍临之，则遂乱真矣。"已而乃愧之曰："是如学正人君子者，每觉其觚棱难近[⑦]；降与匪人游[⑧]，不觉其日亲者。松雪何尝不学右军[⑨]；而结果浅俗，至类驹王之无骨[⑩]，心术坏而手随之也[⑪]。"于是复学颜太师[⑫]。因语人学书之法：宁拙毋巧，宁丑毋媚，宁支离毋轻滑，宁真率毋安排。君子以为先生非止言书也。

先生既绝世事，而家传故有禁方[⑬]，乃资以自活。其子曰眉，字寿髦，能养志[⑭]。每日樵于山中，置书担上，休担则取书读之。中州有吏部郎者[⑮]，故名士，访先生。既见，问曰："郎君安往[⑯]？"先生答曰："少需之，且至矣[⑰]。"俄而有负薪而归者，先生呼曰："孺子，来前肃客[⑱]！"吏部颇惊。抵暮，先生令伴客寝，则与叙中州之文献，滔滔不置[⑲]，吏部或不能尽答也。诘朝，谢先生曰[⑳]："吾甚

①不谨：指行为放荡。

②弯强：拉强弓。跃骏：驰骏马。

③占毕：占卜一卦的功夫，极言时间之短促。

④碧：血化为碧。表示雄心不灭。《庄子·外物》："苌弘死于蜀，藏其血，三年而化为碧。"

⑤同甫：陈亮，字同甫，南宋永康（今浙江永康）人，注重事功，反对不切实际的玄想。

⑥松雪：赵孟頫，元代书法家，号雪松道人。香光：董其昌，明代书法家，号香光居士。

⑦觚（gū）棱：宫殿上转角处的瓦脊，比喻为人方正有棱角。

⑧匪人：行为不正当的人。

⑨右军：王羲之，东晋书法家，官至右军将军，世称王右军。

⑩驹王：梁任昉《述异记》载，徐国君主徐驹王生下来时有筋而无骨。此处用"无骨"形容笔力虚弱。

⑪心术坏：指赵孟頫作为宋代宗室后裔而在元朝做官。

⑫颜太师：颜真卿，唐代著名书法家，官至太子太师。

⑬禁方：珍秘药方。

⑭养志：培养不慕名利的志向。

⑮中州：泛指今河南一带地方。

⑯郎君：对别人儿子的敬称。

⑰少需：略微等待。少，稍。

⑱肃客：拜见客人。

⑲滔滔不置：滔滔不绝。置，废弃，停止。

⑳诘朝（jié zhāo）：第二天早晨。谢：道歉，谢罪。

惭于郎君。”先生故喜苦酒，自称老蘖禅[①]，眉乃自称曰小蘖禅。或出游，眉与先生共挽车，暮宿逆旅[②]，仍篝灯课读经、史、骚、选诸书[③]。诘旦[④]，必成诵始行，否则予杖。故先生之家学，大河以北，莫能窥其藩者[⑤]。尝批欧公《集古录》曰[⑥]：“吾今乃知此老真不读书也。”

戊午[⑦]，天子有大科之命[⑧]，给事中李宗孔、刘沛先以先生荐。时先生年七十有四，而眉以病先卒，固辞，有司不可[⑨]。光生称疾，有司乃令役夫舁其床以行[⑩]，二孙侍。既至京师三十里，以死拒，不入城。于是益都冯公首过之公[⑪]，公卿毕至。先生卧床，不具迎送礼。蔚州魏公乃以其老病上闻[⑫]，诏免试，许放还山。时征士中报罢而年老者[⑬]，恩赐以官。益都密请以先生与杜征君紫峰[⑭]，虽皆未豫试，然人望也[⑮]。于是亦特加中书舍人以宠之[⑯]。益都乃诣先生曰：“恩命出自格外，虽病，其为我强入一谢[⑰]。”先生不可。益都令其宾客百辈说之，遂称疾笃[⑱]。乃使人舁以入。望见午门，泪涔涔下[⑲]。益都强掖之使谢，则仆于地。蔚州进曰：“止、止，是即谢矣。”次日遽归，大学上以下，皆出城送之。先生叹曰：“自今以还，其脱然无累哉[⑳]！”既而又曰：“使后世或妄以刘因辈贤我[㉑]，且死不瞑目矣。”闻者咋舌。及卒，以朱

①蘖（bò）：一种落叶乔木，树皮味苦，可入药。蘖禅：意为修行吃苦的和尚。

②逆旅：旅店。

③篝（gòu）灯：燃灯。课读：教读。骚：《楚辞》。选：《昭明文选》。

④诘旦：第二天早晨。

⑤藩：比喻边界、边际。

⑥批：评点，批阅。

⑦戊午：康熙十七年（1678）。

⑧大科：清代称制举中的博学鸿词科为大科，由各省举荐学问文章好的人到北京应试，量才授职。

⑨有司：负责该事的官吏。

⑩舁（yú）：抬。

⑪益都：今山东青州。冯公：冯溥，时任文华殿大学士。过：探望。

⑫蔚（yù）州：今河北蔚县。魏公：魏象枢，时任户部侍郎。上闻：上报皇帝。

⑬征士：不受朝廷征聘的隐士。报罢：没有录取。

⑭请以：以……请。杜紫峰：杜越，号紫峰。

⑮豫：参加。人望：众人仰望的人。

⑯中书舍人：官名，职责为缮写文书。宠：优待。

⑰其：表示希望语气。

⑱百辈：上百人。说（shuì）：劝说。疾笃：病重。

⑲涔涔（cén）：流泪不止的样子。

⑳其：表示推测语气。脱然：洒脱无忧的样子。

㉑刘因：字梦吉，号静修，容城（今河北容城）人。元代至元年间被征召入朝，授右赞善大夫，不久即辞官归里。但他毕竟做了元官，故傅山不愿后人把他等同于刘因。

衣黄冠殓。

著述之仅传者，曰《霜红龛集》十二卷，眉之诗亦附焉。眉诗名《我诗集》，同邑人张君刻之宜兴。

先生尝走平定山中，为人视疾，失足堕崩崖。仆夫惊哭曰："死矣！"先生旁皇四顾[①]，见有风峪甚深[②]，中通天光，一百二十六石柱林立，则高齐所书佛经也[③]。摩挲视之[④]，终日而出，欣然忘食。盖其嗜奇如此。惟顾亭林之称先生曰[⑤]："萧然物外，自得天机[⑥]。'予则以为是特先生晚年之踪迹[⑦]，而尚非其真性所在。卓尔堪曰[⑧]："青主盖时时怀翟义之志者[⑨]。"可谓知先生者矣。吾友周君景驻守太原，以先生之行述请[⑩]，乃作事略一篇致之，使之上史馆。予固知先生之不以静修自屈者，其文当不为先生之所唾[⑪]，但所愧者，未免为"江南之文"尔。

①旁皇：同"彷徨"。

②风峪：通风的山洞。

③高齐：南北朝时的北齐。

④摩娑（suō）：用手抚摩。

⑤顾亭林：即顾炎武。

⑥萧然：清静闲散。天机：灵性。

⑦特：只是。

⑧卓尔堪：清初诗人。

⑨翟义：汉朝人，王莽称帝时，他为东郡太守，起兵讨莽，失败被杀。

⑩行述：即行状，记述死者生平事迹的文章。请：请自己写。

⑪固知：原本知道。不以静修自屈：不像刘因那样没有气节。唾：这里指轻视，看不上。

袁 枚

袁枚（1716～1797），清代诗人。字子才，号简斋，钱塘（今浙江杭州）人。进士出身，做过知县。父殁后辞官养母，在南京小仓山购园居住，称随园，自号随园老人。文章多随笔尺牍一类。著作有《小仓山房诗文集》等传世。

书鲁亮侪

【题解】这篇传记写一个是非分明、刚直任事的官吏，写作手法上比较别致。一是全文采取倒叙手法，先写作者亲见的晚年传主，然后叙其生平事迹；二是借他人之口叙述传主的事迹。这样的写法，使文章添了几分跌宕多姿，多了几分真实可信。文中写传主及李令、田督，情态毕现，生动传神，给人留下了深刻印象。

己未冬①，余谒孙文定公于保定制府②。坐甫定，阍启③："清河道鲁之裕白事④。"余避东厢，窥伟丈夫年七十许，高眶，大颡，白须彪彪然⑤，口析水利数万言⑥。心异之，不能忘。

后二十年，鲁公卒已久，予奠于白下沈氏⑦，纵论至于鲁，坐客葛闻桥先生曰：

鲁字亮侪，奇男子也。田文镜督河南严⑧，提、镇、司、道以下，受署惟谨⑨，无游目视者。鲁效力麾下。一日，命摘中牟李令印，即摄中牟⑩。

鲁为微行，大布之衣⑪，草冠，骑驴入境。父老数百扶而道苦之，

①己未：清乾隆四年，公元1739年。

②孙文定公：孙嘉淦（gàn），谥号文定。乾隆三年（1738）任直隶总督。制府：制军公署，即总督衙门。

③甫：刚刚。阍（hūn）：看门人。

④清河道：即清河道道员。鲁之裕：字亮侪（chái），湖北麻城县人。

⑤眶：眼眶。颡（sǎng）：额头。彪彪然：神采威严的样子。

⑥析：剖析论说。

⑦白下：南京的别称。

⑧田文镜：清代大臣，曾任河南总督。

⑨提、镇、司、道：即提台、镇台、两司、道员。受署：即受命。

⑩中牟（móu）：今河南省中牟县，当时属开封道。令：县官。摄：代职。

⑪微行：指易装而行。大布：粗布。

再拜问讯，曰：“闻有鲁公来替吾令，客在开封知否？”鲁谩曰[1]：“若问云何？”曰：“吾令贤，不忍其去故也。”又数里，见儒衣冠者簇簇然谋曰[2]：“好官去可惜，伺鲁公来，盍诉之[3]？”或摇手曰：“咄！田督有令，虽十鲁公奚能为[4]？且鲁方取其官而代之，宁肯舍己从人耶？”鲁心敬之而无言。

至县，见李，貌温温奇雅[5]。揖鲁入，曰：“印待公久矣！”鲁拱手曰：“观公状貌、被服[6]，非豪纵者，且贤称噪于士民[7]，甫下车而库亏[8]，何耶？”李曰：“某曰[9]，滇南万里外人也[10]。别母，游京师十年[11]，得中牟，借俸迎母。母至，被劾[12]，命也！”言未毕，泣。鲁曰：“吾暍甚，具汤浴我[13]！”径诣别室[14]，且浴且思，意不能无动。良久，击盆水誓曰：“依凡而行者[15]，非夫也！”具衣冠辞李。李大惊曰：“公何之？”曰：“之省[16]。”与之印，不受。强之曰：“毋累公！”鲁掷印铿然，厉声曰：“君非知鲁亮侪者！”竟怒马驰去[17]。合邑士民焚香送之。

至省，先谒两司[18]，告之故。皆曰：“汝病丧心耶[19]？以若所为，他督抚犹不可[20]，况田公耶？”明早诣辕[21]，则两司先在。名纸未投[22]，合辕传呼鲁令入。田公南向坐，面铁色，盛气迎之，旁列司、道下文武

①谩（mán）：含糊。
②儒衣冠者：泛指读书人。簇簇然：聚集在一起的状貌。
③盍（hé）诉之：何不求求他。盍，何不。
④咄（duó）：呵叱声。奚：何。
⑤温温：柔和。奇雅：特别文雅。
⑥被服：穿着。
⑦贤称：贤名。噪：响亮，比喻名声大。
⑧下车：指官吏到任。
⑨某：李令自称。
⑩滇南：指云南。
⑪游：游宦，出外谋求官职。
⑫被劾：被控违法失职。劾，参劾。
⑬暍（yē）：中暑。这里指暴热。汤：热水。
⑭径诣：径直到。
⑮依凡而行：按照凡俗行事。
⑯之省：到省府（即开封）。之，去，到。
⑰怒马：形容策马快跑。
⑱谒：拜见。两司：指布政使和按察使（因其衙门称布政使司和按察使司），都是总督的属官。
⑲丧心：丧失理智，发疯。
⑳督抚：总督、巡抚。巡抚总辖一省军政要事，总督则为朝廷派往外省的最高长官，位在巡抚之上。
㉑辕：衙门。古代巡狩田猎时，以车为门，称辕门。后因称衙署的外门为辕门，其行馆称为行辕。
㉒名纸：即名帖，名片。

十余人。睨鲁曰[①]："汝不理县事而来，何也?"曰："有所启[②]。"曰："印何在?"曰："在中牟。"曰："交何人?"曰："李令。"田公乾笑，左右顾曰："天下摘印者，宁有是耶[③]?"皆曰："无之。"两司起立谢曰："某等教饬亡素，至有狂悖之员[④]。请公并劾鲁，付某等严讯朋党情弊[⑤]，以惩余官!"

鲁免冠前叩首[⑥]，大言曰："固也[⑦]。待裕言之：裕一寒士，以求官故，来河南。得官中牟，喜甚，恨不连夜排衙视事[⑧]。不意入境时，李令之民心如是，士心如是，见其人，知亏帑故又如是[⑨]。若明公已知其然而令裕往，裕沽名誉[⑩]，空手归，裕之罪也。若明公未知其然而令裕往，裕归陈明，请公意旨，庶不负大君子爱才之心[⑪]，与圣上以孝治天下之意。公若以为无可哀怜，则裕再往取印未迟。不然，公辕外官数十[⑫]，皆求印不得者也；裕何人，敢逆公意耶?"

田公默然。两司目之退[⑬]。鲁不谢，走出，至屋霤外[⑭]。田公变色下阶，呼曰："来!"鲁入跪。又招曰："前!"取所戴珊瑚冠覆鲁头[⑮]，叹曰："奇男子！此冠宜汝戴也。微汝[⑯]，吾几误劾贤员。但疏去矣[⑰]，奈何!"鲁曰："几日?"曰："五日，快马不能追也。"鲁曰："公有恩，裕能追之。裕少时能日行三百里；公果欲

①睨（nì）：斜着眼看。

②启：启禀，报告。

③宁有是耶：难道有这样的吗。

④教饬（chì）：教导训诫。亡素：同"无素"，不能经常。狂悖（bèi）：狂妄违逆。

⑤朋党：结党营私。情弊：情状症结。

⑥免冠：旧时指革职。这里鲁之裕自己免冠，有请罪之意。

⑦大言：指说话声音洪亮。固也：当然了。指上述两司所言处置是理所应当的。

⑧排衙视事：即登堂上任。排衙，县官升堂时，吏员分列两旁，故称。视事，办公。

⑨知亏帑（tǎng）故：了解缺少公款是为了迎母于万里之外。帑，库金，即公款。

⑩沽名誉：收买名声。

⑪大君子：大人物。这里暗指总督田文镜。

⑫辕外官：衙门外的候补官，即已经谋得官衔但没有实际职位的官。

⑬目之退：以目示意，要鲁之裕退下。

⑭不谢：不辞而别。屋霤（liù）：屋檐滴水处。

⑮珊瑚冠：清朝二品文官的朝冠，用雕花珊瑚作帽顶，故称。

⑯微：非，不是。

⑰疏：这里指呈报皇帝参劾李令的奏章。

追疏，请赐契箭一枝以为信[1]！”公许之，遂行。五日而疏还。中牟令竟无恙。以此鲁名闻天下。

先是，亮侪父某为广东提督，与三藩要盟[2]。亮侪年七岁，为质子于吴[3]。吴王坐朝[4]，亮侪黄袂衫，戴貂蝉侍侧[5]。年少豪甚，读书毕，日与吴王帐下健儿学嬴越勾卒、掷涂赌跳之法[6]，故武艺尤绝人云。

①契箭：令箭。信：信物，凭证。

②三藩：清初封明朝的三个降将为藩王，合称“三藩”。要（yāo）盟：被胁迫而结盟。

③质子：结盟者送儿子到对方辖地居住，以示诚信。吴：指吴三桂。

④坐朝：即朝见臣子。

⑤黄袂衫：黄马褂，一种贵重的礼服。貂蝉：古代武官的礼帽，左面插貂尾，上用玳瑁做的蝉作装饰，前插银花。

⑥帐下健儿：指卫士。嬴越勾卒：秦国、越国训练士兵。掷涂：投泥团，比赛投得远。赌跳：比赛跳得高。

蒋士铨

蒋士铨（1725～1785），清代诗人、戏曲家。字心余，又字清容、苕生，号藏园，江西铅山人。进士出身，任编修、御史等职，其间曾辞官养母。诗文均工，尤精南北曲。著有《忠雅堂诗文集》等。

鸣机夜课图记

【题解】本篇从标题上看为“图记”，但文中有“按吾母生平勤劳，为之略”，视为传记未尝不可。文中写到了母亲的种种美德，尤以织纴维生和课子读书二事为宗，呼应了文题。由于写的是自己的亲生母亲，且母子二十年未相离别，故以情濡笔，写来极为细腻生动，读之使人泪下。

吾母姓钟氏，名令嘉，出南昌名族，行九。幼与诸兄从先外祖滋生公读书[①]。十八归先府君[②]。时府君年四十余，任侠好客，乐施与，散数千金，囊箧萧然[③]，宾从辄满座。吾母脱簪珥，治酒浆，盘罍间未尝有俭色[④]。越二载，生铨，家益落，历困苦穷乏，人所不能堪者，吾母怡然无愁蹙状[⑤]，戚鄙人争贤之[⑥]。府君由是计复游燕、赵间，而归吾母及铨寄食外祖家。

铨四龄，母日授四子书数句[⑦]；苦儿幼不能执笔，乃镂竹枝为丝，断之，诘屈作波磔点画[⑧]，合而成字，抱铨坐膝上教之。既识，即拆去。日训十字[⑨]，明日，令铨持竹丝合所识字，无误乃已。至六龄，始令执笔学书。先外祖家素不润[⑩]，历

①先：指已故。下同。

②归：女嫁曰归。府君：本为汉时太守之称，后代子孙称其先世亦曰府君。先府君，专称亡父。

③囊：袋子。箧（qiè）：箱子。萧然：冷清清、空荡荡的样子。

④珥（ěr）：耳饰。罍（léi）：酒器。俭色：吝啬小气的脸色。

⑤怡然：和悦的样子。愁蹙（cù）：指因忧愁而皱眉。

⑥戚鄙：指邻里亲戚之人。戚，亲戚。鄙，同“党”，乡党。

⑦四子书：四书的别称，即《论语》《大学》《中庸》《孟子》。

⑧诘屈：指字形笔画弯曲转折的形状。波、磔（zhé）、点、画：汉字笔画名称，分别指撇、捺、点、横。

⑨训：指教。

⑩润：富裕。

年饥大凶[①]，益窘乏。时铨及小奴衣服冠履，皆出于母。母工纂绣组织，凡所为女红[②]，令小奴携于市，人辄争购之；以是铨及小奴无褴褛状。

先外祖长身白髯[③]，喜饮酒。酒酣，辄大声吟所作诗，令吾母指其疵[④]。母每指一字，先外祖则满引一觥[⑤]；数指之后，乃陶然捋须大笑[⑥]，举觞自呼曰："不意阿丈乃有此女[⑦]！"既而摩铨顶曰[⑧]："好儿子，尔他日何以报尔母[⑨]？"铨稚，不能答，投母怀，泪涔涔下[⑩]，母亦抱儿而悲；檐风几烛，若愀然助入以哀者[⑪]。

记母教铨时，组纠纺绩之具，毕置左右[⑫]；膝置书，令铨坐膝下读之。母手任操作，口授句读[⑬]，咿唔之声，与轧轧相间[⑭]。儿怠，则少加夏楚[⑮]，旋复持儿而泣曰："儿及此不学[⑯]，我何以见汝父！"至夜分，寒甚，母坐于床，拥被覆双足，解衣以胸温儿背，共铨朗诵之；读倦，睡母怀，俄而母摇铨曰："可以醒矣！"铨张目视母面，泪方纵横落，铨亦泣。少间，复令读；鸡鸣，卧焉。诸姨尝谓母曰："妹一儿也，何苦乃尔！"对曰："子众，可矣；儿一，不肖，妹何托焉？"

庚戌[⑰]，外祖母病且笃[⑱]，母侍之，凡汤药饮食，必亲尝之而后进，历四十昼夜，无倦容。外祖母濒危，

①年饥：指歉收。大凶：指荒年。

②纂（zuǎn）绣组织：泛指刺绣编织之事。纂，编织。绣，刺绣。组，编结绦带。织，织布。女红：指女子的手工。

③髯（rán）：两颊的胡须。泛指胡须。

④疵（cī）：瑕疵，此处指错误。

⑤觥（gōng）：酒器。

⑥捋（lǚ）：顺胡须抚摸而下的动作。

⑦阿丈：作者外祖父的自称，犹言"老夫"。

⑧摩铨顶：抚摸铨的头顶。

⑨好儿子：即"好孩子"。尔：你。

⑩涔涔（cén）：泪流下滴的样子。

⑪几：小桌子。愀（qiǎo）然：愁苦变色的样子。

⑫组紃（xún）纺绩：泛指女工等。紃，编条。纺，纺纱。绩，绩麻。毕：全部。

⑬任：担负。句读（dòu）：指阅读古书时停顿。

⑭咿唔（yī wú）：小儿发语声。轧轧（yà）：形容纺织的声音。相间（jiàn）：穿插，互相应和。

⑮夏（jiǎ）楚：夏，本作榎，榎木。楚，即荆木。古时用这两种树木制作戒尺，用以惩罚犯规者。

⑯及此：现在，眼前。

⑰庚戌：清世宗雍正八年，即1730年。

⑱病且笃：患病而且病得很重。

泣曰："女本弱，今劳瘁过诸兄[①]，惫矣。他日婿归，为言：'我死无恨，恨不见女子成立。'其善诱之！"语讫而卒。母哀毁骨立[②]，水浆不入口者七日。闾鄗姻娅[③]，一时咸以孝女称，至今弗衰也。

铨九龄，母授以《礼记》《周易》《毛诗》[④]，皆成诵。暇更录唐宋人诗，教之为吟哦声[⑤]。母与铨皆弱而多病，铨每病，母即抱铨行一室中，未尝寝；少痊，辄指壁间诗歌，教儿低吟之以为戏。母有病，铨则坐枕侧不去。母视铨，辄无言而悲，铨亦凄楚依恋之。尝问曰："母有忧乎？"曰："然。""然则何以解忧？"曰："儿能背诵所读书，斯解也[⑥]。"铨诵声琅琅然，争药鼎沸[⑦]。母微笑曰："病少差矣[⑧]。"由是，母有病，铨即持书诵于侧，而病辄能愈。

十岁，父归。越一载，复携母及铨，偕游燕、赵、秦、魏、齐、梁、吴、楚间。先府君苟有过，母必正色婉言规[⑨]。或怒不听，则屏息，俟怒少解，复力争之，听而后止[⑩]。先府君每决大狱[⑪]，母辄携儿立席前，曰："幸以此儿为念[⑫]。"府君数颔之[⑬]。先府君在客邸，督铨学甚急，稍怠，即怒而弃之，数日不及一言；吾母垂涕扑之[⑭]，令跪读至熟乃已，未尝倦也。铨故不能荒于嬉，而母教由是益以严。

①女：汝，你。劳瘁（cuì）：劳累操心。

②哀毁：形容悲哀过度毁坏了身体。骨立：形容十分消瘦。

③闾鄗姻娅：邻里和乡党。姻娅，指亲戚。

④《毛诗》：即《诗经》。《诗经》在汉代有四家为之作传，其中毛亨所作传后来通行，所以《诗经》又称《毛诗》。

⑤吟哦：指把诗歌念出抑扬顿挫的声调。

⑥斯解也：这就解除（我的忧愁）了。斯，这。

⑦争药鼎沸：与药锅的煮沸声呼应。争，与……比。药鼎，煎药锅。沸，滚沸声。

⑧少差（chài）：病稍好些。差，同"瘥"，病愈。

⑨苟：倘若。规：规劝。

⑩屏息：指默不作声。听而后止：听从之后才停止。

⑪决大狱：审判重要案件。

⑫幸：希望。

⑬数颔（hàn）之：频频点头，表示非常同意。数，频频。颔之，点头。颔，下巴。

⑭扑：打。

又十载，归。卜居于鄱阳[①]。铨年且二十。明年，娶妇张氏。母女视之[②]，训以纺绩织纴事，一如教儿时。

铨生二十有二年，未尝去母前。以应童子试，归铅山[③]，母略无离别可怜之色。旋补弟子员[④]。明年丁卯，食廪饩[⑤]；秋，荐于乡[⑥]。归拜母，母色喜。依膝下廿日，遂北行。母念儿，辄有诗，未一寄也。明年落第[⑦]，九月归。十二月，先府君即世，母哭而濒死者十余次，自为文祭之，凡百余言，朴婉沉痛，闻者无亲疏老幼，皆呜咽失声。时，行年四十有三也。

己巳[⑧]，有南昌老画师游鄱阳，八十余，白发垂耳，能图人状貌[⑨]。铨延之为母写小像[⑩]，因以位置景物请于母[⑪]，且问："母何以行乐？当图之以为娱。"母愀然曰："呜呼！自为蒋氏妇，尝以不及奉舅姑盘匜为恨[⑫]；而处忧患哀恸间数十年，凡哭母、哭父、哭儿、哭女夭折，今且哭夫矣！未亡人欠一死耳[⑬]，何乐为？"铨跪曰："虽然，母志有乐得未致者，请寄斯图也，可乎？"母曰："苟吾儿及新妇能习于勤，不亦可乎？鸣机夜课[⑭]，老妇之愿足矣，乐何有焉[⑮]！"

铨于是退而语画士。乃图秋夜之景：虚堂四敞，一灯荧荧[⑯]；高梧

①卜居：择居。

②女视之：把她当成女儿。

③童子试：明清之世，士子应试而未入学者，通称童生。童子试，即童生进学考试，是最初阶的考试。铅（yán）山：县名，今属江西。

④旋：很快。补弟子员：即考中秀才。

⑤丁卯：清乾隆十二年（1747）。作者当时二十三岁。食廪饩（xì）：即生员岁试列优等者，由公家供给日用、米粮。廪，谷仓。饩，禾米。

⑥荐于乡：指考中乡试成为举人，俗称中举。乡，乡试。

⑦落第：未考中。作者第一次会试未中，后来在乾隆二十二年（1757）考中进士。

⑧己巳：清乾隆十四年（1749）。当时作者二十五岁。

⑨图：画。

⑩延：请。

⑪位置景物：安排画中景物。位置，在这里作动词用。

⑫舅姑：公婆。盘匜（yí）：盥洗的器具，泛指日常生活用具。

⑬未亡人：夫死，妻自称未亡人。

⑭鸣机夜课：夜晚在织机声中教孩子读书。

⑮乐何有焉：此外还有什么快乐的呢，还有什么比这快乐的呢。

⑯荧荧：光亮微弱的样子。

萧疏[①]，影落檐际；堂中列一机，画吾母坐而织之，妇执纺车坐母侧；檐底横列一几，剪烛自照、凭画栏而读者，则铨也。阶下假山一，砌花盘兰[②]，婀娜相倚[③]，动摇于微风凉月中。其童子蹲树根、捕促织为戏[④]，及垂短发、持羽扇煮茶石上者，则奴子阿同、小婢阿昭也。

图成，母视之而欢。铨谨按吾母生平勤劳，为之略[⑤]，以请求诸大人先生之立言而与人为善者[⑥]。

①萧疏：稀疏。

②砌花：阶前的花。砌，台阶。盘兰：花盆中的兰。

③婀娜（ē nuó）：柔弱美好的样态。

④促织：蟋蟀。

⑤之：指鸣机夜课图。略：略述缘起始末，写成记。

⑥立言：著书作文，使之传世。与人为善：指向人求乞诗文，以表彰母亲持家（鸣机）教子（夜课）的善德懿行。与，奖励。

彭 绩

彭绩（1742～1785），清代文人。字秋士，长洲（今江苏苏州）人。品行高洁，一生穷困。能诗文。有《秋士先生遗集》。

息庵翁传

【题解】这篇传记写的是小人物，“小”得似乎只有正直与嗜书二事。但一生淡泊于钞书以终，其间的清高坚忍却甚为难得。文章本身也颇短小，这在传记文中比较罕见。但剪裁得当，笔墨精到，看似单薄而淡中有味。

息庵翁名志求，字文健，息庵，别号也。其先江西清江县人[①]，后以明洪武中至苏州，遂家焉[②]。祖贻令先生以善书名吴中[③]。翁童子日，以磨墨侍祖书，学作点画，精劲。祖奇之，授以法[④]。为人廉直，非礼法不行不语，亲友敬厚焉[⑤]。

翁嗜书，人有好书，辄借。饰小斋独居，几上一炉香，一瓶水，晨莫钞书[⑥]。然翁心雄，耻不得及时有为，秋风起则惊，扑笔起立[⑦]，徘徊焉。复钞书，竟老于家[⑧]，雍正四年卒，葬黄山[⑨]。生一男三女。翁子孙贫薄，坟坏树稀，拜扫缺[⑩]，而翁钞集之书具存[⑪]。

孙男绩谨撰[⑫]。

①其先：他的祖先。

②洪武：明太祖的年号。家：这里作动词用，安家落户。

③以善书名吴中：因字写得好，在苏州一带很出名。

④授以法：教给他写字的笔法。

⑤廉直：廉洁刚直。敬厚：敬重，尊重。

⑥饰：布置得整齐清洁。瓶：花瓶。莫：同“暮”。

⑦及时有为：趁着壮年建功立业。秋风起则惊：感到时光消逝而惊醒。扑笔：扔掉笔。

⑧老于家：在家中住，一直到死。

⑨黄山：指苏州西南郊的黄山。

⑩拜扫缺：无人到墓上祭奠打扫。表示死后仍很冷落。

⑪具存：完全存在。

⑫孙男：孙子。

恽　敬

恽敬（1757～1817），清代文人。字子局，号简堂，阳湖（今江苏常熟）人。曾任知县等职，耿直廉洁。好学，通经史诸子。精于古文，成就较高。有《大云山房集》等存世。

谢南冈小传

【题解】谢南冈是一个小人物，以至在乡间寂寂八十多年而卒。他死后不久，恽敬来到这里并发现了他的诗作，意境高远，寄托幽深。由此作者感慨身为高官，知天下士之难。这篇短文通过一位民间士子终生不遇的事情，反思君臣之道，再进一步探究世间正理，所谓遇与不遇，实在是概率因素，不是天命，也不是人为。得出这个结论，作者自己也茫然若失。

谢南冈，名枝岺，瑞金县学生[①]。贫甚，不能治生[②]。又喜与人忤，人亦避去，常非笑之[③]。性独善诗，所居老屋数间，土垣皆颓倚[④]，时闭门，过者闻苦吟声而已。会督学使者按部，斥其诗，置四等，非笑者益大哗[⑤]。南冈遂盲盲三十余年而卒，年八十三。

论曰：敬于嘉庆十一年自南昌回县[⑥]。十二月甲戌朔[⑦]，大风寒。越一日乙亥，早起自扫除蠹书[⑧]，一册堕于架，取视之，则南冈诗也。有郎官为之序[⑨]。序言秽腐，已掷去；既念诗未知如何，复取视之，高邃古涩，包孕深远[⑩]。询其居，则近在城南，而南冈已于朔日死矣。南冈遇之穷不待言，顾以余之好事[⑪]，

①县学生：县学生员，俗称“秀才”。

②治生：做事来维持生活。

③忤：冲突，不和。非笑：讥笑。非，反对。

④土垣：土墙。

⑤会：正赶上。督学使者按部：学政来主持考试。按，通“案”，考察。部，所属区域。益大哗：更加大声嘲讽。

⑥嘉庆十一年：公元1806年。嘉庆，清仁宗的年号。

⑦十二月甲戌朔：阴历十二月初一。

⑧蠹书：被虫咬坏的书，残破的书。

⑨郎官：在京城某部做郎中或员外郎的官。

⑩高邃古涩：文辞深奥典雅。包孕深远：含意深远。

⑪顾：但是。好（hào）事：喜欢管别人的事。

为卑官于南冈所籍已二年，南冈不能自通以死[①]，必死后而始知之，何以责居庙堂、拥麾节者不知天下士耶[②]？古之人居下则自修而不求有闻[③]，居上则切切然恐士之失所[④]，有以也夫[⑤]！

①自通：自己登门求见。

②责：要求。居庙堂：在朝廷做大官。拥麾节：指做地方大员。

③居下：做平民。有闻：出名。

④切切然：恳挚认真的样子。

⑤有以：有原因。

章学诚

章学诚（1738～1801），清代史学家。字实斋，浙江会稽（今绍兴）人。进士出身，曾官国子监典籍。精于史学，擅长修志。为文洒脱纵横，又翔实有征。有《章氏遗书》行世。

书孝丰知县李梦登事

【题解】这是一篇轶事传记，所以传中只写传主的几件轶事，对生平则所叙极简。文章由官场笑话入笔，引出闹笑话的主人，然后写这位笑话主人任县令“三阅月”的所作所为。读罢全篇，读者不会再以为他闹了笑话，相反会对这位不那么在乎官场规矩的县令肃然起敬，因为他不是在做父母官，而是在做百姓的“子女”。这位懵懂的县令，引人遐思。

往在都门阅邸报①，有知县以断狱具词，不如令式②，为巡抚劾罢者③，其词痴绝，类科举帖括中语④，人以为笑。乾隆三十八年中春，客宁绍道冯君馆舍⑤，晏闲无事，相与举旧话资谐谑，为诵狱词，座客皆拊掌⑥。乡人陈君然闻之，愀然曰⑦：“是前孝丰知县李梦登也⑧，是古循吏⑨，坐不谙官文书罢去，县人至今思之，可慨也。”因询陈君，具得其始末。

梦登福建某县人。乾隆某年举于乡，庚寅除孝丰知县⑩。孝丰为湖州下县⑪。风俗淳朴，称易治。梦登既除吏⑫，不携家室，与同志三数人，惘惘到县⑬，皆絮袍布被，挟册自得。始谒巡抚，门者索金，不应，

①邸报：旧时官方发布的有官员任免等动态的报。

②不如令式：不符合规定的格式。

③劾罢：弹劾罢官。

④帖括：泛指科举应试的文章。

⑤乾隆三十八年：公元1773年。中春：即仲春。宁绍道：辖今浙江宁波和绍兴。冯君：指道员冯其。

⑥晏（yàn）：安。谐谑（xuè）：逗乐。拊（fǔ）掌：拍手。

⑦愀（qiǎo）然：愁苦的样子。

⑧孝丰：清代浙江省湖州府属县，今废，故治在今安吉县西丰城镇。

⑨循吏：谨守法度的官吏。

⑩庚寅：乾隆三十五年（1770）。

⑪下县：孝丰为当时湖州七县中最小之县，人少地僻，故称。

⑫除：任命，授职。

⑬惘惘（wǎng）：本指迷迷糊糊，这里有匆匆忙忙的意思。

因持刺不得入[①]。梦登则绳床坐军门，竟日不去[②]，曰："予以吏事见，非有私谒，俟公他出，即舆前白事，奚以门者为？"门者闻之，勉为通谒。巡抚察其状，戒之曰："君悃愊无华饰[③]，甚善；然未闲吏事，宜亟求通律令能治文书者致幕下，庶几佐君不逮[④]。"梦登前曰："孝丰俸入岁不过三十斤，不能供幕客食。且梦登与偕来者三数孝廉，皆读书服古，朝夕讲求，宜可恃[⑤]。"孝廉者，流俗用文语称乡举贡士也[⑥]。巡抚哂之。无何，卒用公式劾免，历官才三阅月云[⑦]。

梦登居官，出无仪卫，门不设监奴[⑧]。有质讼者，直诣厅事[⑨]，梦登便为剖析，因而劝谕之，两造皆欢然以解[⑩]，比出县门，终不见一胥吏[⑪]。胥吏或请事，则曰："安有子女自事父母，转用奴隶勾检者[⑫]？若辈必欲谋食，盍罢为农？否则请俟梦登去耳。"县庭无事，辄独行阡陌间，询农桑若比闾细事[⑬]，遂与父老商榷利病；或遇俊秀子弟，执手论文，娓娓竟日。县人初不知为长吏[⑭]，后乃习而安之。间或以公事道出邻县，遇哄斗者辄为停舆，言"讼庭无诣，一朝之忿，他日终悔之，徒饱胥吏橐，甚无谓"。斗者非部民[⑮]，往往投拜舆下，即时散去，其长吏不知也。梦登通形家言[⑯]，环历县境，谋所以利之，登高而视，

①门者：把门人。刺：本指名片、名帖，这里应指手本。

②绳床：犹今之"马扎"。军门：清代巡抚例兼兵部侍郎衔，故称"抚军"，巡抚的辕门亦可称为军门。竟日：整天。

③悃愊（kǔn bì）无华饰：老老实实，不耍花样。

④闲：同"娴"，精通。庶几：差不多，大概。不逮：不及，指想不到或做不到的。

⑤服古：信守古道。恃：依靠。

⑥乡举贡士：指经过乡试未考中举人的秀才。

⑦无何：没多久。卒用：终因。公式：公文格式。三阅月：经过了三个月。

⑧监奴：这里指县衙门口守卫的差役。

⑨质讼者：打官司的人。诣：到。厅事：即县衙大堂。

⑩两造：诉讼的两方。

⑪胥吏：官府中办理文书案牍的小吏。

⑫勾检：稽查、检察，这里有管束的意思。

⑬阡陌：指田间小道。若：或。比闾：邻里。

⑭长吏：吏中之长，这里指县里的最高官长。

⑮部民：本部范围内所管辖的老百姓。

⑯形家：堪舆家，俗称风水先生。

喟然曰："县衙右隙穿井，当有举科第者。"后人用其说，果验。时孝丰百余年不登大比矣[①]。县人因呼为李公井。

故事，知县抵代程限[②]，需两阅月，簿籍繁委，不易穷竟[③]。梦登之罢官也，代者至门，禅印讫[④]，长揖而去。问库廪官物，犹前官封识也[⑤]。稽文案簿籍，曰"自有主者"。察狱讼，曰"悉劝平之"。后官或访焉，则绨袍把故书，见人讷讷无他语[⑥]，终竟亦不报访也[⑦]。然不自省得谴所由[⑧]，以书遍抵同官曰："梦登为县仅三月，未尝得罪百姓，有事未尝不尽心，然竟坐免，何故？"因乞为侦状。盖终已不晓狱词非格也[⑨]，闻者悯焉！

梦登罢官，窭甚[⑩]，不能归，百姓争食之，负贩小民，各以所羡果蔬粟米，侵晨杂沓[⑪]，投门外。比门启，取给饔飧[⑫]，亦不辨所从来；无则闭关槁卧[⑬]。然闲居一岁，未尝有太匮乏。最后，县人醵金为治归计[⑭]，并制青盖为赠，题名至万，人荣其行。初梦登在官，独行村落间，闻老妇哭而哀，询之，云"夫死子贫不能养"。梦登恻然，召其子，赐钱二缗，俾市易逐什一[⑮]。其子后稍裕，至是纠尝受惠梦登者凡数辈[⑯]，徒步负担，送梦登抵其家。

①大比：明清两代特称乡试为大比。这里应包括中进士与举人。

②故事：旧例。抵代程限：新官抵达与旧任交接的时限。

③繁委：繁多委杂。穷竟：了结。

④禅（shàn）：此处指交出。

⑤封识（zhì）：封条和标记。

⑥绨（tì）袍把故书：穿着粗布长袍，拿着旧书。讷讷（nè）：不善言辞的样子。

⑦终竟：到底，居然。报访：回访。

⑧省（xǐng）：懂得。

⑨狱词非格：判决书格式不对。

⑩窭（jù）：贫困。

⑪羡：多余。侵晨：清早。

⑫饔飧（yōng sūn）：早餐和晚餐，泛指饭食。

⑬闭关：关门。槁卧：指饿着肚子干瘪瘪地躺着。

⑭醵（jù）金：凑钱。治：打理，准备。

⑮缗：本指穿铜钱的绳子，这里指一千文的一串钱。俾市易逐什一：以使他去做买卖赚一点钱。市易，买卖。什一，指十分本一分利。

⑯凡：总共，一共。数辈：好几批。

梁启超

梁启超（1873～1929），清末维新变法运动代表，学者、文学家。字卓如，号任公，别署饮冰室主人，新会（今属广东）人。曾编辑报刊，积极宣传改良主张。戊戌变法失败后逃往日本，主张君主立宪。辛亥革命后回国，参加袁世凯政府，后又参与讨袁。晚年在清华大学讲学，并从事著述。著作结集为《饮冰室合集》。

谭嗣同传

【题解】戊戌变法失败后，谭嗣同等戊戌六君子被杀，梁启超为自己的同道写了这篇传记。在文中，梁启超围绕变法维新这一主题，生动刻画了谭嗣同好学深思、任侠尚义、慷慨磊落、视死如归的性格特征和英雄气概。梁启超写此传时年仅二十五岁，又亲身经历了那段惊心动魄的日子，所以，字里行间饱含着年轻人的激情和义愤。对于传中史实之真确，时人间有疑问，梁本人也有自我评价，认为是“感情作用所支配”之作，不能作为“信史”来看待。

谭君字复生，又号壮飞，湖南浏阳县人。少倜傥有大志，淹通群籍[①]，能文章，好任侠，善剑术。父继洵，官湖北巡抚。幼丧母，为父妾所虐，备极孤孽苦[②]，故操心危，虑患深，而德慧术智日增长焉[③]。弱冠，从军新疆，游巡抚刘公锦棠幕府[④]。刘大奇其才，将荐之于朝；会刘以养亲去官[⑤]，不果。自是十年，来往于直隶[⑥]、新疆、甘肃、陕西、河南、湖南、湖北、江苏、安徽、浙江、台湾各省，察视风土，物色豪杰。然终以巡抚君拘谨[⑦]，不许远游，未能尽其四方之志也。

①倜傥（tì tǎng）：豪爽洒脱。淹通：精通，贯通。淹，浑。

②孤孽：孤臣孽子，指孤立无助的远臣和贱妾所生的庶子。谭嗣同为嫡出，但其父宠妾，故不为父亲所亲。

③操心：用心。危：忧惧，警惕。患：祸患。德慧术智：品德才智。

④刘锦棠：字毅斋，湖南湘乡人。清末明将。

⑤会：恰逢。养亲：回家奉养父母。

⑥直隶：直隶于京师的地区，清代时包括今北京、天津、河北及内蒙古、辽宁、河南、山东部分地区。

⑦巡抚君：指谭嗣同的父亲谭继询。拘谨：拘管。

自甲午战事后[①]，益发愤提倡新学[②]。首在浏阳设一学会，集同志讲求磨砺[③]，实为湖南全省新学之起点焉。时南海先生方倡强学会于北京及上海[④]，天下志士，走集应和之。君乃自湖南溯江，下上海，游京师，将以谒先生[⑤]，而先生适归广东，不获见。余方在京师强学会任记纂之役[⑥]，始与君相见，语以南海讲学之宗旨，经世之条理，则感动大喜跃，自称私淑弟子[⑦]，自是学识更日益进。时和议初定[⑧]，人人怀国耻，士气稍振起。君则激昂慷慨，大声疾呼。海内有志之士，睹其丰采，闻其言论，知其为非常人矣。

以父命就官为候补知府，需次金陵者一年[⑨]，闭户养心读书，冥探孔佛之精奥[⑩]，会通群哲之心法，衍绎南海之宗旨[⑪]，成《仁学》一书。又时时至上海与同志商量学术，讨论天下事，未尝与俗吏一相接。君常自谓“作吏一年，无异入山”[⑫]。

时陈公宝箴为湖南巡抚[⑬]，其子三立辅之，慨然以湖南开化为己任。丁酉六月[⑭]，黄君遵宪适拜湖南按察使之命[⑮]；八月，徐君仁铸又来督湘学[⑯]。湖南绅士□□□□□□□□□□□□等蹈厉奋发[⑰]，提倡桑梓，志士渐集于湘楚[⑱]。陈公父子与前任学政江君标[⑲]，乃谋大集豪杰于湖南，并力经营，为诸省之倡[⑳]。于是聘余及□□□□□□□□等为学堂教习，召□

①战事：指甲午中日战争。

②新学：指清末由西方传入的社会政治学说和自然科学。

③磨砺：切磋，讨论研究。

④南海先生：康有为，广东南海人，时人称为康南海。强学会：康有为于1895年发起成立的团体，提倡变法图强。

⑤溯：向，迎。谒：拜见。

⑥任记纂之役：担任编辑工作。

⑦私淑：未能亲自受业但敬仰其学术并尊之为师。

⑧和议：指1895年签定的中日《马关条约》。许以割地赔款。

⑨候补：清朝吏制，未经补实缺的官员由吏部依法选用，选定后到某部或某省听候补缺或临时委用。需次：按照资历依次补缺。

⑩冥探：深入探究。孔佛：指儒学与佛学。

⑪衍绎：即演绎，推演引申。

⑫无异入山：如同入山隐居一般。

⑬陈宝箴：字右铭，江西义宁（今修水）人。曾任湖南巡抚，是早期的维新人士。

⑭丁酉：光绪二十四年（1897）。

⑮黄遵宪：字公度，广东嘉应州（今梅州）人。是早期启蒙思想家。

⑯徐仁铸：江苏宜兴人。

⑰湖南绅士：此处及以下两处阙文，原缺。梁启超写作此文时，清朝廷防范革命党甚严，他有意隐去这些人的名字，以免受牵连。

⑱提倡：指提倡改革。桑梓：乡里，本省。湘楚：湖南。

⑲江标：字建霞，江苏元和（今吴县）人。

⑳倡：首倡。

□□归练兵。而君亦为陈公所敦促，即弃官归，安置眷属于其浏阳之乡，而独留长沙，与群志士办新政。于是湖南倡办之事，若内河小轮船也，商办矿务也，湘粤铁路也，时务学堂也[①]，武备学堂也[②]，保卫局也，南学会也[③]，皆君所倡论擘画者[④]，而以南学会最为盛业。设会之意，将合南部诸省志士，联为一气，相与讲爱国之理，求救亡之法，而先从湖南一省办起，盖实兼学会与地方议会之规模焉[⑤]。地方有事，公议而行，此议会之意也；每七日大集众而讲学，演说万国大势及政学原理[⑥]，此学会之意也。于时君实为学长，任演说之事。每会集者千数百人，君慷慨论天下事，闻者无不感动。故湖南全省风气大开，君之功居多。

今年四月[⑦]，定国是之诏既下[⑧]，君以学士徐公致靖荐被征[⑨]。适大病不能行，至七月乃扶病入觐，奏对称旨[⑩]。皇上超擢四品卿衔军机章京[⑪]，与杨锐、林旭、刘光第同参预新政[⑫]，时号为军机四卿。参预新政者，犹唐宋之参知政事，实宰相之职也。皇上欲大用康先生，而上畏西后[⑬]，不敢行其志。数月以来，皇上有所询问，则令总理衙门传旨[⑭]；先生有所陈奏，则著之于所进呈书之中而已。自四卿入军机，然后皇上与康先生之意始能少通，锐

①时务学堂：由谭嗣同等发起创办的学校，于 1897 年在长沙开办，梁启超任总教习。

②武备学堂：1885 年李鸿章奏设天津武备学堂，为中国陆军学校之始，后清廷令各省添设武备学堂。

③南学会：谭嗣同、唐才常等于 1898 年在湖南发起成立的讲求新学、宣传变法的团体。

④倡论擘（bò）画：倡议并筹划设计。擘，剖，分。

⑤规模：形式。

⑥万国大势：国际形势。

⑦今年：指戊戌变法的那一年（1898 年）。

⑧国是：国事。

⑨徐致靖：字子静，徐仁铸之父，曾任侍读学士，戊戌变法期间被任为礼部侍郎。

⑩觐：朝见皇帝。称（chèng）旨：符合皇帝的心意。

⑪超擢：破格提升。军机章京：军机处及总理衙门办理文书的官员。四品卿是官衔，军机章京是官职。

⑫杨锐、林旭、刘光第、康有溥、杨深秀及谭嗣同，合称“戊戌六君子”。

⑬西后：西太后，即慈禧太后。

⑭总理衙门：总理各国事务衙门，后改为外务部。

意欲行大改革矣。而西后及贼臣忌益甚，未及十日，而变已起。

君之始入京也，与言皇上无权、西后阻挠之事，君不之信[①]。及七月二十七日，皇上欲开懋勤殿设顾问官[②]，命君拟旨，先遣内侍持历朝圣训授君[③]，传上言康熙、乾隆、咸丰三朝有开懋勤殿故事，令查出引入上谕中，盖将以二十八日亲往颐和园请命西后云。君退朝，乃告同人曰："今而知皇上之真无权矣。"至二十八日，京朝人人咸知懋勤殿之事，以为今日谕旨将下，而卒不下[④]，于是益知西后与帝之不相容矣。二十九日，皇上召见杨锐，遂赐衣带诏[⑤]，有"朕位几不保，命康与四卿及同志速设法筹救"之诏。君与康先生捧诏恸哭，而皇上手无寸柄[⑥]，无所为计。

时诸将之中，惟袁世凯久使朝鲜，讲中外之故[⑦]，力主变法。君密奏请皇上结以恩遇[⑧]，冀缓急或可救助[⑨]，词极激切。八月初一日，上召见袁世凯，特赏侍郎。初二日复召见。初三日夕，君径造袁所寓之法华寺，直诘袁曰："君谓皇上何如人也?"袁曰："旷代之圣主也。"君曰："天津阅兵之阴谋[⑩]，君知之乎?"袁曰："然，固有所闻。"君乃直出密诏示之曰："今日可以救我圣主者，惟在足下，足下欲救则救之。"又以手自抚其颈曰："苟不欲救，请至颐

①"与言"句：这里"与言"是梁启超自指。不之信：不相信梁的话。

②懋勤殿：皇帝读书的地方。

③内侍：太监。历朝圣训：历代皇帝的遗训。

④卒：最终，终于。

⑤衣带诏：皇帝的密诏。

⑥柄：权柄。

⑦袁世凯：字慰亭，河南项城人，曾任驻朝鲜总督，后成为荣禄部下主要将领。变法时伪装赞成维新，却向荣禄告密，出卖了谭嗣同等。讲：讲求，研究。中外之故：中外国情。

⑧结以恩遇：以格外的优待笼络他。

⑨缓急：紧急时候。

⑩天津阅兵之阴谋：慈禧与时任直隶总督的荣禄密谋，打算乘光绪帝九月天津阅兵时，以武力胁迫其退位。

和园首仆而杀仆[①]，可以得富贵也。”袁正色厉声曰：“君以袁某为何如人哉？圣主乃吾辈所共事之主，仆与足下同受非常之遇，救护之责，非独足下。若有所教，仆固愿闻也[②]。”君曰：“荣禄密谋，全在天津阅兵之举。足下及董、聂三军[③]，皆受荣所节制，将挟兵力以行大事[④]。虽然，董、聂不足道也；天下健者[⑤]，惟有足下。若变起，足下以一军敌彼二军，保护圣主，复大权，清君侧，肃宫廷[⑥]，指挥若定，不世之业也[⑦]。”袁曰：“若皇上于阅兵时疾驰入仆营，传号令以诛奸贼，则仆必能从诸君子之后[⑧]，竭死力以补救。”君曰：“荣禄遇足下素厚[⑨]，足下何以待之？”袁笑而不言。袁幕府某曰[⑩]：“荣贼并非推心待慰帅者[⑪]。昔某公欲增慰帅兵，荣曰：‘汉人未可假大兵权[⑫]。’盖向来不过笼络耳。即如前年胡景桂参劾慰帅一事[⑬]，故乃荣之私人，荣遣其劾帅，而已查办，昭雪之以市恩[⑭]；既而胡即放宁夏知府，旋升宁夏道[⑮]。此乃荣贼心计险极巧极之处，慰帅岂不知之？”君乃曰：“荣禄固操、莽之才[⑯]，绝世之雄，待之恐不易易[⑰]。”袁怒目视曰：“若皇上在仆营，则诛荣禄如杀一狗耳。”因相与言救上之条理甚详[⑱]。袁曰：“今营中枪弹火药皆在荣贼之手，而营哨各官亦多属旧人[⑲]。事急矣！既定策，则仆须急归营，更选将官，而设法备

①“请至颐和园”句：请你向太后举报我，杀掉我。首，出首举报。仆，自称。当时西太后在颐和园休养。

②仆固愿闻：我当然愿意听您的意见。固，本来。

③董：董福祥，时任武卫后军统领。聂：聂士成，时任直隶提督，统领武卫前军。

④大事：夺取政权。这里指逼光绪帝退位。

⑤健者：英雄豪杰。

⑥复大权：使光绪皇帝实际掌权。肃宫廷：整顿朝廷，清除奸党。

⑦不世之业：犹“旷代之业”，即不是每一世都可以碰上的功业。

⑧诸君子：指谭嗣同等人。

⑨遇：对待。素厚：一向很器重。

⑩幕府：这里指将军幕府里的僚属。

⑪慰帅：袁世凯字慰亭，其属下称其慰帅。

⑫假：给予。

⑬胡景桂：时任御史，参劾袁世凯克扣军饷事。

⑭市恩：卖人情。

⑮放：朝廷任命外省官员。道：道员，道台。清代省以下，府、州以上的行政长官。

⑯操：曹操。莽：王莽。

⑰易易：极其容易。

⑱条理：办法，步骤。

⑲营、哨：清朝的军队编制。

贮弹药，则可也。”乃丁宁而去[①]。时八月初三夜漏三下矣[②]。

至初五日，袁复召见，闻亦奉有密诏云。至初六日，变遂发[③]。时余方访君寓，对坐榻上，有所擘划，而抄捕南海馆（康先生所居也）之报忽至，旋闻垂帘之谕[④]。君从容语余曰：“昔欲救皇上，既无可救；今欲救先生，亦无可救。吾已无事可办，惟待死期耳。虽然，天下事知其不可而为之。足下试入日本使馆，谒伊藤氏[⑤]，请致电上海领事而救先生焉。”余是夕宿日本使馆，君竟日不出门[⑥]，以待捕者。捕者既不至，则于其明日入日本使馆与余相见，劝东游[⑦]，且携所著书及诗文辞稿本数册、家书一箧托焉。曰：“不有行者，无以图将来；不有死者，无以酬圣主。今南海之生死未可卜，程婴、杵臼[⑧]，月照、西乡[⑨]，吾与足下分任之。”遂相与一抱而别。初七、八、九三日，君复与侠士谋救皇上，事卒不成。初十日遂被逮。被逮之前一日，日本志士数辈苦劝君东游，君不听。再四强之，君曰：“各国变法，无不从流血而成。今中国未闻有因变法而流血者，此国之所以不昌也。有之，请自嗣同始！”卒不去，故及于难。

君既系狱[⑩]，题一诗于狱壁曰：“望门投宿思张俭[⑪]，忍死须臾待杜根[⑫]。我自横刀向天笑，去留肝胆两

①丁宁：叮咛。

②漏三下：指时间，犹言打三更。

③变遂发：发生了事变，指戊戌政变，太后拘系光绪帝。

④报：消息。垂帘之谕：垂帘听政的上谕。

⑤伊藤氏：日本人伊藤博文，曾任日本首相，戊戌政变前七日到北京。

⑥竟日：终日，整天。

⑦东游：指到日本。

⑧程婴、杵臼：都是春秋时代晋国大夫赵朔的门客。赵朔及全族为仇人屠岸贾所杀害，两人设法保全了赵朔的孤儿，自己则一死一生。事见《史记·赵世家》。

⑨月照、西乡：都是日本人。月照是日本德川幕府末期的和尚，西乡隆盛是他的好友。他们为推翻幕府到处进行宣传，后被迫投海，月照终死，西乡更生。

⑩系狱：被收捕入狱。

⑪张俭：字元节，东汉时人。因严劾宦官侯览及其家属的罪恶，为人们所敬仰，后因党锢之祸被迫逃亡，所经之处，人皆愿为其隐匿，虽破家灭族也毫不顾忌。

⑫杜根：字伯坚，东汉时人。汉安帝时，邓太后临朝，权在外戚，等安帝成年，杜根上书要求太后还政，太后大怒，收捕杜根，令装入缣囊摔死。执法者敬慕杜根的为人，未死而运出，邓太后派人查验，杜根装死三日后得脱。

昆仑[①]。”盖念南海也。以八月十三日斩于市，春秋三十有三[②]。就义之日，观者万人，君慷慨神气不少变。时军机大臣刚毅监斩[③]，君呼刚前曰：“吾有一言！”刚去不听，乃从容就戮。呜呼烈矣！

君资性绝特[④]，于学无所不窥，而以日新为宗旨，故无所沾滞；善能舍己从人[⑤]，故其学日进。每十日不相见，则议论学识必有增长。少年曾为考据笺注金石刻镂诗古文辞之学，亦好谈中国古兵法；三十岁以后，悉弃去，究心泰西天算格致政治历史之学[⑥]，皆有心得，又究心教宗。当君之与余初相见也，极推崇耶氏兼爱之教[⑦]，而不知有佛，不知有孔子；既而闻南海先生所发明《易》《春秋》之义，穷大同、太平之条理，体乾元统天之精意[⑧]，则大服；又闻《华严》性海之说[⑨]，而悟世界无量，现身无量，无人无我，无去无住，无垢无净，舍救人外，更无他事之理；闻相宗识浪之说[⑩]，而悟众生根器无量，故说法无量，种种差别，与圆性无碍之理[⑪]，则益大服。自是豁然贯通，能汇万法为一，能衍一法为万，无所挂碍[⑫]，而任事之勇猛亦益加。作官金陵之一年，日夜冥搜孔佛之书。金陵有居士杨文会者[⑬]，博览教乘，熟于佛故，以流通经典为己任。君时时与之游，因得遍窥三藏[⑭]，所得日益精深。其学术宗旨，大端见

①去留：指谭的赴死和康的潜逃存身。

②春秋：年龄。谭嗣同就义时33岁。

③刚毅：字子良，属后党，厌恶变法，因煽动义和团动乱，随太后逃亡途中被杀。

④绝特：超出寻常。

⑤舍己从人：放弃自己的见解，信从他人的正确意见。

⑥泰西：泛指西方国家。格致：清末对物理、化学等自然科学的统称。

⑦耶氏：耶稣，这里指基督教。

⑧大同：《礼记·礼运》描绘的美好世界。太平：太平世，公羊学描绘的终极世界（据乱世、升平世、太平世）。康有为把公羊“三世”之义和《礼运》“大同”之说结合起来，认为人类社会就是从据乱世经升平世（小康之道）到太平世（大同之道）的进化过程。乾元统天之精意：《易传·彖传》“大哉乾元，万物资始，乃统天。”

⑨《华严》性海之说：《华严经》“诸大菩萨究竟无量无边菩萨所行，悉从种种性海中起种种正直身心。”比喻真如法性，深广如海。

⑩相宗识浪之说：《楞伽经》“水流处，藏识转识浪生。”比喻心体之真如似海，诸识之缘动似浪。

⑪圆性：圆成实性，指排除各种偏执而契合真如。无碍：自在融通而为一体。

⑫衍：推演。挂碍：牵挂、阻碍。

⑬居士：在家修行的佛教徒。杨文会：字仁山，石埭（今安徽石台）人，1866年创立金陵刻经处。

⑭三藏：佛教典籍的总称。

于《仁学》一书，又散见于与友人论学书中。所著书《仁学》之外，尚有《寥天一阁文》二卷，《莽苍苍斋诗》二卷，《远遗堂集外文》一卷，《札记》一卷，《兴算学议》一卷，已刻《思纬壶台短书》一卷，《壮飞楼治事》十篇，《秋雨年华之馆丛脞书》四卷，《剑经衍葛》一卷，《印录》一卷，并《仁学》皆藏于余处。又政论数十篇见于《湘报》者，乃与师友论学论事书数十篇。余将与君之石交□□□□□□□□□□□□□等共搜辑之[①]，为《谭浏阳遗集》若干卷。其《仁学》一书，先择其稍平易者[②]，附印《清议报》中，公诸世焉。

君平生一无嗜好，持躬严整，面棱棱有秋肃之气[③]。无子女；妻李闰，为中国女学会倡办董事。

……

①石交：坚固的友谊。阙文是“石交”的名字四五人。

②平易：见解、言语平和。

③持躬严整：严于律己。棱棱：威严。

章炳麟

章炳麟（1869～1936），近代民主革命家、学者。初名学乘，后改名绛，字枚叔，号太炎，浙江余杭人。曾参加戊戌变法和辛亥革命，主要从事办报宣传，与张之洞、蔡元培、孙中山多所交往，一度被捕、被囚。“五四”运动后退居书斋，致力于讲学和著述。有《章氏丛书》及《续编》、《三编》存世。

徐锡麟传

【题解】本篇作者和传主是当时的革命同志，徐曾在章所领导的光复会工作，所以双方不仅熟悉，而且有着共同之处。这篇传记比较详尽地记述了徐锡麟的一生，尤其是刺杀恩铭一事，表现了徐锡麟的革命精神和英勇气概。文章在写法上追慕古史，平实顺畅，情感内敛，用语简洁古奥。

徐锡麟，字伯荪，浙江山阴人也①。幼挢虔②，器过手辄毁，父憎之。年十三，挺走钱塘为沙门③，不合，归读书。喜算术，尤明天官④，中夜辄骑危视列宿⑤。所图天象甚众，又自为浑天仪，径三尺许⑥，及造绍兴地势图，然未尝从师受也⑦。稍长，习农田事，闻昆山多旷土，欲往开治⑧，不果。年二十九，以经算教于绍兴中学⑨，二岁，转副监督⑩。在校四年，弟子益亲如家人。顷之，以观博览会赴日本，得同志数人，且购图书刀剑以归。

锡麟家东浦⑪，在县西十五里，为立蒙学⑫，又规建越郡公学⑬，为惎者中伤数矣⑭，卒不动。尝置一短

①山阴：今浙江省绍兴市。

②挢虔：顽皮，淘气。

③钱塘：今浙江省杭州市。秦时置钱塘县。沙门：一称桑门，即和尚。

④天官：天文的代称。《史记》十书中有《天官》书，记述天文星座等现象。

⑤骑危：指攀登高处。列宿：列星，天空中的诸星宿。

⑥浑天仪：一称浑仪，古时观测天象的仪器。径：直径。

⑦师受：从师授受。未尝师受，是说诸事均无师自通。

⑧旷土：无主荒地。开治：开垦经营。

⑨经算：指数学。

⑩副监督：指副校监。

⑪东浦：山阴市集名。

⑫蒙学：发蒙之学，即小学。

⑬规建：创办。规，规划；建，开办。

⑭惎（jì）：憎恶，厌恶。

铳，行动与将[①]。时露西亚人逼辽东[②]，锡麟闻之，恸哭，画露西亚人为的[③]，自注弹丸射之，一日辄试铳十数反，遭弹丸反射，直径汏肩上[④]，颜色不变，试之愈勤。其后持铳，有不发[⑤]，发即应指而倒。锡麟始慕勾践、项梁，欲保聚绍兴[⑥]，且以观变。年三十，以事过上海，上海有浙江豪杰十余人，设盟约，谋光复，即走就之[⑦]，归始以兵法部勒子弟矣[⑧]。明年，与弟子循行诸暨、嵊、东阳、义乌四县，昼步行百里，夜止丛社间[⑨]，几一月，多交其他奇才力士。归语人曰："涉历四县，得俊民数十[⑩]，知中国可为也。"

初，绍兴城中有大善寺，天主教会欲得之[⑪]，阴构诸无赖协沙门署质剂为赁于教会者[⑫]，绍兴名族士大夫皆怒，弗敢言。锡麟方病疟，裹絮被，直走登坛，宣说抵拒状，众欢踊[⑬]，卒毁券，教会谋益衰。

锡麟念士气孱弱，倡体育会，月聚诸校弟子数百人，习手臂注射[⑭]，女子秋瑾与焉[⑮]。从是就大通师范学校[⑯]，朝夕讲武。每训练，必身先之。素短小，习一岁，筋力自倍，能日行二百里。尤善同县许克丞，谋以术倾满洲[⑰]。克丞捐金五万版与之，入赀得道员[⑱]。年三十三，与其弟锡骥暨余姚马宗汉等二十五人诣日本[⑲]，因通商局长石井菊次郎

①短铳：手枪。与将：随身带。

②露西亚：俄罗斯，日语音译作露西亚。

③的：箭靶。

④十数反：十数次。直径：直接。汏（tà）：滑过。

⑤有不发：除非不发，不发则已。

⑥保聚：保守，聚守。

⑦即走就之：奔走前去参加光复会等。

⑧部勒：部署，约束。

⑨丛社：丛祠，丛林中的神庙。社，本指土地庙。

⑩俊民：有才干的人，豪杰之士。

⑪"绍兴城中"二句：当时教会势力强大，抢夺民财，乃至企图霸占佛教寺院。

⑫"阴构"句：暗地谋划与市井无赖勾结，胁迫寺僧抵押寺院给教会。署，签署。质剂，契约。

⑬欢踊：喜欢得跳了起来。

⑭手臂：拳术、刺击之类。注射：射击。

⑮秋瑾：字璇卿，号鉴湖女侠，浙江山阴（绍兴）人。组织反清起义失败，被杀。与：参加。

⑯大通师范学校：一名大通学校，徐锡麟于光绪三十一年创办，并利用它进行革命活动。

⑰倾：倾覆，推翻。满洲：指清朝廷。

⑱入赀（zī）：出资买官。赀，财。

⑲马宗汉：字子贻，曾肄业浙江高等学校，应徐锡麟之召，至安庆谋起义，徐锡麟死后亦被杀。诣：往，到。

求入联队[①]，不许。欲入振武学校，以短视[②]，试不及格。居数月，以事归国。是时，余杭章炳麟以言革命系上海狱，罚作三岁，限且尽[③]。或言虏欲行贿狱卒毒杀之，上海大哗。锡麟为奔走调护，直诣狱见炳麟。炳麟素不知锡麟名，识其友陶成章[④]。锡麟欲自陈平生事，狱吏诃之，错遌不得语[⑤]，乃罢去。复东抵日本，欲与陶成章及弟子会稽陈伯平入陆军经理学校[⑥]，不果。属其友某学造纸币，曰："军兴饷匮，势将抄略[⑦]；抄略则病民，亦自败，洪秀全事可鉴也[⑧]。今计莫如散军用票，事成，以次收之。然军用票易作伪，宜习其彫文戠镂[⑨]，令难作易辨，子勉学矣。"

议既定，以陈伯平[⑩]、马宗汉归。乡人复请任徼巡事[⑪]，许之。旋与同县曹醴泉赴宛平[⑫]，出山海关，遍走辽东、吉林诸部，至辄览其山川形势。见大盗冯麟阁，与语，甚说[⑬]。是岁，淮安、徐、海大侵[⑭]。锡麟年三十四，即以道员赴安徽试用。锡麟未得道员时，欲藉权倾虏廷，诸达官无所不游说。自袁世凯、张之洞及浙江巡抚张曾敭，故湖南巡抚俞廉三，皆中其说，为通关节书[⑮]；镇浙将军满洲人某，亦受锡麟倭刀[⑯]，为其用。

到安庆，岁莫[⑰]，即主陆军小学。

①联队：日本军队组织单位，相当于中国军队的团。

②短视：近视。

③三岁：三年，这里指三年徒刑。限且尽：快要刑满出狱。

④陶成章：字焕卿，绍兴人，光复会领导人之一。

⑤诃（hē）：诋诃，申斥。错遌：一作错愕，仓卒惊惧的样子。

⑥陈伯平：大通学校学生。

⑦抄略：抢略，劫掠。

⑧洪秀全事：洪秀全占据南京建立太平天国，不事生产，专以抢掠民财供应军需和政府，以致政权难以维持，终于崩溃。

⑨彫文戠（zhī）镂：雕印花纹。戠，同"织"。

⑩以：与，和。

⑪徼（jiǎo）巡事：巡察，有关维持地方治安的事。巡，一作"循"。

⑫宛平：本为县名，明清时与大兴县同隶顺天府，因用为北京的代称。

⑬冯麟阁：辽宁人，张作霖治东北时，曾任东北军师长。说：同"悦"。

⑭大侵：大荒年。

⑮通关节：打通关系。

⑯倭刀：日本佩刀，以锋利著称。

⑰岁莫：年末。莫，通"暮"。

逾年[①]，移主巡警学堂。日中戎服[②]，自督课，莫即置酒请诸军将士，又卖衣服以给弹丸[③]；诸生益器重锡麟，虽军士，亦多欲附者矣。安徽巡抚恩铭谓锡麟能[④]，奏请加二品衔。然闻人言，日本学生多阴谋，稍忌之。锡麟亦心动，即移书浙江诸豪，刻日赴安庆[⑤]。又外与诸练军结，欲仓卒取安徽大吏，令军心乱，用举事[⑥]。期五月二十八日，巡警生卒业，集大吏临视，尽掩杀之[⑦]。恩铭欲速，召其校执事顾松，令易期[⑧]，以二十六日临视。时，援未集，顾已不可奈何[⑨]，乃密与陈伯平、马宗汉为备。及期，鼓吹作[⑩]，诸大吏皆诣校疑立[⑪]，巡抚前即位[⑫]，三司诸吏以次侍[⑬]。锡麟令顾松键门[⑭]，拒出入；顾松固知情，阳诺[⑮]，不为键。锡麟持短铳，遽击恩铭[⑯]，数发，皆中要害。左右舆之走[⑰]，三司皆夺门走，即闭城门，拒外兵。诸军至，不得入，用发兵捕锡麟。锡麟知事败，传呼巡警生百余人，曰："立正。"巡警生皆立正。锡麟曰："向左转走。"巡警生皆左转走。走则攻军械局，据之。发铳，弹丸尽。发炮，炮机关绝。陈伯平战死，锡麟即登屋走，追者至，被禽[⑱]。恩铭已死，三司问锡麟状[⑲]，曰："受孙文教令耶[⑳]？"锡麟曰："我自为汉种，问罪满洲，孙文何等

①逾年：过了一年，指第二年。

②日中戎服：整天穿军装。

③给弹丸：供给子弹费用。

④恩铭：满族，以举人补知县，时任安徽巡抚。恩铭思想开放，倡导新式学校，主张剿灭义和团。

⑤移书：发文告。刻日：规定日期。

⑥用举事：就势举事。用，因，顺着。

⑦卒业：毕业。掩杀：捕杀。

⑧易期：改变毕业典礼的日期。

⑨顾：但，然而。

⑩鼓吹：指军乐队。

⑪诸大吏：指巡抚以外的重要官吏。疑（yì）立：即正立，端正地站着。

⑫即位：就位，指上主席台。

⑬三司：指省的民政、司法、教育长官，即布政使司、按察使司、提学使司，亦称藩台、臬台、学台。

⑭键门：锁上门。

⑮阳诺：假装同意。阳，同"佯"。

⑯遽（jù）：快速。

⑰舆：抬。

⑱登屋：上房顶。禽：同"擒"。

⑲问……状：审问。

⑳孙文：即孙中山。

鲰生，能教令我哉[①]？”五月二十六日，虏杀山阴徐锡麟于安庆市，刳其心祭恩铭[②]，而浙江虏官亦捕杀秋瑾，大通学校遂破坏。

锡麟之死，年三十五矣。锡麟虽阴鸷[③]，然性爱人。在山阴，尝步上龙山[④]，见一老妪方自经[⑤]，遽抱持救之。问其故，曰：“负人钱[⑥]。”即为代偿，得不死。

……

章炳麟曰：“锡麟卓鸷越劲，盖有项王风[⑦]。其猝起不反顾者，非计短也，以寡助遇大敌，固以必死倡耳[⑧]。始锡麟携妻孥抵日本[⑨]，及归，有知其谋者，风锡麟当置家属海外，犹得遗种[⑩]。锡麟曰：‘人皆有妻子，可悉移异域乎？以至安自处，诒人以危[⑪]，吾耻之。’卒携家归。余见世之从容大言者多矣[⑫]，临事多全躯保妻子；而世方被以荣名，光复之绪其斩哉[⑬]！”

①鲰（zōu）生：小子。骂人之辞，亦用作自己的谦称。教令：指教、命令。这里用作动词。

②刳（kū）：挖取。

③阴鸷：心狠手辣。

④龙山：绍兴南门内的一座小山。

⑤自经：上吊自杀。

⑥负人钱：欠别人的钱。

⑦盖：助词，表示推测语气。项王：即项羽。

⑧猝起：仓猝起事。以必死倡：用牺牲自己来号召。

⑨妻孥：妻子及孩子。

⑩风：委婉劝告。遗种：后人。

⑪以至安自处，诒人以危：把自家安排得十分妥当，却把别人放置在危险境地。

⑫从容大言：平常时候说些豪言壮语。

⑬斩：断绝。